文艺评论概要

夏潮 题

中国文艺评论家协会 组织编写

中国文联出版社

图书在版编目（CIP）数据

文艺评论概要 / 中国文艺评论家协会组织编写．--北京：中国文联出版社，2024.4
　　ISBN 978-7-5190-5495-3

Ⅰ．①文… Ⅱ．①中… Ⅲ．①文艺评论－中国－文集 Ⅳ．①I206-53

中国国家版本馆CIP数据核字（2024）第068641号

组织编写　中国文艺评论家协会
责任编辑　阴奕璇
责任校对　吉雅欣
装帧设计　王朝鹤

出版发行　中国文联出版社有限公司
社　　址　北京市朝阳区农展馆南里10号　　邮编　100125
电　　话　010-85923025（发行部）　010-85923091（总编室）
经　　销　全国新华书店等
印　　刷　北京顶佳世纪印刷有限公司

开　　本　710毫米×1000毫米　1/16
印　　张　24.75
字　　数　355千字
版　　次　2024年4月第1版第1次印刷
定　　价　98.00元

版权所有·侵权必究
如有印装质量问题，请与本社发行部联系调换

《文艺评论概要》编写组构成

组　长：王一川（北京师范大学）
副组长：彭　锋（北京大学）　李　震（陕西师范大学）

主要成员及分工：

引言、第一章　王一川

导读　徐粤春（中国文艺评论家协会）

第二章　张金尧（中国传媒大学）　范玉刚（山东大学）

第三、八章　李　震

第四章　唐宏峰（北京大学）

第五章　金永兵（西藏大学）

第六章　李　健（深圳大学）

第七、十四章　彭　锋

第九章　刘　琼（人民日报社）

第十章　周志强（南开大学）

第十一章　赵建新（中国戏曲学院）

第十二章　吴冠平（北京电影学院）

第十三章　张　萌（中国文联音乐艺术中心）

第十五章　鲍震培（南开大学）

第十六章　慕　羽（北京舞蹈学院）

第十七章　郭必恒（北京师范大学）

第十八章　阳丽君（中国艺术研究院）

第十九章　邓宝剑（北京师范大学）

第二十章　尹　力（大连市文化艺术研究所）

　　　　　董迎春（广西民族大学）

第二十一章　戴　清（中国传媒大学）

第二十二章　胡疆锋（首都师范大学）

引　言

　　文艺评论并不神秘。当读者读过文艺作品后有感而发，把自己的阅读感受与他人做口头或书面上的交流和分享时，文艺评论实际上就诞生了。精当的文艺评论，更能够把文艺作品的独特、丰富而又深厚的价值揭示出来。

　　马克思欣赏狄德罗的小说《拉摩的侄子》，不仅寄书给恩格斯，还在信中推荐说，"这本无与伦比的作品必将给你以新的享受"①。恩格斯后来在《反杜林论》中将该小说与卢梭的《论人间不平等的起源》一道并称为"辩证法的杰作"②。

　　毛泽东高度评价《红楼梦》，"《红楼梦》不仅要当作小说看，而且要当作历史看。他写的是很细致的、很精细的社会历史。他的书中写了几百人，有三四百人，其中只有三十三人是统治阶级，约占十分之一，其他都是被压迫的"。他还称赞说："中国古代小说写得好的是这一部，最好的一部。创造了好多文学语言呢"。③

　　习近平总书记年轻时就喜欢阅读文学作品，"从中悟出了不少生活真谛"，还认为有关文艺作品的谈论也很有益处，因为"文艺是世界语言，谈文艺，其实就是谈社会、谈人生，最容易相互理解、沟通心灵"。④

　　这些表明，文艺评论确实可以把文艺作品的价值或意义呈现出来，在更多的人们中间传播，激发起他们心灵深处的共鸣，进而对他们的人生产生有

---

① 马克思.马克思致恩格斯[M]//马克思恩格斯全集：第32卷.北京：人民出版社，1975：283.
② 恩格斯.反杜林论[M]//马克思恩格斯文集：第9卷.北京：人民出版社，2009：23.
③ 毛泽东.谈《红楼梦》[M]//中共中央文献研究室.毛泽东文艺论集.北京：中央文献出版社，2002：206，210-211.
④ 习近平.在文艺工作座谈会上的讲话（2014年10月15日）[M].北京：人民出版社，2015：8.

益的影响。

不过，表达文艺评论见解或写文艺评论文字的人，既可能是文艺家本身，也可能是政治家、思想家、学者、管理者等，还可能是普通观众，以及专业的文艺评论工作者。他们之所以进行文艺评论，是由于不满足于仅仅创作或欣赏文艺作品，而且愿意将自己的文艺作品体验和纵深思考转化为口头或书面语言文字形式，传达给他人，以便起到梳理个人思绪、强化个人记忆、与他人分享和交流、向社会公众传播思想等多种不同的作用。

这些文艺评论，诚然在表达方式上多种多样、在作用上也各不相同，但都实际上共同地为文艺作品成果的阐释、理解和面向人们精神世界的持续浸润和融合做了有效努力，也可以说为文艺作品转化为时代文化成果的一部分做了扎实的建树。

今天，当越来越多的人在文艺作品鉴赏之余产生了动笔撰写文艺评论文字的兴趣，而又苦于一时不得要领之时，在文艺评论基础知识汇集、方法介绍、初学门径引介等方面及时地为他们提供协助和配合，就是必要的了。

本书正是关于当代中国文艺评论的基础知识和初学门径的入门性著述，旨在向文艺评论初学者介绍从事这项工作所需要了解的一些基础知识和应当把握的写作门径。也就是说，本书愿意成为文艺评论初学者的入门向导。

文艺评论者在面对文艺作品进行评价和论说时，需要以马克思主义为指导。马克思主义以辩证唯物主义与历史唯物主义的世界观和方法论为理论基础，批判地继承人类优秀文化遗产，科学地总结文艺活动的实践经验，形成了一套独特而深刻的文艺思想体系，并随着时代和文艺活动的发展而不断丰富和发展，对我国文艺事业以及文艺评论工作具有重要的指导意义。[①]以毛泽东为代表的中国马克思主义者，创造性地把马克思主义基本原理同中国具体实际、同中华优秀传统文化相结合，建立起马克思主义中国化时代化理论体系，并在其中形成了独特而丰富的文艺思想。当前应认真学习贯彻习近平

[①] 有关论述详见马克思主义理论研究和建设工程重点教材《文学理论》（第二版）绪论部分（高等教育出版社、人民出版社2020年版，第1—22页）；又见马克思主义理论研究和建设工程重点教材《马克思主义文艺理论》（高等教育出版社2021年版）。

文化思想，从建设中华民族现代文明的高度，紧密联系新时代文化和文艺发展实际，加强文艺评论工作，以便"更加有效地引导创作、推出精品、提高审美、引领风尚"。①这里的"引导创作、推出精品、提高审美、引领风尚"16个字，集中凝聚了新时代文艺评论工作的基本使命和任务。

本书由上下两编组成。上编为文艺评论综论，由9章组成，综合地论述当代中国文艺评论的基础知识，包括文艺评论的含义、属性和意义，文艺评论的价值观与文艺评论标准，文艺评论的类型、文体和一般逻辑，文艺评论方法，文艺评论与文艺史及文艺经典，中国文艺评论传统，外国文艺评论史略，互联网时代的文艺评论，文艺评论家。

下编为文艺评论分论，由13章组成，区分不同文艺门类、文艺样式或文艺形态，就其文艺评论的独特特点予以论述，包括文学评论、戏剧评论、电影评论、音乐评论、美术评论、曲艺评论、舞蹈评论、民间文艺评论、摄影评论、书法评论、杂技评论、电视艺术评论、新媒介艺术评论。

下编各章的排序，本无先后之分，因为各文艺门类、样式或形态之间都是相互平等的，不存在高低和先后之别。只是在论述时，毕竟仍有先后次序，就采取如下简便办法：除文学评论章列在开头外，其余各章都按照中国文联所属全国文艺家协会之间的通常排序惯例而安排，最后列入新媒介艺术评论章。

关于当代中国文艺评论及文艺评论写作，目前已有若干论著或教材可供参考，本书之所以仍要新编出来，既是由于考虑到活跃而且急速变化的中国当代文艺评论问题需要及时梳理，同时也是因为要帮助文艺评论初学者尽快了解和把握他们所尝试参与其中的具体文艺门类、样式或形态的评论写作要领。因此，本书在综合地论述当代中国文艺评论基础知识的基础上，又分具体文艺门类、样式或形态而对我国现行主要文艺门类的文艺评论做专门介绍。这样做，由于此前缺少成熟的经验以供借鉴，因此只是一次粗浅尝试而已。期待方家的批评和修改建议，以便不断完善。

---

① 习近平. 在中国文联十大、中国作协九大开幕式上的讲话（2016年11月30日）[M]. 北京：人民出版社，2016：21.

目 录

引 言 ⋯⋯⋯⋯⋯⋯⋯⋯⋯⋯⋯⋯⋯⋯⋯⋯⋯⋯⋯⋯⋯⋯⋯⋯⋯⋯⋯⋯⋯ i
导 读 文艺评论作为一种对话性的言说方式 ⋯⋯⋯⋯⋯⋯⋯⋯⋯⋯ 001

上编 文艺评论综论

第一章 文艺评论的含义、属性和意义 ⋯⋯⋯⋯⋯⋯⋯⋯⋯⋯⋯⋯ 009
 一、文艺评论的词语演变和含义 ⋯⋯⋯⋯⋯⋯⋯⋯⋯⋯⋯⋯ 009
 二、文艺评论的属性和对象 ⋯⋯⋯⋯⋯⋯⋯⋯⋯⋯⋯⋯⋯⋯ 017
 三、文艺评论的任务、意义和特性 ⋯⋯⋯⋯⋯⋯⋯⋯⋯⋯⋯ 021

第二章 文艺评论的价值观与文艺评论标准 ⋯⋯⋯⋯⋯⋯⋯⋯⋯ 028
 一、文艺评论的价值观与文艺评论标准的关系 ⋯⋯⋯⋯⋯⋯ 029
 二、文艺评论价值观与文艺评论标准的古今演变 ⋯⋯⋯⋯⋯ 031
 三、新时代文艺评论的价值观与文艺评论标准 ⋯⋯⋯⋯⋯⋯ 038

第三章 文艺评论的类型、文体和一般逻辑 ⋯⋯⋯⋯⋯⋯⋯⋯⋯ 046
 一、文艺评论的类型 ⋯⋯⋯⋯⋯⋯⋯⋯⋯⋯⋯⋯⋯⋯⋯⋯⋯ 046
 二、文艺评论的文体 ⋯⋯⋯⋯⋯⋯⋯⋯⋯⋯⋯⋯⋯⋯⋯⋯⋯ 050
 三、文艺评论的一般逻辑 ⋯⋯⋯⋯⋯⋯⋯⋯⋯⋯⋯⋯⋯⋯⋯ 056

第四章 文艺评论方法 ⋯⋯⋯⋯⋯⋯⋯⋯⋯⋯⋯⋯⋯⋯⋯⋯⋯⋯ 060
 一、文艺评论中的理论方法 ⋯⋯⋯⋯⋯⋯⋯⋯⋯⋯⋯⋯⋯⋯ 060
 二、传记与心理评论方法 ⋯⋯⋯⋯⋯⋯⋯⋯⋯⋯⋯⋯⋯⋯⋯ 062
 三、社会与历史评论方法 ⋯⋯⋯⋯⋯⋯⋯⋯⋯⋯⋯⋯⋯⋯⋯ 066
 四、审美与形式评论方法 ⋯⋯⋯⋯⋯⋯⋯⋯⋯⋯⋯⋯⋯⋯⋯ 069

五、文化与媒介评论方法 ························· 073
第五章　文艺评论与文艺史及文艺经典 ··············· 078
　　一、文艺评论与文艺史 ·························· 079
　　二、文艺评论与文艺经典 ························ 085
　　三、文艺评论与文艺高峰 ························ 088
第六章　中国文艺评论传统 ··························· 095
　　一、先秦的文艺评论 ···························· 096
　　二、两汉的文艺评论 ···························· 097
　　三、魏晋南北朝的文艺评论 ······················ 099
　　四、隋唐五代的文艺评论 ························ 101
　　五、宋金元的文艺评论 ·························· 104
　　六、明代的文艺评论 ···························· 107
　　七、清代的文艺评论 ···························· 109
　　八、近现代的文艺评论 ·························· 111
第七章　外国文艺评论史略 ··························· 113
　　一、前现代文艺评论 ···························· 113
　　二、现代文艺评论 ······························ 118
　　三、后现代文艺评论 ···························· 122
第八章　互联网时代的文艺评论 ······················· 130
　　一、互联网时代文艺评论的转型与变异 ············ 130
　　二、互联网时代文艺评论的新样态 ················ 135
　　三、互联网时代文艺评论的问题及对策 ············ 141
第九章　文艺评论家 ································· 146
　　一、文艺评论家的角色 ·························· 147
　　二、文艺评论家的类型 ·························· 151
　　三、文艺评论家的素养 ·························· 154

下编　文艺评论分论

第十章　文学评论……………………………………………… 165
　一、文学评论的对象与特征 ……………………………… 165
　二、文学评论的类型 ……………………………………… 171
　三、文学评论写作及示例 ………………………………… 182

第十一章　戏剧评论…………………………………………… 187
　一、戏剧评论的对象与特征 ……………………………… 188
　二、戏剧评论的类型 ……………………………………… 196
　三、戏剧评论写作及示例 ………………………………… 201

第十二章　电影评论…………………………………………… 204
　一、电影评论的对象与特征 ……………………………… 205
　二、电影评论的类型 ……………………………………… 207
　三、电影评论写作及示例 ………………………………… 212

第十三章　音乐评论…………………………………………… 218
　一、音乐评论的对象与特征 ……………………………… 219
　二、音乐评论的类型 ……………………………………… 225
　三、音乐评论写作及示例 ………………………………… 227

第十四章　美术评论…………………………………………… 235
　一、美术评论的对象与特征 ……………………………… 235
　二、美术评论的类型 ……………………………………… 238
　三、美术评论写作及示例 ………………………………… 241

第十五章　曲艺评论…………………………………………… 253
　一、曲艺评论的对象与特征 ……………………………… 253
　二、曲艺评论的类型 ……………………………………… 255
　三、曲艺评论写作及示例 ………………………………… 264

第十六章　舞蹈评论…………………………………………… 267
　一、舞蹈评论的对象与特征 ……………………………… 267

二、舞蹈评论的类型 ………………………………………………… 269
三、舞蹈评论写作及示例 …………………………………………… 274

第十七章　民间文艺评论 …………………………………………… 283
一、民间文艺评论的对象与特征 …………………………………… 283
二、民间文艺评论的类型 …………………………………………… 287
三、民间文艺评论写作及示例 ……………………………………… 291

第十八章　摄影评论 …………………………………………………… 297
一、摄影评论的对象与特征 ………………………………………… 297
二、摄影评论的类型 ………………………………………………… 303
三、摄影评论写作及示例 …………………………………………… 305

第十九章　书法评论 …………………………………………………… 315
一、书法评论的对象与特征 ………………………………………… 315
二、书法评论的类型 ………………………………………………… 322
三、书法评论写作及示例 …………………………………………… 328

第二十章　杂技评论 …………………………………………………… 335
一、杂技评论的对象与特征 ………………………………………… 335
二、杂技评论的类型 ………………………………………………… 339
三、杂技评论写作及示例 …………………………………………… 347

第二十一章　电视艺术评论 ………………………………………… 352
一、电视艺术评论的对象与特征 …………………………………… 352
二、电视艺术评论的主要类型 ……………………………………… 356
三、电视艺术评论写作及示例 ……………………………………… 362

第二十二章　新媒介艺术评论 ……………………………………… 367
一、新媒介艺术评论的对象与特征 ………………………………… 367
二、新媒介艺术评论的类型 ………………………………………… 372
三、新媒介艺术评论写作及示例 …………………………………… 374

编后记 …………………………………………………………………… 382

导 读

文艺评论作为一种对话性的言说方式

回顾既往研究，文艺评论讨论了美学、诗学、艺术和文学理论，却忽略讨论本身，即使有也不过是附带提及而已。要充分认清文艺评论的本来面目，就应当从人类精神维度，理解其本体作用与意义。

一、理性与感性及文艺评论

人类精神存在有两种方式，即感性方式和理性方式。从人类精神成长史来看，感性与理性的关系是一个从同一到分离再到统一的过程。

最初，人类原始思维处于感性与理性混沌未开的阶段，那个时候生产生活与精神活动融为一体，巫术、占卜、祭祀与渔猎、采集、战争等紧密结合，神话、岩画、原始舞蹈、原始歌谣等原始艺术样式混杂其中，具有审美和实用双重功能。

随着生产力的发展，人类精神不断成长。古希腊早期哲学家开始意识到人在认识世界的时候，思维能够超越已有的观念，观察到感性经验和理性思维之间的差异和对立关系，在通往知识的过程中，思维的推理逐渐开始代替经验的直观。爱利亚学派的巴门尼德明确把感性经验与理性思维的关系陈述出来。苏格拉底、柏拉图、亚里士多德奠定了西方理性主义精神，在这个过程中对"感性"和"美"进行探析，成为文艺评论萌发前的孕育形态。文艺评论最初以历史研究的面目出现，先是艺术家列传，代表作有文艺复兴早期洛伦佐·吉贝尔蒂的《述评》；后来是艺术史研究，代表作有启蒙运动时期温克尔曼的《艺术的历史》。

随着欧洲近代哲学的发展，理论思维不断深化，从哲学中出现了美学分支，以康德、黑格尔、席勒、鲍姆嘉通为代表的人类思想巨擘，为运用理论思维观察感性提供了框架和工具。特别是康德对"美"和"崇高"的批判性分析，"感性"和"美"的关系在理论上得到彻底的逻辑阐明。在莱布尼兹到沃尔夫的重理性轻感性的潮流中，鲍姆嘉通提出建立"感性学"的科学（国内翻译为"美学"），使得人们重新关注人类精神的另一领域——感性。夏尔·巴托等人深入研究审美和艺术的规律，提出了许多重要范畴和概念，为文艺评论提供了理论工具。

真正步入实践场域，与艺术创作相伴相生的文艺评论，诞生于18世纪中期，以法国沙龙展中的狄德罗的艺术评论为标志。这个时候，文艺评论考察、评价和影响同时代的艺术创作，突出评论的在场和及物，有强烈的问题意识和批评精神，形成了独立自足的文体，成为艺术体系不可或缺的组成部分。

关于理性与感性的演化关系及文艺评论的发展，在中国传统思想文论中有不同的过程，但大体脉络与西方类似，这里不作赘述。

恩格斯曾经说过："一个民族想要站在科学的最高峰，就一刻也不能没有理论思维。"[1] 人之所以成为人，很重要的是因为其生成了理论思维方式，这是人类文明进化的标志。理论思维推动科学的发展，探求和解答了许多自然界的奥秘，为人类改造自然、创造财富、提升文明程度提供了原动力。与此同时，感性思维从劳动实践中独立出来，出现了艺术创造，它为人类满足情感需求、表达观念、实现自我提供了方法和工具。

感性和理性成为把握世界的两种截然不同的方式，它们既相互对立，又相互依存。感性与理性分离后，作为人类精神主体的两个维度，一刻也没有停止对话和调适。意大利艺术史家廖内洛·文杜里认为，"审美判断是普遍概

---

[1] 恩格斯.自然辩证法［M］.北京：人民出版社，1971：8.

念与个人直觉之间的一种联系"①。文艺评论作为对话与调适的言说方式，就是普遍概念与个人直觉的一种联系。艺术创作是以感性为主、理性为辅的一种精神建构活动，文艺评论则是理性为主、感性为辅的一种价值判断活动。作为人类感性与理性的桥梁，文艺评论实现情感与认知的平衡、互促与矫正，达成人类生命存在的完整与圆满。从这点看，文艺评论与时政评论、军事评论、经济评论、社会评论、体育评论等其他评论有着本质的区别。文艺评论的重要文化价值还有待被认识，文艺评论的理论范式还有待被建构，文艺评论的学科建设还有待被推进。

二、文艺评论何以对话

文艺评论是评论者在文艺欣赏的基础上，在相关理论的指导下，对文艺作品、现象、思潮、人物等进行描述、阐释和评价的行为。文艺评论作为感性与理性的桥梁、理论与实践的纽带、学术与社会的连接，通过关系性言说实现对话和调适的目的。

从存在论看，文艺评论实现两种生命存在方式的沟通、对话、协同和缝合。感性以直觉作为表征，不用表达，无须符号，是一种意识流变。理性以概念、判断、命题为表征，以逻辑演绎和归纳作为演进。康德提出二律背反，他认为没有直觉的概念都是空泛的，没有概念的直觉都是盲目的。两种生命存在方式相互排斥，又相互依存，通过文艺评论的方式保持沟通和对话。文艺评论是解决二律背反的有效方式，是生命存在的本质需要。

从认识论看，作为一个独立主体，认知需要是整一的、协同的、互证的，而不是对立的、分割的、断裂的。感性认知的特征是真切性、个体性、主观性；理性认知的特征是抽象性、群体性、客观性。人的认知图式是完整的、系统的、自洽的，是互相解释和互相说明的，要求达到一致性和互文性。但两种认知天然对立，需要文艺评论纾解其紧张关系，填补和缝合其中的观念

---

① 廖内洛·文杜里. 艺术批评史[M]. 邵宏, 译. 北京：商务印书馆，2017：23.

差距，从而实现认知的和解与完善。

从实践论看，感性与理性的统一实现艺术的产生，感性与理性结合得越高级，艺术的形式越是综合越是复杂，越需要文艺评论的介入和参与。文艺评论运用文艺理论，总结艺术规律，以美学的、艺术的观点对作品进行价值判断和技术分析，帮助提升创作和鉴赏水平。文艺评论还可打通文艺内外，以历史的、人民的观点挖掘和彰显作品的文化蕴意和精神价值，褒优贬劣、激浊扬清，在大局中明确方位，发挥作用，以实现更大的价值。

三、文艺评论三种对话方式

文艺评论作为感性与理性的对话方式，主要通过三种途径实现，即描述、阐释、评价。

西方"罗马文法批评"指出："古代存在过三个不同的批评术语，这就是语文家（Philologos）、批评家（Critikos）和文法家（Grtammatikoso）。"[1] 与此对应，描述即以文本方式对感性的转译（语文家）；阐释依据一定理论方式进行分析与解释（文法家）；评价是带有主体价值立场的方式（批评家）。

描述绝不是对作品的重复，而是对作品的文本提取和转译。描述什么，不描述什么，首先是一个选择提取的过程。评论家根据他的理解、目的以及趣味进行选择，通过理性文本的方式进行描述。这个理性文本可以是文字、语音、图画、视频等。这些理性文本本身也可能是艺术形态，如果其中的逻辑含量不足，就可能成为艺术再创作，失去评论的本意。描述的过程，是信息提取和语义呈现的过程，也是信息遗漏和语义屏蔽的过程。评论家的感受力、概括力、表达力的不同，让这个描述结果有很大的不同。

描述的理性文本成为评论阐释工作的基础。专业的文艺评论将依据一定的理论进行阐释，将理性文本蕴藏的意思与意义展示出来。理性认知具有更深刻、更普泛的理论力量，是对规律的把握和启发，因而阐释会深化对作品

---

[1] 王焕生.古罗马文艺批评史纲［M］.南京：译林出版社，1998：81.

的理解,揭示创作奥妙,掘进审美意义,进而达成艺术创作鉴赏深层实现的目的。同时要看到,理论是固化的认知工具,是依据对一定时代、一定地域的实践提炼而形成的,产生于特定环境,是对那个时代问题的回答,在运用到另一个时代、另一个地域的作品时,可能会出现强制阐释和过度阐释的现象。歌德所言"理论是灰色的,生命之树常青",是对阐释工作的一个提醒。

评价是文艺评论最具主观色彩的环节。描述与阐释尽管具有浓厚的主体色彩,但毕竟客观性是其外在要求的。评价由于依据的是主体尺度,会因为评论家个体的政治倾向、价值观念、学术追求、研究专长以及趣味、偏好、身份、环境等的不同,对作品价值的判断有很大的不同。这些因素同样对描述和阐释产生影响,但不会像评价一样如此直接。尽管评价具有鲜明的主观色彩,但只要其所依据的理论越科学、越包容、越适配,评价就会越公允,越能得到认可、引发共鸣。因此,做好理论建设,是文艺评论的重要基础和前提。

文艺评论

上编

文艺评论综论

第一章
文艺评论的含义、属性和意义

从事文艺评论，需要先了解它的含义、属性和意义。这是由于，与文艺评论相关的谈论已经相当丰盛而又杂多，需要有所辨析。

一、文艺评论的词语演变和含义

文艺评论在中国经历了复杂的词语演变过程，目前形成一种大体一致的含义。

1. 文艺评论的词语演变

从中国本土学科分类传统看，文艺评论一词在古代没有成为惯用语。"文艺"（繁体字为"文藝"）在古代并无今天的"文学"与"艺术"合起来指称的含义，而是更多地指"文"的技艺。相传汉代戴德的《大戴礼记·文王官人》有这样的话："五曰：民生则有阴有阳。人多隐其情饰其伪，以攻其名。有隐于仁贤者，有隐于智理者，有隐于文艺者，有隐于廉勇者，有隐于交友者，如此，不可不察也。……素动人以言，涉物而不终，问则不对，详为不穷，色示有余有道而自顺用之，物穷则为深：如此者隐于文艺者也。"[①] 这里的"文艺"是在"文"的技巧意义上说的。晋葛洪的《抱朴子·自叙》"洪祖父

---

① 王聘珍. 大戴礼记解诂[M]. 王文锦, 校. 北京：中华书局，1983：192-193.

学无不涉，究测精微，文艺之高，一时莫伦，有经国史才"①中的"文艺"一词，同样如此。刘勰的《文心雕龙·养气》称，"是以吐纳文艺，务在节宣"，此处"文艺"也指"作文的技艺"②。

与"文艺"相应，"评论"一词也不曾成为文学界的惯用语。据有关研究，宋代起，小说评点逐渐成为活跃的文学批评文体，但其名称起初并不稳定和统一，而是先后有过"评林""评释""评品""评定""评订""评""批点""评阅""批""评次""评较""评点""评论""阅评""批阅""点评""品题""参评""批较""加评""点阅""评选""批选""评钞""论赞"等多种不同称呼，只是相比而言，最常用的还是"评点""批点"和"批评"三个语词。③古代小说评点的文体特点在于"融'评''改'为一体"，综合体现了"批评鉴赏""文本改订"和"理论阐释"等多重含义和功能。④在那时，不是"评论"一词，而是"评点"成为中国古代小说批评特有的文体方式。在美术领域，"画论"也成为一种独特的批评传统，而与之有关的词语还有"画理、画法、画诀、画诗、画品、画评、画谱、画说、画鉴、画签、画麈、画跋等"⑤。

简洁地说，文艺评论在中国古代还难以找到一条一以贯之的演变下来的专有名词线索，尽管中国古代各个艺术门类的文艺评论早已形成了自身的独特传统。

2. 文艺评论的含义

从在现当代中国社会语境中生长及演变轨迹来看，文艺评论一词的运用及其缘由有其自身的特点。假如单从现代性学科制度的运行来看，取名艺术批评或文学艺术批评也都属于规范化用法。但是，为什么偏偏取名为看似非正规的文艺评论一词呢？

---

① 葛洪，颜玉科.抱朴子[M].济南：山东画报出版社，2004：314.
② 刘勰.文心雕龙译注[M].陆侃如，牟世金，译注.济南：齐鲁书社，2009：539.
③ 谭帆.中国小说评点研究[M].上海：华东师范大学出版社，2001：2.
④ 谭帆.中国小说评点研究[M].上海：华东师范大学出版社，2001：10.
⑤ 俞剑华.中国古代画论精读[M].北京：人民美术出版社，2001：4.

这种看似非正规用法的下面，应当存在一条合理化的词语演变轨迹及其修辞调适缘由。也就是说，文艺评论一词在现代和当代中国的特定用法的合理性基础，在于它符合中国社会语境中的具体修辞调适需要。

按照现代性艺术学科制度，与文艺相当的词语就是艺术，也即 art（艺术）或 fine arts（美的艺术）。从夏尔·巴托（Charles Batteux, 1713—1780）倡导美的艺术时起，艺术逐渐地开始了自身的统领现代性艺术学科制度的历程。夏尔·巴托在《归结为同一原理的美的艺术》中提出，把此前不确定的艺术，按照目的的不同，区分为三种形态：第一种艺术是旨在满足人类需求的机械艺术；第二种艺术是目的只在于"愉悦""产生于丰满与安宁带来的喜悦和其他情感的怀抱"的美的艺术，包括音乐、诗歌、绘画、雕塑及手势或舞蹈艺术五种门类；第三种艺术是旨在同时满足实用性和愉悦性的艺术，如演说术和建筑，它们处在前两种艺术类型之间的中间地带，可以同时满足人类需求与符合趣味的完善，也就是既带来愉悦又提供效用。[①] 在这里区分出的第二种艺术类型中，首度出现了由音乐、诗歌、绘画、雕塑和舞蹈五个门类共同组合起来的美的艺术概念，并且为它们阐明了共同一致的目的——不为实用而纯粹为愉悦。于是，一种区别于机械艺术、兼具愉悦与实用目的的实用艺术的、纯粹以愉悦为目的的美的艺术，也就是纯艺术概念自此诞生了。

这种作为现代性学科制度一部分的美的艺术或艺术概念来到中国，运用较多的汉译词语是美术、艺术或文艺。以在中国现代文艺界影响极大的鲁迅的词语使用为例，他在《文艺与革命》一文中交替使用艺术家、艺术、文学、批评界、文艺批评家、革命文学家、文艺等相关词语，可见那时艺术和文艺等词语的使用，还没有明确规范和处在变化中。可以确切地说，艺术与文艺在鲁迅著述中是几乎可以完全相等的同义语。

再看批评或评论一词。批评在汉语里既有评价、评说、评论是非好坏的中性语义，同时也有针对缺点、错误而提出意见或加以攻击的否定性义项。《红楼梦》第19回就有贾宝玉对林黛玉说话时使用的"批评"一词："天下

[①] Charles Batteux. The Fine Arts Reduced to a Single Principle [M]. trans. James O. Young. Oxford: Oxford University Press, 2015: 3.

山水多着呢，你那里知道这些不成。等我说完了，你再批评。"① 这个特定语境中使用的是"批评"的否定性语义。鲁迅在20世纪20—30年代，对文艺批评十分重视，频频使用"批评""文艺批评""批评家"等常用语。《"丧家的""资本家的乏走狗"》的结尾，就两次使用"文艺批评"②。他曾急切召唤真正的"批评家"："我们所需要的，就只得还是几个坚实的，明白的，真懂得社会科学及其文艺理论的批评家。"③ 他强调"必须更有真切的批评，这才有真的新文艺和新批评的产生的希望"④。

再看毛泽东以来国家领导人及相关文艺界领导人的用词方式。毛泽东的《在延安文艺座谈会上的讲话》(1942)交替使用了如下多种相关词语、词组或其他组合语："文艺""文学和艺术""艺术""文艺批评""艺术标准""艺术性""艺术形式"等。⑤ 比较起来，最多而最普及的还是"文艺"一词，尽管在其中"艺术"一词也多次被使用，以及"文学"与"艺术"也多次被相提并论。同时，这里不曾使用"文艺评论"一词，而是频频使用"批评"和"文艺批评"等相关词语。

不过，有意思的是，在这部直接面对文艺家、文艺工作者、文艺管理者的讲话体文献里，"文艺"与"艺术"之间虽然可以完全等同，但同时也逐渐地产生了一种隐性而又实在的修辞分工：当"文艺"被继续用来指称"艺术""艺术界"或"文学艺术界"等全体艺术现象时，"艺术"则有时被用来专门指称美学或审美形式一类的意义。例如这里的"艺术标准""艺术性""艺术形式"等带"艺术"的词语，实际上已经悄悄地产生了美学或审美形式的含义了，因而它们被分别改称为"审美标准""审美性""审美形式"也完全可通。这意味着，在用"文艺"去指称所有艺术现象时，"艺术"有时可以用来

---

① 曹雪芹，高鹗.红楼梦：上册[M].北京：人民文学出版社，1992：275.
② 鲁迅."丧家的""资本家的乏走狗"[M]//鲁迅全集：第6卷.北京：人民文学出版社，2005：367.
③ 鲁迅.我们要批评家[M]//鲁迅全集：第6卷.北京：人民文学出版社，2005：357.
④ 鲁迅.文艺与批评(译者附记)[M]//鲁迅全集：第6卷.北京：人民文学出版社，2005：77.
⑤ 毛泽东.在延安文艺座谈会上的讲话[M]//毛泽东选集：第3卷.北京：人民文学出版社，1991：847-877.

指称所有艺术现象中更贴近美学特性或审美形式内涵的现象。这一微妙而重要的修辞性区分，对理解"文艺"和"文艺评论"在当代中国的普及性使用是必要的。这可以继续从中华人民共和国成立后全国文艺界负责人周扬的讲话或报告中见到。在 1961 年 7 月 17 日和 28 日先后做的《在北京文艺工作座谈会上的讲话》和《在北京文艺工作座谈会上的总结报告》中，他基本上沿用了《在延安文艺座谈会上的讲话》中的上述修辞惯例。①

这就是说，来自西方的现代性学科词语艺术或美的艺术在现代中国旅行过程中，经历了复杂的本土化变异：一方面，现代性学科制度意义上的艺术，既可以用文艺，也可以用艺术去称呼；另一方面，在公共政治领域，当文艺被不无道理地用来指称宽泛的或全体的艺术现象时，艺术一词有时往往仿佛自然而然地被派去承担表达艺术的更内在、纯粹的审美形式或美学特性的修辞使命了。这里已经显示出学科（学术）话语与公共政治话语之间的一种修辞性区分了，尽管在当时还是隐性的和微妙的。

再看评论一词在使用中经历的更加特殊而又重要的修辞调适。《在延安文艺座谈会上的讲话》中统一使用的规范语是批评和文艺批评②。周扬在 1950 年以来领导文艺工作时的系列讲话、报告中，也确实多次使用评论一词。"当我们评论一篇作品的思想性的时候，主要就是看它是否揭露了社会阶级的矛盾——这种矛盾是无微不至地表现在生活的各方面的——以及揭露是否深刻。"③尽管如此，他在部署全国文艺工作、发表工作报告等正式场合，还是使用更加规范的"文艺批评"一词："要克服以上一切恶劣作风，最主要的方法就是开展文艺工作上的批评与自我批评。文艺批评，是实现文艺工作中党的领导的重要工具。必须进一步提高批评的政治思想内容，并使之与对具体作品的艺术分析结合起来。批评一方面要对文艺上的一切不良倾向进行斗争，

---

① 周扬.在北京文艺工作座谈会上的讲话，在北京文艺工作座谈会上的总结报告［M］//周扬文集：第 4 卷.北京：人民文学出版社，1991：14-66.
② 毛泽东.在延安文艺座谈会上的讲话［M］//毛泽东选集：第 3 卷.北京：人民出版社，1991：868.
③ 周扬.社会主义现实主义——中国文学前进的道路［M］//周扬文集：第 2 卷.北京：人民文学出版社，1991：188.

另一方面又要注意发现文艺上的新的力量,新的成果和新的经验,加以提倡表扬。"①这样的词语使用惯例在20世纪50年代几乎一直持续下来。

不过,在20世纪50年代后期到60年代前期,文艺批评中的批评一词仿佛突然间集中凸显了该词语本身所可能包含的对缺点和错误加以否定这个单一语义了。"批评《我们对目前文艺工作的几点意见》和批评《电影的锣鼓》,就是批评两种思想上的片面性,批评从'左'和右两方面来的对党的政策的歪曲,这种批评,对贯彻执行'百花齐放,百家争鸣'的方针和提高我们大家的思想都具有重要的意义。"②周扬在1957年4月的这篇谈话里,高密度地5次重复使用批评一词,显然不再使用文艺批评宽泛的和中性的评论含义,而只是使用其对错误言行进行否定的意见,近似于"斗争"这个政治性词语了。到1960年,周扬更加强调文艺批评的"政治目的性":"正确的文艺批评,就是通过对于作品的研究、分析和评价来帮助读者、观众正确地理解和欣赏作品,接受其中有益的影响,而清除其有害的影响。错误的文艺批评则是相反。马克思主义的文艺理论批评……主要任务是促进社会主义文学艺术的更大发展,促进文艺与广大劳动人民的更进一步的结合,鼓励文艺事业中的一切新成就,批评文艺领域内一切不利于人民,不利于社会主义的东西。文艺批评的政治目的性,必须十分明确而坚定。如果文艺批评不注意作品的思想内容,不能辨别作品中的倾向好坏,不为创作发展的正确方向斗争,那么这种批评,就没有什么价值了。"③这种"政治目的性"强烈的用法,持续到1961年6月16日的文艺政策性讲话中:"我们批评的原则,是从团结的愿望出发,经过批评,达到新的团结,两头大,中间小,团结是目的,批评是手段。"④这里的批评一词,显然已经不再有中性含义,而是持有否定或批判这单一语义了。

---

① 周扬.坚决贯彻毛泽东文艺路线[M]//周扬文集:第2卷.北京:人民文学出版社,1991:64.
② 周扬.答《文汇报》记者问[M]//周扬文集:第2卷.北京:人民文学出版社,1991:490.
③ 周扬.建立中国自己的马克思主义的文艺理论和批评[M]//周扬文集:第3卷.北京:人民文学出版社,1990:30.
④ 周扬.在文艺工作座谈会上的讲话(1961年6月1日)[M]//周扬文集:第3卷.北京:人民文学出版社,1990:360.

应当是出于国家层面的修辞调适需要，周扬于1963年4月9日《在全国文艺工作会议上的讲话》中实际地做了一个重要的替换性部署：把持续使用多年的文艺批评之批评一词，替换为具有中性及温和色彩的评论，使得惯例上的文艺批评变成了文艺评论一词。今天回看，这种看似非正规的从文艺批评到文艺评论的词语转换，在当代中国文艺批评或文艺评论发展史上应当具有重要的修辞转折性意义。具体看这篇讲话第二部分题为"加强创作和评论"，就没再继续使用令人敏感的批评一词，而是改为评论："要加强评论工作。创作和评论是我们文艺事业的两翼。评论家和作家应该建立互相合作，互相学习，互相砥砺的同志式的亲密关系。我们的评论应该以马克思列宁主义、毛泽东思想为指导，很好的体现我们党的方针、政策，真正起到推动创作的作用。评论工作者任何时候都应该支持和鼓励文艺领域中一切新生的、进步的、革命的事物，反对一切过时的、落后的、腐朽的事物。某些评论把戏曲中封建性的东西当作民主性的东西加以赞扬，把不应该提倡的东西加以提倡，这就错了。"① 这里虽然还没有出现文艺评论一词，但将评论重复使用多达6次。该文最后勉励说："我们大家，不论是作家、艺术家、评论家，或者担负领导工作的同志，经验和知识都是不够的，需要继续很好地学习。"② 这里将全国主管文艺工作的各类人士划分为四类，其中就有"评论家"。注意，不再用批评家而是改用评论家了。尽管批评一词除了仍在上述否定性语义上沿用外，有时也在正式工作时被提及，但相比而言，更主要使用的正规词语就是文艺评论了。

从文艺批评到文艺评论最主要的修辞性转折的标志，当数改革开放时代初期邓小平有关文艺工作的正式讲话所做的工作部署。他对所有的文艺工作者提出如下要求："把全部精力集中于文艺的创作、研究或评论。作品的思想成就和艺术成就，应当由人民来评定。虚心倾听各方面的批评，接受有益的

---

① 周扬.在全国文艺工作会议上的讲话[M]//周扬文集：第4卷.北京：人民文学出版社，1991：282-283.
② 周扬.在全国文艺工作会议上的讲话[M]//周扬文集：第4卷.北京：人民文学出版社，1991：282-283.

意见，常常是艺术家不断进步、不断提高的动力。在文艺队伍内部，在各种类、各流派的文艺工作者之间，在从事创作与从事文艺批评的同志之间，在文艺家与广大读者之间，都要提倡同志式的、友好的讨论，提倡摆事实、讲道理。允许批评，允许反批评；要坚持真理，修正错误。"①他一方面沿用文艺批评这个以往的习惯性提法；另一方面在需要规范提法的段落，还是使用"文艺的创作、研究或评论"这样的词语组合方式，即几乎相当于以文艺评论代替文艺批评了，因为，批评在这段话里显然已经同时呈现出否定性语义了。

由邓小平的祝词开始，国家领导人都沿用"文艺评论"这一正式提法："希望广大文艺工作者高度重视文艺理论和文艺评论工作。文艺的发展，离不开文艺理论的指导和文艺评论的促进。要适应时代特点和结合实践要求，努力加强文艺理论建设，积极开展文艺评论，大胆进行文艺理论和文艺评论的创新，为我国文艺事业健康发展提供正确引导。"②这里已用文艺评论完全替代此前曾通行一时的文艺批评，并且规定它的新任务在于"为我国文艺事业健康发展提供正确引导"，足见对其提出了更高的使命或职责。"要积极推进马克思主义文艺理论研究，充分发挥文艺评论的作用，为繁荣社会主义文艺营造良好氛围。"③这里则规定其任务在于为文艺"营造良好氛围"。当前更是主要统一使用文艺评论一词了："要高度重视和切实加强文艺评论工作。"只不过，针对文艺评论的人情化、商业化等偏向，这里再度伸张"文艺评论"中内含的"批评"功能："文艺批评是文艺创作的一面镜子、一剂良药，是引导创作、多出精品、提高审美、引领风尚的重要力量。文艺批评要的就是批评，不能都是表扬甚至庸俗吹捧、阿谀奉承，不能套用西方理论来剪裁中国人的审美，更不能用简单的商业标准取代艺术标准，把文艺作品完全等同于普通商品，信奉'红包厚度等于评论高度'。文艺批评褒贬甄别功能弱化，缺乏战

---

① 邓小平.在中国文学艺术工作者第四次代表大会上的祝辞[M]//邓小平论文艺.北京：人民文学出版社，1989：8-9.
② 江泽民.文艺是国民精神的火炬[M]//江泽民文选：第3卷.北京：人民出版社，2006：404.
③ 胡锦涛.在中国文联第八次全国代表大会、中国作协第七次全国代表大会上的讲话（2006年11月10日）[M].北京：人民出版社，2006：11.

斗力、说服力，不利于文艺健康发展。"还要求面对人情化和商业化偏颇，发扬"批评精神"，而不能"一点批评精神都没有，都是表扬和自我表扬、吹捧和自我吹捧、造势和自我造势相结合，那就不是文艺批评了！"①

在以上有关文艺批评还是文艺评论的词语追溯和辨析基础上，也即在如上简略的词语梳理后，不妨做如下小结：

第一，在文艺与艺术之间的词语选择上，这两个词语逐渐产生了一种微妙而重要的修辞性区分，这就是，当文艺被用来指称全部文学艺术时，艺术往往被赋予审美形式或美学特性等特定语义。但，在一般场合，文艺与艺术之间常常是含义完全相同的通用语。

第二，在批评与评论的词语抉择上，以改革开放时代初期为真正的转折性标志，文艺评论一词取代文艺批评而成为国家各级政府文艺工作的一个规范性词语。不过，在一般场合，文艺批评和文艺评论之间常常也是含义完全相同的通用语。由于如此，本书在使用文艺批评和文艺评论概念时往往根据具体情形而定。

从文艺批评到文艺评论的词语替换过程可见，这样的词语替换并非出自单纯的语法或逻辑需要，而是出于更加复杂的社会文化修辞调适策略。改革开放时代以来通行文艺评论概念，反映出一个事实：当前，国家鼓励文艺评论行业从业者放下心理包袱，心情舒畅地投入文艺现象的评价和论说活动中，为文艺繁荣做贡献。

二、文艺评论的属性和对象

为了明确文艺评论的属性和对象，有必要在它与当前我国现代性学科制度中文艺批评之间做简要的辨析。

---

① 习近平.在文艺工作座谈会上的讲话（2014年10月15日）[M].北京：人民出版社，2015：29.

1. 文艺评论的属性

当前，我国与文艺评论紧密相关、但又有所不同的是高校和科研机构所运行的现代学科制度下的文艺批评或艺术批评学科。进入改革开放时代以来，当国家文化艺术行业中的文艺批评变换为文艺评论而运行时，高校和科研机构的文艺批评或艺术批评则走上了有所不同的现代学科制度道路。这样，经过改革开放时代的发展，高校和科研机构习惯于以现代学科制度下的文艺批评或艺术批评等学科及学术方式去运行，而国家文化艺术行业则沿用文艺评论这一词语方式。这就是说，文艺批评或艺术批评主要是一种学科话语，文艺评论则主要是一种行业话语。两者之间本来应当属于同一回事，但由于长期运行于不同的话语轨道中，则会显出一些或明或暗的差异。

这样再回头来考虑文艺评论的属性，就较为清晰了。当代中国文艺评论，是一种阐释、理解和评价文艺作品及其相关现象的意义的过程。它以文艺作品为中心，对文艺作品及其相关现象加以讨论，探讨其涉及的文艺作品特殊性与一般性、差异性与共通性等相关问题。它要在当代社会普通公众参与的公共文化平台（而非学科平台）上，面对这些普通公众（而非专业公众）去阐释和评价具体的文艺作品及其相关现象的公共价值（无论这文艺作品属于哪个艺术门类或样式），以便公众获得一种带有艺术公共性意义的共通理解。这种面向公众的艺术公共性建构，正使得文艺评论的内涵与作为学科话语的文艺批评、文学批评、艺术批评或美学批评的内涵之间，出现微妙而重要的区别（当然它们的相互联系本来就十分紧密）：前者更多地面向最广大的公众群体，后者则主要地面向学科内部专家群体；前者要尽力选择和运用公众能够理解的公共语言，后者则可以仅仅使用本学科专业才能理解的学术语言（有时转到其他学科就变得难以理解了）；前者服务于公共文化事务，后者主要致力于本学科专业发展。这种区别或分离，恰是当代中国文艺评论所具有的与学科话语的内涵不尽相同的行业话语内涵之所在。

从属性上看，文艺评论虽然属于一个行业，但这个行业有其特殊性：它不应当被简单地限制在一个专属的界别（文学、艺术、文化产业或文艺传播等）、行业（文艺评论、文化艺术产业或艺术传媒业等）、艺术门类（文学、音乐、舞蹈、戏剧、电影、电视艺术、美术或设计等）、学科（文学、艺术学或美学等）内部，而应当有着一种跨界别、跨行业、跨门类和跨学科的开放和共生特点。也就是说，它总是面向若干不同的界别、行业、艺术门类和学科开放，并在此开放地带寻求和实现共同生长。不妨把文艺评论所具有的这种跨界别、跨行业、跨门类和跨学科等"跨"字当头的相关属性，统称为跨性品格。跨性，也就相当于跨越性、间性或交互性等，也就是那种只有跨越自身界限而面向外界开放才能有真正存在的意义。这种跨性品格的产生，并非指文艺评论面对其他事物具有高姿态，而是指它在本性上就如此，具有发自基本生存需要的本来习性，即跨或跨越是文艺评论行业的常态。一个作家写完小说后就去评论自己的作品，其间也可能提及与其他作品的比较，或者是去发表对于一首交响乐作品的评论，这些都是跨性的呈现。一个未曾有过任何创作经历的人去评论小说、绘画、电影等文艺作品，同样是跨性的体现。文艺评论是一个具有多重跨性品格的行业。

由此可以说，在属性上，文艺评论是当代中国文化艺术行业制度的一部分，是具备艺术公共性的文化艺术行业领域，但同时又是一个具有跨性品格的开放与共生领域，其参与者可以是来自文联、作协、文化艺术产业、艺术媒体、文学学科、艺术学学科、美学学科等界别、行业、艺术门类或学科的专家，以及来自相关思想文化界、公共事务、时尚文化、流行文化等领域的专家。简言之，文艺评论的属性在于，它是面向普通公众的以文艺作品的公共价值阐释和评价为中心的跨性行业。

由于具备这种属性，文艺评论不无道理地被归属于具有跨文学与跨艺术门类特点的文化艺术行业组织文艺评论家协会。它还可以进一步细分出若干单一艺术门类评论行业组织，如音乐评论、舞蹈评论、戏剧评论、电影评论、电视艺术评论、美术评论、设计评论等。

当然，这样的具备跨性品格的文艺评论行业是同时有其长处和短处的。其长处在于，它似乎可以不受任何一个单一界别、行业、门类或学科的限制而开放地生长，迎接八面来风。但其短处也接踵而至：由于没有固定的界别、行业、门类或学科，其从业者有时难免产生无归属感，甚至相互之间有难以沟通的困窘。

2. 文艺评论的对象

文艺评论的对象，无论用什么词语去表达，终究还是大体确定的和无疑虑的：这就是由艺术作品、文学艺术作品、美的艺术作品或文艺作品等不同词语去表述的那些东西，也即人类创造的以审美愉悦为目的的符号表意系统艺术作品及其相关现象。简言之，文艺评论的对象是艺术作品及其相关现象。

具体说来，文艺评论的对象可以大约分为直接对象、关联对象和纵深对象三个层面。

第一层面为直接对象，即显性艺术。这是人类创造的以审美愉悦为目的的文艺作品。例如，高雅艺术（文学、音乐、舞蹈、戏剧、电影、电视艺术、美术和设计等）、通俗艺术（或流行艺术）、网络艺术（网络文学、网络音乐、网络美术、网络剧、网络电影等）。

第二层面为关联对象，即艺术关联物。这是与具体的显性文艺作品的产生及其符号表意系统解读紧密相关的现实生活体验、历史文化文本、隐性艺术、时尚及消费文化、经济及商业元素、科技条件等。总之就是与特定文艺作品的公共价值的阐释和理解密切关联的所有关联物。

第三层面为纵深对象，这就是一切显性文艺作品所据以产生和发挥作用的更加深广的个体、社会和历史元素的综合体。这样的对象不仅需要相关文艺界别、文艺行业、艺术门类和文艺学科的专家参与，而且也需要更广泛的其他界别、其他行业和其他学科的专家加盟。例如，来自新闻传媒、文化产业、文艺作品市场、历史学科、社会学科、经济学科、教育学科、管理学科等专家都有其发挥作用的天地，因而也都可以被称为文艺评论家。因为，文艺评论的对象不会是固定不变的，从理论上说，这些被评论的文艺或艺术现象所涉及的问题有多宽广而深厚，文艺评论的对象也就有多宽广而深厚。在这个意义上，文艺评论总是会有针对性地运用多种跨学科批评方法，如社会学批评、心理学批评、传播学批评、人类学批评、经济学批评、管理学批评等。

三、文艺评论的任务、意义和特性

作为文化艺术行业的文艺评论，有其特定的任务、意义和特性。

1. 文艺评论的任务

文艺评论的任务，是通过对当代中国文艺现象的及时评论，促进文艺事业发展。不过，历届国家领导人在规定文艺评论（或文艺批评）的任务时，其具体论述在总体上是一致的，但也有一些修辞性差异。

（1）20世纪50年代：文艺评论（或文艺批评）是政府领导文艺工作的"工具"[①]；

（2）20世纪60年代：文艺评论应当"促进"[②]或"推动"[③]创作；

（3）20世纪80年代：文艺评论应当"坚持真理，修正错误"[④]；

（4）20世纪90年代：文艺评论应当"正确引导"[⑤]文艺事业；

（5）21世纪初至2012年：文艺评论应当为文艺事业发展"营造良好氛围"[⑥]；

（6）2014年至今：文艺评论应当"引导创作、推出精品、提高审美、引领风尚"[⑦]。

[①] 周扬.坚决贯彻毛泽东文艺路线[M]//周扬文集：第2卷.北京：人民文学出版社，1991：64.

[②] 周扬.建立中国自己的马克思主义的文艺理论和批评[M]//周扬文集：第3卷.北京：人民文学出版社，1990：30.

[③] 周扬.在全国文艺工作会议上的讲话[M]//周扬文集：第4卷.北京：人民文学出版社，1991：282-283.

[④] 邓小平.在中国文学艺术工作者第四次代表大会上的祝辞[M]//邓小平论文艺.北京：人民文学出版社，1989：9.

[⑤] 江泽民.文艺是国民精神的火炬[M]//江泽民文选：第3卷.北京：人民出版社，2006：404.

[⑥] 胡锦涛.在中国文联第八次全国代表大会、中国作协第七次全国代表大会上的讲话（2006年11月10日）[M].北京：人民出版社，2006：11.

[⑦] 习近平.在中国文联十大、中国作协九大开幕式上的讲话（2016年11月30日）[M].北京：人民出版社，2016：21.原为"引导创作、多出精品、提高审美、引领风尚"。习近平.在文艺工作座谈会上的讲话（2014年10月15日）[M].北京：人民出版社，2015：29.

应当讲，与领导人对文艺评论行业的要求属于高标准和严要求相比，一般文艺评论从业者可能需要自觉地成为文艺的观众、接受者、阐释者、评价者、测评者或对话者等，以此常态化方式为文艺做点力所能及的协助或助推工作。由此看，文艺评论的职责可以一般地表述为促进文艺创作和鉴赏。至于文艺评论履行"引导"文艺创作的任务，那应当来自全体文艺评论者的创造力所汇聚成的合力。

由此看，文艺评论是一个生长在中国本土语境、濡染上本土修辞习性的具备跨性品格的行业。它虽然看起来与现代性学科制度的文艺批评或艺术批评等词语惯例有所不同，但符合当代中国社会文艺界别、文化艺术传媒经济行业、艺术门类、文艺学科话语和公共政治话语的共同的修辞调适需要，在当前中国艺术公共领域和中国文化公共领域构建中可以起到一种必要的串联作用。

2. 文艺评论的意义

鉴于上面所说的跨性品格，文艺评论在当代文化艺术行业中的存在可以产生一种制度性意义，这就是将相关文艺界别、文艺行业、艺术门类和文艺学科话语等之间围绕文艺作品这个中心而实现紧密的串联作用。文学界与艺术界之间，创作界、理论界和批评界之间，创作界与产业界之间，观众与艺术家之间，文学学科、艺术学学科和美学学科之间，艺术界与思想文化界之间，文化艺术界与经济贸易界之间等，总是存在一些分工差异，但同时又可以通过文艺作品评论而产生千丝万缕的联系。正是文艺评论，可以将它们之间的这种既不同而又相通的关系重新联系起来做综合的评论。对这种复杂而又确实的，既不同而又相通的关系，文艺评论可以发挥其跨界别、跨行业、跨门类和跨学科特有的串联作用。

进一步说，文艺评论据此串联功能，可以在当代中国起到促进艺术公共领域构建的作用。艺术公共领域是横跨于种种与艺术相关而又彼此不同的若干界别、行业、学科或话语圈之间的交汇与调节地带，若干不同界别、行业、学科或话语圈之间会不约而同地围绕文艺作品或艺术现象这个中心点，寻找到公共性话题，由此展开错综复杂的对话。在当代中国，尽管艺术的审美特性和社会影响力一再遭受质疑，但与其他诸多事物相比，文艺作品凭借其富于感性地再现社会生活体验的卓越能力，还是一种尤其能够唤起人与人之间的共通感的话题领域之一。一部电视剧、电影、网络小说、网络剧等可以在社会中迅速唤醒公众的广泛认知或共鸣，而这是其他许多事物所无法做到或替代的。2019年国庆档故事片《我和我的祖国》《中国机长》等就曾在观众中激发起了情感共鸣，2022年春节期间播映的电视剧《人世间》在亿万观众中产生了热烈反响。这些人生况味会及时地激活为众多影视观众之间的公共话题，激发起他们的共通情感波澜。即便是观众对该影视作品发出批评或责难，这些也会自然而然地融入他们在观看中激发起来的对现实人生的再度体味的感情流之中。文艺评论家抓住这样的实例展开评论，所评论的就不会仅仅局限于影视故事及其艺术表达方式的特点，而涉及种种复杂的社会话题，例如家庭伦理、经济、法律、工商管理、扶贫、教育等，这样无疑有助于导向一种艺术公共领域的构建。

这表明，文艺评论虽然是一个具备跨性品格的文化艺术行业，但实际上也可以起到串联当代中国文学艺术界、文化艺术传媒经济领域、文艺学科话语领域和公共政治话语领域等若干话语领域的作用，处在它们之间相互冲突、联系和对话的交融地带，从而实际上已经处在当代中国艺术公共领域建构的核心地带。而当代中国艺术公共领域又是更大的当代中国文化公共领域的一部分。文艺评论通过体现它们之间的交融态，进而可以显示当代中国文化公共领域的独特性。

3. 文艺评论的特性

就上述跨性品格看，在当代，文艺评论的特性在于，它是一种有着明显的依存性的行业，特别是依存于文艺创作、文艺学科话语、文艺媒体三方面，而且缺一不可。这表明，文艺评论总是需要跨越到别的领域中。

第一方面，跨向文艺创作界。这就是依存于文学、音乐、舞蹈、戏剧、电影、电视艺术、美术和设计等艺术门类所创作的文艺作品。只有先有了这些具体的文艺作品，才会有文艺评论去对之加以评头论足。假如没有文艺作品，何来文艺评论？

第二方面，跨向文艺批评界或文艺学科话语领域。这就是依赖于这些学科制度所提供的文艺评论的理念、视角、标准、原则和方法等学科话语系统。假如没有这些学科话语系统，文艺评论终究无法获取赖以开展评论活动的源源不断的批评话语资源。

第三方面，跨向各种文艺媒体。这包括报纸、杂志、书籍、电视等传统文艺媒体，以及互联网、移动网络、微博、微信等新兴文艺媒体。必须倚靠这些新旧文艺媒体平台的传播力量才能与普通公众接触。

而且单就上述三方面中的人员来说，文艺评论必须分别依存于艺术家、艺术批评家及艺术媒体专家，否则，无法独自生存。当艺术家创作出文艺作品之后，文艺评论家才有评论之事可做。假如没有文艺作品，何来文艺评论？就这种依存性来看，文艺评论真没什么大不了的，绝不能盲目自信和自大。

不过，与此同时，文艺评论又是一种有着与上述依存性明显不同的自主性特质的行业。这种自主性在于，文艺评论的存在并不单纯为着它所评论的文艺作品本身以及创作出文艺作品的当代文艺创作界，也不单纯为着鉴赏文艺作品的当代观众群体（尽管这些目标也是确实的），而是同时有着远为开阔而深远的目标跨越：通过文艺评论，将文艺作品及其相关现象纳入人类历史文化传统链条中去统一衡量，也就是把文艺作品及其相关现象按照人类历史文化传统的要求和标准加以阐释和评论，统合到这种人类历史文化传统的价值系统之中，再通过对后代的鉴赏引导和教育而传诸后世，使之具备不朽的文明价值。这表明，文艺评论可以自觉地充当人类历史文化传统的阐释者和传承者。在这个意义上，文艺评论家或许可以相当于希腊神话中的信使赫耳墨斯，他作为太阳神与月亮神之子，在日夜交替之间进行着重要信息的传递，承担起众神使者的特定使命。只不过，对我们来说，这里的众神不再是希腊神话中的神灵，而是人民。文艺评论终究应当借助文艺现象的评论而传递人民的声音，代人民立言。

文艺评论家正有可能是这样的众神使者——文艺作品中蕴藏的人类真理的发现者，能够敏锐地透过文艺作品的生动刻画而捕捉到其中蕴含的被旧的话语规则抑制或忽略的新意义、世界变革的微妙信息或新世界创生的神奇预言。小说评点家金圣叹发现阅读《水浒传》的新方法——将《水浒传》与《史记》加以对比："《史记》是以文运事，《水浒》是因文生事。以文运事，是先有事生成如此如此，却要算计出一篇文字来，虽是史公高才，也毕竟是吃苦事。因文生事即不然，只是顺着笔性去，削高补低都由我。"[1]他认为，与《史记》将已经发生的历史事件用富于文采的语言叙述出来不同，《水浒传》的美学奥秘则是顺着笔性去纵情想象出可能发生的历史事件来，从而让历史事件及其人物形象释放出更加动人的光芒。这里有关《史记》的评价显然过低，但对《水浒传》的美学评价却是别具一格的、了不起的精彩洞见，成功地透过"因文生事"的手法而揭示其创造的新意义及新特质。这位小说评点家还向读者推荐了《水浒传》中人物的具体品评方法，例如人物鉴赏比较法："只如写李逵，岂不段段都是妙绝文字，却不知正为段段都在宋江事后，故便妙不可言。盖作者只是痛恨宋江奸诈，故处处紧接出一段李逵朴诚来，做个形击。其意思自在显宋江之恶，却不料反成李逵之妙也。此譬如刺枪，本要杀人，反使出一身家数。"[2]他发现一旦把李逵与宋江对比起来阅读和品评，就更能把握住这两个人物各自的角色之妙。这些都成为后世读者阅读和评价《水浒传》的精妙导引。

在当代中国文艺评论史上也不乏这种新意义的发现者。在如何评价柳青的长篇小说《创业史》的问题上，评论家邵荃麟认为作为"最高的典型人物"去重点刻画的梁生宝，并不是"写得最成功的"，反而是作为"中间人物"的梁三老汉更值得重视，因为后者注意"依靠人物的行动，言行反映出他的心

---

[1] 金圣叹.读第五才子书法[M]//金圣叹全集：上.周锡山，编校.沈阳：万卷出版公司，2009：6.

[2] 金圣叹.读第五才子书法[M]//金圣叹全集：上.周锡山，编校.沈阳：万卷出版公司，2009：17.

理状态",而"心理就是灵魂"。①这种"中间人物"论在今天看来是颇有意义的美学洞见,在当时就受到了茅盾的肯定,不过连他也未曾料到评论家本人随后却"因此惹下了'杀身大祸'……因此与张春桥、姚文元发生争论"②。

不过,需要注意的是,这里说的对《水浒传》的"因文生事"等意义的发现,以及对《创业史》中"中间人物"的美学价值的肯定,虽然有时可能与小说家本人的创作意图相接近,但在很大程度上还是需要评论家自己去做独立自主的新发现。也就是说,对真正的文艺评论家来说,重要的不只是从作品中见出艺术家的主观创作意图(尽管这也必要),而是从作品的艺术形象世界中发现新的人生真理的幽微之光。这种新真理的幽微之光,诚然可能已经明白地敞开在感性丰富、蕴藉深厚而又兴味悠长的艺术形象世界之中,但一时尚未被艺术家本人完全意识到,正是由于评论家的独具只眼的发现和阐发的作用,因此可能被抽象到明确的理性层面,进而融入人类历史文化传统链条之中,成为其中指向未来世界理想的明亮一环。

如此看,文艺评论是一种有着依存性与自主性相交融的双重特质的跨性行业,既必须紧密依靠文艺创作界的作品对象、汲取文艺学科话语领域的学术资源和使用文艺媒体的传播平台而展开自己的评论活动,又可以由此而参与构建一个具有一定自主性的艺术公共领域和文化公共领域,进而为人类历史文化传统链条的延续而从事自己的建树。它既依靠文艺创作界、文艺学科话语领域和文艺媒体行业而生存,不可能舍此而独自发展,但同时又能据此开辟自己的独立自主世界,为人类历史文化传统链条的构建而奉献。看得出,文艺评论仿佛身居新兴的艺术形象世界与业已形成、稳定而又需要不断更新的文化传统世界之间,自觉地成为这两个世界之间赖以相互串联的一名使者。

当然,说到底,文艺评论行业正像文艺创作界、文艺学科话语圈和文艺媒体行业等一样,都需要牢牢扎根于社会现实土壤中才有真正的发言权。对

---

① 邵荃麟.在大连"农村题材短篇小说创作座谈会"上的讲话[M]//邵荃麟评论选集:上册.北京:人民文学出版社,1981:402-403.
② 茅盾.沉痛哀悼邵荃麟同志(代序)[M]//邵荃麟评论选集:上册.北京:人民文学出版社,1981:2.

文艺评论来说，紧密依靠文艺作品而发言是无论如何强调都不过分的。与文艺理论、艺术理论或美学有时难免可以稍稍超离具体文艺作品而作基于艺术理念的抽象演绎不同，文艺评论只有始终紧紧围绕具体文艺作品而抽象、演绎或拓展，才是坦途。

关于当代中国文艺评论，还有很多需要探讨，以上的阐述都只能是暂时的和初步的。

第二章

文艺评论的价值观与文艺评论标准

文艺事业是党和人民的重要事业,文艺战线是党和人民的重要战线。历史和现实都表明,辉煌灿烂的中华文明孕育出无数的文学艺术经典和数不尽的艺术大师,为中华民族在世界舞台上赢得了尊严和荣光。实现中华民族伟大复兴,既需要物质文明极大发展,更需要精神文明极大发展,文艺在增强人民精神力量、振奋民族精神上发挥了重要作用。"为什么要高度重视文艺和文艺工作?这个问题,首先要放在我国和世界发展大势中来审视。"[①] 契合21世纪以来文化的地位和作用不断凸显,中国的和平崛起与建设中华民族现代文明的目标指向,都必须高度重视和充分发挥文艺创作和文艺评论的重要作用。新时代是中国文艺发展的历史新方位,中国当代文艺创作与文艺评论应牢固树立马克思主义文艺观,始终坚持以人民为中心的工作导向,运用历史的、人民的、艺术的、美学的观点评判和鉴赏作品。同时,也要立足当代语境,创造性转化、创新性发展中国古典文艺评论遗产,批判性地借鉴现代西方文艺理论批评成果,为新时代文艺发展营造良好氛围。在人类文艺发展史上,文艺评论是推动文艺繁荣的重要推动和促进力量,伴随文艺创作的高峰迭起,也形成了历史长河中文艺评论有"经"有"权"的文艺批评标准。也就是说,在文艺发展史和文艺实践中,既形成了文艺评论标准的原则性、普遍性、长期性的共时性特质,也成就了文艺评论的灵活性、特殊性、时代性

[①] 习近平.在文艺工作座谈会上的讲话(2014年10月15日)[M].北京:人民出版社,2015:2.

的历时性特点，应当在时代语境下与时俱进地丰富和修正文艺评论标准。

一、文艺评论的价值观与文艺评论标准的关系

文艺评论是对艺术家、作品及各种文艺现象、文艺思潮的分析与评价，其核心是批评精神和价值判断。因此，真正的文艺评论要的是批评，是批评家主体意识的张扬和基于文本阐释基础上专业分析的价值判断。究其学理性而言，文艺评论作为批评，"是揭示文学艺术作品的美和缺点的科学。它是以充分理解艺术家或作家在自己的作品中所遵循的规则、深刻研究典范的作品和积极观察当代突出的现象为基础的"[1]。可见，作为一门科学的文艺评论不是作品的附庸，更不是对作者、市场和大众的迎合，当然此科学非实证意义上的自然科学，而是发出一种人文科学意味上的独立见解和主张，"讨论瑕瑜，别裁真伪，博参广考"[2]，以富有思想的真知灼见启迪作者和受众，甚至在抵制思想的平庸和批评"三俗"之风中引领社会思潮和文化风尚。需要强调的是，在批评实践中文艺评论不能是现成性尺度的套用，其批评模式和话语也非一成不变，但直面作品和世界的批评精神是其不变的灵魂。

一代有一代之精神，一代有一代之文艺和文艺评论。在文艺批评实践中，文艺评论者对作品的评判都会遵循某些标准，或者基于某种立场做价值判断。毛泽东指出："在现在世界上，一切文化或文学艺术都是属于一定的阶级，属于一定的政治路线的。"[3]"资产阶级对于无产阶级的文学艺术作品，不管其艺术成就怎样高，总是排斥的。无产阶级对于过去时代的文学艺术作品，也必须首先检查它们对待人民的态度如何，在历史上有无进步意义，而分别采取不同的态度。"[4]但是，任何批评标准都不是固定不变的。"我们不但否认抽象

---

[1] 普希金.普希金论批评是揭示文艺作品的美和缺点的科学［M］//北京师范大学中文系文艺理论教研室.文学理论学习参考资料：下.沈阳：春风文艺出版社，1982：1245.
[2] 永瑢，等.四库全书总目提要：三十九［M］.北京：商务印书馆，1931：92.
[3] 毛泽东.在延安文艺座谈会上的讲话［M］//毛泽东论文艺.北京：人民文学出版社，1992：54.
[4] 毛泽东.在延安文艺座谈会上的讲话［M］//毛泽东论文艺.北京：人民文学出版社，1992：58.

的绝对不变的政治标准，也否认抽象的绝对不变的艺术标准。"①

在一定意义上，任何文艺评论都蕴含某种价值观，并遵从一定的批评标准展开。古今中外文艺批评史表明，任何文艺批评都会蕴含一定的思想倾向。鲁迅先生在《批评家的批评家》中指出，文学批评史上从来就没有什么"没有一定圈子的批评家"，每一个批评家总有自己的批评尺度，这就是所谓"圈子"，即批评家的审美理想、审美情趣和人格精神乃至其立场、观点与方法所代表的个人的、派别的、集团的、正当的、阶级的、民族的最高利益。可见，所谓评论都是在具体文艺实践中，基于一定立场对文艺作品、文艺现象、文艺运动和文艺精神的价值进行分析和评判，都是运用蕴含某种价值观的批评标准对文艺所进行的阐释分析和价值评判。

何为价值？有学者指出："价值就是事物对于人，更确切地说，是客体对于主体的'意义'。"②从中我们可以意识到，价值既不是实体范畴，也不是实体的属性，更不是人的主观印象，而是关系范畴，即在实践的基础上，客体满足主体需要的特定关系。基于此，所谓价值观，其实是对什么是有价值的一种追问，是基于一定价值立场的观念表达，是一种观念形态的价值意识。有学者指出："价值观包括人们的社会信念、人生信仰、政治理想、道德追求、生活原则等在内，是人们的价值信念、价值标准和价值理想的综合体系，是人们利益、需要、心理和行为的内心定向系统。"③

在人类文艺发展史和文艺评论实践中，人类社会的文艺创作与艺术评论犹如鸟之双翼，须臾不曾疏离，无论"断竹，续竹，飞土，逐肉"这样的先秦佚名古歌，还是"昔葛天氏之乐，三人操牛尾，投足以歌八阕"的古乐，千百年来都是文艺评论的评判对象。任何文艺评论都是具体的，都是有意或者无意对某些批评标准的运用，批评标准是对文艺评论价值观的具体运用和实践，价值观是对文艺批评标准的引导和修正，是文艺评论实践展开价值主轴。每个时代都有其主导性的文艺评论价值观，也同样有其多样化的具体批

---

① 毛泽东.在延安文艺座谈会上的讲话[M]//毛泽东论文艺.北京：人民文学出版社，1992：58.
② 李德顺.价值论[M].北京：中国人民大学出版社，2007：37.
③ 徐伟新，等.社会主义核心价值观研究[M].北京：中共中央党校出版社，2016：22.

评标准。文艺评论的价值观往往是社会核心价值观的折射与反映，而核心价值观是一个民族赖以维系的精神纽带，是一个国家共同的思想道德基础。如果没有共同的核心价值观，一个民族、一个国家就会魂无定所、行无依归。"中华民族在长期实践中培育和形成了独特的思想理念和道德规范，有崇仁爱、重民本、守诚信、讲辩证、尚和合、求大同等思想，有自强不息、敬业乐群、扶正扬善、扶危济困、见义勇为、孝老爱亲等传统美德。"[①]

固然，任何批评实践都是依循某种批评标准的评论，但所谓标准必然内化于思想价值阐释中，有着对历史的反思、对现实的考量和对未来的展望，是对世界和社会生活的捕捉，从中显现出一种独特眼光和视野，是一种发自心底的情感交流与思想对话。如果说，优秀文艺作品反映着一个国家、一个民族的文化创造能力和水平，对作家、艺术家而言，把创作生产优秀作品、文艺精品作为安身立命之本，对文艺评论家而言则是必须以高质量有思想价值含量的创造性评论为立足之基，才能构筑新时代中国文艺发展的"龙文百斛鼎，笔力可独扛"之势。

二、文艺评论价值观与文艺评论标准的古今演变

任何文艺批评标准都是一定历史语境的产物，都必然带有时代的烙印，并体现出时代精神的某种倾向。笼统地讲，文艺评论价值观中既有某些稳定性的不随外在条件变化的基本价值追求，更有很多与时俱进的契合时代需求的批评标准的变动不居，可谓有"经"有"权"。如马克思、恩格斯提出的文艺批评"历史的、美学的标准"，有其马克思主义真理性的"经"的稳定性，同时在马克思主义文艺理论中国化时代化中，先后生成了"延安讲话"的文艺批评标准，以及习近平总书记在文艺工作座谈会上提出的"运用历史的、人民的、艺术的、美学的观点评判和鉴赏作品"。遵循马克思主义的历史唯物主义史观，就文艺价值观与文艺评论标准的古今演变略加以梳理。

---

① 中共中央宣传部.习近平总书记在文艺工作座谈会上的重要讲话学习读本［M］.北京：学习出版社，2015：28-29.

1. 中国古代的文艺评论价值观与文艺批评标准

中国古代有着丰富的文艺评论思想和文艺批评实践，也涌现体大虑周的《文心雕龙》《诗品》《原诗》等文艺批评著作，有着丰富的带有中国哲学、美学意蕴的文艺评论概念术语、范畴和命题。其中，诸多概念术语、范畴和命题经由创造性转化和创新性发展，依然鲜活地被运用到当代文艺批评活动中，是当代文艺评论学术话语体系建构的重要元素和思想价值的构成部分。总体上看，"追求真善美是文艺的永恒价值"[①]。中国古代文艺评论的价值观固然有儒道的分别，但在总体上多体现为对"真善美"的价值追求，多注重"诗教"功能与"美刺"作用，在"兴观群怨"中倡导"知人论世"的批评原则，强调美与善的统一、情与理的统一、人与自然的统一，以审美境界表达艺术理想，以此演化出若干各有侧重的诸多文艺批评标准。大体上讲，中华文化多以对至善（好、圆满、良善等）的追求为核心价值指向，多显现于儒家孔孟的仁学思想及其道德伦理诉求，在文艺批评价值观上注重美善的统一，强调美善相兼，以"尽善尽美"、中和之美、文质彬彬为文艺批评标准。

"尽善尽美"的文艺批评标准。孔子的"尽善尽美"说是中国古代最重要的文艺评论标准之一。《论语·八佾》："子谓《韶》：'尽美矣，又尽善也。'谓《武》：'尽美矣，未尽善也。'"在孔子看来，文艺作品达到"美"与"善"的统一，才算得上是好的作品。何为"善"？子曰："善人为邦百年，亦可以胜残去杀矣。"（"胜残去杀"就是遏制残暴与杀戮的意思）孔子将"善"作为"至于道"的内涵，将文辞华章视为"美"的体现。基于此，孔子批评《武》"尽美矣，未尽善也"，赞扬《韶》"尽善尽美"。通过对《武》《韶》的评判，既反映了孔子的社会道德观，也彰显了孔子的文艺评论价值观。在中国古代思想史上，上承孔子的仁学思想，后世儒学大师进一步发展丰富了"尽善尽美"的文艺批评标准。因着对善的价值祈向，孟子强调以充实为美，注重的是个体人格之美。朱熹在《论语集注》中指出："美者，声容之盛；善者，美

---

① 习近平. 在文艺工作座谈会上的讲话（2014年10月15日）[M]. 北京：人民出版社，2015：24.

之实也。"从而使"尽善尽美"的文艺批评标准在中国古代文艺评论中成为影响深远的批评标准之一。

"中和之美"的文艺批评标准。"中也者，天下之大本也；和也者，天下之达道也。致中和，天地位焉，万物育焉"（《中庸》）。究其意味，"中和之美"的哲学底蕴是"中庸之道"，以忠恕为本，意谓执其两端而叩其中，被运用到文艺评论中成为中国古代的文艺批评标准之一。在文艺批评实践中，既强调文艺作品所蕴含的思想纯正，合乎礼仪，又强调在语言形式表达上要中正和平，文质彬彬。基于此，孔子高度评价了《诗经》的中和之美，"乐而不淫，哀而不伤"（《论语·八佾》）。同样，《毛诗序》在推崇《诗经》"吟咏情性"时也提出"变风发乎情，止乎礼义"。以此形成中国古代文艺创作在情感表达上具有凝练节制的美学特点，可以说，"中和之美"的批评标准对中华美学精神的形成具有深刻影响。事实上，追求"中和之美"已成为中华民族文学艺术史上一个重要传统和主要批评标准之一；"致中和"这种极具民族审美色彩的批评标准几乎涵盖了所有艺术门类的艺术创作和艺术评论。

"文质彬彬"的文艺批评标准。"文"与"质"是先秦文化中的两个重要概念。"文"表现为事物的外在之美，"质"表现为事物的内在之美，由儒家思想中的道德评判和对君子人格的评价转化为文艺批评标准之一。《论语·雍也》云："子曰：质胜文则野，文胜质则史。文质彬彬，然后君子。"在孔子看来，人之为人，既要注重外在仪表之美，也要注重内在气质之美，二者统一，方为君子风采。文质彬彬体现了儒家对美和美德的理解，并被借用为文艺批评的标准之一，用以说明文艺的内容和形式的关系与对文艺创作的审美要求。具体地讲，"质胜文"者，即无文采或文采不足，如质木无文，文章就粗野，不生动活泼；"文胜质"者，即空洞无物，华而不实。文艺创作唯有追求质文兼备，情文并茂，达到内容与形式高度统一，才是文艺创作所追求的审美境界。基于此，"文质彬彬"也成为中国古代重要的文艺批评标准之一。

"贵真、重道、尚意"的批评标准。相对于儒家注重美善的统一，道家更注重美与真的统一，崇尚"天地之美"即自然之美。追求"天地与我并生，而万物与我为一"的理想境界，诉求顺应自然的"逍遥游"，追求精神自由，并将这种精神自由诉诸文艺评论，由此形成了"贵真、重道、尚意"的批评标准。道家贵真，强调的是主体之"真"，是发自主体的真情实感，不伪饰做作，旨在维护"美"与"真"的统一。所谓"真"乃是性情之真，即人性之真、人情之真，以及主体表现方式之真，即"朴素"，"朴素而天下莫能与之争美"（《天道》），所张扬的是一种合乎自然的纯真、率真、淳朴、精诚之美。道家之"道"，乃是自然无为之"道"，在自然无为的精神状态中诉求"至美至乐"的人生境界。所谓尚意，是指在"言"与"意"的关系中，"言"为"意"表，"意"之所依的"道"是"不可言传"的。由此形成具有鲜明道家思想色彩的"贵真、重道、尚意"的文艺批评标准，同样影响深远，旨在在文艺创作之中追求崇尚素朴之美的人生境界。

概括地讲，中国古代形成了追求"真善美"相统一的文艺评论价值观，以及相互协调、相互促进又有着差异性的诸多文艺批评标准，发展出了中国历史上以儒家为代表的现实主义文艺思潮和以道家为代表的浪漫主义思潮。儒家主善，注重美善统一，追求"中和之美""文质彬彬"；道家主真，注重美与真的统一，崇尚自然素朴之美。儒家主"辞达"，肯定"言以足志，文以足言"；道家主"得意忘言""言不尽意"。由此形成了中国古代文艺评论中以真善美的统一为价值观，又各具侧重点的多样化批评标准。

2. 马克思主义经典作家的文艺评论价值观与文艺批评标准

马克思主义经典作家提出了文艺批评的"美学的和历史的"标准。1847年，恩格斯发表了《诗歌和散文中的德国社会主义》一文，在此文中，恩格斯批评了卡尔·格律恩的《从人的观点论歌德》一文，他指出："我们决不是从道德的、党派的观点来责备歌德，而只是从美学的和历史的观点来责备他。"1859年，恩格斯又在《致斐·拉萨尔》一文中对拉萨尔的剧本《弗兰茨·冯·济金根》做了评论，他说："您看，我是从美学观点和历史观点，以非常高的，即最高的标准来衡量您的作品的，而且我必须这样做才能提出一些反对意见。"恩格斯这两篇提出的"美学的和历史的"批评标准的文章，时间跨度12年，后一篇文章中更用了加着重号的"最高的"和"必须这样做"

的词句。可见，"美学观点和历史观点"是恩格斯一以贯之的、是在实践中逐步成熟且日益强调的文艺批评标准。其中的核心思想是"较大的思想深度""意识到的历史内容"，以及"情节的生动性与丰富性"，在马克思主义文艺批评理论体系中，被称为"三融合"的批评原则。"三融合"的批评原则与"美学的历史的"标准的统一，构成了马克思主义经典作家文艺批评的核心内涵。与此同时，马克思认为人是"按照美的规律"来进行创造的，在对具体作品的评价中，有一个审美标准作为人的尺度而高悬于具体的艺术创作与审美实践之上，马克思甚至认为希腊艺术"就某些方面说还是一种规范和高不可及的范本"①，这暗示了存在一种具有超越性的审美尺度，可以与"美学的"标准统一起来理解。同时，在马克思、恩格斯的文艺批评实践中，他们都非常强调历史的真实与历史的必然。关于历史的真实，恩格斯认为巴尔扎克"是比过去、现在和未来的一切左拉都伟大得多的现实主义大师"，因为"他在《人间喜剧》里给我们提供了一部法国'社会'特别是巴黎'上流社会'的卓越的现实主义历史"，他从这里，甚至在经济细节方面所学到的东西，"也要比从当时所有职业的历史学家、经济学家和统计学家那里学到的东西还要多"②。此外，恩格斯还强调了"现实关系的真实描写"，与此同时，马克思还特别关注艺术作品所揭示的社会历史的必然趋势，也就是"巨大的历史感"。这些内容构成了马克思主义经典作家文艺批评所说的"历史的"标准。

这表明马克思恩格斯的"美学的和历史的"标准是"非常高的即最高标准"，也是"思想性艺术性相统一"的合目的性与合规律性相统一的创作理论主张，在文艺批评实践中，既要尊重文艺的审美属性，也要关注文艺的历史内容，特别是要把作品放到一定的历史范围内、历史背景下、历史过程中加以审视和评论。

3. 毛泽东文艺思想中的文艺评论价值观与文艺批评标准

在中共早期领导人中，毛泽东是真正懂文艺又高度重视文艺的领导人之

---

① 里夫希茨.马克思恩格斯论艺术：第一卷[M].北京：中国社会科学出版社，1983：149.
② 里夫希茨.马克思恩格斯论艺术：第一卷[M].北京：中国社会科学出版社，1983：8.

一。他认为文艺评论是一项复杂的工作，需要做专门的研究，即便如此，《在延安文艺座谈会上的讲话》中，毛泽东还是对于这个问题发表了真知灼见。毛泽东指出："文艺批评有两个标准，一个是政治标准，一个是艺术标准。"①正是在进入抗战最艰苦，需要焕发出全民族意志力，需要文艺发挥打击敌人、教育人民、鼓舞士气的作用。唯此，毛泽东提出了文艺批评的两个标准问题。这两个在特定历史语境下提出的标准，可以说在马克思主义文艺批评史上具有"权"的意味，但其中依然有着普遍性的价值规定性，那就是是否有着为人民的价值取向。尽管因着时代形势的严峻，毛泽东《在延安文艺座谈会上的讲话》中依然着重指出："缺乏艺术性的艺术品，无论政治上怎样进步，也是没有力量的。因此，我们既反对政治观点错误的艺术品，也反对只有正确的政治观点而没有艺术力量的所谓'标语口号式'的倾向。"②究其意味，"我们的要求则是政治和艺术的统一，内容和形式的统一，革命的政治内容和尽可能完美的艺术形式的统一"③。其中蕴含着文艺评论价值观与文艺批评标准的辩证统一。

4. 中国特色社会主义理论视野中的文艺评论的价值观与文艺批评标准

随着"文化大革命"的结束，中国进入了以经济建设为中心的改革开放的新时期，推动了中国特色社会主义理论视野中的文艺评论价值观与文艺批评标准的演变。1979 年 10 月 30 日，邓小平在中国文学艺术工作者第四次代表大会上致祝词时提出，要建设高度的社会主义精神文明。在文艺创作上，坚持百花齐放、百家争鸣、推陈出新、洋为中用、古为今用的方针。随后，《人民日报》发表社论，把文艺政策调整为"文艺为人民服务，文艺为社会主义服务"的"二为"方向。可以说，新时期的文艺评论坚持为人民服务和为社会主义服务的价值观，在批评标准上坚持文艺的人民性观点，主张应由人

---

① 毛泽东. 在延安文艺座谈会上的讲话 [M] // 毛泽东论文艺. 北京：人民文学出版社，1992: 56.
② 毛泽东. 在延安文艺座谈会上的讲话 [M] // 毛泽东论文艺. 北京：人民文学出版社，1992: 58.
③ 毛泽东. 在延安文艺座谈会上的讲话 [M] // 毛泽东论文艺. 北京：人民文学出版社，1992: 58.

民来评定文艺作品，强调人民的主体性。

1996年12月16日和2001年12月18日，江泽民在中国文学艺术界联合会第六次和第七次全国代表大会、中国作家协会第五次和第六次全国代表大会上的讲话中指出：文艺是民族精神的火炬。在文艺工作中坚持党的基本理论、基本路线和方针政策，坚持正确的创作思想，多出精品，把美好的精神食粮贡献给人民，郑重地考虑作品的社会效果，旗帜鲜明地反对资本主义和一切剥削阶级腐朽思想文化的侵蚀、反对"一切向钱看"，旗帜鲜明地鼓舞人们为壮丽的社会主义现代化建设事业而奋发进取的文艺评论价值观，树立了弘扬主旋律与坚持文艺多样性相统一的批评标准。

进入21世纪以来，胡锦涛同志指出文艺必须"坚持以最广大人民为服务对象和表现主体，关心群众疾苦，体察人民愿望、把握群众需求，通过形式多样的艺术创造，为人民放歌，为人民抒情，为人民呼吁"[①]的文艺评论价值观，树立了以人民需求为尺度的文艺批评标准。

党的十八大以来，中国特色社会主义发展进入了新时代，新时代是中国文艺繁荣发展的历史新方位。习近平总书记在关于文艺工作的重要论述中，一再强调社会主义文艺，从本质上讲就是人民的文艺，人民性是社会主义文艺的本质属性，中国精神是社会主义文艺的灵魂。习近平总书记在关于文艺工作的重要论述中，清晰地表达了新时代中国文艺评论应该坚守和弘扬的价值观。在他看来，"一部好的作品，应该是经得起人民评价、专家评价、市场检验的作品，应该是把社会效益放在首位，同时也应该是社会效益和经济效益相统一的作品"[②]。在推动文艺繁荣发展实践中，习近平总书记要求，"把好文艺批评的方向盘，运用历史的、人民的、艺术的、美学的观点评判和鉴赏作品"[③]。在这里，习近平总书记明确提出了新时代开展文艺评论工作所要遵

[①] 胡锦涛.在中国文联第八次全国代表大会、中国作协第七次全国代表大会上的讲话（2006年11月10日）[M].北京：人民出版社，2006.

[②] 习近平.在文艺工作座谈会上的讲话（2014年10月15日）[M].北京：人民出版社，2015：20.

[③] 习近平.在文艺工作座谈会上的讲话（2014年10月15日）[M].北京：人民出版社，2015：30.

从的文艺批评标准，旨在强调文艺批评应实现意识形态性（历史的、人民的）与审美性（艺术的、美学的）的辩证统一。一个批评文本，只有在与历史的、人民的、艺术的、美学的交会点上，才能对所批评的文艺作品进行观照，从中揭示作品的意义，在互为间性的基础上实现与作者、读者以及其他批评家的平等对话。究其内在逻辑和理路与马克思主义文艺批评观所要求的的"美学的历史的"批评标准一脉相承。

三、新时代文艺评论的价值观与文艺评论标准

新时代文艺评论应树立什么样的批评观？说到底，能否真正树立"以人民为中心的价值导向"决定着文艺评论的价值高度和社会功能的发挥。习近平总书记指出："要高度重视和切实加强文艺评论工作。文艺批评是文艺创作的一面镜子、一剂良药，是引导创作、多出精品、提高审美、引领风尚的重要力量。"[1]新时代的作家和艺术家仍要深入生活与扎根人民，"源于人民、为了人民、属于人民，是社会主义文艺的根本立场，也是社会主义文艺繁荣发展的动力所在"[2]。不同于唯美主义或为艺术而艺术的批评观，马克思主义文艺批评鲜明地亮出自己的立场和批评标准，主张有导向性和价值倾向性的批评，尤其强调发挥文艺的社会功能，但从来也没有忽视对艺术卓越性的追求和艺术价值的肯定，更不会以所谓宣传去侵犯或损害文艺的自主性和审美的自律性（对主题创作的评论会更加注重作品的艺术表达能力和审美想象力）。唯此，文艺评论要在深刻理解新时代内涵基础上，强化直面作品和文艺实践的"批评精神"，增强评论家何为的使命感，加强马克思主义文艺理论素养，把好影响和引导文艺创作的方向盘。习近平总书记指出："要加强马克思主义文艺理论和评论建设，增强朝气锐气，发挥引导创作、推出精品、提高审美、

---

[1] 习近平.在文艺工作座谈会上的讲话（2014年10月15日）[M].北京：人民出版社，2015：29.

[2] 习近平.在中国文联十一大、中国作协十大开幕式上的讲话（2021年12月14日）[M].北京：人民出版社，2021：7.

引领风尚的作用。"①

一个时期以来,文娱领域流量至上、"饭圈"乱象、天价片酬、阴阳合同、违法失德等现象不时出镜,"小鲜肉""脂粉气""耽美"等畸形审美趣味一度泛滥,在难得的历史条件与时代际遇面前,本该有所作为的文艺评论却哑然失声,无所适从,丧失了应有的提神聚气、凝聚人心的作用,忘记了本来的使命和责任。"文艺评论存在'缺席''缺位'现象,对优秀作品推介不够,对不良现象批评乏力,文艺批评辨善恶、鉴美丑、促繁荣的作用有待强化。"② 正是基于此,2021年8月,中央宣传部、文化和旅游部、国家广播电视总局、中国文联、中国作协五部门联合印发了《关于加强新时代文艺评论工作的指导意见》(以下简称《意见》)。《意见》明确,建强文艺评论阵地,营造健康评论生态,推动创作与评论有效互动,增强文艺评论的战斗力、说服力和影响力,促进提高文艺作品的精神高度、文化内涵和艺术价值,为人民提供更好更多精神食粮。唯此,《意见》指出,注重文艺评论的社会效果,弘扬真善美、批驳假恶丑,不为低俗庸俗媚俗作品和泛娱乐化等推波助澜。一个时期,创作者心情浮躁、精神贫弱、价值缺失、魂无定所,个性化写作现象严重。心中没有人民,笔下没有乾坤,既丧失艺术追求,也谈不上审美情趣,既忘记责任担当,也缺乏艺术理想的现象比较严重。其突出表现是"浮躁",创作成为发财的手段,批评(红包评论)成了致富的工具;文艺创作出现了热衷于去思想化、去价值化、去历史化、去主流化的倾向,文艺评论也出现了以洋为尊、以洋为美、唯洋是从地套用西方理论剪裁中国人审美的文化盲目现象;文艺创作出现了在市场经济大潮中迷失方向、充当市场的奴隶、作品沾满铜臭气的倾向,文艺评论出现了以利润标准代替审美价值的现象;文艺创作出现了将低俗当通俗、把欲望当希望、把单纯感官娱乐当精神快乐的倾向。可以说,文艺上的浮躁现象折射出的是社会的浮躁、思想的虚空和精神的自甘堕落。在资本趋利的角逐中,某些内容生产趋向利益化,资本控

---

① 习近平.在中国文联十一大、中国作协十大开幕式上的讲话(2021年12月14日)[M].北京:人民出版社,2021:18.
② 中共中央关于繁荣发展社会主义文艺的意见[M].北京:人民出版社,2015:3.

制下出现了消费主义意识形态的泛滥现象。唯此,《意见》指出,要开展专业权威的文艺评论,把好文艺评论的方向盘。健全文艺评论标准,把人民作为文艺审美的鉴赏家和评判者,把政治性、艺术性、社会反映、市场认可统一起来,把社会效益、社会价值放在首位,不唯流量是从,不能用简单的商业标准取代艺术标准。严肃客观评价作品,坚持从作品出发,提高文艺评论的专业性和说服力,把更多有筋骨、有道德、有温度的优秀作品推介给读者观众,抵制阿谀奉承、庸俗吹捧的评论,反对刷分控评等不良现象。

新时代的文艺创作和文艺评论何为?习近平总书记指出:"文艺要通俗,但决不能庸俗、低俗、媚俗。文艺要生活,但决不能成为不良风气的制造者、跟风者、鼓吹者。文艺要创新,但决不能搞光怪陆离、荒腔走板的东西。文艺要效益,但决不能沾染铜臭气、当市场的奴隶。创作要靠心血,表演要靠实力,形象要靠塑造,效益要靠品质,名声要靠德艺。"①习近平总书记的论述为新时代文艺工作者包括文艺评论工作者深刻理解艺术创新提供了基本遵循,也进一步明确了新时代文艺评论要坚持的四个标准。

"历史的标准"。坚持唯物主义史观是马克思主义的基本立场,习近平总书记在重要讲话中,多次强调要树立大历史观、大文明观,自觉增强历史主动精神。不忘历史才能开辟未来,文艺创作和文艺评论要树立正确的历史观,要尊重历史真实和彰显历史精神,在遵循历史规律中把握历史大势。在文艺评论中运用"历史的观点",就是在具体批评实践中树立正确历史观,尊重历史、按照艺术规律呈现的艺术化的历史,对作品做出历史性的价值评判。习近平总书记指出:"没有历史感,文学家、艺术家就很难有丰富的灵感和深刻的思想。"②历史是一面镜子,从历史中,我们能够更好地看清世界、渗透生活、认识自己。正是因为历史在一个人的身份认同和国家认同中有着举足轻重的作用,清代著名学者龚自珍说"灭人之国,必先去其史"。可以说,缺

---

① 习近平.在中国文联十一大、中国作协十大开幕式上的讲话(2021年12月14日)[M].北京:人民出版社,2021:15.
② 习近平.在中国文联十大、中国作协九大开幕式上的讲话(2016年11月30日)[M].北京:人民出版社,2016:9.

乏正确的历史观教育往往会灭人之国、躏纺败纪、绝材湮教。同时，历史也是一位智者，同历史对话，我们能够更好地认识过去、把握当下、面向未来。"观古今于须臾，抚四海于一瞬。"在文艺创作中，历史给予文艺家无穷的滋养和无限的想象空间，但绝不能戏谑化历史、虚无化历史，更不能在对人类历史发展走势的把握上表现得迷茫，嗟叹"茶杯里的风波"，把个人际遇当成历史发展的必然规律，把历史推向不可知论的境地，而是在追求历史真实中把握历史大势。新时代文艺批评运用"历史的观点"，要自觉"树立大历史观、大时代观，眼纳千江水、胸起百万兵，把握历史进程和时代大势，反映中华民族的千年巨变，揭示百年中国的人间正道，弘扬以爱国主义为核心的民族精神和以改革创新为核心的时代精神，弘扬伟大建党精神，唱响昂扬的时代主旋律"[①]。以史为鉴，必须坚持中国共产党坚强领导；以史为鉴，必须坚持和发展中国特色社会主义。

"人民的标准"。党的二十大报告指出："坚持以人民为中心的创作导向，推出更多增强人民精神力量的优秀作品。"[②] 这一重要论断要求在文艺批评实践中运用"人民的观点"，高扬文艺的人民性，自觉坚守人民立场，书写生生不息的人民史诗。在习近平总书记关于文艺重要论述中，"人民"的概念不是抽象的、虚化的符号，"而是一个一个具体的人，有血有肉，有情感，有爱恨，有梦想，也有内心的冲突和挣扎"[③]。生活就是人民，人民就是生活。在社会主义的文艺评论价值观中，"人民是真实的、现实的、朴实的，不能用虚构的形象虚构人民，不能用调侃的态度调侃人民，更不能用丑化的笔触丑化人民"[④]。在文艺评论中运用"人民的观点"，就要从中揭示出人民是历史的创造者，也是时代的创作者，评判文艺创作是否把人民放在心中最高位置，是否让人民

---

① 习近平. 在中国文联十一大、中国作协十大开幕式上的讲话（2021年12月14日）[M]. 北京：人民出版社，2021：6–7.

② 习近平. 高举中国特色社会主义伟大旗帜 为全面建设社会主义现代化国家而团结奋斗——在中国共产党第二十次全国代表大会上的报告（2022年10月16日）[M]. 北京：人民出版社，2022：45.

③ 习近平. 在文艺工作座谈会上的讲话（2014年10月15日）[M]. 北京：人民出版社，2015：17.

④ 习近平. 在中国文联十一大、中国作协十大开幕式上的讲话（2021年12月14日）[M]. 北京：人民出版社，2021：8.

成为作品的主角,是否把自己的思想倾向和情感同人民融为一体,把心、情、思沉到人民之中,同人民一道感受时代的脉搏、生命的光彩,是否为时代和人民放歌。归根结底,要把人民满意不满意作为检验艺术的最高标准,评判其所提供的精神食粮是否满足人民的需求和有利于增强人民的精神力量。"人民就是江山,江山就是人民。"① 在新时代文艺批评要对人民创造历史的伟大进程给予最热情的赞颂,对一切为中华民族伟大复兴奋斗的拼搏者、一切为人民牺牲奉献的英雄们给予最深情的褒扬,让文艺的百花园永远为人民绽放。

"艺术的标准"。无论是对生活的表现、再现还是反映,文艺都不是通过概念、观念对社会现实进行抽象,而是通过文字、颜色、声音、情感、情节、画面、图像等进行艺术想象和审美创造。唯此,习近平总书记《在文艺工作座谈会上的讲话》中指出:"文艺工作者要自觉坚守艺术理想,不断提高学养、涵养、修养,加强思想积累、知识储备、文化修养、艺术训练,努力做到'笼天地于形内,挫万物于笔端'。"② 在文艺评论中运用"艺术的观点"进行价值评判,实际上在批评实践中以此衡量文艺作品所达到的艺术高度,洞察艺术创作是否塑造出典型人物、典型环境,"典型人物所达到的高度,就是文艺作品的高度,也是时代的艺术高度"③。艺术追求无止境,艺术创新贯穿艺术创作全过程,新时代的作家、艺术家要大胆探索,锐意进取,在提高原创力上下功夫,推动观念和手段相结合、内容和形式相融合、各种艺术要素和技术要素相辉映,让作品更加精彩纷呈、引人入胜,方能创造出丰富多彩的中国故事、中国形象、中国旋律,为世界贡献特殊的声响和色彩、展现特殊的诗情和意境。习近平总书记指出:"文学艺术以形象取胜,经典文艺形象会成为一个时代文艺的重要标识。一切有追求、有本领的文艺工作者要提高阅读生活的能力,不断发掘更多代表时代精神的新现象新人物,以源于生活又

---

① 习近平. 高举中国特色社会主义伟大旗帜 为全面建设社会主义现代化国家而团结奋斗——在中国共产党第二十次全国代表大会上的报告(2022年10月16日)[M]. 北京:人民出版社,2022:46.

② 习近平. 在文艺工作座谈会上的讲话(2014年10月15日)[M]. 北京:人民出版社,2015:12.

③ 习近平. 在中国文联十大、中国作协九大开幕式上的讲话(2016年11月30日)[M]. 北京:人民出版社,2016:12.

高于生活的艺术创造，以现实主义和浪漫主义相结合的美学风格，塑造更多吸引人、感染人、打动人的艺术形象，为时代留下令人难忘的艺术经典。"[1] 新时代为着有效增强人民的精神力量，需要大量供给文艺精品而必须着力于文艺的提高，必须坚持以"艺术的观点"来引导文艺创作。但要明白，艺术的卓越性追求要服务于思想内容。说到底，"一切创作技巧和手段都是为内容服务的。科技发展、技术革新可以带来新的艺术表达和渲染方式，但艺术的丰盈始终有赖于生活。要正确运用新的技术、新的手段，激发创意灵感、丰富文化内涵、表达思想情感，使文艺创作呈现更有内涵、更有潜力的新境界"[2]。

"美学的标准"。尽管当代艺术出现了多元化的价值追求，但对美的价值追求仍是文艺创作不可缺失的。习近平总书记指出："广大文艺工作者要做真善美的追求者和传播者，把崇高的价值、美好的情感融入自己的作品，引导人们向高尚的道德聚拢，不让廉价的笑声、无底线的娱乐、无节操的垃圾淹没我们的生活。"[3] 在文艺评论实践中运用"美学的观点"，要充分认识到文艺是审美的对象，文艺批评面对的是艺术美形态，它本身就是一种审美化的艺术活动，是一种艺术审美活动。遵循"美学的观点"引导文艺创作实践，旨在强化艺术应有的审美向度，以美学思想的深刻性启发艺术创作。习近平总书记指出："只有把美的价值注入美的艺术之中，作品才有灵魂，思想和艺术才能相得益彰，作品才能传之久远。"[4] 以"美学的观点"引导文艺评论，就要树立高尚的审美理想和审美理念追求，自觉抵制不分是非、颠倒黑白的错误倾向，自觉摒弃低俗、庸俗、媚俗的低级趣味，自觉反对拜金主义、享乐主义、极端个人主义的腐朽思想。倡导健康文化风尚，摒弃畸形审美倾向，相信清泉永远比淤泥更值得拥有，光明永远比黑暗更值得歌颂。事实上，"好

---

[1] 习近平.在中国文联十一大、中国作协十大开幕式上的讲话（2021年12月14日）[M].北京：人民出版社，2021：9.

[2] 习近平.在中国文联十一大、中国作协十大开幕式上的讲话（2021年12月14日）[M].北京：人民出版社，2021：12.

[3] 习近平.在中国文联十大、中国作协九大开幕式上的讲话（2016年11月30日）[M].北京：人民出版社，2016：17.

[4] 习近平.在中国文联十一大、中国作协十大开幕式上的讲话（2021年12月14日）[M].北京：人民出版社，2021：10.

的文艺作品就应该像蓝天上的阳光、春季里的清风一样，能够启迪思想、温润心灵、陶冶人生，能够扫除颓废萎靡之风"①。如果一部作品缺乏思想精神力量，其艺术价值、审美价值也是有限度的。习近平总书记强调："用思想深刻、清新质朴、刚健有力的优秀作品滋养人民的审美观价值观，使人民在精神生活上更加充盈起来。"② 新时代建设中华民族现代文明，在世界舞台上增强中华文明传播力影响力，文艺的审美作用不可小觑。以艺术的审美连接世界、沟通心灵，愈加需要挖掘中华优秀传统文化的思想观念与审美追求，把中华美学精神和当代审美追求结合起来，以大众审美经验的理论升华厚植批评的"美学的观点"的沃土，在坚守中华文化立场、展现中华审美风范的追求中传承和弘扬中华美学精神。究其价值诉求而言，"中华美学讲求托物言志、寓理于情，讲求言简意赅、凝练节制，讲求形神兼备、意境深远，强调知、情、意、行相统一"③。有着鲜明的中华民族的审美色彩，是建构当代美学话语体系、推动文艺评论体系化的重要理论与思想资源，是形成文艺评论中国形态的重要美学底蕴。

在此要强调的是，在文艺评论中运用"历史的、人民的、艺术的、美学的观点"开展批评，所坚持的四个标准是相互协调、辩证统一的。习近平总书记指出："经典之所以能够成为经典，其中必然含有隽永的美、永恒的情、浩荡的气。经典通过主题内蕴、人物塑造、情感建构、意境营造、语言修辞等，容纳了深刻流动的心灵世界和鲜活丰满的本真生命，包含了历史、文化、人性的内涵，具有思想的穿透力、审美的洞察力、形式的创造力，因此才能成为不会过时的作品。"④ 对经典性的强调，实际上是对作品的思想与艺术性的高度要求，是四个批评标准相统一的具体化。也就是说，我们不是从单一尺

---

① 习近平. 在文艺工作座谈会上的讲话（2014年10月15日）[M]. 北京：人民出版社，2015：23.

② 习近平. 在中国文联十一大、中国作协十大开幕式上的讲话（2021年12月14日）[M]. 北京：人民出版社，2021：10.

③ 习近平. 在文艺工作座谈会上的讲话（2014年10月15日）[M]. 北京：人民出版社，2015：26.

④ 习近平. 在中国文联十大、中国作协九大开幕式上的讲话（2016年11月30日）[M]. 北京：人民出版社，2016：18.

度来评价一部作品的价值，而是综合运用"历史的、人民的、艺术的、美学的"标准相交织形成的"虚灵的真实"来理解和阐释其多维价值，由此促进新时代文艺发展不断迈向当代文艺经典和艺术高峰。

深刻把握文艺批评的四个标准，立足新时代的鼓与呼，文艺评论决不能成为世界舞台上某种强势文化和流行时尚符号的追随者，更不能套用西方理论剪裁中国人的审美，而是在全方位全景式展示当代中国人的史诗般创造中，以中国理论和中国话语有效阐释中国文艺实践和大众的审美经验，以当代文艺的繁荣发展坚定中国人的文化自信，为中华民族迈入强起来的新时代注入强大的文艺力量。一定意义上，对作品的评论是一种艺术再创造，是在为时代鼓与呼中发现价值与创造价值。开展文艺批评活动、把好文艺评论的方向盘，是党领导文艺工作的方式之一。习近平总书记指出："要尊重文艺工作者的创作个性和创造性劳动，政治上充分信任，创作上热情支持，营造有利于文艺创作的良好环境。"[1]

---

[1] 习近平.在文艺工作座谈会上的讲话（2014年10月15日）[M].北京：人民出版社，2015：28.

第三章

文艺评论的类型、文体和一般逻辑

经历了漫长的实践，中西方文艺评论已经形成了成熟而丰富的类型、文体和具有规律性的程式与步骤。本章将对此做一简要介绍。

一、文艺评论的类型

文艺评论的类型之所以丰富，是由于其划分角度、评论对象和评论家所处的文化传统、所采用的语言风格、所动用的学术资源的多样性。

文艺评论的类型并不是人为划分的，而是在各地、各个时代的评论家们的长期实践中自然形成的。而本章所讨论的文艺评论类型则是在评论家们的长期实践基础上，按照不同划分角度总结、归纳出来的。总结、归纳文艺评论类型的角度多种多样。常见的一般有这样几种：一是按照不同文化传统的角度；二是按照不同时代的角度；三是按照不同语言风格的角度；四是按照不同学术资源及其学术方法的角度；五是按照不同评论对象的角度。

事实上，文艺评论类型的划分还有更多、更细的角度，这里列举的是其中主要的、常用的几种。需要说明的是，按照不同学术资源及其学术方法来区分文艺评论类型是很重要的划分角度，但由于与第四章"文艺评论方法"的内容有重合的部分，所以本章不再陈述该角度划分出的类型，如社会历史评论、美学评论、文化评论、精神分析和心理学评论、结构主义与符号学评论、女权主义评论等。

1. 按不同文化传统划分的文艺评论类型

文艺和文艺评论都是在特定文化土壤中生长出来的，其所处的文化传统是其根本性的决定因素。因而，从不同文化传统来区分文艺评论的类型是认知和识别文艺评论类型特征的重要角度。一般来说，区分并描述某种文化传统的准确概念应该是民族，但由于世界上的民族繁多，往往一个国家就有众多民族，而且很多民族也未能形成自己独立的文化传统，甚至没有产生自己成熟的文艺及文艺评论。因此，从文化传统的角度划分文艺评论类型，最终变成了对区域文艺评论或国别文艺评论的一种宽泛的概括。譬如，基于儒道释三种思想文化相融合的传统的文艺评论，人们会将其称为中国文艺评论；基于古希腊文化传统和古希伯来文化传统的文艺评论，一般来说就是人们所说的西方文艺评论。如果进一步细分的话，西方文艺评论可划分出诞生了"别车杜"[①]和巴赫金的俄罗斯文艺评论；诞生了斯塔尔夫人、泰纳、罗兰·巴特的法兰西文艺评论；在中国当代的文艺评论中，人们常常会提到"京派""海派""闽派""陕派""川派"等的文艺评论。这些概念尽管不是用来刻意表述评论类型的，但事实上各种评论群体都有着自己特有的文化传统和思想资源，因而事实上也有着一定程度的类型特征和鲜明的识别度。

由于所属文化传统的差异，这些不同类型的文艺评论都有着鲜明的类型特征。如西方文艺评论始终没有走出来自古希伯来文化传统的宗教神学、来自古希腊文化传统的科学精神和逻各斯中心主义的精神版图和方法论，表现出神本主义、文本主义和科学分析方法等特征。而中国文艺评论则基于儒道释三种思想资源合流形成的文化传统，更多地表现出人本主义精神和"感悟式"的特征。

---

① "别车杜"是对俄罗斯19世纪三位著名文艺评论家的合称。这三位评论家分别是维·格·别林斯基（1811—1848）、尼古拉·加夫里诺维奇·车尔尼雪夫斯基（1828—1889）、尼古拉·亚历山大罗维奇·杜勃罗留波夫（1836—1861）。他们同处19世纪的俄罗斯，在唯物主义美学、现实主义和人民性等方面有着一致立场，为俄罗斯文学的发展做出了巨大贡献，产生了深远的国际影响，所以常被人们合称为"别车杜"。

2. 按不同时代划分的文艺评论类型

世界上不同区域在不同时代都有着不同的时代精神和时代风尚，因而出现于不同时代的文艺评论会有着明显的时代印记，也会构成属于自己的类型特征。因此，按照不同时代来划分文艺评论的类型同样有着深刻依据。然而，按照时代进行的划分，在国际上没有统一的标准，因为世界上各国、各民族对自己经历的历史的划分标准并不统一。意大利美学家维科将历史划分为"神的时代""英雄时代"和"平民时代"[①]；马克思、恩格斯将人类社会的历史划分为原始社会、奴隶社会、封建社会、资本主义社会和共产主义社会五个阶段，而且各国经历这五个阶段的时间也不同；中国人一般将自己的历史分为古代、近代、现代和当代，并有着明确的时间分界线，但与世界上其他国家并不一致；当代西方学者则又把历史划分为前现代、现代、后现代等不同阶段。因此，按照时代划分的文艺评论类型只能是一个大致的和模糊的概念。譬如，以苏格拉底、柏拉图和亚里士多德为标志的古希腊文艺评论；以孔子、刘勰、金圣叹等为标志的中国古代文艺评论。再譬如，西方已经出现了明确的基于工业社会和现代主义思潮的现代文艺评论、基于后工业社会和后现代思潮的后现代文艺评论等。

按照时代来划分文艺评论的类型，有助于人们把握产生于不同区域内的不同时代在文艺评论中呈现出的不同视角、观念和方法。同为中国文艺评论，中国当代文艺评论和中国古代文艺评论已经出现了巨大的差别。尽管当代的文艺评论仍要延续、借鉴古代文艺评论的精神传统和具有民族特性的评论方法，但二者已经是完全不同的两种类型了。

3. 基于不同语言风格的文艺评论类型

语言风格是文艺评论的重要类型标志之一。因此，按照语言风格来区分文艺评论的不同类型也是一个重要的角度。然而，如果将语言风格细化到个体语言风格的程度，这一角度的区分就失去意义了。因为，在原则上讲，每

---

① 维科.新科学[M].朱光潜,译.北京：人民文学出版社,1997.

一位评论家都应该有自己的语言风格，而文艺评论也不可能有那么多的类型。因此，按照语言风格来区分文艺评论的不同类型，主要是按照在一定区域或一定历史时期或某个群体内，具有某种共同语体或书写风格的文艺评论。在这一分类中，最突出的类型是建立在古代汉语风格基础上的感悟式评论，建立在科学分析和逻辑分析基础上的学理评论。感悟式类型的文艺评论在中国古代文论中非常普遍，由于中国文化传统中没有形成科学解剖和逻辑分析的习惯，因此中国古代评论家大多用形象说出自己对文学艺术的感知和顿悟，并创造了"品""味""气""悟""静观""神思"等概念，以及点评式、批注式、语录体、随感体等语体来言说文艺。这一传统演化到现在的文艺评论中，表现为随笔体、漫谈式和对话体评论的写作，或表现在评论论著中一些形象化和质感很强的评论语体。而西方文化传统则决定了西方评论家更多地是用抽象概念和逻辑推论来谈论文艺，形成了具有系统性、抽象性和科学性的论述语体的学理评论。当然，中西方文艺评论的这种区别也不是绝对的。西方也有部分感悟式评论，如法国评论家罗兰·巴特的《恋人絮语》，中国当代文艺评论，在西方影响下也逐步以论述语体的学理评论为主。

4. 基于不同评论对象的文艺评论类型

在所有的类型划分角度中，根据不同评论对象划分的文艺评论类型是最清晰、最明确的，因为作为评论对象的文艺是有着明确的分类的。我们可以据此明确地列出不同的文艺评论类型：文学评论、戏剧评论、影视评论、音乐评论、舞蹈评论、美术评论、书法评论、摄影评论、曲艺评论、民间艺术评论、杂技评论等。而且，在这些类型中，又可以进一步细分出更多的类型，文学评论可分为诗歌评论、小说评论、戏剧评论、散文评论；戏剧评论也可细分出戏曲评论、话剧评论、歌剧评论、舞剧评论等；在影视评论中又可以细分出电影评论、电视剧评论、纪录片评论等。

在按照评论对象的角度划分时，需要强调的是，随着时代的发展，文艺自身的类型在发展变化，因而会派生出新的文艺类型。特别是随着数字媒介技术的迅猛发展，很多新的文艺类型应运而生，不同文艺类型的融合、交叉现象也已十分普遍。如以动漫、微电影、网剧等为代表的网络文艺，以及大量不同类型的文艺作品的跨媒介叙事和跨媒介传播现象，给文艺评论类型的划分提出了新的视点和一定的难度。目前，我们可以将对网络虚拟空间中出现的文艺现象的评论，统称为网络评论，或媒介评论和跨媒介评论。但随着这些文艺现象的进一步成熟和独立，对其进行的评论类型的划分，还将进一步细化。

二、文艺评论的文体

所谓文体，是在长期写作实践中基于不同话语方式和书写规范而形成的文本体式。文体也是对应于特定内容的文本样态和形式。文艺评论文体总体上是与诗歌、散文、小说、剧本等各类文学文体并列的一种独立的文体类别。同时，文艺评论文体又根据不同评论对象和评论家们不同的话语方式、语言风格、书写习惯而形成了不同的文本样式。这里仅简要介绍几种常见的文艺评论文体。

1. 论文体

在当代文艺评论中，最常见的文体样式是见诸各文艺理论批评期刊的论文体。论文体即一般所说的论述文。人们对此类文体的书写训练从小学阶段就开始了，因而是最常见的文体。其书写的一般规范几乎人所共知，无外乎"提出论点""举出论据""分析论证"几个环节。按照三段论逻辑，一篇论文须由"是什么""为什么""怎么办"三个环节组成。"是什么"即论文提出的主要问题或观点（论点）；"为什么"即提出本问题或观点的原因和依据（论据）；"怎么办"即解决问题的对策、方法和结果等。

作为文艺评论文体的论文，从逻辑上讲，与上述一般论述文无异。所不同的是，论文体文艺评论的论述对象多是文艺作品，或文艺家、或文艺现象、或文艺问题。而文艺是形象可感、生动而富有生命力的，因此，作为文艺评论的论文，其话语方式和论述风格要比一般学术论文、政论文等更富有活力、激情和灵性，更符合文艺本身的特性。因而文艺评论论文写作要力避用过多生涩的概念，力避去做抽象的论证，尽量用形象生动的话语方式去讲清抽象的学理。成熟的评论家或优秀的文艺评论论文，多会在此基础上形成自己特有的话语方式和论述风格，不仅能够让读者愉快地阅读，而且能够给读者留下深刻的记忆，以至仅从文风即可识别这是哪一位评论家的论文。

文艺评论论文随着刊发媒介的不同，会呈现出不同文体规范。一般来说，在文艺理论批评期刊上发表的文艺评论论文更接近普通学术论文，通常会按照期刊的发稿要求，加上引文注释、内容摘要、关键词等，而且文风也力求严谨、规范。而在报纸或网络上发表的文艺评论论文则更接近随笔体，一般不要求加引文注释、内容摘要和关键词，文风也会随性一些、活泼一些，更接近文艺自身的特性一些。

2. 著作体

以书籍形式出版的文艺评论，从文体意义上，可以被称为著作体。著作体的文艺评论通常是评论家对某位文艺家或某部作品、或某个文艺流派及其作品，或某种文艺现象、某个文艺问题，进行系统的、多层面、多角度评论的文本。著作体文艺评论作为一种论述文体，与论文体一样，必须有观点、论据和论证过程，但比论文体更全面、具体，更具系统性，一般会按照特定论述逻辑分章节展开论述，或者对同一个评论对象从不同层面、不同角度展开论述，因而其篇幅自然要比单篇论文大得多。

著作体文艺评论一般会分为专著和论文集。专著是对同一个评论对象的系统性、多层面、多角度的论述，接近普通学术著作。而论文集则是多篇论文的分类结集，相当于论文体文艺评论的集合体和集束化，虽然其中的论文也有可能是对同一类文艺作品、文艺现象或文艺问题的论述，但每一篇都独立成篇，无须强调各篇之间的逻辑关系和系统性。因此，在很多评奖中都明确规定，不接受论文集参评，而要求以其中的某一篇论文单独参评。

著作体文艺评论很难与一般文艺研究著作相区别，通常情况下二者几无差别。人们习惯上会把过往的文艺作品、文艺现象和文艺问题的评论视为文艺研究，而把对当代文坛上出现的文艺作品、文艺现象和文艺问题的研究视为文艺评论。同时，如前所述，人们也会按照话语方式和论述风格来区分文艺研究著作和文艺评论著作。

3. 对话体、语录体、书信体

对话体与语录体是文艺评论最古老的文体。中西方出现最早的文艺评论文本体式就是对话体与语录体。中国先秦时期的儒家经典《论语》既是对话体，也是语录体，是孔子的弟子们根据回忆记录下来的与孔子的对话，或孔子的语录。其中许多对话和语录都是文艺评论，如"兴观群怨""思无邪""郑声淫"等说法，都出自《论语》。比孔子晚生八十多年，与孔子文艺思想流传方式类似的古希腊哲人苏格拉底[①]关于文学艺术的许多言论，也是通过他的弟子柏拉图和色诺芬等人的回忆，用对话体和语录体记录下来的，其中最著名的便是《柏拉图对话录》[②]。

对话体和语录体，作为文艺评论文体被沿用下来，一直到当今文坛仍时有所见。其中有影响的如《歌德谈话录》[③]、中国20世纪80年代的《二十世纪中国文学三人谈》[④]等。

书信是一种私人之间的书面对话文体，也常被用作文艺评论，故而可视为文艺评论的书信体。书信体的文艺评论依然保留着私人对话的语境和方式，在"我"和"你"之间展开，而且不拘体例、格式和篇幅，并带有口语特点，观点直截了当，很少引经据典。文艺史上，有很多以书信方式讨论文艺问题的评论家和文艺家。其中最著名的书信体文艺评论则是马克思于1859年4月19日、1861年7月22日的两封《致斐·拉萨尔》，恩格斯于1859年5月18日的《致斐·拉萨尔》、1888年4月初的《致玛·哈克奈斯》，以及列宁于1908年和1913年的多封《致阿·马·高尔基》等。在这些书信中马克思主义

---

① 孔子生卒年为前551—前479年；苏格拉底生卒年为前469—前399年。孔子比苏格拉底年长82岁。
② 柏拉图. 柏拉图对话录[M]. 水建馥, 译. 北京：商务印书馆, 2013.
③ 歌德. 歌德谈话录[M]. 朱光潜, 译. 北京：中华书局, 2013.
④ 黄子平, 陈平原, 钱理群. 二十世纪中国文学三人谈[M]. 北京：人民文学出版社, 1988.

经典作家向收信人阐述了自己对历史剧《弗兰茨·冯·济金根》《人间喜剧》《城市姑娘》等作品的评价，并提出了关于现实主义、典型等重大理论问题的观点，已成为文艺评论史上的重要文献。

4. 讲话体

讲话体，是文艺评论的一种特殊文体。在中外文艺史上，有许多文艺评论文本出自大会讲话、致辞，集会演讲，讲座或授课等形式的文字记录，形成了文艺评论中的讲话体。如果说"对话体"是评论家与一个或多个对象的现场对话，"书信体"是评论家与某个对象的跨时空的书面对话，那么，"讲话体"则是评论家与某个特定群体或公众的现场对话。从表面看，讲话似乎是讲话者单向度的独白，但实质上，应该是讲话者与他的听众的开放式对话。讲话者必须依照听众的接受需求和接受可能来确定讲话的内容和表达方式，听众以自己的注意力、掌声和其他方式的表达，始终保持着与讲话者的对话关系。

"讲话体"完全不同于"论文体"严谨的逻辑推演和学理论证，而是以口语的活力、对话的现场感，准确而直观地表达自己对文艺的见解，生动、活泼，富有讲话者特有的个性气质和感染力。中外许多文艺评论家、文艺家和政治家都发表过精彩的文艺讲话，留下了丰富的"讲话体"文艺评论文献，其中如歌德于1771年10月14日在法兰克福为莎士比亚举办的纪念活动上的演讲，鲁迅于1930年3月2日在"左联"成立大会上发表的讲话《对于左翼作家联盟的意见》，毛泽东于1942年5月23日发表的《在延安文艺座谈会上的讲话》，习近平总书记于2014年10月15日发表的《在文艺工作座谈会上的讲话》等，都是具有重要影响力的讲话体文艺评论文献。

5. 随感体

随感体是中西方文艺评论中最常见，且包括了多种具体形式的文体。随感体文艺评论一般指随笔、杂文、点评、批注、笔记、日记及近年来在网络中出现的博文和微评等。

第一，随笔、杂文。随笔是一种被广泛使用的文体，在思想文化的各个领域都被广泛使用。在文艺评论中，随笔是十分常见、十分自由的文体。其基本特征是篇幅短小，随情、随性、随感而发，语言生动活泼，不受论文体规范的限制。这些特征决定了随笔尤为适合去言说本就形象可感的文艺作品、文艺现象和文艺问题。特别是一些作家、艺术家以"创作谈"的名义所写的随笔，能够有效地将文艺家丰富的直觉和对文艺问题的理性思考融为一体，读来形象生动，悟性十足，对文艺理论的建构具有很高的价值，如巴金晚年的《随想录》[1]。

杂文是鲁迅先生创立的一种批判性文体，被称为"投枪"与"匕首"。鲁迅后期的很多杂文都是谈论文艺和文艺家的，鲁迅一贯的批判精神在杂文这种批判性文体中发挥到了极致。鲁迅之后有很多评论家、文艺家用杂文表达自己的文艺观点。杂文以短小精悍、富有批判性著称，尤为适合表达文艺评论观点。

第二，点评、批注。点评和批注是中国古代文艺评论的重要文体。中国古代特有的感悟式评论最有代表性的文体形式就是点评和批注。如明代文艺评论家金圣叹先后点评《水浒传》《西厢记》《左传》等作品，并有对杜甫等唐代诗人的诗集做评注的《唐才子诗》八卷。再如清代文艺评论家脂砚斋所抄录的《脂砚斋重评石头记》[2]中有数千条批注，这些批注又分为眉批、夹批、侧批、双行夹批、回后批、墨批等。此外，还有毛宗岗父子修篡的《三国演义》、张竹坡笔削的《金瓶梅》等都是明清时期著名的点评和批注体的文艺评论案例。这些点评与批注，针对文本中的某个细节、词句、人物行为和心理，有感而发，即兴写于文本中间，多为一针见血的只言片语，却能有效联结批者、作者和读者的感受，确为一种扎实而有的放矢的文艺评论方式。

第三，笔记、日记。笔记和日记，本是作者写给自己的思想和言行记录，其中有记录自己文艺思想和观点者，便也成了文艺评论的一种文体。而当这些记录有机会被公开发表时，也会成为公众视野中的文艺评论。笔记体在中

---

[1] 巴金. 随想录[M]. 北京：作家出版社，2009.
[2] 曹雪芹. 脂砚斋重评石头记[M]. 天津：天津古籍出版社，2007.

国古代，特别在明清时期是十分盛行的一种文体，有笔记体小说，也有笔记体的思想记录，其中有的便是针对文艺作品、文艺现象和文艺问题的言论，应属于文艺评论性质。如清代李渔的《闲情偶寄》[①]中便有大量关于戏曲、歌舞的评论。还如清代李斗的《扬州画舫录》[②]中也大量论及绘画、小说、戏曲等。

日记虽为一种私密的自我书写记录，却是思想文化传承传播中的一种重要文体。晚清就有"四大日记"之说[③]。在现代文艺家和评论家中，鲁迅、胡适、周作人、吴宓等都有日记传世。《胡适日记全集》[④]中收录的从1906年到1962年胡适的日记，有胡适在新文学运动中的大量文艺思想记录；由钱锺书先生作序，长达20卷八百余万言的《吴宓日记》[⑤]成为吴宓文艺思想的主要书写文体，也是日记体文艺评论中最壮观的作品之一。

6. 以诗论诗、以文说文

以诗论诗、以文说文，指用文艺作品的文体来评论文艺作品，评论主客体采用同一文体。此种方式中外皆有，尤以中国古代为多。西方如欧洲浪漫主义诗歌中就出现了一些"以诗论诗"的作品。[⑥]而在中国古代，"以诗论诗"十分常见，有的是以诗歌的形式去对前人诗歌做出总体评价的。如金代诗人元好问的《论诗绝句三十首》。还如提出"我手写我口"，被认为是近代诗界革命开端的黄遵宪的《杂感诗》。在当代学者中，袁行霈先生的《论诗绝句一百首》[⑦]等都是以诗论诗的典范，有的是在文人之间用同一种文体相互唱和，以诗会诗、以境界会境界。而唱和之间，和者往往会是对唱者的解读、

[①] 李渔.闲情偶寄[M].李树林，译.重庆：重庆出版社，2008.
[②] 李斗.扬州画舫录[M].北京：中华书局，2007.
[③] 晚清"四大日记"指：翁同龢的《翁同龢日记》、李慈铭的《越缦堂日记》、王闿运的《湘绮楼日记》、叶昌炽的《缘督庐日记》。此"四大日记"所记虽非以文艺评论为主，却是日记体书写的范例。
[④] 胡适，曹伯言.胡适日记全集[M].台北：联经出版社，2004.
[⑤] 吴宓.吴宓日记[M].北京：生活·读书·新知三联书店，1998.
[⑥] 杜维平.以诗论诗：英国经典浪漫主义诗歌解读[J].外国文学，2003（4）.
[⑦] 袁行霈.论诗绝句一百首[M].北京：北京大学出版社，2011.

评说和回应，客观上也具有评论的意义。

至于以文说文者则更为常见。从一般意义上说，评论家很多都是文章高手，有一些评论家也展现出了丰富的直觉表现能力，特别是中国古代评论家，诗文基础大多是在"不学诗无以言"的训诫中，在长期阅读《诗》《书》，并在科举考试中培养起来的，而且中国古代文论也不是以概念和逻辑为基础，而是通过感悟做判断的。因此其书写的评论本身就是美文，如曹丕的《典论·论文》、刘勰的《文心雕龙》、严羽的《沧浪诗话》等。在当代评论家中，南帆、吴亮、朱大可等评论家的评论文章也都几乎是美文。在西方，以文说文的评论也时有所见，最有代表性的，便是法国评论家罗兰·巴特的《恋人絮语》[1]。这部被冠之以"一个解构主义的文本"的评论著作，完全以零散的恋爱体验的花絮，取代了对爱情概念化和逻辑化的分析，以至于人们将这种以文说文的评论文体也视为一种创作性评论。

三、文艺评论的一般逻辑

文艺评论所采用的学理、方式、角度和写法，在不同时空、不同流派和不同评论家中各有不同。但作为文艺理论与文艺实践的一个中介环节，及其特定的职责与功能，文艺评论有着基本的程式和步骤。尽管这些程式和步骤在具体写作中可能会被列入不同的次序、不同的表述，但其背后都须遵循评论行为的一般逻辑。这便是要回答"是什么""为什么"和"怎么办"的三段论逻辑。

1. 基于深度阅读的文本分析

文艺评论的第一个步骤，就是要回答"是什么"，也就是所要评论的对象是什么，或本文所提出的问题是什么，抑或本文提出的观点是什么。无论评论对象是文艺作品、文艺家，还是文艺现象、文艺问题，文艺评论首先必

---

[1] 罗兰·巴特.恋人絮语[M].汪耀进，武佩荣，译.上海：上海人民出版社，2016.

须说清楚评论的对象是什么，而且就此对象要提出什么问题，或者提出什么观点。而不管是提问题，还是提观点，都必须建立在对文本的深度解读基础之上。如果评论对象是文艺作品，那就意味着评论家必须深度阅读所评文本，以及与该文本相关的其他文本，还有关于这些文本已有的理论评论文本，并进行深入分析和解读。如果评论对象是文艺家、文艺现象和文艺问题，同样也要深度阅读文本，因为要对一位文艺家做出判断，首先要基于对他创作的文本的解读；要对一个文艺现象或文艺问题进行分析判断，仍然必须深度阅读与该现象或该问题相关的文本。因为从根本上，文艺家、文艺现象、文艺问题都是由文本决定的。借用孔子所说"不学诗无以言"的句式，对评论家来说，不读文本无以言。这一点，在当今评论界一些评论家不认真阅读文本，就开口发言的现象时有所见的情况下，尤须强调。这是关乎一个评论家的诚信、责任心和职业伦理的问题。

需要进一步明确的是，在这一环节必须深度阅读的文本，应分为三个圈层。

如果评论对象是某一部文艺作品，那么，第一圈层是所要评论的文本；第二圈层是与该文本相关的文本，如与所评文本同类的文本、毗邻的文本、同一书写对象不同写法的文本等。譬如，要讨论某位作家书写乡村的某一部小说，除了深度阅读该小说外，还必须阅读这位作家书写的其他乡村小说，以及其他作家书写乡村的小说，然后才能对所要讨论的这部小说提出问题或做出判断。第三圈层便是与所要评论的文艺作品相关的理论评论文本，并充分厘清已有观点。

如果评论对象是某位文艺家、某个文艺现象或文艺问题，那么，第一圈层便是该文艺家所创作的文本，或构成该文艺现象、文艺问题的相关文本。譬如要讨论某位80后文艺家，或者80后文艺现象，或者80后文艺所存在的问题，那么，首先必须深度阅读该80后文艺家创作的文本；第二圈层便是其他80后代表文艺家的同类文本；第三个圈层就是关于讨论80后文艺的相关理论和评论文本。

至于文本分析与解读的角度和方法，则是由不同评论家各自的学术和思想文化背景决定的，语言与结构分析、美学与形式分析、社会历史分析、文化分析、心理分析、媒介分析等，都已是成熟的文本解读的角度和方法。

只有在对文本的深度分析与解读基础上，评论家方可提出问题或观点，即回答所要讨论的问题或观点"是什么"。

2. 源于特定学术资源的学理阐释

当问题或观点"是什么"提出之后，第二个步骤便要回答"为什么"了。"为什么"具体指为什么要提出这个问题、或为什么会存在这个问题、或为什么要提出这个观点等。

成熟的文艺评论回答"为什么"的问题，一定是评论家在自己所占有的特定学术资源基础上进行的学理阐释、权威观点的引证和学术逻辑的推论。事实上，任何一位评论家都应该有自己的学术资源和话语空间。同时，任何一位评论家都不可能占有所有可用于文艺评论的学术资源和话语空间。每一位评论家都是在自己所占有的有限的学术资源和话语空间中对文艺问题发言的。因此，文艺评论家对自己所提问题或观点之根源和合理性的追问与求证（即回答"为什么"），就是从自己所占有的特定学术资源和话语空间中提取的思想观点，与评论对象之间的一种碰撞与契合。

对"为什么"的回答是文艺评论的深度和难度所在，也是所提观点的理据及能否成立的关键所在，因而需要提供大量的文本论据、理论论据和学理逻辑来支撑。

3. 依据特定价值观的价值评判与延伸

文艺评论的第三个步骤是回答"怎么办"的环节，也是一个评论程式的最后归结点。所谓"怎么办"，就是指经过对文本解读基础上提出问题或观点，又经过追根溯源、旁征博引的论证之后，做出最终的价值评判和价值延伸。这一环节是在评论家所秉持的价值观基础上，对评论对象的判断，也是所提问题的答案，所提观点的确认和延伸。

需要特别指出的是，很多不了解文艺评论的人，或者是一些对文艺评论怀有功利目的的文艺家，会简单地认为文艺评论就是判断文艺作品的好与坏，判断文艺现象的对与错的行为。文艺评论家甚至被一些人简单地认为是"吹鼓手"或者"打手"。这种认识不仅是对文艺评论的误解，甚至对其是一种侮辱和亵渎。事实上，文艺评论是一种基于对文艺实践进行分析、阐释、评价的理论生成过程和学术建构行为，其中当然要遵循基于特定思想文化资源的价值观和价值标准。但文艺评论的价值观和价值标准绝非简单的非黑即白式的判断，也非片面的肯定或者否定。文艺作品所反映的人的精神世界和现实生活本身就是一个复杂的综合体，而人们对文艺的感知与认识也是一个复杂的过程，加之，文艺评论所依据的价值观和价值标准也不是单一的、单方面的。因此，文艺评论对文艺作品、文艺家、文艺现象和文艺问题的判断，是一个依据特定思想文化资源的价值观和价值体系对评论对象的一种复杂的辨析和阐释过程，而非简单的是非判断。譬如，一个作家受儒家思想影响多一些，另一个作家受道家思想影响多一些，那么如果你作为评论家，可以简单地判定哪个好，哪个坏，或者哪个对，哪个错？又如一个画家用的是欧洲的印象派的画法，另一个画家用的是中国的大写意的画法，你可以简单地用好坏、对错来论定吗？

　　同时，这种复杂的辨析和阐释，既是一个价值判断行为，也是一个价值延伸的过程。所谓价值延伸，即在已经做出的价值判断基础上，去进一步阐发这一判断的意义。很多文艺作品和文艺现象的意义是潜藏在其中不被人知晓的，文艺评论的一个重要使命，就是在价值判断的基础上去发现、发掘和发扬光大这些意义。在某种程度上讲，很多文艺作品的某些价值和意义是文艺评论赋予的。正因为如此，文艺评论也被视为文艺作品的再创造过程。

　　最后，需要再一次强调的是，所谓文艺评论的步骤，仅仅是在一般逻辑意义上的，而非写作程式意义上的。就写作而言，不同的文艺评论家都有自己不同的程式和写法，绝无统一规范可言。

第四章

文艺评论方法

在了解了文艺评论的含义、属性与意义、明确了文艺评论的价值观与标准之后,本章集中讨论文艺评论中具有普遍性的诸种基本评论方法。随着当代文艺评论与理论之间关系日益紧密,传记与心理评论、社会与历史评论、审美与形式评论、文化与媒介评论等已经成为文艺评论普遍采用的理论方法,有助于评论者理解和解释文艺作品中潜在的深层意涵。

一、文艺评论中的理论方法

文艺评论者需要有良好的艺术感受力,耐心对待自己的直观感受并通过语言文字传达出来,同时还需要勾连起艺术史、文艺理论,甚至更多的人文理论与思想,才能使文艺评论成为一种独立的知识与学科,而非其评论对象的附庸。评论既不能是哲学观念自上而下的演绎,也不能是简单的印象式的抒发,文艺评论中的理论方法非常重要。

1. 在批评与理论之间

通常说来,文艺评论与文艺理论之间是有区别的,文艺评论是面对具体艺术作品、现象、问题的分析与判断,文艺理论则是对更普遍和一般的文艺观念与问题的哲学性思辨。但随着20世纪批评理论(critical theory)的兴盛,当代文艺评论与理论日益无法泾渭分明,出现了"批评的理论化"的倾向。

理论往往要在具体的文本分析中探索文学与艺术的普遍问题，而评论既是具体的批评，又是一种对于普遍性文艺问题的理论建构。美国文学理论家克里格（Murray Krieger）曾说："作为一种知识形态，而不是仅仅作为我们与文学的情感遭遇的详细描述，文学批评必须理论化。……今天，在文学学术研究的各个领域的任何地方，都不能避而不谈理论问题了。……如果文学家今天的话语似乎深奥难解，那么，我们愿意这样认为：那是因为他们所讲的越来越敏锐深刻，超越了直接的诗学反应，而接近他们对自己的文化及其产品所提出的哲学问题。"[1] 这样的判断同样适用于其他艺术门类，越来越多其他领域的理论和思想进入文艺评论。比如弗雷德（Michael Fried）在《艺术与物性》一书中讨论安东尼·卡洛（Anthony Caro）的雕塑，认为其"作品中元素之间的相互感染关系，比每一元素自身的性质，更为重要"，雕塑中的元素，仿佛是句子中的语词。[2] 这种分析显然体现了结构主义的观点。

2. 文艺评论的理论假定

当代文艺评论不同于传统的评论，包含着强烈的理论假定或预设。克里格指出："每个批评家，不管他的工作程序多么有条不紊，还是多么漫不经心，其评价都以理论原理为基础的。……无论实践批评家在字里行间是否承认理论推动了他的著述，理论，作为关于文学作品的生产与接受的一整套系统假定，却总是存在的。"[3] 这些假定实际上正是批评理论所据以实践的基础。比如，关于文艺的本质、属性和功能的假定，关于艺术家与观众的关系及其在艺术中的角色等的假定，都会影响批评理论家的取向和具体操作方式。人民性、现实主义、再现、表现、审美自律、形式主义、媒介性、平面性、视觉性、精神分析、凝视、性别政治、观念艺术、艺术体制等都属于这样的

---

[1] 克里格.关于关于词语的词语的词语：文学文本、批评及理论[M]//批评旅途：六十年代之后.李自修，等译.北京：中国社会科学出版社，1998：226.
[2] 迈克尔·弗雷德.安东尼·卡洛（1963年）[M]//艺术与物性.张晓剑，沈语冰，译.南京：江苏美术出版社，2013：289-290.
[3] 克里格.关于关于词语的词语的词语：文学文本、批评及理论[M]//批评旅途：六十年代之后.李自修，等译.北京：中国社会科学出版社，1998：227.

理论假定。詹姆逊（Fredric Jameson）进一步将这种批评的理论假定性，称为"元评论"（metacommentary），他认为文学评论本身现在应该成为"元评论"——"不是一种正面的、直接的解决或决定，而是对问题本身存在的真正条件的一种评论"[①]。批评理论不是要承担直接的解释任务，而是致力于问题本身所据以存在的种种条件或需要的阐发。这样，批评理论就成为通常意义上理论的理论，批评的批评，也就是"元评论"。"每一个单独的解释必须包括对它自身存在的某种解释，必须表明它自己的证据并证明自己合乎道理：每一种评论必须同时也是一种评论之评论。"[②] 这是当代文艺评论的要求——对其评论的理论前提进行解释。当评论家肯定一部作品深刻反映现实认为为佳作的时候，根本上他要阐明的是现实主义的文艺观念，而当另一位研究者倾向于肯定另一部进行语言形式探索的作品的时候，他一定需要为自己的形式主义观念进行辩护。

因此，本章对几种基本的批评理论假定进行讨论，不同的理论假定带来不同的批评路径与方法。

二、传记与心理评论方法

"文如其人""风格即人"的观念是中西文艺评论的基本传统之一，通过理解艺术家的人格特征与生命历程，来理解作品的特点与风格。心理内容是传记评论的核心，种种心理分析理论为理解艺术家的创作心理与动机提供了阐释空间，从艺术家心理理解风格的成因，对作品进行精神分析。

1. 传记人格评论

文艺作品是创作者创作行为的结晶，因此作为作家或艺术家的创作者是

[①] 詹姆逊.元评论[M]//王逢振.詹姆逊文集：第2卷：批评理论和叙事阐释.陈永国，等译.北京：中国人民大学出版社，2016：3.

[②] 詹姆逊.元评论[M]//王逢振.詹姆逊文集：第2卷：批评理论和叙事阐释.陈永国，等译.北京：中国人民大学出版社，2016：4.

对作品进行理解的关键要素之一。传记评论是通过对创作者的人生经历、创作生命、人格特征和精神心理的梳理与分析，来理解作品的思想内涵与风格特征的评论方法。中国古人肯定"文如其人"，"其为人深不愿人知之，其文如其为人"[①]。通过文章可以了解作者其人的精神品性，反之，要理解作品就要理解创作者的精神品性，通过对人的理解达到对作品的正确分析与评论。"文如其人"的观念深刻影响了中国文艺研究与评论。现代中国文学研究大家李长之在对司马迁、李白和鲁迅等的研究中发展出一种人格论批评，从理解创作者的精神人格特征来理解其独特的艺术世界。《司马迁之人格与风格》是李长之人格论批评的代表作，李长之认为司马迁的人格特征中有着突出的浪漫性，他不仅是个理性的学者、史官，更是一位热烈的抒情诗人，拥有好奇之心，经历了李陵案造成的心理创伤，形成强大的心理能量，《史记》正是这一精神能量外化的结果。类似地，在西方被誉为西方第一本艺术史的乔尔乔·瓦萨里（Giorgio Vasari）的《意大利艺苑名人传》，是一部纪传体的艺术史著作，总共讲述了二百六十多位杰出艺术家的生平及其重要作品，并对一些作品的构思、制作的过程做了生动细致的描述，一部艺术史首先是一部艺术家的创作史。

2. 心理分析评论

在传记评论中，艺术家的人格特征与精神心理是最为重要的，比如周氏兄弟二人的性格气质的差别体现在两人截然不同的文学风格之中。在对艺术家的精神心理进行分析这方面，以弗洛伊德（Sigmund Freud）、荣格（Carl Gustav Jung）、拉康（Jacques Lacan）、齐泽克（Slavoj Zizek）等为代表的精神分析理论提供了许多锐见，认为不是简单的人的心理状况，而是人的深层心理结构、精神症候、人格形成、精神发展模型等，成为解释艺术乃至解释整个社会发展的根本。

弗洛伊德在精神疾病临床治疗的长期经验中，对人类精神心理世界的深

[①] 苏轼. 答张文潜书［M］. 东坡文选. 武汉：华中科技大学出版社，2018：170.

广无序与其蕴藏的能量产生了深刻的认识，提出了无意识、性本能、梦、俄狄浦斯情结、压抑、升华等重要概念。弗洛伊德把人的意识基本分为意识和无意识，认为不是意识而是无意识，才是人类心理的根本动力。而力比多（Libido）/性本能是无意识领域最主要的内容，形成俄狄浦斯情结/恋母情结与伊勒克特拉情结/恋父情结，这类情结在人类经典文学艺术中得到了体现。弗洛伊德的文学艺术素养深厚，精通古典文学，熟悉古希腊神话，欣赏诗歌、雕塑、绘画，他用俄狄浦斯情结分析了索福克勒斯的《俄狄浦斯王》、莎士比亚的《哈姆雷特》和陀思妥耶夫斯基的《卡拉马佐夫兄弟》三部文学作品以及达·芬奇的画作《蒙娜丽莎》。力比多是人类心理能量最集中的处所，而它是可以升华的，可以转化为另一种更高的精神力量。弗洛伊德认为，无意识的本能能量可以通过文学艺术等高级形式向一个更远大、更有社会价值的目标转化，文艺创作是被压抑的本能的升华。当种种欲望在现实生活中无法实现的时候，目标可以被替代性地转移，被压抑的欲望本能和早年的愿望可以在另一种创造中获得想象性的满足。创作家的作品正是一种白日梦似的幻想。[1]弗洛伊德非常看重童年经验在人一生中的重要作用，认为童年经验能以多种方式影响作家的写作。童年愿望的复活，童年的创伤性经验，可以深刻影响作家的心理结构、表达方式和表达内容。童年的种种现实遭遇影响艺术家的先在意向结构，即创作者在创作前具有意向性的准备，是艺术家反映生活的心理定势。艺术家在儿童时期的种种现实遭遇，如需要的满足与爱的温暖、物质的匮乏与精神的缺失等，都以整个的方式构成先在意向结构的第一个草图，对其一生的心理结构起着制约和引导作用。弗洛伊德对莎士比亚和陀思妥耶夫斯基的分析都体现了这一点。

3. 风格即人

传记与心理评论强调艺术家的精神心理对艺术品的决定作用，这种作用最集中表现为个人风格的形成。"风格就是人"是18世纪法国思想家德·布

---

[1] 弗洛伊德.创造性作家与白日梦[M]//精神分析.王宁,编译.成都：四川文艺出版社，1989：1-8.

封（Georges Louis Leclere de Buffon）的名言。布封将写作中不可转移、不可消失的属性称为风格，而"知识、事实与发现都很容易脱离作品而转入别人手里，它们经更巧妙的手笔一写，甚至于会比原作还要出色些哩。这些东西都是身外物，风格却就是本人。因此，风格既不能脱离作品，又不能转借，也不能变换……"①布封强调风格的独创性，而这种独创性来自创作者的精神气质。巴金的创作观念与此相合，主张人格和文格的统一，认为只有实现这种统一，作品才能给人以美感，而其创作正践行着这种统一，将全部的内心世界赤诚地袒露出来，奉献给读者。评论家研究巴金作品的关键，就是理解其人格与作品的统一，其全部著作对社会压迫的反抗、对真理的追求、对人性的探索，都是其高尚人品的反映。文格和人格的一致使巴金全部作品显示出了无比动人的艺术光彩。

我们还可以以艺术史家夏皮罗（Meyer Schapiro）对塞尚和凡·高的分析为例，理解艺术风格源自艺术家个性。我们都熟悉夏皮罗与海德格尔关于凡·高的鞋子画作的论争——海德格尔将凡·高的画作理解为是"农妇世界""大地"的体现，而夏皮罗则指出鞋子是凡·高自己的鞋子，海德格尔的分析是过度阐释。真正让夏皮罗不能接受的是包括海德格尔在内的西方哲学对艺术的一种理解传统——将绘画理解为是真理的自行显现、与具体的画家无关。作为一名艺术史家，夏皮罗认为静物画的题材恰恰是艺术家个人物品的特征，他指出："海德格尔仍然错失了绘画的一个重要方面：艺术家在作品中的存在。在海德格尔对绘画的解释中，他忽略了靴子的个人性和面相学特征，正是其个人性及其面相学特征使得靴子成了对艺术家来说如此持久和吸引人的主题（更不必说它们与作为油画作品的画作的特殊色调、形式及笔触构成的表面之间的私密关系了）。"②夏皮罗对塞尚苹果的主题做了同样的分析，指出塞尚的选择带有十分强烈的个人色彩，其对苹果的执着包含着"一种潜

---

① 布封.论风格［M］//伍蠡甫，胡经之.西方文艺理论名著选编：上卷.范稀衡，译.北京：北京大学出版社，1985：223.
② 夏皮罗.作为个人物品的静物画：关于海德格尔与凡·高的札记［M］//艺术的理论与哲学：风格、艺术家和社会.沈语冰，王玉冬，译.南京：江苏美术出版社，2016：137.

在的色情意义，一种被压抑的欲望的无意识象征"[1]，孤僻内向的塞尚将对异性的好奇投注在对苹果的热情描画中。夏皮罗艺术史研究的核心议题是探索艺术风格的形成，将之与艺术家的个性、精神、气质紧密相连，并将这种关联落实到艺术家具体的题材选择、创作手法、媒介质地处理、各种细微习惯之中，可谓传记与心理文艺研究方法的典范。

三、社会与历史评论方法

社会历史评论是长久以来非常重要和主流的一种文艺评论方法。这种方法首先根植于一种主导的文艺观念，即认为文学艺术同外在的世界、社会和生活有着根本的关系，强调文学艺术是对外部社会现实的描摹、反映和再现，文艺与社会生活之间有着紧密的联系，只有有效地进入这种关系，才能真正理解艺术作品。

1. 文艺与社会历史

对文艺与社会历史的关系问题，从中国古典的《文心雕龙》《典论·论文》等经典文献，到古希腊柏拉图与亚里士多德的模仿论，19世纪现实主义理论，乃至马克思主义历史唯物主义文艺观念，和当代艺术社会学与艺术社会史思想等，中国和西方历代理论家提出了众多思考。《诗大序》指出："治世之音安以乐，其政和；乱世之音怨以怒，其政乖；亡国之音哀以思，其民困。"在中国文艺思想的早期即已明确艺术与社会时政之间的反映关系。刘勰的《文心雕龙·时序》写道"文变染乎世情，兴废系乎时序"，认识到文艺的发展变化与历史时代的变迁密切相关，必然沾染着时代世情的内容。

在古希腊，柏拉图即将艺术的本质定为对现实世界的模仿，因而认为艺术世界与理念世界隔了两层，进而否定艺术的价值。而亚里士多德则肯定作

---

[1] 迈耶·夏皮罗. 塞尚的苹果：论静物画的意义 [M] // 现代艺术：19 与 20 世纪. 沈语冰，何海，译. 南京：江苏凤凰美术出版社，2015：19.

为模仿的艺术,强调诗比历史更真实,保存了在模仿的要求和美学结构的要求之间的一种微妙的张力,为后世现实主义理论开辟了道路。到了文艺复兴时期,出现"镜子说",达·芬奇、莎士比亚等创作者认为艺术就像一面镜子一样,忠实映射外在自然与社会。这种认为艺术模仿、再现自然和社会的理论,到18、19世纪逐渐发展为现实主义理论,更加强调艺术对社会现实的能动反映和再现。在现实主义者看来,艺术与现实之间并不只是一种表层联系或者细节联系,艺术的社会责任在于透过经过艺术处理的社会现实,来展现隐匿在其背后的深度本质,即通过典型人物和典型环境反映更广泛和一般的社会本质与历史规律。现实主义理论在马克思唯物主义文艺观这里得到了更深刻的推进。

马克思将人类社会的构成分为经济基础和上层建筑两个部分,由生产力和生产关系构成的经济基础决定了包括政治和法律制度与意识形态的庞大的上层建筑,而艺术在这个结构中与文学、哲学、宗教等一起构成了上层建筑的一部分。因此,艺术具有意识形态属性,是"意识形态的形式",由此划定了艺术与经济基础、社会历史和政治的关系,判定了艺术的社会性与政治性。艺术的意识形态属性这一判断还指导人们在整体的社会存在、历史环境、经济基础的复杂系统中来辩证地思考艺术的问题。在马克思所描画的社会结构中,意识形态及上层建筑的发展变化是由生产力与生产关系之间的矛盾关系,即一个社会的物质生产方式所制约的。因此,当人们思考艺术的起源、特性、发展变化等问题时,就必须在社会结构的系统当中寻找答案,需要考察艺术与社会生活、艺术与社会经济基础以及艺术与其他社会意识形态之间的复杂而紧密的联系,而非就艺术而谈艺术。

2. 作为价值论的社会历史评论

这样的文艺观念促生了社会历史评论,注重从社会历史角度观察、分析、评价文艺现象,侧重研究艺术作品与社会生活的关系,重视艺术家的思想倾向和艺术作品的社会价值。存在两种有差别的社会历史评论——作为价值论的社会历史评论和作为方法论的社会历史评论。作为价值论的社会历史评论坚持艺术是社会生活的反映，一部作品成功与否，其基本条件之一是看它是否与现实社会生活之间构成了深刻的联结，是否真实地反映了社会历史的面貌，是否暴露出社会历史的问题，是否深刻地揭示出社会历史的本质，是否提示出社会历史未来的方向。作为价值论的社会历史评论形成如下几点评论标准：第一，真实性，注重分析作品所展现的社会生活画面、所塑造的艺术形象和社会现实生活实际情况的符合程度。第二，典型性，强调作品通过个别与一般的联系，即通过典型性，而达到对普遍意义的揭示。第三，倾向性，认为艺术作品的内容不仅应该是真实的，而且还应该是善的、包含理想的，要看作者以什么样的态度来面对和评价所呈现出来的真实。倾向性的要求还要看作品能否反映出历史的趋向和时代的本质，而非简单的自然主义式的呈现。评论者不仅要考察作品是否真实可信，还要运用一定的社会价值观念和历史发展观念，解释作品所蕴含的历史内容和思想意义，以判断作品主题深刻与否。第四，社会价值，要求艺术通过创造具有审美意义的艺术形象来丰富人们的知识，影响人们的思想感情和世界观，起到对接受者的教育作用。

3. 作为方法论的社会历史评论

作为方法论的社会历史评论，则淡化社会历史倾向的价值要求，只是强调从社会历史的角度来研究艺术作品。不管作品是否是现实主义风格，是否致力于反映社会现实，社会与历史的条件、要素和本质都会作用于作品本身。考察作品所隐含的社会历史的内容，可以解释作品在思想情感与形式语言等方面的许多问题。第一，对艺术作品所包含的社会历史内容进行阐释。第二，考察艺术家与其所生活和创作的社会历史语境的关系。第三，联系作品的社会内容进行艺术形式分析。社会历史评论并不回避作品的形式问题，而是强调形式如何为意识形态和社会内容服务。关于如何统合社会历史内容和形式问题，我们可以借鉴马克思主义艺术史家、新艺术社会史的代表人物T·J·克拉克（T. J. Clark）对马奈的《奥林匹亚》的分析。克拉克在社会历史内容与具体的画作之间，加入绘画传统这一中介，认为"一幅画并不能真正表现'阶级''女人'或'景观'，除非这些范畴开始影响作品的视觉结构，迫使有关'绘画'的既定概念接受考验……因为只有当一幅画重塑或调整其程序——有关视觉化、相似性、向观者传达情感、尺寸、笔触、优美的素描和立体造型、清晰的结构等的程序时，它才不仅将社会细节，而且将社会结构置于压力之下"①。社会历史的内容并不是简单直接地作用于艺术家的画面，而是对绘画的惯例和传统产生压迫，进而影响艺术家的笔下。马奈的《奥林匹亚》之所以触怒了当时的批评家和公众，是因为作品破坏了传统对裸女和妓女的看法，是对19世纪巴黎卖淫业、交际花神话的挑战。但这种挑战并不是直接的，而是体现为对西方裸体艺术的表现传统的颠覆。马奈笔下的裸女是直接的"赤身露体"，通过挑衅的眼神、直陈的身体和放于阴部的僵硬的手等不同寻常的刻画，马奈挑战了将赤身露体转化为裸女的西方裸体画陈规。此种艺术社会史研究呈现出社会历史评论的基本主张。

四、审美与形式评论方法

在传记心理和社会历史两种评论方法之外，审美与形式评论是同样重要的方法，它强调文艺作品的本质不在外部社会现实或者创作者的心理情感，而在于作品自身的形式。因此，评论作品时要注重描述作品给接受者带来的直观的审美感受，注重对作品的形式语言进行阐释分析，这样才能准确理解作品自身。

1. 从审美自律到形式主义理论

中国古典诗论、画论中存在大量对作品语言、笔墨、技法的讨论，诸如风骨、形神、虚实、体势、神思等。谢赫六法所论之气韵生动、骨法用笔、应物象形、随类赋彩、经营位置、传移模写，提出了一个初步完备的绘画理论体系框架，其中表现出对绘画形式、结构、色彩、构图等方面的高度重视。

---

① T·J·克拉克.现代生活的画像：马奈及其追随者艺术中的巴黎[M].沈语冰，诸葛沂，译.南京：江苏美术出版社，2013：19.

在西方，经由莱辛论"诗画分界"、康德论"审美判断"和形式主义理论等，审美原则和形式分析在艺术领域被确立起来。莱辛通过拉奥孔在雕塑与诗歌中的不同表现讨论造型艺术与语言艺术的差别，指出它们各自的局限，各自特殊的表现规律，开创了对于艺术形式的研究。[1] 在莱辛之后，康德美学进一步为西方美学确立了审美自律的原则。艺术不再被要求功能与作用，而是单纯作为美被欣赏，审美判断必须是纯粹的。康德对纯粹鉴赏判断进行分析，对其设立了一系列标准：审美判断是主观的、无概念的、没有利害的，不依赖于完善、刺激和激动。美是无概念地作为一个普遍愉悦的客体被设想的。审美判断具有无目的的合目的性，即主观合目的性，而主观合目的性不是合概念，而是合形式，事物的样式条件构成了事物之所以为其自身的原因。只有"在对象借以被给予我们的那个表象中的合目的性的单纯形式"中感到愉悦，才是纯粹的鉴赏判断。[2] 在康德对审美判断所做的分析中，一物的形式是自由的审美判断的真正对象。康德对审美判断的分析成为现代人对审美经验的基本理解。

到 19 世纪末和 20 世纪，唯美主义、形式主义诸理论兴起，形式成为艺术理论的中心问题。形式理论认为艺术并不是对一个现成的实在的单纯复写，而是对实在的发现。艺术不追求事物的性质或原因，而是给我们以对事物形式的直观。艺术家是自然的各种形式的发现者。歌德说，艺术并不打算揭示事物的奥秘之处，而仅仅只停留在自然现象的表面。但这个表面并不是直接的感知的东西，当我们在艺术家的作品中发现它以前，我们根本就不知道它。造型艺术家们使我们看见了感性世界的全部丰富性和多样性。[3] 克莱夫·贝尔（Clive Bell）进一步将艺术的本体定义为"有意味的形式"，"在各个不同的作品中，线条、色彩以某种特殊方式组成某种形式或形式间的关系，激起我们的审美感情。这种线、色的关系和组合，这些审美的感人形式我称之为有意

---

[1] 莱辛. 拉奥孔 [M]. 朱光潜, 译. 北京: 人民文学出版社, 1982: 5–17.
[2] 康德. 美的分析论 第一、二、三契机 [M] // 判断力批判. 邓晓芒, 译. 北京: 人民文学出版社, 2017: 29–59.
[3] 恩斯特·卡西尔. 人论 [M]. 甘阳, 译. 上海: 上海译文出版社, 2004: 199–234.

味的形式"。① 贝尔首先指出，存在一种由视觉艺术作品唤起的独特情感，这种情感就是审美情感。如果能找到唤起这种情感的所有对象的共同属性，就解决了美学中心问题，他将这种共同属性规定为有意味的形式。一旦将焦距对准了"形式"，艺术研究者就会逾越模仿论的藩篱而进入艺术自身的世界。纯粹的形式与视觉是形式主义者认定的艺术的本质。李格尔（Alois Riegl）提出"艺术意志"（Kunstwollen）的概念，所谓"艺术意志"根本上指是一种艺术形式的客观、自主的属性，正是艺术意志的自主运动，形成了艺术风格、形态演变与发展的历史。他将古代美术到现代美术的发展图式概括为"立体——平面、触觉——视觉、客观——主观"这三种两极对立的过程。② 到了格林伯格（Clement Greenberg）这里，绘画的本质被进一步判定为一种平面性（flatness），他认为绘画的媒介是平坦的表面、基底的形状和颜色的质地，这些限制决定了绘画的基本特性即平面性，艺术最终走向了自我批判。③ 经由形式主义艺术史家的阐发，视觉、平面、形式，被看作造型艺术的本质，并且现代西方艺术史也被叙述为一个视觉/平面/形式逐渐获得自觉、占据主导的历史——从北方文艺复兴的荷兰绘画，到印象派，直至抽象主义，艺术最终完成自身。

2. 以审美与形式为核心的评论方法

以审美和形式为基础的文艺观，必然要求一种审美与形式评论方法。面对一部文艺作品，评论者首先需要描述作品和自己面对作品的感受。描述看起来好像意义不大，如果别人也看了作品，似乎就没必要描述。事实上，描述是将延长视听等感性经验、审美印象的手段，因为感性经验和审美印象本身具有重要价值。许多文艺评论者对作品本身的形式要素和作品激发的审美感受缺乏耐心，而快速走到文化研究和社会内容的讨论上，艺术就简单成了

---

① 克莱夫·贝尔. 艺术 [M]. 薛华, 译. 南京：江苏教育出版社, 2005: 4.
② 阿洛瓦·里格尔. 视觉艺术的历史语法 [M]. 刘景联, 译. 上海：上海三联书店, 2017.
③ 克莱门特·格林伯格. 现代主义绘画 [M] // 沈语冰, 张晓剑. 20 世纪西方艺术批评文选. 石家庄：河北美术出版社, 2018: 73-78.

文化背景的反映。文艺评论必须充分地尊重感性经验，视听等感性经验的本质是一种感官的质量，在一个人看到某物的时候会有一种主观的感觉，而描述这种感觉应该是艺术评论的首要。苏珊·桑塔格（Susan Sontag）曾鲜明表示"反对阐释"，在她看来，粗暴的阐释会削减艺术，将艺术简化为明确的"意义"，删除了艺术自身的能动，"真正的艺术具有让我们紧张的能力。通过将艺术削减为其内容，之后阐释它，人就驯化了艺术。阐释让艺术变得可操作、变得舒服"①。她认为艺术作品本身有一种能动性（agency），超越了生产者与观者甚至批评者所能够赋予它的意义。②因此，审美和形式评论强调通过评论文字使得艺术的感觉经验得以展开，并可以经由语言文字得以传递和习得。

  印象主义评论是审美评论的最佳代表，以对作品的直觉感悟为批评的基础与主要内容。文艺评论是评论者与优秀作品相遇时所发生的感官与精神世界的震颤的记录、展开与提炼。不过审美感受和阐释之间并非截然对立，审美感受的描述与展开自然依赖良好的美学素养与敏锐的艺术感受力，但依然需要对此经验与感受进行细致分辨、比较与提纯的理性能力，因为单纯的欣赏无法构成可沟通、可积累的人文知识。要运用一定的方法对艺术直觉本身进行品质提升，不能仅仅局限于简单地表达印象或感受，而是要通过比较、辨析和提炼对其进行分析。比如李健吾分析沈从文的《边城》，用卢梭这样的浪漫主义者的形象来比较，认为二者存在"一种近似的气息"，即一种忧郁的气质，于是，在一系列的意象呈现之后，作者又从这些感性的形象中抽取出一个较为清晰的阐释导向。③而这种对直觉经验的比较和辨析，自然以对艺术史和文学史的理解为背景，是研究者自身的前理解与对象的契合。

---

  ① Susan Sontag. Against Interpretation and Other Essays [M]. New York: Picador USA, 2001: 99.
  ② Gillian Rose. Visual Methodologies: An Introduction to the Interpretation of Visual Materials [M]. 2nd ed. London: Sage Publications, 2007: 35.
  ③ 王一川. 批评理论与实践教程［M］. 北京：高等教育出版社，2005：308-313.

五、文化与媒介评论方法

在审美与形式评论相反的另一端，是文化与媒介评论方法。人文学科发生"文化转向"以来，文化研究思潮和当代媒介文化对文艺评论产生了很大影响，诸如文化政治、身份政治、话语与权力、体制批判、媒介文化分析等理论方法，及其对于各种大众文化艺术形式的关注，为当代文艺评论提供了许多有力的批评工具。

1. 文化研究范式的兴起

文化研究兴起于20世纪六七十年代的英国伯明翰"当代文化研究中心"，以雷蒙德·威廉斯（Raymond Williams）和霍加特（Richard Hoggart）等为代表理论家。伯明翰学派发展出一套不同于传统文学研究的问题和方法，如通过对工人阶级文化青少年亚文化的分析，发现这种亚文化体现着对中产阶级庸俗保守价值观与趣味的象征性抵抗，具有深刻的阶级内涵。徐贲把法兰克福学派的大众文化理论概括为四点：同质社会主体（电影观众）论、群众文化因无艺术风格而无思想价值论、电影观众与文化工业商品绝对认同论，以及社会批判以"本能自然"为基点论。在大众文化的发展历史过程中，这些理论显现出局限性。英国文化研究学派发展了一种新的大众文化批评理论，对这四个方面都进行了批判。相应地，他们认为，任何一个社会中的民众都不是单质的实在群体，而是异质复合的关系组合；大众文化有其特殊的创造性和衡量标准；影视观众不是消极被动的消费者，而是意义生产和流动的积极参与者，而这种参与便是民众社会批判的基本条件。[1]

文化研究带来对大众文化、亚文化等主流文化之外的文化形态的重视。文化研究注重对下层阶级、边缘群体、少数族裔的文化的考察，它们是主导文化与精英文化以外的大众文化、亚文化、少数群体文化，这些阶层/群体文化蕴含了不同于主流文化的价值观念与政治内涵。具体到文艺评论工作，

---

[1] 徐贲.走向后现代与后殖民[M].北京：中国社会科学出版社，1996：266-276.

除了对精英高雅艺术进行评论外，种种大众文化、青年亚文化、网络文艺、新媒介文艺等同样需要被认真对待和严肃讨论。这些文艺形态蕴含着丰富的文化内涵，常常可以揭示特定时代资本、政治与文化之间的复杂关系，呈现特定群体的深层情感结构与文化心理。

2. 生产性的接受分析

注重受众研究是文化研究带给文艺评论的重要影响。霍尔（Stuart Hall）提出了"编码/解码"（encoding/decoding）理论，认为文化意义的生成是一个生产者编码和接受者解码的过程。在霍尔对电视节目的研究中，他发现电视信息在生产时需要进行符合社会话语规范的编码，但信息意义的实现还有赖于观众的接受即解码。编码与解码首先需要达成共识，如对纪录片真实性的信任，但二者常常也存在很多不一致，如相同的信息在不同的接受者那里产生不同的解码。存在三种解码方式：支配—霸权式（接受者认同编码者的话语）、协商式（包含适应性和对抗性两种因素）、对抗式（接受者拒绝编码者的编码意图而解码出相反的意义）。具体到文艺评论，在对作品和艺术家的分析评论之外，评论者还需要对接受者的接受状况进行辩证分析，通过对各种接受话语的分析，考察编码解码的不同情况，呈现接受过程的能动性与意义生成的复杂性。

3. 文化政治与意识形态分析

文化政治、身份政治、意识形态分析、话语与权力分析等文化研究中的重点理论和方法深刻影响了文艺评论。如前所述，文化研究具有鲜明的政治性，注重文化政治（politics of culture）问题，即文化的政治性，揭示特定群体文化所包含的政治性意涵，如权力关系、意识形态内容等。

对工人阶级文化、大众文化、亚文化等边缘群体文化的侧重，使得文化研究特别注重阶级、民族、种族、性别等的身份政治（politics of identity）。身份是一个人在社会当中所占据的位置，表明其所属的阶层和类别，通常从阶级、民族、种族、性别、年龄、职业等方面来界定人的身份。身份不是自然的，而是社会性的。身份是一种社会认同，即一个人对其身份属性的自觉意识。身份建立在差异基础上，一种身份意味着与另一种身份的关系，身份与身份的不同体现着人与人之间不同的压迫或服从的权力关系，如阶级身份——无产者/有产者、民族身份——东方人/西方人、种族身份——黑人/白人、性别身份——男人/女人。身份政治体现在社会生活诸多方面，也包括了文艺作品。尤其是关于性别身份的女性主义理论和关于民族身份的后殖民理论，成为文艺评论中常见的批评工具。文艺评论可以从作品对阶级、性别、民族等不同身份的再现，揭示作品潜藏的关于身份的刻板印象、对身份政治的反映等。

关于身份的刻板印象是一种常见的意识形态。意识形态（ideology）是马克思主义理论中最具有活力的概念之一，有着复杂的历史演化过程。意识形态是特定群体所共享的一套具有解释力的观念系统，为个人解释其所处的现实环境为何如此，为其在社会中安置位置，赋予个人一种主体身份。阿尔都塞认为，"意识形态是个人同他存在的现实环境的想象性关系的表现"。[1] 意识形态的作用正在于在个人和他的生存状态之间建立起一种完美的想象性图景，使个体接受这一位置。意识形态理论为文艺评论提供了一种症候（symptom）阅读，主张挖掘作品中有意味的空白，揭示文本背后没有言明的意识形态。症候阅读不仅关注文本所讲述的故事，而且关注它没有讲述的内容。这些空白不是通常的含蓄或言外之意，而是因为意识形态的局限而不能说或想不到说。由于意识形态的框架，一个文本会必然看不见它所没有看到的。而评论者的任务是使那些沉默的地方说话，揭示作品所隐藏的意识形态，而一旦意识形态的运作被暴露出来，批判就得以达成。

4. 媒介能动性评论

文化研究伴随着大众传媒的兴盛，媒介文化分析成为当代文化研究与文艺评论中的重要组成部分。大众文化不同于传统民间文化的重要差别就在于

---

[1] 阿尔都塞.意识形态与意识形态国家机器：一项研究的笔记[M]//图绘意识形态.方杰,译.南京：南京大学出版社，2002：161.

大众传媒，报刊、广播、电影、电视等大众传媒的出现是大众文化的前提条件。20世纪后半叶媒介理论的新发展——如麦克卢汉（Marshall McLuhan）、伊尼斯（Harold Adams Innis）等媒介环境学派的理论——充分讨论了媒介对于社会文化的重要意义。摄影电影等现代传媒实现了信息的机械性、自动性的复制与传播，发展至今，数字媒介则进一步完成了所有不同媒介的整合，抹平一切，将图像、视频、声音、文字等一切信息媒介形式转换为数据，呈现在一张张屏幕上。

文艺评论需要直面当代媒介文化，借助新的理论重新理解艺术与媒介的关系，对作品做出准确的判断。当代媒介理论主张在人文主义传统之外，重新理解人与技术和媒介的关系，指出媒介是内在于人的，认为无法剥离人和技术与媒介，进而考察媒介技术与人的主体性形成之间的内在关系，更将媒介/技术/图像作为主体（agency）进行理解，而非将其仅视为服从于人类主体性的客观物。[1] 媒介具有主体能动性，媒介带来特定的偏向力，对文化产生巨大作用，比如机械印刷媒介带来书写文字的稳定、长篇小说的兴起和宗教的祛魅，但同时也带来错误的不便更改、图像的粗制滥造和光晕（aura）的丧失。在当下的新媒介条件下，所谓网感、公众号文风等也并非很方便就可以排除和抛弃的，我们无法简单地去除坏媒介，或者简单地去除媒介承载的坏内容。这就需要有能力内在于媒介思考问题，细致分析媒介运作、媒介作用于感知的机制。比如新媒介的互动性与即时性带来许多追求短期效益的粗制滥造，但思考这一问题，却并不一定要否定互动性和即时性本身，而是思考如何将其引导向积极的"可写之文"[2]。需要做的是研究新媒介特性，思考如何将互动性、即时性、视觉性等新媒介所带来的新的感官机制与优秀文艺创作相结合。

本章对传记与心理评论、社会与历史评论、审美与形式评论、文化与媒

---

[1] Friedrich Kittler. Optical Media [M]. trans. Anthony Enns. Malden: Polity Press, 2012. Siegfried Zielinski. Deep Time of the Media: Toward an Archaeology of Hearing and Seeing by Technical Means [M]. Cambrige: The MIT Press, 2008.

[2] 罗兰·巴特. 文论 [M] // 文之悦. 屠友祥, 译. 上海: 上海人民出版社, 2002: 85-105.

介评论这四种基本的评论方法进行介绍梳理。不过，文艺评论并没有一定的方法之规，最重要的是直面作品，理论和方法是可选的工具手段，并不是僵化的必然要求。同时，在这四种基本方法之外，还有许多不同的批评理论和评论方法，本章无法面面俱到，一些内容也会在本书下编具体门类文艺评论中讲述到。

第五章

文艺评论与文艺史及文艺经典

习近平总书记指出:"文艺事业是党和人民的重要事业,文艺战线是党和人民的重要战线。"[①]要想发展好文艺事业,就必须把握好文艺评论、文艺史及文艺经典之间的关系。

文艺评论既是关于文艺作品的评论,又是关于文艺场域中诸多思维范式、概念范畴的评论,它能将文艺史、文艺经典中牵涉到的各种模糊不清或值得深思的思想内容阐发出来。文艺史则是一个由文艺内容、文艺形式共同构成的总体。书写文艺史,就是通过文艺评论厘清范式、范畴,确定好文艺史框架,再将该总体的轮廓摹画出来的过程。文艺评论着重关注哪些内容,文艺史也随之呈现出特定的样态;反之,文艺史中哪类现象层出不穷,文艺评论也就对其加以更多关注。一部文艺史在这个意义上总潜在地是一部时代思想史。文艺经典是文艺史和文艺评论最紧密的交会点。作为文艺史总体轮廓上的关键节点,它们既催生新文艺评论,又由文艺评论发现和确认。文艺评论、文艺史、文艺经典互相依存。一方面,没有文艺评论,那么就没有可凭借的范式框架来书写文艺史,也没有相应的参照来确定何为文艺经典;另一方面,如果没有文艺史和文艺经典,那么文艺评论就成了无本之木、无源之水。

[①] 习近平.在文艺工作座谈会上的讲话(2014年10月15日)[M].北京:人民出版社,2015:1.

一、文艺评论与文艺史

文艺评论需要从文艺史中发现其中有价值的部分。文艺评论恰如一个有聚焦功能的镜头。而文艺史是总体性的"地平线"。要想认清地平线的轮廓，必须通过镜头的聚焦。文艺评论者通过特定的镜头对这条地平线的部分或整体进行"测绘"。没有文艺史，那么任何"测绘"都是不可能的；而如果没有文艺评论，地平线只是模糊地存在于我们的视野中，无法被确切定位。

优秀文艺评论的身份是双重的：作为提问者，以其洞见批判成规；作为解答者，又以其洞见为文艺史中出现的问题提供答案。一方面，文艺评论通过不断向文艺史发问，促使其反思僵化的思想成规；另一方面，文艺史也在向文艺评论发问，通过新出现的文艺现象促使文艺评论产生新的观念。

1. 以文艺评论打破文艺史成规

文艺评论的"洞见"能在文艺史中将被成规遮蔽着的东西揭示出来。发现洞见，要求评论家跳出作品那些最显而易见的意涵。在跳出作品最直接的意涵的时候，一方面，评论家发现新的价值；另一方面，这种新的发现由于也是来自一种特定的立场和视角，因此，一旦它变得僵化，同样会造成新的偏见。正如德曼所说，盲视和偏见总是和洞见相伴而生的，"恰如阳光促成了阴影的遮蔽，或者如真理就在谬误之中"[1]。

洞见是一套新的规范法则。例如，俄国形式主义者提出形式并不是自明的，它们不只是内容的载体，而是本身就具有意义，有待阐释，这就是一种洞见。它批判了在文艺史中占据主导地位的"摹仿论"思想，将艺术形式提升到甚至比内容还重要的地位上。形式之所以重要，是因为形式差异是我们能将一部作品识别为艺术品的关键因素，正是由于作品和文艺传统之间有差异，它们才能吸引我们的审美注意。这种过程被形式主义者称作"陌生化"。如布莱希特的戏剧，强调演员和角色不要融合，并且限制观众对舞台表演之

---

[1] Paul De Man. Blindness and Insight: Essays in the Rhetoric Contemporary Crticism [M]. 2nd ed. Minneapolis: University of Minnesota Press, 1983: 103.

间的沉浸体验，制造出戏剧和表演、欣赏主体之间的审美距离，这就是一种陌生化效果。在这种戏剧中，"非真实"的艺术体验使参与主体产生不同于传统的审美意识。而比如说文学作品的"文学性"，正来自"陌生化"产生的差异性。它用以形式为中心的审美法则，取代了以内容为中心的审美法则，促使文艺史书写、研究从以题材、人物等为中心，转向以文类、叙事形式、结构等为中心。

　　洞见同样可以因僵化而变成新的成规。比如我国的诗词曲赋，每一种新的艺术形式刚刚诞生的时候，都有对文艺形式、文艺内容的双重开拓。例如"词"这个形式，就在诗言志的传统上，增添了文人士大夫可以通过文学严肃抒情的新内涵。但是，一旦这些形式变得僵化，就往往都成了文人案头的精英化游戏，成了束缚文艺发展的新成规。再如前文提到的形式主义者的洞见，由于只关注形式的差异性，割裂了文艺与社会历史之间的联系性，形式主义将作品封闭起来。在一个封闭的系统中，他们无法解释为什么文艺会发展变化，因为他们除了否定的、消极的差异性找不到能够提供发展动力的、肯定的东西。[1] 例如，什克洛夫斯基只能看到，《堂吉诃德》在文学史中的重要地位是源自塞万提斯制造的陌生化效果。塞万提斯使之呈现出与传奇小说不一样的戏谑和世俗特点。在内容方面，塞万提斯只不过是将众多短篇故事串在一起，满足其形式创新的需要。然而，这种评论方式无法回答：塞万提斯是如何萌生这种创造灵感的。因为"假如艺术家的视野内没有出现那种根本无法纳入短篇故事的生活统一体，那么他就会只限于写短篇故事或短篇故事集"[2]。封闭性的评论没有看到，只有长篇小说所依赖的发展性时间观念（宗教的时间观念则是轮回、永恒的）、个人主义、世俗精神等出现在作家生活中的时候，长篇小说作为一种文体形式才能出现。它们的出现与现代社会的发展有本质联系。但形式主义者往往在看到形式功能的同时，自动"屏蔽"了这种有益的社会视角。一方面，作为洞见，这种形式主义评论提出了一种以形

---

[1] J·卡勒.索绪尔[M].张景智，译.刘润清，校.北京：中国社会科学出版社，1989：42-43.
[2] 巴赫金.文艺学中的形式方法[M]//巴赫金全集：第2卷.钱中文，译.石家庄：河北教育出版社，2009：286.

式为中心的新文学史意识；另一方面，作为偏见，它遮蔽了与文学史密切相关的社会历史性，使文学史丧失了部分阐释能力。

2. 以文艺评论回应文艺史新问题

文艺史中出现的新现象，能促使文艺评论以新的观念对其进行回应。这些新的现象要求文艺评论，一方面将其中蕴含的价值揭示出来，使之和既往的价值体系找到契合点；另一方面用新的观念给文艺总体以新的定位。

例如，当模仿论最初出现的时候，"摹仿"在文艺史上并不具有合法性。在古希腊时代，柏拉图就认为模仿性的文艺是对真理的降格：它与现实相隔，又与作为现实之基础的理念界相隔。他认为"摹仿诗人"带着人们远离真理，使人沉醉于降格的真理中。由于这些诗人"逢迎人心的无理性部分，并且制造出一些和真理相隔甚远的影像"[1]，因此必须从理想国中被驱逐出去。那么什么样的文艺符合他的要求呢，无非只有"迷狂"状态下，代神立言的诗人所作的神话。比如廷尼库斯的《谢神歌》，柏拉图说这个作品才不不愧为"诗神的作品"。[2] 这个诗人一辈子只创作过这一部像样的作品，柏拉图认为这正说明这部作品不是人的创作，而是神的创作。同样具有这种特征的还有希腊祭司处于迷狂状态下的作品，都被柏拉图认为是个中典范。

尽管柏拉图如此维护神话性质的文艺，但是文艺史却用自己的发展提出了新问题。兴盛一时的古希腊戏剧恰恰是模仿性的。荷马的《奥德赛》、埃斯库罗斯的《被缚的普罗米修斯》、索福克勒斯的《俄狄浦斯王》、欧里庇得斯的《美狄亚》等作品，尽管它们大多是神话题材的，但是创作者却经常进入人物的意识中，仿佛附身一般模仿人物，用人物的嘴说话，用人物的眼睛看世界。诸多此类创作使模仿成了必须被正视，并被赋予合法性的形式。

亚里士多德的模仿论应运而生。他说，"史诗和悲剧、喜剧和酒神颂以及

---

[1] 柏拉图.理想国[M].朱光潜，译.北京：人民文学出版社，1963：85-86.
[2] 柏拉图.柏拉图文艺对话集[M].朱光潜，译.北京：人民文学出版社，1969：7-8.

大部分双管箫乐和竖琴乐——这一切实际上是模仿"[1]。其中最优秀的、应被赋予最高价值的就是悲剧，因为它的模仿带有强烈的道德意味，这种模仿最能促使人追求真理。通过模仿，作家"引起怜悯与恐惧"，在这两种审美效果的帮助下，模仿使"情感得到陶冶"[2]。在柏拉图看来，通过人的模仿，将神和神话英雄"降格"。模仿包含一种将作者自己"代入"人物的过程，正是在这一过程中，神和神话英雄也会犯人的错误，也会如人一样遭遇悲苦的命运，而这无疑会动摇城邦政治的道德基础。如果神无非就是人，那么还有什么能作为人的道德准则呢？亚里士多德则指出，恰恰是由于这些神和英雄也会犯错误，才更能使人们警醒，促使人们更积极地去追求理性和真理。这恰恰更有益于城邦政治。

曾经被贬斥的"模仿"，被提升到优秀文艺作品都应遵守的重要原则的地位上。这正是文艺史新变对文艺评论提问的结果，亚里士多德的模仿论就是对这一新问题的新答案。一方面，它找到了和柏拉图思想的契合点：它并不反对理性，而是将模仿视为一种能让人更加理性的方法；另一方面，它又批判了柏拉图的思想，通过指出模仿不会让道德败坏，而是会让道德提升，亚里士多德让以理性为中心的评论实际上变成了以模仿为中心的评论。

3. 避免文艺评论成为偏见

文艺评论必须在对文艺史保持批判意识的同时，也对自身保持批判意识，避免使洞见成为偏见。一种文艺评论必须总是明确认识到，自己只是诸多阐释可能性中的一种，而不是唯一答案。洞见来自对成规的批判和对文艺史新现象的回应，因此洞见总是有针对性的问题或答案，它在与成规和新变对话。而当这种对话性消失，一种洞见把自己视为是天然的，或是不需要条件的、永恒的，那么它就从洞见走向了偏见。因为它既要"不分青红皂白"地对所

---

[1] 亚里士多德，贺拉斯. 诗学·诗艺 [M]. 罗念生，杨周翰，译. 北京：人民文学出版社，1997: 3.

[2] 亚里士多德，贺拉斯. 诗学·诗艺 [M]. 罗念生，杨周翰，译. 北京：人民文学出版社，1997: 19.

有问题都给予同样的答案，又要禁止人们提出新的问题。要保持对评论自身的批判意识，避免使洞见成为偏见，要做到以下两点。

其一，明确文艺评论洞见产生的大背景。关于这个背景的意识一旦丧失，我们就忘了为什么会有一种特定的评论方法。这个时候，这种评论就成了没有历史的，没有来源的。它也就失去了相对性，成了绝对的东西。例如，审美自律性，当它被提出的时候，其目的是反抗道德评论对文艺的压制。当克罗齐说，"世间没有一条刑律可以将一个意象判刑或处死，世间也没有一个法庭或一个具有理性的人会把意象作为他进行道德评判的对象：如果我们说但丁的弗朗西斯卡是不道德的，莎士比亚的考地里亚是道德的，那就无异于判定一个正方形是道德的，一个三角形是不道德的"①，他是通过审美自律带来的自由，呼唤人的自由。此论的批判性是相对于绝对的道德评论而言的，一旦离开了这个背景，把所有的文艺都视为与道德无关的，那么审美自律性就不但失去了批判性，而且成为一种思想惰性的温床，它让人只考虑"美"，而不考虑"美"的现实性。

再如，关于艺术之死的评论，最初并没有造成艺术的终结，反而促使杜尚这样的艺术家以《泉》这样的作品，或装置艺术等先锋形式去探索、开拓艺术的边界，并重新思考艺术的社会价值和功能。这些实践又反过来促使评论家进一步思考何为艺术。关于艺术之死的评论实际上促成了艺术的新生，因为它批判了教条思想对艺术的束缚，反对对艺术进行专断的定性。这恰恰不是艺术之死，而是艺术的又一次解放。然而当需要被批判的教条思想已经不再是教条的时候，"艺术之死"作为一种评论主题，就失去了其批判和建构的生长力，反而促使艺术真的走向价值的虚无和社会功能的丧失。再如，在我国兴盛一时的"朦胧诗"，在特定的时代背景下，追求审美、个人表达和意义的含混确实有其进步意义。但是，当个人主体性、文艺的艺术本性都得到充分确认的时候，再对这些做朦胧化处理，就成了对文艺发展的束缚。

其二，明确文艺评论方法自身的局限性。这个局限性就是一种方法的思

---

① 克罗齐.美学原理：美学纲要［M］.朱光潜，等译.北京：外国文学出版社，1983：211.

想预设，它既是一种洞见的优势，也往往是其劣势所在。或者换言之，任何文艺评论都有自己的理论前提，文艺评论的有效性离不开这些前提。"理解意味着将某种东西作为答案去理解。"① 这种现象不仅出现在文艺评论中，也出现在文艺史书写中，正如韦勒克和沃伦指出的："实际上，任何文学史都不会没有自己的选择原则，都要做某种分析和评价的工作。文学史家否认批评的重要性，而他们本身却是不自觉的批评家，并且往往是引证式的批评家，只接受传统的标准和评价。"② 明确一种方法背后的预设，既是对一种方法进行有效性确认，也是对一种方法的有效性进行约束。例如对于读者反映批评，我们如果看到，它的思想预设是，文艺的价值是对话性的：文艺价值产生于文本视域和读者视域的融合之处。那么我们就明确了它的批判性和它可能出现盲视的地方。它的批判性在于，通过强调对话性，强调"对每个时代的每个观察者来说，文学作品并不是以同一种面貌出现的自在的客体，不是一座自言自语地宣告其超时代性质的纪念碑，它更像一部乐谱，完全是为了在阅读过程中产生的，不断更新的反应而存在"③，它强化了读者的作用，弱化了文本的绝对性；而它可能的局限性正源于"读者"这个维度的不确定性。由于读者不具有确定性，文艺的价值也不太容易被确定下来。然而，当我们不明确预设，而只是就方法论方法，那么这个方法看起来就是毫无问题的。因为文艺确实分为作品和欣赏者两个部分，即便它可能是一种多元主义，然而依然是一种僵化的多元主义思想。当我们需要为社会提供价值助力的时候，文艺评论如果处于这种僵化的多元主义中而不能批判自身，它将陷入无穷无尽的价值讨论，而无力实践。

---

① H·R·姚斯，R·C·霍拉勃. 接受美学与接受理论[M]. 周宁，金元浦，译. 沈阳：辽宁人民出版社，1987：179.
② 勒内·韦勒克，奥斯汀·沃伦. 文学理论[M]. 刘象愚，等译. 杭州：浙江人民出版社，2017：31.
③ H.R.姚斯. 文学史作为文学科学的挑战[M]//高建平，丁国旗. 西方文论经典：第五卷：从文艺心理研究到读者反应理论. 合肥：安徽文艺出版社，2014：568.

二、文艺评论与文艺经典

将某个作品确认为文艺经典，这是一种价值判断，其判断的基础是文艺史的总体语境。如果说文艺史划定了一个作为参照的坐标系的话，文艺经典就是这一坐标系中具有代表性的点位。确定了这些点位，我们才能勾勒特定文艺史的轮廓。文艺史中的诸多价值，也正是在这些代表性的点位上，最具代表性地、最典型地被体现出来。

文艺经典是以特定价值为标准被确认下来的。人们认为某些作品依据特定的标准来衡量的话，要比其他作品更有价值，这些作品就是文艺经典。"经典"具有价值上的等级意识。定位经典，就是对文艺进行价值等级排序。在英语中，"经典"（classic）这个词本身就和描述阶级、阶层的class一词同源。class一词则来自拉丁文中的classicus。威廉斯认为，它指的是古罗马社会中对公民依据财产做出的等级区分。[①]可见，它本身就有价值等级的意思。

确认价值，和确认价值的等级是两个不同的行为。例如，我们认为《追忆似水年华》是值得评论的，和我们认为《追忆似水年华》是一部经典不能等同：前者回答的是"有无"的问题——《追忆似水年华》因其以意识流的手法进行心理开掘是有价值的；后者回答的是"优劣"的问题——《追忆似水年华》在对人的内在进行模仿方面，因出色地使用了特定手法而最突出、最有代表性。

文艺评论确认文艺经典的方法可以分为三类：

其一是依据文艺作品与既有文艺经典的相似性。其中较有代表性的是马修·阿诺德提出的"试金石"（touchstone）方法。他说："把大诗家的一些诗的字句，牢记在心，并将它们当作试金石应用到别人的诗上，能够帮助我们发现什么是属于真正优秀一级的，因而对我们是最有好处的诗……在把这些诗句放在心里以后，便会看出它们确是很灵验的试金石，能检查出放在它们旁边的别人的诗，是否含有这种崇高的诗的品质，或含有多少这种品质的分

[①] 雷蒙·威廉斯.关键词：文化与社会的词汇[M].刘建基，译.北京：生活·读书·新知三联书店，2005：52.

量。"①符合"试金石"标准的作家包括荷马、但丁、莎士比亚、弥尔顿,跟这些人的作品相似的文艺作品就可被称作经典。这使用的是文艺上的"习惯法",它依赖作为"法官"的文艺评论者对文艺现象的理解。比如阿诺德把莎士比亚的《亨利四世》作为自己的"试金石",认为"高高的桅杆令人头晕目眩,让人害怕,狂风暴雨让船上男孩睁不开眼,站不稳脚,在狂风巨浪中船只像摇篮一样……"②这句非常经典。哈姆雷特对霍雷肖说的"要是你曾把我拥入怀抱/你短暂地失去幸福/在这冷酷的世界痛苦地呼吸/讲述我的故事……"③也可被称为经典。这些诗句之所以能被遴选出来,是因为它们能唤起某种现代社会中鲜有的宗教崇高意识,它们是在诗歌中还保留着的"无意识的""神圣的幻觉"④。其本质是想用文艺承担宗教的职责,能承担宗教职责的作品就是经典。在这个意义上《浮士德》堪称经典,因为它书写的是精神的上下求索,它最后归结于人和神(浮士德最后被神性拯救)、理性和感性的结合,这正是宗教曾经承担的职责。不过它的局限性也正在于此。在评价不追求绝对,不追求神性的作品,而恰恰是要解构这些东西的作品时,它便失去了效力。例如《第二十二条军规》这种戏谑解构的作品,在这种方法下必然要被判定为毫无价值的。

其二是依据文艺作品对既有文艺体系的冲击与影响。相似性是肯定性的比较,而"对文艺体系的影响"则是否定的、差异性的比较。艾略特曾指出,一部新的经典的作品之所以能被发现,是因为它撼动既有的、已经趋于稳定的经典体系:

> 当一件新的艺术品被创作出来时,一切早于它的艺术品都同时受到

---

① 阿诺德.文化与无政府状态[M].韩敏中,译.北京:生活·读书·新知三联书店,2002:89-90.
② 阿诺德.诗歌研究[M]//艾略特.哈佛百年经典:第24卷.高黎平,彭勇,等译.北京:北京理工大学出版社,2014:66.
③ 阿诺德.诗歌研究[M]//艾略特.哈佛百年经典:第24卷.高黎平,彭勇,等译.北京:北京理工大学出版社,2014:66.
④ 阿诺德.诗歌研究[M]//艾略特.哈佛百年经典:第24卷.高黎平,彭勇,等译.北京:北京理工大学出版社,2014:60.

了某种影响。现存的不朽作品联合起来形成了一个完美的体系。由于新的（真正新的）艺术品加入到它们的行列中，这个完美体系就会发生一些修改。在新作品来临之前，现有的体系是完整的。但当新鲜事物介入之后，体系若还要存在下去，那么整个的现有体系必须有所修改，尽管修改是微乎其微的。于是每件艺术品和整个体系之间的关系、比例、价值便得到了重新的调整，这就意味着旧事物和新事物之间取得了一致。①

正是这种挑战和质疑，使一部作品在文学史中脱颖而出。其中，新的价值被提出、新的思想被发现、新的形式被使用。但是艾略特说的那种随之而来的调整，可能并不是一蹴而就的。它需要作品、评论和经典体系间，互相协商妥协。例如斯特恩的《项狄传》就以"不严肃""不道德"的方式插科打诨。它在形式上跳出严肃的叙事方式，不但戏仿小说形式，而且刻意造成视角、时间等重要维度上的跳跃和不连续。当时的小说，大多要在序言和前言中为自己的道德意图做某种辩护，声明自己是出于道德目的，是现实的而不是虚构的。《项狄传》则明目张胆地挑战既有体系，小说一经问世，就受到了《每月评论》和《批评评论》两个主流期刊的强烈批判。②但是随着社会思想的变迁，斯特恩的叛逆逐渐受到了文艺评论界的认可，被视为"戏仿""意识流"等现代技巧的雏形，而这些技巧也在19世纪后被纳入经典评判的主要标准的行列中去。再如我国的韩愈，其文作被称为"文起八代之衰"，其近乎极端的复古风格，必须以科场翰苑文风盛行的时代背景为参照才能理解。正是在复古的风格以古朴挑战了近体文章的华丽辞藻，使儒家思想重新获得有效形式的意义上，韩愈的作品才能被视为一个时代的经典之作。

其三是依据文艺经典体系的外部价值。前两种依据是文艺内部的比较，而第三种则是与"非文艺"的维度进行比较。作为一种价值等级的论断，文艺经典的确认从头至尾都离不开外部价值，换言之，离不开社会历

---

① 艾略特.传统与个人才能[M]//艾略特文学论文集.李赋宁,译.南昌：百花洲文艺出版社，2010：3.
② 魏艳辉.文学评论期刊与《项狄传》小说属性的形成[J].外国文学，2016（4）.

史中的现实生活。例如曾获奥斯卡金像奖的影片《伍德斯托克音乐节1969》（*Woodstock 3 Days of Peace & Music* 1969），我们要想理解这部影史经典，必须既能看到其纪录片式的表现手法确有出众之处，又能结合时代语境去理解：1969年正是美国反战、解放思潮勃兴的年代，摇滚音乐节用狂欢的形式集中抒发了一代青年的社会情绪。而2005年重新以纪录片的形式回访这一音乐狂欢的时刻，恰恰是要在怀念、纪念的同时，重拾一种充满激情的审美批判意识。离开了外部视角我们便无法理解这一主题，但是文艺与社会之间的关系并不是直接性的。我们不能直接拿社会历史为尺子去量每一部作品，并确认其经典性，社会历史的价值必须经由文艺的中介才能获得。我们说《狂人日记》是一部经典作品，是因为鲁迅使用了新的形式，开发了新的题材，这部作品作为中国新文学的先声，起到了启发民智，唤醒现实批判意识的作用。然而，《狂人日记》乍看起来根本就不是现实主义的，也找不到特别明确的社会历史内容。它在社会历史中的影响力是通过文艺形式实现的，是白话的、意识流的、魔幻的新文艺形式与社会革新、批判的现实需要产生了同频共振。

三、文艺评论与文艺高峰

文艺高峰由诸多文艺经典构成，但并不是所有文艺经典都存在于文艺高峰阶段。文艺高峰是文艺经典层出不穷且具有非常突出的历史代表性的文艺史阶段。文艺高峰和文艺经典往往处于互相成就的辩证关系中：一方面，只有文艺经典的大量涌现才能成就文艺高峰；另一方面，只有文艺高峰出现，才能解放思想、开拓视野，创新形式，催生更多优秀的文艺经典。这一辩证历程是由物质生产的总体条件，以及在这种条件下的特定现实生活决定的。文艺高峰尽管是由现实生活决定的，但是文艺高峰不一定总是与物质实践的高峰重合，文艺高峰往往出现在文艺实践能集中回应现实问题，应对现实处境的特定文艺史阶段。在这个意义上，我们依然需要社会与文艺思想层面的实践，将物质生活和文艺实践中尚且模糊的东西明确下来。对于揭示现实及文艺问题意识，明确问题所牵涉的诸多价值，为思考和回应问题开辟更广阔的思想视野，文艺评论不可或缺。

文艺高峰需要文艺评论予以判定。文艺评论往往以解蔽者、发现者的姿态出现。无论是宗教教条也好，僵化的文艺观念也罢，任何维度对文艺探索带来的遮蔽都会最终被文艺评论解蔽。文艺评论既发现已出现的文艺高峰，又为形成中的文艺高峰开辟道路。

发现文艺高峰是一个"开眼看世界"的动态过程。人需要调整文艺评论镜头的焦距，才能在重新聚焦后，看到文艺史地平线上的新风景，并以此为基础继续探索。在文艺评论对其进行判定之前，诸多文艺经典是一系列处于文艺史坐标系不同位置上的散点，文艺评论则是在这些散点中将文艺高峰的轮廓摹画出来，让本已模糊存在的东西得以清晰展现。文艺评论在价值发现和塑型方面的工作会让这些"金子"终归发出光芒。文艺评论也能在摹画高峰的时候，发现沿着既有的趋势发展理应存在，但尚未实现的高峰雏形。习近平总书记强调："文化是民族的精神命脉，文艺是时代的号角。"[1] 文艺高峰的出现，往往和社会物质生活的大发展、大变革密切相关，离开二者之间的辩证关系，我们很难完整地理解文艺高峰的意义。文艺评论是即将呱呱坠地的文艺高峰的催生婆。文艺评论通过为文艺指明发展的生长点，推动了文艺高峰的最终形成。一座新的文艺高峰，不但是文艺发展的生长点，而且也是社会大发展、大变革的思想先声。

促使文艺评论更好地确认文艺高峰并推动其形成，需要从三个层面入手：

首先，文艺评论要敏锐捕捉文艺领域中新的形式变革。尽管任何文艺现象的基础都是物质生活，但是如果没有文艺形式作为先导，那么现实中出现的新问题就缺乏具体的载体和表现形态。如果无法形成明确的问题意识，文艺评论就无从最终介入社会，无从推动文艺高峰同时是思想高峰和社会实践高峰。哪怕是那种以社会政治、物质生产结构图解文艺的评论，其前提也是首先能把相应问题识别出来，这只有以形式作为切入点才能实现。文艺评论的问题意识首先就来自文艺的形式问题。詹姆逊看到，文艺"风格是对意识

---

[1] 习近平. 在中国文联十一大、中国作协十大开幕式上的讲话（2021年12月14日）[M]. 北京：人民出版社，2021：6.

形态和我们常说的世界观的含蓄的表达"①。伊格尔顿也说:"存在着形式的政治,也存在着内容的政治。形式并不是对历史的偏离,只是达成它的方式。艺术形式的重大危机几乎总与历史激变相伴生……文化形式最深层的危机,通常也是历史的危机。"②阿尔都塞则概括道,"真实关系不可避免地被包括到想象关系中去"③。例如文艺复兴时期,"人"的兴起不但是一种社会现象,还在美术中催生了如拉斐尔的《西斯廷圣母》一般的作品,它在形象塑造上更多地关注于"母性""人性"而非神性。在"人"真正在社会维度上站稳脚跟之前,"人"的形象已经在美术中站稳了脚跟,产生了充满人味的神性形象。再如,现实主义是近代以来文学领域中的高峰之一,它奠基于小说这种新形式上。17—18世纪诞生了笛福、菲尔丁等众多现实主义小说家。但是无论是现实主义叙事,还是其中的世俗精神其实都不兴起于小说出现的这个年代。就艺术要写现实而言,赫拉克利特的年代就提出过艺术要模仿自然的观念;就叙事性而言,无论是更早的维吉尔的史诗,还是《罗兰之歌》《尼伯龙根之歌》也都是叙事性的。而世俗精神则始终广泛存在于各类民间创作之中。但是,只有当小说这种文体形式出现时,线性的现代性时间意识(与之相对的是宗教的静止时间意识)、世俗生活的重要意义、叙事视角形式和个人价值观等要素才有了统一的载体。正是小说,使它们有了被文艺评论统一审视的机会,成了明确的问题意识,并进而成为现代社会发展的思想助力。从辩证法的意义上讲,对本质的讨论必然要从现象入手。只有当形式提出问题时,文艺评论才获得进一步探索问题并将之深化的可能。只不过,我们不能拘泥于现象,形式作为问题的提出者要被扬弃掉。正如在我国的五四新文化运动中,白话文的新小说最开始就作为一个形式问题被提出,但它最终是为了开拓新思想,塑造新的中国人。这也正是当时文艺评论的思想脉络:从新小说这一形式探索中提出问题意识,再用塑造新人的社会指向扬弃形式问题。但是无

---

① 弗雷德里克·詹姆逊,王逢振.古代与后现代:论形式的历史性[M].王逢振,王丽亚,译.北京:中国人民大学出版社,2018:80.
② 特里·伊格尔顿.如何读诗[M].陈太胜,译.北京:北京大学出版社,2016:11.
③ 路易·阿尔都塞.保卫马克思[M].顾良,译.北京:商务印书馆,2017:230.

论如何，这种社会指向性最初是从形式上被明确下来的，文艺评论通过形式才深入社会历史中，在20世纪初的中国确认并推动形成了一次文艺高峰。

其次，文艺评论要"跳出"文艺形式维度，与社会思想同频共振。只有当形式问题与社会思想同频共振时，文艺价值才能成为社会时代价值的一部分。文艺评论关注到形式创新的意义，但如果不理解形式创新与社会思想之间的关系，那评论者就只能驻足于文艺内部。这样人们就既无法完整地理解文艺高峰，也无法推动文艺高峰的真正形成。文艺作为一种思想形态，其高峰必须能从思想高峰的意义上去理解。例如勋伯格的"十二音体系"，单从音乐形式的角度上去看，它仅是一种以"无调性"的形式对音乐成规的批判。但是，当我们跳出对形式的讨论时，从社会思想上来讲，它是对人类精神进步的一次黑格尔式探索。反对调性、调式的实质，是反对以表现、模仿等形式去再现精神，勋伯格要以无调性的方式让音乐摆脱桎梏，直达精神。黑格尔讲人类精神要经历艺术、宗教的阶段最终到达哲学，勋伯格的创作则是一次对这一理想的音乐实践。他要让音乐成为哲学，尽管"十二音体系"最终衰落了，但是作为一种现代性理想的音乐体现，它极大地拓展了现代性社会意识的广度和深度。再如以意识流为主要特征的文艺创作，如果单从形式本身来看，无非是一种新的模仿：它使创作从模仿外在现实发展为模仿内在现实。但是模仿内在现实为何就具有更大的价值？想要回答这个问题，我们必须看到它提出了一种新的观念，即人的意识是绵延的，而在连续的绵延过程中又并不总是明晰的，充满了混乱和晦涩。它挑战的是以理性的明晰性为基础的社会主流观念，以及建筑于其上的制度、历史等。只有当文艺评论将触手深入这一层面时，意识流才不仅是一种文艺形式探索，同时还是通过对人类精神规律的探索而实现的社会批判。在这个意义上，普鲁斯特、伍尔夫、乔伊斯、福克纳等人的创作才是文艺高峰，因为他们做的不仅是文艺实践，还是社会思想实践——其作品不但具有文艺创新性，还具有对社会思想的批判效力。

因此，假如我们把现代社会关心的主体性问题从文艺评论中拿掉，我们依然能解释浪漫主义文艺的技巧问题，但是却无法阐释它为什么在价值上具有如此的重要性；假如我们把人文主义精神从对文艺复兴的评论中拿走，那么我们无法谈及但丁的《神曲》如何能和荷马史诗获得同样的地位；假如我们把"启蒙"和"救亡"从对我国五四新文化运动的评论中拿走，那么我们更无法解释那些艺术手法尚不成熟的早期白话创作为什么能成为一座艺术高峰。与社会价值之间的同频共振消失后，文艺高峰也随之难以判定了。

最后，文艺评论要深入社会历史的物质维度中去，去研究一座高峰在地平线下不显见的部分，以此完成文艺高峰的确认，并为之奠定扎实的基础。社会历史的物质维度最终回答了人们最初经由形式提出的那些问题意识为什么会出现，又为什么会和社会价值同频共振。经由物质维度，文艺评论不是离开了形式和思想，而是最终以新的面貌回到形式和思想中，让文艺高峰有了扎实的落脚点。如果缺乏这种关注，那么文艺只能回避意义起源和归宿等终极问题。例如，现代社会史的开端，正是以"文艺"的复兴命名的。习近平总书记指出，但丁、莎士比亚等人的文艺创新，此时就是"新时代的啼声"。[①] 文艺与社会相互阐释着自身的新生。一方面在文艺的新生中，文艺评论看到一种新的社会历史阶段开始出现；另一方面在社会历史的新变中，文艺评论看到新文艺形态和文艺思想产生的根源。在对文艺复兴的讨论中，社会评论很大程度上就是文艺评论，二者总是交缠在一起。"文艺复兴"首次出现于佛罗伦萨学者乔尔乔·瓦萨里（Giorgio Vasari）的著作《意大利艺苑名人传》中，指古典艺术的再生，而1855年米什莱（Jules Michelet）把《法国史》的第七卷命名为"文艺复兴"，并定位为"世界的发现和人的发现"。继而布克哈特（Jacob Burckhardt）的著作《意大利文艺复兴时期的文化》，直接用其命名，并将其中一章命名为"世界的发现和人的发现"。可见正是现实的新变导致了文艺的复兴。我们在讨论现代社会的时候，必须看到"人"代替"上帝"获得权力，并以人为中心组织生活；而在讨论文艺经典的时候，同样必须看到现代文艺中确立的经典谱系，就是不断发现"人"的世俗可能性的文艺谱系。正是新兴资产阶级的出现、地理上的大发现等使这一切成为可

---

① 习近平.在文艺工作座谈会上的讲话（2014年10月15日）[M].北京：人民出版社，2015：5.

能，因此归根结底文艺上的新变和高峰回应的是这些物质层面上的新发展和新要求。

不过，从最根本上讲，文艺高峰的催生和判定都是以人民为标准的，习近平总书记强调，要"坚守人民立场，书写生生不息的人民史诗"[①]。无论是文艺形式，还是社会思想，抑或是社会物质生活，这些都归根结底产生于人民的生活，服务于人民的生活。最具经典性的文艺作品，在一定意义上也往往是最具人民性的那些文艺作品。文艺评论必须坚持"把人民放在心中最高位置，把人民满意不满意作为检验艺术的最高标准"。[②] 这样才能最有效地起到催生新形式、发现新思想、开启新生活的作用，以激发"扛鼎之作、传世之作、不朽之作"[③]的不断涌现，从而创造一个又一个新的文艺高峰。

文艺评论的辩证历程起于形式，经过社会思想，归于物质生活。但是在实践上，它可能开始于任何一个阶段。文艺评论可能最初发现的是一种形式问题，正如对文学性问题的讨论，其最初形态就是对形式特征的讨论。但是文艺评论也可能最初触及社会思想问题，然后才反思我们能意识到这个问题，是因为有某种尚未命名的新形式。比如现代意义上的小说创作和小说评论兴起的时候，人们就并没有认识到这是一种新的文学形式，甚至连作家自己也以书信集的汇编者、他人日记的发现者等身份出现。对小说的形式研究远远晚于对其思想性和社会价值进行的评论。文艺评论同样可能最初就是从社会历史切入的，例如1942年的《在延安文艺座谈会上的讲话》，其切入点就是如何让文艺为革命现实服务，从这个切入点才衍生出对形式问题和思想问题的讨论。但是无论先对辩证历程的哪一个阶段具有明确意识，这三个辩证阶段都既无法绕开，又在逻辑上具有明确的先后顺序。在这个意义上，一个恰当的文艺评论方法是，将文艺高峰的出现视为一种文艺形式、社会思想、物

---

① 习近平.在中国文联十一大、中国作协十大开幕式上的讲话（2021年12月14日）[M].北京：人民出版社，2021：7.
② 习近平.在中国文联十一大、中国作协十大开幕式上的讲话（2021年12月14日）[M].北京：人民出版社，2021：7.
③ 习近平.在中国文联十大、中国作协九大开幕式上的讲话（2016年11月30日）[M].北京：人民出版社，2016：19.

质基础均走向明晰的特殊交汇点，一种辩证历程趋于完成的特殊时刻。文艺评论确认文艺高峰，推动文艺高峰形成的过程，就是对这些问题充分解蔽，充分阐释，不断使之走向明晰的过程。

　　文艺评论和文艺史、文艺经典、文艺高峰始终处于一种辩证关系中。这种辩证性主要表现为：一方面，文艺评论回应文艺史、文艺经典、文艺高峰中出现的或触及的那些文艺与社会的问题或矛盾；另一方面，文艺史、文艺经典、文艺高峰也促使文艺评论产生新的范式、方法，不断发展。这种关系不是一一对应的反映与再现关系，不是文艺史、文艺经典、文艺高峰中出现了什么东西，文艺评论就要对它们亦步亦趋，也不是文艺评论进行了某种判断，文艺史、文艺经典、文艺高峰就要走向它所指的方向。这种辩证关系是一种对问题意识的共享，同一个问题意识以不同的符码形式出现在文艺评论、文艺史、文艺经典、文艺高峰中。而问题意识的统一性，归根结底是来自社会语境的统一性，正是因为同一时代下，文艺评论、文艺史、文艺经典、文艺高峰总是处于同一个社会语境中，它们才会面对同样的社会问题或矛盾，进而同频共振。它们在价值立场、内容取向和话语形式上的特殊性，实质上统一在社会物质生活的共性之上。因此，要想深入理解把握文艺评论和文艺史、文艺经典、文艺高峰之间的辩证关系，必须坚持社会存在—社会意识之间的辩证关系，从社会历史的角度出发理解文艺评论问题。

第六章

中国文艺评论传统

　　中国文艺评论具有悠久的历史，形成了优良的传统。它萌芽于文学艺术草创时代的远古，发端于诗乐舞大备的先秦，发展于经学与汉赋、乐府兴盛的两汉，繁荣于各种文学与艺术形式相对完备的魏晋南北朝。隋唐五代时期，随着诗歌等文学形式的完善和音乐、书法、绘画等艺术门类的发展而进一步拓展；宋金元时期，又随着北方少数民族的统治和融合所带来的文化冲击而转型，逐渐趋向于多元。经过明代复古和世俗化的历练，清代开始追求精细，一方面全面继承秦汉以来的优良的评论传统，另一方面又刻意创新。发展到近代，随着西学传入，迅速与传统文化融合，开始中西汇通。近现代的文艺评论在诗文、小说以及音乐、戏曲、美术等方面的内容非常丰富，在评论体系与话语的构建上取得了可喜的成就。从先秦两汉的"言志"到魏晋南北朝的"缘情"，文艺观念在不断演进，对文艺本质的认识也逐渐清晰。隋唐以后主张复古、明道、载道，明清时期重童心、性灵，将义理、辞章、考据融为一体，无论是对文艺本体的认识还是对创作、鉴赏及评论方法的认识，都达到很高的水平，从根本上推动了文艺评论的发展。中国文艺评论形成了完整的理论体系，形成了自己的传统，表现出了很强的民族特色。它是世界文艺评论的一个重要组成部分，为人类文化发展做出了伟大的贡献。

一、先秦的文艺评论

1. 确立文艺评论准则，奠基中国文艺评论传统

先秦时期诗乐舞一体，文艺评论主要围绕《诗三百》展开。《左传》最早借助于孔子之口提出"诗以言志"命题，《尚书》重提这一话题（因《尚书》存在真伪，无法断定确切的产生时间）。孔子评论《诗三百》，提出"诗无邪"和兴、观、群、怨的观念，涉及诗的本质特征和审美，与"诗言志"的观念相互完善，奠定了后世文艺评论的基础。孟子、荀子等对《诗三百》都发表了评论，孟子的"知人论世""以意逆志"的观念，荀子的言、名、乐的观念，以及《礼记》的"温柔敦厚"的观念，等等，最终演化为文艺评论的准则，是中国文艺评论传统的奠基。

2. 追求尽善尽美，注重礼乐教化功能

远古时期流传着很多歌谣，它们集诗乐舞为一体。这种情形一直延续到先秦时期。先秦时期虽然诗乐舞一体，但在具体评论方面，诗与乐又是独立的，既有专门针对诗的评论，又有专门针对乐的评论。先秦时期的音乐、舞蹈相当发达，乐舞都被赋予伦理、道德、教化的意涵。从《论语》对《韶》《武》等音乐的评论中，可以看出当时音乐的艺术水平，以及人们对音乐的态度。先秦时期出现了大量的音乐评论，如荀子的《乐论》以及《礼记·乐记》等。老子、孔子、墨子、孟子、庄子等人都针对音乐发表了一些精辟的看法，如老子的"大音希声"、孔子的"尽善尽美"、墨子的"非乐"、孟子的"仁言不如仁声之入人深"、荀子的"声乐之入人深，其化人也速"[1]，以及《礼记·乐记》的"声音之道，与政通也"[2]，等等，都成为重要的音乐理论。

---

[1] 王先谦.荀子集解：下[M].北京：中华书局，1988：380.
[2] 孙希旦.礼记集解：下[M].北京：中华书局，1989：978.

3. 推崇自然，确定文艺创作的最高标准

先秦的绘画已经达到了相当的水准，产生了相当成熟的绘画理论。老子推崇自然的观念，不仅"道法自然"，所有技艺包括文艺创造也法自然。孔子把色彩与礼法联系在一起，主张色彩选择要遵守礼法。他提出的最著名的观念"绘事后素"，就是一个关于礼法的比喻。庄子讨论了大量技艺的话题，把道与技联系在一起，他曾经直截了当地讨论了绘画问题。《田子方》记载的"解衣般礴"的故事，昭示了一种绘画观念，即画家只有在虚静、自然心境下才能进入真正的创造境界。《韩非子·外诸说》提出画犬马难、画鬼魅易的著名论断，真切地表达了真实的绘画观。

先秦的"言志"和"知人论世"观念已经成为中国文艺评论的传统。"言志"是一种政治、伦理、道德评论观念，主要是针对诗、乐的，强调诗、乐应表达理想、抱负、思想、情感，后来，这种观念被广泛运用到文艺评论之中，成为一种传统。不仅诗、乐言志，即便书法、绘画、戏曲等也言志。孟子提出读其书、颂其诗，应知其人、论其事的观念，主张文艺评论应该和作者结合在一起，对作品的理解应该联系作者的个性、气质、思想、情感与生活时代等，开启了文艺评论"知人论世"的传统。"知人论世"已经成为文艺评论的科学方法，一直沿用至今。

二、两汉的文艺评论

1. 解经生发出多元的文艺评论观

两汉时期的文艺评论随着文艺形式的丰富趋于多元。诗歌评论仍围绕《诗三百》展开。汉代将《易》《诗》《书》《礼》《春秋》经典化，《诗三百》遂成为《诗经》。汉代《诗经》的传播有今文经、古文经之分，评论也围绕今、古文展开。《毛诗序》继承先秦"诗言志"思想，强调教化、讽喻，所提出"六义"（风、赋、比、兴、雅、颂）说，是先秦"六诗"观念的发展。郑玄对《周礼》中的"六诗"观念进行了阐释，尤其是对赋、比、兴的阐释对

后世的文艺评论影响极大。与此同时，汉代历史著述和经典注释滋生了大量的文学观念，司马迁的"发愤著书"说，班固的"感于哀乐，缘事而发"说，赵岐关于"知人论世""以意逆志"的笺释等，丰富了汉代的文学评论。汉代文学评论的另一个重要内容就是对屈原及其《离骚》及楚辞的评论。刘安、司马迁、王逸等高度赞赏屈原及其楚辞；扬雄、班固等则贬低屈原的人品而赞赏其楚辞的艺术。《离骚传》认为屈原可以与日月争光；《史记》专门为屈原立传，认定《离骚》是屈原的发愤之作。王逸评论《离骚》"依诗取兴，引譬连类"[1]，肯定屈原继承并丰富了比兴的诗学意蕴。汉代兴起一种新的文体——辞赋，关于辞赋的评论成为文学评论的重要内容。最早评论辞赋及其创作的是司马相如。《西京杂记》记载他对辞赋特征的认识，"合纂组以成文，列锦绣而为质"[2]，实是最早的辞赋评论。扬雄将赋分为"诗人之赋"和"辞人之赋"，分别以"则"和"淫"界定其特征。班固认识到辞赋的抒情实质是"通讽谕"之情，王充等强调辞赋的说理、讽谏与教化意义，彰显了汉代辞赋评论观念与传统诗歌观念的密切关系。

2. 首倡"君形者"，主张尊今

汉代继承先秦的音乐观念，又有自己的创新。《毛诗序》强调音乐与现实生活的关系；《淮南子》特别推重音乐的"君形者"；司马迁重视音乐与礼的结合；桓谭主张"君子守以自禁也"[3]（《新论·琴道》）；班固认为音乐也是"发愤"的结果；蔡邕作有《琴赋》《琴赞》《乐意》等文，彰显礼乐的价值，足见两汉音乐评论与儒家经学关系之密切。

汉代的绘画评论材料现存并不多，最主要的当数《淮南子》和王充的《论衡》记载的一些评论内容，涉及绘画的一些重要观念。《淮南子》的"君形者"较早涉及形神表现问题。《说山训》说："画西施之面，美而不可说；规

---

[1] 郭绍虞.中国历代文论选：第一册[M].上海：上海古籍出版社，2001：155.
[2] 张少康，卢永璘.先秦两汉文论选[M].北京：人民文学出版社，1996：364.
[3] 张少康，卢永璘.先秦两汉文论选[M].北京：人民文学出版社，1996：490.

孟贲之目，大而不可畏，君形者亡焉。"①"君形者"就是形之君，即主宰形的神。《淮南子》还强调绘画要防止"谨毛失貌"，同样是对传神的要求。王充反对绘画领域尊古卑今风尚，反对"虚图"，即现实中并不存在的虚无形象，如神仙、鬼魅等形象。这种观念与他的"疾虚妄，求实诚"的思想一脉相承。

书法是汉代兴起的新的艺术形式。伴随着书法艺术的发展，产生了大量的书法评论，提出了很多重要的理论。汉代的书法评论现在能够看到的最早的当数赵壹的《非草书》。赵壹认为，草书原本是为了追求简易、快捷而产生的，后来却"不思简易之旨"，追求"难而迟"，这是一种不好的倾向。蔡邕作有《笔论》，论书者的精神状态，强调只有做到散淡、虚静才能达到书法创作的最高境界。此外，蔡邕还作有《九势》，论书法的九种运笔规则，对后世书法创作和评论影响很大。

两汉时期文艺评论，很多观念是通过解经阐发的，无形中丰富了先秦的"言志""知人论世"以及诗教的观念，为后世的文艺评论打造了一座坚实的桥梁。同时，两汉也提出了一些新的评论观念，如赋、比、兴和形神观念，为使这些观念进一步发展演化为审美与批评的传统奠定了基础。

三、魏晋南北朝的文艺评论

1."文气""缘情"与"滋味"

魏晋南北朝的文学评论成果极其丰硕。曹丕、陆机、沈约、萧统、刘勰、钟嵘等是重要的代表。曹丕的《典论·论文》是第一篇系统的作家作品论，评论的对象是"建安七子"，提出的"文气"说深化了先秦知人论世的观念。陆机的《文赋》是一篇赋体批评著作，其关于神思和应感的论述，彰显文学创作的虚构性与神秘性，提出的"诗缘情"观念，精准把握了诗歌本质特征。南齐永明年间，沈约等人提出"声病"说，主张以四声（平、上、去、入）八病（平头、上尾、蜂腰、鹤膝、大韵、小韵、正纽、旁纽）入诗，开

---

① 刘文典.淮南鸿烈集解：下［M］.北京：中华书局，1989：540.

创了诗歌创作的新气象。永明"声病"说遂成为后来格律论的滥觞。梁昭明太子萧统雅好文学,主持编选了第一部文学选集——《文选》,提出"事出于沉思,义归乎翰藻"[①](《文选序》)的选文标准,标志着对文学本质特征的认识达到一个新的水平。魏晋南北朝贡献卓越的评论家是刘勰和钟嵘。刘勰的《文心雕龙》是一部系统的文章学和文学理论著作,涉及的内容极其丰富,影响巨大。钟嵘的《诗品》评论的对象是五言诗和诗人,倡导的"滋味"说意涵丰厚,影响深远。

魏晋南北朝的音乐评论随着音乐的发展取得了突出的成就。这一时期产生了一批文人音乐家,兼有音乐评论家的身份,嵇康、阮籍、沈约等就是其中杰出的代表。嵇康的《声无哀乐论》从哲学、伦理学的高度讨论了声无哀乐的问题,一反传统的"声音之道,与政通矣"的观念,认为声音本身是独立的存在。阮籍的《乐论》发挥了《乐记》的思想,着重探讨了音乐移风易俗的本质。《列子》一书记载大量音乐评论内容。沈约作为南朝一代文学宗师,也是音律大师,所作的《宋书》《律历志》《乐志》均论述了音乐问题,进一步探讨了乐与"情"的问题,指出音乐风尚的改变在于人的情感,"情变听改"是一种必然。

2. "六法"与笔势

魏晋南北朝涌现一大批杰出的画家,他们不仅绘画成就斐然,而且评论才能突出。顾恺之的《魏晋胜流画赞》评赏魏晋画家卫协、戴逵等人的人物画"迁想妙得",具有形骨。宗炳的《画山水序》提出"山水以形媚道"的观点,强调山水的作用就是"应目会心""畅神"。王微的《叙画》在批评观念上与宗炳相互呼应,指出画山水画其实就是"效异山海",即寄情山水,借助于山水表达情感。谢赫的《古画品录》是一部杰出的绘画理论著作,其中提出了"六法"的理论,将中国传统的绘画理论推向一个高度,"六法"遂成为画家必须遵守的美学法则,"气韵生动"成为当下仍具有重要美学意义的命题。

---

① 郭绍虞.中国历代文论选:第一册[M].上海:上海古籍出版社,2001:330.

魏晋南北朝时期，篆书、隶书、草书等各种书体的兴盛，带来了书法评论的繁荣。成公绥是较早探讨隶书体的书法评论家，他的《隶书体》论述了隶书的特点。卫恒的《四体书势》论述了古文、篆书、隶书、草书，概述四体的发展历史，对四体书法的特点做出了精当的评价。索靖的《草书势》论述草书的流变，将草书的形状视为美的极致。卫夫人的《笔阵图》论述用笔，"下笔点画波撇屈曲，皆须尽一身之力而送之"，"善笔力者多骨，不善笔力者多肉"[①]，开启了骨法用笔的理论探讨。王羲之是一代书圣，书法理论今天流传的有《题卫夫人〈笔阵图〉后》《书论》《笔势论十二章》等。《题卫夫人〈笔阵图〉后》强调书法需要"凝神静思""意在笔先"，《书论》讨论的是骨的问题。《笔势论十二章》论述字势，具有重要的价值。王僧虔的《论书》评论了魏晋南朝诸多书法家。江式的《论书表》是一篇记述书法发展历史的著述。庾肩吾的《书品》将汉至齐梁间的真、草书法家分为九品，提出了很多重要的问题。

魏晋南北朝奠基的"文气""缘情""滋味"等文艺评论观念，最终成为古代文艺的审美准则，具化为文艺评论的传统，影响深远。自书画艺术产生以来，古人围绕写形与写神问题进行了广泛而深入的讨论，最终，"传神"成为古人最为推重的审美标准。魏晋南北朝时期，绘画评论提出"传神写照""气韵生动"等观念，都是"传神"问题的深化。此后，诗歌、书法、绘画品评中的"神品"都是建立在"传神写照"的基础之上的。"传神写照"成为中国文艺评论的传统之一。

四、隋唐五代的文艺评论

1. 思、境、象、味的理论开拓

隋唐五代先是批评齐梁文风，然后倡导思、境、象、味。隋代开始反思

---

① 上海书画出版社，华东师范大学古籍整理研究室.中国历代书法论文选［M］.上海：上海书画出版社，1979：22.

齐梁文风，反对绮靡华艳。初唐时期，上官仪、沈佺期、宋之问的创作和声律主张，引起时人不满。陈子昂大声疾呼："文章道弊五百年矣。汉魏风骨，晋宋莫传。"[①] 他批评齐梁诗歌兴寄都绝，要求恢复诗骚传统。盛唐迎来诗歌创作的繁荣。李白、杜甫身兼评论家的身份，提出各自的诗学主张。李白倡导"清水出芙蓉，天然去雕饰"。杜甫高度评价庾信、鲍照："清新庾开府，俊逸鲍参军。"同时，主张"别裁伪体""转益多师"。白居易强调"文章合为时而著，歌诗合为事而作"（《与元九书》），强调诗歌表现现实。王昌龄提出了"物境""情境""意境"之说，开启了对诗的"思"与"境"的探讨。殷璠常用"兴象"评盛唐诗人，赋予"兴象"独特的意涵。刘禹锡"境生于象外"的观念，司空图的"象外之象""景外之景""思与境偕"的观念，将唐代思与境的理论提到了前所未有的高度。文的层面，初唐就倡导文以明道，推崇古文。王勃、陈子昂主张革除六朝文弊；萧颖士、李华、独孤及、柳冕、梁肃等人主张宗经、明道；韩愈、柳宗元提倡古文，目的是反对骈文，摒弃齐梁文风，将复兴儒道与改革文风联系在一起，对后世产生了深远的影响。

2. 重视俗乐的价值

唐代继承了传统的礼乐精神，非常重视音乐教化。杜佑轻视民间通俗音乐和西域音乐，怀念古乐。元稹、白居易则倡导新乐府，主张唱情，即唱出人的真实情感，阐发了"销郑卫之声，复正始之音"的音乐理想。这一时期产生了很多音乐文献和理论的著作，崔令钦的《教坊记》记录了很多教坊琐事，保留了俗乐的一些材料；南卓的《羯鼓录》记述了羯鼓的由来，梳理了这一西域乐器在唐朝的兴盛；段安节的《乐府杂录》保存了大量的俗乐材料，包括乐部、歌舞、俳优、乐器、乐曲等，具有重要的历史价值。

3. 文艺的品与格的确立

隋唐五代的绘画评论涉及众多领域，成就很高。李嗣真的《续画品录》

---

① 周祖譔.隋唐五代文论选［M］.北京：人民文学出版社，1990：70.

评顾恺之"思侔造化，得妙悟于神会"，评张僧繇"骨气奇伟"[1]。张怀瓘评顾恺之、陆探微、张僧繇"象人之妙，张得其肉，陆得其骨，顾得其神"[2]（《画断》）。朱景玄的《唐朝名画录序》确定了画品的"四格"，即神品、妙品、能品、逸品。张彦远的《历代名画记》论画体确立五等，即自然、神、妙、精、谨细，把自然作为第一等。与此同时，张彦远还继承了谢赫的六法观念，把他的五等画体与六法联系起来，隋唐五代的山水画达到了很高的艺术水平。王维、张璪都是杰出的山水画家，也是绘画评论家。王维作有《山水诀》《山水论》，讨论山水画的技法。张璪主张，山水画的创作应"外师造化，中得心源"[3]，这成为绘画创作的箴言。对山水画论做出重要贡献的还有五代杰出的画家荆浩，他作有《笔记法》提出了山水画的"六要"，发展并深化了谢赫的六法论。

隋唐五代的书法创作达到魏晋之后的又一个高峰。虞世南、欧阳询、颜真卿、柳公权等是继王羲之、王献之之后的一代宗师，他们分别创造了欧体、颜体、柳体，皆为后世楷模。这一时期出现了一大批卓有成就的书法评论家和书法理论著作。虞世南的《笔法论》，欧阳询的《八诀》《三十六法》等，都是重要理论著作。唐太宗李世民本身就是一个书法家和书法理论家，他的书法评论非常重视心与书的关系，认为只有"绝虑凝神""心正气和"[4]（《笔法诀》）才能创作出优秀的书法作品。李嗣真的《书后品》是继庾肩吾《书品》后的一部书法品评力作，全书品评了唐以前的81位书法家，分为十品，将"逸品"作为最高品。孙过庭的《书谱》不仅是一部书法理论著作，而且本身就是一大幅书法作品。张怀瓘的《书断》分别论述了各种书体的特点，对书法家进行品评，将之区分为神品、妙品、能品三品，艺术与审美的眼光独到。张彦远的《书法要录》是书法理论著述辑录，保存了大量有价值的史料。

---

[1] 俞剑华.中国古代画论类编（修订版）：上[M].北京：人民美术出版社，2000：394-395.
[2] 俞剑华.中国古代画论类编（修订版）：上[M].北京：人民美术出版社，2000：403.
[3] 俞剑华.中国古代画论类编（修订版）：上[M].北京：人民美术出版社，2000：19.
[4] 上海书画出版社，华东师范大学古籍整理研究室.中国历代书法论文选[M].上海：上海书画出版社，1979：117.

中国古代的文艺评论是非常注重文艺与现实的关系的。秦汉时期，围绕《诗经》、楚辞的相关评论都注意到艺术表现现实问题。汉代班固就曾经说过，诗的创造是"感于哀乐，缘事而发"。白居易对文学与现实的关系进行了非常精妙的归纳："文章合为时而著，歌诗合为事而作。"[1]（《与元九书》）后来，明代提出的"真诗乃在民间"的观念，清代提出"言有物""言有序"的观念，以及近现代提出的文艺为人生、为人民的观念，其实，都是这传统的延续。

五、宋金元的文艺评论

1. 弘扬平淡、功夫与兴趣

宋代兴起一种新的评论形式——诗话、词话，在古代文学评论中大放异彩。宋初针对西昆派掉书袋式的诗歌创作，石介等人进行了激烈的批评。欧阳修、梅尧臣、苏轼崇尚平淡，主张诗穷而后工。他们都推崇陶渊明，使得陶渊明的文学史地位发生了根本性的转变。黄庭坚、陈师道、吕本中等的诗歌创作与主张被称为江西诗派，他们崇尚诗法，将"夺胎换骨，点铁成金"视为作诗的重要法门。在词的评论方面，李清照提出"词别是一家"（《论词》）的观念，开始思考诗词的界限。二程、朱熹倡导诗的功夫、理趣，形成独具一格的理学诗学观。张戒批评苏黄诗风和江西诗派，认为"诗坏于苏黄"（《岁寒堂诗话》）。严羽反对"以文字为诗，以才学为诗，以议论为诗"[2]（《沧浪诗话·诗辩》），倡导兴趣，推崇妙悟。张、严二人都加入唐宋诗之争，宗唐贬宋的倾向鲜明。在古文评论方面，延续唐代的古文运动，柳开、王禹偁、孙复、欧阳修等人倡导古文，以韩愈、柳宗元为宗，主张文道合一，文以载道，丰富了唐代的古文思想。金元诗歌受宋代尤其苏黄影响很大，诗歌评论也围绕苏黄展开。赵秉文宗欧苏，崇尚平淡；李之纯宗山谷，推崇奇崛；王若虚尊苏轼；雷希颜法韩愈、山谷。在诗歌评论体式上，金元也有所开

---

[1] 周祖譔.隋唐五代文论选［M］.北京：人民文学出版社，1990：237.
[2] 何文焕.历代诗话：下［M］.北京：中华书局，1981：688.

拓，论诗就是评论形式的创造。与金代诗歌批评宗宋不同，元代宗唐，揭傒斯明确主张以唐人为宗，辛文房撰有《唐才子传》，其中表达了对唐代诗人的崇敬。

2. 看重声韵的作用

宋金元时期出现了许多成就很高的戏曲、音乐评论家和理论著作，分别从记传、乐律、声词、表演、演唱以及教化等角度探讨戏剧、音乐的艺术价值和审美问题。沈括的《梦溪笔谈》探讨了音乐的声词问题，主张协律，强调音乐和歌词表达思想、情感要相宜。王灼的《碧鸡漫志》以评论歌曲为主，论作曲，强调以词配乐，认为性情是曲之本，强调"中正则雅，多哇则郑"[①]。蔡元定的《律吕新书》提出了乐律十八律；燕南芝庵看重声乐，主张演唱者应根据自己的声音条件选择演唱的歌曲。周德清的《中原音韵》探讨的是创作问题，他大胆将中原音韵区分为阴平、阳平、上声、去声，入声派到平声和上声中去，意义非凡。

3. 推崇"远"与"逸"的境界

宋代绘画评论非常丰富。黄休复的《益州名画录》在继承唐张怀瓘、朱景玄绘画思想的基础上，将画分为逸格、神格、妙格、能格四格，将逸格置于首位，进一步确立了绘画美学的标准。郭熙的《林泉高致》讨论了山水画的创作问题，提出高远、深远、平远的三远透视法。韩拙的《山水纯全集》在"三远"的基础上又提出了阔远、迷远、幽远，在绘画透视学上具有很高的价值。郭若虚的《图画见闻志》是一部绘画断代史，其中最重要的批评贡献是论气韵非师及用笔三病，把六法中的"气韵生动"作为区别画家与画匠的标志。邓椿的《画继》也是一部绘画史著作，记述了宋代大量的绘画史料，其中不乏精彩的评论。此外，还有刘道醇的"六要""六长"理论，欧阳修的形神论，苏轼的"无常形而有常理"论，以及沈括等人的花鸟画论等，均内

---

① 王灼.碧鸡漫志校正：修订本［M］.岳珍，校正.北京：人民文学出版社，2015：21.

涵丰富。元代的绘画理论虽然比较薄弱，但仍有不少具有很强实用价值的绘画主张，如赵孟頫的"作画贵有古意"、杨维桢对画品与人品的论析、王绎关于写像秘诀的讨论等，丰富了传统的绘画美学。与宋代文人画注重形似的创作美学不同，元代追求遗貌取神，如倪瓒倡导逸笔草草，宣扬无功利、纯娱乐的创作，具有一定的意义。元代画家讲究贵有古意，追求骨法用笔，深化了中国古代文人画。

4. 重视文艺创作的技法

宋代的书法评论是从欧阳修开始的。欧阳修作有《试笔》，内容包括学书为乐、学书消日、学书作故事、学真草书、学书工拙、作字要熟、用笔之法、苏子美论书等数则。苏轼作有《论书》，强调书法必须要神、气、骨、肉、血完备。朱长文的《续书断》仿张怀瓘的《书断》，该书以唐宋时期的书法家为品评对象，将他们分为神品、妙品、能品三品，评语精细。黄庭坚的《论书》谈书法作法，追求自然。米芾的《海岳名言》论运笔部格之法，见解精到。宋高宗赵构作有《翰墨志》，认为学书宜先学正书，正草不可兼有。元代的书法评论多有可观之处。郑构著、刘有定注《衍极》细致论析了中国古代书法的发展历史，推本六书，论书法之邪正、题署铭石、执笔之法，品评晋唐以来书法家优劣。陈绎曾作《翰林要诀》论作书十二法，深得后世推崇。

宋金元的时间跨度很长。这一时期有一个共同的特点，那就是对法的重视，完善了传统文艺评论重法、守法的传统。它延续了前代关于文艺审美的认识，对平淡自然、功夫、兴趣、声韵等问题进行了深入研究，深化了这些命题，同时，对境界的思考也达到了一个新的水平，是传统境界理论发展链条的重要一环。

六、明代的文艺评论

1. 唐宋诗之争背后的理论探索

明代出现了茶陵派、前后七子、唐宋派、公安派、竟陵派等众多流派，各派围绕各自的评论对象，提出了许多重要的观念。茶陵派尊唐而不贬宋，李杜并尊，鄙视本朝台阁体的创作。李梦阳评论杨士奇、杨荣、杨溥"俗"。前后七子延续着传统的复古思潮，前七子主张"文必秦汉，诗必盛唐"，后七子认为"文自西京，诗自天宝而下，俱无足观"[1]。李梦阳提出了"真诗乃在民间"[2]（《诗集自序》）的看法，王世贞、徐祯卿、谢榛提出情景论和格调说，皆内涵丰富。在古文评论方面，唐宋派反对前后七子复古，论文宗法唐宋八大家，提倡道、气，重本色。公安"三袁"（袁宏道、袁宗道、袁中道）也反对前后七子复古，主张文章独抒性灵。钟惺、谭元春推尊公安派，提出了"诗为清物""诗为活物"的观念，充实了性灵的理论内涵。李贽提出童心说，突出真心、真情。明代是小说兴盛的时代，起初，人们对小说和历史的关系认识不清，一度围绕这一问题展开讨论。蒋大器、冯梦龙、胡应麟、李贽等都对这一问题发表了看法，小说与历史的界限逐渐清晰。

2. 崇尚当行与本色

明代的戏曲评论与音乐评论无法分开。李开先论戏曲主本色，崇尚金元风格，开启戏曲本体论先声。何良俊主张填词需用"本色语"，崇尚本色当行，而王世贞则主张戏曲应体贴人情，重视教化。围绕《西厢记》《琵琶记》《拜月亭》，何、王展开争论。一些著名戏曲理论家如臧懋循、沈德符、凌濛初、沈璟、吕天成、王骥德等都参与了这场争论，涉及戏曲创作、戏曲家修养、戏曲品评等诸多问题。徐上瀛的《溪山琴况》是专门研究古琴演奏的，书中讨论了二十四古琴演奏的特征，每一况涉及的美学内涵都非常丰富。

---

[1] 蔡景康.明代文论选[M].北京：人民文学出版社，1993：190.
[2] 蔡景康.明代文论选[M].北京：人民文学出版社，1993：102.

3. 发现"形意"与"生拙"

明代绘画评论著述很多，大多因袭之作，有创见的不多。王履的《华山图序》论说形与意的关系，认为画形是师造化，画意是得心源。对待前人留下的艺术法则，他阐发了"从"与"违"的辩证关系。李开先的《画品》评论明初至嘉靖年间的画家，顾凝远的《画引》讨论了兴致、气韵、笔墨、生拙、枯润、取势、画水七个方面的问题。徐渭是一位具有创造性的艺术家，他评画重气韵，不拘成法，重视墨的使用。董其昌论述了文人画，以禅宗拟比，将其分为南宗北宗，认为学习古人只有学其神气，不拘于其面目，才能成就绘画之神品。

明代书法评论的主要代表人物有解缙、丰坊、项穆和董其昌等。解缙的《春雨杂述》讨论了学书法、草书评、评书、书学详说、书学传授等问题。丰坊的《书诀》着重讨论了笔诀、书势、古文、大篆、小篆、隶书的学习问题。项穆的《书法雅言》讨论的问题包括书统、古今、辨体、形质、品格、资学等。董其昌的《画禅室随笔》"论用笔""论书法"两部分内容涉及书法评论，强调用笔要求"能放纵，又能攒捉"，善于"泯没棱痕"，[1]使墨要有润，不使枯燥。

明代产生的唐诗与宋诗之争牵扯了很多重要的观念，其中最重要的是兴象和理趣观念，对后世的文艺评论影响深远。李贽的"童心"说和公安派的"性灵"说，接续的是"缘情"传统。戏曲领域的本色与当行的讨论，是对戏曲艺术与审美一次深刻的检阅，开辟了戏曲审美的新风尚。书法绘画领域对气韵、生拙等笔墨的认识，继承了魏晋以来的评论传统，是对传统审美的深化。

---

[1] 上海书画出版社，华东师范大学古籍整理研究室.中国历代书法论文选[M].上海：上海书画出版社，1979：540.

七、清代的文艺评论

1. 文艺评论观念的集大成

清代的文艺评论集古代之大成。叶燮提出理、事、情和才、胆、识、力等理论命题，使诗歌评论达到了一个新的高度。王士禛崇尚严羽的兴趣说，主张兴会超妙，得意忘言。沈德潜强调性情与诗法并重。袁枚标举个性、情感、才能，主张将性情、学问、神韵融为一体。文评则主要围绕《四库全书》和桐城派展开。纪晓岚等人撰写的《四库提要》二百卷，集中表达了时人的大文学史观和文体演变的观念。桐城派提出了独特的古文观念。方苞倡"义法"，认为"义"是言有物，"法"是言有序；"义"为经，"法"纬之；"义"即义理，"法"是法式，实是追求形式与内容的统一。姚鼐提出神、理、气、味、格、律、声、色，倡导"阳刚之美"和"阴柔之美"，丰富了义法理论。词学评论方面，阳羡派、浙西派、常州派都提出了各自的词学主张。阳羡派推崇雄浑粗豪、悲慨健举的审美风尚；浙西派以清空作为审美标杆；常州派主张词应比兴寄托。在小说评论方面，清代集古代大成，尤其值得关注的是小说评点，金圣叹、毛宗岗、张竹坡、脂砚斋等都是杰出的小说评点家，他们的评点提出了很多重要问题，推动了小说观念完善。

清代的音乐评论围绕着创作、表演、品评、鉴赏、乐律等方面展开，出现了一批优秀的评论家，李渔的《李笠翁曲话》，黄周星的《制曲枝语》《秋波六艺》等，都讨论了音乐创作与欣赏的诸多问题。徐大椿的《乐府传声》尤其重视情感的表达，主张"得曲之情尤重"。近现代是一个推陈出新的时代，音乐评论已经不太注重艺术形式，不再侈谈律吕宫调，谈论更多的是思想情感的表达，注重内容与现实生活的结合，同时，适应革命与斗争的需要，强调音乐宣传教化意义以及音乐性、演唱技巧、虚与实、意境创造等，深化了音乐评论，开启了艺术评论的新时代。

2. 主张以天地为师

清代出现了王原祁、恽格、邹一桂、石涛、金农、郑板桥等一批杰出的绘画评论家，呈现出集大成的景观。王原祁的绘画评论核心是拟古，他的拟古是学习古人以天地为师，并非亦步亦趋模仿古人。笪重光的《画筌》"精微奥妙，不偏不倚，毫无门户之见，堪称艺苑南针，画道宝筏"。[①]恽格推崇"淡然天真"。他说："笔墨本无情，不可使运笔墨者无情。作画在摄情，不可使鉴画者不生情。"（《南田画跋》）邹一桂则主张"活""脱"："活者生动也。用意、用笔、用色，一一生动，方可谓之写生。""脱者笔笔醒透，则画与纸绢离，非色墨跳脱之谓。"[②]（《小山画谱》）石涛提出"一画"的观念。"一画"是法，同时又是无法。它是法之道，能够"贯众法"。也就是说，"一画"是画之道，也是具体的方法。金农论画主张"独诣""独赏"精神，那是一种不逢迎时俗的个性气质。郑板桥则主张"意在笔先""趣在法外"。他以胸中之竹非眼中之竹、手中之竹非胸中之竹言说之，表现了一种非常深刻的绘画美学思想。

3. 吸纳前代评论的精华

清代的书法评论非常兴盛，出现了很多杰出的书法评论家和有价值的理论著述。冯班的《钝吟书要》评论历代书法家的创作，提出了晋人用理、唐人用法、宋人用意的看法。笪重光的《书筏》论书法创作中的笔画、藏锋、布白、磨墨、用腕、筋骨等问题，具有很强的实用价值。梁巘的《评书帖》主张古书宗唐，近书学董其昌。朱履贞《书学捷要》后人评之为"殚思古法，发挥意旨"，"辨析微茫，发前贤之奥秘，为后学津梁"[③]。钱泳的《书学》精研古代的钟鼎文、篆书、隶书，评论了南宗、北宗和六朝、唐、宋四家书法，多精妙之言。阮元评论南北书派之特征，极为精当。包世臣推崇北碑，开辟了书法的新途径，《艺舟双楫》多有新见。刘熙载作有《艺概》，其中《书概》

[①] 俞剑华.中国古代画论类编（修订版）：下［M］.北京：人民美术出版社，2000：819.
[②] 俞剑华.中国古代画论类编（修订版）：下［M］.北京：人民美术出版社，2000：1175.
[③] 上海书画出版社，华东师范大学古籍整理研究室.中国历代书法论文选［M］.上海：上海书画出版社，1979：599.

部分专论书法，对书法源流及笔法等问题的讨论超越前贤。清代的文艺评论重神韵、格调、义法、境界和才、胆、识、力，其中均蕴含着传统的继承与革新问题。神韵、格调、境界理论与严羽的兴趣说和唐代的境、象理论密切关联，都是对意境理论的深化。书法绘画评论中关于法的探讨，在六法理论的基础上又有不少新的发现。

八、近现代的文艺评论

1. 构建境界理论

近代的文学评论始自龚自珍、魏源等，他们反对"以古绳今""以古律今"，强调经世致用。魏源主张文学变革，反思桐城义法，批评它空谈义理，严守清规，缺乏活力。梁启超提出了"文界革命"的主张，力主把文章从桐城派的思想藩篱中解脱出来；黄遵宪、康有为主张改革旧体散文，推崇报章体、时务体等新文体。王国维接受西方哲学、美学，主张文章表现人生，写真景物、真感情。在诗词评论方面，近代接续清中叶，继续围绕阳羡派、浙西派、常州派作文章。后来又兴起宋诗派、同光体，强调作诗要从做人做起，表达真性情。诗词要做到"不俗"，首先要为人不俗。黄遵宪、梁启超等人倡导的"诗界革命"，主张"吾手写吾口"，倡导新境界。近代的诗词评论，王国维是一个集大成者，他的《人间词话》等著作，构建境界理论，"有我之境""无我之境"是传统意境理论的升华。同时，梁启超好倡导"小说界革命"，将小说推到了至高无上的地位。

2. 倡导文艺为人民

民国初年至新中国成立这一时段，诗文评论紧随五四新文化思潮和政治斗争形势，取得了丰硕的成果。陈独秀、李大钊、胡适等人倡导新文化运动，此后，围绕创新与守旧，产生一系列论争。论争的结果是，传统的文以载道的文学观念被为人生、为艺术、为平民的文学观念取代。20世纪20—30年代，新月派的领军人物闻一多、徐志摩等提倡格律诗，探索新诗格律，主张理性节制情感；"左联"的核心鲁迅、茅盾等人受马克思主义的影响，主张文艺为工农大众服务，奠定了无产阶级革命文学的理论基础。到了1942年，便出现了毛泽东的《在延安文艺座谈会上的讲话》，标志着无产阶级革命文艺理论话语体系构建的初步完成。

第七章

外国文艺评论史略

　　国外的文艺评论通常被宽泛地视为关于文艺实践的话语，因此可以说从有文艺实践开始就有文艺评论。文艺评论始终伴随着文艺创作与文艺鉴赏。不过，最初文艺评论并不独立，它与政治、宗教、伦理等活动纠缠在一起。这种情况并不难理解，因为文艺本身就是较晚才从其他人类活动中独立出来的。没有文艺的独立，自然就没有文艺评论的独立。而且，文艺的独立，并不必然导致文艺评论的独立。严格说来，在文艺独立之后，也只有清晰地认识到文艺评论与文艺实践和文艺理论之间的区别，才有文艺评论的独立。独立的文艺评论，不仅与政治、宗教、伦理等活动不同，而且有别于文艺创作、文艺欣赏、文艺理论和文艺史。如果我们将获得独立地位的文艺评论称为现代文艺评论，那么相应地，未获得独立地位的文艺评论就可以被称作前现代文艺评论，突破文艺评论独立地位的文艺评论就可以被称作后现代文艺评论。[①] 本章分前现代、现代、后现代三个阶段，从宏观上勾勒外国文艺评论的发展历程，总结外国文艺评论的经验，揭示外国文艺评论面临的危机。

一、前现代文艺评论

　　前现代文艺评论是由文艺家、观众和权威等做出的，而不是由独立的文

---

① Kerr Houston. An Introduction to Art Criticism: Histories, Strategies, Voices [M]. Boston: Pearson, 2013: 23–81.

艺评论家做出的，因此可以称之为没有评论家的评论。前现代文艺评论多半以等级区分的形式出现，较少做出详细的描述和深入的解释。

1. 文艺家之间的评论

最初的文艺评论多半是文艺家同行之间的评论。就像任何人类行为一样，文艺家对于自己的创作也有清醒的认识。尤其是在创作之前的构思和创作之后的评价阶段，这种认识和自我意识体现得非常明显，只不过这种认识通常不会以话语的形式表达出来。如果这种认识得以用话语表达出来，它就构成了最低限度的文艺评论。我们相信，文艺家以内心独白和同行交流的形式，做出了许多这种形式的文艺评论。只不过由于没有记载下来，这种形式的文艺评论多半随着时间的推移而消失了。在某些历史故事中，我们仍然能够窥见这种评论的情形。例如，在广为流传的古希腊画家宙克西斯和巴拉修斯之间的竞争的传说中，就可以看到文艺家同行之间的评论。据说宙克西斯和巴拉修斯都能画出以假乱真的绘画，都声称自己的技巧更高，于是他们约定比试绘画技艺。宙克西斯的葡萄画得如此逼真，以至于骗得鸟儿纷纷前来啄食。但巴拉修斯的技艺似乎更加高明，他带领宙克西斯去看他的作品，当宙克西斯伸手去掀开盖在作品上的帘幕时，才发现自己上当了，因为盖在绘画上的帘幕本身就是画出来的作品。于是，宙克西斯只得服输，虽然他的绘画逼真得可以骗过鸟儿，但巴拉修斯的绘画却逼真得可以骗过他自己。[1]

尽管在这个传说中，我们并没有读到宙克西斯和巴拉修斯对绘画的评价，他们之间的对话没有被记载下来，但是从宙克西斯认输的事实可以推测，他承认巴拉修斯的绘画技巧更加高明，这就可以被视为对巴拉修斯的绘画做出了评价，也对他自己的绘画做出了评价。在外国文艺评论史上，有不少这种同行之间的评论。

---

[1] 贡布里希.艺术与错觉[M].林夕,李本正,范景中,译.长沙：湖南科学技术出版社，2004：149.关于宙克西斯和巴拉修斯竞赛的传说参见于此。

2. 观众的评论

最低限度的文艺评论不仅普遍存在于文艺家同行的议论中，也存在于观众的反应之中。喜欢比赛的古希腊人，不仅有画家之间的比赛，也有雕塑家之间的比赛。雕塑家菲狄亚斯和阿尔卡姆内斯之间的竞赛的故事也广为流传。阿尔卡姆内斯的雕像近看秀美异常，但安放到远处时效果并不突出。菲狄亚斯充分考虑了距离对雕塑的影响，并做了相应的调整，从远处观看效果更好。"在这两尊雕像后来被推出来进行比较的时候，若不是最后两尊雕像终于安放到了高处，菲狄亚斯简直有被大家用石头砸死的危险。阿尔卡姆内斯可爱、精致的刀法在远处被掩盖了，而菲狄亚斯破相难看之处得益于安放地点高而被隐没，结果阿尔卡姆内斯倒受人嘲笑，菲狄亚斯声望激增。"① 在这段记述中，我们同样没有读到观众的具体评论，但从竞赛的结果来看，观众的偏爱不言而喻。阿尔卡姆内斯受到的嘲笑是一种差评，而菲狄亚斯的声望激增则源于观众的好评。

鉴于文艺家的作品最终要走出文艺家自己的圈子，进入社会受到观众的检验，因此观众的评论有可能比文艺家同行之间的评论更加有效。尤其是有艺术教养观众的评论，对文艺家来说更为难得。伯牙子期的传说，说明了文艺领域知音的重要性。

3. 社会权威的评论

还有一种相对高级的文艺评论，它们存在于社会权威那里。鉴于在前现代社会里，政治、宗教、道德、文化等没有截然分开，社会权威也可能就是文艺权威，社会权威发出来的有关文艺的声音，有可能被视为对文艺品价值优劣或者文艺家能力高低的最终裁决。例如，柏拉图就有不少对绘画和诗歌的评论，《伊安篇》记载了不少关于诗歌的评论，《理想国》保存了不少关于绘画的评论。亚里士多德也非常关注文艺，留下了专门讨论悲剧的《诗论》

---

① 贡布里希. 艺术与错觉［M］. 林夕，李本正，范景中，译. 长沙：湖南科学技术出版社，2004：139–140.

一书。鉴于柏拉图和亚里士多德除了对具体的文艺家和文艺作品进行评论之外，还有不少是从总体上来讨论文艺的，这些评论多半介于文艺评论与文艺理论之间，都可以看作他们哲学思想的组成部分。

4. 史论结合的文艺评论

除了这些源自文艺家、观众和社会权威的较低限度的文艺评论之外，还有一种与文艺理论和文艺史纠缠在一起的文艺评论。为了区别起见，我们可以称之为中等限度的文艺评论。较低限度的文艺评论主要是没有能够从宗教、政治、伦理、哲学等评价中独立出来，中等限度的文艺评论主要是没有能够从文艺史和文艺理论中独立出来。例如，意大利文艺复兴时期的瓦萨里的《意大利艺苑名人传》，就是一部集历史、理论和评论于一身的著作。从奇马布埃开始，到瓦萨里同时代的文艺家，该书涉及前后长达两个半世纪的文艺家的生平事迹，将文艺大师们刻画得血肉丰满，栩栩如生，为后来的文艺史研究提供了大量素材。在谈到撰写这本书的目的时，瓦萨里说："为了纪念那些已经去世的艺术家，但主要是为了造福于那些热爱三门最优秀的艺术——即建筑、雕塑和绘画——的人，我决心根据艺术家各自生活的时代，撰写一部艺术家的传记。这个传记将从奇马布埃开始一直延续到我们自己的时代。除非我们讨论的主题需要，我一般是不会涉及古人的，原因很简单，那些流传下来的古代作品已经对他们作了描述，没有人能比他们的意见更权威。"[①] 就瓦萨里讲述的对象主要是晚近和当代的文艺家来说，他的著作更像文艺评论。我们之所以把它当作文艺史的著作来阅读，除了它提供大量的素材之外，还与瓦萨里提供了一个文艺史框架或者文艺史观有关。瓦萨里对于文艺家筛选和评述，是建立在他的文艺史观的基础上。从另一个角度来说，瓦萨里通过对200多年间的文艺家的研究，得出了文艺发展的规律。瓦萨里说："我想让他们知道：艺术史是如何从毫不起眼的开端达到了辉煌的顶峰，又如何从辉煌的顶峰走向彻底的毁灭。明白这一点，艺术家就会懂得艺术的性质，如

[①] 乔尔乔·瓦萨里. 意大利艺苑名人传：中世纪的反叛 [M]. 刘耀春，译. 武汉：湖北美术出版社，长江文艺出版社，2003：7.

同人的身体和其他事物，艺术也有一个诞生、成长、衰老和死亡的过程。"①根据这样的文艺史观，米开朗琪罗就成了占据辉煌顶峰的文艺家，可以说前无古人。至于是否后有来者，还要看文艺的下一个轮回的情况了。除了文艺史知识之外，瓦萨里还讨论了一些重要的文艺理论问题，如诗与画的关系，建筑、雕塑与绘画的关系，衡量文艺成就的五个基本要素等。因此，瓦萨里的《意大利艺苑名人传》，可以说是一部集文艺史、文艺理论和文艺评论于一身的鸿篇巨制。

5. 评分和分级

前现代文艺评论的典型形式，就是对文艺家和文艺品进行等级区分。例如，法国文艺家兼评论家德·皮勒就从构图、素描、色彩、表现四个方面给画家打分，根据总分来判断文艺家的地位。德·皮勒评估了几十位文艺家，拉斐尔和鲁本斯并列获得了最高分65分。②在德·皮勒之后，英国著名画家和评论家理查德森也制作了一个评分表。理查德森参考了德·皮勒的表格，不过他将评估的指标增加到七个，在构成、色彩、素描、表现之外，增加了处理、创新、优雅和伟大。优雅与伟大合并在一起作为一个指标，而不是两个独立的指标。另外，对这七个指标分两个系列进行评估，一个是先进性，一个是满意度。根据得分的情况，理查德森区分了三个等级。最高一等是崇高，包括18、17两个分级。次一等是杰出，包括16、15、14、13四个分级。再次一等是平庸，包括从12到5的八个分级。4分以下的就是坏画了，基本上不在理查德森的讨论范围。理查德森的评估方式具有较强的实际操作性，一个文艺爱好者无须太多的训练就可以用他的记分牌来评估任何作品。③理查德森和德·皮勒的评估完全采取了量化方式，但由于每一项得分归根结底也是源于主观印象，因此整个评分的主观性是显而易见的。尤其是在理查德

---

① 乔尔乔·瓦萨里. 意大利艺苑名人传：中世纪的反叛[M]. 刘耀春，译. 武汉：湖北美术出版社，长江文艺出版社，2003：37.

② Elisabeth G. Holt. Literary Sources of Art History [M]. Princeton: Princeton University Press, 1947: 415-416. 德·皮勒设计的每个指标最高得分为20，但没有人能够获得满分，实际最高得分为18。

③ Jonathan Richardson. Two Discourses [M]. Bristol: Thoemmes Press, 1998: 55-75.

森的记分牌中，优秀性与满意度占有同样的权重，如果优秀性更多地与客观分析有关，那么满意度就更多地与主观感受有关。由此可见，作品的最终得分，是客观分析与主观感受相结合的结果。

二、现代文艺评论

尽管理查德森和德·皮勒设计了一套评估文艺作品价值的方法，也评估了不少文艺家和文艺作品，更重要的是，今天所用的"文艺评论"一词，还是理查德森最先提出来的，但是今天的学术界在追溯现代文艺评论的起源的时候，却很少有人将他们视为源头。这不是因为今天的学者不熟悉他们的研究成果，而是因为对文艺评论还有一些特别的或者专业的规定性。理查德森之所以不被认为是现代文艺评论的源头，主要有以下几个方面的理由。

首先，现代文艺评论或者标准的文艺评论，通常是对同时代的文艺家和文艺作品的评论，理查德森等人选择的评估对象都是历史上成名的文艺家及其作品。一般说来，对于历史上的文艺家和文艺作品的评论更多被归入文艺史的范围。[①] 其次，德·皮勒和理查德森的评分显得过于专断，既没有细节的描述，也没有深入的解释。一句话，他们的评分是独断的评价，或者说是威权式的评价。现代思想的一个重要特征，就是反对独断和威权，追求民主和商议。作为现代性的组成部分的文艺评论，自然也不能只是简单地做出决断。从文艺评论发展的趋势来看，判断或者评价逐渐让位于解释。对文艺评论来说，重要的是做出深入而独特的解释，而不是给出盖棺定论的评价。最后，尽管现代文艺评论对于文艺家和作品可褒可贬，但是评论性或者否定性的评价显得尤为突出，尤其是对符合常规的或守旧的文艺多采取批判的态度，或者不合作的态度，鼓励文艺家进行创新。德·皮勒和理查德森的评分，基本上符合常规看法，加上他们评估的文艺家和文艺作品都属于过去时代，因而看不出他们对待文艺创新的态度。正是基于这些方面的考虑，学术界通常不

---

① 彭锋. 艺术批评的界定[J]. 文艺评论，2020（1）. 关于文艺评论与文艺史和文艺理论的区别参见于此。

把德·皮勒和理查德森的评分视为现代文艺评论或者真正的文艺评论。

1. 沙龙评论

学术界一个比较一致的看法，就是将现代文艺评论的起源追溯到 18 世纪巴黎的沙龙评论。例如，里格利指出："尽管在 1737 年卢浮宫确立定期举办学院展览之前，已经存在诸多要素，它们组合起来就可以构成沙龙评论，但是人们在解释评论的起源的时候，还是习惯上将它视为这种每年一度的展览的刺激的产物。"[①] 始于 1737 年的沙龙展览，让深处宫廷的文艺走向了公众。对于沙龙展览的介绍和评述，形成了现代文艺评论的雏形。现存最早的沙龙评论，是一个关于 1741 年沙龙展览的小册子，匿名的作者用书信体写成。小册子先是介绍参加沙龙的贵族，然后是分析参加展览的作品。[②] 由于此类小册子只是在很小的范围内流通，当时也没有人有意识地收集和保管，或许还有年代更早的小册子，只是后来没有被保存下来而已。

现代文艺评论不仅是对公开展示的同时代的文艺家和文艺作品的评价和分析，而且代表公众立场。与训练有素的贵族和行家不同，一般公众并没有接受太多的文艺教育，他们甚至没有机会近距离欣赏绘画，更没有权利发表对于绘画的看法。沙龙展览让公众有机会近距离欣赏绘画。同时，印刷技术和出版业的发达，让公众对绘画的看法也有机会得以发表。如果说学院对文艺的看法代表官方，公众对文艺的看法则代表民间。由于与占统治地位的官方看法不同，民间看法通常只能采用匿名的形式发表。现代文艺评论，最初指的是匿名发表的基于民间立场的评论，而不是公开发表的官方介绍。前者包含否定性的意见，后者只有肯定性的赞歌。在 18 世纪的法国，由于严格的审查制度，只有正统的或者官方的评论文字可以发表，民间的或者自由的评

---

① Kerr Houston. An Introduction to Art Criticism: Histories, Strategies, Voices [M]. Boston: Pearson, 2013: 23.

② Kerr Houston. An Introduction to Art Criticism: Histories, Strategies, Voices [M]. Boston: Pearson, 2013: 25–27. Kerr Houston and Jennifer Watson. Near the Origins of Art Criticism: An Original Translation of a Review of the 1741 Salon [M/OL]. (2014–04–30) [2020]. http://www.bmoreart.com/2014/04/near-the-origins-of-art-criticism-an-original-translation-of-a-review-of-the-1741-salon.html.

论家的评论文字只能秘密地由地下出版商印刷发行。例如，拉封针对 1747 年的沙龙展览撰写的《对法国绘画现状的原因的反思》，攻击官方画家布歇，明确反对当时占统治地位的洛可可风格，倡导古典主义风格。拉封的评论引起了轩然大波，反对他的人将他描绘成瞎子和弱智，赞扬他的人则展开了对学院派更加猛烈的攻击。由于害怕招致此类评论，主办者取消了 1749 年的沙龙展览。由此可见，文艺评论在沙龙展览时期具有强大的影响力。[①]

2. 狄德罗

最重要的沙龙评论家是狄德罗。狄德罗在介入沙龙评论之前，已经以编撰《大百科全书》而闻名。1759 年开始，应朋友格里姆之邀，狄德罗为《文学通讯》撰写沙龙评论。《文学通讯》由格里姆于 1753 年创刊，每年两次秘密寄送给法国之外的贵族。此时的沙龙展览已经改为两年一次。自 1759 年至 1771 年，狄德罗连续撰写了七届沙龙评论，后因事中断，1775 年和 1781 年又撰写了两届。由于没有来自法国学院和官方审查制度的压力，同时在篇幅上也没有太大的限制，狄德罗在撰写沙龙评论时享有很大的自由，他可以没有顾忌地表达自己的看法，毫无拘束地描绘他看到的作品，揣摩文艺家的意图，臧否文艺家和他们的作品。因此，与当时的沙龙评论多半写得比较简短不同，狄德罗的沙龙评论写得非常充分，例如，1781 年的沙龙评论长达 180 页，即使用今天的标准来看，这样的长篇大论也非常罕见。如同拉封一样，狄德罗也不喜欢当时占统治地位的洛可可的装饰风格，他推崇的作品往往具有严肃的主题、简练的形式、正面的价值，接近新兴的新古典主义风格。不过，从总体上看，狄德罗的文艺评论并不是在阐释某种文艺主张，换句话说，它们不是对某个文艺流派的注释。狄德罗表达的是他自己对作品的感受和判断，并不是深思熟虑的理论。由于狄德罗的沙龙评论的读者局限在很小的圈子里，而且不针对法国本土读者，因此他的评论对当时的法国文艺实践究竟产生了多大影响还很难论定。狄德罗的沙龙评论真正产生影响是在 19 世纪。

---

① Kerr Houston. An Introduction to Art Criticism: Histories, Strategies, Voices [M]. Boston: Pearson, 2013: 29–30.

1844年，狄德罗的沙龙评论重印之后，引起了许多评论家的兴趣。19世纪法国评论家大多受到狄德罗的影响，今天狄德罗已被公认为现代文艺评论的奠基人。正如阿洛威指出的那样："在某种程度上，文艺评论这种文体仍然保持狄德罗发明它时的特征，记录对展出的新作品的自动反应和快速判断。"[①]

3. 莱辛

现代性的主要特征是分门别类，康德在认识、伦理和审美之间所做的区分，被认为是现代性的重要标志。现代文艺评论的一个重要特征，就是认识到自身的独特性。文艺评论不仅要从其他学科如伦理学和认识论之中独立出来，而且在文艺领域内部也要认识到它与理论研究和一般鉴赏之间的区别。莱辛对文艺评论的独立地位有了明确的认识。在《拉奥孔》中，他明确将文艺评论家与文艺爱好者和哲学家区别开来。[②] 根据莱辛的看法，文艺爱好者注意到不同的文艺门类如诗歌与绘画具有同样的特征，它们都是对现实的模仿，都令人愉快。文艺哲学家则要探讨它们背后的本质和规律，弄清楚它们为什么会令人愉快。文艺评论家则是将哲学家发现的规律联系到不同的文艺门类上去，联系到具体的文艺作品上去。莱辛自认为是评论家，当他将一般规律运用到文艺作品的评论上时，发现这些规律在不同的文艺门类中有不同的表现，从而发现诗歌与绘画引起美感的方式并不相同。莱辛发现的画与诗之间的界限，开启了不同文艺门类相互独立的先河。如果说18世纪确立的美学主要研究的是不同文艺门类之间的共性的话，那么莱辛的发现为后来的门类文艺学研究奠定了基础。作为这种趋势的最高表现，是20世纪中期格林伯格的文艺评论理论。对格林伯格来说，要将文艺与科学和伦理区别开来，不仅要将同属于文艺大类之中的诗歌与绘画区别开来，而且要将同属于美术之中的绘画与雕塑区别开来。格林伯格在将现代文艺评论推向巅峰的时候，也预示了它的终结。

---

① Kerr Houston. An Introduction to Art Criticism: Histories, Strategies, Voices [M]. Boston: Pearson, 2013: 30–31.
② 莱辛. 拉奥孔 [M]. 朱光潜，译. 北京：人民文学出版社，1979：1.

在狄德罗与格林伯格之间，现代文艺评论还经历了许多重要环节，出现了像波德莱尔、罗斯金、弗莱这样具有重大影响的评论家。但是，现代文艺评论的特征已经由狄德罗的评论实践揭示出来了。格林伯格将自己的文艺评论建立在18世纪欧洲美学的基础上，他对文艺自律的极端强调，既是对狄德罗和莱辛的文艺评论的完善和深化，也将现代文艺评论推到了它的临界点上。[①]

三、后现代文艺评论

后现代与现代针锋相对，用杂糅性、他律性、多样性来对抗现代的纯粹性、自律性和进步性。[②]后现代文艺评论也分有后现代的这些特征，从而与现代文艺评论拉开了距离。

当然，文艺评论的变化离不开文艺的变化，而文艺的变化又离不开社会的变化。进入20世纪60年代以后，大众文化开始崛起，尤其是西方社会的政治动荡和越南战争，加速了西方社会的转型，抽象表现主义的精英气质显得有些不合时宜，代之而起的是极简主义和波普文艺。现代文艺评论的巅峰，是格林伯格代表的形式主义评论，这种评论是建立在抽象表现主义文艺实践的基础之上。随着抽象表现主义的衰落，现代形式主义评论也走向没落。正如评论家莱文指出的那样，到了1968年，"现代文艺的乐观主义做法已经难以维持……在一个不纯粹的世界里，纯粹性不再可能。现代性已经死亡"[③]。代之而起的是关注文艺政治立场、文化寓意和社会批判的文艺评论，我们可以称之为后现代文艺评论。[④] 鉴于现代文艺评论强调文艺的审美自律性，后现代

---

① 格林伯格自认为是康德美学的信徒，而康德美学被认为是18世纪欧洲美学的集大成者，康德吸收了18世纪英国和法国美学家的成果并做了体系化的工作。因此有一种说法："除了'体系形式'之外，康德几乎没有给前人的著作增加任何东西。"凯瑟琳·埃弗雷特·吉尔伯特，赫尔穆特·库恩. 美学史：下卷[M]. 夏乾丰，译. 上海：上海译文出版社，1989：428.
② 彭锋. 后现代美学与艺术的几种倾向[J]. 饰，2004（4）. 关于"后现代"的界定参见于此.
③ Kerr Houston. An Introduction to Art Criticism: Histories, Strategies, Voices [M]. Boston: Pearson, 2013: 65.
④ 尽管"后现代主义"一词作为美学术语最早出现在利奥塔的《后现代状况》一书中，但是现代与后现代的分野在20世纪60年代已经变得明显起来，1968年通常被认为是现代与后现代的分水岭。Gary Aylesworth. Postmodernism. in Stanford Encyclopedia of Philosophy [EB/OL]. (2005-09-30) [2020]. https://plato.stanford.edu/entries/postmodernism/.

文艺评论突出文艺的社会介入性，我们也可以将前者称作美学评论，将后者称作社会学评论。

1. 丹托与深度解释

后现代评论倡导多样性，新马克思主义、女性主义、后殖民主义等各种"主义"混杂，不过对于这种评论的理论总结来自不属于任何"主义"的丹托，尽管丹托不喜欢用后现代而倾向于用"后历史"或者"当代"来命名自己的文艺评论和理论研究。[①] 早在1964年的《艺术界》一文中，丹托就犀利地指出："将某物视为艺术，要求某种眼睛不能识别的东西——一种艺术理论的氛围，一种艺术史的知识：一种艺术界。"[②] 与格林伯格为代表的现代形式主义评论强调对于文艺作品的感知针锋相对，在丹托看来文艺作品之所以成为文艺作品，与它给我们的感知经验无关，因而与审美经验无关。文艺作品之所以成为文艺作品的关键，在于它的"关涉性"，以及这种"关涉性"所引发的理论解释。[③] 但是，就像丹托明确指出的那样，文艺家只是提出问题，解决问题的有待理论家。换句话说，只有通过评论家的解释，所谓的"艺术界"或者围绕文艺作品的理论氛围才能建立起来。当然，评论家也不能随便解释，评论家不能任意赋予某物以"艺术界"或者理论氛围从而将它由寻常物变容为文艺作品；评论家的解释建立在文艺作品的"关涉性"的基础之上。没有"关涉性"就无法进行理论解释，没有理论解释就无法形成"艺术界"，进而就无法将某物变容为文艺作品。从这种意义上来说，当代文艺作品是文艺家与评论家共同完成的。

丹托的理论研究和评论实践，加速了文艺评论由评价向解释转移的趋势。正如卡罗尔指出的那样，"今天通行的绝大多数评论理论，主要都是解释理论。它们都旨在阐发文艺作品的意义，包括那种征候性意义。它们将解释视

---

① Arthur Danto. After the End of Art [M]. Princeton: Princeton University Press, 1997: 3-20. 关于现代、后现代和当代的区分参见于此。

② Arthur Danto. The Artworld [J]. The Journal of Philosophy, 1964, 61(19).

③ Arthur Danto. After the End of Art [M]. Princeton: Princeton University Press, 1997: 195. 关于用"关涉性"来定义文艺参见于此。

为评论的首要任务"①。

2. 深度解释的局限

评论家在解释领域的争奇斗艳，让评论文本越来越远离评论对象。当然，也不是所有的解释都会远离评论对象。评论家根据某种理论做出的深度解释，其目的与其说是解释作品，不如说是鞭挞作品。在菲尔斯基看来，这种文艺评论建立在好斗的阅读和挑剌的鉴赏的基础上，旨在"揭露隐藏的真相，将他人不能发现的那种不引人注目的和违反直觉的意义发掘出来"②。

深度解释需要依据理论，但不是所有理论都适合解释。在文艺评论领域，理论有广义与狭义之分。广义的理论指的是一切经过检验的一般命题，我们依据它们来解释经验中的现象。例如，爱因斯坦的相对论、海德格尔的存在论、帕诺夫斯基的图像论等都是理论，但不是评论界所说的理论。评论界所说的理论有特别的所指，可以称之为狭义的理论。正如巴特指出的那样，"当我们以简略的方式提到'理论'时，通常让人想起在西方人文学科中占统治地位的理论范式和视野的大杂烩：符号学、解构主义、精神分析和后结构主义"③。除了巴特指出的这四种学说之外，构成这个大杂烩的还有法兰克福学派、女性主义、知识考古学、后殖民主义、东方主义等。总之，评论领域的理论也就是所谓的"批判理论"，根据菲尔斯基的总结，它具有这样一些特征："对语言和符号系统的支配性的揭露；对自我和内在性的抽空；对日常语言和信仰中的权力结构的拷问。"④批判理论与深度解释一道，不是将文艺作品肢解了，就是将它边缘化。

在理论的加持下，当代文艺评论热衷于制造文本。为了吸引读者，评论家制造的文本要尽可能新异，借用形式主义批评的术语来说，就是需要做"陌生化"的工作，借助理论包装将日常术语转变成陌生的概念。例如，"格

---

① Noël Carroll. On Criticism [M]. New York: Routledge, 2009: 5.
② Rita Felski. The Limits of Critique [M]. Chicago: The University of Chicago Press, 2015: 1.
③ Gavin Butt. Introduction: The Paradox of Criticism [M]// Gavin Butt. After Criticism: New Responses to Art and Performance, Oxford: Blackwell Publishing, 2005: 4.
④ Rita Felski. The Limits of Critique [M]. Chicago: The University of Chicago Press, 2015: 78.

子"这个日常语言中的一般术语,被克劳斯借助结构主义神话学和精神分析理论成功地陌生化和理论化为艺术批评概念。在克劳斯的文本中,我们读到的"格子"既有日常语言中的一般含义,也有理论化后的特别含义,后者意味着对空间与时间、物质与精神、离心与向心、科学与宗教等一系列矛盾的处理。当然不是矛盾的解决,而是矛盾的掩盖,因此格子意味着压抑和分裂。克劳斯不无夸张地说:"由于它的二价结构(和历史),格子是彻底的、甚至是惬意的精神分裂症。"① 将蒙德里安的格子解读为精神分裂,对追求纯粹和完满的和谐的画家来说,确实有些离谱。蒙德里安自认为他的格子是一种纯粹的审美创造,能够给人带来纯粹的审美愉快。蒙德里安明确说:"作为人类精神的纯粹创造,艺术被表现为在抽象形式中体现出来的纯粹的审美创造。"②但是克劳斯没有理会蒙德里安的声明,而是将他作为精神病人一样去诊断和分析。我们不主张评论家必须按照文艺家的意图来解释文艺作品的意义,就像意图主义解释主张的那样。但是,即使采用反意图主义解释,评论家的文本也需要自圆其说。克劳斯的文本充满了过度阐释、独断和牵强附会,就连对她十分推崇的卡里尔也承认:"克劳斯是一个没有系统性的思想家。她有一种令人困惑的习惯:借用理论碎片,不考虑内在一致性的问题。"③ 这种由理论碎片堆砌起来的文本,即使对专业哲学家来说也不易阅读,对那些哲学素养不深的读者来说更是宛如天书。事实上,除了一些新鲜的词汇给人留下印象,读者很难把握文本连贯的意义。

在深度解释主导的文艺评论中,大量笔墨用于对理论的复述,形成当代文艺评论出现理论超载的现象,尤其在文学评论和电影评论中,理论超载已经让读者望而生畏。读者在这种评论文本中,读到的与其说是对作品的描述、解释和评价,不如说是对理论的复述。由于批判理论本身就晦涩难懂,加上评论家在转述这些理论的时候难以做到全面和细致,还不排除评论家本身就

---

① Krauss R. Grids [J]. Octorbor, 1979, 9: 60.

② Piet Mondrian. The New Art–the New Life: The Collected Writings of Piet Mondrian [M]. ed. and trans. Harry Holtzman and Martin James. Boston: Da Capo Press, 1986: 28.

③ David Carrier. Rosalind Krauss and American Philosophical Art Criticism: From Formalism to Beyond Postmodernism [M]. Westport, CT: Praeger Publishers, 2002: 7.

没有完全领会作者所采用的理论，理论超载的评论文本就更加难以卒读了。

3. 评论的介入

当然，就文艺评论介入文艺作品的建构而言，除了解释之外，还有别的途径。文艺评论家很有可能像文艺家一样，参与文艺实践之中。尤其是随着当代文艺对观念的强调，文艺家也与评论家之间的边界日渐模糊。文艺家有可能像评论家一样思考，评论家有可能像文艺家一样创作。尤其是考虑到观念创作本身也是一种创作，评论家的观念创作在文艺创作中扮演的角色有可能更加重要。考虑到评论家不仅在解释作品，而且从一开始就和文艺家一道在创作作品，尤其是作品的观念，因此这种意义上的文艺评论有可能比丹托意义上的文艺评论更加激进，这就是罗格夫所说的临界状态的评论。

临界状态的评论重视文艺现场，强调文艺评论应该参与文艺实践之中，打破理论研究与创作实践之间的边界，这正是罗格夫反复强调的文艺评论的功能。保罗·德曼指出，在文艺领域，存在一种根深蒂固的理论与实践的区分。诗学意识或者评论意识被构想为"一种在本质上分裂的、痛苦的和悲剧的意识"。[1] 但是，德曼不指望有什么办法能够弥补理论与实践之间的鸿沟，就像他命名的那种"天真诗学"或者"天真评论"所做的那样，而是进一步指出，文艺正是建立在这种分裂的基础上。对德曼来说，天真诗学通过感觉去弥补理论与实践之间的鸿沟是不成立的，但是如果实践本身并非铁板一块的实体，如果说实体是由解释构成的，那么它跟理论之间的断裂就没有那么绝对。但是，将实践本身归结为语言或解释的普遍解释学立场，不仅对于缓解深度阐释的理论化趋势毫无益处，而且助长了批评的理论化趋势。

罗格夫旨在打破这种区分，重新表述作者、作品和观众之间的关系。罗格夫并没有为作者、作品和观众做出新的定义，而是主张对他们做出任何定义都是错误的。作者、作品和读者处在一种动态的关系之中，对他们的身份要求是不合适的。但是，传统美学和文艺评论极力维护的就是他们的身份和

---

[1] Paul De Man. The Dead-End of Formalist Criticism [M]// Paul de Man, Blindness and Insight: Essays in the Rhetoric of Contemporary Criticism. 2nd ed. London: Routledge, 1983: 241.

定义。为了打破文艺领域根深蒂固的习惯，罗格夫主张"拒斥""断裂"和"看向别处"。从表面上看来，罗格夫的主张与批判理论没有什么不同，但它们实际上是针锋相对的。罗格夫反对的是一切固定的先入之见，既包括批判理论所批判的对象，也包括批判理论本身，从而让评论家进入一种真正的实操状态。

罗格夫借用阿甘本的"无论什么"和洛马克斯的"多元性"来描述临界状态。"无论什么"并不是什么都否定，而是什么都肯定，因此可考虑译为"任一"。"无论什么"指向事物如其所是地存在，类似庄子所说的"齐物"。文艺评论的临界状况就是要打破"唯一"，走向"任一"。即使是走向"任一"本身也不能是唯一的。在文艺评论的临界状态中，是各种"任一"构成的多元性。洛马克斯以摄影为例，指出根本就没有大写的单数形式的摄影，只有复数形式的摄影。文艺评论的临界状态是去除中心的多元共生状态，罗格夫说："在洛马克斯的多元性和阿甘本的'无论什么'之间……我们有了一个去除中心的联合项目……我用这个项目想表明一种在认识论上与阿甘本的'无论什么'类似的东西，其中'我们认识的东西'与'我们如何认识它'是流动的实体，根据指定的情况做出不同的安置，不管在知识世界中获得的认可或地位，它们都能得到同样的专注。"[①]

在将"认识什么"与"如何认识"的边界打破之后，罗格夫旨在让文艺评论从知识或者理论的生产，变成促成临界状态的行为或实操。在这种临界状态下，观众、批评家和艺术家扮演的角色之间没有明确的边界。临界评论强烈反对理论超载，强调文艺评论由理论独语走向现场实操。不过，尽管罗格夫认为实操仍然是一种评论，但它实际上与文艺实践已经没有什么区别了。实操评论在将文艺评论从危机中解救出来的同时，又让它陷入了另一种危机。深度解释的过度理论化和实操评论的过度实践性都不能将文艺评论从危机之中解救出来。

---

① Irit Rogoff. Looking Away: Participations in Visual Culture [M]// Gavin Butt. After Criticism: New Responses to Art and Performance, Oxford: Blackwell Publishing, 2005: 128.

4. 西方文艺评论的危机

进入后现代以来,西方文艺评论陷入危机之中。正如埃尔金斯指出的那样,"文艺评论处于全球范围内的危机之中"[1]。巴特也直截了当地指出:"评论近来明显陷入了困境。"[2] 理论与实践的双重挤压,导致文艺评论不是走向深度解释而成为文艺理论,就是走向现场操作而成为文艺实践,从而失去文艺评论的独立身份。

除了身份危机之外,文艺评论的危机还体现为评论在文艺界中的影响力日渐式微,评论家的时代正在让位给策展人、制片人、制作人。正如丹托感叹的那样:"我们的时代正在日益成为策展人的时代。"[3]

文艺评论不仅在文艺界中的影响力减弱了,而且正在失去读者。"为了破除商业评论的魔咒,我曾经尝试提倡学院评论。"[4] 但是,学院评论也有它自身的问题。由于专业竞争的压力,学院评论家喜欢做过度阐释。为了标新立异、独抒己见,乃至语不惊人死不休,学院评论家们会过于强调自己的发现,不管他们发现的内容是否重要、是否符合文艺家的意图、是否符合受众的接受心理,只要是所谓的新发现,就会被放大成为评论的全部内容,从而难免有穿凿附会之嫌。借用汉德尔曼的术语来说,评论家今天都是文艺的"斗士"而不是文艺的"爱人"。[5] 学院评论家采取的这种专家式的读解,作为一种学术训练无可厚非,但是作为常规的文艺评论就值得警惕。这种评论对于文艺创作和欣赏没有什么好处,因为评论家的评论既非基于创作经验也非基于欣赏经验,而是基于所谓的学术逻辑。学院评论可以生产知识,但是如果生产出来的知识脱离了文艺实践,无助于文艺创作和欣赏,就会失去观众,成为小圈子里的文字游戏。

为了让评论家从"斗士"变回"爱人",有学者开始呼唤"后评论"。按

---

[1] James Elkins. Whatever Happened to Art Criticism? [M]. Chicago: Prickly Paradigm Press, 2003: 2.

[2] Gavin Butt. Introduction: The Paradox of Criticism [M]// Gavin Butt. After Criticism: New Responses to Art and Performance, Oxford: Blackwell Publishing, 2005: 1

[3] Arthur Danto. Abuse of Beauty: Aesthetics and the Concept of Art [M]. Chicago: Open Court, 2004: 120.

[4] 彭锋. 艺术批评的学院前景 [J]. 美术观察, 2018 (4).

[5] Handelman S. The Limits of Critique by Rita Felski [J]. Common Knowledge, 2017, 23 (3).

照安克尔和菲尔斯基的解释,"后评论中的'后'指的是一种复合时间性:努力探索解释文学和文化文本的新方式,同时又承认它对正在质疑的那种实践的不可避免的依赖性"[①]。尽管安克尔和菲尔斯基主要针对的是文学评论,但也适用于更广的文艺评论。从上述丹托关于文艺的界定可以看出,文艺之所以成为文艺,跟文艺本身无关,跟文艺引发的话题有关。评论家讨论的是文艺引发的话题,而不是文艺自身。安克尔和菲尔斯基强调,尽管文艺评论要探索新的解释方式,但是不管多么新奇的方式,都得建立在对文艺本身的尊重之上。菲尔斯基也有同样的看法。她认为,在评论家斗士狂轰滥炸之后,我们到了收拾残局的时候。后评论就是由"解"走向"再"。菲尔斯基明确指出:"我们因为专注于'解'这个前缀(它的解神秘、解稳定、解自然的力量)而亏欠文艺的意义,将由'再'这个前缀来补偿:它的再语境、再配置或者再补给感知的能力。"[②] 当然,后评论不是回到前评论的保守主义,对文艺不加区别地赞扬,而是要在文艺评论中重建人文主义精神,重建对文艺的热爱,对价值的肯定。[③]

---

① Elizabeth S. Anker, Rita Felski. Introduction [M]//Elizabeth S. Anker, Rita Felski. Critique and Postcritique. Durham: Duke University Press, 2017: 1.
② Rita Felski. The Limits of Critique [M]. Chicago: University of Chicago Press, 2015: 17
③ 范昀. 打破文学研究象牙塔 "后批评"概念浮出水面 [N]. 中国社会科学报, 2017-12-04. 关于 "后评论" 的评述参见于此。

第八章

互联网时代的文艺评论

在中外文艺评论史上,媒介,似乎从未被作为文艺评论的决定因素而受到足够的关注。而进入 21 世纪以来,高速发展的数字技术推动互联网、移动互联网和智能手机强势崛起,不仅让媒介覆盖了整个社会生活,而且将人的生存从现实世界延伸到了网络虚拟世界。于是,包括文艺及文艺评论在内的社会文化都已被媒介改变,以至使人类整体进入了互联网时代。

一、互联网时代文艺评论的转型与变异

在互联网时代,传统文艺的创作、生产、传播、接受等各个环节都在经历着一个急速重塑的过程。拥有悠久历史[①]的文艺评论在新兴数字媒介冲击下,正在从主体、属性到样态,经历着全面转型与变异。

1. 媒介变革、文艺生态变迁与文艺评论转型

数字技术的高速发展和日益智能化趋势,在将媒介的功能由单纯的工具扩展为一种社会文化建构的主体因素之后,整个社会文化生态都因此而被改变。而作为社会文化重要组成部分和精神征候的文学艺术,则在这场由媒介

---

① 中西方文艺评论的历史,如果中国从孔子(前551—前479)算起,西方从苏格拉底(前469—前399)算起,距今约2500年。

引发的生态变迁中，成为了最受瞩目的领域。文艺生态的变迁直接改变了文艺家、文艺作品和文艺受众，从而影响到了文艺的创作、生产、传播和接受等各个环节，自然也引发了文艺评论的转型。

文艺生态的变迁首先表现在人被媒介化。众所周知，文学是人学，其实整个文学艺术都是人学。人的状态是决定文艺生态的核心因素。在互联网出现之前，人与媒介的关系、人受媒介影响的程度几乎可以忽略不计。而在互联网时代，媒介已经成为人类生活中最重要的影响因素之一。几乎每个人的每一天，甚至每时每刻，都在电脑、手机、电视等媒介的笼罩之下，每个人都作为数字存在而被编入大数据的巨大网络之中。如果说人曾经是在实体空间中存在着的话，那么，在互联网时代，人同时在实体空间和虚拟空间两个空间中存在着，而且就人的存在感而言，虚拟空间似乎已经大于实体空间。在这一环境中，文艺家和文艺评论家，也很难避免被媒介化的宿命。其所从事的创作、生产、传播和评论在接受媒介赋权的同时，也很难免受到媒介的宰制和重塑。

其次，新兴媒介催生了网络小说、网剧、微电影、短视频等大量新兴文艺样态，而且将传统文艺纳入了跨媒介叙事和跨媒介传播之中，成为新文艺生态的重要构成因素。

最后，媒介变革正在改变人们对时空的感知和艺术体验，从而在根本上改变文艺发生的心理机制。文学艺术的主要功能和属性之一曾被认为是抒情。情感作为人对客体的心理反应，在很大程度上是由时空意识决定的。特别是在古代社会，物理意义上时空距离是情感发生的重要基础。如中国古代的边塞诗、闺怨诗，以及所有写爱情和相思的诗歌，大都是由于时空距离的难以逾越导致的心理反应。然而，在互联网时代，媒介几乎使物理时空趋零化，至少在虚拟世界里，人与人之间已接近零距离。[1] 即使是分处大洋两岸的一对恋人，随时随地都可通过视频通话看到和听到对方的一言一行，无须想象，更谈不到思念，又何谈抒情？！

---

[1] 金惠敏.媒介的后果[M].北京：人民出版社，2005.

文艺生态变迁的表现是多方面的，限于篇幅，此处无法一一陈述。而文艺生态变迁推动文艺评论的转型与变异则是需要进一步关注的。

2. 文艺评论属性的变异

就属性而言，传统文艺评论本质上是一种学术建构行为，一种由文艺实践向文艺理论、美学、哲学，最终被纳入社会文化总体进程的学术建构行为。因此，传统文艺评论就是一种从文艺实践到文艺理论的学术建构过程。

而在互联网时代，随着媒介的强力介入，人们对文艺评论的这种传统认知正在被颠覆。文艺评论的属性正在发生历史性转型：随着媒介赋权而出现的文艺评论主体的公众化，文艺评论的属性正在由学术论坛扩展到社会公众舆论场。

移动互联网的普及和各类社交媒介的兴起，赋予了所有关心文艺的社会公众对文艺的发言权。因此，文艺评论已不再是少数专业评论家专属的学术领地，而扩展为社会公众在各类社交媒介和传播平台上的零散化、碎片化的文艺言论。文艺评论越来越成为一种社会公众舆论场，成为某种社会情绪的宣泄方式和渠道。每当一个文艺热点出现，就会有大量社会公众聚集在某些社交媒介上就此发表自己的观点。其中，绝大多数并不是基于学术判断，更不是出于学术建构目的，而是基于各自对文艺以及相关社会问题的认知、兴趣和解读热情，而且不拘形式，随性而发，一吐为快。因此，这些观点和言论自然良莠不齐，鱼龙混杂，同时也无法否认其具有文艺评论的性质，其中部分言论见解独到、生动精辟，甚至比专业评论家的见解更加精彩。但由于其大多出自个人兴趣和社会情绪的宣泄，而非学术建构，所以更多地属于社会舆论性质。

根据传播学者对舆论的定义，舆论是指"公众关于现实社会以及社会中的各种现象、问题所表达的信念、态度、意见和情绪表现的总和，具有相对的一致性、强烈程度和持续性，对社会发展及有关事态的进程产生影响，其中混杂着理智和非理智的成分"。[①] 文艺当然属于一种社会现象，且与一般社

---

① 陈力丹. 舆论学：舆论导向研究 [M]. 北京：中国广播电视出版社，1999：11.

会现象相比，文艺往往与公众的联系更为普遍，更有热度，更容易引起普遍关注。尽管关注文艺的公众一般会有较高的文化修养和知识水平，但依然是一个不可估量的庞杂群体。公众群体"所表达的信念、态度、意见和情绪"集中于同一个文艺问题时，所产生的既是一种众说纷纭的评论效应，更是一种舆论效应。其所表现出的"相对的一致性、强烈程度和持续性"，将会是一种巨大的思想或情感能量，一经反馈到社会和文艺家的头脑中，势必会比某几个专业评论家的一己之说更具评论效力。同时，有关文艺的公众舆论同样"混杂着理智和非理智的成分"，而且由于文艺本身具有诉诸感官的功能，文艺舆论中的"非理智"成分应该会更多。

作为公众舆论的文艺评论与作为学术建构的文艺评论，毕竟是两种完全不同的行为。

如前所述，作为公众舆论的文艺评论，主要是公众对文艺问题的"信念、态度、意见和情绪"的表达，是一种零散的、碎片化的言论，而很少是学理性的、系统的分析与判断。公众对文艺的见解大多会出于常识、经验、习惯、兴趣和直觉判断，而非专业的、学术的判断。其发表言论的目的也不可能是学术建构，或是一吐为快、或是自我表现、或是情绪宣泄、或是在"刷存在感"。但作为学术建构的文艺评论，则是依据某种价值观和价值标准，利用某种学术资源和方法，对文艺问题进行系统的分析、阐释和判断，其中虽也包含评论家的个人兴趣和经验，但学理必然是其主要依据。

互联网时代文艺评论属性的转型，并不意味着公众舆论将完全取代专业评论，而是公众舆论与专业评论将长期并存，相互借鉴、相互促动、相得益彰。公众舆论作为一种新的文艺评论属性，应该被纳入文艺生产和消费的总体进程之中，既作为公众参与文艺发展的途径，也是可供专业评论参照与汲取的重要资源。

3. 文艺评论主体的重构

在互联网时代，媒介技术的迅猛发展使所有关注文艺的公众获得了对文艺发言的权利和渠道，文艺评论的主体由此从少数职业评论家、学院评论家扩展到庞大的大众评论家，文艺评论也由此进入了众声喧哗的局面。

公众获得对文艺的发言权，进而成为文艺评论主体的组成部分，既创造了公众参与并推动文艺发展的可能性，又丰富和扩大了文艺评论的思想资源，这当然是一种历史性的进步。但评论主体的公众化更多地呈现为价值观上的多元化和价值标准上的参差不齐，呈现为真知灼见混杂于花边新闻、攻击谩骂之中纠缠不清。这种局面在客观上需要专业评论家向文艺舆论场中的"意见领袖"角色转化。

意见领袖一说源自美籍奥地利社会学家拉扎斯菲尔德（Paul Lazarsfeld）。20世纪40年代，拉扎斯菲尔德在研究美国总统大选时发现，在大众传播媒介与普通选民之间，存在一个中介角色，它承担着解释、评价，并直接向选民传播信息，从而导引公众舆论的使命。其对选举结果的影响甚至会比大众传播媒介更大、更直接。这个角色就是意见领袖。[①] 在文艺评论变为社会舆论场的互联网时代，公众对文艺的认识、理解和评价，与选民对候选人的认识、理解和评价一样，需要熟知文艺的人去担当这样的中介角色，这个角色最合适的担当者便是专业文艺评论家。

专业文艺评论家作为意见领袖的使命与传播学者指出的意见领袖的使命几乎完全相同，即解读、评价、协调和导引。毫无疑问，专业评论家所掌握的文艺理论知识、阅读经验、解读和判断能力，应该更加丰富、更加充分、更加权威。因此，当新的文艺作品、文艺现象出现时，专业评论家的解读和评价势必会影响普通公众。在正常情况下，这种影响会协调和导引普通公众对文艺的判断和评价，这一点与总统选举中意见领袖发挥的功能基本相同。而不同之处在于，选举更多的是关乎选民的实际利益，而文艺评判则与审美好恶、社会情绪有关。应该说，文艺评论比总统选举更主观，更因人而异，也更具不确定性。

作为意见领袖的文艺评论家与传统文艺评论家的区别，首先在于其完成的已不仅是个人观点的生成、自足、完善与发表。因为意见领袖所在的场域

---

① 拉扎斯菲尔德. 人民的选择［M］. 北京：中国人民大学出版社，2012.

既不仅是个人学术建构的话语空间,也不仅是评论家与文艺家,以及评论家之间的对话空间,而是一个由公众意见组成的庞大的舆论空间。其中,专业评论家会与文艺家、评论界同行、社会公众构成复杂的多元对话关系。而评论家作为意见领袖,则又必须成为对话关系中的主导方。这一变化对专业评论家的专业水平提出了比以往任何时候都更高的要求。同时,作为意见领袖的评论家要比传统评论家具有更强的媒介意识和媒介驾驭能力。媒介意识决定了文艺评论家不仅要对文艺本身具有独到的体验、认知与表达能力,而且还必须具有把握媒介因素对评论行为的影响,有效驾驭媒介、放大媒介效应的能力。当然,最重要的是,作为意见领袖的评论家应该比传统评论家具有更深厚的专业素质、更权威的学术见解和更明确的价值标准。这些区别和要求有可能使文艺评论家的主体形象经历历史上从未有过的一次重塑。

二、互联网时代文艺评论的新样态

在互联网时代,数字媒介在孕育了大量新兴文艺样态的同时,也催生了文艺评论的一些新样态。这里就其中主要的几种做一简要介绍。

1. 媒介评论与文艺评论的媒介化转向

在中国,媒介评论这一概念是从新闻传播学界和文艺评论界两个途径进入人们视野的。而这两个途径对媒介评论的认识、理解和学术渊源却大相径庭。

新闻传播学界的媒介批评一般会被理解为批评媒介,或者新闻评论。而在文艺评论界,媒介评论最早被理解为"媒体评论""网络评论",即在大众传播媒介发表文艺评论文章。但真正的媒介评论,始于一些专业文艺评论家的文化研究,他们是首先认识媒介文化,然后才进入媒介评论的。有学者甚至认为,媒介评论的前身是文学评论,是文学评论在大众传媒或大众文化时代的延续,因为媒介评论从理论框架、分析框架、研究角度,乃至使用的词汇都大量借鉴文学评论的既有范式。①这种说法尽管可能完全不为新闻传播学界所认同，且媒介评论的确有着传播学，特别是媒介理论的学理渊源，不能完全认为其就是从文学评论延续而来，但是，媒介评论也的确不是新闻传播学的专属领地。因此，媒介评论既不应该简单地被认为是"新闻评论"或"批评媒介"，而是从媒介视角出发，并用媒介理论和媒介分析方法对社会文化现象的研究、分析、判断和评价。作为文艺评论的媒介评论，自然就应该是从媒介视角出发，用媒介理论和媒介分析方法对文艺现象和文艺作品的研究、分析、判断和评价。

在方法论意义上，媒介评论是与美学、文化研究、社会历史、结构主义和符号学、精神分析和心理学等同等的评论方法之一。但媒介评论与传统评论方法有着很大区别。传统评论方法多是由于某种理论的创造和积累，而被用于对文艺的研究、分析、判断和评价的。而媒介评论则除了媒介理论的创造和积累之外，更重要的是随着技术的进步，媒介成为改变文艺本身，改变人们对文艺的认知，甚至改变人们思维方式的一种决定力量，使人们不得不从媒介的视角去重新认识文艺时，才出现的一种评论方法。如果说传统文艺评论方法是评论家基于自身学养的一种自觉选择的话，那么媒介评论则是媒介倒逼评论家评论行为的结果。事实上，在近几年的文艺评论界，忽略了媒介存在的评论似乎已经无法触及文艺的一些重要现象了。因为文艺自身已经是一种媒介化的后果，或者说是一种媒介化的存在了。在这个意义上说，媒介评论与传统文艺评论方法，已经不是一种共时性的并存关系，而应该是一种历时性的进层关系了。其表征有二：一是近十多年来各类文艺评论中涉及媒介和传播视角的论著越来越多，从硕博学位论文到评论家们的文艺论著，逐渐开始转向了媒介评论；二是各类传统评论方法都越来越无法摆脱媒介因素的困扰，不得不打上了媒介评论的烙印。因此，不仅可以说，媒介评论正在成为互联网时代文艺评论的主流方法，而且整个文艺评论都在程度不等地开始出现媒介化转向。

---

① 吴靖，云国强．媒介批评的重构：兼论媒介批评的公共性［J］．现代传播，2005（2）．

媒介评论区别于传统文艺评论的另一重要特征是其综合性和整合力。传统文艺评论方法多是从某个单一的理论视角出发观察和分析文艺的，而媒介评论尽管看起来比传统评论方法所依据的专业理论还要单纯一些，但事实上，媒介的视角可以同时抵达审美、社会历史、文化、语言、心理等诸多视角，具有极强的综合性和整合力。因此，有理由相信，随着文艺评论实践的丰富和成熟，媒介评论必然成为互联网时代可以统合各种评论方法的主流评论方法。

2.跨媒介评论与不同媒介的规定性和意义增值

跨媒介评论是媒介评论中的一种特殊类型，也是互联网时代无法回避的一种文艺评论样态。因为文艺本身的跨媒介叙事与跨媒介传播，已成为互联网时代最常见的文艺景观。

在互联网时代，文艺评论家已经很难用现有的从单一媒介叙事基础上形成的评论方法去解读和评价这些跨媒介叙事的文艺作品了。譬如有人非得要用小说《红楼梦》的标准去评价电视剧《红楼梦》。因此，电视剧《红楼梦》的两个版本，都备受指责。而很少有人从媒介的规定性出发来评价不同媒介的作品。试想如果把电视剧拍成了小说，那它还是电视剧吗？还要电视剧干什么？按照"媒介是人体的延伸"的学说[1]，不同媒介代表着人的不同感官效应和心理需求，也以不同的特质形成了对文艺的不同规定性。因此，人们在不同的媒介中寻求着不同的艺术形式和心理满足。语言文字媒介的特质是抽象，人们通过文字符号去激发想象和联想；而视听媒介的特质是具象化、直观化，人们观看影视剧无须太多的想象和联想，因为画面和声音就在面前，只需通过视听来获取直观体验。因此，小说阅读的效应是通过想象和联想将人们带入情感和思想的深度，而影视剧观赏的效应则是通过视听将人们带入直观的审美体验之中。为什么非要在电视剧中去实现阅读文学经典的满足呢？这种要求不就像要在文学经典中实现视听满足一样荒唐吗？说到底，不

---

[1] 马歇尔·麦克卢汉.理解媒介[M].何道宽，译.南京：译林出版社，2011.

同媒介的作品，满足的是人的不同的精神需求，无须强分彼此高下，不同的人在不同的媒介中去实现自己不同的精神需求，而不同的精神需求也会形成不同的文艺评论价值标准。在这个意义上说，跨媒介评论必将成为互联网时代文艺评论的一种新兴的、不可或缺的评论样态。

跨媒介评论基于媒介理论和不同媒介的特殊规定性，及其与人的精神需求之间的相互联系，展开对文艺现象和文艺作品的分析、阐释与评判。其基本职责是对跨媒介叙事与跨媒介传播的文艺作品和文艺现象，在不同媒介、不同传播场域、不同心理诉求、不同受众群体中所产生的不同意义和价值的发掘、分析与评判。

随着媒介技术的发展，跨媒介叙事与跨媒介传播的文艺作品日渐增多，文艺在跨媒介叙事与跨媒介传播中意义增值的空间正在急剧增大。因此，跨媒介评论应比单一媒介评论拥有更大的阐释空间和话语空间。

3. 视听媒介评论与文艺评论自身媒介的拓展

在中外文艺评论史上，文艺评论似乎天经地义地必须借助语言文字媒介。然而，在互联网时代，文艺评论自身的媒介也在发生变异。随着数字影像技术的成熟与普及，以视听媒介，或视听媒介与语言文字媒介相结合的文艺评论正在成为一种新的评论样态。这种可被称为视听媒介评论的样态主要包括纪录片、专题片、网络短视频等。

用纪录片、专题片的视听语言进行文艺评论，集中出现在 21 世纪以来的互联网时代，且已发挥出语言文字评论难以比拟的表现力和传播力。2018年，BBC 推出 9 集新系列纪录片《文明》，该片对六大洲 31 个国家的 500 多件艺术品，进行了逼真的记录和深刻的解读。该片仅在 B 站从 2018 年上线到 2022 年年初就播放 658 万多次；英国艺术评论家安德鲁·格雷厄姆 – 迪克森（Andrew Graham-Dixon）制作了大量关于艺术的纪录片，如《英国艺术史》《文艺复兴》和《永恒的艺术》等。2015 年，由安德鲁·格雷厄姆 – 迪克森担任主持，由中央电视台纪录频道（CCTV-9）与英国广播公司（BBC）、德国电视二台（ZDF）、德法公共电视台（ARTE）联合摄制，英国 EOS 影视有限公司承制的三集纪录片《中国艺术》，用视听媒介评述了从三星堆、敦煌大佛，到八大山人的书画和徐悲鸿的马展示的中国艺术发展历程，产生了巨大影响。同时，国内评说文艺的纪录片、专题片也在不断增多。

以网络短视频进行文艺评论较早引起人们关注的，是 2005 年年底胡戈的网络短片《一个馒头引发的血案》对大片《无极》的解构性评论。该片以后现代的拼贴、戏仿和反讽手段，将《无极》中的影像片段，拼贴在一个由戏仿电视台《法治在线》栏目、戏仿法庭、戏仿悬疑片，以及流行歌曲、爱因斯坦相对论、关于人生观价值观和儿童教育问题的伪讨论等，组成的阐释框架之中。这是一种让人始料不及的文艺评论方式，尽管貌似无厘头的恶搞，但对《无极》这一中国式大片却是一次透彻的解构。而且其影响力甚至超过了《无极》本身。

用视听媒介进行文艺评论是多种元素和手段的一种聚合。评论家可以通过解说词或现场主持发表自己的观点，同时辅之以所评文艺作品、作者、文献资料和其他相关环境的实拍影像，以及现场访谈、随机采访、情景再现、意象性镜头等。受众可以获得比阅读文字更直观、更丰富的接受体验。从传播途径来看，视听媒介评论可以通过电脑、电视、手机等固定或移动终端来传播，其影响力自然也会大于一般文字论著。

随着媒介技术的发展及媒介形态、种类的增加（如短视频、抖音、快手等），以及视听语言的日益丰富、成熟，视听媒介评论将会成为互联网时代文艺评论的一种重要样态。

4. 微评与个体主体性的确立

众所周知，以移动互联网、自媒体和微博、微信为标志的互联网时代，也被称为微时代。文艺评论也随着微博、微信、微电影一起走进了微时代。于是，一种新的文艺评论样态出现了，那就是微批评[1]，简称微评。

微评是一种通过自媒体和网络平台即时表达文艺观点的碎片化评论。它

---

[1] 李震. 走进微批评时代[N]. 文艺报，2015-02-06（1）.

一般在微博、微信、朋友圈、公众号、跟帖、弹幕中出现，只言片语，随性而发。作为文艺评论在微时代的一种标志性样态，微评的出现标志着文艺评论个体主体性的确立和价值观多元格局的真正形成。像微电影标志着电影生产主体从国营制片厂和专业人士扩散到普通公众一样，文艺评论的主体也正在由微评从专业评论家向公众扩散，以至人人都可能成为评论家。而且微评的主体具有鲜明的个体化特征。因为微评既非基于学理，也不通过公开报刊发表，是个体基于直觉感悟、个人情绪和个体经验的自发表达。

微评虽大多来自草根，而且篇幅短小，但却不是一种低微的评论。微评之"微"，在很大程度上是一种能力的体现。能够一语中的者，是高人；能够一语道破天机者，是神人；能够"以片言知百义"，是所有动用语言之人的最高追求。微评之"微"也是一种个性，是评论家个性与评论对象的艺术个性之间形成强对流的刹那间爆发出的闪电。微评之"微"更是一种权利，一种自由发言的权利，一种公众对文艺的话语权。

微评虽然集中出现在互联网时代，但在中国有着很深的传统。中国古代的点评、批注等感悟式评论本来就是微评。中国古代文论的语言理想是"以片言知百义""不着一字尽得风流"和"微言大义"。无论是金圣叹评《水浒传》，还是脂砚斋评《石头记》，都是只言片语的点评和批注，却能入木三分。尽管那个时代尚无互联网开辟的虚拟公共空间，也没有微评这样的概念，但这些点评与批注确为精彩的微评，所不同的是它们出自专家而非公众。

互联网催生的种种文艺评论样态才刚刚出现，尚未形成成熟的规则和秩序，特别是在网络虚拟空间中，存在着良莠不齐、鱼龙混杂的问题，有的微评严重违背学理，甚至以骂为评，以低级趣味为价值标准，但这些都不构成摒弃微评的理由。因为，在鱼龙混杂中，也存在着智慧和精辟，存在着可能为专业评论家始料不及的见解。而且微评给文艺评论带来的并不是去专业化趋势，更不会稀释或消解专业评论的存在意义，反而是对专业评论提出了更高的要求。微评既会成为专业评论的参照，也会成为重要的评论资源，更有可能与专业评论构成过去不曾有过的对话关系，从而相互激活，相得益彰，共同推动文艺评论的发展和繁荣。

三、互联网时代文艺评论的问题及对策

互联网时代的到来，在给古老的文艺评论带来巨大发展空间的同时，也带来了诸多前所未有的问题。这些问题主要表现在网络虚拟空间中公共伦理的缺失以及价值观的混乱。

1. 互联网时代文艺评论的公共性问题

随着数字媒介技术催生的网络社区的出现，一种与汉娜·阿伦特、尤尔根·哈贝马斯、理查德·桑内特们曾经讨论过的西方社会公共领域完全不同的新型公共领域已经兴起，并正在急速扩大。这个新型公共领域便是网络虚拟空间。

近年来，已有一些学者将网络虚拟空间作为公共领域进行过富有建设性的研究。而在网络虚拟空间中作为公共交往行为的文艺评论显然具有公共领域的性质。因为，无论从哪个角度来讲，也不管在哪个时代，公共领域都是以对话、观点和话语的方式存在着，而文艺评论正是一种集中的对话、观点和话语的存在方式，用阿伦特的话说就是一个观点的竞技场。

虽然网络虚拟空间中的文艺评论的确具有公共领域的性质和功能，却既不同于阿伦特所说的政治的、理想的公共领域[1]，也不同于哈贝马斯讨论过的"代表性公共领域"和资产阶级的批判性公共领域[2]，更不同于桑内特讨论过的现代的、非人格化的公共领域[3]。特别是与广为学界所讨论的、哈贝马斯曾经充分论述过的18世纪欧洲社会的资产阶级公共领域有着本质的区别：其一，哈贝马斯所说的公共领域的参与者是有一定财产、受过一定教育、具有贵族和绅士气质，同时具有资产阶级民主、自由信念的人士（哈贝马斯并没有将平民的公共领域作为他的研究对象）。而在网络虚拟空间参与文艺评论的，则

---

[1] 汉娜·阿伦特.人的境况[M].王寅丽，译.上海：上海世纪出版社，2009.
[2] 尤尔根·哈贝马斯.公共领域的结构转型[M].曹卫东，王晓珏，刘北城，等译.上海：学林出版社，1999.
[3] 理查德·桑内特.公共人的衰落[M].李继宏，译.上海：上海译文出版社，2008.

是各色人等。他们不属于某个特定的族群、阶层，也不属于同一个文化知识水平和财产占有水平，而是由不同阶层、年龄和性别、文化程度和价值观的网民群体组成。其二，哈贝马斯所说的讨论文艺问题的公共领域是指咖啡馆、沙龙、宴会、家庭聚会等有限的实体空间。而互联网时代的文艺评论则是在开放的、巨大的、无限的虚拟空间中进行。其三，哈贝马斯所说的公共领域讨论文艺问题是在少数友人、同人，至少是熟人之间进行的面对面交流。而互联网时代的文艺评论则是在难以计数的陌生人之间，并且是在线上或云端进行的交流，有的参与者甚至完全匿名或使用假名。其四，哈贝马斯曾经明确区分过公共领域中进行文化批判的公众和进行文化消费的大众，并明确指出其论述的资产阶级公共领域是由文化批判的公众组成的。而网络虚拟空间则是文化批判与文化消费共存，公众与大众同在。由此可以认为，哈贝马斯所说的公共领域的文艺讨论，由于在实体空间、相知的、有共同的信念和文化修养的人之间进行，因而具有建构相互认同、共同遵守的公共性的可能。[①]而互联网时代的文艺评论，由于是在无限的、开放的虚拟空间中，在巨量的、陌生的人际交往中，在良莠不齐、鱼龙混杂的文化修养和价值观中进行，因此其公共性的建构就成了一个难题。事实上，近年来在网络虚拟空间进行的文艺评论已经出现了公共性缺位造成的严重危机。这种危机在很大程度上表现为部分公众个人道德水准的低下和公共伦理的匮乏，表现为频繁的非理性冲突的发生。观点的冲突固然很正常，但问题在于，这种冲突往往不是在一个规范的公共伦理基础上的对话，而是在相互谩骂、人身攻击等非理性状态下进行的，有的线上冲突还会引发线下冲突，甚至肢体冲突、群体冲突事件。因此，公共性的建构便成为互联网时代文艺评论的一个关键问题。

2. 互联网时代文艺评论的公共伦理建构

公共性的建构问题，就是如何在网络虚拟空间建立起公众共同遵守的公共伦理的问题。而这一建构，不可能通过行政手段或法律法规来完成，只能

[①] 尤尔根·哈贝马斯. 公共领域的结构转型[M]. 曹卫东，王晓珏，刘北城，等译. 上海：学林出版社，1999.

通过耳濡目染的引导和行业自律才能实现，而且这是一个漫长的过程，即使明确了建构的目标和方式，也不可能一蹴而就。因为，公共伦理只有在成为公众自觉遵守的习惯时，才是真正有效的。此外，在网络虚拟空间中文艺评论的公共伦理是建立在公众之间从文化程度、年龄、性别，到专业、职业、个性、趣味、文艺观与价值观的差异性基础上的，其难度显而易见。

基于这种难度，互联网时代文艺评论公共伦理的建构，或可从以下路径去尝试。

首先，在网络虚拟空间倡导"和而不同"的中国传统公共伦理观念。中国传统文化中"君子和而不同，小人同而不和"（《论语·子路篇》）的公共伦理观念，主张在异中求同，在同中存异。这是中华民族传统文化能够以开放、包容的格局一直延续至今的内在原因，也是中国人数千年来共同遵守的公共伦理。尽管无法要求难以计数的文艺公众都能成为当今时代的"君子"，但"和而不同"的理念，无疑是网络虚拟空间公共伦理建构的重要文化规则。

其次，公众应自觉建立相互尊重、平等对话的民主意识和自律意识。在网络虚拟空间内，人人都有对文艺的发言权。但每一位发言者也都必须首先尊重别人的发言权。这是作为公众的一员必须遵守的公共伦理准则，也是最基本的个人修养和自律意识。当然，这种修养和意识的养成是一个漫长的、无法用刚性法规去强化的过程，但却可以通过舆论引导和适度的网络监管去实现。

最后，合理对待非理性言行，营造理性与非理性相互平衡的评论氛围。在网络虚拟公共空间，完全杜绝非理性，与完全杜绝理性一样，都是不可能的。文艺评论本身就是在理性与非理性的临界线上发生的一种行为。然而，必须面对的一个事实是，目前网络虚拟空间中存在的主要问题，的确是非理性过甚。因此，人们会特别强调理性而反对非理性。但重要的是在共同抵制极端非理性言行的前提下，建立某种遵守公共伦理的理性与属于个性风格的非理性相互平衡的评论氛围应更加符合文艺评论的发展需求。

3. 互联网时代文艺评论价值体系的重构

互联网时代文艺评论公共性建构的最重要环节，是在互联网时代的中国语境中实现文艺评论价值体系的建构。

中国特色文艺评论价值体系的建构，尽管经历了几代人的努力实践，但始终在中西传统、马克思主义与中国传统文化，以及精英价值观与大众价值观之间，都存在一些分歧，以致难以形成一个统一的价值体系。特别是进入互联网时代，公众进入文艺评论领域，价值观更加驳杂，因而建构一个既具有主导性，又具有包容性，还具有中国特色的，统一的文艺评论价值体系就更加困难。

2014年10月15日，习近平总书记《在文艺工作座谈会上的讲话》为中国特色文艺评论价值体系的建构提供了一个基本框架。他指出："要以马克思主义文艺理论为指导，继承创新中国古代文艺批评理论优秀遗产，批判借鉴现代西方文艺理论，打磨好批评这把'利器'，把好文艺批评的方向盘，运用历史的、人民的、艺术的、美学的观点评判和鉴赏作品。"①

这一框架是一个兼具主导性和包容性，融合了多元价值诉求的开放体系。其中，马克思主义文艺理论是中国特色文艺评论价值体系的灵魂，是所有价值判断的指导思想；中国古代文艺批评理论优秀传统和现代西方文艺理论本身都是多元价值诉求的集合体。前者是儒道释三种思想和文化价值观的融合，后者更是西方各国、各个历史时期、各种哲学思想和文艺流派的不同价值观的集合体。中国特色文艺评论价值体系应该是以本土的中国古代文艺批评理论优秀传统的创造性转化（或曰当代化）为基础，以现代西方文艺理论为参照而建构起来的。

"历史的、人民的、艺术的、美学的观点"，则是对恩格斯提出的"历史

---

① 习近平. 在文艺工作座谈会上的讲话（2014年10月15日）[M].北京：人民出版社，2015：30.

的和美学的观点"[①]、毛泽东提出的"政治标准第一，艺术标准第二"[②]的继承和发展。"人民的"观点既体现了"以人民为中心"的原则，又延续了"历史的"观点。因为，在马克思主义看来，人民是历史的主体，是历史的创造者；"艺术的"观点既延续了毛泽东曾论述过的"艺术标准"，又是"美学的"观点在艺术作品中的具体化。因为，人是按照美的原则来创造的，所以"美学的"观点涵盖的不仅仅是艺术，而且是一切美的事物。

中国特色文艺评论价值体系是互联网时代文艺评论的基础，无论是专业评论家，还是公众评论家，所有对文艺发言的人都应以此为准则。文艺评论家只有充分学习、理解和应用这一价值体系，方可"把好文艺批评的方向盘"，方可"引导创作、推出精品、提高审美、引领风尚"，方可促进新时代中国文艺的繁荣发展。

[①] 中央编译局.马克思恩格斯全集：第29卷[M].北京：人民出版社，1972：586.
[②] 毛泽东.在延安文艺座谈会上的讲话[M]//毛泽东选集：第3卷.北京：人民出版社，1991：868.

第九章

文艺评论家

　　文艺作品一经面世，文艺现象一旦发生，理论上所有受众都有对文艺作品和文艺现象进行审美、阐释和判断的权利，并由此展开文艺评论实践。文艺评论实践以文艺作品和文艺现象为评论对象，是宽泛意义的文艺创作，在某种程度上也是更加复杂的精神活动。在富有创造性意味的文学评论实践中，人是决定性因素，要对文艺创作进行阐释、评判和传播。文艺评论主体的感受力、鉴赏力、阐释力、判断力，最终形成了文艺作品的价值认定。为了便于研究，从是否以文艺评论为主要职业的角度，我们把从事文艺评论实践的主体的身份，区分为职业评论者和非职业评论者两种；从文艺评论实践的专业水平和效果影响的角度，我们把从事文艺评论实践的主体的身份，区分为专业评论者和非专业评论者两种。在文艺评论从业者队伍里，那些富有良好的文学艺术修养、具有较高的专业水准、对推动文艺创作具有较大影响力的文艺评论实践主体，被称为文艺评论家。

　　文艺是塑造灵魂的工程，文艺评论家是人类灵魂工程师。文艺评论家依据科学、权威、专业的评价体系，从历史的、人民的、艺术的、美学的层面，对文艺作品和文艺现象进行富有创见的阐释和令人信服的评判。文艺评论家的这一精神活动也是文艺创作的重要组成部分。

　　因此，在中华民族文化复兴、建设社会主义文化强国的伟大历史征程中，建设一支思想过硬、业务精湛、以立德树人为目标、进行价值引领的德艺双馨的文艺评论家队伍，既是当代文艺评论事业发展的自身需求，更是社会主义文艺繁荣发展的迫切需求。

一、文艺评论家的角色

文艺作品以及与文艺相关的文艺现象和人，是文艺评论的对象。文艺评论家和评论对象的关系，换言之，是文艺评论的主体和客体的关系。

衡量一个时代的文艺成就最终要看作品。文艺作品是作家、艺术家的精神创造成果，文艺作品的政治、社会、历史和美学的价值，需要通过文艺评论家的阐释获得更大层面的传播。文艺作品蕴含的独特价值，它的发现、阐释和传播，很大程度上有赖于具有专业水准的文艺评论家的精神劳动。已经完成的文艺作品，从属于历史和现实生活的经验领域，阐释者也即文艺评论家结合自己的直觉和学识，通过对作品内在精神进行阐释，重新获得作品所表达的历史和现实生活的经验，并将这些经验与公众分享，对公众的认知产生影响。对公众来说，文艺评论家的专业、权威、生动、可信的阐释，是通往作品和审美的桥梁。对作家、艺术家来说，文艺评论家的评介和判断，某种程度上决定了一部作品的价值和影响力。

进入21世纪，随着互联网技术高度发展，媒介形式不断更新，信息传播条件和路径变化，文艺评论生态也发生明显变化。在众声喧哗多声部信息交响中，从引导和推助文艺创作科学、健康、良性发展的角度，来自文艺评论家的专业、理性、权威的声音的引领尤为必要。包括文艺创作在内的整个社会文化文艺，对广大文艺评论家的期待越来越多，同时要求也越来越高。

1."法官说"

面对各种复杂的评论对象，文艺评论家大都敏感、锐利、有标准、有理想，总能在看似精美的创作中发现不如意，进行"百般挑剔"，提出坚定、有力、理性的专业意见，做出明确、客观、权威的判断。文艺评论家基于专业修养和生命生活经验，依据美学规律而进行的阐释和判断，不仅对评论对象具有"审判"效力，而且对公众的文化消费具有重要引导作用，文艺评论家也因此被称作"法官"。这一比喻,既有对文艺评论家的话语权的充分认定,也对文艺评论家的客观、公正、不徇私情的职业道德提出了期待和要求。

"法官说"由来已久,最早应可追溯到古希腊哲学家亚里士多德关于文艺问题的一些论述。亚里士多德运用严密科学的分析方法,对古希腊文艺创作经验进行了全面理论总结,建立了严整的唯物主义文论体系。亚里士多德既是这套理论的建构者,也依据理论进行大量具体的文艺评论实践。比如关于戏剧内在结构一致性和整体性的观点,就被古典主义学派发展为著名的"三一律",被广泛长期运用于戏剧的创作和评论活动。与他的老师柏拉图"我们当初把诗逐出我们国家的确是有充分理由的"论述[①]不一样,在亚里士多德看来,"衡量政治和诗的优劣,标准不一样;衡量其他技艺和诗的优劣,情况也一样"[②]。亚里士多德主张给予文艺评论实践主体以充分的自由和权利。

从坚持客观、公正、理性的评论角度,"法官说",是对文艺评论的理想要求。但文艺评论家如果就此就把自己定位成手握对评论对象有生杀予夺权利的裁判官,认为自己的话语权是法定的、毋容置疑的,就会出问题。

文艺评论应该有俯视作品的能力,但这种俯视,要建立在整体性和高站位的基础上,要建立在与作家、文本展开真正对话的基础上。文艺评论家是具体的人,其道德伦理水准、美学趣味、知识修养水平等,会直接影响做出的评判。面对一部文艺作品,如果不是从全面丰富的角度去感受作品的情感、思想和审美的冲击力,而是简单地站在道德制高点上全盘否定作家、艺术家的创作,对文艺评论家的这种职业优越感,我们要保持足够警惕。因此,我们承认文艺评论中偏见存在的合理性,更反对以偏见的合理性为理由,丢开文本、丢弃客观,热衷从道德或其他衍生角度,对作品横加批判,以致陷入错误的旋涡。

2. "磨刀石"

文艺评论家到底应该发挥怎样的作用?"我不如起个磨刀石的作用,能

---

① 柏拉图.理想国:卷十[M].郭斌和,张竹明,译.北京:商务印书馆,1986:407.
② 亚里士多德.诗学:第二十五章[M].陈中梅,译.北京:商务印书馆,1996:177.

使钢刀锋利，虽然它自己切不动什么。"① 这是古罗马美学家贺拉斯对评论家和艺术家关系的既精彩又简练的描述。以文艺评论家为磨刀石，建立一种良性健康文艺创作生态，这一观点得到了高度体认。

"批评必须坏处说坏，好处说好，才于作者有益"②，鲁迅在《我怎么做起小说来》一文中写道。作为思想家和文学家的鲁迅，对于文艺批评的认识精辟清醒。在鲁迅看来，作家与批评家是一对天生的矛盾关系，只有互相制约，才能互相成全。"创作家大抵憎恶批评家的七嘴八舌""作家和批评家的关系，颇有些像厨司和食客"③。"批评家的错处，是在乱骂与乱捧"④，鲁迅指出："吃菜的只要说出品味如何就尽够，若于此之外，又怪他何以不去做裁缝或造房子，那是无论怎样的呆厨子，也难免要说这位客官痰迷心窍的了。"⑤"文艺必须有批评；批评如果不对了，就得用批评来抗争，这才能够使文艺和批评一同前进，如果一律掩住嘴，算是文坛已经干净，那所得的结果倒是要相反的。"⑥同样是在《我们要批评家》一文中，鲁迅对文艺评论家所应具备的素养提出了具体的想法，"我们所需要的，就只得还是几个坚实的、明白的、真懂得社会科学及其文艺理论的批评家"⑦。

鲁迅是中国现代最卓越的文学家，他身体力行，通过创作和评论两大实践，对中国现当代文学产生深远影响。以鲁迅的批评实践为例，既有理论性和总体性的论述，比如通过《汉文学史纲要》《中国小说史略》《〈中国新文学大系·小说二集〉导论》等著作，对中国古典文化和五四新文学进行细致入微的研究和论述，从而提出"为人生"、"拿来主义"、典型创作等重要思想观点，又有丰富多样、有的放矢、效果突出的批评实践。其中极为突出的是，通过撰写评论、引荐推介，来鼓励、引导和扶持包括东北作家群在内的青年

---

① 贺拉斯.诗艺[M].杨周翰，译.北京：人民文学出版社，1962：308.
② 鲁迅.我怎么做起小说来[M]//鲁迅全集：第四卷.北京：人民文学出版社，2005：528.
③ 鲁迅.看书琐记：三[M]//鲁迅全集：第五卷.北京：人民文学出版社，2005：579.
④ 鲁迅.骂杀与捧杀[M]//鲁迅全集：第五卷.北京：人民文学出版社，2005：615.
⑤ 鲁迅.对于批评家的希望[M]//鲁迅全集：第一卷.北京：人民文学出版社，2005：424.
⑥ 鲁迅.看书琐记：三[M]//鲁迅全集：第五卷.北京：人民文学出版社，2005：580.
⑦ 鲁迅.我们要批评家[M]//鲁迅全集：第四卷.北京：人民文学出版社，2005：245.

作家，帮助他们解决从创作到人生发展的诸多问题。鲁迅的批评实践，如同磨刀石一般，淬炼着20世纪中国文学的刀锋和力量。

3. 成为文艺家和文艺作品的知音

《文心雕龙》是魏晋南北朝以来最重要的古代文论之一，也是中国古代文论中较早对文艺评论进行全面论述的典籍，体大思精、见解深湛，对文艺评论理论和实践具有持久深刻的影响。

刘勰在《文心雕龙》一书第四十八篇《知音》里，分四个部分论述文艺评论实践。

第一部分以"知实难逢"为要义，举秦始皇、汉武帝、班固、曹植和楼护等人为例，阐述自古以来文艺评论都存在"贵古贱今""崇己抑人""信伪迷真"等主观倾向，而真正的知音实在难逢。

第二部分以"音实难知"为要义，阐释文艺评论要做到精准精辟，客观上也存在困难。一是文艺评论对象本身丰富、复杂、多变，很难把握和理解；二是文艺评论家面对复杂的评论对象时往往见识有局限，很难做出恰如其分的判断。

第三部分讲开展文艺评论的方式方法。提出文艺评论从业者应该具备以下几个方面素养：博闻强识、加强鉴赏能力；排除一己偏见、客观公正地评价作品；遵循"六观"，从题材设置、遣词造句、继承与革新、奇正、典故运用和音节处理六个方面着手考察内容和形式的关系。

第四部分讲做好文艺创作和评论应遵循的一些基本原理。"缀文者情动而辞发，观文者批文以入情"[①]，强调从事文艺评论，必须深入细致地体会作品，才能领悟和欣赏作品的美妙之处。

只有做到这四个方面，文艺评论家才会成为作品的知音，成为作家、艺术家的知音，知音也即理想读者。我们衡量一个文艺评论家是否优秀，通常看两个方面的能力：一是理论创新能力；二是对文艺作品的领悟、阐释和价

---

① 刘勰.文心雕龙［M］.北京：中华书局，2012：555.

值判断能力。从这个意义上说，理论创新和文本研究都应该是文艺评论家的立身之本，但首先是对文本的阐释和理解，这是开展文艺评论必由之路。在文本面前是否足够敏感、足够有耐力与洞察力，是检验一个评论家专业能力的试金石。事实上，文艺评论家只有成为理想读者、作品的知音，他的"法官"或"裁判"的地位，才会被作家、艺术家广泛接受。

二、文艺评论家的类型

按照文艺评论家的职业身份以及开展文艺评论实践的具体路径进行划分，大致可以分成职业评论家、学院评论家、媒体评论家、艺术家评论家和大众评论家等类型。这些划分是相对而言，随着职业身份和传播生态的变化，类型之间会相互交叉，类型自身也会此消彼长。

不同类型的文艺评论家受站位和环境的影响，所持立场、方法路径和表达风格难免有所差异。

1. 职业评论家

职业评论家，主要指供职于政府主管的专业性人民团体、长期以开展文艺评论作为引导文艺创作手段的文艺评论家，主要是中国共产党领导下的党的文艺政策的制定者和文艺工作的管理者，如周扬、张光年、陈荒煤等。他们的社会身份都是政府部门官员，在文联和作协两大专业性人民团体从事理论工作，往往在文联或作协里担任一定的领导工作，政治站位高，政策性强，通过理论评论阐述和贯彻国家的文艺政策，用理论评论引导文艺创作，对于新中国文艺事业繁荣发展起到了重要作用。职业评论家的特点非常明显，他们既制定和掌握现行文艺政策，也了解创作现场，对于全国创作队伍的变化十分熟悉，善于通过研讨会、改稿会、评奖会等形式，开展文艺评论，引导文艺创作。

研讨、评论、评奖，是文联和作协开展工作的重要方式。文联和作协是中国共产党领导下的中国各民族作家、艺术家自愿结合的专业性人民团体，是党和政府联系广大作家、艺术家、文艺工作者的桥梁和纽带，是繁荣文学事业、加强社会主义精神文明建设的重要社会力量。在文联和作协等专业性协会的长期培养下，逐渐产生一支兼具政策性、专业性和实践性的强大的评论队伍，他们分布在从中央到地方各级文联作协组织。

2. 学院评论家

20世纪80年代以后，中国文艺界基于对80年代以来文艺评论的现状，呼唤出现新的批评群体，希望他们是受过严格系统的学院式训练的新一代批评家，"思维敏捷，富有才华，他们能够灵活运用一门或数门外语，具有扎实的基础知识和广博的多学科专业知识；他们既了解传统，但又不拘泥传统的陈规陋习；他们研究西方，但又不盲目崇拜、照搬套用；他们锐意创新，少保守思想，并且有着较好的文学表达能力；他们努力奋斗，预示着一个生机勃勃、开一代新风的中国学院派批评"[1]。在这种呼唤下，文艺评论开始转向侧重理论研究、历史探索等，文艺评论家的身份有所变化。其后，出现了新的评论家群体，这个群体主要来自高校的文艺学、现当代文学、艺术学和比较文学专业的学者，他们活跃在大学讲坛、课堂教学和小型研讨会、专业杂志以及权威媒体的理论评论版面上。21世纪前后，学院评论家的活力达到了高潮。

学院评论家受过严格的专业训练，具有理论素养、知识背景和学术视野，重视理论资源的清理、运用，以及文学史、艺术史谱系上的价值判断，评论依据的历史感和整体观比较突出，是文艺评论家队伍的重要组成。但是，学院评论家的短板也逐渐显现，比如对文艺现场不太熟悉，教条化、概念化，针对性不强、有效性不够，等等。

3. 媒体评论家

与学院派评论家同时活跃在评论现场的另一支重要的评论队伍，是媒体

---

[1] 王宁. 论学院派批评 [J]. 上海文学，1990（12）.

评论家。媒体评论家主要指大量在媒体从业的文艺评论家，他们以报刊杂志为评论阵地，与市场、流行、时尚等因素紧密结合，常年活跃在舆论现场，有市场传播号召力，对大众消费具有广泛影响力。媒体评论形式多样，包括报道、访谈、时评等，具有抓话题，写热点，针对性强，文风犀利、尖锐、活泼，往往能切中要害，反映一个时期以来市场、读者或大众对文艺作品、文艺现象的反馈等特点。媒体评论的声音几乎覆盖了社会各个层面，在流行文化的形成引导等方面起决定性作用。媒体评论家与媒体共生共长，媒体立场的束缚以及媒体平台赋予的威望，都会使他们不由自主地放弃评论立场，以迁就媒体平台。

从20世纪二三十年代报刊作为现代传媒引入中国，以报刊为阵地，通过评论形式，高度介入文艺创作现场。此后，从报刊到广播、电视、传统网站，一代代媒体评论家脱颖而出。他们与文艺创作现场联系紧密，对文艺创作和文化繁荣产生了重要影响。

4. 艺术家评论家

艺术家评论家兼具艺术家和评论家双重身份，是值得重视的评论群体。

从20世纪70年代以来，艺术的发展进入"形象的符号学文本"[①]阶段，也就是说艺术变成一个跨学科的泛语言方式。艺术家可能是美术科班出身，对文学、电影、音乐这三门知识也很了解。在跨学科修养训练的基础上进行跨学科评论实践，使这批具有通识背景的艺术家的批评具有特殊的价值。他们既对艺术史有深入的研究，又具有大量丰富的艺术创作实践，因此，他们开展的评论往往具有整体性背景，专业视野宽，谈论问题容易触碰本质，也容易使人信服。从鲜活丰富的创作现场转向理论评论的艺术家评论家，是文艺评论界值得仰仗的中坚力量。

随着文化教育环境变化，越来越多的跨界人才出现。从艺术家到评论家的身份转换也越来越频繁，艺术家评论家的表现值得期待。

---

① 朱其. 艺术家和评论家都需要一个知识结构的转型 [EB/OL]. (2015-09-29). http://art.china.cn/talk/2015-09/29/content_8274260.htm.

5. 大众评论家

近 20 多年来，依托互联网兴起的各种新媒体包括自媒体，培养了一支数量庞大、来源多样、形式活泼的评论队伍，这就是大众评论家。大众评论家发声的主要平台是网络媒体，所以常被称为网络评论家。

网络媒体的出现给文艺批评场域带来了结构性变化。一方面专业评论家陆续进入赛博空间发言，另一方面文艺评论的话语权从专业性较高的文艺评论圈向更广泛的人群"溢出"。大众评论家的产生是文艺评论话语权"溢出"的结果。大众评论家的职业身份相对自由，具有"大"和"众"相结合的意味，"大"，意味着多，"众"，意味着来源广泛。由此可见，大众评论家与广大受众关系密切，其评论方式和传播路径都有在地性。

大众批评作为一种新的批评类型产生后，批评场域形成了专家批评与大众批评并峙的新格局。与专家批评相比，大众评论家的文艺评论及时、鲜活、生动，缺点是有时简单、粗暴、片面、情绪化。网络暴力的产生往往来自大众评论家。专家批评和大众批评互相补充，共同构成了新时代批评场域的丰富图景。

三、文艺评论家的素养

习近平总书记在中国文学艺术界联合会第十次全国代表大会、中国作家协会第九次全国代表大会开幕式上的讲话中指出："文艺要塑造人心，创作者首先要塑造自己。养德和修艺是分不开的。德不优者不能怀远，才不大者不能博见。广大文艺工作者要把崇德尚艺作为一生的功课，把为人、做事、从艺统一起来，加强思想积累、知识储备、艺术训练，提高学养、涵养、修养，追求真才学、好德行、高品位，做到德艺双馨。要自觉摒弃低俗、庸俗、媚俗的低级趣味，自觉反对拜金主义、享乐主义、极端个人主义的腐朽思想。"[①]

[①] 习近平. 在中国文联十大、中国作协九大开幕式上的讲话（2016 年 11 月 30 日）[M]. 北京：人民出版社，2016：18.

繁荣文艺创作、推动文艺创新，必须拥有大批德艺双馨的文艺名家，努力造就一批有影响的各领域文艺领军人物，建设一支宏大的文艺人才队伍，是党的十八以来，以习近平同志为核心的党中央对广大文艺界的殷切期望。在这支宏大的文艺人才队伍建设目标里，以习近平总书记的重要论述为引领，从"德""艺"两个方面着手，在文艺评论领域努力建立一支道德水平、思想水平和业务水平都过硬的文艺评论家队伍，是题中应有之义。

文艺是塑造灵魂的工程，文艺作品要想给人们以价值引领、精神引领、审美引领，作家、艺术家的自身道德水平、思想水平和业务水平是关键。同理，文艺评论家要想对文艺作品以及作家、艺术家进行臧否判断，自身思想道德水平和业务水平是重中之重。站在这个角度，要对文艺评论家的"德""艺"提出更高要求。

德、才、胆、识、力，是对文艺评论家自身素养提出的要求。"大凡人无才则心思不出，无胆则笔墨畏缩，无识则不能取舍，无力则不能自成一家"[1]，"才、学、识三者，得一不易，而兼三尤难，千古多文人而少良史，职是故也"[2]。文艺评论家结合自己的学养，能够发现文艺作品中具有开拓性和建树性的价值因素，并通过开阔的视野和精深的理论修养，为作家、艺术家提供知识和经验指导，对作家、艺术家产生启发，让作家、艺术家少走弯路。要实现这一功能，文艺评论家除了具备才、胆、识、力，首先需要具有客观、公正、无私的道德水准和职业操守。"养德和修艺是分不开的。德不优者不能怀远，才不大者不能博见。"[3]在德和艺之间，德在前，艺在后，这是由文艺评论工作性质所决定的。

1. 德

习近平总书记在文艺工作座谈会上指出，"文艺批评就要褒优贬劣、激浊

---

[1] 叶燮. 原诗笺注[M]. 上海：上海古籍出版社，2014：91.
[2] 章学诚. 文史通义[M]. 罗炳良，译注. 北京：中华书局，2022：309.
[3] 习近平. 在中国文联十大、中国作协九大开幕式上的讲话（2016年11月30日）[M]. 北京：人民出版社，2016：18.

扬清。像鲁迅所说的那样，批评家要做'剜烂苹果'的工作，'把烂的剜掉，把好的留下来吃'。不能因为彼此是朋友，低头不见抬头见，抹不开面子，就不敢批评"[1]。

文艺评论家的道德修养不是个人私事，文艺评论的风气会直接影响社会风气。文艺评论家结合自己的认知，不仅需要对文艺现象和作品进行技术优劣评判，更需要对文艺现象和文艺作品的精神价值进行提炼和判断，这就需要文艺评论家自身具有较高的道德水准。

文艺评论家首先是充满家国情怀的思想者，关注时代发展和社会现实，强调礼仪道德，重视人伦教化。

真正优秀的文艺评论家会重视文学艺术的社会功能，本着对生命体验经验的负责和匡正世道人心的责任，将追求德性端正融入文艺创作的评价体系，善于判断，敢于发声，勇于亮剑，积极建树正面价值，引导受众趣味，有思想、有态度、有表达，努力推动文化艺术繁荣发展。这样的文艺评论家，一定是坚守道德理想，心怀敬畏之心，价值观恒定，脱离低级趣味，肯下真功夫、练真本事、求真名声，"文章"好，"道德"更佳。

在不良思潮、低俗趣味和错误观念面前患得患失，不敢发声，是对文艺评论专业精神的丧失。更有甚者，为了经济利益或其他利益而一味地说假话、溜须拍马、阿谀奉承、炒作造势，是文艺评论家或文艺评论从业者道德操守的极大丧失。

什么是文艺评论家的专业精神和道德操守？大家习惯性地认为有专业精神就是有学术积累，是对文艺作品和文艺现象进行理论阐发的能力；有道德操守，就是不做"红包批评家"。仅仅这样理解，还远远不够。对文艺评论家来说，专业精神和道德操守指的是建立在独立思考和价值判断基础上，积极通过文艺评论实践维护公序良俗，善于传播主流价值观，正向引领社会风尚和向上向美的审美趣味。

---

[1] 习近平.在文艺工作座谈会上的讲话（2014年10月15日）[M].北京：人民出版社，2015：29.

2. 才

文学评论作为一种熔实证、审美和思辨于一炉的学术活动，需要评论家具备艺术与学术方面的才华和修养。

才华是指一个人拥有的技能、知识和思想力。丰沛洋溢的才华是让文艺评论放飞的翅膀。有些才华与天赋有关，比如审美直觉。李泽厚认为直觉和感受力决定了一个批评从业者的职业生涯能走多远。"文艺是发明的事业，批评是发现的事业。文艺是在无中创出有，批评是在沙中寻出金。批评家的批评在文艺的视野中赞美发明的天才，也正是赞美其发现的天才。"[1] 直觉和感受力，好比美食家的舌头，是文艺评论家自带的武器。对文艺评论家来说，敏锐的直觉和感受力是重要的才华。直觉和感受力主要指审美直觉和感受力，即建立在审美经验基础上的共情力、鉴赏力、判断力。而有些才华则可以通过长期坚持不懈的学习和训练获得，比如口才和书写能力。文艺评论是桥梁，一头连着创作现场，一头连着大众欣赏。善于用语言和文字讲述艺术感受，拥有出众的文采，也是文艺评论家的重要才华。讲述能力和写作能力，可以通过多听、多看和多练获得提升。

3. 胆

胆量，也即勇气，指文艺评论家面对评论对象，特别是复杂的难以判断的文艺作品和文艺现象，能够及时果断地给予判断，表现出胆量、魄力和担当。文艺评论家的胆量，一是表现为文艺评论家不仅敢于做出判断，还要敢于说出判断，即忠实于判断；二是不仅敢于怀疑和批判，还要敢于肯定，才有可能把有价值的发现向世人进行阐释和传播。

如果承认文艺评论是一种独立的写作，意味着，文艺评论也是评论主体的精神、智慧、洞察力和创造力的充分展现。对于文艺评论家，独立的见解、智慧的表达和对语言的创造性使用，比任何一种评论的理论规范都显得重要。文艺评论家的独特发现往往与众不同，甚至要推翻权威的一些看法，或者对

---

[1] 郭沫若. 批评与梦 [M] // 文艺论集. 北京：人民文学出版社，1979：122.

流弊进行反驳和批评，这都需要胆魄。建立在常识和知识、见识基础上的胆识，是胆量和胆魄的由来。胆量和勇气也是文艺评论家的重要素养，体现了责任和操守。有胆魄，有勇气，文艺评论的独立性和客观性才有可能实现。

文艺评论家面临的外部干扰，既包括外部因素，比如人情请托、金钱诱惑、权力利害等，也包括内部因素，如各种思想观念的困扰。各种社会思潮风起云涌，各种现象层出不穷，空前繁荣的同时也泥沙俱下。文艺评论家进行判断时要面对内外部种种干扰，以马克思主义文艺理论为指导，以创造性地继承中华优秀传统文化为本，有力发扬评论的专业精神，始终坚守艺术规律，如实给出科学判断，及时有效地发现和揭示文艺作品、文艺现象存在的价值和问题。当然，表扬人人爱听，批评往往得罪人。如果怕得罪人，瞻前顾后、首鼠两端，或者只讲优点不谈缺点，这样的文艺评论，从整体和长远的角度，会极大地破坏文艺生态，有违文艺评论和文艺创作两驾马车相互制衡的关系。

"伟大的批评家的精神，在不盲从。"[1] 任何丧失立场、丧失判断力、违心的评论声音，都会导致人们思想意识的混乱。特别是在新的市场经济环境下，是否能够保持独立判断、积极正向导向，成为考验文艺评论家专业精神的试金石。"不盲从"，具有独立的审美见解，是独立精神的体现。文艺评论家越是面临复杂的形势和局面，越应该具有排除干扰、不盲从的精神定力，能够依据科学的评价体系，对文艺作品和文艺现象做出恰如其分的判断，并诚实地将自己的体悟与公众分享。

4. 识

识包括常识、见识、知识、认识，等等。这些都是文艺批评家关于"识"的准备。识的形成，源于生活经验、艺术实践、理论储备、通识修养等各个方面的滋养。

英国文艺评论家约翰·克罗·兰塞姆认为，"文学批评一定要通过学问渊

---

[1] 李长之. 论伟大的批评家和文艺批评史 [M] // 李长之文集：第三卷. 石家庄：河北教育出版社，2006：23.

博的人坚持不渝的共同努力发展起来"①。文艺评论家的眼界视野和知识总量特别重要。评论家除了掌握专业知识和理论准备，还要有人文素养、哲学思维和历史常识。"功夫在诗外。"②文艺评论家除了有专业素养和专业能力之外，还应该具有开阔的视野和广博的生活知识，这些都有利于眼界和胸襟的养成。"博采众长，惟精惟一，允执厥中"③，有识才有见，这个见是见解。批评是一己之见，或者是偏见，但这个包括偏见在内的一己之见，饱含发现和创造，应该是富有洞见，甚至是伟大之见。艺术家的创造是在不完美的作品中有开创性的因素，批评家的创造则是在偏见中有洞见之明。洞见就是避免流于表面，不做泛泛之谈或者人云亦云，具有穿透表象的真知灼见。

文艺评论家从事批评实践活动，都应该树立一个终极目标，即有效和精准。怎样才能做到有效和精准？有的放矢，逻辑有力，持论公允。逻辑源于维度，持论是维度射出来的箭。批评持什么样的维度，就会射出什么样的箭。维度从哪儿来？学养、价值观和美学趣味。学养是重要前提，也是获得学识的重要来源。这个来源，通过学习可以拥有。

5. 力

文艺评论是感性和理性、研究和创造的统一。对文艺评论家来说，力是指开展文艺评论所必须具备的能力，包括感受力、理解力、想象力、辨析力、判断力和表述力、写作力，等等。文艺评论家把种种能力结合在一起，在充分熟悉评论对象的前提下，面对评论对象，能够立足历史和当下两个坐标，做出精准判断和生动阐释。这种种能力也被统称为文艺评论能力。

文艺评论是一种特殊的精神活动，其实践性相对较强。这就要求文艺评论家要具备各种能力，并使之成为开展文艺评论的利器。不断掌握和打磨评论利器，开展文艺评论时才能有效精准，及时发挥作用。评论利器的打磨和

---

① 约翰·克罗·兰塞姆.批评公司［M］//戴维·洛奇.二十世纪文学评论.葛林，等译.上海：上海译文出版社，1987：387.
② 陆游.剑南诗稿：卷七十八［M］.钱仲联，校注.上海：上海古籍出版社，1985：4263.
③ 尚书［M］.王世舜，王翠叶，译注.北京：中华书局，2012：361.

评论能力的养成，都不是一朝一夕、一蹴而就的事，需要文艺评论家有与时俱进、坚持学习、长期磨砺的准备。

新时代来临，新生事物不断出现，文艺创作也在创新发展。文艺评论家的武器装备强大，才能站得高、看得清，做出坚定、有力、有效的判断。

文艺评论是文艺事业的重要组成部分，广大文艺评论家始终是推动我国当代文化文艺事业繁荣发展的重要力量。从文化文艺主管部门到行业协会，从高等院校到大众传媒，涌现了一批有理想、有信仰、有创造力和影响力的文艺评论家。他们根植于深厚的中国文化传统，坚持以马克思主义文艺理论为指导，善于继承，勇于创新，努力构建具有现代性、系统性、科学性的中国特色文艺评论话语体系。

在新的历史起点上继续推动文化繁荣、建设文化强国、建设中华民族现代文明，是我们在新时代的新的文化使命。为了圆满完成新的文化使命，要加大对文艺评论家的关注、培养和支持，引导他们树立文化自觉和美学自信，努力营造风清气正的文艺评论生态环境，培育和锻造一支政治可靠、人品可敬、业务过硬、更加强大的文艺评论家队伍。

文艺评论

下编 文艺评论分论

第十章

文学评论

本章主要论述有关语言艺术的评论即文学评论，包括论述文学评论的内涵与特征、文学评论的类型以及与之相关的经典案例。论述文学评论问题，必然涉及小说、诗歌、散文、报告文学和剧本等体裁的评论。本章将重点介绍该艺术门类经典评论范例及其撰写经验。

一、文学评论的对象与特征

文学评论是文学活动中文学作品实现其情感感染、意义传播和社会影响的重要方面。它不仅强化读者对文学作品的深刻理解，也对特定社会中文学活动的走向起到评判、分析和引领的作用。

1. 何谓文学评论

文学评论是对文学作品的思想价值、艺术特点、美学成就和社会意义的分析、阐释和评判。文学评论建立在对具体作品阅读和感受的基础上，但是，又不能拘泥于个人感受，而必须借助于一定的理论资源，对作品修辞、形象和内涵进行解析、阐述和概括。与此同时，文学评论还对文学作品的成败得失和美学效果做出评价，有时会提出修正的意见或建议。

首先，文学评论是评论者与文学作品的对话，是对文学作品的意义和内涵进行阐释和发现。在一般性的文学阅读活动中，读者对作品的阅读往往以情感激发、思想交流和审美沟通为旨趣，重在个人兴感神会；文学评论却要最终形成相对准确的把握，有助于读者了解作者创作的观念、作品所取得的成绩和存在的问题。

　　文学评论的阅读行动，是一种与作品进行"对话"的行动，阅读者仿佛不断地对作者或作品进行提问：为什么选择这个故事进行写作？为什么这个意象总是反复出现？开头为何总是模仿一个故事中人物的视角？主人公的命运为何如此转折？为何要在结尾安排自杀结局？是什么原因让作者总是喜欢用冰冷的语言来写热切的感情？为何这部作品中的"后母形象"这样脆弱？为何总喜欢用虚构的空间来反映报告文学中人物的心理？……通过这些追问，评论者不仅仅对文学作品的情节或情感进行把握，还对为什么设置这样的情节或情感进行分析，最终形成对作品艺术价值和思想内涵的评价。

　　同时，与文学阅读不同，文学评论的阅读更注重对作品隐含意义的发掘。文学评论不是读完了事，也不是简单地总结自己的阅读经验，而是通过解析作品的语言、形象、组织方式和复杂意蕴，形成对文学作品的深度认知，甚至获得作者创作时未必想到的意义或内涵。与此同时，评论者甚至会"违背"普通阅读的经验，超越个人思想，形成对文学作品震撼性的理解和评析。

　　其次，文学评论是在特定语境中的社会行为，是引导读者充分理解文学作品内涵的重要途径。

　　相对而言，一般性的文学阅读往往依靠个人的阅读经验实现，同时，也往往止于个人的阅读，被可以称为"向内的阅读"；文学评论则肩负特定的历史诉求和美学任务，它是评论者借助于文学作品的阅读，面向读者进行思想沟通和交往的重要方式。简言之，文学评论对于作品的阅读，旨在概括和总结其核心思想、情感与艺术特色，形成对于作品相对稳定和完整的理解，并借助于对作品的评价和解读，将这种理解传达给读者。向读者"传递评价"，令其"形成观点"，这正是文学评论的宗旨。

　　由是观之，文学评论不是"向内的阅读"，而是"向外的阅读"，它要求评论者结合特定的历史要求，针对现实的文化政治与审美意识的诉求对文学作品进行理论评析和价值定位，撰述成文以引导读者。

最后，文学评论不仅是文学作者思想或作品意义的传声筒，还是文本意义和审美效果的挖掘、解析和批评，形成文学创作活动的重要指导。

文学创作立足自身经验，直面现实问题，写出作者的所感所想，与此同时，这种写作活动会将消除文本的矛盾，将文学作品组织成为统一体。① 这就要求文学评论活动对文学作品进行辨别、分析、考核、评定、评判，也就是"批评"。作为文学评论活动的"批评"，更接近于德文之"批评/批判"之意，包含了判断、分析的意思，极端的条件下才会指攻击性的活动。② 而其基本的要求则是对感性的摆脱（反思常识）、对理性的延伸（区分不同行为理性）和对理论思辨的依赖（强调阐释）。在这里，文学评论的批评性任务，"不是阐释作品和读者之间的关系，而是借助于文本的结构、系统、内在形式和内部关系的推演来解析作品"③。换句话说，文学评论不仅仅可以阐述作品没有说出来的内涵，还通过对作品内在意义的重新理解、分析和组织，构造对作品主旨、经验情感和思想的"创生"。恰如王国维从《红楼梦》中读出叔本华式的"由于剧中之人物之位置及关系而不得不然者"④，这既是对这一经典小说内涵的认可，更是对其特殊的美学意义的挖掘和再造。

2. 文学与文学评论的特点

与其他艺术门类相比照，文学的形态特点在于其以富有文采的语言进行文化修辞表意。"语言"是文学区别于其他门类艺术的根本，而文学语言又不是普通语言，而是具有特定风格文采（style）的语言，是文学运用语言的一种特殊方式，甚至陌生化方式，并以此来塑造文学形象，形成感染力。在此基础上，文学具有"话术"（discourse）的特性，显示特定的文化修辞性和意

---

① Foucault. What is An Author [M]// Paul Rabinow. The Foucault Reader. New York: Pantheon Books, 1984: 111.
② 埃米尔·瓦尔特-布什.法兰克福学派史［M］.郭力，译.北京：社会科学文献出版社，2014：3.
③ Foucault. What is An Author [M]// Paul Rabinow. The Foucault Reader. New York: Pantheon Books, 1984: 101.
④ 郭绍虞，罗根泽，舒芜，等.中国近代文论选：下册［M］.北京：人民文学出版社，1959：766.

识形态性等社会内涵。这就要求文学评论通过文学阅读和鉴赏,领略文学形象的魅力,呈现文学作品的独特美学韵味,并以批评的眼光进行"文学话术解析",凸显其情感韵调、思想内涵和意识形态倾向等。

在这里,文学借助于书写工具,通过语言文字的使用实现其艺术传达的功能,这是文学与雕塑、绘画、影视等其他各类艺术根本性的不同。高尔基说:"文学就是用语言来创造形象、典型和性格,用语言来反映现实事件、自然景象和思维过程。文学是由什么要素构成的呢?文学的第一个要素是语言,语言是文学的主要工具,它和各种事实、生活现象一起,构成了文学的材料。"① 这种语言材料,令文学意义的表达,无法在其他艺术材料中实现。苏轼的词《少年游·润州作代人寄远》说:"去年相送,余杭门外,飞雪似杨花。今年春尽,杨花似雪,犹不见还家。"诗中的描绘看似画面生动清晰,但是,若要用绘画或影视方式来传达,就会使人意识到"飞雪""杨花""相送"都可以成像,但是,关键性的"似"字所蕴含的那种恍惚与惆怅却难以呈现于目前。这是文学文字之妙,也是其他艺术难以表达之功。

但是,文学的语言不是一般性的语言,而是以特定风格、文采和惯例来塑造文学形象,实现形象的感染力。刘勰说:"若气无奇类,文乏异采,碌碌丽辞,则昏睡耳目。"② 文学语言的目的在于创造艺术形象并表达意义,而所谓文学语言的文采,并非单纯指丽辞佳句或妙语奇言,而是在创造艺术形象的过程中所呈现出来的审美表现力和审美韵律。苏东坡的《有美堂暴雨》中有:"游人脚底一声雷,满座顽云拨不开。天外黑风吹海立,浙东飞雨过江来。"夏日暴雨的雷声很低,如同在人们的脚底下炸开!浓浓的云压得也很低,仿佛就在鼻子尖儿旁边,用手拨也拨不散。风吹着暴雨,仿佛是大海站立了起来!在这里,"黑风""飞雨"等词可谓"异采","脚底一声雷""风吹海立"等句,可谓"奇语异采",贴切地令人想象并感受到夏日暴雨将至时人们惊慌失措的样子、暴雨中天昏地暗的景观。

而为了达到特定的感染目的,文学活动总是调用各种语言手段、结构方

---

① 高尔基.论文学[M].孟昌,译.北京:人民文学出版社,1983:332-335.
② 刘勰.文心雕龙:丽辞三十五[M].北京:中华书局,2012.

式、叙事或抒情形式等。一方面，文学形成自身独特的语言修辞，能够"创生"出语词本身没有的意蕴。马致远词中的"断肠人在天涯"，并非是"断了肠子的人正在外地"。同理，鲁迅的《野草·秋夜》的"啰唆开头"："在我的后园，可以看见墙外有两株树，一株是枣树，还有一株也是枣树。"为什么不说"有两棵枣树"而是分别说"一株是枣树，还有一株也是枣树"？因为文中的"枣树"别有内涵：它们"默默地铁似的直刺着奇怪而高的天空"，令"月亮窘得发白"。这是一种不妥协精神的象征，显示着坚定挺拔的意志。正是为了表达这样的感染力，作者才采用这种独特的排列句修辞，以简洁而酣畅的气势，铸造出一种昂然而立的姿态。同语反复，语气却逐渐加强。文章开头选择这样的句式，达到了一种极强的感染效果。倘若改用"两棵都是枣树"，这种气势就大打折扣。

另一方面，文学的表意，是作家"别有用心"的用法，更是特定历史时期精神气度、权力机制或社会意识暗中制约或潜在浸染的话术。《鲁滨孙漂流记》中所描述的"一个流落在孤岛上的人凭借冒险的勇气和开拓的精神创造出财富神话"，这种想象模式和塑造这种故事时在修辞层面上流露出来的乐观和信念，恰是资本主义上升时期，"双元革命"以来欧洲富有创造力和竞争性的"世界精神"之文化修辞。反之，在康拉德的《诺斯特罗莫》小说中，普拉西多海湾迪库德和诺斯特罗莫在缓缓下沉的驳船上，孤零零地被隔绝在一片黑暗里，伊格尔顿在此发现了工业社会时期那种雄心壮志的衰落："康拉德世界观中的悲观主义，是他那个时期流行的意识形态上的悲观主义在艺术上的独特转化，即感到历史徒然地循环，个人冥顽而孤独，人类价值相对而荒谬，这标志着与康拉德本人密切的相关的西方资产阶级意识形态中的严重危机。"[1]"沉船"场景的沉重过于沉重，乃成为帝国主义没落的话术，恰如张爱玲的《十八春》（1951）之爱情沉重，同样是变换时期被历史摒弃的幻灭感之症候一样。

事实上，文学作为一种具有特定语言特性的历史表意之话术，形成了文

---

[1] 伊格尔顿.马克思主义与文学批评［M］.文宝，译.北京：人民文学出版社，1980：11.

学语言的多义、形象内涵的多异等特点，这必然要求文学评论遵循其规律，实现自身的使命。

首先，文学评论应贴近文学作品的语言特性，融思想评价于艺术鉴赏之中。文学语言之传神蕴藉、情采飞扬，在此基础上表意传情；文学评论以文学语言的艺术内涵和意义构建为基础，对于文学作品的美学价值、艺术成绩和思想倾向进行认知、把握与评价。因此，文学评论要具有审美评价的视野，能入乎作品之中，鉴别作品语言水平和特性，考量文学作品的美学价值。

其次，文学评论更强调于文学情境中的思考、解析和研判，而不是单纯强调理论上的贡献或者学术上的创新。简言之，文学评论建立在与文学作品的切磋、琢磨、解读和评判的基础上，能言于作品之上，而不是单纯思考一部作品对理论发现的启示或对文学学科发展的价值。"评论"是一种"情境"中的话语，即能够沉浸于文学作品的语言表意、情感抒发或故事设置之中，对作品有理解、感受和沟通，才能进一步评析、解读和反思。

最后，文学评论突出文学故事或情感发生的历史根源、社会价值和现实意义的发掘，是一种价值批评。文学评论突出批评意识，在鉴赏性、对话性的基础上，体现批评的思想锐利和价值诉求。文学评论也就不仅仅是意见或评价（comments），也不能停留在回顾或反思（review），还应该出乎作品之外，构建阐释性的批评（criticism），从而体现特定美学观念、社会价值和历史意义的引领功能。"文学理论一直与政治信念和意识形态价值紧密相连"[①]，文学评论同样是在特定政治观念和社会意识的知识谱系中的话语活动，通过对文学作品的评价，充分表达思想倾向和观念立场，也或明或暗地包含了对特定价值取向的选择或摒弃。

总之，文学评论是给予文学作品之特性的鉴赏、对话和批评，是突出美学价值、思想引导和艺术评判的文学活动。

[①] Terry Eagleton. Literary Theory: An Introduction [M]. Oxford: Basil Blackwell Publisher Limited, 1983: 194.

二、文学评论的类型

文学评论的类型是多样的。从文体风格角度，可以分为学理型、品赏型、点评型等；从写作旨趣角度，可以分为批评型、对话型、评估型和鉴赏型……不一而足。如果强调文学评论与文学文体之间的关系，则可以依照小说、诗歌、散文和报告文学等文学类型来划定评论文体。

1. 小说评论及其特点

小说是叙事的艺术，围绕人物命运展开故事讲述，表达对世界的情感评价，形成一定的历史认知。在各种文学文体中，小说可谓意义最丰富、手法最灵活、思想最繁多、情感最复杂的文体。对于小说的评论成为文学评论中的重要方面。一般来说，小说评论需要关注作品的思想主题、人物形象、叙事方式与价值范式等问题，这就要求小说评论要关注小说文体的特色，充分把握小说作品的叙事特色、故事设置、人物内涵、生活环境和社会内蕴等方面，在此基础上形成了自身的理论品格。

首先，小说是叙事的艺术，小说评论要能够在概括、辨析和阐释叙事技巧的基础上，形成对小说艺术特色的把握。

小说以叙事构造其世界，小说评论注重发现叙事频率、叙事节奏、叙事技法、叙事话语、叙事动作、时间空间的特性，以此为根基来理解人物形象、情感倾向和意义内涵。马克思恩格斯在《神圣家族》中对欧仁·苏的小说《巴黎的秘密》叙事效果进行辩证批评，挖掘鲁道夫公爵的历史内涵，从一个看似温情脉脉的中产阶级人物身上，看到了隐藏在"越是真诚就越是虚伪"的资本主义道德的实质——阐释小说文本隐含的意蕴。金圣叹发现《水浒传》之"武松打虎"之所以被人信以为真，叙事者以"平常人之心写不寻常之事"，同时"雪上加霜"，让读者对"打虎"一事信以为真——不可能变为可能。石昌渝评论《三国演义》写诸葛亮"小胜"用笔繁密而"大败"则一笔带过，从而塑造了这一运筹帷幄决胜千里的形象特色——常败将军成了常胜将军。

事实上，小说讲究叙事技巧，并在此基础上调动各种修辞方式，形成小说作品震撼力。尤其是长篇小说，不仅人物众多、情节曲折，而且能融汇诗歌、散文、新闻、戏曲、电影、议论、书信等多种语体文体形式进行艺术表达。对于小说的评论，不能仅仅停留在小说故事情感的感知与思想主题的总结层面，也不能仅仅满足于诸如"笙箫夹鼓""颊上添毫""草蛇灰线"等小说叙事技巧的把握，还要借用不同的文学批评理论，对小说艺术进行理论分析和评价。只有这样，评论家才能真正领会小说的曲折幽微，解析作家思考所不能至。《林海雪原》《烈火金刚》《吕梁英雄传》等为代表的红色经典作品，以民间评书式的叙事话语和叙事声音讲述革命英雄事件，传奇叙事潜在地构造这些作品的阅读趣味，无形中把"革命英雄"与传统侠义英雄进行了嫁接。

其次，小说评论要从故事类型方面，把握小说的题材类型、创作背景、写作手法等，贴近小说文体规范与创作意识进行阐释和评价。

从内容角度，小说可以分为现实、历史、玄幻等；从题材角度，小说故事包括不同领域的生活，工业、军事、历史、武侠……不同故事类型具有不同的文学特征和规范，小说评论须立足小说故事模式展开。仅以武侠小说为例，武侠小说的故事把侠义柔情的人格锻造与武功技能的提升圆满联系在一起，围绕主人公的行动，集合游历、公案、战争、言情等故事类型，想象性地创造出鲜活的江湖世界和江湖人物，形成了武侠小说写作的故事类型传统。这就要求武侠小说评论立足"武侠故事"的类型特征展开研究和分析。"武侠小说人物不宜过早死亡""主角光环须鲜明""故事娱乐性与现实针对性矛盾"等命题，皆由武侠故事特性来决定。

结构主义以来，叙事学致力于故事的语法、结构类型和角色模式的研究，从而揭示故事设置的复杂内涵。格雷马斯将故事阐释为"主角以行动获得对象"，从而划分出"主角""对象""指使者""承受者""助手""对头"六种角色模式，实现了故事的叙事研究与内容研究的有效区分。《射雕英雄传》中，郭靖（主角）想要成为"侠之大者"（对象），其指使者乃是复仇与自我成长的内心欲望；其助手除了师傅洪七公等，也有逼其练功的敌人欧阳锋；

而对头也包含了爱他的黄蓉等；郭靖以牺牲成就了自我，获得了对象，从而成为"承受者"。以格雷马斯的六种角色模式来解析这部小说，我们可以看到经典武侠小说故事乃是一种"成长型小说"，郭靖将"自我"转换为"大我"的历程，恰是中国传统圣王故事的延续——这与《人生》(1982)截然不同：高加林（主角）没有成为"城里人"（对象），最终转而认同乡村文明，这就悄然转换了小说的"指使者"：引发高加林行动的"现代性欲望"消解，而"回归稳定秩序"的"乡土生活愿望"成为新的指使者（尽管小说已经结束）。显然，立足故事内在语法结构的解析，小说评论才能发现小说文本幽深的历史蕴含。

再次，小说评论还应该聚焦小说中人物形象的性格塑造和社会内涵的评价与解析。

人物是小说的灵魂。小说中人物的情感、行为、对话、独白、思想倾向和性格特征等方面的阐释，是文学评论的核心工作。对于人物的研究，要抓住人物的前身后事，明确人物的身份、地位，确定其行为特征，解析其行动内涵。《红楼梦》中"宝钗探病"一节，看似薛宝钗"拿着一碗药走进来"，与袭人、宝玉寒暄，但是，却在不经意处流露对宝玉的暧昧情感，一句："别说老太太、太太看着心疼，就是我们看着心里也疼"，以"无心失语讲别有用心"。薛宝钗想嫁到贾家，但是贾家世袭贵族，对于没有贵族传承、只有钱财的薛家不放在眼中，贾母也暗示了自己反对的态度，而宝黛之间不仅暗通款曲，且两家门户相当。薛宝钗上下不得支持，走投无路，只好不顾大家闺秀的矜持，才贸然向宝玉坦露心迹。这一节探病，说的都是家常话，却是薛宝钗孕育良久采取的行动。了解了宝钗的前身后事，也就自然明确了其"无情而有理"的处事风格和内心情志。

人物评论不仅仅要从人物传记的角度入手，还要从人物形象的社会价值层面着手，反思作家人物形象塑造的思想观念和意图，形成小说评论的价值论内涵。恩格斯在那封著名的给哈克奈斯的信中对小说《城市姑娘》所做的评论，认可了作者对"无产阶级姑娘被资产阶级男人所勾引"而体现出来的"冒犯"体面人物的"勇气"——贫穷的女孩耐丽与富裕的格朗特之间的悲剧，一方面，在恩格斯看来显然是具有现实主义意义的悲剧：作者使用现实主义对于生活进行"反映"的朴素方式，将这个老掉牙的故事转换成了新故事。另一方面，恩格斯又批评了小说的思想倾向："为了替您辩解，我必须承认，在文明世界里，任何地方的工人群众都不像伦敦东头的工人群众那样不积极地反抗，那样消极地屈服于命运，那样迟钝。而且我怎么能知道：您是否有非常充分的理由这一次先描写工人阶级生活的消极面，而在另一本书中再描写积极面呢？"[①]恩格斯抓住小说人物的阶级性格问题，完成了对《城市姑娘》这部小说的价值评判。

最后，小说评论的重点，乃是通过叙事、故事、人物等方面的研究，完成对小说作品社会历史内涵和现实价值意义的挖掘评判。

小说总是描写丰富多彩的大千世界，小说评论也就要分析和解读作家如何看待历史、社会和现实，阐述和分析其思想内涵和历史意蕴，从而呈现文学社会论特色。重视对作品思想内涵和意义的开掘，偏重对作品的主题设置的分析、潜在意义的挖掘、故事材料的考据与情感发生的溯源，这是小说评论挖掘作品社会历史蕴含的关键。汪曾祺的小说《受戒》（1980）写"小和尚谈恋爱的故事"（汪曾祺语），当小英子和小明子订下了他们"在一起"的契约的时候，却突然"煞尾"；"受戒"这一社会性契约的约束性，被定格在"青浮萍，紫浮萍，长脚蚊子，水蜘蛛"的芦花荡子中，仿佛失去了力量——作者在这里体现出的深情，呈现了对现代社会的潜在抵抗和焦虑。在这里，"煞尾"不仅仅体现为一种传统诗歌"意境"特色，更是作者表达现代性忧虑的时刻。

小说评论的写作无论从何种角度入手，都要深刻思考和挖掘小说作品社会历史内蕴，形成对小说作品思想内涵的阐释和评价，才能真正完成评论的使命和任务。相对其他文学类型来说，小说艺术的思想倾向性更明确，所表达和所流露出来的观念和意识更复杂多样。同时，因为小说总是比较全面地反映历史和社会生活的状况，所以，对于小说思想倾向和观念意识的评价就

[①] 恩格斯. 致玛格丽特·哈克奈斯[M]//马克思恩格斯列宁斯大林论文艺. 北京：作家出版社，2010：140.

格外重要。就此而言，小说评论是一种围绕小说展开的思想讨论，在进行艺术评价和美学解析的基础上，完成的明辨是非、鉴别真假、判断优劣和明晰理念的活动。马克思恩格斯的批评实践充分显示了这一倾向和特色，他们的文学评论往往抓住作品的社会政治倾向，解析作品内部历史思想状况，从而凸显了其小说评论的现实批判性。如恩格斯的《致敏娜·考茨基》提出"社会主义倾向的作品"的基本特征："如果一部具有社会主义倾向的小说，通过对现实关系的真实描写，来打破关于这些关系的流行的传统幻想，动摇资产阶级世界的乐观主义，不可避免地引起对于现存事物的永世长存的怀疑，那么，即使作者没有直接提出任何解决办法，甚至作者有时并没有明确地表明自己的立场，但我认为这部小说也完全完成了自己的使命。"[1] 在这里，暴露剥削和贫困的真相，揭示社会必然发展的内在历史动力，强调艺术性和思想性的统一，成为马克思主义文学批评的可贵品格，也是小说评论通过社会性批评的形式，对作品思想内涵和历史内蕴进行解析评价的一种方式。

相对而言，小说评论不仅仅是对小说作品本身的解读，更是结合小说创作和传播的社会历史语境进行思想沟通与价值评价。王国维依托虚无哲学，将《红楼梦》阐释为"大悲剧"；胡适则鼓吹个体理性和主体情感，从而标举《红楼梦》的自传体性质；1949 年后，各家又多以"四大家族史"评价此书；20 世纪七八十年代，高尔泰出于构建主体性的诉求，强调《红楼梦》对于朴素的人格独立、个体自由的意义。显然，小说评论刻印鲜明的历史现实印记，是不同时期评论家、不同社会主张和价值理想的表达。

2. 诗歌评论及其特点

诗歌是情感的艺术，具有语言的凝练性、结构方式的跳跃性、表达方式的婉转性和声音节奏的韵律性等特点。一首诗的魅力，往往来自其潜在韵味，或者所激发起来的丰富联想。所以，诗歌评论就要围绕修辞解析、形象阐释和意蕴阐发展开，由此形成自身特点。

---

[1] 中共中央马克思恩格斯列宁斯大林著作编译局.马克思恩格斯文集：第十卷[M].北京：人民出版社，2009：545.

第一，诗歌评论是建立在对诗歌语言细读和感悟的基础上的，是对作品语言语象进行体贴入微的解析，形成的兴感神会。诗歌语言是文学语言中极为独特的美学形式。它不仅凝练、传神，且含义丰富、意蕴深远。诗歌评论要对作品"有感觉"，最忌"穿凿附会"，也就是最忌讳偏执性理解诗歌语言的特色。温庭筠的"小山重叠金明灭，鬓云欲度香腮雪"一句中的"鬓云"，"不要说像乌云一样的鬓发，因为那是比较理性的普通的说话，而要说头发的乌云，这头发就变成乌云了"。[①]

值得注意的是，诗歌语言常常是"不通"的，通过违背语法常理激活丰富的情感体验。诗歌评的"不可理喻"，完成诗歌阐释的第一步。唐代诗人孟浩然的《宿建德江》："移舟泊烟渚，日暮客愁新。野旷天低树，江清月近人。""低"和"近"，在日常语言中用如形容词，是静态的；在诗中，它们却用如动词，所描绘的景观成了动态的：天似乎在慢慢压低树，月又好像在渐渐靠近人。这种语词的使用就突出了"野旷"和"江清"的景象，仿佛四野在逐渐拉远而江水却越来越清。在这里，天能低树、月能近人，语言的处理造就了读者对这个场景的新鲜感受，如同这样的田野月色第一次出现在大自然中一般。"描写一件事则好像它是第一次发生，"[②]这正是文学语言陌生化特征一种体现。诸如"江湖夜雨悬"中的"悬"字、"碧梧栖老凤凰枝"中的倒装语序等，尽皆如是。

第二，诗歌评论要"破解"诗歌意象塑造的密码。诗人塑造意象是诗歌表意抒情的"手段"，是诗人独创的情感密码。对于意象内涵的破解，需要了解其典故背景、语境韵味和表意倾向等。顾城的诗《一代人》："黑夜给了我黑色的眼睛／我却用它去寻找光明。"这里的"黑"的意味含蓄微妙："黑夜"的"黑"，指向漆黑、昏黑，是"光明"的对立面；"黑色的眼睛"中的"黑"，则是一种亮晶晶的黑，指向的是对光明的期待和召唤。诗歌利用一个"黑"字的不同韵味，含蓄而又巧妙地突出作为主体的"人"的特殊性：这是一种向往光明的动物，他不属于黑暗，永远走向光明，这首诗于是就充满了

---

① 叶嘉莹.唐宋词十七讲[M].石家庄：河北教育出版社，1997：18.
② 维·什克洛夫斯基.散文理论[M].刘宗次，译.南昌：百花洲文艺出版社，1994：11.

一种坚实的信念感。简单的"黑"字，隐藏不简单的内蕴，激发读者由诗歌的表层含义走向诗歌的深层意蕴。可见，一字多义，一词多用，一语多向，一言多感，最终达到的是一种意味无限的境界。

同时，诗歌意象是诗人独创的，又往往带着被反复使用的历史韵味被诗人使用。美国学者麦克列林（Thomas McLaughlin）抓住英国诗人布莱克的《羔羊》一诗"羔羊"意象的历史韵味进行解读。"小羔羊，谁创造了你？/你知道吗，谁创造了你？……小羔羊，我来告诉你/小羔羊，我来告诉你/他的名字跟你一样/他管自己叫羔羊/他又温柔，又和蔼/他变成一个小孩/我是小孩，你是羔羊/咱们的名字跟他一样/小羔羊，上帝保佑你！/小羔羊，上帝保佑你！"[1] 按照麦克列林的分析，这首诗的语言表面看起来是那样的简单纯朴，是所谓的"天真之歌"（songs of innocence）"，小孩儿、羔羊的文学形象相互勾连在一起，生成一种"天真无邪"的意义。但是，"最令人惊异的例子是 bless（血）。'保佑'即是以洒血的宗教仪式清洗某物。现在当我们使用'保佑'时，大多数人并不了解这一意义层面，但事实却不可抹煞：这是一种修辞手段，其中 blood 一词的某些意义被转移到了施洗的行为之中。这与诗非常吻合，因为羔羊基督之间的主要联系之一是，二者都是血祭的祭品。"[2] 由此，这首诗变得具有了一种说不出来的危险和惊悚的意味，孩子充满热情和向往地向羔羊赞美的东西——上帝，正是以他们的血来祭祀的对象。

第三，诗歌评论需要对作品进行高度理论概括与分析，能够透过诗歌修辞把握其幽深的思想情志。相对于小说、散文、非虚构文学而言，诗歌的情感书写和意义表达更隐秘曲折，不仅隐喻、象征、对比等诸多修辞手法令其具有强烈的暗示性，而且，其构思、叙事和意象的使用，均以"隐"为趣[3]，这些注定了诗歌是一种"转义"话语，其内涵的构建需要评论家进行细读深思，借助于特定理论进行概括重构。恰如王国维论诗词之境界，内有王夫之

---

[1] 布莱克. 布莱克诗选 [M]. 袁可嘉，译. 北京：人民文学出版社，1957：42-43.
[2] 麦克列林. 修辞语言 [M]//Frank Centricchia, Thomas McLaughlin. 文学批评术语. 张京媛，等译. 香港：牛津大学出版社，1994：115.
[3] 朱光潜. 诗论 [M]. 上海：上海古籍出版社，2005：26，33.

情景说的影子,外有叔本华之虚无境界的轮廓。"'泪眼问花花不语,乱红飞过秋千去','可堪孤馆闭春寒,杜鹃声里斜阳暮',有我之境也。'采菊东篱下,悠然见南山','寒波澹澹起,白鸟悠悠下',无我之境也。有我之境,以我观物,故物我皆著我之色彩。无我之境,以物观物,故不知何者为我,何者为物。"① 在这里,所谓"有我、无我之境"的思想,也就是主观诗和客观诗,乃从心学、佛学与生命哲学中阐发和拓展。

同理,南宋词人吴文英的词:"何处合成愁?离人心上秋。纵芭蕉、不雨也飕飕。都道晚凉天气好,有明月,怕登楼。(多)年事,梦中休……"② 这首词开篇"何处合成愁?离人心上秋",将汉字的形体与诗歌描写的景致结合在一起,构成一种奇特生动的"滑稽之隽"③。俞陛云这样评论道:"首二句以'心上秋'合成'愁'字,犹古乐府之'山上复有山',合成征人之'出'字。金章宗之'二人土上坐',皆藉字以传情,妙语也。"④ 在这里,诗人以"谜语"写"情语","心上秋"舒展心事,情景相互转化,形成诗歌的意象生动。

第四,诗歌的韵律性,尤其是汉语诗歌的节奏音韵,是诗歌评论不能忽视的重要层面。汉字方块字,相应形成了对偶对仗等韵律。古代人写诗讲究"律",而所谓"律",指的是"形式排偶与声调和谐的法则,也就是指整齐化和音乐化的规格"。⑤ 也就是说,古人正是利用了汉语本身声调变化和声韵起伏的美来进行诗歌写作的。显然,汉语的音韵成为汉语写作的重要审美资源:"声音美是语言美的很重要的因素。一个有文学修养的人,对文字训练有素的人,是会直接从字上'看'出它的声音的。中国语言因为有'调',即'四声',所以特别富于音乐性。"⑥

---

① 王国维. 人间词话 [M]. 上海:上海古籍出版社,2000:1.
② 吴文英《唐多令·惜别》"(多)年事,梦中休"一句,《全宋词》作"年事梦中休"。
③ 王士禛. 花草蒙拾 [M] // 王士禛:诗文集. 济南:齐鲁书社,2007.
④ 俞陛云. 唐五代两宋词选释 [M]. 上海:上海古籍出版社,1985.
⑤ 启功. 汉语现象论丛 [M]. 北京:中华书局,1997:169.
⑥ 汪曾祺. "揉面":谈语言 [M] // 汪曾祺文集:文论卷. 南京:江苏文艺出版社,1993:10.

事实上，学者很早就意识到，声音是诗歌文体的关键，如诗词的区分，首先是韵律的区分。周邦彦的《解连环》说"怨怀无托。嗟情人断绝，信音辽邈。纵妙手、能解连环，似风散雨收，雾轻云薄"。"嗟情人断绝"和"似风散雨收"虽然都为五言，却不能读作"嗟情－人断绝""似风－散雨收"，只能读成"嗟－情人断绝"和"似－风散雨收"。声音变了，意味也变了：一字带四字，慢起急收，宛如煞尾，成长叹之悲。更有趣的是李商隐的诗句："荷叶生时春恨生，荷叶枯时秋恨成。深知身在情长在，怅望江头江水声。"诗歌中用"en"的韵调，将"生、春、恨、成、深、身、声"勾连，由"生"起，以"声"回，身与情纠缠，有生又有声，形成伤感轮替的宿命循环。以现代声音读，"en"韵尾和"eng"韵尾恰好形成对立：凡是"en"的字，指向的是短促的、即逝的；凡是"eng"的字，指向的是亘古的、悠长的。诗歌评论从这首诗的韵律入手，才能意识到，以短促的人生感叹无尽的情志，正是身短情长的妙义。

第五，诗歌评论要从诗歌中探究义理、明确哲思、感悟妙谛。诗歌评论对于意义的构建，不能仅从语词、构思和形象中完成，更要从诗人创作所处的时代、生命的境遇和当下社会历史的整体意识等角度完成，这也就是孟子所说的"知人论世"的现代含义。诗歌中常常写到月亮，但是，不同的语境中，"月"的含义是完全不同的。黄遵宪的《八月十五日夜太平洋舟中望月作歌》中"举头只见故乡月，月不同时地各别；即今吾家隔海遥相望，彼乍东升此西没"，所言者恰是中西时空意识的不同，隐含了中国人以现代地理空间政治的方式"望月"的独特经验，这与李白之"举杯邀明月"或苏轼之"明月几时有"已经截然不同。诗歌评论只有充分把握了历史语境，才能真正理解和阐释诗歌的深意。

诗歌对于哲理妙思的表达，不是直白的，而是含蓄的；不是浅近的，而是幽深的。诗歌的意蕴，产生自诗歌的"趣"，其本身则构成诗歌的"趣"，诗歌评论要深刻把握"趣理妙谛"。海子的诗歌《面朝大海春暖花开》中，一句"愿你在尘世获得幸福"，呈现决然孤傲的诀别之意，构成这首诗哲理层面。诗歌评论要穿透这首诗的优美典雅，看到其对世俗化世代的内在的绝望意绪。

3. 散文评论及其特点

散文的典型特点是自由灵活。首先是题材多样，不存在所谓"可否入诗"的规则；其次是写法自由，可抒情可叙事可议论，不拘一格；再次是篇章布局灵活，长短不拘，语体自然。这也给散文评论带来了很大影响。相对来说，散文评论不如小说、诗歌评论那样具有一种"解谜"的乐趣；散文相对来说贴近作者的思想，即使不是直抒胸臆，也不像小说、诗歌那样表意复杂或隐喻深沉；散文评论也就相对偏重对话性和评价性，较少阐释性和感悟性。

第一，散文形散意不散，散文评论要抓住作品的思想内涵，准确把握散文的主题倾向和情感指向。散文或叙或议或抒情，但是，散文的写作大多"有感而发""随感而发"，常常是写作者思想意识的或直或曲的表达。所以，对于散文的评论，首先要注重的是思想层面的把握、解析、对话和批评。如鲁迅的散文集《野草》的评论，自1954年卫俊秀出版的《鲁迅〈野草〉探索》始，李何林等众多评论家对其进行了评论分析。虽然观点差异很大，但是，却形成了鲁迅的一种"思想性"评论合唱。从思想矛盾、政治态度到人生哲学，一部散文集的评论，成了鲁迅思想研究的集合点。

第二，散文评论要重视作品文章用笔、语体口吻、情感表达、思想流露等方面的艺术评价。如前面所提到的《野草》的评论，就是既要重构鲁迅思想的历史语境，也要理解作者故意使用"语义不通"的特别用心，从鲁迅文笔用词角度入手，开拓对其思想内涵的思考。散文之妙，集中体现了文学语言修辞的魅力，散文评论也就因此总是绕不开散文文学成绩的评价。

事实上，散文评论往往不追求格式之统一、体例之一致、主题之同步，而往往倚重评价者的个人喜好，或评或议，或喜爱语言方面评头论足，或讨论布局方面的优劣得失。所以，很多作家本身就常常喜欢以散文形式评论散文，形式多样，情态各异。如汪曾祺评论沈从文的散文，从性格为人、家乡风情、小说人物到处世态度，仿佛东拉西扯，又娓娓道来；似研究分析，又像细诉怀念，读来风情万种而又雅思细密。

4. 报告文学评论及其特点

报告文学是集合新闻报道、散文、小说等特点，真实、立体、及时地反映社会生活事件和人物活动的文学类型。新闻性、事件性和述评性成为其文学特点。报告文学评论相对较少，往往侧重事理逻辑的分析和作品社会价值的评价。

报告文学评论要重视报告文学的事件性，依照事理逻辑展开文学评论。报告文学的新闻性和事件性，决定了它面向现实生活中真实发生的事件，围绕真实事物和人物写作。创作者依靠个人的见闻和思考，借助于客观性笔法，观察历史，思考社会问题，在此过程中，经验主义和历史主义的知识巧妙结合，形成带有强烈倾向性的"社会记录"。因此，报告文学评论需要明晰该文类的这一特点，以思辨性为主导，对报告文学作品做出较为准确的评价。所以，报告文学评论是带有明确的批评性、学理性和理论性的评论，评论者不能仅仅被文本的情理打动，更要辨析其情理构建所依据的事理逻辑，解析其作品多重的意义表达。事件报道是否可靠、新闻内涵挖掘是否充分、人物行动逻辑是否合理，等等，乃是报告文学评论的核心议题。

报告文学评论对报告文学"故事"的评论要结合小说评论的特点，但是，更重视故事与事件的辩证统一关系。报告文学作品往往是写作者特定社会价值观念的体现，是借助于"客观描写"实现的"评价行为"。同一个事件，不同的人、不同的时代、不同的社会诉求，所记录的"事实"是不同的。这就要求报告文学评论掌握丰富的历史资料，对报告文学作品的"事实陈述"进行历史反思性的评价。如新闻写作评论所要求的"5W+1H"，即谁（Who）、何时（When）、何地（Where）、何事（What）、为何（Why）、如何（How），就是既要分析非虚构写作的内容主题，还要解读其写作的目的、立场、身份和诉求。这种反思性恰是报告文学评论关键性特点。

报告文学创作的意识形态性特点明显。如近年来中国崛起的报告文学作品，大多选材边缘地区，以弱势群体为形象集合，彰显社会发展中的失衡矛盾，等等。这种写作的政治伦理也要求非虚构文学评论具备良好的政治素养、理论功底和思想倾向，能够对这些作品的写作伦理进行解析、评价，或认同、或反对、或对话碰撞，体现评论的政治导向性。

值得注意的是，报告文学的文学性，也是报告文学评论需要关注的问题。文学性与真实性之间的矛盾关系，报告文学语言的语体类型、情感色彩和意识形态倾向。报告文学评论是对报告文学社会内涵和政治效益的评价，匡正得失，坚持真理，是报告文学评论的题中之义。

三、文学评论写作及示例

大致说来，文学评论可以分为内、外两种批评路径，即重视文学文本本身的评论和重视文学文本社会内涵的评论。感悟式评论突出评论者个人生活经验和美学趣味的表达，强调对文学作品的鉴赏品味。修辞式评论重点在于文学作品修辞感染的分析，强调对经典作品的细读把握。社会学批评以理论阐释和思想批评为核心，倾向于文学作品的外部评论。

1. 茅盾的小说评论

本着现实主义的思想理念，坚持生活真实与历史真实的结合，形成了茅盾小说评论的社会学批评特色。他把"小说"看作现实人生的特定形式，而不是简单的文学类型或美学形式。那种"大规模地描写中国社会现象的企图"[1]，仿佛才是"长篇小说"的政治肌理。茅盾的小说评论，也就紧紧围绕着这种创作理想写就。

茅盾撰写了著名的作家论七论：《鲁迅论》《落华生论》《徐志摩论》《女作家丁玲》《庐隐论》《冰心论》，通过富有感染力的方式，概括不同小说作家的精神气质、写作特性和创作轨迹，从而对他们的作品、大多是小说作品进行了一种知识学式的政治评价和文学阐释。在茅盾的笔下，鲁迅的冷静直面、落华生的怀疑主义、丁玲的浪漫式叛逆、冰心的爱哲学等，都不仅仅是小说

---

[1] 茅盾.子夜：后记[M].北京：北京人民出版社，2000：477.

作品的情感特质，更是特定历史时段小说家对现实问题的探索、挖掘和应对。

在《鲁迅论》中，茅盾从小说作品人物的历史内涵角度，区分了《呐喊》和《彷徨》不同的"作者宇宙观"："《呐喊》是作者在一方面虽然觉得那时'新文化运动'的主张未能'彻底'，但另一方面又认定在反封建这点上应给予赞助……所以《呐喊》主要地表现了那些长期受封建势力压迫与麻醉的人们，在怎样痛苦地而又麻痹地生活着，他们有急怒，而又如何愚昧，他们不明白生活痛苦的来源，他们有偏见，固执，然而他们能哭能笑，敢哭敢笑，而且敢于咒诅……在这样的人们身上，作者看见了革命的力量，然而还没有看见革命的人物……"《彷徨》呢，则是在于作者目击了'新文化运动'的'主将们'的'分化'，一方面毕露了妥协性，又一方面正在'转变'，社会的力量需要有人领导！……主要地表现了那些从黑暗中觉醒，满肚子不平，憎愤，然而脑子里空空洞洞，成日价只以不平与牢骚喂哺自己的灵魂，但同时肩上又负荷着旧时代的重担，偏见，愚昧，固执，虚无思想，冒险主义，短视，卑怯……他们将是革命的工作者和组织者。"

显然，小说评论的写作，关键是评论者以何种政治意识和价值取向来理解作品中的人物及其命运，以及通过高度概括的美学批评与历史批评相结合的方式，对其创作进行定位和评析。

2. 梁宗岱《谈诗》

梁宗岱的诗歌评论颇受法国象征主义影响。《谈诗》分别发表于1934年到1945年间的《人间世》《现代》等杂志，以象征主义美学思想阐述为主，其评论融合了西方形式批评和中国古典诗学的诗言志说及意境说等。

梁宗岱阐述了"纯诗"概念。"纯诗"是法国象征主义的后身，是梁宗岱所推崇的诗的最高境界。"纯诗"是抛除一切外在的意义辅助工具，仅凭借自身的元素（音韵和色彩）便能调动人的感官、引发人的想象的诗，它自身便绝对纯粹、绝对独立、绝对自由。然而，如果只注重形式上的效果便会陷入语言的游戏，梁宗岱并未止步于此，借助对"纯诗"的推崇，阐述了由文字音义到"联想"的审美思路，他把文字的声音看成形式，这声音可以给人带来感官上的触动和联想，联想得越丰富，文字的力量就越深沉，而伟大的诗人不仅注重文字背后的"意义"，连文字的声音所能带来的联想也能驾驭自如。由此形式与内容便合而为一、密不可分。

梁宗岱批判了当时批评界不仔细研读文本，把凡是读不懂的都归为"故弄玄虚"的评论倾向。梁宗岱也彰显了中西诗做比较分析的方法，找出马拉美与姜夔的共同点（为了解释"纯诗"）是注重格律与文字的音乐性，偏爱使用"寒""冷""清""苦"等字眼。同时，梁宗岱的诗歌评论，注重个人经验和阅历的重要性——这体现了中国古典诗学的影响，也是叶嘉莹先生强调的"兴发感动"的力量：不同时期读同一首诗会有不同的感受，经历的丰富使得感悟更透彻了。

3. 李何林的《野草》评论

李何林的鲁迅散文评论带有鲜明的个性色彩和政治立场。究其根本原因，乃是李何林以文学评论的方式与鲁迅的精神世界进行对话、碰撞，相互激发，形成了丰富的意义回响。立足个人的生命经历，抓住真切的生活经验，感悟鲁迅文学写作的文化内蕴，生发更加丰富多姿的思想，这正是小说评论写作的重要方式。评论家并不是小说家的附庸，反而是小说家所不能完全说完的故事的续写者、总结者和阐发者。

在这里，李何林不仅仅知人论世，还以作品树人，通过对鲁迅的各类文学作品，尤其是包括《野草》在内散文评论，确立了鲜明的"鲁迅人格形象"，最终形成了"鲁迅+鲁迅文本"的相互阐释性特色。这在散文评论中格外重要。散文往往更多是作者心灵世界的地图，对于散文的评论，不能过分着重其"想象性"，而更多地看到其"现实性"。李何林在分析鲁迅的《野草》时，就努力以现实主义的批评方法来阐释作品的象征与隐喻的世界。他认为"不能指实天空、枣树、月亮、小青虫，等等比喻象征什么，否则就破坏了散文诗的意境。"[1]

---

[1] 李何林.鲁迅《野草》注解[M].西安：陕西人民出版社，1981：29.

于是，在李何林的笔下，鲁迅的《野草》成为鲁迅抗争性性格的体现，而不是软弱和悲苦的象征。李何林以自己的人生信念与鲁迅的散文作品沟通交融，他一方面认识到《野草》大量存在的黑暗句子，另一方面，却充分理解这是鲁迅以沉重的笔法书写苦闷的勇毅，从而认识到"这一切都是当时鲁迅所感到的精神上的重压，他对这一切在战斗着，不过也像'过客'一样，虽然勇往直前，但是，是摸索前进的，而且颇有劳顿和孤独之感"①。

显然，散文评论要贴近作者的生命经验，阐发作品的思想内涵。李何林的鲁迅散文评论，正是这一写作范式的代表："何林同志的前半生和鲁迅的晚年正相衔接在旧中国的社会熔炉中经受锤炼，应是属于同一文化圈中成长起来的革命知识分子，他本人即和鲁迅支持的'未名社'保持着密切的联系，迈开了作为文化战士的第一步，客观条件使得他和鲁迅存在着许多共同语言，有可能做到灵犀相通，对研究鲁迅生平、文学活动，体察鲁迅精神的精髓似比他人仅从书面材料去把握，占有更直接、更为深刻的有利条件。"②

4. 曹聚仁《报告文学论》

曹聚仁多年从事记者、主编工作，本人就是纪实文学的经典作家。他的这些报告文学评论，重点批评当时报告文学界的采访与创作中存在的诸多弊病，旨在纠正人们对这一文体的错误认知，同时，提出自己对报告文学的理解和认知，并在材料处理、艺术加工等方面给出了自己的指导建议。他在评论文章中，既有对英国记者勃脱兰一篇文本的评述，也有根据自己的战地采访经历分享的经验，同时涉及"真实性"至上、重视"新闻眼"、适当使用艺术手法等新闻写作的原则命题。

第一，曹聚仁有鲜明的文体独立意识，强调报告文学不是一般的文艺，而是"史笔"，"新闻"的真实性至上，不可用"特写"的艺术性取代事件本身。

第二，评论文章具有历史性、整体性的视野，以及主体"远观"客体的

---

① 李何林.鲁迅《野草》注解[M].西安：陕西人民出版社，1981：5-6.
② 张怀瑾.鲁迅精神的传人[M]//李何林纪念文集.北京：文化艺术出版社，1989：80.

认知模式，要求写作者具有"拼凑"芜杂现象背后"真实"的能力。曹聚仁强调记者要拥有"新闻眼"，跳出只关注个人关联性事件的狭隘视野，脱去以自我为中心的世界观，拥有客观性、过程性的整体眼光，把事件放置于一个发展过程的历史背景中看待，方能最大程度接近真实。最接近事件发生现场并不代表最大程度地还原事件，而是常常带有信息误导的迷惑性。

第三，写作者要拥有从假象中打捞真实的辩证思维。曹提出，三个谣言便可构筑一个真实；新闻写作者要能够从事实的变形扭曲的过程，推导出事件的原貌。曹聚仁注意到了语言遮蔽事实的悖论问题，令其评论具有一定的思辨性。

第四，曹聚仁倡导把握报告文学的社会历史性功能，晰清现实和社会矛盾。曹聚仁在评析勃脱兰的文本时，提出了只有把"特写"建立在辅助揭露现实状况的基础上才是成功的，这是比较有深度的理解和阐释。

第五，曹聚仁强调借鉴史家笔法。曹聚仁以《史记》中对廉颇、蔺相如的刻画为例，提出写作者所使用的材料要详略得当，正面侧面描写技巧要运用圆融。这些观点主要针对当时报告文学创作无中心、无轻重的弊病，强调了描写技巧对还原事实的重要性。

第十一章

戏剧评论

　　人们在看完一出戏后，总要对这出戏说点感想，这就是戏剧评论的起源。专业的戏剧评论是以戏剧鉴赏为基础，从评论者具体的艺术感受出发，结合一定的戏剧理论和美学思想，对戏剧作品进行分析、鉴别、评价和研究的认识活动。戏剧评论是戏剧鉴赏的终点，也是戏剧研究的起点。

　　戏剧创作的最终任务是塑造成功的舞台艺术形象，而戏剧评论的最终任务则是以专业视角对戏剧作品进行评判，探讨普通观众可能不易发现的剧目之成败得失，阐释其独特价值，揭示其存在问题。任何一个成功的舞台形象都包含着对人的外在或内在世界的独特发现，而成功的戏剧评论就是要让作品中的这种"独特发现"在观众面前"敞开"，引导观众理解与接受。戏剧评论不能仅满足于为戏剧实践做简单的总结和护法，而应以剧目为载体，着力于对戏剧作品和人物形象做延伸解读和全面深刻的美学分析。

　　戏剧评论涉及评论主体对戏剧作品的看法。它通过舞台艺术形象揭示人性的深层意涵，启发观众对戏剧作品进行深层感悟和认识，甚至可以推进戏剧理论的发展。例如，以今天的眼光看，莱辛当年的批评对象——那些曾在汉堡剧院上演过的众多剧目或许早已为人们所淡忘，但莱辛在《汉堡剧评》上发表的那些片段式的，甚至缺少系统性的零散评论，却成了近现代西方戏剧美学的重要根基，由此确立起的美学原则也成为近现代戏剧人甚至其他艺术领域的从业者所遵从的基本准则。这便是戏剧评论作为知识生产的重要性。

一、戏剧评论的对象与特征

1. 戏剧评论的对象

戏剧评论的对象是戏剧作品及与之相关的一切戏剧艺术活动。

人类艺术如果按照不同的媒介方式划分,大体可分为时间艺术和空间艺术两种。时间艺术受时间限制,要在一定时间范围内展开,受众欣赏的时候往往先从局部和细节开始,当时间截止时才能获得对这一作品的完整印象。时间艺术多为听觉艺术,例如音乐、说唱曲艺和文学等。空间艺术受空间限制,它凝固在一定空间范围内,受众欣赏时往往先看到整体,再品味细节。空间艺术多为视觉艺术,造型艺术中的建筑、雕塑、绘画等皆属于空间艺术。

戏剧艺术是综合艺术,融文学、音乐、美术等艺术形式于一体,综合性是其最大的特点。戏剧的主体是表演艺术,其他艺术形式都服务于演员的表演艺术。表演艺术是时间艺术和空间艺术的结合。一方面,表演艺术的媒介是演员的身体,演员塑造人物形象是通过身体技艺实现的,而身体技艺的实现要依靠空间造型;另一方面,表演是在演"故事",而故事情节的完成则需要时间过程。所以,从表现手段上说,以表演为主体的戏剧是最具综合性的一种门类艺术,它融时间艺术(文学、音乐等)与空间艺术(演员造型、美术等)于一体,既有两种艺术的优长,又受到两种艺术的限制——故事的长度决定了演出的时间,观演关系决定了演出的空间。西方古典主义戏剧对"三一律"(一日、一地、一事)的长期推崇,便是建立在对这一严苛时空规律的认识基础之上。

戏剧艺术既有综合性,也有统一性,两者相辅相成。戏剧艺术的"综合"并不是指各门类艺术在戏剧这个大熔炉中平分秋色,各自独立。"综合"的前提是"统一"。任何一种门类艺术无论其自身多么绚丽多姿,一旦进入戏剧之中,就必然失去其独立的存在价值,都要统摄于表演艺术之下,为演员塑造人物服务。戏剧中的各种艺术形式只有与表演艺术结合在一起,才有其价值和意义，它们在实质上都是表演艺术的延伸和补充。

戏剧"统一性"的最终和唯一目的，就是在舞台上塑造性格丰富的人物，表达深刻独特的主题。要实现这一目的，就需要运用各种手段架构人物关系、设置戏剧情境、编织戏剧矛盾，而要把这些因素组织起来，鲜明地表达创作者对人物和事件的看法，不是靠各艺术形式的简单"混合"。每一种艺术都个性不一，有的擅长抒情，如音乐；有的擅长思想表达，如文学台词；有的近似单纯的技艺展示，例如戏曲中的"把子工""毯子功"等身体技术。即便是同一种艺术形式，其在不同的剧种中也有各自的风格追求。例如同是化装造型艺术，在话剧舞台上多是写实的自然形态，但到了戏曲舞台上则多是写意的符号形态。要把上述种种因素集中统一于"塑造人物"这个目的，难度之大可想而知，没有高超的戏剧创作技巧是很难实现的。考察戏剧艺术的发展历史就会发现，如何把这些艺术手段有机统一在舞台上，正是古今中外的戏剧家们所一直孜孜以求的。甚至可以这样说，戏剧创作的最大问题，就是如何把各种艺术形式有机融合到一个故事中，让它们为故事中的人物形象服务。戏剧中各种艺术形式只有作为塑造人物形象的手段而存在的时候才有价值，离开了人物形象的塑造，它们就失去了独立的意义。

那么，如何让各种艺术形式统一于人物形象塑造这一最终目的？唯一的方法就是努力让这些艺术手段（包括文学、音乐和舞美，以及灯、服、道、效、化各个环节）性格化。当然，让各种艺术手段都有机而完美地统一到人物形象的塑造上来是每一部戏剧作品的理想状态，也是戏剧创作者所要努力达到的目标。要实现这一目标，创作者就必须熟悉戏剧艺术的本体特性，让各类艺术形式在一出戏中各得其所，各尽所能，既要发挥自身的独特功能和长处，又要为完善人物形象服务，不能顾此失彼，主次不分。

虽然戏剧艺术"统一性"的实现难度很大，但并非没有可能，否则古今中外戏剧史上就不会有那么多经典之作了。各种艺术的媒介形式、美学特征虽然不尽相同，但它们都具备一个共同的特征——节奏性。节奏性的统一是戏剧各种艺术形式达成统一的基本前提。我们试以戏曲和歌剧为例说明这个问题。①

　　戏曲和歌剧的共同点是都以歌唱为主，而歌唱艺术以抒情见长。观众在欣赏一段乐曲或一首歌时，即便对创作背景不甚了了或听不懂歌词，但一般也不会妨碍正常的接受，因为观众总能感受到其中或悲或喜、或雄壮或低沉的情绪，音乐自身的旋律赋予了歌唱以抒情的情感特征。但歌唱一旦进入戏剧中，对节奏性的要求往往要超过旋律性，因为只有节奏鲜明的歌唱才能同其他艺术形式统一到一个基调上来，从而更好地刻画人物形象。在这方面，戏曲和歌剧略有区别，歌剧在一定程度上虽然也是综合艺术，但它以歌唱艺术为本体，其他艺术形式都要统一到歌唱演员的声乐表演上来，所以我们在欣赏歌剧时往往会出现这种情况：某些歌唱段落感人至深，但有时听众会忘记这出戏的整体，甚至可以允许这一歌唱段落不必完全兼顾其他方面的节奏，而仅仅把它当作声乐技巧的展示。这也是歌剧演员经常单独演唱经典歌剧中某些咏叹调段落的原因。但戏曲则不同，它作为戏剧艺术的一种，是以展现情境中的人物行动为本体，虽然有时候演员也会单独演唱某出戏的一些华彩段落，但其基本走向还是要通过节奏的强化来统一到人物形象的塑造上来，所以戏里的锣鼓点才显得如此重要。锣鼓点是什么？就是要为演员的演唱划分出节奏层次，要有板有眼，而不能荒腔走板。

　　再如，"水袖"是传统戏曲中的一种服饰造型，是对古人衣着装扮的一种夸张表现。这种服饰造型在自然的生活状态中没有任何意义，只有到了台上，辅之以极富动感的表演节奏，才会凸显其塑造人物的重要作用，从而发展出戏曲舞台上独特的"水袖功"。有论者曾这样描述"水袖"是如何以鲜明的节奏参与表演艺术之中的：戏曲服饰辅助物中的水袖是中国古代服装在衣袖上的延伸，其变化多端宛如游龙飞凤的舞动，是表演手势的扩展和内在情感的外显。水袖取"长袖善舞"之意和"行云流水"之美而创制，戏曲服饰从传统长袖舞和杂技中汲取营养，使延伸美化的水袖脱离生活原型，成为戏曲表演中独具灵性的水袖功。水袖功延长手的动感动态，创造出勾、挑、撑、冲、

---

① 就戏曲和话剧而言，因为前者是诗、乐、舞的结合，综合性更强，对其"统一性"的要求相对比话剧更高。理解了戏曲的统一性，话剧的"统一性"就会迎刃而解。

拔、扬、掸、甩、打、抖等多达数百种动作身段，借以抒发角色不安、悲愤、紧张等思想感情和心理活动。京剧《锁麟囊》中薛湘灵起云手、转身、翻水袖，到两臂伸开、蹲下、亮相的身段，配合眼神和步法技巧，将心急不安而翻遍犄角旮旯的找球过程表现得活灵活现；晋剧《打神告庙》中敫桂英痛诉海神庙的一场独角戏，演员通过肩、臂、肘、腕、指等各个部位的协调配合，使水袖好似手臂的曼延，身姿的翻跹翻转与眼神的回波流转形成融洽而默契的呼应，将敫桂英悲愤交加、痛不欲生的情感表现得淋漓尽致；昆剧《渔家乐·刺梁》中万家春巧妙地运用耍袖技法，通过手腕急骤转动，使水袖分别在胸前和背后耍圆圈，表现在崎岖道路上急速奔逃的情节，刻画了角色紧张急迫的情绪。[1]

音乐和造型是如此，文学也一样。无论是话剧中的台词，还是戏曲中的唱词和念白，都要讲究节奏。戏曲念白中的"定场诗"和"自报家门"，以及无伴奏的干板"扑灯蛾"等，无不是通过强化节奏来辅助表演的。

戏剧统一性的基础是各艺术形式可以在节奏性上达成一致。节奏表面上看是一种外在的手段技巧，但这种手段的效果却不止于使戏剧具备形式上的统一，它的强弱、缓急、冷暖、明暗是戏剧人物内心节奏在外形上的表现。戏剧创作者如果不能掌握、控制人物的内心节奏，外部形式上的节奏仅是徒有其表而已。

综合性和统一性是就戏剧与其他门类艺术比较而言。就戏剧艺术自身来说，它又可以分为话剧、戏曲、歌剧、音乐剧、舞剧、偶剧、哑剧等多种类型，尤其是中国特有的民族戏剧艺术——戏曲，有着极为特殊的复杂性，有必要在此单独介绍。

根据官方最新统计数字，中国现有京剧、昆剧、粤剧、豫剧、黄梅戏、评剧等348个剧种，[2] 这些剧种在方言特色、音乐风格、曲词格式、舞蹈程式上各有差别，如果要对它们进行恰切而精准的评论，就需要评论者既要掌握

---

[1] 苏静，潘健华. 形表一体：中国传统戏曲服饰形式美装扮价值论略［J］. 戏曲艺术，2022（1）.
[2] 从2015年开始，文化部开展了为期两年的戏曲剧种普查工作，最后统计结果显示，目前全国现存戏曲剧种348个。

戏曲艺术共有的基本规律，又要了解每一个剧种的独特风格。它们有的是曲牌联套体（又称曲牌体），如昆剧、柳子戏等，有的是板式变化体（又称板腔体），如京剧、汉剧、徽剧等；有的擅演古装戏，如京昆，有的擅演现代戏，如沪剧；有的擅演帝王将相等袍带人物，有的擅演家长里短的"三小戏"（小生、小旦、小丑）；有的声腔单一，如梆子、皮黄，有的声腔融合，如川剧、婺剧等皆为多声腔。甚至在某些剧目演出时还会出现"两下锅""三下锅"等情况，[①] 如果不了解这些剧种的历史成因、发展状况和美学特征，就很难对剧目做出准确的评判。

另外，戏曲艺术在长达几百年的发展历史中，拥有一个庞大而丰富的传统剧目遗存系统。面对这些传统剧目，评论者既要了解历史，又要紧跟时代，方能对评论对象做出客观而中允的评价。

2. 戏剧评论的特征

戏剧艺术的综合性、统一性和丰富性决定了戏剧评论的复杂性。评论者可以就戏剧中不同的门类艺术、就不同的剧种类型等做出判断，评论视角和评论方法不一而足。但是，无论评论的方式如何复杂多样，评论者都必须熟悉戏剧艺术的一般规律，也就是戏剧之为戏剧的要素何在。只有做到了这一点，评论者才不会把戏剧文学评论写成单纯的文学评论，才不会把戏剧音乐评论写成单纯的音乐评论。从这层意义上讲，戏剧评论的实质就是考察一部戏剧作品中各种艺术形式统一性的程度，分析它们是否统一到了"在动作中塑造人物"这一最终的目的和方向。从戏剧艺术的基本规律出发，我们认为一般的戏剧评论应该具备以下几个特征。

第一，戏剧是动作的艺术，戏剧评论要把握好戏剧艺术的这一本体规律，分析各个戏剧要素是否有效地组织起戏剧行动，聚焦于戏剧动作如何刻画人物性格。这是戏剧评论的核心要义。

这里要区分两个概念："行动"和"动作"。亚里士多德在《诗学》中把

---

① "两下锅"或"三下锅"是指把两个或三个剧种放在同一剧目中演出。这是戏曲演出中的一种特殊形式。

悲剧定义为"是对一个严肃、完整、有一定长度的行动的摹仿",这是就模仿对象而言的,然后他又说,"摹仿方式是借人物的动作来表达",[①]很明显,这是就模仿手段而言的。《中国大百科全书·戏剧卷》对此是这样界定的:从表现的内容来说,戏剧是行动的艺术;从表现手段来说,戏剧是动作的艺术。戏剧就是用动作去模仿人的行动,或者说是模仿"行动中的人"。[②]戏剧的表现手段是动作,戏剧创作的所有环节都必须围绕"动作"来完成:剧作家是动作的提供者,导演是动作的组织者,演员是动作的完成者或最终体现者。在英语中,"演员"这个单词为"actor",意为"动作的人"。戏剧作为动作的艺术决定了戏剧创作的各个环节都必须围绕"动作"来组织。评判一出戏中的各种艺术形式是否集中统一到人物的形象塑造中去,关键要看人物的戏剧行动如何有效组织,戏剧动作如何有效展开。

下面以戏剧的文学形态——剧本——为例试做论述。

人们在区分剧本和小说时,往往把前者称为"代言体"艺术,而把后者称为"叙述体"艺术。所谓"代言体",就是指作品中人物的所思所想基本上是通过"说话"来传达,只不过这些"话"是剧作者在"代替"作品中的人物说而已,这与用描述性的语言来表现人物的心理和思想情感的小说大为不同。在小说中,如果对话不足以展现人物性格和情感,那么这并不妨碍作者用大量的描述和议论来进行补充,暗示人物的心理动机和隐秘思想。读者通过这些描述和议论性文字,在脑海中复活这些人物形象,从而对人物有了清晰的认识和评价。

但戏剧特殊的表现手段决定了剧本语言必须具有动作性的特点。这里的"动作"不仅仅指举手投足等这些眼睛能看到的动作,也指人物之间情感思想的交流、碰撞和摩擦。叙事文学的语言也有动作性的特点,但与戏剧文学相比,却不是首要和必须的。叙事文学和戏剧文学本质上的最大区别是前者运用叙述法,使眼前的事成为往事,而后者则用动作使一切往事成为现在正在发生的事。因为只有把个别事件发生的瞬间转化为人物动作,直陈于观众

[①] 亚里士多德.诗学[M].陈中梅,译注.北京:商务印书馆,1996:63.
[②] 中国大百科全书·戏剧[M].北京:中国大百科全书出版社,1989:436.

的视觉和想象力，才能使戏剧成为可能。马丁·艾思林认为："这种（指戏剧的）具体性是由下述事实而来：既然思想感情的任何叙述形式都趋向讲述过去已发生而现在结束了的事件，那么戏剧的具体性正是发生在永恒的现在时态中，不是彼时彼地，而是此时此地。"① 只不过，现实和戏剧的区别在于，前者发生的事是不可逆转的，而后者可以从头再来，不停地演出。可以这样说，一切叙事文学都是过去完成式，而一切戏剧文学都是现在进行式。

戏剧演出的直接性和具体性决定了其"现在进行"的特点，并不是说戏剧中就没有过去的成分。任何戏剧作品都是对人的某一段生活的模仿，它只能截取生活的某一部分或者某一片段，而无法对它整体表现。所以，严格意义上讲，戏剧所展现的生活和事件都不会是无源之水，都会有一段"往事"或"前史"。它们发生在大幕拉开之前，或者发生在幕间与场间。这些"往事"或"前史"虽然已经发生过，但对剧中人物的现实行动却有直接影响，所以必须向观众交代清楚。剧作家一般用"回述法"来交代往事，即用台词叙述往事，但在回述往事时，最忌讳的就是静止的叙述。单纯的回述是没有动作性的，要使叙述具有动作性，必须使叙述参与戏剧动作中来，使叙述成为戏剧的有机组成部分。在现代戏剧中，剧作家往往借助于灯光和音乐把回忆往事的成分直接转化为舞台上的可视形象。这样，回述就直接变成了情节的组成部分。"剧场创造了某种永恒的现在时刻，但是，只有一种包含着自身之未来的现在，才是真正的戏剧性的现在。而一种纯粹的直接性、一种永恒的、直接的，不能预兆未来结果的经验，则不是真正的戏剧。"② 苏珊·朗格的这句话指出了戏剧动作除现实性之外的另一个特点，就是它对未来的指向性：一切戏剧动作都是源于过去，呈现于现在，指向未来。组织戏剧动作的目的，就是导向人物命运得以改变的最后的结局。如果动作没有发展和延伸的感觉，只是在原地踏步，也同样是不成功的。总之，戏剧与动作互为表里，动作，是戏剧的基本表现手段；反之，戏剧，就其本质来说，也是动作的艺术。

戏剧艺术中的动作不是一个孤立问题，它是与戏剧作品的其他构成要素

---

① 马丁·艾思林. 戏剧剖析［M］. 罗婉华，译. 北京：中国戏剧出版社，1981：10.
② 苏珊·朗格. 情感与形式［M］. 刘大基，等译. 北京：中国社会科学出版社，1986：356.

紧密相连。例如，戏剧动作的前提和基础是戏剧情境，戏剧动作舞台化的呈现是戏剧场面，戏剧动作的有机运动形成戏剧结构等。戏剧评论要遵循"戏剧艺术是动作的艺术"这一本体要求，探讨戏剧作品各构成要素的特点和相互关系，对戏剧艺术中的诸种要素进行分析评判。这是戏剧批评和其他艺术批评的最大区别。

第二，戏剧评论要立足于舞台表演。

戏剧创作是一种集体行为，就一般创作过程而言，一个剧目从文本到演出要经过一度（文学剧本）、二度（导演阐述）和三度（演员表演）等不同阶段，还要辅之以灯光、服装、道具、音效和化装等各个环节的创作。虽然戏剧创作过程复杂，剧本创作往往也有案头和场上之分，但戏剧艺术的最终实现方式是舞台演出，不能演出的剧作终究是不完整的戏剧作品。这就要求戏剧评论无论针对哪个创作环节，都要遵从舞台逻辑，以是否适合舞台演出为重要的评判尺度。

在戏剧创作上，剧本是文学创作的完成和终点，却是舞台创作的开端和始点。话剧如此，在表演方式上更强调歌舞的戏曲更是如此。在中国戏曲发展史上，曾出现过很多专供阅读的案头文学剧本，其中最突出的就是明清传奇。这些作品动辄几十出，如果全部搬演，大概需要十几天甚至几十天的时间，这几乎是不现实的。这些作品的创作者多是文人知识分子，他们创作这些作品的时候往往尽情挥洒文学想象，至于是否适合舞台演出，至少不在其最终考虑范围之内。在这种背景下，中国戏曲史上出现了一种独特的舞台演出形式——折子戏。折子戏以摘锦的方式，选取传奇中的精华章节连缀演出，使这些古典文学剧目中的经典段落在舞台上得以流传上百年。清代出现的经典折子戏选本《缀白裘》，正是为顺应这种趋势才编纂而成的。如果把传奇原著和《缀白裘》相互比照，我们就会发现有很多差异，因为《缀白裘》是以舞台演出为基准对传奇文学进行的选编和增删。今天我们在舞台上看到的源自元杂剧或明清传奇的很多古典剧目，几乎都是在其原始文学剧本基础上的舞台改编。

戏剧艺术的主体是表演，而表演需要在一定舞台空间内呈现，戏剧评论如果不能立足于舞台，就会缺乏完整性。戏剧理论中曾有斯坦尼斯拉夫斯基体系和布莱希特体系等说法，其实不同戏剧体系的区别主要在于观演关系处理上的差异。戏剧评论家如果不懂舞台规律，就很难对一出戏做出有的放矢的评判。

戏剧是动作的艺术，戏剧创作的各个环节都要为人物的动作服务，这是戏剧评论的基点。戏剧的最终实现形式是舞台演出，只有舞台演出才能赋予戏剧作品以真正的生命。戏剧评论应立足舞台，这是戏剧评论的支点。

二、戏剧评论的类型

戏剧评论可以有各种分类方式：如果按戏剧体裁划分，大体可分为话剧评论、戏曲评论、音乐剧评论、舞剧评论等；如果按照戏剧中的门类艺术划分，可以分为剧作评论、导演评论、表演评论、舞美评论和戏剧音乐评论等。

1. 话剧评论和戏曲评论

话剧和戏曲都属于戏剧艺术，它们有其共通之处：都是动作的艺术，演员都是通过行动塑造角色；表演媒介都是演员身体，无论是话剧的声、台、形、表，还是戏曲的唱、念、做、打，都是建立在演员身体技艺的基础之上。但话剧和戏曲在表演形态上又差别极大，话剧只说不唱，多为生活写实的自然表达，而戏曲是以"曲"见长，融合了音乐和舞蹈，夸张和写意的程式化表演是其基本特征。话剧和戏曲的这些异同决定了其各自的评论实践既有可以遵循的一般规律，也各有侧重和特点。

首先，无论是话剧评论还是戏曲评论，都要遵循戏剧艺术的一般规律，评论者要熟悉动作、情境、结构、场面等各个戏剧要素，都要了解和掌握如何在矛盾冲突中展开戏剧行动、组织戏剧情节、营造戏剧高潮，以达到成功塑造个性鲜明的人物角色这一最终目的。

就话剧评论而言，评论者要熟悉这一戏剧样式在中西方的形成和发展历史。在现代中国，"话剧"是"戏剧"（drama）这一外来词汇狭义上的理解，广义上专指以古希腊戏剧为开端，在欧洲各国发展起来，继而在世界广泛流行的舞台演出形式。按照欧洲历史文化的分期，戏剧的历史发展经历了古希腊戏剧、古罗马戏剧、中世纪戏剧、文艺复兴时期戏剧、古典主义时期戏剧、19世纪戏剧、现代戏剧和当代戏剧等各个历史阶段。但"话剧"传入中国不过百余年的时间，是在清末民初的学生演剧运动、改良新戏运动和文明新戏运动等多重合力下融合形成的。因为话剧艺术在中国属于舶来品，早期没有成熟的演剧形态，所以历来的话剧评论也多以西方的理论话语为评判标准。经过百年的探索历程，中国话剧艺术在国际交流和融合中渐趋成熟和多元，目前活跃在话剧舞台上的中坚力量除了中国国家话剧院、北京人民艺术剧院和上海人民艺术剧院等演出剧目较多、风格特色鲜明的演出团体，很多地方话剧团也在题材类型上深入开掘，形成了地域特色相对成熟的美学风格。话剧艺术实践的拓展和深入，呼唤着更具民族特色和国际视野的话剧评论话语体系的形成。

相比话剧评论，戏曲评论因为戏曲艺术历史悠久、剧种丰富、演出形态多样，显得更为复杂和难以把握。戏曲艺术自宋元时期产生，历经800余年，形成了今天多声腔、多剧种、剧目数以万计的庞大历史遗存。在这个漫长的进程中，戏曲的表现形式变化不居——从演进形态看，由宋元南戏、杂剧南北并峙到明传奇，再到地方戏的勃兴等，始终此消彼长；从声腔发展看，由南曲北曲到明代四大声腔，乃至现在的昆、高、梆子和皮黄等，无不异彩纷呈。随着形态和声腔的演进，其雅俗流变、结构机制、演剧形式、观众欣赏习惯等也随之变化，在各个时期呈现出不同的历史风貌。当下，戏曲艺术正顺应新的历史要求，题材上整理改编传统剧目、新编古装戏和现代戏创作各有所长，在舞台美学风貌上也出现了很多不同以往的个性表达，守正创新成为这一古老艺术发展的主旋律。戏曲评论家要在时代发展中把握新的戏曲形态和旧有传统之间的关系，在传统戏曲这个庞大的历史遗存中，既要发现其随时代发展而不断变异的个性，也要洞悉其历经岁月淬炼而逐渐恒定的共性，而后者对评论家而言尤其重要。戏曲艺术相对恒定的共性，就是构建于中华民族传统文化性格基础之上的，在近千年的历史发展中逐渐形成的特有的美学特征和艺术规律，也就是我们经常提到的传统戏曲艺术的美学精神。正是有了这些历千载方形成的艺术精神，才使得各个历史时期的戏曲样式无论如何枝繁叶茂、缤纷各异，但其作为"戏曲"这一特殊艺术样式的辨识度依然存在。

2. 剧作评论、导演评论、表演评论

戏剧艺术属于集体创作，各个环节都分属于某一门类艺术，既相对独立，要遵循所属门类艺术的基本规律；又须密切协作，打破各自的独立性，统一到戏剧舞台这个大熔炉中。这就决定了戏剧评论家既可以对某部戏剧作品做编、导、演等各个环节的综合评论，也可以对作品的各个构成部件——剧作、导演、表演、舞美和音乐等做单独评论。

第一，剧作评论。剧本是戏剧演出的思想基础和艺术基础。恩格斯在对拉萨尔的剧本《弗兰茨·冯·济金根》的评论中提出了"美学的和历史的"评价标准，指出拉萨尔并没有按照历史的真实去塑造济金根，犯了唯心主义的错误。前面说过，戏剧文学和叙事文学、抒情文学等最大的一个区别就是前者的"动作性"，是"动作性"赋予了剧本演出的生命，那种不能演出的"案头剧"仅仅属于文学，而不属于"戏剧文学"。剧本在文学性上，与叙事性和抒情性的诗歌散文没有什么区别，这也是"案头剧"在一定程度得以成立的原因——它可以被人阅读，但它离戏剧还有很大的距离。剧本在戏剧性上，其独特之处就在于，无论其中的人物和事件是存在于过去、现在或将来，在剧本中，都是"活"在现在进行中的。它必须活在演出中。所有的文学形式几乎都有事件和人物，但如果事件和人物是被人叙述出来的，那还不是戏剧。只有当它们是被观众亲眼看见就发生在他们面前时，戏剧才算是真正成立。在进行剧作评论时，如果不能区分戏剧文学与一般文学的这种差异，评论就会不尽如人意。

第二，导演评论。戏剧艺术已有2000多年的历史，但导演在戏剧中的地位直到近现代才被确立。导演是戏剧演出的总调度和幕后总指挥，负责指导、组织和监督各部门的艺术工作，把戏剧艺术中的多种艺术形式融会贯通，确定这出戏的基调、色彩和总体节奏，使作品统一在完整的演出形式之中。总之，导演最重要的职责就是创造和建立一部戏剧作品的统一风格。

导演在戏剧创作中的作用是承上启下。导演应是剧本的第一个专业批评者，要对剧作进行详尽的剖析和删改，强化最富戏剧性的细节，削减和弱化不适合舞台呈现的部分，有时甚至还要对剧作进行补充完善。在此基础上，导演进入阐述计划的阶段，最后通过排练把剧本"立"于舞台之上。这个过程，就是戏剧的"二度创作"。

近现代以来，导演在戏剧创作中的作用日益加强，作品的导演风格化明显。同一出剧目，因为导演不同，其舞台呈现方式往往也大相径庭。导演艺术的创新必然带来舞台艺术手段和语汇的更加丰富，这对导演的综合艺术素养提出了更高的要求。如果一个评论家要对一出戏的导演艺术进行评价，就要具备鉴赏、分析这种综合素养的能力。导演评论必须弄清以下几个问题：这出戏的导演是如何将作品的内容具体形象地充分传达给观众的？导演如何才能使演员发挥到最大限度？导演在统一协调舞台技术各部门工作中做了哪些创新的尝试？

第三，表演评论。前面讲过，戏剧艺术的主体是表演，舞台上一切艺术手段都是为了演员塑造角色而存在，都是表演艺术的延伸或者补充。表演是演员在演出空间中利用身体作为材料，通过身姿形体、语言动作、情绪意识等手段塑造角色的一门艺术。戏剧表演是戏剧演出最中心最重要的组成部分。戏剧表演具有一次性、流动性、完整性的特点。一次性就是不可重复性；流动性表达出戏剧表演的即兴化特点；完整性是指表演的统一性。戏剧表演还具有当众表演的即时性、互交性和生动性。戏剧表演与观众之间的关系是即时的，演员与观众处于同时同地相互刺激、交流的状态之中，由此产生出生动而鲜活的审美趣味。

表演虽然是戏剧艺术的中心，但是表演评论在戏剧评论中却数量最少，专业性和权威性也相对不高，究其根本，是表演艺术实践性强，评论者对表演艺术相对隔膜，导致优秀的表演评论相对稀缺。对表演艺术进行评论除了要了解表演艺术的诸种特征，还要熟悉表演艺术的历史和理论，从18—19世纪人们对灵感和演技的探讨，到20世纪关于"表现"与"体验"的争论，乃至当代英国彼得·布鲁克、日本铃木忠志等著名戏剧大师对表演观念的拓展，都极大丰富和完善了现当代表演理论。就中国的戏曲表演艺术而言，几百年来形成了迥异于西方的表演理论体系，它在塑造人物方面独特的程式标准和行当类型，演员训练方面的"四功五法"（"四功"是指"唱、念、做、打"四项基本功，"五法"是指"手、眼、身、法、步"五种表演手段）等，都是民族表演艺术的精髓，在当下戏剧舞台上仍具有生命力。在评论实践中，如果不能熟练掌握上述表演理论，就会无从下手。一个戏排完了，演员只是完成了他工作的一半，剩下的另一半是要在他的每次演出中去不断完善和丰富的，而评论就是要用专业眼光去观察、体会和判断演员在后一半工作中是否成功。

除了剧作评论、表导演评论，还有舞美（造型）评论、（戏剧）音乐评论等。戏剧舞台上，除了演员的表演，还有辅助表演的空间造型艺术成分，包括布景、灯光、道具、服装、化装等。虽然现代戏剧中也出现过"空的空间""穷困戏剧"等否定空间造型的理论，但一般而言，必要的舞美造型对演员表演还是非常必要的。中国古典戏曲历来讲究"一桌二椅"，戏剧环境的展现几乎都是通过演员表演来完成，但时至今日，符合戏曲艺术规律的具有写意特征的现代舞美设计，也几乎成为当下戏曲舞台实践的必须。专业的舞美评论应从具体剧目出发，结合作品自身的风格气质，对舞台美术造型做出符合其美学规律的专业判断。

戏剧音乐大体可以分为两种：一种是话剧中用以营造剧中自然环境、烘托角色心理情绪、创造演出氛围的音响；一种是在戏曲、音乐剧等融合歌唱艺术的戏剧类型中，音乐家专门创作的音乐作品和唱腔设计等。音响艺术作为戏剧演出中重要的辅助手段，无论是在片段中还是在全剧中，都要服务于一出戏演出的整体构思，是剧作者、导演和音响师精心构思、创造并实施的效果。而在歌舞剧中，音乐和歌曲的成分更是至关紧要。戏剧音乐评论要注重剧种特色，分析其音乐主题设计是否与剧目融合为一体；而在戏曲艺术中，还要了解其板式、音调和方言等，在配器和演出方式上要注意平衡继承和创新之间的关系。

三、戏剧评论写作及示例

1. 德·昆西《论〈麦克白〉中的敲门声》[①]

《论〈麦克白〉中的敲门声》的作者是 19 世纪英国著名的文学评论家托马斯·德·昆西（Thomas De Quincey，1785—1859）。此文聚焦于莎士比亚的著名悲剧《麦克白》中第二幕第二场麦克白杀害邓肯王之后出现的敲门声这一情节，展开了深入而细致的美学分析，提出敲门声标志着"人性的回潮冲击了魔性，生命的脉搏又开始跳动起来"。这种解读独到而深刻，使其成为历代莎评中的名篇力作。

作为一个浪漫主义文艺评论家，德·昆西认为，当我们阅读欣赏一部作品时，观察力比思考力更重要，感性和直觉比理性分析更可靠。这也是他把文学分为"知识的文学"和"力量的文学"两大类的原因。他认为，前者是在教导读者，后者是在感动读者。而他标举的浪漫主义文学正是属于后者，因为它们感人至深，在情感上更能打动人。在他看来，《麦克白》中这一神秘而可怖的敲门声便极具这样的艺术效果。

在这篇著名的评论文章中，德·昆西描述了他对剧中敲门声产生的一种无法言明的效果，那就是"敲门声把一种特别令人畏惧的性质和一种浓厚的庄严气氛投射在凶手身上"。他的理性告诉自己，这里的敲门声不能产生任何效果，但他的情感又告诉自己，敲门声的确起到了强烈的效果。但是，究竟是什么效果呢？他认为，诗人们在描写一次谋杀时，不总是满足于把人们的同情完全寄托在受害者身上，还必须把兴趣投放在凶手身上，因为在凶手身上，可以描绘出强烈感情的巨大风暴，例如妒忌、野心、报复、仇恨等，而这些感情风暴会在凶手的内心制造一所地狱。德·昆西以作用和反作用的理论，分析莎士比亚通过对话和独白创造了麦克白和他的妻子这两个悲剧人物，"在他们的内心制造了一所地狱"。在他们身上，人性已不存在，取而代之的

[①] 杨周翰.莎士比亚评论汇编·上 [M].北京：中国社会科学出版社，1979.此案例所引文献皆出于此。此文由李赋宁翻译。

是恶魔的性格。当恶魔统治他们的这一时刻到来时，人们感觉到的日常生活的世界突然停止了活动，此时人性退场，魔性上台。正是在此基础上，莎士比亚创造了"敲门"这个情节。通过这个情节，莎士比亚使剧中的反作用开始了："因此，当谋杀行为已经完成，当犯罪已经实现，于是罪恶的世界就像空中的幻景那样烟消云散了：我们听见了敲门声，敲门声清楚地宣布反作用开始了。人性的回潮冲击了魔性，生命的脉搏又开始跳动起来。我们生活于其中的世界重建起它的活动，这个重建第一次使我们强烈地感到停止活动的那段插曲的可怖性。"敲门声宣布了人性的复苏和魔性的被驱除，日常生活的世界被重建起来。

德·昆西认为，通过敲门声所起的这个反作用，莎士比亚成功地深化、强化了他所描绘的"地狱"和"恶魔世界"的恐怖效果。因此，敲门声使凶手显得更加阴森可怕。

我们可以从德·昆西的评论中看到亚里士多德在《诗学》中提到的有关悲剧"卡塔西斯"作用的影响。所谓"卡塔西斯"即"净化"或"陶冶"之意，也有人把它理解为"救赎"。按照德·昆西的说法，如果"卡塔西斯"有"救赎"之意，也应该是人性的救赎。这种救赎作用是通过观众对悲剧主人公的"怜悯"和"恐惧"来实现的。于是，德·昆西在对《麦克白》这一"敲门"情节做了极富现代色彩的解读的同时，也接通了西方自古希腊以来的有关悲剧功能的美学传统。

2. 李健吾《诗情画意——谈〈钟馗嫁妹〉》[①]

此文是著名文艺评论家李健吾在1961年7月发表于《剧本》杂志的剧评，所评作品是昆剧《钟馗嫁妹》。

《钟馗嫁妹》是出"鬼戏"。文章开宗明义便提出一个疑问："鬼戏"题材在中国古典戏曲中很多，很多时候给人阴森可怕的感觉，但是《嫁妹》给人的感觉却不同，"还是那群小鬼，连钟馗也成了鬼，一样是鬼戏，鬼趣不见

[①] 李健吾. 李健吾文集·文论卷2[M]. 太原：北岳文艺出版社，2016. 此案例所引文献皆出于此。

了，人趣盎然"。这种效果是怎么达到的？作者比较了另外两出"鬼戏"——《活捉三郎》和《情探》后，得出了这样一个结论："这和鬼的行动的动机有关系，和我们对鬼的同情有无与多少有关系……我们是人，只有行动结合人的高贵的使命的时候，只有恐怖不单纯为恐怖而存在的时候，我们对制造恐怖的技巧和安排才会产生正常的热情。只有鬼怪属于人间的时候，我们搬用他们，意境才能发出热力。"

作者在总结出这一特殊的"鬼戏"给人的审美感受后，又分析了这一题材的特殊的浪漫主义气质，认为创作者让死后变成鬼的钟馗嫁妹，是"让死人做活人的事。热心肠突破现实的限制，大胆的假设把他的幻想提到浪漫主义精神的高度。不可能在艺术上变成了可能。变成了可能，我们感到安慰。"所以，观众在看了《嫁妹》和《情探》后都没有感到恐怖，前者带来的是人性的温暖，而后者带来的是艺术的公道。

这种分析确实解决了作品的思想立意和观众情感接受的问题，但仅有这两方面还不能使其成为一个好戏，一个好戏必须有新奇的技巧吸引观众看下去。那么，《钟馗嫁妹》吸引人看下去的技巧是什么呢？李健吾认为，是这出戏的题材本身所蕴含的"意境"，也即它的主旨结构从现实上的不可能达到了艺术上的可能。李健吾分析，要达到这样的效果，最好的手法就是深入题材，把题材本身的特征——戏剧性——明确起来。《嫁妹》的题材完全超越了现实，让鬼魂心系人间之事，这是传说与幻想。这一传说与幻想本身并没有戏剧冲突，但却有深厚的东西激动人心，把它掌握住了，也就是说把这一基本特征认识到了，配置细节便是顺水推舟之事。

在分析完技巧之后，李健吾用深情的笔触写道："置之死地而后生，剧作者在最冷清处、最凄凉处与最无能为力处看到希望、友情与热爱。"在这篇不长的戏曲评论中，李健吾把理性分析与感性直觉融会贯通，提纲挈领的美学总结与斐然多彩的文字表述结合在一起，不愧为一代评论大家的典范之作。

第十二章

电影评论

　　通常而言，电影评论与文学、戏剧、音乐、舞蹈、美术等艺术门类的评论在写作文体和文本功能方面并无二致，都是使用相应的理论方法（文字逻辑）对具体作品的分析解读，并据此给出评论者关于作品风格、形象和主题等，或历史或当下的价值判断。有些评论也会夹带评论者更私人化的联想（这种私体验文字，普遍出现在新媒体电影评论的写作中，是年轻评论者喜爱的格调）。与上述艺术门类不同的是，一方面，电影的受众对象更平民化，看电影对多数观众而言只是一项日常娱乐。因此，为普通人观影提供参考和指南的评论文字占了相当的比例。这些评论对故事情节、人物性格、明星表演、艺术主题的评点，主要起电影营销的作用。另一方面，电影的科技基因和物质复原的媒介属性，让电影语言的表意机制，在逼真运动的表征下具有更复杂的社会学、政治学、历史学以及人类学意义上的阐释空间。电影评论也可以是对某一话题的议论。这种评论与杂文随笔的气质相仿，没有鉴赏层面的作品细读，只针对热点或焦点话题，发表评论者的观点[①]。

---

　　① 中外许多著名电影评论家都有过这样的写作实践。美国电影评论家宝琳·凯尔、罗杰·伊伯特，法国电影理论家巴赞，中国电影评论家王尘无、钟惦棐等人的评论文集中均收录有关电影话题的杂文和随笔。

一、电影评论的对象与特征

如前所述,电影评论是对以视听元素组合为表意手段、具有大众传播形态和社会文化认知功能的影像复制品进行价值判断。于技术层面,电影所经历的由黑白到彩色、无声到有声、二维到立体、线性单一时空到平行复合时空的视听技术演进,为电影评论提供了作品内部的表意认知要素。于叙事层面,电影的纪实性与虚构性、艺术性与商业性的二元关系,为电影评论提供了大众接受的情感认知要素。于传播层面,从影院群体观看,到电视家庭观看,再到新媒体私人观看的路径迭代,为电影评论提供了意识形态的功能认知要素。以作品而论,电影评论既是"将作品置于生产和接受作品的泛文本中"进行审视的外部评论,也是对作品内部叙事表意元素进行分析的内部评论[1]。"最好的评论深化了我们对具体电影的兴趣,揭示出新的意义和视角,扩展了我们对媒介的感知。面对电影作品对价值的预设,(评论)锐化了我们的辨别能力。它努力在文字和概念的范畴,以我们所见所听的声音、图像、动作和物体找到恰适的表达。因此,评论之于电影不仅仅意味着一系列的观点和争论,也包括文字和写作风格。"[2]

相较于其他文艺门类的评论,动态、具象的物质再现的媒介属性,是展开电影评论的立足点。

首先,电影是摄影术的升级。摄影术复原物质表象的功能创造出一种图像(picture)的信任感,而通过视听技术手段创造的电影运动(motion picture)又让观众不得不信,他们看到的关于物质世界的影像,完整真实符合日常感知经验。早期电影在叙事层面最大的进步,便是对连续剪辑的创造和使用,这也是格里菲斯的伟大之处,他让逼真图像所创造的连续运动的幻觉机制,成为电影语言重要的遗产。"所有关于运动乃至真实世界的知觉,就

---

[1] 雅克·奥蒙,米歇尔·玛利.电影理论与批评辞典[M].上海:世纪出版集团上海人民出版社,2011:58.
[2] Alex Clayton, Andrew Klevan. The Language and Style of Film Criticism [M]. London and New York: Routledge, 2011: 1.

连续性而言都是虚幻的。大脑不断接收和理解外界的刺激,将它们组合成看起来像是持续运动或静止世界的图像。在有运动的地方,大脑不是看电影,而是制作电影;它集制片人、导演和电影院于一体。"[1] 电影主要的视听艺术手段(景别、运动、色彩、光学镜头、声画关系……)都是围绕增强或间离观众大脑形成真实幻觉的目的而被使用。现实主义的剧情片、家庭剧;形式主义的科幻片、歌舞片;浪漫主义的爱情片、历史片……不同类型电影对真实幻觉的营建观念,是电影风格形成的艺术基因。而这些手段的使用效果则是电影评论形成作品判断的基础素材。

其次,电影是以物质真实形态为表象的再现形式。"在电影中,只有事物的复制品,而不是对真实的复制。"[2] 为了保证再现具有真实感,电影会在场景、服装、化妆、道具等方面创造出与特定时空(年代感)和人物身份(性格化)相吻合的影像感知。这种初级形态的现实感知,经过时间的压缩、空间的选择,建构出服务于意识形态表达的完整的影像现实。比如,民族、阶层、职业、性别、年龄……这些抽象的文化概念,在电影中被赋予了具体的形象、动作、场景和声音,它们通过明星演出、蒙太奇组合、场面调度等电影手段创造出银幕上的文化存在感。我们可以在小津安二郎、阿彼察邦、张艺谋、萨蒂亚吉特·雷伊、肯·洛奇等人的电影中看到不同文化感的存在,观众没有亲历的感知经验,他们依然会在心理上信任那些感知文化的影像证据。作为世界物质表象证据的特性,是电影发明百余年来另一个重要的遗产。尽管再现—真实的认知张力常引起电影评论观念的争拗[3],但电影在被压缩的时间、被选择的空间中完成的叙事,塑造的人物都是特定意义的编码再现,电影评论在很大程度上是解码的操作。作者论、风格论,包括纪录片评论的基本观念都源于此。

---

[1] 迈克尔·伍德.电影[M].康建兵,译.南京:译林出版社,2019:3.
[2] 迈克尔·伍德.电影[M].康建兵,译.南京:译林出版社,2019:46.
[3] 近年来,被重提的电影现象学为思考电影经验—感知—阐释之间的关系提供了哲学路径(D·安德鲁.电影理论中被忽视的现象学传统[J].世界电影,1998(1).)。而格式塔心理学的完形张力说,对给电影意义的生成给出了基本的接受心理依据(鲁道夫·阿恩海姆.艺术与视知觉[M].滕守尧,朱疆源,译,成都:四川人民出版社,1998.)。

再次，电影是工业生产的通俗文化产品。与其他作为商品的文化复制品一样，电影传播具有商业属性。长久以来，电影的商品性与电影的艺术（文化）性被看作对立的二元关系。实际上，电影的"金钱本色"从诞生之日起，便始终伴随着资本操纵与分配的影响。从最早电影摄影机放映机的专利权之争及其后制片厂与电影院收益分配的较量，宗教界、知识界与电影界之间有关道德价值的博弈……都是因为不同文化权力阶层在电影通过商业性制造大众精神神话的问题上有明确共识。就电影本身而言，在技术层面，无论制作前端的设备与技术，还是制作过程所需的人力资源，以及生产末端的发行与放映，电影都依赖于不同工作部门的参与和资本运作产生的效果。在内容层面，作为复制品的通俗流行文化产品，其内部包含的文化趣味既有流行文化的刻板复制，以唤起大众的情感认同，也有文化权力者的选择与再造，以彰显其资本投入的正当性。因此，对电影作品艺术性与商业性的评论，是动态权力关系中的价值判断。我们不能简单说希区柯克的电影不具备艺术性，就通俗文化与资本权力的适配性而言，希区柯克的电影的商业性也是一种艺术性。同样，我们不能认为安东尼奥尼或者戈达尔的电影不具备商业性，从社会思潮变革导致资本权力再分配的历史景观看，安东尼奥尼和戈达尔的电影的艺术性则有另一种大众询唤的商业目的。

质言之，电影评论是基于具体作品内部媒介特征和外部权力关系考察基础上，对作品的现实反映／再现和历史留存／证据的审美与社会价值的判断。

二、电影评论的类型

电影评论的主体是剧情长片评论（电影短片评论鲜少出现在大众传播媒体，多见于电影节或艺术博物馆的场刊中）。原因很简单，剧情长片是电影通俗流行文化特征最显著的类型，对电影工业具有支撑性作用。这里需要区分两类电影评论，一类称作 Film Review，叙述故事的同时对影片类型风格进行评介，具有导赏性，营销目标导向；另一类称作 Film Criticism，以影片表意系统的深度解读为内容，具有知识性，意识形态认知导向。本章主要论述的是后一类，按照评论对象和评论方法的类型展开论述。

1. 评论对象类型

电影评论主要包括剧情片、纪录片和动画片三个主要门类的评论。

在此，我们需要对剧情片、纪录片和动画片的"虚构性"稍作区分，以便把握不同电影门类评论的根本差异。于剧情片而言，虚构是对人物关系和事件情景的假定性设置。演员、场景以及场景中的物件都是基于事物表象真实感的假设，服务于剧情叙述的完整性。而纪录片的虚构则是对现实和历史实在的档案性编辑，人物和场景的选择基于现场捕捉、文献影像或有文字记述的证据，服务于主题的主观思考。动画片的虚构是通过抽象的美术形象建构起动作的连续性，服务于观看的心理联想（栩栩如生，或许是对这种联想最确切的表达）。简言之，虚构对于剧情片、纪录片、动画片，仅是素材来源及使用目的的不同。这是剧情片、纪录片、动画片评论需要认知的本体性观念。而把这三种电影门类的影像放在电影系统中考察，它们都具备前文所述的电影特征。无论是纪录片、动画片，还是剧情片，都是再现于银（屏）幕之上，通过视听技术手段，在电影时空运动体系中制造心理真实感的影像集合。在这个意义上，不存在"非虚构性"的电影作品。执导了"真实电影"经典之作《夏日纪事》的导演让·鲁什曾说："纪录片和虚构电影之间几乎没有界限。电影作为双重的艺术，已经是从现实世界向虚拟世界的过渡；人种学（这里指那些具有人类学意义纪录电影——作者注）作为关于他者思维体系的科学，是从一种概念领域到另一种概念领域的永恒的交叉点。"[1] 我们可以把这段话理解为，无论是剧情片还是纪录片、动画片都是基于人的想象完成的，是经过了素材的选择、剪辑、合成，为了某种意义的表达而进行的富有想象力的编排。

无论何种电影门类的评论，它的对象首先是视听语言的构成特征与表意功能的关系，其次是主要创作者（编剧、导演）使用素材的方法和风格。

---

[1] 迈克尔·伍德. 电影[M]. 康建兵, 译. 南京：译林出版社, 2019：48.

毋庸赘言，电影语言不能与自然语言简单类比，即使单镜头也有比抽象语词更复杂的意涵，这也是电影符号学家为什么说，电影语言没有最小单位。但在电影时空运动体系中，我们可以把镜头近似理解为单词，由镜头组成的段落近似理解为语句。法国符号学家麦茨的电影大组合段理论，把电影表意生成的基本单位定义为"语意段"①。电影叙事是由镜头和段落组成的不同"语意段"在时间轴上的组合。单镜头内的视点（机位）、景别（构图）、光线、布景（造型、色彩）和运动（场面调度）既是叙事和意义表达的最小单位，同时也有独立的表意功能，一场戏有时就是一个镜头。而不同镜头组成的段落在时间线上又有不同的组合方式，可以线性顺序，可以倒叙闪回，还可以在不同空间同一时间内平行叙述。声音元素也同样，可以声画同步，也可以声画对位，可以是有源音效（音乐），也可以是无源音效（音乐）。即使是以纪实为美学指归的纪录片，编导也是通过剪辑素材用蒙太奇手段创造出银幕真实感，来完成实证性的档案效果。纪录片先驱者罗伯特·弗拉哈迪的名作《北方的纳努克》，为了再现因纽特人捕猎的场景，用真实的因纽特家庭搬演了他们日常生活的场景。"弗拉哈迪揭示了如何从（据称是）观察到的素材中建构一个展现出虚构性戏剧的所有特征的文本……因为这是他在'组织阶段'，从拍摄于不同时间、按照不同顺序，甚至可能是为了不同目的而拍摄的不同素材中选取出来，组织到一起。"②不同门类的电影评论，其基本工作都是在视听语言层面判断一部作品语意素材建构的方法与效果之间的圆融度。

故事表意的剧情片，经典好莱坞的形式风格发展出一套主流剧情片的视听叙事成规，其效果是把观众的现实体验缝合进再现的银幕幻觉中，情动而不出戏或算是最高的观影期待，也是主流电影商业性的产业需求。视线匹配、轴线关系、出画入画规则、连续性剪辑方法、景深镜头等都是保证银幕叙事在时空感知上的真实感。

在形式表意的剧情片，故事往往单薄，电影视听语言的不同元素（光线、

---

① 克里斯蒂安·麦茨.电影表意泛论[M].崔君衍，译.北京：商务印书馆，2018.
② 布莱恩·温斯顿.纪录片：历史与理论[M].王迟，李莉，项冶，译.北京：中国广播影视出版社，2015：97.

色彩、运动、音效、旁白、音乐、身体）具有独立的符号表意功能。剪辑创造的蒙太奇段落不再受现实因果关系的羁绊，以彰显作品意义逻辑的合目的性。

不同流派（"电影眼睛"派、欧洲先锋电影、英国纪录电影、真实电影、直接电影、新纪录电影）、不同类型（新闻简报电影、文献纪录电影、科学教育电影）的纪录片，在视听素材的使用上没有假定性剧情的窠臼，而在证据、证人的领域主张现象学式的"真实"。纪录电影评论更多是在主观逻辑（编导意图）与客观接受（观众经验）的认知关系中，对这些现象学真实进行的判断。

动画电影虽然在视听语意段的构成上基本遵循剧情电影的方法，但由于其素材是抽象的美术作品（绘画、剪纸、木偶、陶艺……），在动画电影评论中，美术作品本身的艺术性与文化性也是作品意义的组成部分。比如，水墨动画所体现的中国山水意境。

2. 评论方法类型

在电影评论方法上，剧情片、纪录片和动画片都是活动影像发明后的产物，在作品的艺术评价、历史评价、作者评价和意识形态评价上大致可以共享相近的评论方法。方法在很大程度上只决定评论文字的逻辑结构和词句风格，对具体电影作品的价值判断往往交叠了不同的方法。我们对谢晋导演作品的评论，也许作者论是进入分析的路径，但在展开评论的过程中，历史评价、形式评价、意识形态评价必然会在具体问题的讨论中发挥作用，否则，我们无法对谢晋的作品做出有说服力的评论。对不同电影评论方法的使用，重点是评论者在面对作品内部复杂性时，把握评论方法内在价值前提下的选择。

当我们选择历史评论方法时，作品在电影史上的地位是进入的路径。一部电影的艺术观念、制作条件、工业形态、观众接受在其所处的历史时期的赓续演进是题中之义。但在面对历史题材作品时，历史意识形态便不可避免地体现在评论的价值判断中。评论谢晋于1997年导演的《鸦片战争》，我们必然要使之与郑君里、岑范于 1959 年导演的《林则徐》建立联系，除了历史评论维度的比较之外，历史真实观念、历史意识形态之于人物塑造、情节设置、场面调度、画面造型的时代性差异，显然是对《鸦片战争》进行历史评论不能缺少的分析元素。历史意识形态对于纪录片则有更复杂的解释。作品素材的拾取、编辑方法与对历史问题的思考紧密相关。某个社会或历史阶段的影像档案，在作品视听呈现中会有不同意识形态的叙事安排。比较一下里芬斯塔尔于 1934 年导演的《意志的胜利》和弗兰克·卡普拉于 1943 年导演的《我们为何而战》中相同历史画面的使用，我们便能理解历史意识形态之于作品的叙事效果。

"作者论"和"类型论"也是电影评论中经常用到的方法。应该说，这两条评论路径都是基于电影工业属性的认知视角。前者强调同一导演在主题或风格上的相似性，后者注重不同作品在主题、视听技巧和叙事结构上的惯例。之所以说二者是电影工业属性的一体两面，是因为无论"作者论"还是"类型论"，都是对观众随意性分类观影选择的有意识引导，以达到持续性的期待效果，而这种期待满足恰是电影商业性的保障。有时从"作者论"进入作品的评论也会有"类型论"的思考，比如对希区柯克电影的评论。如前文所言，电影的工业属性意味着一部作品的完成，是工业制作过程中技术部门、创作部门、市场部门共同参与的结果。类型风格和作者风格不仅仅取决于导演或编剧的电影构思，也有诸如制片人、摄影、剪辑等部门的工作。黑色电影作为类型，很大程度上是 20 世纪 40 年代，照明灯具满足了低照度摄影需求而出现的类型。黑色电影的成就不能简单地记在比利·怀尔德、约翰·赫斯顿这些优秀导演的名下。公映版本与导演剪辑版的不一致，在电影史上也不乏其例，其本质是制片人与导演对作品核心价值的支配权之争，《现代启示录》便是典型。因此，当以"类型论"和"作者论"为路径进入评论时，分辨类型惯例的主导元素与作者风格的核心标志，依然需要历史维度的思考（片厂制度、技术条件、社会观念、市场形态）。

由此我们说，电影的意识形态评论是从上述历史评论、类型评论和作者评论的路径，进入电影进行的微妙的"政治"表达。这种评论首先立足电影摄影机和放映机的技术运作原理，以精神分析方法展开关于想象性主体的解读。法国理论家让－路易·博德里的《基本电影机器的意识形态效果》①对此有精辟阐释。其次是依据不同类型作品、不同作者作品中视听叙事"可读解的历史性"，洞察一部影片与其他影片的意义关系。电影意识形态评论既是对电影机制本身的批判，也是对电影社会文化意涵的深层解读，不仅仅是"说的是什么，而且没说的是什么"②。

三、电影评论写作及示例

1. 王尘无电影评论

王尘无作为中国早期电影"威信最高的影评家"，从 1932 年以尘无为笔名发表第一篇影评开始，到 1938 年英年早逝，短短 6 年时间，于上海《申报》《晨报》《民报》等大报副刊发表了几百篇影评和杂文，目前能看到 100 余篇，被收录在《王尘无电影评论选集》中。

王尘无于 1932 年参加中国作家左翼联盟，后又加入"左翼剧联"。左翼影剧活动的经历，使王尘无的影评具有自觉而强烈的社会革命的政治倾向。苏联的文艺创作和评论实践，日本左翼电影理论家岩崎昶的思想对王尘无的评论观念影响深刻。作为中共早期党员，王尘无的唯物主义艺术观，强调电影的主观表达应该是客观现实的反映。"世界上没有没有主观的客观作品。艺术价值是和政治价值辩证法的统一的。"③针对存在于当时中国电影文化界的思想论争，王尘无反形式主义，艺术至上和观念至上，"打倒一切迷药和毒药"，他的评论充满了论辩色彩，文风犀利，快意恩仇，"有许多地方是私淑

---

① 杨远婴. 电影理论读本：修订版 [M]. 北京：北京联合出版公司，2017：561–570.
② 《电影手册》编辑部. 约翰·福特的《少年林肯》[M] // 杨远婴. 电影理论读本. 北京：世界图书出版公司，2012：571–603.
③ 尘无. 清算刘呐鸥的理论 [M] // 王尘无电影评论选集. 北京：中国电影出版社，1994：171–172.

鲁迅"[1]。

　　以《〈神女〉评一》为例[2]，王尘无首先肯定了《神女》是1934年内容和形式一致的最佳作品之一。他写道，影片是对社会问题的反映，并且《神女》深刻地认识到了这一点。这种"灵魂的写实主义"是一般浮面的叙述不能相提并论的，由此也引出王尘无对"人性"论的辩证思考。他认为，人性是在对社会关系的把握中，对人物灵魂的深度思考。他以苏联作家革拉特珂夫于1925年创作的长篇小说《士敏土》[3]为例，指出《神女》作为一部进步知识分子的电影尚未达到社会批判应有的深度，而仅停留在良心发现的小圈子，没把有人正努力摧毁的使妇女不得不做私娼、孩子不得不失学的社会制度的现实体现出来。显然，王尘无对作品的战斗性不满，尽管他说"我们不需要作者硬扎一条光明的尾巴"。联系到《神女》作为中国早期默片在电影语言方面的高度成熟，以及影片对好莱坞家庭伦理片叙事类型的娴熟使用，不难看出王尘无电影评论的苏联情结和对资产阶级艺术观的警惕。

　　在早期中国电影的现实主义评论中，王尘无电影评论最具代表性。他的电影批评"主要不是对电影进行艺术本体的研究，而是运用辩证唯物主义着重探讨电影与社会和时代的关系"[4]。进步电影的艺术表达要唤起民众认识阶级矛盾和民族矛盾的政治觉悟。评论不仅是进步电影的试剂，同时评论本身也参与对社会问题的批判中。

2. 钟惦棐电影评论

　　钟惦棐是共和国电影最重要的理论家和批评家。他从1951年调入中宣部开始电影工作，到1987年去世，30多年时间，撰写了大量电影理论评论文章。

---

[1] 李一.关于尘无二三事[M]//王尘无电影评论选集.北京：中国电影出版社，1994：350.
[2] 尘无.《神女》评一[M]//王尘无电影评论选集.北京：中国电影出版社，1994：95-96.
[3] 士敏土，是英语"Cement"的音译，即"水泥"。蔡咏裳、董绍明夫妇根据1929年出版的《士敏土》英译本转译成中文，上海启智书局1929年11月出版。1932年7月，该书由新生命书局修订再版。全书反映了苏联国民经济恢复时期阶级敌人的破坏，对知识分子的团结，与官僚主义的斗争。高尔基称赞《士敏土》"第一次坚定地采取了和辉煌地照出了当代最有意义的主题——劳动"，鲁迅先生认为《士敏土》不仅是革拉特珂夫的名篇，也是新俄文学永久的碑碣。
[4] 郦苏元.中国现代电影理论史[M].北京：文化艺术出版社，2005：184.

其中，1956年发表于《文艺报》的《电影的锣鼓》，1979年发表于《文学评论》的《电影文学断想》，1986年发表于《文汇报》的《谢晋电影十思》，以及他在20世纪80年代开展的"电影美学"研究项目，都为不同时期的中国电影输送了富有远见和思考力的电影观念。

综观钟惦棐先生的电影评论，"钟式文风"博大敏锐，又常于老辣幽默的漫说中带出思考的高度。"我的影评里面很少有政治术语。"[①]平实语言的后景是深邃的社会历史观。在一篇题为《论干部针织业的衰落》的杂文中，他从"文化大革命"十年期间女干部利用开会时间打毛衣的琐事谈起，说到社会进步带来的价值观改变，又用电影《乡音》中老油坊的师傅甘为徒弟打下手的例子，指出干部针织业的衰落是旧道路、旧习惯、旧风俗必须改变的结果，让那些不再有时间织毛衣的干部多为青年人做些工作，中国将成长得更结实、更可靠、更快。这种机巧的旁枝侧开又主干分明的话语方式，在钟惦棐评论文章中俯拾皆是，鲜明体现了钟惦棐电影评论的人民群众观。"影评的社会职责，就是要对生活中新生的，向上的，崇高而伟大的人和事大力肯定，助其成长；而对生活中落后的东西，反动的东西鞭而挞之，不留情面，做人民群众的代言人。"在对电影艺术规律的把握上，钟惦棐电影评论的美学观诚恳又清晰。"美学的追求，始终应该是曲高而和众，而不能曲高而和寡，应该与饱满的政治热情相一致，而不是对现实生活的回避……作为电影美学的时代任务，是要在电影如何更有益于人民，更为人民喜闻乐见上做文章。我们的电影美学就是这样的美学。"[②]20世纪80年代，钟惦棐写了大量关于电影表演、画面造型、音乐、声音的评论文字，这些评论文字所内涵的美学观念在他的《电影文学断想》中有详尽论述。

以《和〈黄土地〉对话》为例[③]。文章从20世纪50年代初"文华""昆仑"出品的影片引起文化行政部门不适的往事开篇，点出电影作品的"立场"问题，并说"这一段往事不是从组织的意义上提出，而是从审美的意义上提

---

① 钟惦棐.在电影学院论影评［M］//钟惦棐文集：下.北京：华夏出版社，1994：358.
② 钟惦棐.电影美学的追求［M］//钟惦棐文集：下.北京：华夏出版社，1994：300.
③ 钟惦棐.和《黄土地》对话［M］//钟惦棐文集：下.北京：华夏出版社，1994：625-629.

出"，摆明他对创作者"主观意识"的看法。"主观意识的东西，我以为不能多了，多了就会丧失作品对生活的真实反映……这些认识，对我是具有原则性的。"在听了几位中年导演对《黄土地》的激赏，尤其是和一位于陕北生活了十几年的"年轻朋友"交流之后，他看了6遍影片，有了新的思考。首先是影片在情感表达上"令人感到不足的时候多"，源于对诗韵味的追求，并且这种韵味"统一于全片的风格"。这个判断不是抽象的，钟惦棐通过对翠巧的红盖头被一只黑手揭开的声画对位，以及对翠巧爹与弟弟对话的分析，认为"在样式上便是作为诗的电影来拍的，《黄土地》可称得上是第一部"。此处，他议论了"审美意识"培养的两种情况，既肯定"审美意识"是可以培养的，又结合自己这代人的经历指出，培养出来的"审美意识"惯性也需要有符合时代的重新认识，而重新认识的关键在于"广大"二字。在此，钟惦棐电影评论的社会历史观与人民群众观有了辩证的现实关系。其次，在钟惦棐看来，认识《黄土地》的价值，不能简单地从故事性出发，"而是靠生活自身和人物心理的极端复杂性，也就是说，在展现普通人的生活历程和这种历程在人们心理留下的印记来认识社会的多面性，从而具有现代人的品格而存活的"。这种"多面性"在顾青这个人物的处理上意味深长。"顾青的出现，'仿佛若有光'但这个人古板的出奇，连翠巧的见识也没有，不敢把'公家人'的'规矩'改一改，这样连光与顾青便一同消失。没有消失的是黄河南边的共产党。"钟惦棐这段精彩文字，不仅言明了《黄土地》意识形态立场的选择，又在对具体人物的阐述中发现了影片的艺术态度。最后，钟惦棐回到自己的"原则性"，电影与其他艺术不同，"必须和最广大的观众一同前进。我们如是想，至今仍持不变的态度，但基本如此，并不妨碍《黄土地》的不如此"。钟惦棐电影评论内涵的现实主义观，剥去了教条主义的反映论，是在人民性与艺术性，主观意识与客观真实的辩证统一中，发现电影的美学价值。

3. 巴赞电影评论

法国电影理论评论家巴赞和他创办领导的电影评论杂志《电影手册》是20世纪50年代最有影响力的电影理论家和电影评论团队。他们不仅使法国新浪潮电影成为当时引领世界电影艺术潮流的擎旗者，同时其主张的纪实主义电影观也对现实主义电影创作产生了巨大影响。与王尘无、钟惦棐以电影评论为主要写作方式的批评家一样，巴赞也没有留下系统的理论著述，他撰写的大量影评和杂文随笔被收录在英文版的《电影是什么？》和《电影是什么Ⅱ》中。中文版《电影是什么？》选编了其中的27篇文章。

虽然没有系统论著，但巴赞在他的影评和杂文中显示出一贯而坚定的美学信仰。他在文章中反复申明：电影的真实不一定是题材的真实或者表现得真实，而是来自视觉上物理空间的真实感。而记录在胶片上的被摄物不是其本身，而是被摄物留在胶片上的痕迹，它与原物一致但脱离了原物的存在方式，只是真实的痕迹，"电影是现实的渐近线"。巴赞相信电影朴素的影像和不经剪辑的场景有它们自身可被解读的潜力。在巴赞看来，长镜头、场面调度、景深镜头这些手段的使用符合我们对事件的认知方式——可见的现象在真实空间中的可感知性，艺术的洞察力应该来自对现实的选择，而不是对现实的转化。巴赞这种"零度风格"的电影观，在他对意大利新现实主义电影的评论中体现得尤为突出。事实上，正是巴赞对二战后意大利现实主义电影作品和作者的评论，使意大利新现实主义确立了其在电影史上的风格地位。

以《评〈偷自行车的人〉》[①]为例。文章开篇便指出新现实主义是与追求大场面的意大利电影，甚至是技术唯美主义的世界电影的对抗。《偷自行车的人》是一部新现实主义电影，它符合1946年以来最优秀电影中提炼出来的全部原则（指《罗马，不设防的城市》《游击队》《擦鞋童》——作者注）。巴赞认为，《偷自行车的人》的情节是平民化的，甚至是民众主义的：表现的是一个劳动者日常生活中的一个事件。影片中的事件未包含任何纯戏剧性因素。事件的含义依据被窃者的社会处境（而不是心理的或审美的状况）被揭示出来。影片是"十年来由共产党人拍摄的唯——部最有价值的影片，正因为即使抽掉影片的社会含义，它仍然具有一定的意义"。巴赞在历史评价与意识形态评价的坐标中展开自己的评论话语。

[①] 安德烈·巴赞.电影是什么？[M].北京：中国电影出版社，1987：309-326.

在此坐标中，巴赞由剧作进入分析，认为影片没有编造现实，它不仅力求保持一系列事件的偶然性和近似逸事性的时序，而且对每个事件的处理都保持了现象的完整性。他举例主人公里奇在工会、教会以及躲雨看见一群神学院学生的几段，说明"影片的事件和人物描写从未直奔一个社会主题，然而主题又相当清楚地体现在这些描写中。它看上去像是捎带表现出来的，因而更真实可信"。

继而文章进入影片的主题，巴赞认为，《偷自行车的人》是隐匿在完全客观的社会现实之后的，而社会现实本身也不过是道德和心理剧的后景，这个道德心理剧可以独立支撑这部影片。儿子这个角色是神来之笔，他为父亲的遭遇增添了伦理的内容。巴赞称赞两位主角的表演是有光彩的，不是两人的演技高，而是由于"他们身在其中的整个美学体系使然"。

最后，巴赞从作者分析的角度，认为导演德·西卡最大的成功就是找到了能够解决观赏性情节与事件进程这对矛盾的电影辩证形式，而其他导演"至今只是不同程度地接近做到这一点"。因此，《偷自行车的人》是纯电影的最初几部典范之一。"不再有演员，不再有故事，不再有场面调度。就是说，最终在具有审美价值的完美现实幻景中，不再有电影。"

在这篇评论中，巴赞从战后意大利几部成功的新现实主义作品的历史评价，进入《偷自行车的人》的形式分析，最后在作者论的维度言明新现实主义不仅是特定历史条件下的美学发现，也是导演德·西卡在形式与题材的巧合中创造的杰作。

第十三章

音乐评论

中国音乐评论的历史源远流长。从浩如烟海的历史文献中不难发现,早在先秦时期,人们已经具有了相当高的音乐评论和鉴赏思维,内容涉及当时的乐舞创作、表演、鉴赏乃至社会功能等多个方面。随着周朝礼乐制度的确立,强调音乐道德教化功能和社会规范作用,追求中正平和的审美原则,成为评价音乐的主流价值标准。这一标准在孔子围绕"礼乐"的一系列带有鲜明音乐批评意味的著述中得到了深刻全面的阐发。后世虽然随着朝代更迭、社会变迁、文化交融碰撞,不断有新的音乐形式、美学观念产生,但这一主脉一直未曾中断。所谓"人而不仁,如乐何?""尽善尽美"(《论语·八佾》),"移风易俗,莫善于乐"(《孝经·广要道》)在今天依然是国人评价音乐创作、表演的重要原则。

近代以降,伴随着中国社会对西方文化的全面学习,中国的音乐评论也经历了一次深刻的现代化转型与蜕变。"坚持认为中国音乐落后,要发展就应当吸收西方先进的音乐文化体系"者有之,认为"应当以中国传统的礼乐作为我们的发展基础,以西方现代的音乐学理作为我们的方法"者有之,由此"开启了我国音乐批评领域又一个'百家争鸣'的时代,其影响一直持续到当下"[①]。

---

① 明言. 音乐批评学 [M]. 上海:上海音乐出版社,2017:275.

改革开放以来，中国的音乐评论事业获得了长足的发展，一篇篇个性鲜明、观点独到的文章，以生动的笔触记录了中国音乐生活所经历每一个标志性的历史节点，并由此勾勒出中国社会文化深刻变迁的清晰脉络。梳理当代中国音乐评论事业走过的历程，可以清晰地看到两次历史性的转型。第一次是肇始于 20 世纪 80 年代初叶，随着国家的日益开放，全社会的文化观念呈现日益多元化的态势，音乐演出市场的开放以及广播电视、报刊等媒体的蓬勃发展，都使得音乐评论摆脱之前"一元化"的标准，进入了众声喧哗、多元交汇的黄金时期。时间进入 21 世纪，特别是新时期以来，中国的音乐评论事业迎来了又一次转型，其标志是国家话语对于文艺评论的高度引领，以专业音乐艺术院校为主导的学术色彩浓厚的发展模式，以及在网络新媒体技术加持下，文化信息从传播场域、传播方式到思维模式的深刻变革，为其发展带来了新的机遇和挑战。

在各种艺术品类中，音乐与普罗大众的关系最为紧密。无论线下不同风格流派的现场演出，还是借助各种移动终端和 APP 完成的实时个性化观赏与聆听；无论是作为重要元素与影视戏剧、短视频等多媒体文化产品的深度融合，还是对于各种公众场合背景音乐的被动接受。音乐无时无刻不在与人发生着关系，潜移默化中塑造着社会的审美品格。但"中国缺乏真正音乐评论"的声音一直不绝于耳，可见，当代中国音乐评论的发展依然任重道远。

一、音乐评论的对象与特征

音乐评论的对象，包括音乐创作、音乐表演、音乐思潮等多个方面。不同的评论对象有着不同的特征和要求，需要运用不同的理论和方法进行分析和评价。与此同时，音乐评论作为一种社会实践活动，也可以从多个方面来探讨其内涵特征。从与时代精神和主流文化观念来看，它既要反映时代需求和人民呼声，又要继承历史传统和文化底蕴；从与艺术创作和发展的关系来看，它既要对音乐现象进行评价和判断，又要对音乐现象进行引导和推动。

1. 音乐评论的本体内涵与基本特征

"作为一个新兴学科,学界对于'音乐评论'之外延与内涵的界定尚存在着不同的认识,从学科视角和实践经验出发。可大致概括为面向大众和侧重学术两种不同的价值取向。"[1] 学界现下关于"音乐评论"的定义,清晰地呈现出这两种取向。第一种取向认为,"音乐评论"也可以称为"音乐批评",简称"乐评",它是对当前或近期音乐生活中的各种现象(包括音乐创作、音乐表演、音乐家、音乐活动、大众音乐生活、音乐出版物等)进行研究、分析并做出判断和评价的一门学问。[2] 第二种取向则认为,音乐批评是以文化学、哲学美学、社会学、历史学、工艺形态学等单纯的或综合性的理性眼光,来审视音乐的现实事项和历史事项(理念、活动、音响文本与符号文本等)的一种理性思辨活动。[3]

"音乐评论"与"音乐批评"两种表述在大量相关语境中的同时"在场"绝非个例,这种概念的混用也反映出两种不同的学术理路并存的现实。进入21世纪以来,随着音乐学科的日益发展壮大,"音乐批评学"被作为一个学科纳入现有的音乐学科体系当中。大量具有专业学术背景的学者入场,音乐评论的学术化色彩得到了进一步加强,这体现在关注的对象、表述的方式、呈现的场域以及理论阐释等多个层面。音乐学各领域(美学、史学、社会学、心理学、形态学、民族学等)均被纳入音乐批评学的范畴,从而也在某种程度上模糊了"音乐评论"作为一种独立的学科存在的边界。

回到核心的问题,"音乐评论"作为一种独立的学科,相对于其他音乐学术领域的边界在哪里?在彰显出文化共性特征的同时,其独有的文化品质是什么?概言之,区别于一般学术研究和写作,作为某一专业知识共同体进行思想交流的基本属性,音乐评论具有如下特征。

一是现实性。不同于一项学术研究,要求研究者在寂寞和潜心多年的耕

---

[1] 杨燕迪. 音乐批评相关学理问题之我见 [J]. 黄钟,2010(4).
[2] 俞人豪,等. 音乐学基础知识问答 [M]. 北京:人民音乐出版社,1997:326.
[3] 明言. 绪论 [M] // 音乐批评学. 上海:上海音乐出版社,2017:8.

耘与钻研之后方能将研究成果公之于"众",一个成熟的评论家往往需要始终保持着开放的学术视野,对于当下社会音乐生活中的最新作品、演出,热点现象、思潮的产生保持着相当的敏锐度和思考力,能够准确地捕捉到其中值得探讨的话题,或是从已经成为业界共识的一些经典理论和作品中挖掘出具有现实意义的意涵。

二是主观性。将评论者对于批评对象的肯定、嘉许或者批评、否定鲜明地呈现在读者面前,是音乐评论区别于其他写作范式的一个重要特征。由于涉及价值判断,其呈现的样态和所产生的效果往往变得纷繁复杂、扑朔迷离。这既是音乐评论引人注目的魅力所在,也很容易成为"评论"转化为"争论"的爆发点。当然,一篇优秀的音乐评论绝对不是个人好恶的恣意宣泄,必定是建立在评论对象深入而客观的美学、哲学、历史学的理性分析之后的个性化表达。鲜活、生动的主观外衣下,包裹着的是坚实、公正的理性的精神内核。

三是大众性。不同于一项专业的学术研究,往往只需要本知识领域的专业人士参与探讨,一篇评论所探讨的话题、传递的观点则需要尽快地为大众所关注,进而引发广泛的传播与讨论,这才是一个评论应该达到的理想效果——我们称之为"有效的评论"。这就不可回避地彰显出了评论的"媒体属性"。这也是为什么在欧美的"音乐评论"的语境中,"音乐评论"总是与媒体保持着密不可分的关系。"music criticism"甚至与"music journalism"具有同等的意味。

2. 音乐评论的功能与标准

一般认为,音乐评论具有与创作对话、与欣赏互动、与思想交流的基本功能。即作为桥梁纽带的音乐评论连接起创作、表演、欣赏以及诠释诸多环节。历史上,有关音乐评论功能的论述大致有诸如"形态解析说""审美赏析说""价值判断说""意义诠释说""工具武器说""多重复合说"等。[①] 当代

---

① 张宇辉. 音乐批评学概论[M]. 北京:文化艺术出版社,2010.

学者则对这些表述进一步精练，将其分为"内向型"与"外向型"两个大致向度，具体表述为：对音乐的文化意蕴进行阐释的功能（内向型）、对音乐的美学属性进行探究的功能（内向型）、对音乐艺术的发展具有检查督导的功能（外向型）、对音乐的艺术创作进行价值判断的功能（内外向复合型）。①

基于音乐作品审美品格及其接受者的多层次性，音乐作品评价标准是一个不断发展着的历史概念。在运用马克思主义文艺观指导我国革命文艺理论与实践的过程中，根据不同历史阶段的时代语境和文艺发展实际，曾经出现过一系列带有时代鲜明特色的艺术作品评价标准。首先，是政治标准与艺术标准。"政治标准第一，艺术标准第二"这个著名的文艺作品评价标准，为毛泽东于 1942 年《在延安文艺座谈会上的讲话》中所提出，要求文艺作品应当实现"革命的政治内容与尽可能完美的艺术形式的统一"，并在 20 世纪 40—60 年代成为我国文艺评论的主导性话语，对当时我国文艺创作和评论产生了巨大而深远的影响。其次，是革命化、民族化、群众化的标准。关于"三化"的讨论肇始于 20 世纪 60 年代，它既是对社会主义音乐舞蹈艺术美学特征、评价体系的总结和概括，同时也是在当时条件下指导音乐舞蹈工作者正确处理音政关系、古今关系、中外关系、雅俗关系，繁荣社会主义音乐舞蹈艺术的根本指导方针。最后，是"思想精深、艺术精湛、制作精良"三者有机统一的标准。这是 21 世纪以来党中央对我国文艺创作和评论提出的总要求和总方针。"三精"标准，将文艺作品的主题旨趣和思想深度、艺术表现的生动性和各种独特艺术形式的魅力呈现水平、观众接受程度及其社会影响这三种维度作为艺术作品评价体系的基石，有机整合艺术审美实践中创作、表演和接受三个基本环节于一体，有效克服了此前的政治标准和艺术标准以及"三化"标准中某些固有的片面性和局限性，充分表明中国共产党人对文艺创作基本规律的认知和驾驭水平达到了前所未有的新境界，并为文艺作品评价体系的科学构建奠定了基础性框架。②

---

① 明言. 音乐批评学［M］. 上海：上海音乐出版社，2017：35-38.
② 明言. 音乐批评学［M］. 上海：上海音乐出版社，2017：35.

3. 当代音乐评论的现实语境

一端是学术和精英，一端是现实和大众，处在音乐文化生态的交叉点上的中国当代音乐评论究竟该如何行动，从而塑造自己的而独立的文化品格？在当前音乐学院体制下的"音乐评论"学科构建过程中，需要厘清如下几对关系：音乐评论与学术研究的关系；报刊式评论与学术批评的关系；音乐评论实践与音乐批评的研究关系。

相比学术研究型的写作，音乐评论应该首要关注哪些问题，并从什么角度入手展开相关的写作，是首先需要面对的问题。如果说评论家（评论的主体）、艺术家（评论客体）、媒体、读者共同构成了音乐评论生态的完整链条，从中直接见出的就是音乐评论作为一种独特的写作范式对于"现实性"也就是时代性的鲜明特征。虽然对于音乐评论的对象在历史维度、学科分野上可以采取一种开放的态度，但是在话题展开的视角和切入点上确实应该有着明确的方向，即对当下的现实生活有着深切的观照。相比学者要甘坐"冷板凳"，评论家则要勇于"蹭热点"，甚至是制造"热点"。

虽然一直以来都把观点犀利、敢于亮剑当作音乐评论最鲜明的特色，但也不可否认，有的评论者挥舞此"利器"，恣意言行，赞扬、否定背后暗藏着一己之私利，使评论完全沦为达成个人目的之工具。而更多的学院派评论者，更是处于学术写作的思维惯性，不敢或者不善于将个性化的观点鲜明地表达出来，从而在与作为评论对象的艺术家的对话过程中沦为其代言人，从而丧失了与其平等对话的机会。有评论家认为，音乐作品的近乎无限的"能指"功能，落实到每一个听者那里的"所指"就相异互殊、绝不同一。[1] 音乐的"非语义性"特征以及语言表达的局限性、多义性都为音乐评论表达的主观色彩带来了进一步的困扰。当提及"音乐"这一概念时，在作曲家、民族音乐学家、音乐史学家、演奏家的脑海中投射出的可能是在某种程度上具有共通性，但是在文化特性、审美原则、分析标准等方面却又有着很大的差别。

当前绝大部分由学院派评论家写作的评论探讨的话题单一、远离大众，

---

[1] 罗艺峰.批评是表达一种理想：音乐批评学断想之一[J].人民音乐，1988（6）.

集中在学院、音乐厅内,远离现实生活。但是,出于学院背景的惯性思维,有关音乐评论的大众化的"媒体属性"并未得到充分的重视,甚至被有意无意地回避。在很多学院派评论家的文章中,似乎不搞一些专业的技术分析及某某主义、理论的引用和借鉴就不能显示其学术水准。这种"学究气"的写作,无形之中在作者和读者之间构筑了一道"话语"的屏障,使所要传达的知识和观点无法有效地传达给受众,从而使"评论"影响大众的基本作用不能得以发挥。

学院背景下音乐批评学科的构建与发展,使得长期以来国内由媒体人、业余评论家和少数从事相关领域研究的专业学者构成的音乐评论的队伍,在结构上发生了新的变化。但是,"学院派评论家"作为一个整体,在人才队伍的塑造和建设、自我身份的认同以及公众的社会认同度上都不尽如人意。特别是在评论最应该在场的、面向大众社会音乐生活中往往处于"缺席"的状态。其中既有观念层面的问题,也有实际操作层面的原因。前一个方面在于,我们将"音乐评论"与其他理论学科等同起来,将其引向了"学术研究"层面。虽然不可否认对于相关理论问题的研究,将有助于指导评论的写作,但仅仅停留在这个层面却成了当前比较突出的问题。现实层面,因受国内外各种现代或传统思潮和因素的影响,无论是创作者、评论者还是评奖者,在音乐作品评价标准和尺度把握上,均存在着不少错乱和混沌现象,种种理论问题和现实困境无一不在考验着评论家们手中之笔的客观性和公信力。

总之,作为一门实践性和操作性极强的学问,对于新时代日新月异的音乐生活保持的观察、开放的思维,是当代音乐评论家需要具备的品质。面对层出不穷的新作品、新形式、新观念,如何去粗取精、激浊扬清,让思想精深、艺术精湛、技术精良的作品在众声喧哗中脱颖而出是时代赋予他们的使命。这就要求有志于此道者,走出书斋走出校园,走向精彩纷呈、生动鲜活的现实社会的音乐场域中,运用自己的专业知识和敏锐的视野,捕捉各种热点并加以评论和探讨,为读者提供一种具有个性化、可读性、有营养的精神产品,从而帮助并引导他们关注、思考各种音乐生活中的现实问题,营造一种多元、深厚而健康的音乐文化生态,也为"音乐批评学科"的自身塑造一种独立的文化品格。

二、音乐评论的类型

音乐评论的写作、样式是一个开放性的话题。如前所述，作为区别于学术型写作的一个重要特征，音乐评论依托呈现的不同场域以及受众群体的差异，特别是评论者个性化的表达方式，在写作范式上有着多种类型的呈现方式。如根据评论对象进行分类，包括创作评论、表演评论、理论成果、音乐事件、音乐思潮等；有学者甚至借用文学上的分类方式，如论文体、散文体、书信体、传记体、对话体等。① 为了便于理解，根据专业技术含量和理论深度，将音乐评论大致划分为以下三种类型。

1. 赏析式评论

此类评论通过报刊、网络媒体等媒介最常见诸公众视野，因而最接近大众观念中的"乐评"范式。在此类型的批评活动中，评论家通过艺术鉴赏的方式，针对某一音乐事项（通常为音乐作品、现场表演或者事件）进行描述，展开评论。因而，其往往包含两个方面的内容：一方面是对于音乐家个人生平、作品创作（表演）特色及文化历史背景等相关内容的介绍；另一方面则是基于批评家个人艺术审美经验的主观性评判。虽然这种以评论家主观感受为出发点的价值评判带有鲜明的个人色彩，但其往往能够将富于诗意的文学性描述和对于音乐"语言"的通俗化转译有机地结合在一起，因而具有较强的可读性和广泛的接受度。一篇好的赏析式评论，往往能够"吸引读者去认识艺术批评更深层、更有意义的目标"②。具体表现为，在潜移默化中将文化观念、艺术鉴赏原则标准传递给读者，增加他们相关的音乐文化知识，引发他们对于音乐作品、表演的兴趣，进而丰富他们的艺术感受力，形成开放、多

---

① 张宇辉. 音乐批评学概论 [M]. 北京：文化艺术出版社，2010：181-186.
② 沃尔夫·吉伊根. 艺术批评与艺术教育 [M]. 滑明达，译. 成都：四川人民出版社，1998：34.

元的艺术欣赏观。

2. 分析式评论

相较于赏析式的评论，这一类型的专业性、逻辑性、思想性都进一步增强。在写作过程中，评论家需要借助一定的专业分析手段，或是美学、社会学的理论对评论对象加以审视，其中包括对音乐作品创作技法及其美学意蕴的评析；对现场表演的艺术特色和个性风格的诠释解读；对某些人物或事件展开的历史社会考察；对某一美学理念、文化思潮剖析评判；等等。此类评论多见于行业内的报刊媒体甚至学术期刊当中，其受众也偏向于音乐从业者或是具有较丰富的相关知识储备的读者群体。

无论是关于一度创作还是二度创作的评论，涉及创作本体技术性阐释都是一个不可或缺的环节。这也使评论底层的逻辑性、客观性等得到极大的增强。其实，在现有的音乐理论学科体系中，音乐分析专业（诸如曲式、复调、配器等）也承担着类似的职能，但是不同于这些传统的音乐分析更多集中在工艺学层面的探讨，以期为创作者群体提供交流互鉴的指向，作为评论话语中的技术分析，其目的在于以形式、技术层面的解析为依据，进一步探讨挖掘艺术家个性化技术手段的背后所蕴含的美学意蕴，评判其是否有效地传达了作曲家所希望表达出的文化诉求。

3. 思辨性评论

此种类型的评论着重对音乐理论相关的基本原理、基本特征的验证和音乐艺术的人文精神及意义的探讨，着眼于对某种音乐理论体的充实和建构，往往具有全局视野和历史纵深，因而显示出具非常强的学术研究属性。在某种意义上，此类成果属于带有鲜明批评意识的学术研究范畴。虽然此类评论通常仍是从一个具体的音乐事项入手（诸如作品、表演、现象、观念等），但其所要探讨的问题指向往往不再着眼于评论对象的审美或技术特征，而是进一步延伸，将其置于更为宏观的文化、历史的语境中，运用哲学、美学、史学、社会学、人类学、心理学等多个学科的相关理论，以综合研究的手段对研究对象进行多角度、全方位的观照。《歌剧〈特里斯坦与伊索尔德〉前奏曲与终曲的音乐学分析》①一文，为我们清晰地呈现了此类评论在技术和思想层面的深度和广度。文章从历史文化背景阐释、音乐本体的艺术分析、音乐内涵的社会历史分析等几个维度入手，对于一部处于19、20世纪之交欧洲音乐文化转型关键时期的经典作品进行了全面深入的剖析，并借由这一分析框架向学界展示了一种创新性的研究模式。这一创新的背后隐含的，是作者对于当时中国音乐学研究一直以来所遵循的社会—历史学派的学术范式所面临的危机的深刻反思，以及20世纪80年代以来形式主义、音乐自律论等"新音乐"思潮的积极回应。以此为发端，于润洋开创的音乐学分析的研究范式，对中国当代音乐学的研究方法和思维观念产生了深远的影响。这篇带有鲜明批判意识的经典文献为我们展示了音乐批评所能够达到的思想深度和深远的学术影响力。

需要说明的是，以上三种类型的划分并非泾渭分明的，在实践场域中常呈现重叠和交叉的多样化形态。虽然三者在文化视野、理性构建、专业深度上呈现递进关系，但其社会作用并无高下之分，而且在社会公共文化场域中，赏析式评论因其更注重文学性、知识性的媒体特征，往往更容易引发大众的关注、思考和讨论，形成热点，进而达成音乐评论最为本质的功能和使命。当然，无论哪种层次的音乐评论，追求技术分析与文化阐释的平衡、感性体验与理性思考的平衡都是评论家应该遵循的基本原则。

三、音乐评论写作及示例

常有人说，作曲是教不会的。其本意是说，虽然有关音乐创作的和声、对位、配器等写作技术是可以通过学习掌握的能力，但要成为一名真正具有独特个性和创造力的作曲家，创作者的悟性、阅历以及机遇也是不容忽视甚至更具决定性的因素。这个道理可以扩展到所有艺术创作领域，包括音乐评

---

① 于润洋.歌剧《特里斯坦与伊索尔德》前奏曲与终曲的音乐学分析[J].音乐研究，2008（1-2）.

论的写作。如前所述，相对于作为某个学术共同体（专业、精英、小众）内部进行思想交流和对话通行文本的学术论文写作，必须遵循一定的写作规范和程式；音乐评论的大众化属性则决定了其从写作姿态和表述方式上都呈现出一种多元化的样貌。尽管如此，通过回溯、梳理、解析理论评论家的写作实践，我们不仅能够获得诸多宝贵的写作技术上的经验，更能够透过对他们多年形成的学术理路的探寻，得到一种历史维度的启迪。

为了能够从前人的评论成果中提取出上述有价值的信息，用于评论实践，可以倡导一种"逆向阅读"的方法，即对音乐评论的经典文献从价值导向、思维方式到谋篇布局等多个维度进行学习和解读。具体标准，不妨借用国学大家刘文典所总结的关于如何写好文章的五字要诀，即"观世音菩萨"。所谓观，乃是多多观察生活；世，就是需要明白世故人情；音，就是文章要讲音韵；菩萨，就是救苦救难、关爱众生的菩萨心肠。寥寥数语，看似调侃，实则是他多年洞明学问、世事后的心得体悟。

1.《论音乐批评的自我意识》及其他

相对于学术研究、学科建设的日益深入完善，在中国的音乐评论实践领域，一直存在一种声音，那就是认为"中国没有真正的音乐评论"。这固然出于对中国音乐评论事业的发展现状与当代丰富多元的音乐生活现实不相匹配的批评，从学理层面，在凸显文化、美学阐释的同时，如何坚守音乐艺术表达的独特工艺学层面的分析理路，在注重对即时性音乐事项进行分析评价的同时，如何采取一种更为宏观的、历史性的视野对其进行深入观照，从而使音乐评论的主观性文化构建于坚实的理性内核基础之上，进而脱离某个艺术家（或者艺术作品）划定的论域，使音乐评论获得一种独立的学术品格，都是当前中国音乐评论亟待解决的课题。

因此，这里选取一个独特的范例——一位当代音乐评论家关于中国当代音乐评论事业自身发展的系列批评文章，来观察作为一个音乐评论家，如何通过与社会现实的深入互动和学术观照实现推动音乐评论事业的发展，并完成自身理论更新与蜕变。在1986年发表的《论音乐批评的自我意识》一文中，作者对前一个历史阶段音乐评论或"屈从于政治功利主义的驱策"，或"把自己混同于作品分析"的倾向进行了深刻的反思，进而试图从音乐本体意识、哲学—美学意识、历史—社会意识和个体创造意识四个维度构建起"音乐批评的自我意识"，并最早提出了创立音乐批评学的构想。① 进而在《论音乐批评的自觉意识》一文中，他大胆地预测，具有世界水平和国际影响的批评家之成批涌现于 20 世纪末和 21 世纪初的中国，将不是天方夜谭式的奇迹，而是一种合乎规律的历史必然。② 虽然今天看来，要实现作者的这一愿景，中国的音乐评论家们依然任重道远。但彼时正值改革开放之初，多元思想观念交汇碰撞，文化艺术领域百花齐放，作者做出这样乐观的预判充分契合了当时的整体文化发展的态势。20 世纪 90 年代，经济大潮风起云涌，商业化的观念弥漫至社会各个领域，功利主义、实用主义思想大行其道，面对"新潮音乐批评之沉重、沉默，通俗音乐批评之休眠、休闲，音乐思潮批评之休眠、休闲"，作者对连同自己在内的"专业批评家"提出了尖锐的拷问。③

进入 21 世纪，他对于改革开放以来的音乐评论事业发展做出了全面而深入的反思，在回顾总结 30 多年来我国音乐批评的整体状态经历的"U"形道路之后，系统梳理了新时期音乐批评的"四大母题""四项建树"，进而指出了繁荣的背后也隐藏着深刻的危机——"四失之症"。④ 除了宏观的审视，作者对于在操作层面如何不断完善音乐评论事业也提出了建设性的思考。在《论音乐作品评价体系的当代建构》⑤一文中，他剖析了在当代音乐审美实践中出现的"题材标准""国际标准""国粹标准""市场标准"乃至"人际标准"种种乱象之后，富于创见地提出，从音乐审美的基本规律出发，将于润洋提出之"三维结合"由学术研究方法论向音乐批评标准论拓展，以期为建构具有国际视野、时代气象和中国特色的音乐评价体系提供理论资源，开启创新思路。

---

① 居其宏.论音乐批评的自我意识[J].中国音乐学，1986（3）.
② 居其宏.论音乐批评的自觉意识[J].音乐研究，1986（4）.
③ 居其宏.无奈无为，音乐批评的当前状态[J].乐府新声，1995（2）.
④ 居其宏.我国音乐批评的新时期状态[J].音乐研究，2008（3）.
⑤ 居其宏.论音乐作品评价体系的当代建构[J].中国音乐学，2015（1）.

从畅想到呼吁，从反思到构建，每一次观念的转换都是基于当下社会文化生态作用于音乐评论事业发展所做出的及时回应与思考，展现的这位音乐评论家对于现实生活的细致观察，于纷繁复杂的表象背后洞悉发展趋势，进而给出符合历史规律且具有可操作性的应对策略。

2.《在融会贯通中出新——郭文景〈C 大调钢琴协奏曲〉听后随笔》

传统的音乐分析方法在对音乐作品拆解的过程中面临着一个重要的问题，即虽然能够对某一创作技术进行抽丝剥茧的分析，但依然无法解释一部作品如何作用于听众的情感，进而彰显出其经典性、伟大性。正如学者所说："音乐的技术语言有两个特点：其一是它的形式语言具有完全自洽而封闭的系统，自成一体，外人如不经过专业训练和专门学习，的确很难进入；其二是音乐的特定技术语言要素很少具备如文学和美术那样与普通的日常世界与生活之间的对应关系。"[①] 一种追求综合性的阐释观念逐渐成为两种"符号系统"进行信息转换和交流的重要范式。

这里透过一篇关于音乐家新近创作的《C 大调钢琴协奏曲》（2022）的评论文章，来了解音乐评论如何将音乐的创作技术分析、文化意涵解读与评论家的个人感受充分结合。

在写作风格上，该文章的评论采用了一种当下学院派乐评写作较少采用的赏析式的体例，即在作品宏观曲式结构的框架下，以时间陈述脉络对作品展开细致的分析研究。这是一种不太好把握的写作体例，很容易流于表浅的乐曲解说，但作者凭着自己深厚的分析技术功力和对于中外创作风格的丰富阅历，往往能借由作品的一个技术细节或是风格特征勾连出丰富的文化阐释，同时让文章具有一种流畅、亲切的阅读感。如文章写道：

在该乐章的中部，我还听到了某些颇具郭氏个人印记特点的音乐用

---

① 杨燕迪. 音乐评论家的"内功"修炼：论八项追求 [J]. 中国音乐，2022（3）.

笔，如"以单个音为主、但以下滑小二度收尾"的音线，类似鹧鸪等鸟类发出的"啾啾"声，不时地出现在乐曲基本主题和基本织体的上方，与之形成稀疏的第三重对位。它以点描似的手法从这件木管乐器传递到另一木管乐器——这种神秘的声音令人毛发悚然。类似的笔法早在郭文景的歌剧《狂人日记》描写狂人神经质心理的音乐中，在《诗人李白》的"李白出川"的环节也有这种类似两岸猿声的描写。熟悉他的朋友会说："一听就知道这是老郭。"它又像一颗颗偶尔划过天空的流星，拓宽了恍惚梦境般的音乐时空，陪伴着一片寂寥的荒郊之夜。[1]

在这段文字中，我们能够感受到扎实的技术分析、生动的艺术想象、宽广的文化视野，看似信手拈来，实则包含着评论者对大量作品分析实践的深厚积淀，在此基础上形成的鲜明问题意识，以及对于作曲家创作的持续关注和深入把握。更为难能可贵的是，因作者对大量创作者的持续关注，不仅使评论具有一种独特的历史纵深视野，更为其关于当代中国音乐创作的宏观研究提供了扎实、丰厚的素材。[2]

另外，本范例中所呈现出的评论风格，也是一个值得探讨的话题。与作者细致入微的音乐分析形成对比的，是其对作曲家一贯保持着一种关爱、鼓励的姿态。一如其众多相关文献中所展现出的，评论家总是努力发掘作曲家（特别是年轻作曲家）创作中的闪光之处，少有直接尖锐的批评。这正是刘文典所说的"关爱众生的菩萨心肠"。究其原因，既有评论家个人的性格因素使然，更在深层次上反映出中国当前音乐评论生态的某些特性。

3.《谭盾音乐与后现代主义》

随着中国新潮音乐的发展，如何记录、评价这个带有鲜明的先锋性、个

---

[1] 李吉提.在融会贯通中出新——郭文景《C大调钢琴协奏曲》听后随笔[J].人民音乐，2022（5）.

[2] 李吉提.中国音乐结构分析概论[M].北京：中央音乐学院出版社，2004；修海林，李吉提.中国音乐的历史与审美[M].北京：中国人民大学出版社，2008；李吉提.中国当代音乐分析[M].上海：上海音乐学院出版社，2013.相关研究成果参见于此。

性化群体的艺术探索，成为摆在当代中国音乐理论评论家面前的重要课题。作为一种借助西方现代作曲技术观念对于中国传统文化精神进行创造性表达的艺术行为，新时代中国的音乐创作不可避免地带有鲜明的现代乃至后现代文化属性，这也使借助西方当代哲学、文化学理论对其进行观照也成为必然。

面对纷繁多元的文化理论与艺术思潮，以冷静、客观的态度，运用恰当的文化学理论对具体音乐现象、音乐作品展开批评，方能显示出独特的视野和深度。作为一篇对当代最具话题性的作曲家作品的文化属性进行深入剖析的批评，文章准确地剖析出，其创作所显示出的深度模式的拆解、主体意识的消失、文本意义的分解、语言习俗的打破、文化的兼容等几个维度，具有典型的后现代特性。对此，作者进一步解读说：

> 一方面，谭盾把音乐作为纯粹的"声音"艺术，从而对"声音"发生了浓厚的兴趣，最终因大量"自然之声"的充斥而打破了艺术与非艺术的界线。另一方面，谭盾又把音乐视为一种不能脱离其戏剧传统的艺术，故而在舞台上实施了"乐队剧场"等及一系列现代"祭祀"，并在"现场观众"的"参与"的"游戏"中逐渐走向"行动艺术"。这些都隐隐向人们昭示出："生活中的一切都是艺术。"也正是在这种后现代信条的驱使下，谭盾音乐打破了"现存的语言习俗"，进而表现出了面对现代主义的"反文化"——"深度模式的拆除"。由于谭盾音乐在"人"与"自然"之间选择了"自然"，以致丧失音乐的"主体性原则"，表现出了所谓"主体的死亡"。此外，谭盾音乐还通过"二元对立"的设置而造成了文本意义的分解；通过"引用""拼贴"以及"构成"实现了"文化兼容"。不仅如此，谭盾音乐也走出了那种"为艺术而艺术"的象牙塔，而力图"满足社会的需要"、注重"市场性"，从而被贴上了"商品"的标签。如果这些都是事实，那么谭盾音乐就是一种不折不扣的后现代主义。[①]

---

① 李诗原. 谭盾音乐与后现代主义 [J]. 中国音乐学，1996（3）.

意味深长的是，这段评论像一个"预言"，准确地勾勒出了作曲家日后的创作轨迹。上述文章发表 22 年之后的 2018 年，在挪威奥斯陆举行的乌提玛现代音乐节上，谭盾执棒奥斯陆交响乐团演出了自己的三首新创作的小提琴协奏曲。在《帕萨卡里亚·风与鸟的密语》中，作曲家透过古老的音乐体裁和现代的语汇，探索了以音乐表现自然界中声音和颜色的可能性。他事先用中国传统乐器创作了一段鸟鸣音乐，预先录制好传到网上。演出现场，观众和交响乐队在指挥的引领下，通过手机随机播放预置音响，使音乐会顿时变成一座"充满诗意的数字森林"。第二首作品由《戏梦摇滚》和《戏梦人生》两个乐章组成。在不同的音响符号和文化意象的重叠与撞击中，严肃正统"精英文化"的象征——交响乐、中国纯正"传统文化"的代表——京剧、充满反叛精神的"俗文化"——摇滚乐这些看似不搭界的艺术形式，被作曲家以拼贴的手法生生糅合在了一起。在当晚最受瞩目的当数世界首演的小提琴协奏曲《火祭》中，谭盾通过残酷的战争、无辜的人、天鸟的咒语、永恒四个主题创造了人类与自然母亲对话的仪式，交响乐团被分为台上、台下两个部分，分别代表着人类和大自然母亲。观众被夹在两个声场中间，成为仪式的参与者和见证者。

"自然之声""乐队剧场""祭祀仪式""风格拼贴"等，作曲家由此精准地再现了评论家为其预先总结出的创作特色，或者说，评论家精准地预测出了作曲家所有讲述的音乐事件。评论家基于对音乐文本的感性体悟，借助当代文化理论实现了对于创作实践从技术手法到文化特性深入解读，从而展示了理论与实践深入互动的理想状态———一种经得住时间检验的有效的评论。

需要特别指出的是，对于外来的理论，批评家应同样始终抱持着冷静的批评意识，不能一味地照搬套用，而是对其局限性、适用性有着独立的思考。谈及随着后现代理论的崛起，现代性的价值逐渐被"放逐"的问题，需要看到，"反思现代性的危机及它给当代中国带来的弊端，虽很有必要。但笔者认为，这一切都不应以全盘否定现代性及'五四'以来的中国现代文化为代价，更不能由此而否定中国的现代化"，"后现代主义并有一股批判精神，在一定意义上也不失为一种具有积极意义的文化精神，但它对于当下中国而言，其意义充其量也只能说是"未雨绸缪"。①

与此同时，从《谭盾音乐与后现代主义》一文中，还能看到另外一层文化诉求，即对于西方前卫话语进行学习借鉴的目的除了为传统的音乐学研究提供一种新的理论框架，更为重要的文化指向是让研究成果进入人文的大视野，与人文学科进行对话。这才是音乐学的终极价值取向。一如评论家所言，进入21世纪，中国的音乐学家们在考虑一些具体的方法论问题时，也该考虑音乐学的价值取向、音乐学的终极关怀或音乐学的出路，而不要总认同"音乐学就是关于音乐的学问"。21世纪的中国音乐学不应自我封闭，而应"边缘化"一点，"非领地化"一点，进入人文视野，与其他人文学科互为引证，共建人文精神，为人的生命存在及其优化做一点什么。②这一价值取向应该成为包括音乐评论家在内的所有艺术评论工作者的共同文化追求。

---

① 李诗原.当代音乐批评中后现代话语评析［J］.解放军艺术学院学报，2009（1）.
② 李诗原.走出封闭的21世纪的中国音乐学［J］.黄钟，2001（1）.

第十四章

美术评论

在各种文艺门类的评论中，美术评论相对比较活跃，从事评论的人员和生产的评论文本比较丰富，产生的评论思想也比较系统，这与美术的特性有关。与音乐相比，美术作品有确定的物质形态，这让美术评论有了明确的对象。但美术评论与美术作品使用的是不同的媒介，美术评论可以更好地帮助人们去欣赏美术作品。本章主要讲述美术评论的特征、要素、流派以及美术评论家的养成。

一、美术评论的对象与特征

美术评论有自己的对象和特征。美术评论的对象主要是美术作品，也涉及美术家和美术运动。鉴于美术作品多半附着在物质媒材上，具有相对的稳定性，因此，美术评论多半采用描述的手法，后续的解释和评价也需要建立在客观描述的基础上。

1. 美术评论的对象

美术评论，主要指的是对美术作品的评论。美术作品包括绘画、雕塑等视觉艺术，有时候也涵盖建筑、工艺等实用艺术，以及装置、影像、行为等当代艺术。除了针对作品的评论外，美术评论也针对美术家、美术运动和美术流派等做出评论。

2. 美术评论的特征

严格说来，美术评论不同于涉及美术的一般议论和新闻报道。美术评论通常有美术理论和美术史作为基础，涉及对美术的理论阐释和历史定位。但是，美术评论又不同于美术理论和美术史。

美术评论不同于美术理论。美术评论针对具体的作家作品，美术理论不针对具体的作家作品，而是针对能够涵盖全部作家作品的一般理论。在这种意义上可以说，美术评论是关于美术实践的思想，美术理论是关于美术实践的思想的思想。美术评论为美术实践提供意见和建议，美术理论为美术评论提供观念和方法。

美术评论也不同于美术史。尽管美术史和美术评论都针对具体的作家作品，但是美术史侧重过去的作家作品，美术评论侧重现在的作家作品。这是它们在时间上的区别。评价是美术评论中必不可少的部分，鉴于评论的对象多半是同时代的、尚未盖棺论定的美术现象，负面评价在美术评论中会占据较大的比重。正因为如此，美术评论会有一定的主观性。美术史研究的多半是历史上已有定论的美术现象，会尽量避免主观性，追求客观性。

3. 美术评论的历史

美术评论较早就发展起来了。例如，南朝时期的谢赫的《古画品录》，就是比较完备的美术评论。它有"六法"这种理论主张作为评论的依据，也涉及画家的师承等历史事实，这使得它对画家做出的不同等级的区分就有了理论和历史的依据。意大利文艺复兴时期的瓦萨里的《艺苑名人传》，记录了文艺复兴时期200多位美术家的生平和作品，而且对这些美术家和作品有非常精到的评论。谢赫的《古画品录》和瓦萨里的《艺苑名人传》，也被视为美术史和美术理论方面的著作，因为在这些著作中史论评没有被严格区别开来。

18世纪法国的沙龙评论被视为相对独立的美术评论，沙龙评论的代表作家狄德罗被视为现代美术评论的奠基人。狄德罗既是哲学家，又是文学家，同时对他同时代的美术家的创作非常了解，他笔下的美术评论不仅涉及对美术家和美术品的评价，而且也是可读性很强的文学作品。自此之后，美术评论就以它的思想性和文学性受到读者的欢迎，美术评论家成为美术运动的重要推手。例如，波德莱尔就推动了浪漫派美术的发展；罗斯金成为拉斐尔前派的代言人；弗莱推动了以后印象派为代表的现代美术运动；格林伯格奠定了抽象表现主义绘画的理论基础；丹托开启了观念美术的新篇章。回顾美术史，在历次美术运动中，美术评论家都发挥了重要的作用。

4. 美术评论的意义

20世纪以来，伴随着中国式现代化进程，中国美术获得了长足发展，美术评论有力地推动了中国美术的现代转型。例如，鲁迅对于木刻版画的评论，推动了新兴木刻运动，为中国现实主义美术奠定了基础。但是，也不可否认，与美术创作和社会整体的巨大发展相比，我国美术评论还相对薄弱，与其他门类艺术类似，在美术领域也存在重创作轻评论的倾向。在高等院校的美术学术教育中，史论评的比重也很不平衡，美术史较受重视，美术评论则相对边缘。这一方面与美术学术教育的传统有关，另一方面与美术评论的性质有关。美术学术教育一向比较重视历史教育，以至于国外相关学科的名称就叫"美术史"。尽管我国相关学科的名称不是"美术史"而是"美术学"，按理可以涵盖有关美术的史论评，但是由于受到国外美术史学科的影响，美术学仍然以美术史为主。美术评论不受重视，除了美术学向来重视美术史研究之外，美术评论自身的特征让它也不容易符合现代学术评价的要求。由于美术评论针对的是同时代的美术现象，这些现象尚处于发展变化之中，美术评论不可避免具有一定的主观性，而且相关结论很有可能因为时过境迁而被证伪。从这种意义上来说，美术评论不如美术史经得起时间的检验。另外，美术评论具有很强的时效性，要求评论者在很短的时间里完成，不像美术理论那样可以做到思想缜密。与深思熟虑的美术理论相比，急就章式的美术评论很有可能不那么完善。与美术史和美术理论相比，美术评论的学术性显得不够强，因此高校没有专门针对美术评论的人才培养项目。

随着艺术学独立成为门类，相关学科建设和人才培养发生了重要变化，美术评论的人才培养提上了议事日程。没有发达的美术评论，不仅美术创作和欣赏等实践会受到影响，而且美术史和美术理论等研究也会有所局限。就美术创作和欣赏等实践活动来说，美术评论可以发挥一定的指导作用。特别是在观念占一定比重的当代美术实践中，美术评论可以对美术作品的意义和价值产生实质性的影响，甚至可以说美术作品是美术家和美术评论家共同完成的。就美术史和美术理论等研究来说，美术评论也具有重要的作用。与美术实践紧密相关的美术评论，有助于美术理论突破旧模式，获得新视野。更重要的是，当代美术理论不满足于抽象论述，而喜欢借助具体作品来阐发理论，因而有从高高在上的理论下沉到接触实际评论的趋势。无论是从形式还是内容上，美术评论都可以给这种下沉的美术理论提供启示。就美术史来说，美术评论可以为它提供素材。由于年代久远，有些美术作品已经不复存在，关于它们的评论就成了美术史的依据。对于那些延续下来的美术作品，美术史家在书写美术史的时候也希望参考它们同时代人的评价。美术史不是事实的重现，而是关于事实的叙事。美术史叙事通常建立在关于美术家和美术作品等事实的讲述的基础上，美术评论就提供了美术史叙事所需要的材料。因此，美术评论既有助于美术实践，也有助于美术理论和美术史研究。

二、美术评论的类型

我们可以从不同方面来区分美术评论的类型。根据目的不同，美术评论可以分为新闻性评论、学术性评论和商业性评论；根据形式不同，可以分为访谈式评论、对话式评论和作者式评论；根据美学的不同，可以区分为基于再现的评论、基于表现的评论和基于形式的评论；根据媒介的不同，可以分为口头评论、书面评论和视频评论。鉴于本书其他章节已经涉及后面三种分类的评论，本章着重介绍前面一种分类的评论。

1. 新闻性美术评论

新闻性美术评论指的是发表在报纸上的评论。这种评论具有很强的新闻报导性质，目的是向读者介绍最新发生的美术事件，如美术展览、拍卖、新作发布以及与美术活动有关的其他事项。新闻性美术评论具有很强的时效性，作者在撰写此类评论的时候需要给出与所评论的美术事件有关的尽可能多的信息，因此作者多半会采用描述的方法。

新闻性美术评论需要在较短的时间里完成，作者没有太多的时间去做深入的调查研究，因此此类评论多半会显得比较浅显，甚至有可能会出现错误信息。浅显不是新闻性美术评论的缺点，而是它的优点，因为新闻性美术评论针对的是一般读者，他们对美术没有专门的研究，难以接受深奥的评论。不过，无论写作多么匆忙，从事新闻性美术评论写作的作者都应该尽力避免信息错误。

新闻性美术评论不仅浅显，而且简短。在纸媒时代，由于有发表空间的限制，新闻性美术评论很难做到畅所欲言，作者需要特别重视信息甄选，做到取舍得当。进入网络时代，原则上有了无限的发表空间，但是新闻性美术评论也不宜过长，这与相关受众的接受心理有关。对非美术专业的受众来说，他们很容易迷失在过多的具体细节和过深的理论分析之中，更容易接受简明扼要的评论，尤其是那些突出事件性因而具有吸引力的评论。

尽管新闻性美术评论并非训练有素的美术评论家深思熟虑的写作，而且因为发表空间的限制和出于受众心理的考虑往往比较简短，但是对于美术史和美术理论研究却具有重要的参考意义，因为它们是对美术现场的一手记录，接近历史事实。

2. 学术性美术评论

学术性美术评论通常发表在学术性期刊上，甚至以专著的形式出版。这种评论具有很强的理论性，目的是阐发隐藏在美术作品背后的意义，尤其是那些一般观众难以发现的意义。当然，也有一些理论家借助美术作品来阐发他们的理论主张。从事学术性美术评论写作的作者，多半是美术史家、美术理论家以及对美术有兴趣的思想家，他们多半会采用解释的方法。如吴冠中在20世纪70年代末80年代初在学术期刊上陆续发表的《绘画的形式美》

《关于抽象美》《内容决定形式？》等文章，通过对具体作品的讨论，提出自己关于艺术形式、抽象性等问题的思考，以批评家的身份在中国现代美术运动中发挥了重要作用。

学术性美术评论是作者深思熟虑的结果，作者往往能够挖掘作品中出人意料的意义，但是这些深度阐释也有可能会走向极端，显得穿凿，难以避免主观性的指摘。例如，海德格尔在《艺术作品的本源》中评论了凡·高的《农鞋》，尽管评论非常精彩，也具有广泛的影响，但是他的评论很有可能建立在一个错误的事实的基础上，就像夏皮罗指出的那样，凡·高画的是自己的鞋，并非农妇的鞋。同样的情况，在弗洛伊德评论达·芬奇、福柯评论委拉斯开兹、德勒兹评论培根、丹托评论沃霍尔等美术评论文本中都可以见到。

尽管学术性美术评论有可能失之偏颇或者具有较强的主观性，但是学术性美术评论的洞见对于增进我们对美术的理解具有重要的作用，同时能够激发美学和艺术理论的创新。例如，罗杰·弗莱和克莱夫·贝尔等人在20世纪以表现主义和抽象绘画为代表的新艺术的刺激下，提出了艺术是有意味的形式的命题，彻底改变了艺术是对现实模仿的传统看法，宣告了欧洲表现性艺术在与再现性艺术的长达一个世纪的竞争中最终胜出，艺术和美学同时进入了一个崭新的时代。再如，哈罗德·罗森伯格从"行动"的角度来阐释北美的抽象表现主义绘画，将绘画视为画家生命运动留下来的痕迹，将观众的注意力从艺术品转向艺术家，为20世纪后半期的艺术体制理论做出了铺垫。

3. 商业性美术评论

商业性美术评论通常发表在展览图录上，或者作为展览的前言出现在展厅里，多采取判断或者评价——尤其是正面评价——的形式，以宣传展览的作品为目的。在狄德罗撰写沙龙评论的18世纪中期，人们就能将商业性美术评论从严肃的美术评论中排除出去，因为商业性美术评论只是对美术家和美术作品的吹捧，缺乏客观的描述和公允的判断。

但是，随着商业性美术评论的改善，特别是随着艺术评论由评价向解释转向，商业性美术评论越来越靠近学术性美术评论。给展览图录撰写文章的评论家，不再限于美术馆馆长和策展人，一些训练有素的美术史家和美术理论家也加入展览图录的撰写者队伍，不少重要的美术评论文章最初就发表在展览图录上。例如，丹托著名的评论文章《抽象表现主义可乐瓶》，最初就发表在 1991 年 1 月于蓬皮杜中心开展的"艺术与社会"的展览图录上。①

三、美术评论写作及示例

通常来说，描述、解释和评价被认为是美术评论的基本要素。美术评论通常从对作品的描述开始，经过解释，最后做出评价，因此，这三个要素也构成美术评论的三个基本步骤。尽管在实际的操作中，评论家有可能不会按照这个顺序来撰写评论文章，有可能会将这些要素穿插起来，形成夹叙夹议的文本，但是从逻辑上来讲，美术评论中描述、解释和评价之间会存在依赖关系，后一个要素总是依赖前一个要素。

1. 描述

所谓描述，就是用语言去再现或者转译评论的对象。评论中的描述通常是用语言进行的，采用其他媒介的再现或者转译，都不能算作描述。用绘画去再现或者图解另一幅绘画，通常被认为是挪用或者戏仿，属于美术创作，不能算作描述；用绘画去再现音乐，也属于美术创作，不能算作描述。但是，用语言去描述一件语言艺术作品，如用语言去描述一部小说、一首诗歌或者一个剧本，也可以算作描述。美术评论中的描述，与美术创作中的挪用、戏仿、用典等不同。当然，这并不意味着美术评论中的描述本身没有艺术性，好的描述本身也具有艺术性，可以成为非虚构文学作品。但是，美术评论中描述的目的，不是文学创作，而是为进一步的解释和评价奠定基础。

描述在美术评论中所处的位置，随着历史阶段的不同而有所不同。在图

---

① Arthur Danto. The Wake of Art: Criticism, Philosophy, and the Ends of Taste [M]. Amsterdam: Overseas Publishers Association, 1998: 177–192.

像复制和传播技术尚不发达的时代，描述不仅是美术评论的一部分，而且还担负着传播美术作品的功能。对于没有机会见到作品的观众，他们首先需要了解的是作品的信息，希望通过评论家的描述在想象中将作品建构出来，因此评论中的描述就显得尤为重要，构成全部评论的基石。随着图像复制和传播技术的飞速发展，观众很容易就能够获得图像资料，描述似乎就变得没那么重要了。例如，在没有图像传播技术的时代，人们多半是通过评论家的文字了解雕塑《拉奥孔》，很少人有机会目睹《拉奥孔》。读过评论家关于《拉奥孔》的描述，就像看过《拉奥孔》一样。以《拉奥孔：论诗与画的界限》一书闻名的莱辛，就毫不隐讳自己没有看过《拉奥孔》雕塑的原作或者复制品。莱辛关于雕塑《拉奥孔》的信息完全来自评论家对它的描述。[①] 有了摄影等现代图像复制和传播技术之后，几乎每个人都有机会目睹《拉奥孔》。尽管《拉奥孔》的图像复制品与《拉奥孔》的原作之间有很大的区别，但是对希望通过评论家的文字了解《拉奥孔》信息的观众来说，图像复制比文字描述更加直接和详细。如此一来，描述在评论中的地位就不可避免地降低了。

评论中描述的主要目的，是将观众没有机会看到的作品再现出来。就像狄德罗在《1765年沙龙随笔》开篇给他的朋友格里姆的信中所说的那样："人们只要有点想象力和鉴赏力，就能够通过我的描述在空间展开这些画面，将被描绘的各项物体安置得大致像我们在画面上看到的一样。"[②]

狄德罗所处的时代还没有摄影技术，绘画的传播除了原作和版画之外，主要靠文字描述。考虑到观众不容易看到原作，而版画制作的周期长、成本高，艺术品的大众传播主要靠文字描述。从狄德罗给格里姆的信中可以看到，他对自己的描述效果充满自信。观众可以凭借他的描述在想象中将一幅没有见过的画呈现出来，而且在想象中画出来的画面跟真实的画面可以相差无几。狄德罗的这种说法在今天听上去有些难以置信，不过他的某些描述的确足够细致。比如，他在《1761年沙龙随笔》中对格勒兹的油画《定亲姑娘》的

[①] 贺询.从《拉奥孔》看莱辛与温克曼的"观看论"之争［N］.中国美术报,2016-11-28（21）.
[②] 狄德罗.狄德罗美学论文选［M］.张冠尧,等译,北京：人民文学出版社,1984：456-457. 译文稍有改动。

描述就无微不至，体现了狄德罗超乎寻常的观察能力、记忆能力和语言转译能力。

当然，语言在借助描述再现美术作品时有它的缺点。无论多么精准和详尽的描述，都无法真的将作品带到读者的面前。但是，语言描述也有它的优点，语言可以提供更大的想象空间。就像狄德罗所说的那样，借助想象可以将语言描述的作品活灵活现地呈现在读者面前。由于有想象力参与创造，用语言描述的作品有可能比真实的作品让人觉得更完美。

当然，描述不只是再现作品，进而让观众借助想象仿佛亲眼见到作品。描述还可以突出作品的重点，尤其是作品中某些非常重要而观众又容易忽略的细节。例如，扬·凡·艾克的《乔万尼·阿尔诺芬尼和妻子的肖像》就有一些这样的细节，需要评论家指认出来观众才会注意：(1)镜子。画面中间偏上方的后墙上挂着一面凸面圆镜，镜子里反射出阿尔诺芬尼夫妇的背影，如果仔细看还会发现镜子里面有另外两个人，其中一位应该就是画家本人，配合在镜子上方的墙上用花体拉丁文写着"扬·凡·艾克在此，1434"。(2)吊灯。阿尔诺芬尼夫妇身后房顶上悬挂下来一盏华丽的铜吊灯，共有六个烛台，其中四个烛台没有蜡烛，靠近丈夫一边的烛台的蜡烛亮着，靠近夫人一边的烛台的蜡烛似乎刚刚燃尽，在烛台边上还有熔蜡没有清理。(3)树。窗外有一株树，尽管不容易辨认出是什么树，但能看出来在阳光下繁花盛开。(4)水果。窗台上和窗户下面的柜子台面上有一些水果，看上去像橙子，也有可能是苹果。观众能看到窗台上一个，柜台上三个。由于画面主要内容是阿尔诺芬尼夫妇，这幅画也被称作《阿尔诺芬尼夫妇肖像》，除了两位主要人物和处于前景的狗与鞋子之外，其他细节很容易被观众忽略。但是，这些细节富有象征意义。评论家通过描述将这些细节指认出来，可以引起观众的注意和思考。[①]

描述不仅可以引起观众的注意，而且意味着与观众达成共识。由于描述是客观的、忠实于作品的，只要在描述中呈现出来的内容，就意味着观众对

---

① 丁宁.西方美术史十五讲[M].北京：北京大学出版社，2003：218-220.关于《乔万尼·阿尔诺芬尼和妻子的肖像》作品的解读参见于此。

于它们的存在没有异议。因此，好的艺术评论文本，都会通过描述给出尽可能丰富和准确的细节，尤其那些构成随后的解释的基础的细节，评论家都应该尽可能忠实地描述出来，这样可以减少对随后的解释的异议。从这种意义上说，描述还有达成共识的功能。

再现作品内容、指认作品细节、与观众达成共识，这些构成描述的主要功能。即使在机械复制技术高度发达的今天，观众可以借助摄影、录音和摄像去获得作品的信息，描述对作品的再现功能似乎被取代了，但是经由语言的再现与机械复制不同，前者意味着转译，后者只是复制，因此语言描述包含着编码和解码，涉及创造性的转换。更重要的是，对作品细节的指认和共识的达成，都不是机械复制能够完成的。一些观众容易忽略的重要细节，不经过描述指认出来，无论多么逼真的复制品也不能引起观众的注意。由于观众对作品的经验总是处于动态变化之中，只有经过语言描述才能将经验到的内容确定下来，构成评论的基本共识。

尽管描述内容会因为评论家的兴趣、评论对象和评论环境的不同而有不同的侧重，但从总体上来说，描述内容不外乎作品的内在特征和外在特征两大部分。所谓内在特征，指的是从评论对象中可以直接观察到的内容。所谓外在特征，指的是从评论对象中不能直接观察到的或者不是直接相关的内容。一般说来，内在特征包括美术作品的题材和媒介，外在特征包括作品的标题和价格、美术家的意图和经验、美术范畴和历史脉络、物理环境和观众反应，以及评论家自身的反应等。①

就美术作品来说，最让评论家关注的通常是它的题材和内容。不过，如果仔细区分，主题和内涵还是有所区别的。例如，凡·高的《向日葵》的题材是作为植物的向日葵，它的内容是凡·高创作的向日葵形象。不同的画家可以创作出不同的向日葵形象，创作出内容不同的向日葵绘画，但他们采用的向日葵题材可以是一样的。有些抽象作品很难辨别它们的题材和内容。例如，伊夫·克莱因的《IKB 191》就是一块纯蓝色，没有通常意义上的题材和

---

① Kerr Houston. An Introduction to Art Criticism: Histories, Strategies, Voices [M]. Boston: Pearson, 2013: 87-102.

内容。对于像《IKB 191》这样的作品，适合于描述的特征就是它的媒介和物质形式了。例如，它的高为 65.5 厘米，宽为 46 厘米，采用的材料是蓝色色粉、合成树脂、画布和木板等。

一些评论家强调，描述的对象应该严格限制在评论家的感官能够识别的范围之内。我们将这种描述称为对作品内在特征的描述。对坚持将描述的对象局限于内在特征的艺术评论来说，最大的困难在于如何让描述变得更加丰富和引人入胜。同时，当代美术的许多信息是无法通过直观从作品中获得的，丹托的全部艺术理论都致力于辩护这种非直观性。如果美术作品具有非直观的内容，那么将描述的范围限定在感官识别的范围之内就无法触及美术作品的本质，因此有必要将描述的范围由内部特征扩展到外部特征。

对现代形式主义者来说，作品的名称不是作品的有机组成部分，一些美术家用编号来给自己的作品命名，一些美术家用"无题"来给自己的作品命名，一些美术家干脆不给作品命名，而一些给作品命名的美术家也会将名称写在作品的背面或者底部，不让名称干扰观众的审美感知。

作品的媒介与材质或原料经常会被混为一谈，但是将它们区别开来对于作品的理解非常重要。媒介属于内在特征，材质或者原料属于外在特征。

观众和评论家对于作品的反应，也是评论家描述的重要内容。在沙龙评论中，狄德罗经常提到观众的反应，在提到观众反应的时候，狄德罗通常不会指名道姓，而是用"有人说"。美术评论中的描述都是从评论家的角度做出的，但是当评论家特意强调是自己的反应的时候，这种反应就可以当作他的个人反应，不一定要求观众认同。评论家在描述对作品的反应时，可以包括自己的反应、观众的反应、中立的反应。这些不同角色的反应，归根结底都是从评论家的角度做出的，因此它们也可以被视为评论家在扮演不同的角色，评论家借观众之口说出自己想说的话。

由于经济价值与学术价值和审美价值一道决定艺术品的价值，特别是随着美术市场的发达，美术作品的经济价值能够很快就被体现出来，因此不少评论家在描述时会指出作品的市场价格。例如，塞·托姆布雷的《无题（纽约市）》从表面上看就像在黑白上用粉笔画了 6 行圆圈。如果指出这件作品在

2015 年 11 月 11 日纽约苏富比拍卖会上被成功拍卖出 7053 万美元，观众就有可能会去关注作品背后的故事，进一步发掘它的意义和价值。

总之，美术评论中的描述，无论是对作品的内在特征还是外在特征的描述，都要尽可能地客观、准确、详细。当然，也要尽可能地生动和引人入胜。在这方面狄德罗给我们做出了典范。

2. 解释

美术评论中的解释，就是对美术作品意义的阐发。无论是再现、表现还是写意，美术作品都有它要表达的意义，正因为如此，古德曼将美术纳入符号表达之中。所谓符号表达，就是用"此"表达"彼"，即所谓"言在此而意在彼"。美术评论的目的，除了将"此"描述出来之外，更重要的是将"彼"解释出来。

描述针对的是美术作品的事实，解释针对的是美术作品的意义，同样的事实可以有不同的意义。因此，与描述相比，解释具有更大的多样性和主观性，不同的评论家对于同样的美术作品甚至可以做出相互冲突的解释。

尽管从理论上可以将解释与描述区别开来，但是在实际评论中它们之间的边界是很难划定的。一方面，描述、解释和评价是交替进行的，在用"夹叙夹议"的方式写成的评论文本中，我们很难将它们严格区别开来。另一方面，一些描述性的语言本身也具有解释和评价的性质。描述的内容、描述的方式、词语的选择等，都会暗含解释在内。

如果将描述严格限制在感觉领域之内，解释还可以区分为"低度解释"和"深度解释"。低度解释也可以称为"分析"。与此相对，深度解释可以称为"阐释"。尽管在通常情况下我们并不在分析与阐释之间做出严格区分，但是指出分析与阐释略有不同仍然是必要的。分析的内容比较客观，对具有鉴赏力的观众来说，容易识别和赞同分析的内容。但是，阐释的内容就不一定具有客观性和普遍性。阐释更容易受到"视界"的影响，这里的视界是由各种"先入之见"的理论形成的。通过不同视界做出的阐释，很有可能非常不同。要与某种阐释形成恰当的共鸣，首先必须接受该阐释依据的视界。鉴于作为低度解释的分析与描述比较相似，我们这里主要讨论深度解释即阐释。我们提到的解释，主要指的是深度解释。尽管解释的内容因为存在主观性和视界性而容易惹出争议，但是美术评论却非常依赖解释。于是，解释成为美术评论的重要内容。

解释在根本上是阐发艺术作品的意义。在通常情况下，人们会认为艺术作品的意义就是艺术家的意图，艺术作品是传达或者表现艺术家意图的道具，解释的目标就是发掘艺术家的意图。这种意义上的解释，通常被称作意图主义解释。

例如，对于凡·高绘画的解释，评论家往往会依据凡·高的书信去发掘他的意图。可以毫不夸张地说，凡·高之所以那么伟大，与他留下的大量书信不无关系。这些书信给了我们许多关于他在创作绘画时的构思、目标和心理状态，赋予了他的作品丰富而深刻的意义。凡·高的这些信件，为评论家阐释他的作品提供了一把钥匙。挖潜美术家关于自己创作的说明，成了评论家的一项重要任务。

中国画家喜欢在画面上题跋，通过题跋来表明自己作画的意图和寓意。这样就更方便评论家根据画家的意图来解释作品了。例如，赵孟頫在他的《鹊华秋色图》上就有一段这样的题款："公谨父，齐人也。余通守齐州，罢官来归，为公谨说齐之山川，独华不注最知名，见于左氏，而其状又峻峭特立，有足奇者，乃为作此图，其东则鹊山也。命之曰鹊华秋色云。元贞元年十有二月。吴兴赵孟頫制。"这段题记包含了画家创作的时间、地点、创作意图等重要信息，为评论家解读这幅作品提供了重要的依据。

根据美术家的意图来解释作品的意义也会遇到困难。首先，有些作品因为年代久远失去了作者的信息，有些作品的作者是匿名的，还有些作品是集体创作，对于这些作品，评论家很难确定作者，因而也就无法考证作者的意图。其次，按照某些美术理论，例如浪漫主义或者精神分析理论，美术家的创作是灵感的产物或者无意识的流露，美术家只有在有意识或者脱离灵感状态时才能讲出自己的意图，由此就会出现这样的悖论：美术家要么处于灵感或者无意识状态而不知道自己的创作意图，要么知道自己的创作意图但不能确保它是真的。因此，根据美术家的意图来解释作品的意义是有疑问的。最后，在对美术作品的解释上，美术家本人不一定比评论家更有优势。美术作品的含义比较丰富，美术家自己很可能只是意识到其中的某些方面。美术作品完成后，评论家和观众都可以参与对作品的解释，这些解释往往会极大地丰富美术作品的意义。

20世纪中后期开始，反意图主义的解释逐渐占得上风，比尔兹利就致力于对意图主义的批判。首先，比尔兹利明确提出了"两个对象的论证"，认为艺术作品与艺术家在本体论上是全然无关的两种东西：艺术作品是物，艺术家是人。意图是艺术家中的私人事务，作品是艺术界的公共事务，二者不能混为一谈。评论家的任务是研究艺术作品，而不是研究艺术家。如果评论家去关注艺术家的心理和个人经验，就明显离开了评论家应该关注的对象。[1]其次，比尔兹利进一步阐发了"戏剧性说话者的论证"，认为在所有文学作品中我们都能找到一种特别的说话者，也就是戏剧性说话者。文学作品中的这种说话者不是作者，或者说只是作者假装的样子，不能将戏剧性说话者及其意图与作者及其意图等同起来。[2]最后，比尔兹利提出了一种许多反意图主义者都共有的"意义论证"，认为文学作品的意义不是由作者的私人意图决定的，而是由字典中的词语意义和语法决定的。我们只能根据字典、语法等大家共有的东西来理解作品的意义，而不能根据作者的私人意图来理解作品的意义。[3]经过比尔兹利的论证，"意图谬误"由最初的稍嫌武断和任意的主张变成了新批评的一项公认的纲领，成为美学和文艺评论领域中一项占主导地位的原则。

3. 评价

评价是艺术批评中的结论部分，是经过描述和解释之后做出的判断，因此评价经常被称作判断。对于批评对象如艺术品的评价可以从多方面进行，

---

[1] M. C. Beardsley. Aesthetics [M]. New York: Hackett, 1981: 25.
[2] M. C. Beardsley. Aesthetics [M]. New York: Hackett, 1981: 238–242.
[3] M. C. Beardsley. Aesthetics [M]. New York: Hackett, 1981: 26.

既可以从本体上做出是与否的判断，也可以从价值上做出优与劣的判断，还可以从审美上做出美与丑的判断。换句话说，我们可以判断某物是不是艺术品，也可以进一步判断它是否优秀，还可以判断它是否感人。我们可以将这三种判断区分为本体论判断、价值论判断和美学判断。美学判断通常也被归入价值论判断之列，但是它们之间的区别还是很明显的。在做价值判断的时候，我们依据的是学术标准。在做审美判断的时候，我们依据的是个人趣味。

如果我们从广义上来理解评价的话，就不仅可以将审美价值包含在内，也可以将经济价值纳入进来。由此，美术的价值就可区分学术价值、经济价值和审美价值。这三种价值有可能统一，也有可能分裂。大多数经典作品，如黄公望的《富春山居图》，在学术、经济和审美三个方面都具有很高的价值。但是，有些作品，特别是现当代作品，这三方面的价值有可能完全分裂。例如，杜尚的《泉》有可能具有较高的学术价值，但是几乎没有经济价值和审美价值。波洛克的《1948年5号作品》具有较高的经济价值，它的学术价值和审美价值则没那么突出。科马和梅拉米德的"人民的选择"系列绘画具有较高的审美价值，它们的学术价值和经济价值还不易确定。

评价曾经是美术批评的核心，法国沙龙批评中的评价在当时的美术圈扮演了重要角色，以致一些美术家因为害怕批评家的毒舌而退出沙龙展览。但是，随着美术价值呈现多元化趋向，以及资本对美术价值的干扰，当代评论家在做判断的时候通常都比较审慎，或者干脆放弃价值判断。即使当代评论家做出了价值判断，也难以对公众产生重要影响。于是，评论家纷纷转向对作品的解释，解释而非评价成为美术评论的核心内容。

但是，这并不意味着美术评论可以没有评价。如果没有评价，美术评论就不能名副其实。尽管当代美术评论重点转向了对作品意义的解释，但这并不意味就不包含评价在内。事实上，只要评论家对某件作品做出解释，就会包含评价在内，因为选择就意味着评价。无论评论的重点放在描述、解释还是评价上，批评家都必须选择评论对象。不过，这种选择即评价，只是评价的弱形式。

还有一种评价是从立场、类型、风格等角度做出的总体评价。例如，在一些意识形态对峙的西方国家，左派评论家会将右派美术家和美术作品贬低得一无是处，反之亦然。推崇写实绘画的评论家会将抽象绘画贬得一无是处，反之亦然。诸如此类的评价，都属于强形式的评价。这种强形式的评价，只需要做出鉴别和区分，无须适当的理由做支撑。美术评论中的评价，也不是这种强形式的评价。

美术评论中的评价，通常是从欣赏者的角度做出的审美评价，借用卡罗尔的术语来说，针对的是美术作品的"接受价值"。不过，卡罗尔认为，从欣赏者角度做出的评价不可避免带有主观性，从而很难保证它的公正性。为了摆脱困扰美术评论的主观性，卡罗尔设想了一种客观评价。这种评价是从美术家的角度出发，针对美术家的意图是否被成功地实现来做出的评价。卡罗尔将这种评价针对的价值，称为"成就价值"。[①] 如果将基于"接受价值"的评价称作审美评价，那么也可以将基于"成就价值"的评价称作学术评价。

尽管审美评价因为它的主观性近来遭到诟病，但是这种"主观性"却是现代美学的重要特征，在推动美学学科的建立和发展上发挥了重要作用。美学，按照这个概念的发明者鲍姆加登的构想，是"感性认识的科学"。[②] 古典美学与现代美学的区分，就是规则与感觉之间的区别。

如果说我们根据感觉尤其是感官的快感来判断作品的美，又将美作为评价作品的根据，那么美术评论就真的有些主观任意性了。特别是考虑到我们并不知道愉快的来源，也说不清楚为什么会愉快，审美评价就不仅具有主观性，而且具有不可言说性。不过，如果加些限定，审美判断的客观性是可以有保障的。如果具有"多样统一"特征的事物必然引起"多样统一"的观念，"多样统一"的观念必然引起愉快，我们根据愉快来判断对象是美的也就是必然的，因而也就是普遍的。康德就是这么来思考美的普遍性问题的。在康德看来，只要我不带任何利害考虑，我感到愉快的事物，也会让别人感到愉快，

[①] Noël Carroll. On Criticism [M]. New York: Routledge, 2009: 53.
[②] Paul Guyer. The Origins of Modern Aesthetics: 1711–35 [M]//Peter Kivy. The Blackwell Guide to Aesthetics. Oxford: Blackwell, 2004: 15.

于是我们根据愉快做出的审美判断就是普遍的。①

我们不仅可以像康德那样相信审美评价是普遍的，而且可以避免它的不可言说性。的确，一般人通常只感到愉快而不知道愉快的原因，但是评论家毕竟不是一般观众，他们不仅感到愉快，而且了解产生愉快的原因。因此，评论家可以对他的审美评价做出理性的辩护。尽管评论家的辩护并不能确保让那些没有感受到愉快的人感受到愉快，但是只要能够做出合理的辩护，审美判断就是可以言说的，美术评论中的审美评价就是成立的。

美术评论之所以摒弃审美评价，不仅因为审美评价中包含主观因素，更重要的是因为美术跟美的关系似乎不那么密切了。如果美并非当代美术追求的目标，那么美学研究也就难以涵盖当代美术。如果针对"美"的评价是审美评价，那么我们可以将针对"卓越性"的评价称作学术评价。

卡罗尔近年来构想了一种区别于审美评价的学术评价。学术评价的依据不是审美价值，而是成就价值。所谓"成就价值"，指的是美术家的创作是否成功。如何判断美术家的创作是否成功呢？一方面是看美术家的意图是否实现，另一方面看美术家的作品是否符合美术范畴。在卡罗尔看来，美术家的创作是否符合他的意图，创作出来的作品是否符合它的范畴，都是可以客观检验的。因此，美术品的成就价值是客观的。美术评论的目的，就是揭示作品的成就价值，告诉人们作品为什么是成功的，为什么是失败的。

尽管卡尔罗关于基于成就价值的美术评价的构想在避免审美评价的主观性上有可取之处，但是这种意义上的学术评价有可能过于宽泛，不仅适用于美术评论，几乎适用于任何生产领域的质量检测。然而，美术评论比产品的质量检测要复杂得多。美术作品的创作与椅子的制作有类似的地方，但不能将它们完全等同起来。

将学术价值与审美价值区别开来，是 20 世纪后半期艺术哲学家的贡献。但是，将学术价值与审美价值完全割裂开来有可能过于极端。美术的成就价

---

① 康德.判断力批判[M].邓晓芒，译.北京：人民出版社，2002：37-81.

值的确值得被珍视，但是美术作品不是美术家的个人事务。就像接受美学所主张的那样，美术作品的价值最终还得在接受者那里来实现。因此，审美价值是无法完全避免的。如何实现接受价值与成就价值之间的沟通，如何用成就价值来支撑接受价值，很有可能是美术评论需要解决的一项任务。

第十五章

曲艺评论

　　曲艺是中华民族各种说唱艺术的统称。曲艺评论的基本概念与文艺评论所涵盖的其他门类基本相同，专业的曲艺评论应以曲艺鉴赏为基础，从评论者具体的艺术感受出发，结合一定的艺术理论和美学思想，对曲艺创演实践及作品进行分析、鉴别、评价和研究的认识活动，其观点应是评论者科学理性认识的体现，其目的是指导艺术实践，起到推进曲艺创演实践的积极作用。

　　曲艺与评论有天然的不解之缘，曲艺作为民间说唱艺术，一直有"说书唱戏劝人方"的功能。曲艺艺谚亦有云"评书不评，如目无眼"，曲艺自带评论属性是这门艺术的一大特点。由于曲艺评论的主要服务对象是曲艺观众和曲艺从业者，以及这门艺术所具有的通俗易懂的特点，决定了曲艺评论的特点是偏于灵活感性的。一直以来，曲艺评论与创作被认为是曲艺发展的"双翼"，经学术前辈们的努力也取得了不少理论成果。然而，目前仍存在的曲艺评论人才短缺、评论发声渠道狭窄、从业者重表演轻理论等种种积弊，制约了曲艺理论评论的深入发展。

一、曲艺评论的对象与特征

　　中国曲艺是由"民间口头文学"，与极具地域方言特色的"民间歌唱艺术"相结合的产物。在相互烘托、尽善尽美的演绎和升华进程中逐渐形成的一种非常独特的连说带唱、兼顾肢体造型、节奏韵律相得益彰的、极富感染力、深受大众喜爱的说唱艺术。

1. 曲艺评论的对象

曲艺评论发端于近代报刊的曲艺类艺评文章,新中国成立后,随着党和国家对曲艺艺术的重视,评论队伍逐渐专业化并形成曲艺评论的特色。曲艺评论遵循马克思主义原理指导下的艺术美学原则、立场、方法,对曲艺创演实践主体(演员和作品)及曲艺现状、现象、趋势和问题等进行一定高度的理论分析、阐释和评价。

与曲艺史追溯历史不同,曲艺评论主要观照当下曲艺发展现状,力争与曲艺的创演实践相结合,优秀之曲艺评论或是透视艺术家和作品心灵之窗的知音,或是高屋建瓴使人欢欣鼓舞,或是富于真知灼见指点迷津,能够有效地提升作品和演员的业务能力,推进曲艺创演实践活动的开展。评论与创作,如鸟之双翼,车之双轮,缺乏理论指导的创演实践是飞不高、走不远的。除此之外,曲艺评论还当为曲艺爱好者、欣赏者而作,达到更精准地传播曲艺知识、培养曲艺爱好者、弘扬中华优秀传统文化的目的。

2. 曲艺评论的专业化特征

曲艺评论往往是围绕着曲艺艺术本身特质展开的,比如聚焦于曲艺特征、书(曲)目鉴赏、文学脚本创作、表演技巧、师承流派、改革创新、社会效果、文化价值等方面。曲艺本体最突出的民族特色是叙述体,看似同样是演唱,却大大有别于代言体的戏曲,因此有人总结为"戏所以宜观"和"书所以宜听"[1]。但曲艺不完全是听觉艺术,还有现场观看演员表演的欣赏要求,可以说曲艺是综合性的视听艺术,这就决定着曲艺评论要紧扣曲艺创演实践主体,诠释曲艺艺术创作与表演的规律。做一个曲评人首先要熟悉各类曲种的优长和局限性,如果不了解评书为什么以语言艺术作为它的基本特征,让评

---

[1] 沈沧州云:"书与戏不同何也?盖现身中之说法,戏所以宜观也。说法中现身,书所以宜听也。"马如飞.南词必览·杂录[M].同治四年(1865)抄本//《评弹文化词典》附录[M].上海:汉语大词典出版社,1996:400.

书向戏曲看齐，难免会丧失评书艺术固有的特性，取消了独特性，这门艺术也就不复存在了。如果不了解各地方言在曲艺艺术中的重要性，而倡导使用普通话，也必然会失去曲艺的韵味。曲艺评论者对曲艺曲种的熟悉程度决定了曲艺评论的价值，据统计全国的曲艺曲种有500种之多，做到熟悉每一个曲种是不可能的，但对于所评之曲种的历史源流、传统书（曲）目、音乐特点、文学特色、表演流派与特色等都要熟稔于心，然后才能谈得上恰如其分、有的放矢的评论，否则被视为"外行"，评论也就失去了意义。

3. 曲艺评论的批评性特征

当代曲艺在继承与创新中谋求发展，曲艺评论工作者要敏锐捕捉曲艺现象、思潮等动态，对繁荣精品创作、题材开拓、行风建设等热点现象，曲艺评论应给予及时的关注和引导。曲艺评论工作者要坚持艺术创新与传承的辩证关系，坚守曲艺本体，着力曲艺业态，在公平、公正的基础上针砭时弊、褒优贬劣，敢于说真话、讲实话，揭示曲艺艺术的根本规律，从而有益于曲艺事业的繁荣发展。曲艺评论者要深入思考制约曲艺繁荣发展的瓶颈问题，析明原因，指明出路，发挥理论评论的智力支撑和实践引领的重要作用。

二、曲艺评论的类型

曲艺评论可以有各种分类方式。如果按曲艺体裁划分，大体可分为各个曲种的评论如相声评论、评书评论等，曲艺小品及曲艺剧评论等；如果按照综合艺术的单项划分，可以分为曲艺文学评论、曲艺表演评论、曲艺音乐评论等。我们下面的分类是依照现有曲艺评论中主要涉及方面划分的，即演员论、表演论、创作论、艺术美学和文化论。

1. 演员评论

曲艺演员的立体呈现是观众欣赏曲艺的第一步，曲艺鉴赏大部分来源于对曲艺演员及表演的鉴赏，实践主体是极其丰富的，决定了曲艺评论参照一定的评价标准和价值判断等针对演员进行评价。

曲艺艺术不同于一般的戏剧艺术,曲艺演员是本色表演,始终以个人形象在舞台上呈现"千军万马","装文扮武我自己,好像一台大戏"。艺谚中还有"人保活"的说法,"人"的因素起着重要的作用,高超的演员可以使普通的节目满台生辉,舞台形象或舞台风度是决定成功的关键,《侯宝林评传》以较多的篇幅阐发论述了相声大师侯宝林舞台风范所呈现的"大气、儒雅、中和、自然、蕴藉、潇洒、入时、明快"[1]等特点,评价十分全面。优秀之曲艺评论始终保持理性、客观、公允的态度对演员做出恰如其分的评价,而不是"捧杀"和"棒杀",这是有利于演员和艺术发展的。

曲艺评论要正确认识演员风格与流派的不同、流派产生的标志和流派在艺术发展中的作用。大凡舞台艺术发展到一定阶段会出现不同风格和流派,而流派的产生说明此种艺术发展到了相当的高度。演员风格不等于流派,风格是流派形成的前提与基础,流派还需要同行的认同与追随,个体的特殊天赋、自身品格、自有经典、独有风范缺一不可。京韵大鼓早期流派刘(宝全)派、白(云鹏)派、张(小轩)派,后期流派"少白(凤鸣)派""骆(玉笙)派"无一不是在自身的嗓音等条件基础上形成的,在艺术研磨和演出活动中逐渐形成自己的擅演节目及其演唱风格,并且通过收徒教学等传播,变成徒弟与追随者、爱好者的共同特点。因此,曲艺流派形成的标志:一是产生代表性艺术家并形成自己独特的艺术风格。二是有追随其艺术风格的传人,使此风格得以持续传承。三是长期积累形成一系列代表性曲目。四是在一定历史时期内,在特定地域流传,得到广大人民群众承认和喜爱。

正因为如此,曲艺评论不仅要论述曲种代表演员形成流派的原因和特点,如蒋月泉的"蒋调"、徐丽仙的"徐调"等,还要在与艺术同人包括前人和今人的纵向对比及横向比较中,体现出属于艺术家个人的鲜明而独特的审美风格。《骆玉笙和她的京韵大鼓》一书中回顾了我国著名京韵大鼓表演艺术家骆玉笙从一个"秦淮歌女""鼓界名姝"成长为人民艺术家的成长道路。总结

---

[1] 薛宝琨.侯宝林评传[M].北京:中国社会出版社,2005:121–152.

归纳出骆玉笙京韵大鼓的五个特点：1.依情唱曲，入乎其内；2.一曲多变，出乎其外；3.字正腔圆，纵横贯注；4.颤音明丽，高低驰骋；5.成熟老练，炉火纯青。总体上概括了骆玉笙京韵大鼓艺术上具有发挥女声歌唱特点，极大发展出唱腔华丽婉转圆润的音乐性，并促进鼓曲文学在抒情功能上的磨砺与发挥。在"依情唱曲"中分析骆派经典的《剑阁闻铃》成功解决了唱词和唱情的关系，生动地表达了作品的思想和情致。在"一曲多变"中分析了《红梅阁》《子期听琴》京韵大鼓演员作为叙述者和表现者的"跳进跳出"。在"字正腔圆"和"颤音明丽"两种特色的总结中，结合《红梅阁》等曲目分析骆玉笙"十字音""颤音""宽音""立音""嘎调"等技巧的运用。在"成熟老练"中，结合《光荣的航行》《和氏璧》指出中华人民共和国成立后骆玉笙演唱风格向雄壮、高昂、豪爽方面的变化。[1]因为论述展开是建立在评论者对艺术实践的熟悉精通和对曲艺文学、音乐与表演综合艺术的精道分析之上的，同时富于符合层次逻辑的语言阐释，所得出的结论才令人信服。

2. 表演评论

从表面看，曲艺评论的对象是个体的演员，然而演员代表着他所表演节目中文学、音乐、表演等因素在创演实践的综合，甚至代表着地方文化，进而个体本身成为有意味的形式。

因此，曲艺评论对个体艺术家的分析评价应与具体的创演实践紧密结合。一句来自观众的称赞"琢磨起来可乐"，通俗而恰当地说出了马三立相声的艺术特色，曲艺评论家陈笑暇通过分析《黄鹤楼》和《吃元宵》的包袱使法，总结马氏相声中人物性格的塑造是有生活依据的合理夸张，是"值得琢磨"和"经得起琢磨"[2]的。

评弹理论家吴宗锡则细致研究了评弹表演艺术家杨振雄的表演艺术，认为评弹说表主观性的加强是中华人民共和国成立后评弹艺术的发展，在杨振

---

[1] 薛宝琨.骆玉笙和她的京韵大鼓[M].哈尔滨：黑龙江人民出版社，1984：1-101.
[2] 笑暇."琢磨起来可乐"：谈马三立的相声表演风格[M]//中国曲艺论集.北京：中国曲艺出版社，1984：614-615.

雄身上体现得较为明显。杨振雄非常注重角色"以形传神"的特点,他"起角色"不是一般的表演一下书中人物,作为说表的陪衬、点缀,而是把"起角色"作为说表的延续。杨振雄不满足于因袭旧有书目而是不断开拓评弹的题材,起张生、海瑞、徐蕙兰、李太白、唐明皇等古代人物,也起白求恩、方凌轩等现代人物,通过刻苦钻研,采取不同类型角色的挂口、道白、手面、形体动作、外部造型等突出表现人物特征,在用扇子、手帕等小道具上亦格外讲究。他娓娓动听的说表中带有浓厚的感情,在大段的说表中根据人物的丰富感情化出丰富的语气、语调,而且又带有他独特风格的艺术化了的语气、语调。评论文章结合演员的经历、性格、气质和对艺术的追求来分析和总结,认为杨振雄天赋一种俊逸脱俗的气质,适宜于说唱古典文学改编的书目;长期的单档演出,使他取得了运用丰富语调、语气和结合"起角色"叙述、描摹的卓越能力。吴宗锡的评弹评论笔力清新生动,比如他议论"有人听书,喜欢听杨振雄用低声悄语作的说表。它如淡墨勾的景象,给人以深远之感。清淡的香气能沁人心脾。低声悄语更能把浓烈、醇厚的感情传达给听众"[1]。

曲艺评论还可以结合区域文化特色来进行论述演员形成流派的艺术特色,如《马三立——津门相声的魂魄》一文立足于有"小上海"之称的天津文化背景下分析马三立相声善于讽刺小市民种种缺点,勇于自嘲的包袱手法和所表现出中国传统文化的中正中庸精神,从而形成马氏相声"大俗而大雅""俗不伤雅"[2]的特色。

另外,曲艺评论可结合演员口述历史或媒介资料,侧重演员艺术经历和成长道路的研究,如许多评论文章从骆玉笙、侯宝林、朱慧珍、徐丽仙等人幼年学艺艰辛坎坷中发掘出他们对艺术孜孜不倦的探索及勇于创新的精神。

3. 创作评论

新中国成立后,受众面广而形式相对简单、篇幅相对短小的曲艺艺术被

---

[1] 左弦.说法现身 传神动情:杨振雄书艺浅探[M]//中国曲艺论集.北京:中国曲艺出版社,1984:531.

[2] 薛宝琨.马三立:津门相声的魂魄[J].曲艺,2008(1):27-29.

誉为文艺的"轻骑兵",曲艺人积极配合宣传党的方针政策,紧扣时代脉搏,不断推陈出新,说新唱新,曲艺创作受到了高度重视,各地方院团的优秀曲艺作家创作了不少新曲艺作品,大体分为相声、评书(评话)、快板快书和鼓词弹词四大类体裁。许多曲艺评论是以曲艺创作的文学性为着眼点的,主要针对选材与立意,叙事谋篇布局,人物形象塑造,语言、修辞及音韵,铺垫、描写、情感表达等技巧的分析。因为曲艺文学处于民间文学与作家文学的中间地带,所以既有民间文学的集体创作特点,比如演员的二度创作,也有作家文学的才情藻饰特点。与作家文学不同的是,曲艺文学从思想感情到形式技巧都非常接地气、寓教于乐、爱憎分明,格调明快。而且,由于曲艺主要是之于听觉的艺术,因此语言更通俗、更形象,更具画面感。唱词语言既是诗意的、凝练的,又是通俗易懂的。如当代曲艺作家朱学颖坚持曲艺创作,毕生创作了近200个鼓曲作品,有"当代韩小窗"之誉。薛宝琨将朱学颖的曲词特点概括为"意高、情深、词浅"[1]。陈琢之认为朱学颖京韵大鼓曲词创作有熟悉曲种特点、音乐性强、抒情色彩浓厚的总体特点。"朱词"的成功之作是作者经过积累和努力匠心独具,心血浇灌的结晶。因为朱词很好地解决了文学性和音乐性的矛盾,在格律、句式上具有灵活多变的特点。对一句之中各小节间的衔接位置也相当考究。从取材上看,朱词喜欢从"大处入手",歌颂领袖和老一辈革命家、歌颂英雄人物的唱篇占了绝大的比重。朱词很少以情节取胜,而是把重点放在抒情上,曲艺红色经典的典范之作《光荣的航行》"始终紧紧扣住水兵那带有强烈幸福感的质朴的爱敬之情"[2]。水兵脚步轻移的细节等作为内情外化的手段十分清新、生动、传神。《渔光曲》中渔家少女对彭老总的景仰伴随着七分悲愤三分稚气,情有个性,才不浮泛。陈琢之还指出朱词惯于使用移情入景的手法,使唱词的结尾既是好诗又是好画。

虽然曲艺属于通俗文学,但是创作的难度相当大,首先作者要熟悉曲艺,对曲种形式更要熟稔,语言上既要凝练生动,还要朗朗上口和通俗易懂。譬

---

[1] 薛宝琨.意高、情深、词浅《朱学颖京韵大鼓词》序[J].博览群书,2005(7):87.
[2] 陈琢之.场上案头两相宜:说朱学颖的京韵大鼓词[M]//中国曲艺论集.北京:中国曲艺出版社,1984:487.

如作家老舍认为鼓词最难写,其主要原因是不能使用文人喜欢使用华藻以及典故的语言上"苦痛"。"不准用典,不准用生字。不准细细描写心理,不准在景物上费词藻……你怎办?"要创作曲艺,必须以"牺牲"文人化技巧为前提,他提出"第一要忘了自己是文人,忘了莎士比亚和杜甫;而变为一个乡间唱坠子的,或说书的。……第七是最好用土语——最普通的语言来创作"[1]。老舍不愧为语言大师,他对鼓词创作语言特点的概括和论述,是见解独到而切中肯綮的。

进一步说,曲艺的语言风格还表现为"民族风格、地方风格、时代风格、情采风格"[2]等几个方面。对于曲艺创作的题材,要求更贴近时代和现实老百姓的日常生活等,"有人、有事儿、有情儿、有趣儿"是曲艺创作对故事性的基本要求,而直白的标语口号式的作品并不受群众欢迎。中华人民共和国成立后红色题材创作成为了曲艺的亮点和热点,经不断加工锤炼,成为红色经典,不少曲艺评论总结了红色作品的成功经验,促进曲艺红色题材和现实题材创作出精品、上高原、攀高峰。在评论曲艺作品时要注意客观公正,不溢美不棒杀,《曲艺》杂志专门辟有"新作点评"专栏,点评人不仅指出作品的优点也提出不足之处和修改建议,点拨作者追求作品上升的空间,以精品意识指导创作,创演更多"三得"优秀作品,即在舞台上立得住、在群众中传得开、经过时间检验留得下。

4. 艺术美学评论

第一,曲艺本体特征的阐发。20世纪80年代曲艺理论发轫期,曲艺研究者纷纷对曲艺本体特征进行阐发,薛宝琨率先提出了"曲艺是以观众为中心由演员同观众直接交流感情,'再现'和'表现'相结合而以'表现'为主的综合艺术"[3],并以此观点作为曲艺的本质。通过对曲艺台上台下的想象空间和期待互动的观演关系进行考察和评估,可以发见曲艺观(听)众即是曲

---

[1] 老舍.制作通俗文艺的苦痛[M]//老舍曲艺文选.北京:中国曲艺出版社,1982:12-15.
[2] 杨晓雪,蒋慧明,启贺.小议曲艺作品的语言风格[J].曲艺,2019(8):44.
[3] 薛宝琨.论曲艺的本质和特征[M]//薛宝琨曲艺文选.北京:中国文联出版社,2013:3.

艺的出发点，又是归结点。因为曲艺演员以自身的本来面貌同观众直接交流感情，演员在艺术表现中的统领地位，以及观众在艺术欣赏时的独特作用和积极情绪等，都使得曲艺艺术的本质既是"再现"又是"表现"。这样的美学体系也决定了曲艺艺术本体的基本特征，如叙述性、评论性、技艺性、虚拟性等。其中，叙述性是曲艺区别于代言体戏剧的显著特点，曲艺文学的正面交代、单纯结构、清晰线索、首尾完整的特点，都是由其叙述性表现方式决定的。还有评弹理论家从叙述者、叙述语言、叙述者的客观叙述和主观叙述、叙述的人称、叙述的视角、叙述时间、叙述中的时序七个方面全面论述了评弹说书的叙述方式①，这些阐释有助于进一步认识曲艺的特征和艺术规律。

曲艺特征可进一步表述为曲艺的原发性特征，薛宝琨指出曲艺有别于作家文艺的个人言志、说理、咏怀、状物的自我表现，而是有"相当明确的消遣娱乐目的，自娱与娱人结为一体的集体性。谈天论地，说古唱今，极其随便灵活的形式观念以及由此产生的口头性特征。口传心授、心领神会，无论题材内容还是表现方法都非常强调师承、尊重传统的传承性特征。紧跟时代，面向生活，在继承传统的基础上广采博取、务求革新的变异性特征"②。集体性、口头性、传承性、变异性特征无不沉淀于曲艺的本体，成为其形式的生命。在新时代要发展曲艺，就要坚持曲艺本体，传承好曲艺的集体性、口头性、传承性、变异性的艺术传统，"并同时发挥曲艺叙述性、评论性、技艺性的表现特长，使曲艺的创新有更为深刻的传统底蕴和更为开放崭新的现代意识"③。

第二，曲艺鉴赏。曲艺的观赏性使曲艺爱好者们入迷，曲艺鉴赏文章多是从一个作品入手进行分析，引导观众如何欣赏曲艺，内容、文词、唱腔、表演及与作品有关逸事都是这类评论的题中之义。听众和观众的同步欣赏即当场参与是曲艺艺术最终完成审美创造的主要方式和重要因素。曲艺作为艺术，其功能价值的最终体现，通常还要通过对其欣赏或者进一步的鉴赏来完

---

① 周良. 评弹的叙述方式 [M] // 苏州评弹艺术论. 苏州：古吴轩出版社，2007：42-62.
② 薛宝琨. 论曲艺的本质和特征 [M] // 薛宝琨曲艺文选. 北京：中国文联出版社，2013：3.
③ 薛宝琨. 发轫放帆正当时 [J]. 曲艺，2013（1）：卷首语.

成。行诸文字的鉴赏与批评文章，则既是引导群众进行曲艺鉴赏即沟通曲艺艺术的创演者与欣赏者的特殊桥梁，同时也是帮助创演者总结曲艺的创演经验。如钟惦棐于1981年应《天津演唱》编辑部之邀，写下了《无与伦比〈扒马褂〉》一文，从相声对市民形象塑造上指出"半是奚落，半是挽歌"的深刻文化意蕴，分析此传统段子中演员如何用他们出色的演绎，呈现出相声讽刺艺术的精彩。要加强中华优秀传统文化的创造性转化与创新性发展，传统曲艺鉴赏导论与现代曲艺评论同等重要。

5. 文化评论

作为一种传统艺术，曲艺体现了民间文化、通俗文化、流行文化、大众文化等文化特征，凝聚了中华民族沉淀千百年来受到儒释道传统思想浸润的文化心理，曲艺评论应引入文化学的视角和方法，把艺术放在"大文化"背景下进行观照，而且要浑圆地研究艺术与文化、艺术诸元素内部之间的血脉关系，用更为开阔综合的方法把握艺术的特质及走向。

应该从曲艺文化的基本属性、曲艺文化的外在形态、曲艺文化的复合功能三个方面认识和建构社会主义曲艺文化。有评论者认为：曲艺的主体是农民文化和市民文化，除此之外，还有宫廷曲艺、庙堂曲艺和文人曲艺，而且儒家思想体系和道教、佛教都对曲艺文化发生了巨大的影响。褒忠贬奸、笃情仗义、抗暴济贫、扶正祛邪的社会意识已潜入民族文化心理的深层，对熔铸国民性格起到了相当大的作用。不同区域文化形态差异也造成了曲艺文化的地方特点。文化形态方面，曲艺属于人体自身艺术表现的"缪斯"艺术（原发性艺术），存在着两种外在形态，一是专业艺术生产的曲艺，一是非专业的民间曲艺。应尊重各自的历史地位并对其进一步发展给予恰当的指导。曲艺的复合文化功能首先是审美功能，同时承载着认识、教育、道德、历史、交际、礼仪甚至宗教多种社会功能。非审美功能通过审美功能的实现来实现，那种把曲艺视为简单宣传品产生口号式作品人们是厌恶的，而单纯娱乐化缺乏思想价值和其他非审美功能，也会使曲艺走上形式主义的歪路。[①]

薛宝琨认为要研究曲艺和时代的关系，提高曲艺的艺术质量，应该探本求源寻找曲艺的历史文化基因，以便在更为深远的基础上强化曲艺的机能。他提出曲艺所反映的民族文化心理至少有以下几点：1. 入世务实。曲艺逼近现实的态度超过其他任何艺术门类，在勾栏瓦舍中人们所希望得到的不是在艺术中脱离现实，而是更加深刻地理解和享受现实。熔铸在曲艺内容的世俗性和形式的通俗性中的审视生活、发现生活魅力和情趣的本领。2. 消遣娱乐。与入世务实的生活态度相关，以艺术饕餮人生的必然表现，原发的体现民族性格情趣，悲剧的正剧化、正剧的喜剧化，与文人追求的民间欣赏的"情趣"和"语趣"。3. 技艺并重。民间艺术的初级阶段往往技艺不分，甚至技重于艺，当艺术形式顶立门户时，艺必然对技进行改造，使成为形式的手段，曲艺的技艺特征是显然的，即可技艺并重，亦可融技于艺。4. 趋同求异。曲艺简约而单纯的审美趋势反映民族对于艺术自娱和共娱相结合的古老心理。趋同的欣赏心理，使诸多外行在欣赏中渐成内行，而求异的妙趣在于似与不似之间，京韵大鼓刘、白、骆流派都是异中求同，同中见异的高手。5. 雅俗结合。不是否定形式本身的通俗性和群众性，而是在提高形式层次的同时提高观众的审美趣味，从而在通俗中寓有雅韵，成为大巧之朴、浓后而淡的生动的形式。6. 无奇不传。传奇性实是我们民族艺术"史才"和"诗笔"结合的产物，曲艺以情节叙事为主，强调偶然性、超现实性以及种种浪漫主义的细节描摹。[②]

研究曲艺文化还要与非物质文化遗产保护学说、口述史等相结合，观照曲艺非遗数字化保护和传承，建立健全曲艺生态文化保护机制，加强曲艺之乡建设等，这方面的研究目前还有待加强。

[①] 戴宏森. 浅谈曲艺文化［M］//戴宏森说唱艺术论集. 北京：中国民间文艺出版社，1989：64-74.

[②] 薛宝琨. 曲艺与民族文化心理［M］//薛宝琨曲艺文选. 北京：中国文联出版社，2013：24-38.

三、曲艺评论写作及示例

1.《侯宝林评传》[①]

作者是著名曲艺理论家薛宝琨（1935—2016），南开大学文学院教授、中国曲协副主席。著有《薛宝琨曲艺文选》《侯宝林评传》《中国的曲艺》《中国的相声》《侯宝林和他的相声艺术》等十余本专著和大量评论文章。

从上编"人生历程"、下编"艺术美学"的体例可以看出，《侯宝林评传》并不是一般的传记著作，而是以"评论"为主，侧重于从侯宝林的内心世界寻求相声大师成功的艺术经验，再以这些一点一滴的艺术经验为金钥匙，开启相声艺术奥秘之门。

全书把演员的舞台风范或舞台风度，置于下编"艺术美学"中第一和首要的位置，这正是曲艺评论类型演员论的体现，因为相声是曲艺艺术，是叙述体以演员本色作为主体呈现，而不是像戏剧那样以代言体的角色人物呈现，所以演员的形象塑造异乎寻常地重要。

"舞台风范"一节中指出侯宝林相声的八大美学特征，即"大气""儒雅""中和""自然""蕴藉""潇洒""入时"和"明快"。[②]薛宝琨的相声评论首先是在儒家道家思想文化中"寻根"，显示了相声作为民族民间艺术牢牢扎根中国传统文化体现中国精神中国气派的特质。他的相声美学体系建构一开始便在优秀传统文化价值观的观照下，具有以大为美守正中和道法自然等文化心理和审美追求的文化自信，而侯宝林相声所代表的正是中国相声艺术的一座"高峰"。

对另一座相声"高峰"马三立的相声艺术，薛宝琨也多有评论，他采取了喜剧手法多元化理论视角进行论述，他认为马三立擅长使用的喜剧手法是自嘲，马三立式的人物"马大学问""马善人""马洗澡"等性格化人物符号，

[①] 薛宝琨.侯宝林评传[M].北京：中国社会出版社，2010.
[②] 薛宝琨在《论侯宝林的相声艺术》一文中提出"寓庄于谐、意高味浓，密切交流、默契共鸣，维妙维肖、神形兼备，本色自然、夸而不诬，留有余地、恰到好处，俗中见雅、雅俗共赏，运斤用斧、语言巨匠"七个方面的特点。薛宝琨.论侯宝林的相声艺术[J].文艺研究，1982（5）.

成为讽世喻世的一面镜子,让人们在被夸大的自嘲里自察,这种自嘲可以理解为最聪明含蓄曲折高明的讽刺。侯宝林扮演的是自我优美的幽默的形象,因此较少自嘲。

薛宝琨的相声评论之所以耐看耐读,上升到喜剧美学和中华民族精神层面的思考是最主要的成功经验,也是相声评论能够分析总结相声艺术魅力的重要方面。

2.《苏州评弹艺术论》①

作者是著名评弹理论家周良(1926—),曾任苏州市文化局局长、苏州市文联主席等,著有《苏州评弹旧闻钞》《苏州评弹艺术论》,主编《苏州评弹书目库》等。

此书从曲艺的一般特点,苏州评话、弹词及有关称谓,评弹艺术的特征,评弹的叙述方式,评弹文学,评弹的表演,艺论7个部分对苏州评弹艺术的历史和现状进行了综合分析思考,对评弹艺术的规律特点进行了深入的探索研究。首先,周良对评弹的表演进行了高度的理论概括,提出"评弹是用口头语言叙述故事的表演艺术"。认为评弹的"起角色"表演和戏剧的角色表演在本质上是不同的。其次,周良把握了评弹本体的关键特征,即评弹"以说表为主",说即代言体语言,所谓"表"是客观叙述和主观叙述的语言。他认为"说表"是维系评弹艺术的生命线,是与评弹艺术本体性紧密联系的,"说表"是评弹艺术最核心最独特最具魅力的创作手段,评弹艺术的精华主要体现在语言成就即艺人的"说表"上。以"说表"为主和以长篇为主的两大特征进一步决定了评弹的叙述方式,在此基础上,周良展开了深入研究,并提炼出一些重要观点。最后,他站在保护"非遗"的高度,对苏州评弹的保护做了新的思考和归纳,旗帜鲜明地提出保护评弹的要点:"抢救、传承传统书目;抢救、传承评弹传统艺术,包括传统艺术形式及其特色,艺术传承发展的规律;让评弹主要在书场里流传发展。"

---

① 周良.苏州评弹艺术论[M].苏州:古吴轩出版社,2007.

3.《台下寻书》[①]

作者是著名美学家、雕塑家王朝闻（1909—2004），曾任中国艺术研究院副院长。此文立足于美学原理，从曲艺鉴赏入手，深入剖析曲艺文学、表演等征服观众的艺术机制，展示了文艺美学与曲艺评论的叠合与交集。

王朝闻的文艺美学始终将人民群众作为研究出发点，探索群众与文艺的关系，确立了艺术创作、艺术欣赏和艺术审美特征的研究主题。王朝闻的曲艺评论涉及创作、表演、民族性、地方性、风格、流派、传统、创新、欣赏、批评以及曲艺本质、美学特征、审美主客体关系等。20世纪60年代初王朝闻致力于文艺美学研究，写下了《听书漫笔》《台下寻书》《寻书偶谈》《"等到挨耳屎"》等15篇曲艺理论评论文章，均被收入《王朝闻曲艺文选》。《台下寻书》是其中一篇引起广泛关注的长文，共有43小节。主要从评弹、评话或其他曲艺形式中听（观）众与演员的关系来讨论如何提高曲艺的艺术水平。他认为听书与说书的关系是互相依赖和互相作用的，比喻为"周瑜打黄盖，一个愿打，一个愿挨"。听众和演员是"互相摸底儿"："书词的艺术水平和说唱艺术的独特性，相应地体现着听书人也是在变化着的审美需要与审美能力。"王朝闻认为说唱艺术的简洁自有其独特之处，他借用苏州评弹艺谚"台上说书，台下寻书"来总结说唱艺术质朴的风貌，所谓"台下寻书"是指观众进入角色而有所体验之类的精神活动。反之演员过分的化装、台上喧宾夺主的"摆设"等会影响听书这种独特的体验。评话里的"评"表现了说书人的判断、分析，有助于调动听众迅速的思考，以达成对人物理解和认识，形成感情上的共鸣。王朝闻谙熟艺术辩证法，从文章中许多小标题像"不确定正是为了确定""不充分的充分""寓虚于实""看不见的看得见""弱点也许是优点""有真实感的虚构""自作聪明的聪明人"等的设定，看出他在矛盾关系中寻找对立统一的逻辑，每每举一反三，条分缕析，让人感受到曲艺艺术的魅力，也凸显了王朝闻文艺评论的魅力。

[①] 王朝闻.王朝闻曲艺文选［M］.北京：中国曲艺出版社，1986.

第十六章

舞蹈评论

舞蹈评论既坚持文艺评论的总原则、总标准，也十分注重舞蹈评论的一个特性——身心感知力，其特别之处在于，需要将感性与理性，"文学"与"科学"思维结合起来，并联通身体动觉和舞蹈"意会思维"，从而与舞蹈创作、接受共同构成一种共生、互动的话语系统。

一、舞蹈评论的对象与特征

舞蹈评论的对象是舞蹈作品和相关事象，前者离不开舞蹈本体意识和主体意识，后者更要重视历史、美学和文化语境。虽然评论对象多与舞蹈艺术创作相关，但舞评应秉持包含了非创作形态的"大舞蹈观"[①]。生活形态的舞蹈承载着舞蹈本质和生命意义，这对舞蹈艺术创作与评论极为重要。

1. 舞蹈作品评论：认知舞蹈本体意识与主体意识

改革开放后，随着审美意识、文化意识和本体意识的启蒙，舞评人的主体性也得以彰显。新时期舞蹈人发出了共同的询问："舞蹈的灵魂是什么？"

一门艺术本不应去其他姊妹艺术那里找灵魂，但"音乐是舞蹈的灵魂"

[①] 这是吕艺生20世纪末21世纪初提出的概念。吕艺生. 舞蹈学方法论再思考［J］. 文化艺术研究，2021（1）.

这句"俗语"在苏联和中国文艺界被广为流传，其实这是一个文学性比喻[1]。舞蹈编导尤其是舞剧编导需要具备一定的音乐专业素养，"音乐家可以对舞蹈及其语汇所知甚少或者一无所知，而舞蹈编导则务必能用音乐行话同任何音乐家对话"[2]，但这与"失魂"还是不同的。舞蹈（包括舞剧）"可以用各种方法处理音乐"，比如"演绎式""对抗式""对话式""无视式""变化式"等[3]。舞蹈要不要"跳音乐"实际上与不同文化语境中的不同主体相关。舞蹈创作自主决定与音乐的"合拍"或"不合拍"，已有了百年历史。更何况，舞蹈的节奏不一定来自音乐，更源于身体蕴含的生命节律。舞蹈的灵魂问题，最终需要落实在具体的编创和表演主体上，也与舞评主体相关。

舞蹈本体应在具有主体性的身体意识中找。苏珊·朗格说，"没有任何一种艺术，比舞蹈蒙受到更大的误解"[4]。这也难怪，"身心二元论"在西方长期占据优势地位。中国学者借黑格尔艺术是"美的理念的感性显现"[5]的说法，提出舞蹈是"意识的肢体表现"[6]，既回应了黑格尔对舞蹈的视而不见，也进一步强调了舞蹈"身心合一"的观念和文化态度。

因赏舞而愉悦，或受到感染是正常的，却也有局限，比如不少中国舞剧的创作和鉴赏倾向于"三合一"模式，即悦耳悦目的风格"表演舞"，表情达意的"情节双人舞"和再现性的"哑剧"叙事；一旦面对抽象性、表现性的身心合一之动，以文字作为载体的解读或点评常常遭遇瓶颈。而且，不少观众都困惑过自己"看不懂"舞蹈。其实，关键在于如何理解"懂"？舞蹈的"懂"不需要言语，"懂"，由"体悟"意会来做主。

"印象式""体悟性"品评范式本就是中国传统文艺评论的文化资源。注重身心合一的东方思想，启发了当代西方学者的身体美学，继而又带动了当

---

[1] 佾士.舞蹈啊，魂兮归来！[J].舞蹈，1995（6）：47.
[2] 多丽丝·韩芙莉.舞蹈创作艺术[M].郭明达，江东，译.北京：中国舞蹈出版社，1990：2.
[3] 卡琳娜·伐纳.舞蹈创编法[M].郑慧慧，译.上海：上海音乐出版社，2006：37-38.
[4] 苏珊·朗格.情感与形式[M].刘大基，傅志强，周发祥，译.北京：中国社会科学出版社，1986：193.
[5] 黑格尔.美学：第一卷[M].朱光潜，译.北京：商务印书馆，2011：204.
[6] 吕艺生.舞蹈美学[M].北京：中央民族大学出版社，2011：41，47.

代东方人重新认识传统，以及它的当代意义开掘。开启对"表现性"而不只是"再现性"舞蹈的审美认知，既连接着传统与当代，也十分契合舞蹈美学。

2. 舞蹈事象评论：重视舞蹈的文化语境与审美文化观

艺术发展变化的动力通常有内外部两股主要力量促成，分别是"自律性"和"他律性"。这一底层逻辑就衍化为舞蹈的"自律美"和"他律美"。"自律美"侧重表现为"艺术类型之间的排他性与互渗性的矛盾运动"①，"他律美"主要受社会、心理、文化等几重因素的影响。那么，针对特定舞蹈事象，有没有更恰当的鉴赏与评论视角呢？对于这个问题的回答虽然见仁见智，但是"自律美"强的创作的确值得深入进行"文本细读"，而"他律美"的事象若能结合社会文化语境则更适合。"西方舞蹈批评史第一人"戈蒂埃在19世纪的舞评就体现了"自律美"和"他律美"的融合，被誉为"超越了自传，并且成为其时代的传记"②，便是因为戈蒂埃的芭蕾评论本身就是浪漫主义文艺思潮影响芭蕾舞剧的注脚。

舞蹈评论的发展是舞评人与舞蹈文化生态良性互动的结果。舞蹈评论的审美文化阐释可以打通内外部评论，将舞蹈形态的"生成动机"融合到"为何舞评""如何舞评"中。当然，文章无法面面俱到，具体从何种视角切入，并以何种文风写作，在何种平台发表也取决于舞评人在全媒体时代的媒介素养，与"谁在舞评""舞评为谁"相关。

二、舞蹈评论的类型

舞蹈评论的分类有多种方式，这里主要介绍舞评对象、舞评作者及读者、舞评理论模式的分类。

---

① 李心峰.艺术类型学[M].北京：生活·读书·新知三联书店，2013：44.
② 瓦尔特·索雷尔.西方舞蹈文化史[M].欧建平，译.北京：中国人民大学出版社，1996：429.

1. 舞蹈评论对象的分类

舞评对象的分类能折射出舞评人对舞蹈分类的认知。从舞种审美文化风格上，可分为中国古典舞、中国民族民间舞、中国当代舞，以及国际性和民族性兼有的芭蕾舞、现代舞、国标舞、爵士舞等；从样式上看，有独舞、双人舞、三人舞、群舞之分；从体裁上看，有舞蹈节目（单双三群）、歌舞、组舞、舞蹈诗、舞剧、舞蹈剧场、歌舞剧、音乐剧、大型音乐舞蹈史诗、乐舞等，此外还有舞蹈影像、科技艺术等与舞蹈相关的新媒介类型。

舞台表演是综合性的多媒介艺术，各元素组合、搭配、排列的比例、规则不同，形成了性质上的差异，这就是舞台剧领域的"同素异构现象"。舞剧主要以身体话语来表情达意，但在戏曲、话剧、歌剧、音乐剧中，身体话语大多服从于唱念、台词或剧诗，肢体剧、默剧、杂技也与身心灵合一的舞蹈有所区别。就舞蹈艺术内部构成而言，还"存在着主导艺术与非主导艺术两大类型"[1]，舞蹈剧场就有偏"舞蹈性"和偏"剧场性"两类。一般来说，舞剧不说话，但舞蹈剧场不排斥"说话"，只是话语逻辑强调的是剧场性，不一定服从于文学构成的戏剧性。

有不少学者借鉴王国维对戏曲"以歌舞演故事"的说法，将舞剧定义为"以舞演故事"。舞剧之"故事"可有情节、心理和观念之事的区分；"叙事"也有经典叙事和后经典叙事的相异又相关的路径；对"舞"的看法则随文艺思潮和创作实践而不断变化，传统舞剧（如古典芭蕾）将"哑剧"看成"舞"，追求哑剧舞蹈化；后现代的舞蹈剧场则将"非舞"看作"舞"，注重身体和身份的平等。二者都基于生活动作素材，但背后的美学观却有本质区别。

就身体话语而言，广义舞剧有两大类型：一是以某种限定性舞蹈语言体系为基础。二是以人物形象塑造或观念探讨为基础，表现为舞剧人物自己的话语，而非限定性语言体系。限定性语言体系的舞剧偏传统，而非限定性更具现当代审美特点，但这也只是相对而言，比如玛莎·格雷姆的现代舞剧以

---

[1] 周宪.艺术跨媒介性与艺术统一性：艺术理论学科知识建构的方法论[J].文艺研究，2019（12）.

"收缩—放松"的技术体系为基础；当代芭蕾的人物身体话语却不限定于芭蕾语汇。

广义舞剧的"剧"，是将它看作Drama，还是Theatre，抑或是二者的融合，体现为另一种舞剧分类，分别侧重于情节叙事和认知叙事（观念重要）。在戏剧情境建构的"动因（机）"上，传统舞剧中的"舞"突出风格性和表演性，再现性哑剧则以"情节"和"事件"为核心；表现性的现代舞剧更注重"舞"与"剧"的融合，并以"人物心灵（关系）"为旨趣；当代舞剧和舞蹈剧场以"动因探讨"（概念）为意蕴，更加注重叙事的交互性。传统舞剧的叙述结构呈现为"情节舞、表演舞、哑剧"的形态；现当代舞剧则是表演化情节舞和"心灵之舞"的集大成者；舞蹈剧场充满了跨媒介的隐喻性剧场行为。

将舞蹈的"表现性动作"本质属性融入戏剧"叙事要件"的核心要素——"戏剧情境"中，有助于我们理解舞剧本体——即"意识在戏剧情境的身体表现"。20世纪以来，世界范围内获得突破的舞剧创作主要有两条路径，都在极力彰显身体表现的智慧，突出"非文字舞蹈的性质"[1]：一是探索"舞蹈本体"叙事的方法，用"心灵的可舞性"代替现实的可舞性，去聚焦不可言传、只可意会的部分，比如"心理芭蕾""交响芭蕾""现代舞（剧）"；二是借助于"跨媒介"叙事手法去探讨社会性的在地化议题，这里的"叙事"已经不再限于与文字、文学、话剧叙事思维相关的哑剧叙事，而是"后经典叙事学"意义上的图像叙事、影像叙事、身体叙事、空间叙事等，比如观念性、表现性而非情节性的"舞蹈剧场"。

2. 舞评作者和读者角度的分类

在评论生态中，舞评作者、读者的身份只处于相对位置和状态，同一个人有着复合身份。每位作者、读者由于职业背景、学识修养、生活经历、审美旨趣、人格类型等的差异，造成了面对舞蹈评论不同的态度、方法和目的。1922年，法国著名文学评论家阿贝尔·蒂博代曾有过一个分类，至今仍具有

---

[1] M·J·特纳尔.非文字舞蹈的性质[J].姚锦清，译.舞蹈摘译，1981（3）.

重要的参考价值,他把评论者分为三类,即"(公众)有教养者"、"专业工作者"(教授)和"艺术家"①,分别对应着普通公众型、学者型和艺术家型舞评人。

借助社交媒体和网络媒介,"人人都是舞评人"的时代已然到来,但学者型和艺术家型舞评人仍然不可或缺。在行业媒体上写舞评的人既有编辑记者,也有教授或编导等兼职作者。但为普通公众进行深入浅出的舞评写作,却并非一般记者或教授学者们能胜任。中国少有像资华筠一样的专业舞评人,能熟练驾驭各类舞评文体,也不会看低大众型即时舞评。大众媒体舞蹈专栏作家需要每周或定期为公众写舞评。此类全职舞评人作为职业在中国几乎不存在,美国的从业者也屈指可数。

即时舞评针对的是现时,甚至当日的作品,其实这样的"笔头舞评"也具有"口头舞评"的特点。作者写作的时候,头脑中存在一种对象意识,有一种对话口吻贯穿其中,仿佛在说,"昨晚的舞蹈演出,让我说给你听听"。学者型舞评人写的"专业舞评",以专家、教授撰写的研究性学术论文或书籍为主,表现为专业的、历史的、理论的舞评,也可称为"学院派舞评""理论舞评"等,通常面对的读者也是同行或感兴趣的知识分子。有时,一个学者往往身兼"舞评人""舞蹈研究者"双重角色,他们熟悉舞蹈体裁、艺术规则、行业特点和批评标准,可以写出具有理论高度、历史价值和当代意义的好舞评。

相对而言,"即时舞评"注重"作品和人",理论批评注重"规则和体裁"之类的思考②。学者擅长思辨或实证思维,艺术家的优势在于直觉、实践和经验。艺术家型舞评人以编导为主,也有跨界艺术家、作家、诗人,偶有国际公认的艺术大师,往往流露着审美热情与天性,写的是"自由派舞评"。艺术家的面前是一个个作品,学者面前还有一本本书,普通公众的面前则是鲜活的人生体验,更容易受到情绪和情感的左右,其中更有很多未知的可能性。这三种情况是三个方向,都有存在的合理和必要,但并不一定截然区分。就

---

① 蒂博代.六说文学批评[M].赵坚,译.北京:生活·读书·新知三联书店,2002:46.
② 蒂博代.六说文学批评[M].赵坚,译.北京:生活·读书·新知三联书店,2002:76.

生命个体而言，理想的状态当然是"普通公众型""学者型""艺术家型"的结合，但现实中这样的人凤毛麟角，"存在的只是有血有肉的活生生的批评家，人人都受着其中的一种倾向的左右"①。

3. 舞评理论模式的分类

好舞评浸透着学者独到的眼光、品位和理性的光辉。文章背后的理论视角提供概念、观念、方法论，决定了不同的理论模式。艾布拉姆斯的《镜与灯》（1953）中的文学"四要素理论"仍然有重要价值，其"简便性"和"提纲挈领式分类的能力"②经过了时间与空间、理论与实践的验证。

以作品为核心，连接世界（宇宙/社会）、编导、观众，便可以建立起舞蹈评论理论形态的诸坐标，比如反映论（模仿论）、表现论、观众反应论（实用论、接受论）和客体论等，就是分别侧重研究"作品—世界""作品—主创""作品—受众"之间的关系，以及文本细读等。由于中国传统艺术批评模式有其特殊性，并没有形成"作品—世界—艺术家—观众"那样相对清晰的要素结构，且中国传统舞蹈评论注重直觉与经验，甚至是不可言传，只可意会的妙悟，少有逻辑阐释，加之我国古汉语词汇蕴含丰富，所以不能直接套用"四要素论"③。20世纪以来，中国舞蹈评论的结构形态各有侧重，偶有多元互渗或共生。

当前，我们应秉持古今中西贯通的舞评观，让传统舞蹈评论的思想精髓与现代舞评模式彼此交融。一方面，当代中国（新）现实主义舞蹈审美是建立在"模仿论""反映论"基础上的守正与创新，所以我们应鼓励传统式的直觉体悟，促进中国舞蹈审美上的多元和品位上的提升。另一方面，我们应借

---

① 蒂博代.六说文学批评［M］.赵坚，译.北京：生活·读书·新知三联书店，2002：95.
② M·H·艾布拉姆斯.镜与灯：浪漫主义文论及批评传统［M］.郦稚牛，张照进，童庆生，译.北京：北京大学出版社 2004：4-6.
③ 回顾中国传统舞蹈评论，《中国舞蹈批评》一书借鉴蒲震元等学者对"中国艺术批评模式"的概括（蒲震元.中国艺术批评模式初探［M］.文艺研究，1999（3）：122-134.），总结出五种模式：制礼作乐——伦理道德批评、天人合一——"泛宇宙生命化"批评、抒情显志——"形式论"批评、人物品藻——"人化"批评、人生态度、社会批评等。慕羽.中国舞蹈批评［M］.上海：上海音乐出版社，2020：47-75.

鉴现代西方评论的批判性思维逻辑，在写作中将直觉性、感悟化的内容适当进行知性阐释。

三、舞蹈评论写作及示例

新中国成立以来，侧重外部评论的"社会历史论范式"舞评写作一度占主导地位；改革开放后，内外部舞评都开始出现。21世纪以来，大致呈现为五种舞蹈评论理论范式并存和交织，分别是"社会历史论范式（反映论）""形态符号论范式（客体论）""舞蹈编导传记论范式（表现论）""观众接受论范式（反应论）""审美文化论范式（活动论）"。

面对舞蹈作品，舞评人选择怎样的评论方法（如何描述、分析和阐释，是否给予评价）和方法论（选择某种或几种范式）要深思熟虑。

1. 从描述和动作分析出发的舞蹈形态符号论范式

舞蹈内部评论可称为"形态符号论范式"，倾向于从舞蹈创作和表演的一个视角入手，比如动作分析（身体话语）、音声舞美装置阐释、人物形象解读等，在视觉听觉的表层符号隐喻中探究深层意义系统，一定程度上与舞评人如何认知舞蹈相关。舞评少不了对舞蹈本体的描述、分析，此种范式是其他理论模式的基础。套用1928年艾略特"论诗"的说法，舞蹈，就必须从根本上将其看成舞蹈，先"不是别的东西"，以"本体论舞蹈美学"将作品看作内在联系的"自足体"来分析[①]。

20世纪50年代初，戴爱莲在《人民日报》上写了对苏联舞者乌兰诺娃的舞评，便有精彩的描述和分析。作为与乌兰诺娃同时代的舞蹈家，戴爱莲发出了最专业的由衷赞美："看到乌兰诺娃舞蹈，就像看见生命本身，超乎技术上的一些东西。"[②] 戴爱莲的"描述"萃取了一段古典芭蕾双人舞中乌兰诺娃

[①] M·H·艾布拉姆斯.镜与灯：浪漫主义文论及批评传统[M].郦稚牛，张照进，童庆生，译.北京：北京大学出版社，2004：24-25.

[②] 戴爱莲.我对于珈丽娜·乌兰诺娃舞蹈艺术的欣赏[N].人民日报，1952-11-16（3）.

被舞伴的托举动作，赞叹了她游刃有余的分寸感拿捏，将空中技巧化为无形，不露痕迹地实现了动作空间的高低变换、重心转移。而且，戴爱莲将拉班动作分析的专业术语巧妙地隐去了，独到的专业眼光与充满想象力的语言水乳交融，非常适合大众阅读。

另外，该文也提醒我们，不要光顾着写自己的主体感受或理论阐释，全然忽视具体的演出信息，读者需要知道文章写的是独舞、双人舞，还是几十人的民族舞剧，以及是谁在跳何种角色？所以需要在文中适当位置写出舞团的名字、编舞、作曲、舞者或设计师的名字以及演出地点等。另外，舞评人的眼里不能只有主创、主演或名人，也应为其他舞者留一定篇幅。

20世纪80年代初，约翰·克兰科的戏剧芭蕾《奥涅金》访华演出，对中国舞剧创作走出苏联古典芭蕾和戏剧芭蕾模式，是一次有价值的助力，尤其是剧中的"双人舞"，作为推动剧情发展和人物塑造的重要表现手法，让中国舞蹈编导耳目一新。1980年《红色娘子军》的编导之一李承祥在《舞蹈》杂志上发表了舞评，题为《赞奥涅金与达吉雅娜的双人舞——舞剧〈奥涅金〉观后》[1]，这篇文章后来被收录在《舞蹈编导基础教程》中，题目聚焦到了编创讨论上，即《双人舞是舞剧的重要表现手段》。作者关注了该剧的三段双人舞，将其定位于戏剧性的"情节舞蹈"，他不仅细致描绘了双人舞，还指出这是编导对"古典芭蕾舞优秀传统中的美学原则"的"继承与发展"，其"现实主义"的创作方法也契合了普希金的原作。文中，作者适当引用了达吉雅娜写给奥涅金情书的动人诗句，赞叹该剧双人舞"戏"与"舞"的"理想的融合"。该教程第四章有作者对《奥涅金》舞蹈结构布局的分析，他详细记录了该剧"场次段落表"，细节到"分、秒"[2]。另一位艺术家兼评论家在分析马修·伯恩版本《天鹅湖》和皮娜版《春之祭》时[3]，也有对舞蹈形态符号精准到"动作动机"的分析。可以说，多次走进剧场体验同一部作品，或是对

---

[1] 李承祥.赞奥涅金与达吉雅娜的双人舞：舞剧《奥涅金》观后[J].舞蹈，1980（3）.李承祥.双人舞是舞剧的重要表现手段：舞剧《奥涅金》观后[M]//舞蹈编导基础教程.北京：中央民族大学出版社，2015：218，59.

[2] 李承祥.舞蹈编导基础教程[M].北京：中央民族大学出版社，2015：62，63.

[3] 肖苏华.中外舞剧作品分析与鉴赏[M].上海：上海音乐出版社，2009：115，147.

记录舞剧的影像进行"拉片",无疑是舞评人掌握动作描述最有效的基础学习方法。

2. 结构认知:舞剧、舞蹈诗的评论

改革开放之初,西德戏剧芭蕾《奥涅金》和苏联交响芭蕾《斯巴达克斯》是中国舞蹈界的学习范本。这两部各自遵循"戏剧—舞蹈结构"和"音乐—舞蹈结构"的舞剧,对中国编导建立新的舞剧"结构认知"起到了至关重要的作用。当然,不能忽视的还有现代舞的影响。

1985年,一位评论家在《舞蹈论丛》上发表了对舞剧《繁漪》的评论,主标题是《动人的舞蹈交响诗》[1]。该剧由南京军区前线歌舞团现代舞"实验小队"胡霞斐、华超于1982年创作,是"1979年郭明达来该团讲学,传授了现代舞理论,以及后来不断借鉴吸取外来经验结合我国实际产生的成果"之一[2]。舞评文章最难获得"洞察力",作者在这方面恰好很擅长。看到《繁漪》,他十分笃定地说"找不到第二个与她雷同的影子",这样的评价并不为过,《繁漪》可算作改革开放后中国"现代舞剧"的诞生。就像他的用语:"她就是她——《繁漪》就是《繁漪》!"

文章指出:"这是在忠于原著精神的前提下,依据舞剧艺术的规律和需要,对原著动了个大的'手术'";并认为,舞剧改编就是"一个运用舞蹈思维使舞剧从原著的母体里'脱胎转世'的过程"。这样的笔触准确生动,是在充分了解了戏剧蓝本和编导艺术观后的理性思考。作者还洞察到,该剧并非"音乐—结构型"舞剧,而是"取消了作为时空转化的幕间和场次,采用了类似交响诗式的剧式"。他用"以一当十、以少胜多",处处显露"交响化的效果"来隐喻。这是尚未有正式"舞蹈诗"命名前,出现的"舞蹈诗"般的舞剧。

作者认为,该剧对繁漪内心意识分寸感的把握,尚需精进,但瑕不掩瑜。

---

[1] 赵国政.动人的舞蹈交响诗:评舞剧《繁漪》[M]//舞境:赵国政舞蹈文集.北京:解放军文艺出版社,2015:21-29.

[2] 胡霞斐.实验小队一年探索之我见[J].舞蹈,1986(3).

他指出,《繁漪》删掉了"阶级矛盾"线,也去掉了四凤的爱情悲剧线,只是突出了"繁漪和周萍的矛盾",情节变得"单纯"也才能"更强化"。他还摘录了曹禺有关繁漪"值得赞美"的原话,以及编导的改编体会,即"抓住了繁漪,就是抓住了《雷雨》",从而表明他十分赞同这样的舞剧改编,比如"'引子'中同时出现的五个人物,都不是情节的有机需要聚集到舞台上来,而是随着繁漪的意识的'接触'才出现的"。繁漪到底恐惧的是什么?对这个问题的不同回答,会导引出不同的心理舞蹈。

文章描绘并分析了几段双人舞连接成的舞剧结构,比如"酣畅的"恋情双人舞,让人"直接地感受到繁漪死去的灵魂又活了过来";"沸腾的双人舞"被他形容为是一场"生与死的命运的交战"。这些创作手法与戏剧芭蕾的双人舞如出一辙,但更特别的在于心理空间的挖掘,比如"喝药"一场戏中,编导"徒然把戏化了出去",还"复现"了两人之前的"欢悦的双人舞",将"那碗药的内容又深化了一步、外延了一步","这种搅动心魄的艺术效应,只有舞蹈而不是任何其他所能表达得了的"。这样非传统情节叙事的舞剧结构非同寻常,所以作者还不忘与读者和观众直接交流,直指现代舞剧所需的召唤式结构。

难能可贵的是,作者在1985年即提出不要"幼稚、狭隘"地把既有的舞剧"作为尺子"来对后来的作品"进行量长比短",急于界定"是不是符合人们概念中的舞剧规范"。这实际上可以理解为《繁漪》也只是"这一个",仿佛预示了20年后王玫具有"后现代"气质的舞剧《雷和雨》(2002)的出现。

20世纪80年代中期,一位编导意识到,中国民族舞剧创作也应该让"结构上升为舞剧语言"[①];"结构于舞剧而言可说是第一语言"[②],而且"'调度'也是一种极具表现力的语言"[③]。八九十年代后,舞蹈界的理论家、编导家、研究者们逐步建立了舞剧结构论体系,这些理论和实践对于中国舞剧创作而言起到了积极的促进作用。中国主流舞剧创作重语言、轻结构的模式有了改观;

---

① 舒巧.结构上升为语言[J].舞蹈艺术,1984(2).
② 舒巧.今生另世[M].上海:上海文艺出版社,2010:330.
③ 舒巧.王玫和她的《雷和雨》[J].舞蹈,2002(8).

舞蹈评论除了经验总结，也增添了舞蹈形态、舞剧结构的行家分析。

3. 舞评人、编导与作品的关系：舞蹈人传记论范式

"舞蹈编导（精神）传记论范式"也可称为"表现论""（编导）主体论"等，聚焦作品与编导关系，评论从人（艺术家及其心灵）入手，通过追溯舞蹈家的生平、才情、想象、理想等艺术人生状况，探究编导心理与人物心理、作品形式心理的关系，或是对某种创作风格进行探讨。"传记论范式"有两类[①]：一是根据编导来"发现作品"；二是借作品来"发现编导"。后者是相对典型的（精神）传记评论，虽带有推测、想象色彩，也须围绕艺术家的人生体悟、气质、才情而展开。

先以一位舞蹈理论家写贾作光的舞评为例。与不少描述并赞叹贾作光舞蹈表演和创作成就的文章不同，他的舞评基本都是带有"论"的理性思考。1985年他在《舞蹈论丛》上发表了《谈贾作光的表演艺术》[②]，实际上思考的是"贾作光的人才类型"，即"发现编导"。文章后部聚焦于对人才培养的拓展思考，主要体现在均衡的知识结构上。针对"舞者不编，编者不演、教者更是与编、演无关、舞蹈界形成了严格的专业界限"的现象，他认为应该培养表演、编导、评论于一体的"H"型人才，这在老一代舞蹈家身上就已经体现出来了。

相对于《谈贾作光的表演艺术》侧重谈人，另一篇文章[③]便是结合人来"发现作品"。1986年经由第二届全国舞蹈比赛，一批新生代舞蹈家纷纷涌现，其中就有独舞《雀之灵》的舞者，她正是一位"非学院派"的"H"型人才。其后，她举办了个人舞蹈晚会，评论家的文章写的就是这场演出。字里行间都表明，评论家动笔前做过扎实的功课。一方面，他游刃有余地将描述、分

[①] M·H·艾布拉姆斯.镜与灯：浪漫主义文论及批评传统[M].郦稚牛，张照进，童庆生，译.北京：北京大学出版社，2004：280.

[②] 吕艺生.谈贾作光的表演艺术[M]//舞论.北京：中国戏剧出版社，1993：77.

[③] 赵国政.杨丽萍和她的舞蹈世界[M]//舞境：赵国政舞蹈文集.北京：解放军文艺出版社，2015：241-250.

析、阐释、评价等不同操作方法容纳在一篇舞评中，也让感性与理性水乳交融。另一方面，他又能把"文化—心理"的相关理论探讨渗透其中。

乍一看，这篇舞评好似随笔散文，但绝不沉溺于抒情，舞者跳出了生命之灵，文章也写出了这位舞者生命的本真，其诀窍就在于对"文心""文眼"的掌握。"生命的泉水来自哪里"，成为他对其舞蹈艺术核心阐释的出发点，也奠定了整篇文章的感情基调。而且，这篇真情出发的舞评还得益于理性的支撑，同时又因生动的动作描述让文章的可读性很高，动态画面感十足，而专业层面的分析和阐释又提升了文章的学术性，加之评价下得不武断，给后人以启发……这些都使文章彰显出一种特有的品质：不同于非舞蹈类作者难以深入本体，停留在感性层面的"主观抒情"，也不像通常意义上舞蹈理论文章的"死板枯燥"，更没有生搬硬套理论工具，排列组合一些深涩的学术名词。

评论家尊重艺术家的看法和认知，不仅重视身体力行地近距离探访评论对象，还强调出乎其外地独立阐释。文章认为，即便称《孔雀舞》为"民间舞"，《雀之灵》都很难被称为"民间舞"，因为它已经是将民族舞蹈语言"心灵化"后的艺术作品，是"表现意识与浪漫主义的契合"！他入木三分地找到了"原生情调"这个词，而不只是"乡土之恋"此类的时代热词。在学术上，他严谨而谦逊，指出"我们也没有必要对其做出操之过急的定评"，但"原生情调"可说是舞蹈界对这种舞作最早、最准确、最有远见的艺术定位了，仿佛预见了十余年后，她将专门扛起"原生态"民族歌舞的大旗，并开拓出一条新路。

这篇文章立体地展现了一位出色的舞评人具备的天赋与能力，一方面拥有"诗人的视觉"，同时又拥有一双"舞蹈家的眼睛"，还需要具有一位哲学家的头脑。他准确分析和评价了舞者这种融入了个人意识的民族民间舞蹈，当然这都得益于他对舞者艺术风格的异于常人的了解，以及作为一名舞评人所秉持的尊重生命本真的"民族民间舞蹈观"。

4. 内外部融合的评论：舞蹈审美文化论范式

舞蹈外部批评聚焦作品与"世界"的关系，比如在中国曾居于主导地位的"社会历史论范式"，就从作品的立意入手，给予社会学、政治学的观照，对作品所反映的社会生活予以阐释。

"审美文化论范式"则是内外部评论的有机整合，又融汇人文学者和社会学者的不同立场。换言之，它要结合在怎样的文化语境下为何会生成这样的作品来分析，可以涉及"为何舞""舞什么""如何舞""谁来舞""谁搭平台""舞给谁看""谁在看""看到了什么"等诸多面向，覆盖到作品创作（含制作、运作）和演出（剧场）整个过程，以及相关社会文化语境的阐释，注重艺术创作过程与特定个人、社群、民族、国家等文化语境的复杂关联。此范式可以适当运用后结构主义、后现代主义、后殖民主义、政治文化、女性主义、跨媒介文化等理论视角去阐释，将对身份、性别、话语权等议题的关注与文本分析、创作过程、观演关系等结合起来，既默认情感，也尊重理性。

在"世界—编导—作品—观众"这一舞评四要素构成的体系中，虽然资华筠侧重的是作品与世界（舞蹈与环境）的关系，但她也极为看重在舞蹈编导和演员的生存环境中观察舞蹈，而"受众"的审美消费选择也是她不会回避的。资华筠既是"社会历史舞评的集大成者"，也可被视为"审美文化论范式"舞评家。如果论及其舞评模式，她所建构的"舞蹈生态学"不仅丰富了舞蹈学基础理论建设，对中国舞蹈评论也具有很强的舞蹈本体性的方法论意义。

2004年3月，被大众誉为"中国第一孔雀""舞神""孔雀公主"的舞蹈家和她的《云南映象》在上海舞台上的亮相，不仅斩获了中国舞蹈界最高奖"荷花奖"金奖，更重要的是，一时之间，存在于文化界内关于原生态的争论俨然也变成了热点话题。同年5月，资华筠在《光明日报》发表了一篇舞评，题为《灵肉血脉连着根：〈云南映象〉观后》[①]。她在热烈赞叹舞蹈家有着"深

---

① 资华筠. 灵肉血脉连着根：《云南映象》观后[M]//舞思：资华筠文论集. 北京：文化艺术出版社，2008：20.

厚的继承性与非凡的创造力"同时，也成为首位质疑《云南映象》盲目打出"原生态"旗号的资深学者。

她赞赏并感激的是，作品"在深厚积累的基础上准确地提炼出它们的优质基因——'系着土风升华'"。但当"原生态"最终成为一个卖点和一句颇为时尚的"广告语"时，更助长了原生态悖论，一种可消费的"原生态"与文化保护本身不是一回事。她严肃批评了《云南映象》"盲目地打出'原生态'之品牌，既低估了《云南映象》的艺术创造力，更会混淆'文化源头'的概念"。资华筠发出诚恳忠告："'炒作'应改弦，学人当严谨"，公允地指出任意挪用文化概念的不当之处。

之所以能如此掷地有声地发出不同的声音，是因为"文化生态保护"早已进驻资华筠心中。跨世纪之交，正值中华人民共和国成立50周年纪念，资华筠在《中国文化报》上发表了一篇文章，题为《重视舞蹈发展中的文化生态保护》[1]，她说自己"心潮澎湃"地为"文化生态保护"问题思虑着，这个问题既是历史赋予当代人的责任，也是"世界性"潮流。值得注意的是，这篇文章中使用了"原生形态舞蹈"这一概念，其"拥有者是与生活之根最为接近的民众"，尤其是"传人，往往对舞蹈文化的繁衍、遗存具有重要作用"。文中简略提及了用"科技手段"和"建立传习馆、所"等保护的方法外，还谈到"专业创作的审美导向亦不容忽视"。2007年，资华筠更明确了"原生态"的三个"自然标准"，即自然形态、自然生态和自然传衍，高度凝练地概括了这一文化概念[2]。在人人都是舞评人的时代，有学术态度的专业舞评更是不可或缺的。

而且，文风需要巧思，正如资华筠的运笔。她的文字很动情，因为她见证了这位舞蹈家30余年的成长岁月。文章以"70年代末""80年代末""90年代末"的生命感悟起头，讲述了作者自己对不同阶段的她的舞蹈艺术的生

---

① 资华筠.重视舞蹈发展中的文化生态保护［N］.中国文化报，1999-08-28.
② 资华筠.理念 机制 方法：建设文化生态保护区的要素阐释［M］// 舞思：资华筠文论集.北京：文化艺术出版社，2008：247. 资华筠.关于"原生态"概念的探讨［J］.舞蹈，2007（6）.

命感受，从"稚嫩、充满灵气"到"自信、执拗"，"此次"则因其"成熟而感动"。

舞评人审美悟性和艺术感受力的提升，不仅依赖于扎实的舞蹈人文修养，还得激活个体的身心感受力、想象力，并把丰沛的人生体验渗透其中。

第十七章

民间文艺评论

民间文艺是一种特殊的文艺现象，也是与民众生活密切相关的社会事项。由于民间文艺既具有文艺发展的一般规律，又有显而易见的独特表征，因而对民间文艺展开评价和判断的评论活动，也应保持民间文艺立场，从民间文艺的知识谱系出发，并适当借鉴作家艺术学的评论经验，建构具有自身特色的评论话语体系。

一、民间文艺评论的对象与特征

民间文艺是属于广大民众的独特文艺形态，它诞生于先民的生产和生活之中，并在集体与个体、传承与创造的张力之间，不断延伸和发展，凝聚成了千古以来林林总总、形形色色的民间艺术景观。民间文艺又是"活的艺术"，既随时随地而做适应性调整和变异，也与民众的思想情感紧密相关，渗透到衣食住行等最平常的生活场景。

1. 如何认识民间文艺的特质

文艺是人类掌握和改造世界的尺度之一，是民众精神生活的主要载体之一。文艺的创造来源于生活，但也高于生活。民间文艺是属于人类总体文艺的有机组成部分，从这一视角来看，其遵循着文艺的基本的、一般的规律，诸如，民间文艺也具有形象性、审美性等属性，而且也发挥着认知功能、教育功能等。

　　与此同时，民间文艺又不等同于作家文艺，前者更贴近生产和生活的实际，创作和接受主体也突显出集体性的一面，而后者则尽管也源于生活体验，但更主要的是个体的创造行为，带有强烈的个性特征。相比于作家文艺，民间文艺的传承性、功能性和信仰性也显著得多。当然，这也并非完全否认民间文艺的个性色彩，实质上，民间文艺也总是处于多重因素的综合作用之下，在复杂的作用力下向前发展和演化着的。最能展现民间文艺特质的正是这种多重元素交织合力而形成的特有现象。归结起来，多重元素之间构成了"六要素"和"三统一"的格局，曲折地表征着民间文艺的独有风貌。

　　第一，民间文艺是集体性与个体性二要素的统一。作家文艺的作品，大都是个人的产物，民间文艺作品，则更多地凝聚了群体的智慧。民间文艺作品在内容题材、思想感情、形式表现等方面，都存在着显著的集体性。民间文艺作品最初也是由特定个体或特定群体所创造或制作出来的，但一经流传便更多地融入了集体加工的成分。民间文艺作品在不断的创造或制作的过程中，受到了无数人的加工、再创造。在这一进程中，不但渗入加工者的思想、感情、想象和艺术才能，也容纳了接受者的意见和情趣。这一点与所有权属于个人的作家文艺作品是很不相同的。但是，民间文艺作品在起始和流播时，极富才华的个体的创造性因素也是不容忽视的。民众之中具有特殊优秀才能和丰富经验的个体，对民间文艺作品的创作和加工，往往作用很大，甚至对其艺术生命力起到了关键作用。因此，在一些民间文艺领域，才有祖师爷的说法，例如，木工崇拜鲁班、戏曲业则尊奉唐玄宗李隆基，等等。

　　第二，民间文艺是传承性与变异性二要素的统一。民间文艺是民众记录、保存他们所获得的知识、经验和所创造的各种文化的重要载体，民间文艺具有鲜明的传承性，通常是代代相传的记忆和技艺。民众的历史、风俗和文化总是通过口头或手工等最便捷的手段加以呈现，而且也能够以基本相同或相似的形式留存在民众的生活之中。尤其是口头文学（谣谚、说唱等）和乐舞艺术（民间音乐、舞蹈等），产生已有千年，但至今还在民众中流传，此类现象屡见不鲜。例如，汉代的相和而歌的形式至今仍保留在壮族、苗族等少数民族的节日对歌活动之中。再如，刺绣、泥人、脸谱（面具）、围棋等技艺，也是传承历史悠久。与此同时，民间文艺在流播过程中，发生变异也在所难免，其形态或内容会发生一些非根本性的变化。民间文艺是极具适应力的艺术形式，常常因时间、地域、民族的不同，以及传播者的主观思想感情和听众的情绪变化等因素，而有所变异。民众通常也会改造作品来表现新的生活和思想感情，这也正是民间文艺的生命力之所在。相较之下，作家文艺则更注重作品的原初形态，为了达到复原作家文艺的原生面貌，往往要进行艰难的校勘工作。

第三，民间文艺是功能性与情趣性二要素的统一。民间文艺是人们在长期社会生活中所结晶出的产物，它也凭借着满足民众社会生活的需要而被流传，因此总是带有一定的功能性，或者是解释性的、或者是教导性的，等等。总之，一般都要有"用处"。例如，青年男女的对歌显然是爱情生活的直接体现，但也曲折地服务于相亲成婚的目的。再如，脸谱可作为独立的艺术形式，然而它也是在戏曲表演中被广泛使用的。民间文艺直接地或间接地为民众的生活服务，给他们以知识、教诲、鼓舞和希望，故而民间文艺更精准地反映出民众各方面的生活和有关的思想和感情。这也是中国古代朝廷重视采风以搜集民间歌谣的首要原因，即通过民间文艺了解民生。民间文艺在一定的功能性基础上，也兼有浓厚的情趣性，它能反映民众普遍的情调和趣味，为大众所喜闻乐见。只有兼具了功能性与情趣性的民间文艺，才是有生命力的、活态的。历史上，由于民众生产生活内容的巨大变化，一些不再兼具二者的民间文艺作品，则会渐渐淡出历史舞台，成为一定意义上的陈列物，当然这并不意味着要否定它们具有重大的研究价值，因其毕竟是民众曾有的文化形式，而文化积淀则是人们前行的基础。

2. 民间文艺的特殊审美形态

民间文艺包含了民间文学、民间美术、民间音乐、民间舞蹈、戏曲等多种艺术形式，这些艺术形式都是对民间生活的艺术化再现，蕴含着浓浓的地域文化，体现着人们纯朴的审美理想。民间文艺深入民众的现实生活，滋养他们的精神活动，并形成了不同于纯艺术的审美价值，需要人们加以认识和把握。民众生活现实是民间文艺的源泉，它与人们的物质生活更为接近，这种直接与现实生活相联的性质，决定了民间文艺与生俱来的审美特色。

第一，民间文艺在审美形态上具有朴素性。民间文艺作为民间文艺观念和意识形态的物化形态，代表着大众的审美习性，通常是以鲜明的符号形式去塑造形象，在审美形态上也表现出其特殊的朴素美。例如，剪纸、年画、泥塑、民间舞蹈、民间歌谣等，它们在造型或表演上都以简洁的符号形式进行表现，而且具有极强的象征性。例如，民间美术通常都是简明而美观的，从色彩体系上看，受阴阳五行学说的影响，红、黄、青、黑、白五行色成为其基本色彩；就其造型而言，也喜用梅花、莲花、寿桃、仙鹤、公鸡、鲤鱼、飞龙等吉祥物象，形成民间美术的观念性造型符号。民间美术常绘制"福寿"图像，图中老寿星手持挂着装有长寿仙丹葫芦的手杖，跟着两个捧着大寿桃的仙童，面带祥和的笑容，形象生动，形式感强，蕴含着民众的内心理想与审美愿望。民间舞蹈有不少是直接模拟劳动场景的，如凉山彝族的《插秧舞》、布依族的《织布舞》等，质朴而直观。民间歌谣从语言和形式大都是简洁明快的，善用比兴手法，朴素又清新，富有艺术感染力。

第二，民间文艺在审美形态上具有爽利性。民间文艺的高度技巧在于总是直照生活，很多情形下不重雕琢和掩饰，直接抒发民众的切身感受。例如，年画多有"连年有余"题材，画面描绘了一个活泼天真、憨态可掬的娃娃，双手抱着一条鲜活的大鲤鱼，坐在盛开的莲花丛中，一派喜气洋洋的气氛，将民众祈愿生活富足、吉祥如意等人生愿望爽快地表达出来。再如，民歌中爱情题材的小调，千古以来均以爽朗热烈著称，从汉代乐府的《上邪》高呼出："山无陵，江水为竭。冬雷震震，夏雨雪。天地合，乃敢与君绝！"到隋唐时敦煌曲子词《菩萨蛮》深情发誓："枕前发尽千般愿，要休且待青山烂。水面上秤锤浮，直待黄河彻底枯。"再到明代山歌《畯》大胆求爱："思量同你好得场駿，弗用媒人弗用财；丝网捉鱼尽在眼上起，千丈绫罗梭里来。"这些民歌都是感情真挚强烈的，喷涌如注，爽利痛快，显露出春天般蓬勃的生机和不可抑止的生命活力。难怪乎明代文学家冯梦龙在《叙山歌》中评价说：

"但有假诗文，无假山歌。"①

第三，民间文艺在审美形态上具有程式性。不同的民间文艺作品产生于不同的生活环境，它受到人们的生活习性和信仰的影响，在相异的生活群体那里，通常会创造出形态各异的民间文艺。我国民间文艺种类繁多，在其渊源流传的过程中逐渐形成了自己的风格体系，然而，同一风格体系内的民间文艺又都是遵循一定创作规范的，形成了相对固定的程式，这也是一个具有普遍性的规律。需要注意的是，这种程式化的内容往往符合民间百姓的心理意识，为民众所熟悉，在民间被默认，约定俗成，无须特别传授，世世代代流传下来。例如，民间传说在被流传过程中，常带有一些讲故事的套语。故事的开头总有定型的起句；在故事结尾时，还常加上固定的结束语；或在故事讲述中穿插固定的韵语，以增强故事的表现力。这种固定套语，在民间说唱艺人的说书、相声表演那里较为常见，民众听起来习惯，易于接受，也会在表演中增强故事表现力，绝不是多余的累赘。再如，我国戏曲的脸谱也使用相对固定色彩来表征一定人物性格，红色表示武勇，代表人物有关羽等；黑色表示公正廉明，代表的人物有包拯等。

二、民间文艺评论的类型

民间文艺评论是指写作者在民间文艺调研和赏析的基础上，运用一定的理论观点和评论标准，对民间文艺现象所做的科学分析和评价活动。民间文艺评论的对象包括一切民间文艺现象，诸如民间文艺作品、民间文艺运动、民间文艺流派、民间文艺家的创作以及民间文艺评论本身等，其核心是民间文艺作品。民间文艺评论离不开民间文艺调研和赏析，它是在调研和赏析基础上的提高和升华。民间文艺评论的分类有不同的标准，例如门类标准，依照这一标准，民间文艺评论可以分为：民间文学评论、民间音乐评论、民间舞蹈评论、民间绘画评论、戏曲评论等。再如题材标准，依据题材标准，民

---

① 冯梦龙.叙山歌［M］//冯梦龙民歌集三种注解.刘瑞明，注解.北京：中华书局，2005：317.

间文艺评论又可以分为：民间传说评论、神话故事评论、民间情歌评论等。我们这里为了更突出民间文艺评论的审美性、文化性和实用性，依照综合的视角，将民间文艺评论划分为以下几个主要不同的类型。

一是门类创作评论，主要涉及民间文学、音乐、舞蹈、绘画、雕塑、戏曲、曲艺等民间文艺具体门类创作活动的思想、观点、审美、价值与手法等方面的评论。此类评论须对民间文艺作品恰如其分地描述，包括对民间文艺作品的说明或初步判断，在此基础上更加注重对民间文艺作品的价值和意义做出评估，它把文艺观念、叙事观点、创作方法和审美品位等紧密联结起来，以专题性的探讨进行了有价值的评述。例如，可以从题材和主题上加以评说，揭示创作思想和艺术表现。如此则需要分析民间文艺选取的题材及其处理题材的方法及其深层含义，探讨题材内容与主题概括、情感呈现和思想传达之间的关系。

二是文化评论，一般是以文化视角为出发点，并对如何得出评价结论做出文化学上的解释。它是对民间文艺的文化内容做批判性思考，它把民间文艺蕴含的文化现象结合在一起，以深刻探讨民间文艺随文化演变而应运而生的变异、取向、追求。文化评论关注文化背景对民间文艺创作及表现形式的影响，也往往联系历史知识，以深刻理解民间文艺发展脉络和特定历史文化影响。民间文艺的文化评论既立足于历史长河中的变化，又关注当下民间文艺现象，通常可以把诸多民间文艺现象进行整合研究和评说，以客观地评判出民间文艺的文化内涵及其与民众文化生活的关联意义。

三是审美评论，主要以审美的标准对民间文艺做出的评价和阐发，它是以民间文艺作品审美内蕴和审美价值为中心对民间文艺进行研究的一种评论方法。它关注民间文艺作品的美感形式及其引发的反应，诸如愉悦、升华、多重体验等。审美评论将民间文艺的政治、经济、文化背景与审美创造、审美表现和审美理想有机结合起来，分析民间文艺作品所反映的审美价值及品格，是一种把民间文艺的民间文艺性、象征性和审美性相结合的评论类型。审美评论须抓住民间文艺作品的表现形式和传达技巧，从表达形式出发，根据技术特点和表现技法，分析民间文艺作品的技艺表现及审美特色，并探讨作品的技艺与审美之间的关系。其间，也应兼顾民间文艺作品的特殊表达方式，诸如程式化、重复性等。审美评论不能脱离具体的民间文艺作品，特别是不能脱离民间文艺审美性所依托的对象，应从时空、色调、韵律、节奏、构图等角度出发，对民间文艺作品的整体呈现进行评析和解读，旨在探讨民间文艺的审美构造和审美理想及其特殊表征。

四是社会评论，通过系统的社会观点去审视民间文艺。它着重于探讨民间文艺之于社会风习、社会建构、社会改造等方面的关联性，通过分析民间文艺表现形式中的社会意义及其影响力，揭示社会政策、社会规范、社会活动在民间文艺中的反映和显现，这种反映和显现对于社会治理和发展规划具有重大价值。民间文艺的社会评论同时考虑制度及环境对民间文艺创作的影响，系统性地考虑社会现实与民间文艺之间的关系。中国古代很早就有"观风俗，知得失"的民间文艺观念，所谓的"观风俗"就是从民间文艺中观察百姓心声，由此而知为政的成与毁。保留在《左传》中著名的"季札观乐"，讲述的是春秋时吴国贤公子季札观看周乐演出并分别加以评说，其实正是一篇民间文艺的社会评论。文中说："吴公子札来聘……请观于周乐。使工为之歌《周南》《召南》，曰：'美哉！始基之矣，犹未也，然勤而不怨矣。'为之歌《邶》《鄘》《卫》，曰：'美哉，渊乎！忧而不困者也。吾闻卫康叔、武公之德如是，是其《卫风》乎？'……"季札认为作为民间乐舞作品的《周南》《召南》《邶》《鄘》《卫》等，都是当地社会治理状况的外显和反映。他对后来演出的《王》《郑》《齐》《豳》《秦》《陈》等的评论，也都是基于社会视角和标准的。古代中国上层治理者认为，民间文艺不仅反映出社会面貌，而且民间文艺也有重要的教化作用，因此特别重视民间文艺的社会功能，留下了大量的民间文艺社会评论。例如，《吕氏春秋·适音》中说："故治世之音安以乐，其政平也；乱世之音怨以怒，其政乖也；亡国之音悲以哀，其政险也。凡音乐，通乎政而移风平俗者也。俗定而音乐化之矣。故有道之世，观其音而知其俗矣，观其政而知其主矣。"[1]

---

[1] 许维遹，梁运华. 吕氏春秋集释[M]. 北京：中华书局，2009：116.

五是伦理评论，以伦理道德为标准对民间文艺作品进行评价的一种评论类型，其基本范畴是弘扬善德、批评恶行。它以是否符合道德标准为衡量民间文艺作品的标尺，重视民间文艺的道德化育功能。它是发源最早的一种民间文艺评论形态，具有悠久历史和广泛影响。我国的民间文艺总是具有鲜明的伦理道德内蕴，在相当长的历史时期，百姓正是从民间文艺中习得了伦理道德知识，受到中华优秀传统文化的濡染。例如，我国种类繁多的地方戏曲中那些经久不衰的上演剧目，恰恰是具有鲜明伦理道德的色彩，诸如《四郎探母》《寒窑记》等。中国古代的民间文艺评论也有不少基于伦理标准而进行的。例如，元末戏曲家高明在《琵琶记》剧首谈论戏曲的创作初衷说："正是：不关风化体，纵好也徒然。论传奇，乐人易，动人难。知音君子，这般另作眼儿看。休论插科打诨，也不寻宫数调，只看子孝与妻贤。"[1] 他强调贞烈、忠孝等伦理规范，所看重的正是民间戏曲的伦理教益，他期望通过戏曲的力量，让观众受到感染。当然，由于伦理道德标准是一个历史变化的过程，不同时代、不同民族、不同国家有不同的伦理道德观念，而且，即使同时代、民族和国家的人也会因立场不同而在伦理道德观念上有所差异。因此，不同时期民间文艺作品的伦理评论也应客观地、历史地看待。伦理评论总是和特定时代、民族和国家的意识形态结合在一起的，一个社会主流的伦理道德标准往往主导着那时民间文艺评论的主潮。

民间文艺评论的类型虽然繁多，但彼此之间并不是相互对立、毫无关联的。审美评论与文化评论经常相互渗透，只要契合民间文艺作品的实际存在形态，任何评论类型的选择和结合都是可行的。民间文艺评论是民间文艺理论体系的重要组成部分，也是其中最活跃的成分。它对民间文艺的良性发展也有重要影响，民间文艺活动的组织者、创作者和参与者应听取各种意见和反响，尤其是重视民间文艺评论，这样才能客观地认识自己的优缺点，提高民间文艺活动的水平。当然，错误的或恶意的民间文艺评论则完全无益于民间文艺的发展，是应该受到反对和抵制的。

---

[1] 高明.琵琶记[M].钱南扬，校注.北京：中华书局，1960：1.

三、民间文艺评论写作及示例

民间文艺评论担负着激浊扬清、引领风尚的使命。在深刻认识和理解民间文艺的特质的基础上，只有充分发挥民间文艺评论的作用，才能引导民间文艺健康发展，发育积极向上的民间文艺，更好地满足民众的审美心理需求。民间文艺评论的写作也应充分注意发挥评论在发掘、分析、阐释、导向等方面的功能，并尊重民间文艺的独特性，在民间文艺作品的价值阐发、知识开掘及文化与审美评判上多下功夫。

1. 冯梦龙等对民间文艺重大价值的阐发

民间文艺和其他类型的文艺形式一样，在产生和发展过程中难免良莠不齐，尽管民间文艺总体上是贴近民众生活的，在一定程度上满足了民众的需要，但是由于价值观的不同和时代的影响，文艺总是有精华有糟粕，民间文艺也是如此。这就需要通过文艺的品鉴和批评，对其加以甄别、评价和扬弃，去其糟粕，取其精华，而决不能无原则地全盘照收。首先，在进行民间文艺评论时，一定要开掘其内在价值，这并非易事，有时是需要卓然见识的。例如明代文学家冯梦龙对于当时流传颇广的民歌的评论，他在《叙山歌》中说："书契以来，代有歌谣，太史所陈，并称风雅，尚矣，自楚骚唐律，争妍竞畅，而民间性情之响，遂不得列于诗坛，于是别之曰山歌，言田夫野竖矢口寄兴之所为，荐绅学士家不道也，唯诗坛不列，荐绅学士不道，而歌之权愈轻，歌者之心亦愈浅，今所盛行者，皆私情谱耳，虽然，桑间濮上，国风刺之，尼父录焉，以是为情真而不可废也，山歌虽俚甚矣，独非郑、卫之遗欤，且今虽季世，而但有假诗文，无假山歌，则以山歌不与诗文争名，故不屑假，苟其不屑假，而吾借以存真，不亦可乎，抑今人想见上古之陈於太史者如彼，而近代之留于民间者如此，倘亦论世之林云尔，若夫借男女之真情，发名教之伪药，其功于挂枝儿等，故录挂枝词而次及山歌。"此文为民间歌谣集的序言。在文中，冯梦龙高度肯定了民间文艺的价值，认为其具有悠久的文化传统，而且在明代文艺中贡献卓著，超过了文人诗歌。这是特别难得的中肯之语。他提出，民间文艺审美价值正在于其表现了真实情感，也强调了它的批评性，即所谓"发名教之伪药"。

民间文艺评论应坚持激浊扬清的精神，对其优秀品质予以正面肯定的同时，对可能潜藏在民间文艺中的丑陋现象也须予以揭露和导正。例如，在中国古代相当长的一段时间里，受男尊女卑的观念的影响，有些民间故事宣扬所谓贞节思想，实质上是对妇女的戕害，不符合人道主义和人人平等的原则，这些故事则应予以批判和扬弃，不能为了增添地方的风物和传说，把陈旧的、过时的、落后的东西全盘吸纳，甚至当成"宝贝"一般供起来。民间文艺在具体的构成和观念上，也总是复杂的、多样的，有进步有不足，这就需要阐明其先进和高明之处，对不足的地方也应及时和不留情面地揭出和批评，如此才能引导民间文艺健康发展，才能使民间文艺更好地服务于民生，这也是民间文艺的生命力所在。例如，刘勰在《文心雕龙·乐府》中既重视这种来源于民间的乐舞的文艺性，指出："匹夫庶妇，讴吟土风，诗官采言，乐胥被律，志感丝篁，气变金石：是以师旷觇风于盛衰，季札鉴微于兴废，精之至也。"[①] 他认为乐府是民间心声的外化和传达，具有感人至深的情感力量，所以受到了广泛重视，尤其是从中窥探到社会风习演变和治理得失，是其他文艺形式所难以替代的。但民间文艺也不是完美无缺的，其中浸淫的艳情、怪诞等不良现象也是需要注意的。"若夫艳歌婉娈，怨诗诀绝，淫辞在曲，正响焉生？然俗听飞驰，职竞新异，雅咏温恭，必欠伸鱼睨；奇辞切至，则拊髀雀跃；诗声俱郑，自此阶矣！"这些艳情与怪诞倾向须加以引导更正。"故知诗为乐心，声为乐体；乐体在声，瞽师务调其器；乐心在诗，君子宜正其文。"在阐明民间文艺的价值并对其不良倾向予以导正这两个方面，《文心雕龙·乐府》提供了良好的示例。

2. 鲁迅等对民间文艺内蕴民众知识的开掘

民间文艺出自基层，服务于民众，始终把实用和审美融合于一体，带有

---

① 刘勰.文心雕龙：乐府［M］//黄霖.《文心雕龙》汇评.上海：上海古籍出版社，2005：31.

物质和精神的双重性，非为纯艺术现象。民间工艺美术植根社会最基层，在不同的民族、不同地域生生不息，构筑了基础雄厚的大众文化底蕴，并对其他文化艺术产生过深远的影响。民间文艺评论不能像作家文艺评论那般关注创作风格或审美特色，而是时刻结合其创作价值和意蕴等方面来进行评论，这就使民间文艺评论更多地带有了阐释性，或者说，是建立在阐释性基础上的审美评价或形式分析。例如，近现代以来，在社会革命的进程中，民间文艺发挥了巨大的作用，一方面是其思想上武装群众进行斗争，另一方面是以柱石之力支撑起现代文艺的大厦。鲁迅等文艺家正是基于重新发现民间文艺的鼎故革新功用，因此格外重视民间文艺，他在《〈全国木刻联合展览会专辑〉序》[1]中提出："木刻的图画，原是中国早先就有的东西。唐末的佛像，纸牌，以至后来的小说绣像，启蒙小图，我们至今还能够看见实物。而且由此明白：它本来就是大众的，也就是'俗'的。明人曾用之于诗笺，近乎雅了，然而归结是有文人学士在它全体上用大笔一挥，证明了这其实不过是践踏。近五年来骤然兴起的木刻，虽然不能说和古文化无关，但决不是葬中枯骨，换了新装，它乃是作者和社会大众的内心的一致的要求，所以仅有若干青年们的一副铁笔和几块木板，便能发展得如此蓬蓬勃勃。它所表现的是艺术学徒的热诚，因此也常常是现代社会的魂魄。实绩具在，说它'雅'，固然是不可的，但指为'俗'，却又断乎不能。这之前，有木刻了，却未曾有过这境界。这就是所以为新兴木刻的缘故，也是所以为大众所支持的原因。血脉相通，当然不会被漠视的。所以木刻不但淆乱了雅俗之辨而已，实在还有更光明，更伟大的事业在它的前面。"鲁迅认为木刻这种民间文艺形式决不是守旧的僵化形式，而是"现代社会的魂魄"，具有"更光明，更伟大的事业"前景。

民间文艺是总体文艺的一个重要组成部分。它具有文艺的一般规律，其最核心的一条便是：文艺都是一定的社会生活在人类头脑中形象化反映。文艺又能动地作用于生活，对生活内容进行加工提炼。钟敬文在《民间图画展

---

[1] 鲁迅.鲁迅全集：且介亭杂文二集［M］.北京：人民文学出版社，2005：350.

览的意义——为民间图画展览会作》中正是基于民众知识的视角提出:"民间的画家,往往能够用那简朴的线条,或单调然而是强烈的色彩,表现出民众所最关心、最感动的事物的形象。这些被构成了的有力的形象,不仅能够激动或魅惑那般民众的心情,就是在我们,也要被唤起一种情绪的波澜。"[1]在文中他认为,民间绘画看似"稚拙",然而它们是民众所"关心"和"感动"的东西。实质上,民间文艺正是民众集体意志的展现,所表现的生活面极为广阔,与劳动人民的思想、观点、道德、习俗、宗教信仰、劳动、斗争等血肉相连。因此,民间文艺不仅是文艺学对象,而且是整个民众生活的有机组成部分,它是民众内心情感的忠实、率真和自发的表现,也是他们的科学、宗教和天文知识的百科全书。因此,在进行民间文艺评论时,首先应对其民众知识给予解释、论说与开掘,这也是考验民间文艺评论者的一条重要的民间知识标准。若如不然,则很易于将民间文艺置换为作家文艺,以作家文艺的标尺和方法来品评民间文艺了。

3. 钟敬文对民间文艺的文化与审美评价

各地方、各民族都还有本地区、本民族的民间文艺在流传过程中也会形成带有地域文化特点的形式变化。以文化研究的视角来评论民间文艺,就是将民间文艺置于文化的整体框架中进行考察,一方面探究民间文艺作品在生产和形态上所受到的文化环境的影响,另一方面将其作为一种文化文本来看待,发现形态各异的文化元素,阐明其文化内涵、意义及存在的价值。民间文艺实际上是被看作一种文化载体,并有其特有的承载机制和策略。文化批评在民间文艺研究领域有着得天独厚的优势,这是因为,民间文艺传承人和受众大都受到独特而丰富的本民族、本地区文化的深刻浸染,因而有意无意地会将本民族、本地区文化的元素带入作品之中,使得民间文艺作品中的文化现象异常丰富,文化特色非常突出,特别需要引起注意。钟敬文在 1937 年的《〈民间艺术专号〉序言》[2]一文中提出:"艺术,是文化的一部分。它表现

---

[1] 钟敬文. 钟敬文文集:上编[M]. 合肥:安徽教育出版社,1999:277.
[2] 钟敬文. 钟敬文文集:民俗学卷[M]. 合肥:安徽教育出版社,1999:529-533.

着生活，同时也是促进生活的动力。上层的文化人，在生活上不能够缺少艺术这种要素，一般民众，也不能自外于艺术——也许他们更特别感到需要。"钟敬文从整体上认为艺术是文化的组成部分，民间艺术自然也带有文化属性。而且，民间艺术从文化意义上看，是极为丰富多彩的，"中国民众的艺术文化，决不像他们今日所过的物质生活那样的可怜、贫弱。反之，它是相当丰富而且多彩的！在新年佳节的时候，在迎神赛会的时候，在朝山进香的时候……这是民间艺术特别显身的机会。此外，在乡民市众一般的生活上，我们当然也尽有机会遇到它——各种各样的艺术。困苦的民众，并不怎样缺乏艺术的财产"。然而，千百年来，学界普遍忽视了民间艺术的文化性。钟敬文在上文中还指出："不幸，这种文化的财产，从来都被漠视着，直到现在，还不能引起学者们较广泛、较深的注意，虽然时代已经要求他们着眼到民众一般的文化上了。近年来，在民间文学艺术方面（如故事、歌谣等），固然不是没有少数学者在做搜集和试探的工作，但是造型的艺术（绘画、雕刻、建筑等）和混合的艺术（戏剧等）两方面，却很少受到注意。"

当然，在突显民间文艺的文化特色的同时，也应对其审美特性给予足够的观照。民间文艺来自民众生活的深厚土壤，是他们在长期社会实践中对现实美进行的更集中、更概括、更典型的提炼，表现出淳朴、健美、清新、生活气息浓郁的美学风貌，体现了民众的审美理想，蕴藏着他们对自然、社会、人生的审美评价。钟敬文在《看了乐亭皮影戏以后》一文中说："关于这种戏剧的起源，虽然现在只有一些神话、传说或揣测的说法。可是，远在宋朝，它已经确实存在，并且在一些主要方面，和近代这种戏剧的情形大致相近了。这种艺术，在封建时代，自然不会受到一般士大夫的重视，甚至要遭到他们的侮辱和摧残。但是，它在民间是有势力的。以它内容的丰美有趣，以它表现的巧妙，加上它的设备简单，易于流动，对于过去城乡的广大人民（特别是农村的贫苦人民），正是一种容易接近、乐于接受的文化食粮。关于这方面历史事实的记载，在文人学者的著作里，不消说是很少见的。但是，在他们极偶然的一点著录上，也可使我们想象到它在过去民间流布的广泛的感染力的深湛。"[1] 他在文中指出了民间戏曲在审美上具有独特性，即内容丰富且有趣，在表现形式上巧妙灵活，在情感上具有很强感染力。评论家在民间文艺评论中，理应对作品的题材、形式、情趣、风格进行阐述和评说，如此才可以帮助民众通过发展民间文艺，提高审美能力和艺术鉴赏能力，使民间文艺外在美与内在美有机统一起来，培养健康向上的审美观和艺术趣味。

民间文艺评论应该尊重民间文艺的特殊规律，否则，就无法进行真正的民间文艺评论，甚至误解和歪曲民间文艺。民间文艺评论具有综合性的特点，即科学性、审美性、文艺性、社会性、文化性等方面及其综合运用和内在统一。审美性、社会性、文化性等属性前文已有所述，这里需要指出的是民间文艺评论也应具有科学性。民间文艺评论工作者需要在民间文艺调研和赏析的基础上，运用一定的民间文艺学、文化学、社会学和美学等方面的理论，对民间文艺作品和民间文艺现象进行分析与研究，并且做出阐释和评判，提供具有理论性和系统性的民间文艺知识。民间文艺评论的这种科学性特点，使得它必然要从社会科学和自然科学的各学科中吸收观点、理论和方法，呈现出多元化和综合化的趋势。当然民间文艺评论作为一门特殊的领域，与其他的学科毕竟有所不同，它既需要冷静的头脑，也需要一定的情感态度；既离不开理性的分析，更离不开民间文艺的感受。民间文艺评论应从民间文艺的实践参与的具体感受为出发点，发挥敏锐的感知力，深刻的判断力和强烈的情感体验，这样才能真正认识和把握民间文艺的内涵。

---

[1] 钟敬文.钟敬文文集：上编［M］.合肥：安徽教育出版社，1999：281.

第十八章

摄影评论

自1839年达盖尔银版摄影法问世，宣告了摄影术的诞生，改变了人类看待世界的方式，人类也拥有了一种新的对客观世界进行真实记录和再现的手段。在180多年的发展历程当中，看与看见，看与被看，如何看，怎么看，看什么，既是一部鲜活生动的摄影史，也是艺术与媒介、观看方式和接受方式不断变化的历程。而摄影评论也随着摄影艺术的发展变化而呈现出不同的面貌和特征。

一、摄影评论的对象与特征

自从摄影术诞生以来，摄影在文献纪录、实用工具、艺术表达等方面发挥了重要作用，到今天读图时代的来临，每天浩如烟海的图像诞生，摄影成为历史书写、日常表达的重要工具，那对摄影及摄影评论的探讨便显得尤其重要。

1. 摄影的特性及创作现状

关于摄影的定义有很多，可以从不同的角度、不同的侧面去定义摄影。有专家认为：摄影是激发思维的视觉表达形式，是视觉化的记录，是瞬间的艺术、光的艺术，是一个主客观碰撞并记录下来、呈现出来的过程。由此出发，可以总结出摄影的六个基本属性：技术性、现场性、瞬间性、客观性、机遇性、选择性。[①]

技术性是摄影艺术区别于其他艺术的一个重要特性。摄影艺术的诞生与技术的进步密切相关，摄影艺术创作上的每一次变革都离不开技术的发展。随着科技的进步，摄影所依靠的机器自动化程度也越来越高。镜头透视率的多少、快门的速度变化、像素的高低、光圈的大小，甚而特殊镜头、化学药水等技术手段，无不影响着一张照片的好与坏。

现场性与客观性、机遇性有着必然的相关联系，传统静态摄影的一个重要特征便是它的现场性，摄影师必然是在现场对面前的人、事、物、景进行拍摄。也因而由相机拍摄的事物，更容易让人获得客观和真实感。当按下快门时，取景框内的所有东西都会不加选择地被记录下来，不由人的意志所决定。摄影以其百分之百"复刻"客观世界的特征，成为人类历史上第一种最"真实"的媒介。在很长一段时间里，摄影为我们提供了真实之映射和身临其境之感受。客观性，是摄影作为工具和艺术的本质属性之一。因为摄影主要是在观场进行客观记录，摄影的机遇性便也在此，他看到了拍到了，你没看到没拍到，或者看到了没拍到，是否在现场，是否碰到了，是否拍下了，其中便是机遇。

瞬间性和选择性则相对于摄影在拍摄过程的特性而言。摄影无疑是瞬间的艺术，除了慢门曝光，一般是对一秒钟进行切分、或者是四分之一秒、八分之一秒、或者是一百二十分之一秒、一万分之一秒。对这瞬间的掌控和这瞬间的可代表性，决定了影像的质量高低。而选择是这一瞬间按下快门，还是下一瞬间；是选择四分之一秒，还是八分之一秒；是选择拍景还是拍人；横构图还是竖构图，仰拍还是俯拍；拍大场景还是局部细节；是把这棵树纳入取景框还是不纳入；等等，一张看似随意拍下的照片，其实经过了无数道有意或无意的选择。

摄影术诞生之初，摄影器材庞大而复杂，甚至要雇人才能拖、运，成像不仅依赖手工曝光控制技术，还需要掌握显影过程的技术。随着科技的进步，

[①] 李树峰.摄影艺术概论［M］.北京：文化艺术出版社，2018：11-48.

相机由不方便移动，到能灵活移动取景，从玻璃湿版、干版发展到 120 型、135 型胶片，再发展到数码相机，摄影从新奇的事物、昂贵的消费、时尚的宠儿到普通人皆可为之，走过了 160 余年。随着技术的进步和发展，摄影已成为社会大多数人随时随地皆可为之的一门艺术。人人一部手机，人人都可以随时记录，所见即所得，随时拍、随时上传、随时交流，一键完成影像的生成与传播。摄影大踏步进入人人拍、拍人人，即拍即得、即得即播的大众化、日常化时代。

毫无疑问，摄影的普及不仅将我们更快地带入读图时代，也给摄影艺术的发展带来新的挑战。一方面，似乎人人都是摄影师；另一方面，摄影开始逐渐转向新的方向，以追求摄影的创新和多元的表达方式。随着融媒体时代的到来、媒介的发展和做图软件功能的日益强大，摄影从面向世界进行拍摄转而关注作为媒介的摄影。文学、绘画、书法，人类学、社会学、民俗学，拼贴、涂抹、撕裂、缠绕等多艺术门类、多学科、多种表现方式交织混合在影像的创作当中。摄影人专注高品质的输出、复兴各种复杂的古典工艺流程、对非盐照片进行手工上色、在照片上涂画、搭建影棚、创作戏剧性事件，等等，让摄影更多地成为关注摄影本身的状态。年轻的或在摄影艺术层面追求突破的摄影师们，从早前为突显展呈方式的多样化和互动性，而采用适度的装置、视频等多种手段，使得挂在墙上的作品变得更加立体、可感、可触摸、可参与，到直接动手造景，或搭建、制作各种场景和物件，使得"造景"本身成为摄影创作的主要部分或重要一环。多维元素的加入使得影像的创作更加倾向于主观化的表达，如果说传统纪实摄影拍的是我眼睛看到的世界，摄影师尽其所能展现这个瞬间的真实，那么新的创作拍的是我心中想看到的世界，摄影师尽力在一张画面中构造出多种的可能性和多义的表达。同样地，这种多义性似乎也在一定程度上消解了摄影"摄"的功能。多种元素的介入，使得二维的平面影像更具立体化，让凝冻瞬间的时间艺术进而具有了空间属性。在相应的媒介手段之下，照片原有的属性进行了再造，从而具有了新的"意味"，获得了新的发展。

同时，在这几年的摄影创作当中，摄影日渐凸显其成为媒介之一的手段，成为多媒体艺术、数字艺术表达的媒介之一。随着 VR、AI 等技术手段的发展壮大，真实影像与虚拟影像在虚拟空间实现了融合。而对元宇宙的探讨也影响到了摄影，作为深受数字艺术影响的摄影，新技术的冲击无疑对摄影产生巨大的影响。

2. 摄影评论的对象、任务和特性

摄影评论的对象自然是摄影艺术作品，既包括传统的静态摄影，也包括主要以摄影为表达方式或媒介手段的影像创作。

摄影评论的任务是利用相应学术理论来指导摄影实践，将理论结果得出的判断、理想诉诸具体创作，将符合理论理想的实践褒扬出来，而抵制不符合正确理论的实践，廓清貌似正确理论的迷雾和谬误，并为摄影理论的发展提供思辨、推理、认证的材料。将摄影现象或摄影作品放入社会历史趋势中去评估、研究和阐释，找出它们形成的背景和对现今的文化意义，评估具体摄影作品与其他文化作品的关系，以及它们在特定类型或特定文化传统关系中的位置，对具体现象、观点、提议、作品、摄影师进行审核和评价，用专业知识提出建设性意见，有观点、有立场、有态度。[1]

西方对摄影的论述可以说与摄影的历史一样长，比如说摄影术的发明者亨利·福克斯·塔尔博特在其手工制作的世界最早的摄影画册《自然的铅笔》（1844）中，撰写了一些说明文字，可以说是摄影论的雏形。但真正的摄影批评可以说是从夏尔勒·波德莱尔开始的，他站在古典艺术的立场视摄影为艺术的对立物，他认为摄影"作为科学和艺术的仆人，但是，它是地位十分低下的仆人，就像印刷和速记，它们既没有创造也没有取代文学"[2]。在他之后，便有很多优秀的文艺理论家、思想家参与了对摄影进行形而上的研究和思辨，其中不乏既对摄影界有影响，更影响了文学界、艺术界和思想界的经典之作。如瓦尔特·本雅明的《摄影小史》（1931）、《机械复制时代的艺术作品》

---

[1] 摄影评论承担的任务部分参见鲍昆老师为此文特别提供的其讲座课件《批评与批评家》。
[2] 波德莱尔.1859年的沙龙：现代公众与摄影术 [M] // 弗兰西斯·弗兰契娜，等.现代艺术和现代主义.张坚，等译.上海：上海人民美术出版社，1988：28.

(1935)，保罗·瓦莱利的《摄影百年祭》，马歇尔·麦克卢汉的《照片：没有围墙的妓院》(1964)，苏珊·桑塔格的《论摄影》(1977)，等等。

与欧美地区不同的是，中国人真正接触使用摄影术已经是20世纪初了。而此期间，摄影术也多集中在照片馆业，是谋生的工具，谈不上形而上的思考。直到20世纪20年代初，蔡元培在原载1921年2月21日《北京大学日刊》的《美学的研究方法》一文中提道"如风景可摄影可入画，我已经用美术的条件印证过，已经为作美术品了"。这是中国美学史上第一次从理论上肯定并确立摄影艺术的性质，具有重要历史意义。[①]之后在半个多世纪中，中国的学问家、画家、历史学家、作家，以及摄影艺术的先驱者们，形诸笔墨，慷慨于陈词，或长篇大论、或只言片语，或写序、或点评、或成文，尽管零碎、分散，但对摄影的许多问题，如摄影艺术的本质特征、创作规律、创作手法和技术等，从中国的摄影实践和中华民族的审美习惯出发，形成了具有中国特色的摄影理论和评论。新时期以来的摄影评论随着摄影创作的繁荣而繁盛，其中不少评论文章观点犀利，批评力度大，可谓观点鲜明，丰富多彩。一些针对摄影时弊的批评往往能引起摄影界的广泛讨论和传播，甚而引起摄影具体方式的改变，对摄影生态的转变起到了良好的作用。

总的来说，在20世纪西方文艺理论批评蓬勃发展之时，也相应影响了摄影评论的发展，无论是从形式主义的角度对摄影展开评论，还是对摄影的文化意义进行阐释，摄影作为身处其中的重要媒介，无疑进入有影响力的思想家、理论家的研究视角，也因而，西方摄影评论方面的重要文章，有更多形而上的思辨和理论提升。而国内20世纪上半叶的摄影评论，也有诸多像蔡元培、康有为、刘半农、鲁迅、顾颉刚、俞平伯这样的大家参与，却整体以点评、感想和体验式居多，但发展伊始，对推动当代摄影实践和提升摄影文化品格功不可没。新时期以来的评论文章则以从事摄影工作的，如摄影评论、摄影研究、摄影教育、摄影编辑、策展人等专业人士进行，主要从摄影的内部和外部两方面着力，引导摄影创作的健康发展，并为建立中国特色的摄

[①] 龙憙祖.中国近代摄影艺术美学文选[M].北京：中国民族摄影艺术出版社，2015：51-52.

理论建立基础、提供养分。

摄影评论在某种程度上与文学评论相似，我们读诗、读小说、读散文，从而品读出百般况味，并从内部与外部着手，运用各种批评手段，从各个角度进行分析，形成判断，得出结论。摄影评论的对象是一张张图像，这一张张图像的品读、分析，需要评论者具有足够丰富的知识储备和专业素养，才能从静态的不会说话的图像看出点什么来，并做出有的放矢的批评。摄影作品的一个很重要特性是"客观性"，摄影术诞生以来，直面现实、记录历史是其很重要的一维，那在面对这样的摄影作品时，评论者得具有社会学、历史学、人类学、新闻学等诸多学科知识背景，才能从一张也许看似无奇的照片中，看出画面所蕴含的丰富信息，当时是个什么样的历史情境、国际国内局势如何、社会状况怎样、人们的生活方式和日常审美处于什么样的状态、在反映时代和记录历史中起到了什么作用，等等。

摄影作为一门艺术，还有一部分作品是"作为艺术"而存在，对于这类作品，则需要评论者熟练掌握相关的专业知识，如摄影史、摄影理论、摄影现状、摄影特性等，甚至艺术学、美学、哲学等相关理论知识都需要掌握，才能准确判断出一张艺术类摄影作品，其创新点在哪、技术上有何进步、对摄影艺术的贡献何在、发展走向如何、对美的探讨进行到哪一步、体现了什么样的哲学理念，等等。

尤其是在人人都会拍摄的年代，什么样的作品能被纳入评论范畴，摆在面前的"客观性"作品是真是假？都需要有准确的判断才能进行下一步的细致分析。一张作品，好，好在哪？美，美在哪？如果从内部入手，需要调动所有摄影的相关知识储备，对其进行从机位、观看角度、快门速度、后期处理、美学蕴味、情感表达等方面进行的细致的文本分析。如果从外部着手，则需要就该作品与当时的现实、历史、社会、人类、文化进行如蛛网式的勾连，才能充分剖析一张"瞬间性"照片所蕴含的全部力量。看似简单，要做好摄影评论，实则很难。

二、摄影评论的类型

如果只是从大面上对摄影评论进行分类，不外乎内部评论与外部评论两大类，内部评论侧重于摄影本身，对摄影作品进行文本细读；外部评论侧重于摄影与社会、历史、文化等摄影之外，两者或多者之间的关系探讨。如果从写作的文体上划分，摄影评论可分为随感类、语录类、论文类、著作类等几类。如果从摄影的类型上划分，摄影评论也可分为艺术类评论、客观类评论、商业类评论等。如果从摄影的发生过程划分，摄影评论大致可分为摄影家评论、摄影作品评论、摄影传播评论、摄影文化评论等几类。摄影家有了成熟的思想和创作理念，从而创作出优秀摄影作品，摄影作品经过编辑和传播之后进入大众视野，从而具有了独特的生命力，成为艺术、文化的一部分。这四个类型，把摄影作品的酝酿、创作、传播和意义等囊括其中，且脉络清晰，适合从不同角度，运用不同研究方法对摄影进行分析和评论，本书拟采用此分类，并简述如下。

摄影家评论，以创作者本体为主要研究对象，主要是从摄影家个人成长经历、成长规律入手，对其创作经历和创作思想进行探讨，多为"传记式""对话式"的写作方式，这类评论致力于发掘具体摄影作品的题材、内在精神与摄影家个体之间千丝万缕的联系。这类评论在摄影评论中属于较常见的一种评论类型，且文体灵活、多样，既有与摄影家的书信往来，随感式的对摄影家本人性格特征、成长经历对其创作影响的有感而发，也有以长篇大论对摄影家进行"传记式"的述评，当然，更多见的是"对话体"，也即我们所说的访谈类文章。摄影界正式出版的刊物不多，也就几家报纸、杂志，这些刊物许多稿件是对摄影家进行采访，在对话中，梳理摄影家的成长经历、创作脉络，总结其思想内蕴和创作理念。其中，包括一些以"访谈录""对话集""走访类"为主的一些书籍，书中收录作者对不同的摄影家走访式的随感、印象，或者是有针对性的采访以及对话。这类评论侧重于对摄影创作发生动力的深层探讨，文体灵活，长短不一，可深可浅，写作风格多样。

摄影作品评论，以作品本身为评论对象，可以是具体摄影家的具体作品，也可以是具体摄影家的某一阶段或全部作品；也可以是某一思潮或流派影响下的各类相关作品；也可以是针对具体门类，如纪实摄影、风景摄影、新闻摄影、画意摄影等进行的讨论和研究。这类评论往往容易观点犀利，嬉笑怒骂皆成文章，而且往往对摄影的创作产生具体而直接的影响。作品评论当是摄影评论最重要的一块，大而化之，所有的评论可以说都是围绕作品展开，没有作品一切都是空谈，此处把作品评论单列，更侧重于对作品本身进行的评论和探讨，类似于"文本细读"或"内部研究"。作品评论可以说是摄影评论的重点，也是评论文章数最多的一个类型。对作品的评论也是风格多样，文体、长短不一，从字数来看，大致可分为短评、长评、著作三大类。当然，数量最多的当数短评类，摄影家创作的某一张或某一组作品，都可看到短评类文章。各大摄影节、摄影周，以及相关大大小小的展览，很多的展览前言在某种意义上也可以说是相关作品的短评。特别要提出的是，在进行摄影作品评论时，于此生发的摄影技术评论。摄影与技术密切相关，作为一门随技术发展起来的艺术，关于技术层面的讨论一直是重要一块，技术与摄影的关系、技术如何影响摄影、摄影如何反作用于技术、摄影在实操层面如何与技术达成合谋、摄影的未来发展等，这是摄影评论区别于其他艺术评论的一个重要方面。

摄影传播评论，主要是从传播和接受的角度进行评论，摄影作品要发表，或通过报纸杂志，或通过展览、画册，这些都涉及图片编辑的问题，图片编辑的好与坏直接影响到图片的传播力度，而图片传播开之后，所形成的影响，读者对此的认可与反响，是该类评论所着力的地方。摄影在"手工时代"或"胶片时代"固然数量相对较少，但对当时的纸媒与出版物来讲，依然存在选择和编辑的问题。尤其是新闻摄影，哪张照片放在头条，哪张照片是跨页，对照片的传播有着至关重要的影响，而且在广泛传播，进入公众领域，引起全民关注之时，其产生的影响力巨大，促进战争提前结束、政府出台相应政策，等等。摄影进入"数码相机"时代之后，图片数量一下子呈井喷状，一位勤奋的摄影人，一天下来，所得的照片数量少则几百，多则上千，更不用说，一个月、半年、一年、五年、十年，积攒的照片量得用多少个T、多少个硬盘来计算。如何从数量巨大的图海当中，挑选出具有传播价值和未来影响力的作品，这是一道考验。挑选出来之后，如何编辑设计、印在杂志上或画册上、哪张图做大、哪张图做小、编排顺序如何、图与图之间如何呼应，展览时作品尺寸放到多大、采用什么样的材质输出、用什么样的装裱方式，这些，都影响到作品的传播。于是，相应的图片编辑、策展的经验积累和论述便应运而生。传播之后的影响力、读者如何接受等，都是此类评论所要探讨的。

摄影文化评论，主要是探讨摄影与摄影外部的关系。摄影作品具有"现场感""客观性"等特征，其以图像证史的能力比文字写史更具直观性、形象性的特征，从不同学科范畴，如人类学、历史学、社会学等都可以对摄影作品的内容进行相关学科的分析和评论，一组几十年前拍摄的反映某少数民族吃穿住行的珍贵图像，无疑是人类学研究的重要范本。一组拍摄于战争年代重要事件的摄影作品，是史学研究最直观的佐证。摄影术诞生伊始，西方一些重要的文艺理论家、思想家便将其纳入自己的研究视野。摄影不是孤立的摄影，摄影是人类技术的进步，是重要的文化现象，其本身作为视觉文化、图像学的重要一块，从文化、意识形态、审美范式、时代精神等方面都可以进行相关评论，也产生了一些具有思想深度、哲学高度的精品力作。当然，这个类型的评论相对其他评论类型，难度更高，对评论者本身的学术积淀、学科背景和写作水平等要求也要更高。

自然，在实际写作过程中，这四个评论类型，存在着写作方式多样、类别交叉、研究方法混合等现象，具体写作文本的复杂性须细致分析。

三、摄影评论写作及示例

优秀的摄影评论文章很多，在一篇短文中也很难一一罗列，面面俱到。国内的中华人民共和国成立前、后各选一篇，国外的选一篇，这三篇都是对当时摄影存在的问题进行剖析，并对当下的摄影依然具有重要意义的富有前瞻性和未来性的重要评论文章。

1. 刘半农《半农谈影》[①]

受五四新文化运动影响，中国第一个摄影艺术团体光社于1923年成立。在光社成立的第5年即1927年，刘半农加入。作为新文化运动的勇将，刘半农在光社中充分发挥了他的自身优势，以文字的形式准确传递了光社主张以及对摄影的思考，从艺术和科学的角度探索了中国早期摄影艺术的基本方向。1927年，《半农谈影》在真光摄影社、北京摄影社寄售。次年，刘半农去上海，将书稿交给开明书店正式出版发行。此后，《半农谈影》曾不断再版。《半农谈影》可以说是"我国早期最有系统性、最完整的摄影美学、艺术理论著作"。

《半农谈影》能时至今日依然引起摄影界广泛关注，与其系统完整、分析到位分不开，而且谈论的话题都是当时普遍存在的问题。这些问题时至今日，仍不时冒出来，再读《半农谈影》便会有新的启发和收获。《半农谈影》的主要观点及启发性如下。

第一，画是画，照相是照相。在摄影发展的早期，无论中外，都有一段轻视摄影的阶段，认为摄影不是艺术，艺术不如绘画。而为了让摄影成为一门艺术，或者说让摄影像画，中西方都经历过一段"画意摄影"的发展阶段。而刘半农在文章一开篇便以幽默风趣的语言批判了至今仍不绝如缕的观点，如"照相是五分钟之内可以学会的""照相是有假借的，图画是用真本领画出来的""照相总比不上图画"等，并掷地有声地说道"画是画，照相是照相""若说照相的目的在于仿画，还不如索性学画干脆些"。在中国摄影早期发展阶段，能清醒地认识到照相与绘画的不同，并大力提倡照相的艺术，在当时无疑具有"振聋发聩"之作用，对今天的摄影创作依然富有启发性。

第二，写真和写意。摄影如何分类？这是摄影从业者向来所关注的，不同的分类必然涉及不同的表达和评价标准。不同的摄影门类包含不同的语言、

[①] 龙熹祖.中国近代摄影艺术美学文选[M].北京：中国民族摄影艺术出版社，2015：167-196.该部分引文均引于此。刘半农（1891—1934），江苏江阴人。我国著名文学家、诗人、语言学家。1927年加入光社，发表了许多意蕴浓厚、艺术表现力强、有浓厚中国民族情趣与意味的摄影作品。

不同的表现手法，在具体评价时，应针对具体的摄影门类和摄影表达进行具体的分析和评论，这样才能有的放矢，也才能使批评为摄影创作者所接受，从而促进创作发展。刘半农在近百年之前，便提到了摄影的分类，对每种类别的特点和艺术标准也都做了详细的论说。

"照相可以分作两大类：第一类是复写的，第二类是非复写的；若加上照相馆的'肥头胖耳''粉雕玉琢'的一类，就是三大类。"第一类，刘半农认为又可作"写真"照相，因为"复写的主要目的，在于清楚，在于能把实物的形态，的的切切地记载下来"。"天文照相，飞艇照相，显微镜照相"都可归于"复写"之类，扩充之，在天文、地理、档案、文献、医学等方面提供了许多便利的实用摄影之类都可以归之于"写真"照相，"写真"照相无疑看中的是摄影的说明性表达。第二类"非复写的"，刘半农认为又可作"写意"照相，或"美术"照相，也即我们今天所认为的艺术摄影，或照相的艺术表达，艺术表达看中的是什么呢？是"意境"，要把"作者的意境，借着照相表露出来。意境是人人不同的，而且是随时随地不同的，但要表露出来，必须有所寄藉。被寄藉的东西，原是死的；但到作者把意境寄藉上去之后，就变做了活的"。由此，提出了摄影艺术的意境说。

刘半农在把摄影分为写真照相、写意照相，以及照相馆照相（应为现在所认为的商业摄影）三类之外，又分别对写真照相和写意照相做了比较，着重在于"艺""术""清""糊"四个字。"写真照相只需有得一个'术'字，而这术字却必须做到一百分；写意照相于术字外更须有一个'艺'字，——不过，术字不必到一百分，能有七八十分就够；艺字却是不能打分数的；能有几分就是几分。"要想把事物拍清晰拍完整，便得最大限度掌握技术手段，而若是艺术创作，掌握必要的技术手段即可，另外的则看个人的艺术感悟和艺术表达能力了。艺术感受力强的或者说是天才型人物，其作品中的艺术加持就会很强烈，而艺术感受力弱的，则不过是一种清晰化表达。这样的观点于今天的摄影创作评价依然具有不可磨灭的闪光点。

至于把照相是拍清晰还是拍模糊，中外都就此问题争论不休。刘半农对此问题也进行了详细的阐释"如果是照相，就只有一个清字，糊一点便该打手……至于写意照相，却要看作者的意境是怎样：他以为清了才能写出他的某种意境，那就是他的本事，他以为糊了才能写得出，那也是他的本事。我们只能问他的意境写得出写不出，以及写得好与不好；至于清与糊，应由他自己斟酌；他有绝对的自由"。分类恰当，界限分明，颇有拨开迷雾之感，如果是实用类，无疑越清晰越好；如果是艺术表达，创作者有绝对的话语权，只要意境表达充分即可。此语既于当时能止各种争论，又大力倡导了艺术表达的自主性，于今天的艺术评价亦大有裨益。如果确定拍摄的目的是为历史留资料，要有文献价值，除了做大量的案头工作，并做得深入、经得起推敲，还要拍得足够的清晰和完整，那这样的作品是客观呈现的，不宜从艺术创新的角度去谈论。如果决定在艺术层面上有所探索，在观看中，形成自己独特的视觉观念和艺术风格，那么要努力从艺术表达上有所拓展和创新，对这类影像，自然不能以拍得清晰，或者人文追求和社会意义去要求。这对良好艺术生态的建立是有益的。

　　第三，同情之征求。刘半农同样看重读者对作品的感受与评价，或者说看重作品的社会效果和作用。"美术作品的意趣，在于以我自己的情感吸引别人的情感，即所谓同情之征求。要达到这目的，在消极方面最重要的一件事，就是不要使人感到疲劳……于以使看的人先觉得这幅画没有什么讨厌处，然后慢慢地来赏鉴它的好处，那就好了。"艺术作品的魅力自然在于以情动人，以情感人，一幅好的作品中灌注了作者所想要表达的澎湃情感和审美趣味，读者在看到这样的作品时，自然而然被打动，沉浸于其中，情感上得到升华，审美上得到愉悦，甚而不断地传播出去，影响一个时代又一个时代的人。

　　第四，造美及造美之法则。"许多照相朋友以为要把人物照得好，就得有美人儿；要把风景照得好，就得有好景致。这种的见解我实不敢赞成。因为我们的目的，是要造美，不是要把已有的美复写下来。若是把已有的美复写下来，而其结果居然是美，也就罢了。无如事实上竟不易占到这样的便宜：往往很美的美人照到了纸上就全无美处；很好的景致，到了纸上也竟可以变得乱七八糟，不成东西。其故由于眼中所看见的事物的美，与纸上所表现出来的影像的美，并不是一件事。"刘半农的这段话对自然美、现实美与艺术美，或摄影美之间的关系进行了阐释，且着重强调了摄影美的创造问题。摄影当然不是简单的照搬自然、照搬现实生活，若全然地照搬，所见即所得，那自然人人都是摄影家，无疑也消解了摄影艺术本身。于今天大众摄影时代，如何造美、如何创造影像之美依然是摄影人所要面临的问题。

刘半农就如何造美谈到一系列的原则和表现手法，如"美术糊与透视糊""扳（按快门、拍摄）与洗（冲洗放大和暗房技法）""形与光""陪与衬""主与从""软与硬""深与浅"等，皆做了生动易懂的论述，对摄影有偏见或不懂之人，读完这篇《半农谈影》，不仅在理论上会有所收获，在创作实践上亦大有助益。近百年之后，其文的理论意义和实践意义仍然令人瞩目。

2. 石少华《新闻摄影必须真实、准确》[①]

石少华是抗日战争的见证者和亲历者，也是抗战时期我党敌后根据地摄影事业和新中国摄影事业的开拓者之一。他用有力而生动的黑白影像凝聚了中华民族艰苦奋斗过程中的重要历史时期，在枪林弹雨的烽火岁月中，他冒着生命危险深入战地采访，拍摄了大量的新闻照片，记录了延安时期中国共产党领导人的革命活动，记录了华北敌后抗日根据地军民英勇战斗和生产建设的鲜活英姿。他还是摄影教育者和组织者，他主办的摄影训练班，为战争时期和新中国摄影事业培养了大批骨干力量，他参与筹建的中国摄影学会，为中国摄影的发展做出了不可磨灭的贡献。他耽于思考，勤于总结，在摄影理论和批评上也卓有建树。此文是基于新闻摄影拍摄当中出现的各种问题所提出的批评，并提出了关于新闻摄影的诸多拍摄准则，对后来的新闻摄影影响深远。

第一，真实、准确是新闻摄影报道最宝贵的特征。新闻摄影在摄影史上，甚而在人类探寻真实性的道路上留下了浓墨重彩的一笔又一笔，具有不可磨

[①] 石少华.新闻摄影必须真实、准确[M]//那日松.中国摄影批评选集.北京：中国民族摄影艺术出版社，2013：36-38.论及该文部分言论皆引自此。石少华（1918—1998），广东番禺人，是中国共产党敌后根据地摄影工作的开拓者之一，是我党宣教文化系统摄影网络的主要构建者，也是新中国摄影美学的实践者和阐述者。

灭的重要意义。罗伯特·卡帕诺曼底登陆的照片，即便失焦、模糊，却无损于其高光与伟大；黄功吾的《战火中的女孩》的照片被刊登在《纽约时报》头版后，在美国国内引起的强烈反战情绪促使越南战争提前半年结束；等等。这些照片以其真实的力量震撼人心，改变着社会的进程，推动着时代的进步，影响着人物的命运。正因为新闻摄影有这样的力量，新闻摄影对于真实和准确的追求远超摄影的其他类型。

石少华在《新闻摄影必须真实、准确》一文中便针对当时个别摄影记者在新闻摄影中造假的情况进行批评，并提出，"真实、准确是人民新闻报道的基本准则，每张新闻图片的内容必须完全真实、准确，绝不容许虚构或夸大。我们的报道要求实事求是，真正好的才说好，绝不能将坏的说成好的；是十分就说十分，绝不应将十分夸大十二分。我们的新闻图片宣传之所以有力量，首先在于它的真实性与准确性"。对新闻摄影提出了最基本和最本质的两点要求。

第二，撷取典型性和代表性瞬间。还有一些新闻图片，拍摄的是准确、真实的事物，但没有抓取事物的本质，没有抓住典型性特征和代表性画面，依然是不真实、不准确的。就如文中所说："在摄影报道中一种毛病称作'自然主义'，摄影记者在拍摄时不经过思考研究，不经过选择，见什么就拍什么，这样拍下来的东西，往往是片段的、偶然的、表象的，不能够表现和说明事物的本质。"时至今日，这段话对以真实记录为目的的新闻摄影、报道摄影和纪实摄影都有重要的指导意义。摄影人在面对世界进行拍摄时，要能如实反映现实的真实，绝对不是见啥拍啥，而是要讲究典型性，从个别的特殊的艺术形象中抓取其所蕴含的能体现出生活中某些普遍意义的特性。在摄影实践中要拍摄85%人群，在85%的时间内，所呈现的85%的状态。只有镜头面对的是大多数的人群、大多数的状态，才能真实地代表某一时代或某一族群的一般状态。

第三，图说真实、准确，5个W。"我们对每张照片不仅要求内容绝对的真实与准确，说明也同样地要求绝对的真实与准确。"针对当时图片说明的随意和想当然，石少华对图片说明提出了影响至今的要求，并且提出了新闻摄影图说至今被摄影人引为圭臬的 5 个 W："摄影记者必须将照片所表现的内容，事情发生的时间，拍摄照片的地点，照片中应予介绍的人物姓名（有时包括职业与社会地位）和其他必要的问题准确地交代清楚。"

摄影业界在随后的几十年里，就新闻摄影的抓拍与摆拍、新闻摄影的 5 个 W（何人、何时、何地、何事、何故）展开过热烈而富有成效的讨论，新闻摄影不能摆拍、造假，必须真实、准确，新闻摄影图说的 5 个 W，都曾深入人心，成为新闻人心中的职业准绳。

然而，随着读图时代的来临，自媒体的蓬勃兴起，大量没有受过严格新闻或新闻摄影教育的各路人马纷纷开设自己的公众号、头条号、抖音号等新媒体号。人人都能发声，无疑是科技和时代的进步，但当数以万计、数以千万计的图片争相发出声音的时候，他们有的时间失真、地点失真、人物失真；有的文字说明失真；有的是在电脑里把别人的照片进行加工处理；有的将图像进行拼接、删减、合成；有的干脆导演一张照片出来……但公众对于事件真实性的需求一直在增长，内心对真实的渴盼始终存在。

石少华的这篇文章，字数不多，语言平易浅显，但对当时摄影界存在的问题能尖锐指出，并观点鲜明地阐明自己的观点，且此观点不仅针砭时弊，并指向未来，时至今日，依然具有重要的意义。

3. 亨利·卡蒂埃 – 布列松《决定性瞬间》

法国摄影家亨利·卡蒂埃 – 布列松（Henri Cartier-Bresson，1908—2004）享有世界声誉，他于 1931 年开始从事摄影，1932 年即举办个展并出版摄影集，1947 年与罗伯特·卡帕等人一起设立了玛格南摄影图片社，1952 年出版了英文版摄影作品集《决定性瞬间》（*The Decisive Moment*），该作品集的法文版名为《偷拍到的照片》（*Images a la Sauvette*），当时英文版的编辑迪克·西蒙看到布列松在摄影集的前言中引用了红衣主教雷兹的一句话："世间万物皆有其决定性瞬间"，从而决定以"决定性瞬间"来作为书名。"决定性瞬间"自诞生以来便被无数摄影人推崇，可以说是每个摄影师都耳熟能详的词汇。在所有摄影创作观念与理论中，"决定性瞬间"可谓最有影响力、最广为人知的一个。甚至在许多摄影爱好者眼中,它已经成了摄影艺术的同义词。

布列松作为著名摄影家,他提炼并总结的"决定性瞬间"是从自己的创作实践出发,一方面对摄影创作面临的诸多问题做了旗帜鲜明的观点阐释,另一方面提炼出的上升到美学高度的观点无疑提升了摄影的艺术性和研究性。

第一,决定性瞬间。布列松的"决定性瞬间"把摄影区别于其他艺术的本质属性之一瞬间性做了充分的提炼和升华,瞬间并不是短短的几分之一秒内所抓取的事物,而是这一瞬间,主客观完美相遇,具有决定性意义的因素与恰到好处的光线、构图完美结合,那些可遇不可求的瞬间成为摄影人所追求的"奇遇"。就如布列松所言:"对我来说,摄影这种在几分之一秒内发生的事,是对某一事件互为表里的两个部分同时辨识的过程:事件本身具有内在的意义,外在方面,又透过影像形式的精确组织,把意义确当地表现出来。"①"决定性瞬间"虽关注对象意义的呈现与表达,但其根本在于画面的视觉结构。因为立体主义绘画的学习经历,布列松认为,"为了主题内容与形式的统一,必须严格制定与其相关的形式"②,也即要以形式组织内容,据此使内容有其价值。如约翰·萨考斯基(John Szarkowski)所言,决定性瞬间是"一个视觉的而非叙事的高潮,它的结果不是一个故事,而是一幅照片"③。

"决定性瞬间"是一种高度理想主义的摄影美学追求。如布列松所言:"在运动中,确有一个瞬间,动态的各种要素在这一瞬间保持着平衡。摄影必须捕捉到这个瞬间,让这个瞬间的平衡固定下来。"④可见,"决定性瞬间"预设了外在世界的视觉秩序,也预设了视觉秩序与其本质意义会在某一个特点的时间点同时呈现,这个瞬间点可以被处于某一特定位置的摄影者捕捉与呈现。捕捉这个瞬间靠的是一种直觉,是一种主体与客体相遇时,那一刹那神思的交汇,"在拍摄的那一瞬只能凭直觉行事,因为在我们拍摄的瞬间所有的

---

① 伍小仪,邓福全.写实摄影大师亨利·卡蒂埃-布列松[M].香港:摄影画报有限公司,1986:24.转引自顾铮.世界摄影史:修订版[M].杭州:浙江摄影出版社,2006:83.
② 亨利·卡蒂埃-布列松.思想的眼睛:布列松论摄影[M].赵欣,译.北京:中国摄影出版社,2013:23.
③ 约翰·萨考斯基.摄影师之眼[M].唐凌洁,译.北京:人民邮电出版社,2012:前言.
④ Henri Cartier-Bresson. The Decisive Moment [M]. New York: Simon and Schuster, 1952.

关系都正在发生改变，机会稍纵即逝"[1]。

布列松的"决定性瞬间"观点成为未来很长一段时间内摄影师奉为圭臬的追求，这个观点是那一段时间纪实摄影的时代总结，更是让摄影的瞬间性获得了从摄影研究者到广大创作者的高度关注。

第二，真实性与技术性。[2] 在论及"决定性瞬间"的同时，布列松还对新闻报道、主题、构图、色彩、技术和客户等方面进行了阐释。与决定性瞬间相吻合的是，布列松对摄影的真实性一再强调。他认为拍摄时不应该干涉对象，不应该让对象感到警惕，也不应该操纵事实，"要蹑手蹑脚地接近被拍摄主体，就把它当作只是一个静物。脚步要轻，但眼睛要敏锐。不要忙乱，不能打草惊蛇……在拍摄时也不要使用闪光灯"，为了"恰当反映外部和内部世界"，要"以整合的方式表现周围环境，尤其要避免以人为的方式扼杀事实真相，而且要恰当使用相机并适当操控"。在拍摄时避免可能的人为干预，尽力捕捉真实瞬间，"通过深入现实抓住事件的真实性"，并且在后期冲印或处理时，也要"尊重拍摄的价值，或者是再现拍摄的价值，要按拍摄时的精神完善照片"。也不要对一张照片进行裁切，对照片进行裁切，"将不可避免地对匀称的比例关系造成破坏"。这些观点为新闻摄影、报道摄影和纪实摄影提供了技术性指导，并不断地在后来者的拍摄中得到发扬，真实的瞬间才是"决定性瞬间"。

技术的发展诞生了摄影术，摄影的每一次飞速发展离不开技术的进步，时至今天，我们仍然在讨论技术与摄影的关系，布列松在几十年前便阐述了他的观点"化学研究的进步和光学技术的发展有效地扩大了我们的能力范围，我们运用这些技术最终使自己得到提高，但不要盲目迷恋摄影技术的发展。摄影技术的进步应该仅仅是为创作服务，有助于实现自己的拍摄理念"。"相机是我们的工具而不是一个漂亮的机械玩具。只要感觉这个设备用起来舒服，

---

[1] 亨利·卡蒂埃–布列松.思想的眼睛：布列松论摄影[M].赵欣，译.北京：中国摄影出版社，2013：24.
[2] 亨利·卡蒂埃–布列松.思想的眼睛：布列松论摄影[M].赵欣，译.北京：中国摄影出版社，2013：20–26.该部分的引文皆引于此。

适合你想要做的事情就足够了。"这些观点对今天的"技术控""器材党"来说，依然具有重要的意义。所有技术、技巧、方法，归根结底，只是一种手段，而摄影人要感知生命的形式，追求内容与形式的平衡，再现和表达瞬间的真实。

  好的评论文章不仅对现实发声，对当下的创作状况进行高屋建瓴的评判，引领摄影创作良性发展态势，且具有前瞻性和未来性，拥有长久的生命力和影响力。摄影术诞生180多年以来，经历了许多次的挑战、危机和机遇，在这期间，也诞生了许多的精品力作，这些评论文章为摄影艺术的繁荣发展起到了不可忽略的重要作用。回望摄影史，那一幅幅摄影作品犹如天上的星星闪烁，而评论和理论文章亦同样遍布星空，共同构成璀璨夺目的夜空。

第十九章

书法评论

面对书法作品，人们不仅用审美的眼光打量它，还会对它评头论足，书法评论便由此产生了。口头的评论转瞬即逝，只有少量被记载下来，流传下来的书法评论主要是以提笔作文的方式完成的。有据可查的书法评论文献可以追溯到东汉，延续至今已然浩如烟海，尽管不像传世书迹那样远至商周，但也形成了悠久的历史。本章拟讨论书法评论的对象、特征与类型，并以此阐明书法评论的一般原则和方法。

一、书法评论的对象与特征

评论家讨论的范围很广，可能涉及书家的经历、时代的风气、书写的器用等，但其中至为重要的讨论对象是书法作品。是书法作品引发了书法评论，很多延伸性的话题之所以有价值，是因为它们和书法作品有直接或间接的关系。书法作品进入人们的审美视野，便在一次又一次的观看、阐释中实现其审美价值，书法作品的特殊性和书法审美经验的特殊性决定了书法评论拥有自身的特征。

1. 书法评论的对象

根据作品范围之不同，书法评论的对象有微观与宏观之别。从微观处看，

"书则一字已见其心"[1]，书法评论可以具体到个别的字甚至个别的点画；从宏观处看，评论家可以着眼于一代或数代之书法，乃至书法史之大势。在这极微观与极宏观的两端之间，书法评论的对象又有多个层次。

评论家可以就一件作品进行评论，比如黄庭坚在苏轼的《黄州寒食诗》墨迹后作跋，探讨的便是这一件作品的特殊价值。评论家也可就一个书法家的不同作品做出比较，比如人们热衷于讨论欧阳询的《九成宫醴泉铭》《化度寺碑》《皇甫诞碑》等传世碑刻各有什么特色，以至对何者为欧书第一有不同的看法。通过这样的讨论，往往可以厘清书法家不同时期的书法风格。

通观一个书法家的诸多作品，可以提炼出这一书家的总体风格和成就。比如南朝梁袁昂的《古今书评》，逐一评说了多位书家的风格与成就，而并未涉及任何具体作品的讨论。

评论家也常常在不同书家之间进行比较。这种比较可以在同一时期的不同书家之间进行，比如对欧阳询、虞世南书法风格的比较，也可在先后不同时期的书家间进行，时代相近的如二王，时代相距较远的如颜真卿、何绍基。进入比较视野的不同书家，可能有传承、影响的关系，也可能仅仅是书风有相似之处。

审视多位书家、多件作品，可以提炼出时代的总体风格。董作宾著《甲骨文断代研究例》，将商代甲骨文按照风格分为五个时期，这是一个朝代之内的不同分期。董其昌说"晋人书取韵，唐人书取法，宋人书取意"[2]，这是对不同朝代的书风的概括。康有为说："自唐为界，唐以前之书密，唐以后之书疏；唐以前之书茂，唐以后之书凋……"[3]则将书法史进行了更为宏观的划分。

除了对时代书风的概括，评论家也常常注意地域书风的特点。清人阮元认为东晋以来书法分为南北两派，这一观点影响了很多学者。再如春秋战国时期的金文书法，秦、楚、齐诸国各有不同，这一点也引起了学者们的注意。

---

① 张怀瓘.文字论[M]//张彦远.法书要录.范祥雍，点校.上海：上海古籍出版社，2013：108.
② 董其昌.容台别集：卷二[M].刻本.董庭，1630（明崇祯三年）.
③ 康有为.广艺舟双楫：馀论[M]//历代书法论文选.上海：上海书画出版社，2014：837.

评论对象虽有微观与宏观之别，但评论家的目光总在整体与部分之间往复。评论个别作品的时候，对整体书风的了解构成必要的背景。评论《兰亭序》，需要意识到王羲之的其他作品，意识到与王羲之同时代的书家群体的作品，意识到王羲之与前代、后世书家作品的同异。反过来也是这样，对某个时代、某个群体的风格进行讨论的时候，也要意识到具体书家、具体作品的风格。

多件相关作品构成其中个别作品的语境，与此相似，作品之外的人、事、器用、制度等构成作品的语境。评论的对象是书法作品，可是要充分地理解它，评论家关注的对象便不能局限于作品。了解书法家的才性气质、学书经历、书法观念，了解当时与后世读者的评论，皆有助于理解书法作品。书家的观念和当时读者的态度可以呈现书法作品产生时的书法艺术风尚，苏轼自称"我书意造本无法，点画信手烦推求"[1]，黄庭坚评苏轼书法"笔圜而韵胜"[2]，皆可与苏轼的传世书作相互印证。书写器用也是评论家不可忽略的内容。一件传世的书法作品，纸、墨是可见的，而书家当时所用的毛笔、几案等是不可见的，了解这些不可见的用具，有助于更准确地把握书法家的笔法。黄庭坚记述苏轼"平生喜用宣城诸葛家笔"[3]（属于有心笔，笔肚饱满），写字的时候"腕着而笔卧"[4]，再加上苏轼所认可的"指运而腕不知"（欧阳修语）[5]，将这些材料与苏轼的书法作品关联起来考察，苏轼的笔法便生动起来了。

在书法评论中，一切对语境的讨论都旨在加深对作品的理解。如果这些讨论与作品无关，就会冲淡评论的意味，过分倚重它们，甚至会出现谬误。如果一个作者宣称自己得法于二王，但作品中毫无二王的影子，那他的宣称对于书法评论是不足为据的。

也有这样的情形，有些评论对评论对象和语境之间的关联把握得并不准

---

[1] 苏轼.石苍舒醉墨堂[M]//王文诰.苏轼诗集.孔凡礼，点校.北京：中华书局，1982：236.
[2] 黄庭坚.跋东坡墨迹[M]//山谷题跋.白石，点校.杭州：浙江人民美术出版社，2016：80.
[3] 黄庭坚.跋东坡论笔[M]//山谷题跋.白石，点校.杭州：浙江人民美术出版社，2016：82.
[4] 黄庭坚.跋东坡水陆赞[M]//山谷题跋.白石，点校.杭州：浙江人民美术出版社，2016：78.
[5] 苏轼.记欧公论把笔[M]//东坡题跋.白石，点校.杭州：浙江人民美术出版社，2016：193.

确，更多地强调了评论者的印象和感受，但是依然能够给人以启发，出现这种情形，是由于评论对象从"作品"转向了"文本"。比如，康有为称"魏碑无不佳者"，"魏碑无不可学"，[①]他所赞颂的那些魏碑在当时并非尽属佳品，他所叙述的书法源流也未必可信。由于六朝墨迹难以获见，碑刻与墨迹之间的关系（一种语境）模糊不清，康有为的品评在今天看来显得随意了一些。不过，他的看法并非平庸之见，他称扬的那些碑刻书迹，有些确实堪称经典的"作品"，有些则可视为具有审美价值的"文本"。作品强调作者及其创造物的关联，文本强调读者与阐释对象的关联。如果仅以"作品"的标准来衡量康有为的评论，容易因为其中的误读而忽视了其中的价值。尽管书法评论可以面向文本，但如果全然不顾作者与作品的关联，对于文本的评说就容易流于恣意发挥而漫无边际。事实上，对经典作品没有深刻认识的人，是无法发现蕴藏在普通文本中的审美价值的。一些随意书刻的造像记、砖瓦陶文以及某些稚拙的敦煌书迹，之所以在书法家群体中引起审美的共鸣，而不是吸引普通人，正是这个道理。

　　以上对评论对象的讨论，着眼于广义的书法评论。狭义的书法评论则有进一步的规定，即所评论的对象是当代的而不是古代的，就像新闻报道不同于历史著作一样。面对同一件书法作品，当代的评论家并不一定比后世的评论家更有发言权，因为身处庐山之内和之外，所见各有不同。不过，在对某些语境的熟悉方面，当代人确实为后世所不及。当代的评论家更有机会了解书法家本人的个性与观念，更有机会看到他的创作过程，更加熟悉当代的器用、制度等。如果一个时代的书法创作在当时没有获得有价值的回应，而只交由后世去研究、评判，那是一个巨大的遗憾。面对当代有争议的艺术现象，总有这样的说法："当代人说了不算，历史说了算。"这种态度推脱了自身的责任，也轻易地否定了当代文艺评论的价值，貌似尊重历史，实际上是对历史的不负责。其实，今人并不在历史之外，后人也不能全然代表历史。在历史的评判中逼近公正的理想，需要今人和后人共同付出努力。

[①] 康有为.广艺舟双楫：十六宗［M］//历代书法论文选.上海：上海书画出版社，2014：827.

2. 书法评论的特征

各门类的艺术评论有通性，也有个性。任何艺术评论都追求准确的描述、深入的阐释与合理的评价，书法评论也不例外。不过，书法作品具有自身的特殊性，面对书法作品的审美经验也与众不同，因而，以评说书家书作、探究书法艺术真谛为己任的书法评论也就有了自身的特征。

第一，书法评论注重揭示书法作品的艺术风格。

书法作品具有"材料—形式—意味"的层级结构，也就是说，书法家以纸（以及简、帛等）、墨、文字形体为材料，塑造出以笔法、结字、章法为要素的艺术形式，并由这艺术形式传达出或典雅或朴拙、或雄强或柔美的艺术意味。评论书法作品，就要观照书法作品的这三个层次，尤其要对书法作品的形式和意味有深入的揭示。欣赏书法作品，总是由形式的观看进入意味的体验，而深刻的书法评论就像一道光，照亮作品中那些值得注意的特征，从而引导观者的观看。

同是揭示书法作品的风格，有的评论着眼于形式的描述，有的着眼于意味的阐释，有的则兼谈二者。但无论如何，评论家谈论书法作品，总在形式与意味的张力之下进行。见不到艺术形式，意味也就无从谈起，这一点容易理解。而如果没有对意味的体认，也就不可能恰当地描述形式。书法作品人所共见，点画、字形一目了然，如何描述它似乎是一件纯然客观的事情，但事实并非如此。面对一件书法作品的艺术形式，选择哪一种或哪几种性状进行描述，又如何描述，全然出自评论者的匠心。艺术形式的诸多性状并非同等重要，某些性状与作品的意味、境界、个性关联得更为紧密，从而成为关键性的特征，而另一些性状则并不那么重要。一件临作，并不是在形式上和范本重叠程度越高就越有价值，有的临作没那么像范本，却偏偏让人感到"神似"，正是它捕捉到范本的关键特征而忽略其余。晋唐名家墨迹常常通过刻帖来传播，有的刻本虽然精巧却失神，有的刻本虽然粗放却神采奕奕，也是因为艺术形式的诸多性状不是同等重要的。书法评论对作品形式特征的揭示，要入其"微"，更要入其"深"，而这离不开评论家对作品意味、风神的深入体验。

例如，二王书法之异同历来是人们热衷讨论的话题，在诸多论说之中，元代书家袁裒的品评颇有精彩之处。袁裒评曰："右军用笔内擫而收敛，故森严而有法度；大令用笔外拓而开廓，故散朗而多姿。"[①]王羲之的字让人感到"森严而有法度"，王献之的字让人感到"散朗而多姿"，之所以有不同的艺术意味，乃是由于他们的用笔各有特征——王羲之"内擫"而王献之"外拓"。内擫即向内收缩，外拓即向外拓展，这是在描述运笔的轨迹。用笔的内擫和外拓直接影响到结字，故而王羲之的字形"收敛"而王献之的字形"开廓"。袁裒将二王书法的艺术意味和形式特征紧密关联起来，贴切而又深刻，让人对二王书法的理解进一步明晰起来。

第二，书法评论注重揭示书家的艺术渊源。

判断一个书家的作品具有何种风格、达到何种高度，需要将其置于书法史的流变中进行把握。艺术贵在创变，然而书法艺术的创变一般不是断裂式的，而是在对古代经典的阐释中实现的。新的书法风格的出现，有的是汲取并发扬经典作品中的某一种或某几种品质，有的是汲取多种经典作品的品质而熔为一炉。即便有些书家着意与某些经典作品保持距离甚或反其道而行之，也要从古代遗迹中寻找新的取法资源。只有看到他是以何种方式会通古人的，才能看到他是如何创变的。正因如此，揭示渊源成为揭示风格的前提。

除了把握评论对象和取法资源的关联，评论家还要对经典书家的谱系有所认识，这样才能把握评论对象进入艺术传统的深度。也就是说，除了明取法，还要知统绪。自古至今的书家、书作众多，古人常从历代书家中提炼出少数几位典范书家，并在这少数几位典范书家构成的谱系中选择出一位集大成式的人物，这便是"书统"论（有似于儒家的"道统"论）。典范书家谱系由哪些人构成，集大成者又是谁，历史上往往有不同的看法。例如，南朝宋、齐多崇尚王献之；梁武帝以为王献之不及王羲之，王羲之又不及钟繇；唐太宗则以王羲之为"尽善尽美"，对唐以后的书法品评影响巨大；至清代阮元倡南北分派之说，王羲之作为书坛共祖的地位受到质疑。由于存在书统的问题，

[①] 袁裒.评书[M]//王原祁，等.佩文斋书画谱：第二册.北京：中国书店影印扫叶山房本，1984：264.

书法史就不简单是线性的。晋、唐、宋、元各代相承，就像是祖、父、子、孙，但另一方面，魏晋堪称楷、行、草书的"枢轴时代"，后世莫不追法魏晋，唐、宋、元、明各代又似兄弟。正因如此，同是取法经典书家，又以能够从枢轴处汲取智慧并别开生面者为贵。

评论家对书法史的认识以及对书法艺术真谛的领会构成他进行评论的价值坐标，面对评论对象，评论家要衡量的便不仅是他从某家某帖继承了什么又变化了什么，而且是他在多大程度上深入书法艺术的传统中，并为这个传统贡献了什么。以黄庭坚对苏轼书法的品评为例，黄庭坚多次谈到苏轼书法的取法问题，比如他曾说："东坡道人少日学《兰亭》，故其书姿媚似徐季海。至酒酣放浪，意忘工拙，字特瘦劲，乃似柳诚悬。中岁喜学颜鲁公、杨风子书，其合处不减李北海。"[①] 黄庭坚在这里谨慎地区分了"学"某家与"似"某家，苏轼曾取法《兰亭序》和颜真卿、杨凝式，书法面目则与徐浩、柳公权有相近之处。黄庭坚又说："余尝论右军父子翰墨中逸气，破坏于欧、虞、褚、薛，及徐浩、沈传师，几于扫地。惟颜尚书、杨少师尚有仿佛。比来苏子瞻独近颜、杨气骨，如《牡丹帖》，甚似白家寺壁。百余年后，此论乃行尔。"[②] 黄庭坚将苏轼纳入由王羲之、王献之、颜真卿、杨凝式构成的典范书家谱系之中，在这谱系中一以贯之的是书法的"逸气""气骨"。黄庭坚是苏轼书法经典化历程中的关键人物，他的评论出自对书法艺术传统的独到领悟，他也自信这一看法终将获得历史的认可，正所谓"百余年后，此论乃行尔"。

其实，无论是揭示艺术风格还是揭示艺术渊源，对任何门类的艺术评论来说都是题中应有之义，而书法评论之所以成为书法评论，关键在于对书法艺术本身有切要的理解，既要深察书法作品的形式与意味，又要明源流、知统绪。诚如《文心雕龙》所云"操千曲而后晓声，观千剑而后识器"[③]，要想获得对书法艺术的切要理解，除了丰富的目鉴经验，还离不开长期而深入的书写体验。

---

① 黄庭坚.跋东坡墨迹[M]//豫章黄先生文集：卷第二十九.上海：上海商务印书馆，1912.
② 黄庭坚.跋东坡帖后[M]//豫章黄先生文集：卷第二十九.上海：上海商务印书馆，1912.
③ 刘勰.文心雕龙注[M].范文澜，注.北京：人民文学出版社，1958：714.

二、书法评论的类型

可以从多种角度区分不同的书法评论。从思想倾向看,有侧重于书法家人品的评论、有侧重于情感表现的评论、有侧重于书法技巧的评论等。从文体看,书法评论有论、品、评、序、跋、诗等。下文所述"书品"与"书评"之分,着眼于评价的方式;"直陈"与"譬喻"之分,则着眼于评论语言的风格。

1. 书品与书评

艺术的"评论""批评",古人亦称作"评品"或"品评"。事实上,品与评又有所不同,元代刘有定对此有详细的论述:

> ……其言曲而中,拟议以成其变化,存乎评品。品之与评同而实异。评以讨论其得失,品则考定其高下。古之能书者众矣,传史所载,类多阔略。其见于古人论述者,卫恒《能书录》,羊欣、刘绘、王僧虔《古来能书人名》,王愔《文字志》,傅昭、虞龢《法书目录》,姚最、姚思廉《善书人名状》,徐浩《书谱》《古迹记》,张彦远《法书要录》等作,皆广记直述,不立评品。梁武帝、袁昂、邵陵王纶、吕总等,始有书评。窦臮《书赋》,唐文皇、宋太宗、徽宗、蔡君谟、欧阳永叔、苏、黄、米诸公,皆尝评书。品第之作,盖始于班固《汉书·古今人表》,分为九品,庾肩吾、李嗣真《书品》并效之,李嗣真益以逸品为十等。张怀瓘《书估》第为五等,又《书断》分为神、妙、能三品。郑杲之修《书史》,亦作《人品表》,又分能品为上、下。或未见古书,但合诸家之论,由苍颉而下,约为四品,论同异者,参订而从众,其有史传不显而品录著名,则列其名于表。亦有不入品录,尚有传刻可见者,杲不敢断,咸列于遗书,遂成五等。[①]

---

① 刘有定.衍极注[M].文渊阁四库全书本.

刘有定首先区分了"广记直述"式的著述和专门的品评，其次区分了品评中的"品"和"评"。

在品评中，刘有定认为评的宗旨是"讨论其得失"，品的宗旨是"考定其高下"。无论是讨论得失，还是考定高下，都要做出优劣的评价并进行解释。二者的区别是，书评只是就书家、书作进行评价，偶尔会与其他书家进行比较；书品则将多位书家排出由高到低的座次来，于是有种种区分高下的等级，如梁庾肩吾的《书品》列九品，唐李嗣真的《书后品》在九品之上增设逸品为十品。就像一场考试，"评"只关注每一份答卷的对错情况、成绩如何，"品"则进一步关注名次。

那些"广记直述，不立品评"的著述，从所举篇目看，主要是一些早期的书法史著述。① 这些著述比起专门的品评，内容显得杂多一些，书法作品之外的记述占有较大比例，如书法家的郡望、官职、事迹等。这些著述虽然不是纯粹的品评，但毕竟包含了品评，从评价方式看，属于"评"而非"品"。此外，里面的品评主要是描述和评价，具体的解释较少，因此显得比较笼统。

"书评"长于就具体的书家书作斟酌得失，"书品"长于在比较的视野中凸显书家的风格、优劣，"广记直述"的著作长于记述事实。这三种著述类型在唐代有综合的趋势，张怀瓘的《书断》堪为典型，这部著作以"品"为架构，又对每一个书家的特色、优劣做了详细的讨论，而且记述了大量的书家故实。刘有定将《书断》列于"书品"一类，主要是着眼于《书断》分神、妙、能三品论书。事实上，《书断》显示了一种集大成的努力，正如宋朱长文《续书断》所评："至张怀瓘乃讨论古今，自史籀至于唐之卢藏用，为神、妙、能三品，人为一传，兼王、袁之评，庾、李之品，而附之以名字、郡邑、爵位之详。品简则易推，事明则可考，此足为学者之便也。"②

从评价方式看，现代的书法评论只是"评"，而甚少排座次式的"品"。

---

① 张彦远《法书要录》本是书学丛纂，包含各种著述类型，将其归于某一类其实并不合适。
② 朱长文.续书断［M］//朱长文.墨池编.何立民，点校.杭州：浙江人民美术出版社，2012：272.

"品"只是零星地表现在"一流书家""二流书家"等说法中,以及含蓄地表现在书法史著作的章节安排、详略分配上,书家水准越高,一般就占据越醒目的位置、受到越详细的讨论。此外,民间发起的一些评选也有"品"的意味,比如"二十世纪十大书家"的评选。

在书学史上,人们不断加强外部史实描述和作品的解释、评价之间的关联,于是"广记直述"式的著述与书法品评的界限越来越模糊。书法评论也自然地呈现为两种类型:一类主要针对书法作品进行分析,另一类则寻求更多外部证据的支持,如书法家的人品、经历等。

2. 直陈与譬喻

在书法评论中,有直陈和譬喻两种语言风格。有的评论多用直陈,有的评论多用譬喻。在同一篇评论中,也常常混杂着直陈与譬喻。譬喻常常只被看作一种修辞手段,但事实上并非如此简单。探讨书法评论语言中的直陈和譬喻,能够切近一些根本问题,如书法评论的意义是如何产生的,它的价值何在。

传梁武帝如此评价王羲之的书法:"王羲之书字势雄逸,如龙跳天门,虎卧凤阁,故历代宝之,永以为训。"[①] 其中"字势雄逸"与"历代宝之,永以为训"为直陈;"如龙跳天门,虎卧凤阁"则为譬喻,以龙跳虎卧的形象比拟王羲之的字,并和"雄逸"相互阐明。

在梁袁昂的《古今书评》、唐吕总的《续书评》、宋陈思的《书苑菁华》、梁武帝的《评书》《唐人书评》中,譬喻是主要的评论方式。这几篇以譬喻风格来陈述的评论,有一个共同的特征,那就是以"评"为题目。事实上,这已经构成一种特殊的评论体式了。康有为的《广艺舟双楫》多用直陈,而"碑评"一篇,遵从旧式,通篇以譬喻立论。当然也有例外,清人桂馥以譬喻的方式评论清代各家隶书,题为《国朝隶品》,若依旧式,应题为《国朝隶评》。

---

① 梁武帝.评书[M]//陈思.宋刊书苑菁华.北京:中国书店影印,2012:145.

第十九章 书法评论　325

　　以譬喻作为一种评论方式，可以追溯到魏晋时期的人物品藻。"时人目王右军，飘如游云，矫若惊龙"①，便和"王羲之书字势雄逸，如龙跳天门，虎卧凤阁"有异曲同工之处。在各种艺术评论中都有譬喻，然而，在人物品藻的影响下产生一种以譬喻为主的评论体式，发生在书法领域。究其原因，当与作为评论对象的书法艺术的特质有关。书法是诉诸视觉形象的艺术，这形象是抽象而非具象的，然而，抽象的书法艺术形式和大千世界具有种种关联。书家常常师法造化，将自然、社会中的种种情状化入笔下，可谓"囊括万殊，裁成一相"（张怀瓘语）；观者也可以从书法作品中产生种种联想，这联想可能和书家心中之所想有所契接，也有可能另有其妙。正因书法艺术形式和世间万象有种种相似之处，所以用象喻的方式来描述书法作品的特征、阐释其中的美感，就是一件极其自然的事。另一个重要的因素是，用譬喻描述书法艺术，不用担心譬喻所用之形象和艺术作品中的形象相混淆，龙跳虎卧之象不会和王羲之的作品形式相混淆，因为书法艺术形式是抽象的而不是具象的。正是在抽象与具象似而不同的张力下，譬喻式的书法评论获得了极大的表达空间。

　　直陈和譬喻两种表达方式各有特点，直陈的语义更为确定，而譬喻则显得较为含混。比如上引梁武帝的《评书》中对王羲之书法的评论，"雄逸"的意思基本上是清楚的，即王羲之的书法有雄强、活泼多变的特征；而"龙跳天门，虎卧凤阁"描述了如此生动的形象，可以在多个角度与王羲之的书法发生关联，含义也就显得不明确。不过，在"王羲之书字势雄逸，如龙跳天门，虎卧凤阁"这一句评论中，"雄逸"和"龙跳天门，虎卧凤阁"相互阐明、相互限定，能够避免读者由"龙跳天门，虎卧凤阁"产生过多的联想。在这样的限定之下，譬喻表现出含混中的精确，又可补直陈之不足。"雄逸"一词的意义固然是明确的，然而王羲之书法的"雄"有何种程度，"逸"有何种状态，在直陈中仍然显得笼统。"如龙跳天门，虎卧凤阁"则将"雄逸"具体化了，它更加逼近王羲之书法的个性。

---

① 刘义庆.世说新语汇校集注［M］.朱铸禹，汇校集注.上海：上海古籍出版社，2013：532.

譬喻性评论所具有的含混中的精确，随着世易时移，可能精确性越来越难以体会，而含混的程度却越来越高。两个因素可能导致这一结果。一是作为评论对象的书法作品失传了，或者在传刻过程中变得面目模糊，于是很难在作品和譬喻之间找到恰当的契合点。比如袁昂的《古今书评》对东汉曹喜书法的评论——"曹喜书如经论道人，言不可绝"[1]，我们只从一些记载中知道曹喜善篆、隶，但是已经无法看到他的书法究竟是什么样子，所以也就难以将"如经论道人，言不可绝"这样的譬喻与曹喜的书法对应起来。二是作为喻体的形象对于后世的读者渐渐变得陌生，比如《古今书评》对王献之的评论——"王子敬书如河洛间少年，虽皆充悦，而举体沓拖，殊不可耐"[2]，我们虽然可以了解这一评论的大意，但是"河洛间少年"的"充悦"和"沓拖"究竟是何种状态就难以体会了，这种状态与王献之的字是如何相似的，也便显得模糊了。至于那些卖弄文采、华而不实的譬喻性评论，就更加难以捉摸了。正因譬喻式的评论存在以上问题，所以历史上对此不乏批评。孙过庭说："至于诸家势评，多涉浮华，莫不外状其形，内迷其理。今之所撰，亦无取焉。"[3] 米芾说："历观前贤论书，征引迂远，比况奇巧，如'龙跳天门，虎卧凤阁'，是何等语？或遣辞求工，去法逾远，无益学者。故吾所论，要在入人，不为溢辞。"[4] 在当代的学术惯例中，以譬喻为主的艺术评论则近乎绝迹了。

尽管孙过庭和米芾都力图摒弃浮华之词而直面书法中的"理""法"，但这并不意味着譬喻本身必然是"外状其形，内迷其理"，"遣辞求工，去法逾远"，孙过庭和米芾的书论中也不乏譬喻，只不过尽量避免"比况奇巧"而已。当代学者不再撰写以譬喻为主的书法评论，也不意味着譬喻从当代书法评论中消失了。

---

[1] 袁昂.古今书评[M]//张彦远.法书要录.范祥雍,点校.上海：上海古籍出版社,2013：50.

[2] 袁昂.古今书评[M]//张彦远.法书要录.范祥雍,点校.上海：上海古籍出版社,2013：49.

[3] 孙过庭.书谱[M].传世墨迹本.

[4] 米芾.海岳名言[M].文渊阁四库全书本.

譬喻在评论中是不可或缺的，无论在古代还是当代，譬喻都发挥着"含混中的准确"的优势。譬喻是以此物喻彼物，在对喻体与本体（书法作品）的综合观照之下，新的意义生成了。这新的意义并非脱离了对书法作品的理解，而是由譬喻照亮了书法作品的某些特征。

比如董其昌有"右军如龙，北海如象"①之评，它继承了东晋、南朝时期对王羲之其人其书的譬喻，又增添了比较的维度。王羲之和李邕的字都是雄强的，然而王羲之的字更为活泼，李邕的字更为敦厚，龙、象之喻将二者相通而又相异的风格生动地表达出来了。龙、象之喻比起直陈来固然是含混的，然而在王羲之书法与龙、李邕书法与象的相互映照中，读者可以把握某种更为丰富也更为具体的意味。

其实，直陈和譬喻并非截然相判，譬喻广泛地渗透在直陈当中，可以说是无所不在的。称王羲之的书法"如龙跳天门，虎卧凤阁"，这是一个极为鲜明的譬喻。而称王羲之的字"雄逸"，这一直陈同样隐含着譬喻。按《说文》，"雄，鸟父也"，即雄性的鸟；"逸，失也"，以"兔""辵"会逃佚之意。王羲之的书法没有性别，也无从逃佚，"雄逸"的艺术意味是由本义比喻而来的，只不过这比喻义已经在语言的使用过程中固化了，人们不再明显地察觉到以此喻彼的意味。同是譬喻，"龙跳天门，虎卧凤阁"在舞台上引起了别人的注意，而"雄逸"则退居幕后。在语言中充斥着默默的隐喻，就像关于书写器具的"笔根""笔肚""笔锋""纸面""纸背"，以及关于书法技巧的"呼应""向背"，这样的隐喻称为"死隐喻"。②

对于书法艺术具有特别意义的是，有些譬喻在书学史中沉淀下来，成为理解书法艺术的重要概念，比如以"筋""骨"论书。王僧虔的《论书》："崔、杜之后，共推张芝，仲将谓之笔圣。伯玉得其筋，巨山得其骨。"③传卫夫人的《笔阵图》亦云："善笔力者多骨，不善笔力者多肉。多骨微肉者谓之筋书，多

---

① 董其昌.跋李北海缙云三帖[M]//董其昌.画禅室随笔.叶子卿，点校.杭州：浙江人民美术出版社，2016：47.

② 泰伦斯·霍克斯《隐喻》[M].穆南，译.太原：北岳文艺出版社，1990：128-135.由"前景"和"背景"探讨"隐喻"和"死隐喻"皆参见于此.

③ 王僧虔.论书[M]//张彦远.法书要录.范祥雍，点校.上海：上海古籍出版社，2013：17.

肉微骨者谓之墨猪。多力丰筋者圣，无力无筋者病。"[1] 书法作品并不是人体，本无所谓筋骨，以筋骨论书只是一种譬喻。然而，这譬喻并不简单，它渐渐嵌入人们的理解结构之中，成为讨论书法艺术的重要概念。它不像"龙跳天门，虎卧凤阁"那样具有鲜明的譬喻色彩，也不像"笔锋""笔根"那样成为一种死隐喻，而是处于二者之间。并不是我们从书法中获得了某种理解，然后用筋、骨来表达这种理解。重要之处在于，我们是将书法视为筋骨，是用筋骨来体验书法。没有筋、骨这个喻体，就无法获取意义，或者获取的是不同的意义。因此，很难将筋骨之喻以直陈的方式转述出来，转述必然导致意义的流失。

"比"是《诗》之"六义"之一，"立象以尽意"则是《易》的重要表意方式，《诗》和《易》作为儒家经典深刻地影响了后世的艺术评论。中国古人并不把象喻仅仅视为语言的修饰，而是看作必要的达意途径，在这一点上和西方古典理论有明显的不同[2]。当代的书法评论自然无须恢复古人的书评模式，但也不能将评论限定在所谓"标准"语言中，甚至把古人的譬喻转述为直陈才善罢甘休，以为那样才算获得了理解。当把通向意义的梯子撤换之后，意义也就随之溜走了。事实上，譬喻并不只是语言的修饰，也是深植于语言内部的要素；譬喻也不只是表达意义的方式，也是获取意义、生成意义的途径。

三、书法评论写作及示例

有慧识的书法评论，不仅能够让读者对评论对象有更为深入的认识，而且能够启发读者对书法本身有深入的理解。下文所举明代董其昌与当代启功先生的书法评论，皆有这样的价值。董其昌以"生""熟"的范畴评论书法，启人以深入书法传统的心路。启功先生对台静农先生书法的评论，则启发读

---

[1] 卫夫人. 笔阵图 [M] // 张彦远. 法书要录. 范祥雍，点校. 上海：上海古籍出版社，2013：5.
[2] 泰伦斯·霍克斯《隐喻》[M]. 穆南，译. 太原：北岳，1990：10-26. 西方古典派对于隐喻的观点参见于此。

者把握书法史的"通"中之"变",以及"变"中之"通"。

1. 董其昌以"生""熟"评论书法

董其昌(1555—1636)论书有生、熟之说,历来引人注目。我们需要澄清"生""熟"这一对概念在董其昌书法评论中的意义,然后才能看到董其昌以"生""熟"评论书法的启示价值。

董其昌这样比较赵孟頫的书法和自己的书法:

> 吾于书似可直接赵文敏,第少生耳。而子昂之熟,又不如吾有秀润之气,惟不能多书,以此让吴兴一筹。①

> 与赵文敏较,各有短长。行间茂密,千字一同,吾不如赵。若临仿历代,赵得其十一,吾得其十七。又赵书因熟得俗态,吾书因生得秀色。赵书无弗作意,吾书往往率意。当吾作意,赵书亦输一筹,第作意者少耳。古人云,右军临池,池水尽黑,假令耽之若是,故当胜。余于赵亦然。②

董其昌认为自己与赵孟頫在书法方面有生、熟之别。生熟和书写的多少是有关的,正所谓"不能多书,以此让吴兴一筹",然而显然又不能简单地理解为书写的多少,否则"赵书因熟得俗态,吾书因生得秀色"就不可理解了。练得多反而有俗态,练得少反而有秀色,绝无这样的道理。有学者将"生"解读为风格的"生拙",然而因生拙而"得秀色",也不易说得通。亦有学者将"生"解读为不拘古法而出新意,若如此,则是赵孟頫多古法而董其昌多新意,那么董氏所云"若临仿历代,赵得其十一,吾得其十七"又与此相抵牾了。

"生"既不是生拙,又不是与古法相区别的新意,那生、熟二字究竟何谓?事实上,理解董其昌书论中的赵、董之别与生、熟之别,不能脱离师法

---

① 董其昌.评法书[M]//画禅室随笔.文渊阁四库全书本.
② 董其昌.容台别集:卷二[M].刻本.董庭,1630(明崇祯三年).

古人（尤其是晋人）这一语境。董其昌说："赵文敏临禊帖，无虑数百本，即余所见亦至夥矣。余所临生平不能终篇，然使如文敏多书，或有入处。盖文敏犹带本家笔法，学不纯师，余则欲绝肖，此为异耳。"① 晋人书法，是赵孟頫与董其昌共同的学书宗尚。在董氏看来，赵孟頫比自己练得多，其实只是运以自家笔法，而自己虽然写得少，却能逼肖古人。自己比赵孟頫欠缺了熟练，却比赵孟頫更多了对古人笔法的心领神会。

董其昌认为，若要探得古人妙处，必当在学书的过程中有所"悟"。他说："余少时学虞书，忽于临写时得其用笔之诀，横斜曲直，无不合者。他书则不尔。……近代王雅宜，一生学永兴书，独于发笔不似，若其形模，已十得六七矣。固知古人长处，须悟后可学也。"② 王宠终其一生学习虞世南，不可谓不熟，但是只能得虞书之间架，笔法却不能相合。而自己学习虞世南，是在临写中有所领悟——"忽于临写时得其用笔之诀"，并在这领悟的驱动下继续临写，以至有更深入的印证——"横斜曲直，无不合者"。

董其昌又对苏轼与赵孟頫有所比较，他说："赵吴兴大近唐人，苏长公天骨俊逸，是晋宋间规格也。学书者能辩此，方可执笔临摹。否则纸成堆，笔成冢，终落狐禅耳。"③ 大意是说，苏轼的书法能入晋宋（指南朝宋）格局，而赵孟頫则只能学至唐人，如果不能对书格有见地，纵然有再熟练的功夫也是徒劳。

上引董其昌的诸多议论，涉及赵孟頫与董其昌之比较、王宠与董其昌之比较、苏轼与赵孟頫之比较，这些比较其实是有异曲同工之妙的。在他的眼里，自己能入晋人格局，而赵孟頫与王宠不能得晋人妙处，根本的区别是，自己能够在学中悟，于悟后学，而后者则一味临学，而乏于领悟。

追摹前贤笔法，当然需要不断临写以求精熟。随着临写的深入，学书者对古人的笔法会有新的领悟，自身的理解结构和书写方式因而得到调整。当

---

① 董其昌.临禊帖题后［M］//画禅室随笔.文渊阁四库全书本.
② 董其昌.临破邪论［M］//王杰，等.钦定石渠宝笈续编:淳化轩藏.上海:上海古籍出版社影印清内府抄本，1999:644.
③ 董其昌.评法书［M］//画禅室随笔.文渊阁四库全书本.

获得一种新的理解结构和书写方式之后，又需大量的练习去印证、巩固、提高。在这个练而悟、悟而练的不断循环的过程中，学书者对于古贤笔法的理解和实证越来越真切深入。每一次新的领悟都是以往之"熟"推动的结果，同时也是对以往之"熟"的打破，自可称为"生"。而每个阶段的力求精熟的练习都发源于"生"，并且成全了"生"，犹如瓜果由生而熟一般。因为有"生"，书法的练习才能活泼而富有生机。因为有"熟"，这生机才能得到养护和光大。

任何一个书家都是在悟与练的循环中趋近古法之真谛的，然而不同的书家或又有所侧重。有的侧重于悟，趋近古法之妙却难免有生疏之憾；有的侧重于练，下笔精熟却难免执着于自己的书写习惯。"古人长处，须悟后可学"，"生"与"熟"的张力，其底蕴当是学古之途中"悟"与"练"的张力。

在董其昌看来，不同的书家有或生或熟之不同，书画之间亦有所不同。他说："画与字各有门庭，字可生，画不可（不）熟。字须熟后生，画须生外熟。"① "字须熟后生"强调的是书法的"生"，"画须生外熟"强调的是绘画的"熟"。事实上，无论书、画，生、熟相济的道理都是一样的。推而扩之，这个道理又不限于书画。董其昌的好友陈继儒有云："治国家有二言，曰忙时闲做，闲时忙做。变气质有二言，曰生处渐熟，熟处渐生。"② 人生修为的过程亦是生而熟、熟而生，而其义谛亦当不离领悟与实践的相即相成吧。

2. 启功《读〈静农书艺集〉》

启功（1912—2005）与台静农（1903—1990）皆在文史领域做出了卓越贡献，又皆以书法享誉当代。台静农比启功年长9岁，他们在20世纪30年代初结识，相互爱重，谊兼师友。1945年，台静农赴台湾，从此两位先生隔海相望，虽偶通音信，但未能再见面。

1985年，《静农书艺集》在台湾出版，启功获观后写了《读〈静农书艺集〉》一文。1989年，台静农将自己所临苏轼的《黄州寒食诗》一卷赠给启功，

---

① 董其昌.画诀［M］//画禅室随笔.文渊阁四库全书本.
② 陈继儒.安得长者言［M］.明崇祯间刻眉公十种藏书本.

启功欣然作跋。1990年，启功在香港与病榻上的台静农通了电话，并在10月写下《平生风义兼师友——怀龙坡翁》一文，当年11月，台静农便与世长辞了。启功的两文一跋，情真意厚而不失学理之严肃，皆被收在《启功丛稿》中。其中，《读〈静农书艺集〉》一文对台静农书法的评论最详，可视为当代书法评论的范例。

启功对台静农书法的评论贯注着深厚的历史意识，这也是传统书法评论所特别注重的。所谓历史意识，就是把品评对象放到历史长河中去评判，由此揭示其中的特色和价值。台静农的书法以隶书和行书见长，启功便分别指出台静农各体书法的渊源所在，然后讨论他是如何取法的，又与前人有什么样的不同。

对台静农的隶书，启功这样评说：

> 从西汉的阳泉薰炉到新嘉量、《石门颂》，看出他对汉隶爱好的路子。再看形是汉隶的形，下笔之际，却不是俯首临摹的，而各有自己的气派。清代写隶书的，像邓石如、伊秉绶、何绍基，不能不说是大家，是巨擘，在他们之后写隶书，不难在精工，而难在脱俗。静老的作品，是《石门颂》，却不是李瑞清的《石门颂》；是隶书，却不是邓伊何的隶书。[1]

台静农的隶书植根于汉隶，尤近于《石门颂》摩崖。不过启功看到他写出了不同于汉隶的自己的气派，更进一层，不仅不同于汉隶，也不同于那些取法汉隶的前辈大家。确实如此，邓石如、伊秉绶、何绍基这些大家出现之后，人们写隶书，便很难越出他们的笼罩。台静农的隶书不是没有借鉴清人，但笔下毕竟是自己的气象。检视近代以来的书坛，写隶书能够做到这一点的，真的是稀如星凤了。启功以寥寥数言，便揭示出台静农隶书的独特价值所在。

对于台静农的行书，启功品评道：

---

[1] 启功.读《静农书艺集》[M]//启功丛稿：题跋卷.中华书局，1999：364-367.以下出自该文的引文，不再加注。

至于行书，从外表看来，仍然是倪、黄风格为基础的，更多倪元璐法，这在他自序中也有明文。但如熟观倪书，便会发现他发展了倪法之处。清代商盘说过，陈洪绶的字如绳，倪元璐的字如菱。倪字结体极密，上下字紧紧衔接，但缺少左顾右盼的关系。倪字用笔圆熟，如非干笔处，便不见生辣之致。而台静老的字，一行之内，几行之间，信手而往，浩浩落落。到了酣适之处，直不知是倪是台，这种意境和乐趣，恐怕倪氏也不见得尝到的。

　　他的点画，下笔如刀切玉，常见毫无意识地带入汉隶的古拙笔意。我个人最不赞成那些有意识地在行楷中硬掺入些汉隶笔画，但无意中自然融入的不在此例。所以雅俗之判，就在于此吧？

　　台静农的行书取法明代书家倪元璐、黄道周，犹多倪法。而启功指出，台静农在深入倪书的同时又能脱化而出，具体表现在两个方面：一是结体和上下字之间不像倪元璐那么紧密，同时比倪元璐更多地照顾到行与行之间的关系；二是用笔更多了生辣、古拙的意趣，这是由于无意中融入了汉隶的笔意。台静农的字亦古亦新，正所谓"直不知是倪是台"，然而启功清晰地分辨出何处是倪、何处是台，让人一目了然，这样的评论犹如水中取盐，非有卓识不能如此。

　　历史意识不仅表现在将台静农书法置于书法史中进行评判，还表现在对台静农书法前后期的发展有恰当的把握。启功回忆台静农早年的字比较"瘦劲"，"并不多似古代某家某派，完全是学者的行书"；后来多学古帖，曾临宋人尺牍，又以倪元璐、黄道周笔意作书。而当启功先生看到《静农书艺集》中的作品时，便慨叹台静农的书法"老而弥壮，意境又高了一层"。在不同的阶段，台静农的书法有不同的面貌，也有不同的造诣，而一以贯之的是不拘形似、直取精神的学古方法。启功反复说到这一点，评台静农早年所临宋人尺牍说，"不求太似，又无不神似，得知他是以体味古代名家的精神入手的"；评台静农早年以倪、黄体所书诗作说，"与其说是写倪、黄的字体，不如说是写倪、黄的感情，一点一画，实际都是表达情感的艺术语言"；评台静农晚年书法，则说"不是俯首临摹""不知是倪是台"，已具见上引。

　　台静农与取法对象有今古之别，台静农之壮年与暮年又为今古，启功在历史的流变中讨论台静农书法，深入阐发了"通"中之"变"与"变"中之"通"。读解这些评论，我们好像在历史坐标中准确地看到了台静农书法所处的位置。

　　除了历史意识，启功在讨论台静农书法时，又常常论及台静农其人，也就是说，将台静农其人、其书作为综合的观照对象。这也是传统文艺评论的特色所在，在此就不具体讨论了。

第二十章

杂技评论

杂技作为一种以身体技艺为主的表演形式，体现为以"技"的"惊险、高难、奇谐"作为审美形态的舞台艺术，同时也是借助道具展现身体技能、潜能和超能的艺术。从混沌自然生存的杂技性发展到当代杂技的技艺审美自觉，慢慢独立成一种舞台表演形式，当代杂技的技艺审美又构成了当代杂技早期阶段"显技于艺"的本体呈现。

杂技评论，是从专业视角展开的杂技鉴赏活动，是杂技欣赏的高级阶段，其目的是总结杂技创作与表演的经验、形成系统的杂技理论知识，并最终在新的杂技创作实践中接受检验。相比于其他艺术门类，杂技评论对当代杂技艺术发展的意义尤为重要。我国杂技虽有3000多年的发展历史，经历了鼎盛期和衰落期，在当代重新获得了璀璨的艺术生命力，但理论研究却严重滞后，以至于杂技发展缺乏系统的理论指引。杂技的学术体系、学科体系、话语体系的建立，离不开杂技作为艺术学科的建立与发展。杂技评论作为中国文艺评论的重要分支，自然有其研究价值与意义。作为研究杂技艺术的一个领域，杂技评论具备及时、在场的杂技艺术学研究价值与功能。

一、杂技评论的对象与特征

1. 杂技评论的对象

杂技评论的对象是杂技作品和杂技的一切相关活动。杂技评论具体表现在对传统及现代杂技的表现方式及审美价值的评价上，也包括对以杂技为主题的杂技复合节目、综合节目，以及杂技主题晚会（秀）和杂技剧（剧场）的针对性评论。

杂技艺术是一门以技巧为主要表现手段的表演艺术，其内涵丰富、形式多样，拥有庞杂的技艺系统和丰富的节目类型。因此，从事杂技评论需要对杂技的艺术概念、艺术种类和艺术特质有清楚的认识和了解。中国"杂技"一词最早见诸史料，称之为"角抵"。司马迁的《史记·李斯列传》载"是时二世在甘泉，方作觳抵优俳之观"[1]；班固的《汉书·武帝纪》载"三年春，作角抵戏，三百里内皆观"[2]。可见，角抵在秦汉时已颇为盛行。秦代"角抵"深得宫廷重视，在汉代"百戏"中发扬光大，南北朝后亦称"散乐"，宋以后杂技由宫廷转入民间蓬勃精进，元以后称之为"杂把戏"，民国时期多称杂技为"技术""国术"等。至1942年，中国共产党领导的首个杂技团体——延安杂技团成立，使用了"杂技"一词。1950年，周恩来总理为新中国首个杂技团——中华杂技团（中国杂技团的前身）命名[3]，"杂技"一词开始正式被确立下来并被广泛使用。

西方一般将"杂技"称为"马戏"。西方马戏以驯马、马上技艺、大中型动物戏、高空节目为主，包括部分杂技、魔术和滑稽等的综合演出，多在大型场地（马戏院、棚、体育馆或广场）的马圈中表演。有演员指挥动物表演各种技巧动作或演员在动物身上作各种技艺表演等形式。

可见，"杂技"有广义、狭义之别。广义"杂技"统称四个类别，包括"杂技""魔术""滑稽"和"驯兽"；狭义"杂技"主要指人体的技能、潜能、超能的技巧展示。中国杂技家协会主席边发吉将中国广义"杂技"称为五朵"花瓣"，包括"空中节目、地上节目、魔术节目、滑稽节目、驯兽节目"，此处"空中节目""地上节目"属于狭义"杂技"范围。

中国杂技这种从人之"角抵"发端、发展的艺术历史，决定了它拥有独

---

[1] 司马迁. 史记[M]. 北京：线装书局，2006：379.
[2] 班固. 汉书[M]. 北京：中华书局，1996：42.
[3] 中国杂技家协会. 中国杂技艺术院团发展纪略[M]. 北京：中国文联出版社，2017：1.

特的艺术性质。杂技,作为身体技巧、奇技异能展示的艺术,与建立在"天人合一"和"物感说"基础上的中国传统哲学颇有渊源,富于东方人的审美特点。身体的柔韧与力量、高空的探险与合作、人与动物的模仿与配合、古代幻术(魔术)的神秘与交感,无不传递着中华民族传统文化的独特精神和生命意蕴。作为"民俗"的杂技艺术保存了不同时代的审美观念和风俗习惯。对时代变迁中的杂技文物、绘画、文学(诗词歌赋及近代文人笔记)等的整理和考察,呈现出时代意识和审美观念的变化发展。中国当代杂技70余年来的创作,也体现出中华人民共和国成立后日新月异的审美变迁和时代精神演变。"杂技"这一独特艺术,成为认识和理解中华民族传统文化和当代艺术发展进程最好的文化视角之一。随着当代杂技的转型,无论是剧场还是赛场上的杂技发展,都呈现跨界、综合的趋势。杂技舞台综艺化、杂技驻场与地方文旅开发也自然发生关联,推助了剧场经济效益的提高和转化。显然,中国杂技与其他艺术的跨界、融合,以及杂技剧场的运营和杂技演出市场化,推助了中国当代杂技创作向更高水平、更高阶段发展。

总结而言,杂技从民间走向剧场演出,一般包括以下几个特点。

第一,杂技性。"杂技性"是杂技技艺美的核心体现之一,也是杂技评论着重考虑的本体维度。第二,跨界性。当代杂技不断适应当代舞台和剧场展演、海外商演的需要,在审美创意、剧场营销方面,更重视杂技与音乐、舞蹈、灯光、戏剧、武术、身体造型、电影特效等艺术形式的"跨界",形成杂技舞台的"情境"审美。第三,主题性。当代杂技将技巧与节目(剧目)的主题表意结合起来,给人感官上的景观心理投射,进行人生、社会的关怀和"情境"感受、体验和审美。第四,发展性。表演空间上由地面向高空的拓展,表演形式上由单个节目向复合节目、主题晚会和杂技剧的发展,舞台由单一向综合跨界的转型,都表明杂技是一种不断发展的艺术。

2. 杂技评论的特征

从杂技艺术的基本规律出发,杂技评论应具备如下几个重要特征。

一是要立足杂技本体。技巧是统领杂技本体的最重要因素,是杂技艺术的灵魂。杂技艺术是通过技巧的语言功能向观众传达其本体内涵的，这就决定着杂技评论必须关注技巧，立足技巧去评论作品。在杂技日益向综合舞台艺术发展的今天，杂技表演中技与艺的关系得到了越来越多的关注，特别是在杂技剧场舞台上，综合舞台的技与艺的跨界、主题表现，特别是现代舞台道具的高科技运用与研发，丰富了技与艺的表达。

二是评论的实践性。杂技日复一日的身体训练、每场演出的不可复制性，决定了杂技是一门实践性非常强的艺术门类。杂技评论深受创作实践的影响，并最终要指导杂技创作实践。当代杂技评论的实践性由三个方面来决定：批评家主体的实践身份、杂技理论建构的实用性需求和中国式现代化发展的文化语境追求。首先，批评家主体都是一定时代、一定阶层、拥有一定价值判断的人，其杂技评论以理论高度传递着个人的社会观念、价值追求和审美偏好，并深刻影响着杂技创作。其次，当代杂技理论建构应该建立在理论指导实践的基础之上，杂技艺术的实践性决定了杂技理论与之相适应的实践品格。杂技评论应该来自杂技创作和表演实践而非道听途说或依照传统看法的"想当然"，批评者必须在大量的演出观摩、与从业人员的详细探讨、对杂技史料的精细研读中谨慎提出自己的观点。这样谨慎提出的观点还要在新的创作中接受检验，来确证它的可操作性。因此，与时俱进是杂技评论需要始终坚持的时代眼光。最后，中国式现代化发展的现实语境要求杂技评论紧扣时代脉搏，紧跟时代发展的步伐。优秀传统文化的创造性转化、创新性发展，是实现中国式现代化的文化根基。在这一时代语境的要求下，杂技评论承担着引导杂技创作呼应时代发展的重要任务。在21世纪新时代精神的指引下，对传统杂技去粗取精、去伪存真，对西方杂技有选择的借鉴与引用，充分利用现代科技建构综合表意舞台，是杂技评论的使命担当。

三是理论的兼容性。杂技是一门综合性很强的艺术门类，对如此复杂多样的艺术门类展开评论，就注定了所使用批评理论的多样化和兼容性。杂技所展现出的人类战胜自然的伟力、不畏艰难的拼搏奋斗精神和对自由的渴望与追求，创造了强大的美学力量，可以成为美学学科的研究范围；杂技展演说到底是一种表意符号，无论是演员对身体的开发、对物的驾驭，还是当代舞台上的音乐、布景、道具等的使用，都是一种表意符号，因此可从符号学角度展开研究；杂技与游戏、娱乐和祭祀活动的密切联系，各地杂技中的非遗元素，杂技在民族文化书写、民族精神传达中的独特作用，都是杂技与人类学的密切联系。

二、杂技评论的类型

如前所述，杂技评论的对象是杂技作品和相关的一切杂技活动。由此，我们可以根据不同的分类原则，对杂技评论的类型进行划分：根据杂技的表现形式，可分为杂技评论、魔术评论、马戏评论、滑稽评论；根据杂技的舞台构成，可分为编导评论、表演评论、舞美评论；根据杂技作品的综合性舞台呈现，可分为单个节目评论、复合节目评论、主题晚会评论、杂技剧评论。

1. 针对杂技表现形式的评论

回溯中西方杂技的发展历史，可以发现，民间性、娱乐性、技巧性是中国杂技和西方马戏的共性，但基于不同的自然环境、社会政治传统和文化心理，中西方杂技又呈现出迥然相异的个性特色。中国杂技历来以高难的技巧著称，一方面是对人体极限的探索孜孜以求，以"腰、腿、跟头、顶"为基本功，发展出了名目繁多、不断突破与创新的身体技艺；另一方面是对物的超常驾驭，从日常生活用具，到杂技特制的实体道具，再到当代的高科技器具，杂技道具的变迁伴随着人体技艺的不断挖潜，实现了人与物的高度融合。如前所述，西方马戏与古希腊竞技体育、角斗士和野兽的厮杀表演以及马上表演的传统有深刻的渊源，再加上圆形剧场强烈的观赏效果，形成了西方马戏热烈喧闹的表演风格和以动物表演为鲜明特色的表演传统。基于中西方杂技各自的独特性，在评论领域相应地就出现了杂技评论和马戏评论的区分。

除此之外，魔术作为杂技表演的一个类目，近年来有脱离杂技"自立门户"的趋势。东方魔术以中国的"幻术""戏法"为代表，自汉代就有"东海黄公""鱼龙曼延"的表演，且带有一定的故事情节。西方主要为舞台魔术，以机关门子的制作为特点，现代以来逐渐与科技结合。当代魔术可以自立门庭的一个重要因素，是魔术剧的产生。魔术剧是魔术技法和戏剧性相结合的表演形式，是魔术向更高艺术阶段发展的产物，克服了魔术拙于叙事的弊端。美国著名魔术师大卫·科波菲尔用魔术表现有关社会人情冷暖的故事，增强了魔术的社会表现力。此外，社会各界尤其是青少年及家长对魔术表演及训练的关注度不断攀升，在这一强大的受众群体支持下，许多欧美国家都设有魔术协会，并在不同城市举行魔术主题表演、举办讲座，魔术道具店铺更是形成了令人瞩目的规模。相比于魔术表演的高烧不退，魔术理论研究领域却相对滞后，少有的几篇评论文章也多是针对具体表演者的舞台表现而言，理论深度不足。

滑稽作为杂技艺术表演的类型，有悠久的历史。杂技是一项以娱乐为主的技艺表演，而滑稽表演是造成杂技娱乐性的重要方面，在中国传统杂技表演和西方马戏表演中，掀起高潮的往往是滑稽人物的演出，小丑甚至成为了西方马戏不可缺少的重要角色。从艺术表现力的角度来说，滑稽相比纯技艺表演，更为灵活多样，"滑稽的审美意趣正在当代社会中得到提升。与美学中'崇高'的艺术目的不同，滑稽只在意更真切地反映社会"[1]。当代对于滑稽的研究涵盖了诸多方面，表演历史、讽刺手法、叙事模式、灯光舞美、审美特质，以及滑稽剧的当代发展、滑稽与喜剧艺术的互鉴等。

无论是作为整体艺术的杂技评论、马戏评论，还是基于具体表演类目的魔术评论、滑稽评论，首先，要立足于杂技（广义）艺术的本质特点，把握好技与艺的关系。杂技评论者既要关注杂技的技巧本质，保证杂技的生命，又要注重杂技当代发展的艺术性追求，突出杂技编导的决定性作用，做到融技于艺，而非油水分离。其次，杂技评论还要注重突出杂技作品中传统与现代的结合、继承与创新的统一，做好杂技这门古老艺术的创造性转化、创新性发展。

---

[1] 边发吉，周大明. 杂技概论[M]. 北京：中国文联出版社，2020：251.

2. 针对杂技舞台构成的评论

当代杂技发展成为了舞台艺术的一个门类。概括来说，当代杂技舞台包含了表演艺术、舞美艺术和编导艺术这三个方面，杂技的舞台评论也应该从这三个方面入手。

一是，杂技说到底是一门身体技艺，因此杂技表演应该是杂技评论的主体。技巧是所有肢体语言与表现内涵的关键，生动而形象的形体技巧展示提供了丰富的观赏价值与艺术价值。因而，重视形体的技巧表达对杂技艺术来说具有核心意义。此外，杂技向当代戏剧舞台的靠拢向演员提出了更高的要求，演员除了要有"绝活儿"之外，还承担着塑造舞台形象的重要任务。因此，演员既要保证基本功的扎实与娴熟，还要加强对节目主题、内蕴、人物形象的深刻理解，最终呈现出虚实相生、气韵生动的舞台意境。

杂技评论要注意杂技表演不同于其他舞台艺术的美学特点。首先，从审美本质的角度来说，杂技表演是合目的性与合规律性的统一。在常人看来似乎不可思议、难以做到的动作，是杂技演员在科学规律的指导下，对身体和道具的极限开发。科学的训练方法不仅可以达到事半功倍的训练效果，还能最大限度的减少演员身体的损伤，是合规律性的创作。这种合规律性的训练与演出，体现了人对自然的改造能力，实现了人与物的和谐，创造了轻松愉悦的剧场氛围，形成了良好的观演关系，是合目的性的体现。其次，从审美感受的角度来说，杂技表演带给观众的是"险、难、奇、谐"的审美体验。最后，从审美表现的角度来说，杂技表演呈现出的是舞台的整体美。演员对道具和身体的灵活利用，音乐、灯光、舞蹈、美术等表现手段，传统与现代的结合，民族元素与世界潮流的集结，这些都融汇在一场演出中，需要编导利用自己的学识、经验和艺术感知力加以统筹，呈现出理想的舞台形象。

二是杂技表演近年来逐渐增强了叙事能力，注重形象塑造和主题传达，开始向现代戏剧甚至后戏剧的方向发展，因此，舞台美术成了演出的一个重要因素，也是杂技评论的一个重要关注点。当代杂技舞台的舞美特点可以概括为以下几点：舞美构成的复杂性、在表演空间上的深度开拓、杂技道具的创新。

舞美构成的复杂性。当代杂技舞台是一个融合了声、光、化、电等多种高科技因素，舞蹈、音乐、武术等多种艺术门类，世界的和民族的互渗的表演风格、传统与现代相交融的综合舞台，由此也形成了复杂的舞台美术。杂技在舞美设计上要注意以下三点：一是注重舞台的符号表意作用，二是注重虚与实的结合，三是要恰到好处不喧宾夺主。

首先，舞台上的一切因素，尤其是后戏剧时代的舞台因素，其目的不是制造逼真的幻境，而是传情达意，这就意味着戏剧舞台的舞美成了一系列充满了象征意味的表意符号。绸吊往往用来表现爱情，耍帽是为了突出喜悦、欢欣、热烈、轻松等积极的情绪。《当代艺术的中国化表达与文化输出——以杂技剧〈化·蝶〉为例》一文对杂技剧《化·蝶》中的诸多民族元素——如月、竹、云和庄周梦蝶的典故——的象征作用及审美意味进行了阐释。[①]

其次，杂技舞台要注重虚实结合，营造舞台张力。一方面，在杂技舞台上，每一处布景、每一个道具，都是现实存在着的，这是它的真实性；另一方面，这些现实存在着的舞台因素却不是因为自己的物质性，或曰能指意义而出现的，而是为了它即将要创造的"虚"的境界。唐代司空图说"象外之象，景外之景"，观众所看到的是第一个"象"与"景"，而杂技编导希望观众看到的却是第二个"象"与"景"，也就是虚境。利用实而创造虚，引起观众丰富的联想与想象，才能更深、更广地开拓杂技的表意空间。

最后，舞台美术要恰到好处，为主题表达和意蕴传达服务，不喧宾夺主。在当代科技的加持下，在戏剧艺术的影响下，在杂技转型的迫切要求下，当代杂技舞台敢于尝试新鲜事物，利用一切手段增强表现力。需要明确的是，杂技表演当然要向着更加艺术化、内蕴化的方向发展，但杂技的本体依然是"技"，一切艺术化的处理都必须要在扎实基本功的基础上展开。因此，舞台美术虽是杂技表演的重要构成，但却不能过于复杂、喧嚣，使观众目不暇接而无暇顾及表演的深刻内涵。优秀的舞台设置，应该是为表演增色，每一个

---

① 董迎春，王露霞.当代艺术的中国化表达与文化输出：以杂技剧《化·蝶》为例[J].艺术百家，2023（2）.

物品、每一处布景、每一缕灯光，都有自己的独特作用。

当代杂技表演在舞台空间上的深度开拓。传统杂技的表演空间多集中在地面，只有少数空中节目如缘竿技等。后来，为了增强观赏效果，突出杂技"险"的因素，杂技开始开拓空中的表演空间。出现了"空中飞人""走索""秋千""走立绳""吊环""皮条""绸吊"等高空节目，大大拓展了杂技的展演空间，也改变了舞台设置。

当代杂技道具的创新。杂技是"借物性"的艺术[①]，通过演员对道具的超常驾驭，显示人战胜自然的伟力和不断拼搏的英雄主义精神。因此，道具是杂技表演的重要构成，即便是在单纯的人体技艺表演中，也有"道具"的存在：演员对身体潜能的无限开掘，使得身体成为了另一重意义上的道具。20世纪90年代末开设的中国杂技艺术最高奖"金菊奖"，还专门设立了最佳道具奖，可见道具创新对推动杂技艺术发展的重要意义。纵观杂技的发展历史，道具的使用和开拓大致经历了四个阶段：生活用具阶段、特制道具阶段、科技道具阶段、变形道具阶段。所谓"变形"，顾名思义，就是超出"常形"，改变杂技道具的以往形象，以"异化"了的新形象出现在观众面前。这种变形，除了可以达到令观众耳目一新的效果，减缓传统道具带来的审美疲劳之外，更主要的是突出道具的表意功能。在后戏剧剧场中，舞台道具不再追求真实性，不是为了营造逼真的效果，而是为了用异乎寻常的形象"标出"自身，吸引观众打破"第四堵墙"，参与演出中去，积极思考观演者共同的人生经验。湖南省杂技艺术剧院创排的新型杂技剧《青春还有另外一个名字》，对道具进行了别出心裁的改造。圆形的吊环变成了方形的镜框，钻圈技中的圈也变成了有棱有角的门框，不仅强调了舞台的现代感，与主题更加契合，还加强了意蕴传达：青春是不懂规则的，青春不是循规蹈矩的，它远远不够圆滑，它充满了棱棱角角。而这种关于青春的体验在道具的传达下更容易引起观众的共鸣。

三是杂技编导在杂技演出中的地位越来越重要。在传统杂技中，表演者

---

① 唐莹.杂技美学[M].北京：中国文联出版社，2020：6.

与编创者多为同一人，表演形式经常是固定的，往往停留在技巧的单一层面。面对当代观众日益多样化的审美需求，这种传统的表演形式面临着改革的迫切性。在当代杂技舞台，杂技编创者的作用越来越突出，杂技编导的地位越来越重要。编导的作用在于如何将演员的"绝活儿"、音乐、灯光、布景、道具等舞台因素完美地结合起来，更好地传达主题意蕴、塑造舞台风格。后戏剧剧场还要考虑如何将观众"邀请"进一场表演中，而不是把观众当作单向度的、静默的观看者。因此，杂技编导要具备以下几项能力：扎实的专业知识、一定的艺术素养、综合统筹的能力。论及编导艺术对当代杂技演出举足轻重的意义，它在理论探索领域所引起的重视稍显不足，少数几篇论文也只是隔靴搔痒，没有触及问题症结之所在。根据"中国知网"的数据显示，近年来讨论杂技编导艺术的文章只有两篇，其他都是十年前的研究成果，与日新月异的当代杂技发展难以同步。

3. 针对杂技剧场综合研究的评论

杂技在现代的发展大致经历了四个阶段：单个节目、复合节目、主题晚会（秀）、杂技剧。近些年，在世界大马戏、新马戏的背景下，出现了新杂剧的探索，目前我们还是将其放在杂技剧发展阶段。在这一过程中，杂技表演逐渐独立于其他舞台节目，体现出独立自主的发展意识，有明确的跨界性和综合性，叙事和表意能力逐渐增强。

杂技最初是以单个节目的形式出现在舞台的。杂技虽有鲜明的娱乐性质，符合观众追求轻松、愉悦的心理需求，但长期以来被认为是不登大雅之堂的小技末流，行业的持续发展缺乏支持。在这种生存环境下，杂技很难单独撑起一场长达数小时的晚会节目，多是采用与其他艺术类型的节目联合演出，以短节目的形式出现在舞台上。如"顶碗""滚杯""车技"等。

新中国成立以后，为了适应剧场演出的需要，满足群众日益多样化的审美需求，杂技演出开始向复合化的类型演出发展。演出不再以单个节目的形式呈现，而是将两个或更多节目融合进同一次表演中，提高炫技的难度。如中国杂技团的《俏花旦——集体空竹》，以单个节目"空竹"作为本体，糅合进翻腾、顶技等身体技巧和传统戏曲元素，设计巧妙新颖，惊险高难中不失轻松愉快，打破了人们对传统杂技"空竹"的审美认知。

杂技发展的第三个阶段，是主题晚会（秀）阶段。20世纪80年代以来，随着频繁的对外文化交流，中国杂技技巧的高难性、表演风格的独特性，使它在世界范围内享有极高声誉。但中国杂技在国内观众身上却没有感受到应有的热情，而且只有技巧缺乏意蕴的单层次表演也容易使观众产生审美疲劳，这迫使杂技从业人员不得不开始探索杂技发展的新路径。借助在国外演出期间与西方大型马戏团的交流互鉴，中国杂技开始有意识地吸收西方马戏表演的成功经验，尤其是世界娱乐业新星加拿大太阳马戏团的迅速崛起，为中国杂技发展提供了范例。他们开始在传统杂技晚会的基础上更加着重情感色调、演出节奏和主题构思方面的重大推进，更加重视舞台综合手段的应用，形成了杂技主题晚会的"情境审美"。"从创作主题来说，通过赋予杂技节目一个标题，则节目的主旨就具有了定向性，围绕这个主旨编排，技巧就是线上的珍珠，是为主题服务的；技巧就成为了有审美意味的形式，并通过技巧把这种审美意味传递给观众。"[1]成都军区政治部文工团创作演出的主题风情杂技晚会的《那山·那水》，兼容了杂技技巧的高难度、表演形式的创新性、民族元素的合宜展示和现代舞台技术的多元整合，充满了少数民族的生活情趣和浓厚的文化蕴味。相较于单个节目和复合节目演出，主题晚会的杂技表演在舞台审美、意蕴传达和情感传递方面有更清晰的定位，更符合当代人的审美需要。20世纪末，很多文章对以主题晚会形式展开的杂技表演进行了论述，包括舞台美术、表演风格、市场接受等多个方面。[2]

21世纪以来，杂技发展进入了杂技剧这一综合性的剧场艺术阶段。主题晚会阶段的杂技表演虽然在舞台综合元素的使用、主题意蕴的传达上有了很大进步，但杂技作为一种舞台艺术，在故事讲述、人物形象塑造等方面依然

---

[1] 高伟.当代杂技漫评［M］.北京：中国文联出版社，2020：78.
[2] 如：李西宁.主题晚会 中国杂技发展的新视角［J］.杂技与魔术，2000（3）.刘斯奇.走向成熟的叙事：《天幻》杂技晚会观感［J］.杂技与魔术，1999（2）.纪元涛.赞大型杂技艺术晚会《故乡》［J］.大舞台，1998（1）.

显得心有余而力不足。观众在观看主题晚会表演的过程中，根据晚会题目大概知道本场晚会想要传达的精神是什么，但观众依然对传统舞台善于讲故事的经典设置充满期待。具体来说，杂技舞台上的演员有没有讲故事？讲了一个什么样的故事？如何解读一个个杂技技巧的意义？观众依然如堕云雾中。因此，当代杂技界融合了"技"与"剧"的艺术特征，发展出了有清晰的故事情节和鲜明人物形象塑造的杂技剧。此外，自觉向音乐、舞蹈等艺术门类借鉴，充分利用现代视听技术，引进西方编创艺术和理念，同时向民族精神的深处探寻，将杂技剧发展成了综合性的剧场艺术。随着 2004 年杂技剧《天鹅湖》的顺利演出，中国杂技正式进入了"剧时代"。杂技剧创作一般选择流传久远、家喻户晓的民间故事或经典革命故事为蓝本，便于观众理解，又能有效地融合民族元素，体现出鲜明的风格特征。据不完全统计，自《天鹅湖》的顺利演出以来，国内杂技剧创作已达 100 多部。可以说中国杂技实现了杂技剧的百花齐放。针对杂技剧的评论文章也开始涌现，其中包括了针对具体剧目的审美研究，对杂技剧发展历史的梳理和发展前景的展望，对红色杂技剧、经典改编杂技剧的研究等。如《用传统杂技艺术书写文化自信——评音舞诗画杂技剧〈山水国潮〉》[1]，论述了杂技舞台借助音乐、舞蹈等艺术类型对充满诗情画意的综合舞台的营构，杂技对"国潮"资源的发掘，杂技语言与"中国形象"的文化融合，肯定了杂技剧在依托优秀传统文化资源推陈出新方面的独特建树。《杂技创造性转化的一次成功实践——杂技剧〈战上海〉艺术成就谈》[2]，对杂技剧《战上海》的开拓意义进行了高度评价：综合审美舞台的营造，既追求形似，也追求神似的杂技新语汇，杂技表演队伍的转型等，都体现出杂技剧这一综合舞台艺术的特殊魅力。

近年来，杂技剧发展出现了可以被称为"新杂剧"的新样态。当代艺术多多少少都受到了现代主义和后现代主义文化潮流的影响，当代戏剧也是如

---

[1] 董迎春，王晨雨.用传统杂技艺术书写文化自信：评音舞诗画杂技剧《山水国潮》[J].杂技与魔术，2023（2）.

[2] 王建华.杂技创造性转化的一次成功实践：杂技剧《战上海》艺术成就谈[J].上海艺术评论，2021（3）.

此。西方戏剧早就不满于亚里士多德所定下的戏剧规则，开始不断探索适应当代戏剧（后戏剧）剧场的展演形式。尤其是20世纪70年代以来，剧场艺术的一种发展趋势开始崭露头角：弱化文本和情节的主导作用，突出"观看"的重要性。文本不再统领戏剧的灵魂，它变得与音乐、舞蹈、灯光、布景等舞台因素同等重要，从而产生了一种新的剧场形式，即德国学者汉斯·蒂斯·雷曼所说的"后戏剧剧场"[1]。一部分杂技创作者吸收了后戏剧剧场的影响，开始探索杂技新的发展方向：弱化21世纪以来杂技剧着力强调的故事情节和人物形象塑造，注重与观众产生情感经验的交流；在道具使用上表现出创新意识，刻意改变道具的传统样式，使新的样式为主题传达服务；在传播方式上更自觉地向新型媒介靠拢，在杂技舞台出现了视频传达、节奏感强的现代音乐和整体晦暗的舞台背景等。湖南省杂技艺术剧院创排的新型杂技剧《青春还有另外一个名字》、中国杂技团的《Touch——奇遇之旅》等都是新杂剧的成功示范。

三、杂技评论写作及示例

1.《福建杂技团〈绳技〉技巧的结合与创新》[2]

《福建杂技团〈绳技〉技巧的结合与创新》一文用细致的专业知识、以"业内""行规"的专业视角解读杂技节目《梦向远方——绳技》的技术难点与创新要点，做出了理性的技艺分析。

文章归纳了该节目的创新技巧有"双立绳连续前空翻""多人跟斗组合过绳圈""带绳挂串跟斗过三跳绳"和"三节人头上单手顶足尖晃绳"等。文中穿插了关键技术动作的高清照片，以图文配合的形式清晰地对"滚翻穿越小花绳""跟斗穿越三平绳接手晃绳""三节人头上单手顶足尖晃绳"三个"绳技"的技术动作进行了具体解析。

---

[1] 汉斯·蒂斯·雷曼.后戏剧剧场[M].李亦男，译.北京：北京大学出版社，2016：11.
[2] 彭海天.福建杂技团《绳技》技巧的结合与创新[J].杂技与魔术，2015（5）.

在解析"滚翻穿越小花绳"这一技巧时,作者先是溯源前史,说明其是从传统绳技"小花绳"演变而来,再进一步阐释其创新之处,即"滚翻穿越小花绳"是将"地圈"技巧精妙地融合到"小花绳"技巧之中,"演员将不断变化的'小花绳'的圈当作是'地圈'的圈穿越而过",这同时也提升了该技巧的难度,因为"'拌绳'演员把小花绳模拟成'圈'的过程,不论从绳子的速度、绳圈的距离和圈面的角度等等元素,都是在不断变化的"。之后,作者还分析了该节目对杂技演员提出的新要求与新挑战,即"作为'穿绳'的演员需要把握起步的时间、跑步的速度和穿越绳圈的动作和时机,同时需要与另一名'穿绳'演员保持步调上的一致"。"跟斗穿越三平绳接手晃绳"则是在"跟斗穿越平绳"的基础上增加了一个技巧,"'穿绳'演员在穿越最后一道绳圈的同时,'抢'过'拌绳'演员手中的绳子,并在完成跟斗动作后,于落地的同时将绳子晃动起来,这样一来不但提高了原有技巧的难度,还提高了技巧的连贯性"。这就对"穿绳"和"拌绳"演员的配合度提出了更高的要求,"穿绳"演员需要"对自身的动作控制、跟斗起翻和落地的位置、空中概念等都要做到驾轻就熟","拌绳"演员"在完成前两名'穿绳'演员的'拌绳'动作后,需及时微调最佳的位置以配合最后一名'拌绳'演员的'穿绳'和'换绳'动作"。对于"三节人头上单手顶足尖晃绳",作者认为这一技巧的创新"不论难度还是惊险程度上都大大提高了《绳技》的观赏效果",它"在高度上满足杂技中'险'的要素,还要在这个高度上完成'单手顶'技巧的同时,完成脚尖抖绳成圈"。同时,他指出,福建省杂技团在此动作中进行了道具创新,对"尖子"演员软芭鞋尖上的道具做了改良,安装了一个精妙的"门子",帮助演员在保持倒立平衡的过程中,较为轻松地使绳子旋转起来。

作者认为,应当用充满创意的眼光发掘和创新出更符合现代观众审美需求的杂技技巧,推动杂技艺术向前发展。此评论属于杂技技术解说式评论,以客观实证、理性剖析杂技作品为主,倾向于普及杂技技巧常识。针对技术动作的节奏韵律、魔术的引导方法、道具的使用开发等的专业解析都可视为此类。

2.《"滑稽晃板"的创新初探——坐晃转盘与异向晃圈的训练》[①]

此文图文并茂、细致入微地对"晃板"技术进行解析与探索。"晃板"节目作为杂技表演中的平衡技巧类节目,因为底座组合的不稳定性,站在上面的表演者要尽己所能地维持平衡。随着板与桶的晃动节奏前后左右不断摇晃,可再附加其他类型的技巧如"转碟""晃圈"等,呈现出惊险性与趣味性并存的舞台效果,因此很适用于杂技中的滑稽表演。文章指出此节目创造出形式新颖、难度较大的技术动作,提升节目的丰富度、表现力是为了更好的艺术效果与舞台呈现。而具体到"坐晃""高架晃板""异向晃圈"等技术动作是如何设计与实践出来的则是这篇文章解析的重点,甚至可以将其作为指导参考对演员进行训练。

此文从"坐晃"谈起,简述了"滑稽晃板"在晃法上的最初探索——用臀部坐在晃板支架上来控制晃板的平衡。在对"坐晃"动作进行全面的科学分析与持续的严格训练后,杂技演员掌握了这一新的晃法,为《滑稽晃板》中转盆技巧的出现奠定了基础。作者对由"坐晃"动作转入转盆训练的难点和难度进行了详细说明,如在晃板上拿到支架后,如何坐到支架上?作者指出在实际操练过程中的方法和体会,清晰地对其中的方法和要点进行了说明。同样地,作者对"高架晃板"这一技巧进行解析,指出要想在上体站立时重心垂直稳定,必须使两脚的调正动频率加快,只有掌握了"高架晃板"平衡的相对稳定,才能为整个"晃圈"打下牢固基础。

在"异向晃圈"一节中,作者提出了该动作的主要指导思想,即吸收前人经验及大胆创新高难技巧。接着详述在训练中遇到的瓶颈与突破,在实践中摸索的腰腿配合方式,如何以"腰圈"为核心,精细到秒地调配其他位置的圈速,验证了"共晃力"在晃圈中的重要作用。而身体各部分的晃圈的发动,首先是发起双腿圈(顺时针),接着发腰圈(逆时针),再发头顶三个平晃圈和牙叼二个平晃圈,最后发起两臂交叉立晃圈,总共 12 个圈,在高架晃板晃圈晃法与技巧上都有了新的发展和突破,使观众感到演员不但要控制好

---

① 邓德庆,王华远."滑稽晃板"的创新初探[J].杂技与魔术,1985(2).

自身与高架晃板的重心平衡,而且还要使圈在身体各部位不停地向不同方向晃动起来。同时解析了把身体各部位不停顿的晃圈依次抛给助手的具体手法。

这一段文字对"异向晃圈"中身体各个部位如何配合进行了说明,并参照观众视角思考舞台表现,以期让观众看到"眼花缭乱""忙中不乱,晃而不掉,晃中加晃"的强烈技艺冲突与风趣滑稽效果。文章最后还对道具的改革进行了几点解释,说明为了适应节目创新发展的需要,所用道具都做了多次修改。

3.《〈仙人栽豆〉中的"错误引导法"》[1]

《〈仙人栽豆〉中的"错误引导法"》一文尝试以西方近景魔术的"错误引导法"对中国传统经典的《仙人栽豆》进行技术剖析,探究《仙人栽豆》之所以成为经典的奥秘,同时验证了"错误引导法"这种魔术技法在中国的适用性。作者首先厘清《仙人栽豆》中"三星归洞"的演出流程,从"交代、铺垫、变化和收尾"四部分进行分析,认为"仙人栽豆"与前人所总结的魔术节目表演程式完美暗合。例如,"三星归洞"正式表演前的"交代"和"铺垫"能够很好地将"错引"中的"解释""模拟""期待"和"重复"体现出来。其次在剖解"三星归洞"的表演方法和动作分解时也与西方的"错误引导法"进行对应分析,现截取其中一段作为例证:

> 表演者仍用右碗把两粒豆盖上,表面看只是盖上的动作,实际上右手藏着的一粒豆又已悄悄放入碗中,使右碗下的豆变成了三个,接着表演者有意地使手心朝上在左碗上虚抓一把,好像抓来了什么,再到右碗上向下一掷,马上揭开右碗,碗里已是三粒豆,揭开左碗,已空无所有。
>
> 【错引说明】:这段动作中,"把手心朝上在左碗上一抓"使用的是心理错引中的"暗示"方式,表示手里什么也没有,打消之前观众可能产生的表演者手里藏有东西的想法:"马上揭开右碗,碗里已是三粒豆,揭

---

[1] 王志伟.《仙人栽豆》中的"错误引导法"[J].杂技与魔术,2011(1).

开左碗，已空无所有"，这个先"揭开右碗，再揭开左碗"的顺序符合心理错引的"演绎和期待"（反之，则效果会大打折扣）方式，换句话讲，就是先用动作表现魔幻过程——豆被隔碗抓在手里，然后又隔碗扔进了另一只碗里——使观众的心里似乎"看"到了这个神奇的现象。第二步，揭开右碗，进一步证实了这种"看"到的神奇，然后翻开左碗，里面空无一豆，再一次证实了这一神奇。"期待"结果的双重揭晓会让观众必然地接受魔术师的表演逻辑，同时又无法相信自己的眼睛，从而达到节目的高潮！

作者认为："西方'错误引导'理论中的重要因素——表演者要和观众有'眼神接触''表情投入'且'动作自然、放松'，并以设计好的物理及心理错引方式让观众产生'自我肯定'，在中国经典戏法中也是着力强调的。"在作者看来，东西方的文化存在巨大的差异，但却有惊人的异曲同工之处。这是因为魔术是一门与观众互动的艺术，永远不能自顾自地抒怀发挥，需要在框架之中把握人的心理、引导人的心理。文章重视理论提炼，剖析了魔术的框架与流程，既给予一般观众、魔术爱好者以更清晰的视角来看待魔术表演，也为业内从业者精进技艺提供了参照。

第二十一章

电视艺术评论

电视艺术是指以电视媒介为载体、以电子技术为传播手段、以摄像机为拍摄的手段、以视听造型语言为表现方式,形象传达人们精神情感的屏幕艺术形态。电视作为媒介载体,不只承载艺术节目,电视艺术节目只是屏幕信息的一个品类,电视还承载新闻、广告等多种形态的信息。围绕电视研究及其学科体制构建,"新闻式电视批评"、传播学研究以及从人文艺术视域开展的电视批评通行于欧美学术界至少半个世纪,在中国也经历了从新时期、转型期的起步与发展,新世纪新时代的蓄势积累与跨越式提升,目前已形成比较清晰的学科定位与评论类别。[1]本章探讨的电视艺术评论即从人文艺术的角度开展的电视批评,主要分为电视剧评论、电视纪录片评论和电视综艺节目评论三个类型。

一、电视艺术评论的对象与特征

1. 电视艺术评论的对象

电视艺术评论的对象与类型是由电视媒介承载的艺术实践与荧屏创作传统共同构建的,主要包括电视剧、电视纪录片与电视综艺节目三大艺术形态。三者之间有其相近性,即它们都是以电视媒介为载体的荧屏艺术样式,但在

---

[1] 易前良.美国"电视研究"的学术源流[M].北京:中国传媒大学出版社,2010:6.

表现形式上又有较大差异。电视剧是一种通过摄像机拍摄、在荧屏上播放的演剧艺术。从它的根本属性看，电视剧的故事是虚构类的。在虚构故事中，电视剧营造出艺术的真实感，致力于追求艺术形象的典型性，这一属性使电视剧与文学、戏剧、电影等母体艺术存在着天然而紧密的联系。从 1978 年改革开放初期始，电视剧从恢复到发展，由稚拙到逐步成熟，已成为最有影响力的大众艺术样式，围绕热播剧个案与创作现象展开的电视剧艺术评论也跻身文艺评论大家庭。

电视纪录片属于非虚构的纪实创作，强烈的纪实性、真实性是一切优秀纪录片的精髓。但这种"真实性"是需要辩证认识的，如荷兰纪录片大师尤里斯·伊文思曾断言，"没有一部纪录片，甚至没有一部新闻片，是不经过某种程度的艺术处理就可以摄制成功的。当你为摄影机选择位置的时候，影片的艺术就开始了"。[1] 钟大年教授也强调纪录片"双重品格的真实"，即"……对于创作来说，电视纪录片所表现的现实又是一种已经被中介了的现实，它与真实生活之间，存在着创作者、摄影机、再现的作用与方式等等因素"，[2] 这些认识表达了创作者对拍摄人物生存状态与事物发展历程的思考，伴随着纪录片的逐步发展与走向成熟，也成为纪录片的根本追求。

纪录片可以有多种分类方式，以表现内容为基础进行的分类有历史纪录片、人物传记纪录片、生活纪录片、人文地理纪录片等较为常见。历史纪录片如《两种命运的决战》《甲午》、人物传记纪录片如《百年先念》《梁思成与林徽因》《大同》《抗疫先驱伍连德》、生活纪录片如《惠安女》《舌尖上的中国》《人间世》《生门》等都有着较大反响，而人文地理纪录片《西藏的诱惑》《藏北人家》《话说长江》《蓝色星球》《故宫 100》《美丽中国》《河西走廊》等更是成就斐然。如专家指出的，这些人文纪录片具有"记录一个时代的最典型、最具代表性、最有概括力的真实影像"、"在知识传播中可以扮演重要角色"、常常"引领社会的主流价值"、"有利于承载电视艺术和技术的创新"等

---

[1] 尤·伊文思，沈善. 对纪录片的几点看法［J］. 世界电影，1979（4）.
[2] 钟大年. 电视纪录片特征辨析［J］. 电视研究，1994（5）：40—41.

丰富特征[1]。中外电视纪录片的创作极为丰富，出现过一批世界级纪录片大导演，如荷兰尤里斯·伊文思、法国雅克·贝汉、美国弗拉哈迪、美国埃罗尔·莫里斯等，国内纪录片创作也涌现一批著名导演，他们的纪录片作品有着很高的文献价值、历史价值与人文价值。中外纪录片的创作理念、不同历史阶段有着不同特色与追求，如"新闻式纪录""主观表现""故事化的讲述方式"等创作观念发展嬗变，既是对纪录片创作实践的总结，也影响着相关电视纪录片的评论内容与立足本体的形式分析。

电视综艺节目是以电视媒介为载体的文化／娱乐节目，形式多样，"综艺晚会"、"综艺游戏"、"益智节目"、"真人秀"、竞技类节目、竞演综艺、文化类节目等节目形态花样迭出、为人们所耳熟能详。电视综艺节目的大众参与度高，多年来与新闻、电视剧并称为拉动电视台收视与广告的"三套马车"。同时，与热播电视剧"花落谁家谁受益"、播出平台有较大随机性不同，电视综艺节目更容易培养观众的忠诚度与用户黏性，热门综艺节目也总是电视台的当家菜。改革开放初期的春节晚会、1990年的《综艺大观》，1997年的《快乐大本营》，21世纪的《超级女声》《中国好声音》《我就是演员》《奔跑吧，兄弟》《乘风破浪的姐姐》《声临其境》《最强大脑》，主要内容虽然离不开"综艺表演"和"游戏竞赛"两大类，但基本模式已从欧美同类节目的"明星"和"大奖"两条基本路线[2]发展到更多素人参与、同时不断出现蕴含新理念、展现新形态的本土节目类型。融媒环境中网络综艺节目《奇葩说》、《脱口秀大会》、《一年一度喜剧大赛》、哔站春晚等异军突起。近年来，文化类综艺节目创作成就突出，以《朗读者》《中国诗词大会》《国家宝藏》《典藏里的中国》《中国考古大会》《唐宫夜宴》《"中国节日"系列节目》为代表的优秀节目表现出深度挖掘中华优秀传统文化资源并借助新技术赋能等创作趋向，在此基础上形成的电视评论正是围绕以上各类综艺节目的类型定位、表现内容、形式特色以及文化价值观展开的评析与探讨。

---

[1] 胡智锋.人文纪录片的"热"和"冷"[J].广告大观（媒介版），2006（5）.
[2] 苗棣，等.中美电视艺术比较[M].北京：文化艺术出版社，2005：136-137.

2. 电视艺术评论的特征

以上三种评论形态共同构成的电视评论具有一般文艺评论的特点，即针对电视艺术特定表现内容的精神蕴含与艺术形式展开文艺批评，作品的历史/时代特征、文化价值取向及其形式本体上的美学分析都构成了评论的主要内容。在此，电视艺术评论与欧美占据主导地位的电视批评存在较大的差异。如欧美著名学者麦克卢汉、雷蒙德·威廉斯、斯图亚特·霍尔、布尔迪厄、詹金斯、波兹曼等人的代表作的研究重心大多集中在媒介研究、社会学与文化学批评上。其他如约翰·菲斯克的电视研究同样带有鲜明的文化批评色彩，对美国系列剧、益智节目等的分析常常从大众的接受心理与节目的权力关系建构进行把握与阐发，当然不可否认他对"电视叙事"的解读也是独具特色的。[①] 正如研究者对欧美当代批评理论的特色与关切所阐发的，它们"强调文本之间的关系……强调文化产品赖以产生的背景关系，强调那些对文化产品起主导作用的力量……"。而中国本土主流的电视艺术评论，更接近欧美学者所说的"传统批评"，也即本章开篇提及的从人文艺术视域开展的文艺评论，它们"强调艺术作品的自身独立性""视艺术家为中心"以及"将意义视为作品的内在特质"。[②] 当然，这里的"视艺术家为中心"在电视剧、纪录片的团队创作中已由编剧、导演所代替，表演、摄录美、服化道等也都是创作全流程的重要环节。而电视综艺节目因节目形态的差异，主持人、节目嘉宾和观众之间的互动关系、节目的仪式感等特征明显与电视剧纪录片创作有别。

同时，电视艺术评论也有由自身的媒介特质所形成的质的规定性，这一方面是视听造型的媒介艺术特色让它区别于传统文学评论，如其"团队创作"特色。而与电影/纪实电影评论存在较多的相近相通之处，比如电视剧与电影都以形象化的艺术虚构为主体特征，都是依赖演员表演的演剧艺术，都是在

[①] 约翰·菲斯克.电视文化[M].祁阿红，张鲲，译.北京：商务印书馆，2005：207-212.
[②] 罗伯特·艾伦.重组话语频道：电视与当代批评理论[M].牟岭，译.北京：北京大学出版社，2008：8.

导演、制片人统摄下、会聚编（剧）演（员）、摄（影/像）录（音）美（术）、服（装）化（妆）道（具）等创作环节的全流程集体创作。电视纪录片与纪录电影都是非虚构的纪实艺术，二者的相似性可能比电视剧电影之间更多。

另一方面，电视剧与电影之间、电视纪录片与纪录电影之间在叙事容量、媒介载体和接受环境上还是存在较大差异的。如电视剧的长故事提供的叙事空间、摄像机镜头语言与电视/网络的小屏接受，和电影的叙事限制、大银幕、仪式感、对拍摄帧率、视听动效等方面影像追求都拉开了距离，也从根本上决定了电视剧评论与电影评论不尽相同的评析重心。电视纪录片与纪录电影的不同可能更多地体现在不同纪录片创作类型的差异，而同类型纪录片的创作理念、表现内容、纪实感、航拍、跟踪拍摄等的相似性会较高，但在播放与接受媒介上的差异还是存在的。由此看，电视综艺节目是电视文艺类型中最为独特的一种形态，相应的综艺节目评论也是较少可比性的一种评论形态。

二、电视艺术评论的主要类型

电视艺术评论写作涉及评论者（主体）、评论载体、评论对象（作品）与评论方法四方面的关系，据此逻辑分类，可推演出电视艺术评论的四大类型，当然它们之于评论的重要性不可等量齐观。前两种相对次要，即从评论主体出发，可将电视艺术评论分为学院派评论和非学院派大众评论；从评论承载的媒体形态出发，分为纸媒报刊电视艺术评论、网络电视艺术评论以及视频电视艺术评论；以媒体机构性质为划分标准，还可进一步分为体制内主流评论与非体制内自媒体评论等。

而围绕评论对象（作品）和评论方法展开的评论才是电视艺术评论的主体类型。具体的评论写作往往是将二者结合在一起，即运用特定的评论方法与角度去分析不同的评论对象。同时，评论对象与评论方法又都是十分丰富的，由此形成从微观到宏观的多层次划分，二者结合也有着千变万化的组合方式。

围绕评论对象展开的电视艺术评论，根据电视艺术构成的三种主要形态分为电视剧评论、电视纪录片评论和电视综艺节目评论三大类型。对评析对象还可进行从微观到宏观的各类探讨。

首先，如围绕创作环节与分工展开的评论，如剧作评论、导演评论、表演评论、摄影评论、音乐、歌曲、录音及音响评论、电视美术设计评论，以及针对其他创作辅助环节如服装、化妆、道具等展开的评论。事实上，每一个艺术环节的高水准创作、全流程的强强协作才能保证影视艺术的高质量发展。因此，针对某个创作环节的评论就很有针对性和必要性，也是电视艺术评论比较常见、相对易于学习的评论方法。

其次，从研究对象是单部作品还是某一个题材类型作品，可以将电视艺术评论分为个案评论与专题评论，还可以围绕一段创作发展进行史论分析，由此也形成了多种评论类型。

最后，围绕电视作品的母本来源可分为原创和改编，由此形成了电视剧改编研究这一评论类型，电视节目则存在本土化原创与引进改造两类。改编创作与原作的差异、二度创作的优劣、媒介转换与文化倾向常常是这一评论类型的重心。

围绕评论方法展开的评论类型最为丰富与重要，从宏观到微观也形成了多种分类方式。从大的评论范式与路径来看，有艺术本体评论、主题学文化学评论两大类型以及立足于电视艺术作品的媒介属性与产业特征的产业—传播评论三大范式，由此形成了立足形式本体分析、注重文本—语境关系并兼及艺术他律影响因素的不同评论路径，这三类研究范式与作品本体的紧密关系是不同的，总体存在递减规律。前两种研究范式构成了电视艺术评论的主体形态，并分别包含多种研究方法或角度，后面将具体阐述。

下面首先介绍电视艺术创作的各环节评论；其次介绍个案研究、专题研究及改编研究等；最后对电视艺术评论的研究范式、批评方法与角度加以说明。

1. 电视艺术创作的各环节评论

围绕不同的创作环节展开评论，剧本创作、导演艺术、演员表演（包括历史剧中的古代礼仪）、摄影/摄像、录音音乐、影视美术/置景、服装、化妆、道具等都是环节评论的内容。各环节的讨论可以让评论走向细致、深入，立论更加严谨，避免大而无当的评说，为评论者对作品做出的整体评价打下坚实基础，使整体评价更加有理有据。同时，各个环节评论的叠加并不能简单地等同于作品的整体评价，就像创作上量的积累并不等于"质的提升"、不一定能通向艺术"典型"是一个道理。环节评论、局部评论只是提供了一个分析视角，并且某个创作环节的高水平有时与作品的整体质量是正相关的，有时局部的成功却不意味着整体上大获全胜。电视剧创作中不乏这样的现象，即演员们的整体演技都很在线，却无法补救剧本先天不足的缺憾。因此，对作品进行历史的、美学的整体判断，既要以创作环节的评论为基础，同时还要超越环节评论的局限性，最终走向一种贯通各环节的全局把握。

电视纪录片的各环节评论与电视剧有相近之处，但也需要关注由其作品形态所内在决定的其他环节问题。比如纪录片创作对记录的人物、事件追求纪实感与原生态，杜撰、摆拍、表演等方式原则上都是有悖于纪录精神的。纪录片对真实的这一本质追求与借助情景再现、故事化手法以强化艺术效果之间如何平衡一直存在创作理念上的分歧，分寸的把握就是一个重要问题。这一思考即反映在《当代历史纪录片的"新历史叙事"》一文中，论者从总体上肯定了"新历史叙事"借助"细节的历史""口述的历史"与"情景再现"来展开"历史重构"，有其新意，但也指出场景模拟、怀旧风格等创作方式对历史感、纪实性存在一定的消解作用。[①]

电视综艺节目的环节评论与电视剧、纪录片的差异较大。其环节主要体现为节目类型与定位，舞台场景与情境设置或竞演赛制的设定，主持人气质、主持风格、访谈环节及其对现场气氛的调动，明星、素人的才艺展演与互动以及观众参与，等等。事实上，不同类型的综艺节目在以上环节的设置与元

---

① 曾一果，张春雨. 当代历史纪录片的"新历史叙事"[J]. 电视研究，2008（12）：44-45.

素搭配上千差万别，游戏类、真人秀、益智型、文化类、竞演类节目各具特色，也因此决定了特定电视综艺节目评析的内容重心。如《解读电视真人秀》一文对当时刚刚兴起的电视真人秀的节目特色、形式特征与传播方式进行了深入分析，认为"电视真人秀节目是假定情境中的真实展现，是一种超越虚构与非虚构的综合性的娱乐节目"，在形式上则是"纪录性与戏剧性的融合"①，分析透辟，概括精当。

2. 个案研究、专题研究以及改编研究等

电视艺术评论包含不同的分析思路，如个案研究与专题研究。有特色的新作品、热播作品总是会引发更多的热议与个案探讨，对个案的分析会有不同的角度，可以借助前文提及的一种或多种研究方法展开思考。如可以对个案进行偏于本体的分析即影像叙事学研究，也有侧重对作品做出文化阐释，还有立足作品的传播与接受特色的考察。专题研究不局限于单个作品，探寻的是一类作品的共通特色及发展规律。应该说，这两种研究思路在具体的评论实践中并不是完全排他的，但会有所侧重，特色也相对明晰。

电视艺术评论中的专题研究以类型研究和史论研究为主，其他如针对不同国家的电视剧、电视纪录片、电视综艺节目的国别特色研究也是常见的专题研究。当然，在此基础上的比较研究也是常见的。类型研究涉及的分析思路一般带有综合特性，评论方法与切入角度也每每跨越主题学、文化学、影像叙事学以及产业—传播三大研究范式，只是在具体分析中会有所侧重。史论研究，侧重从历史发展上把握电视艺术的流变趋向与基本规律。一般来说，评论考察的"历史"越长，不同创作阶段的差异性越明显；反之，历史越短，共通性可能会更大，其中的不同则主要体现在表现内容与题材定位的差异方面。在具体的评论实践中，将类型研究与史论把握相结合是比较常见的评论思路。如《中国谍战剧价值体系的伦理基础与情感逻辑取向》②《从"权谋"

---

① 尹鸿. 解读电视真人秀［J］. 今传媒，2005（7）：14-18.
② 贾磊磊. 中国谍战剧价值体系的伦理基础与情感逻辑取向［J］. 现代传播，2019（7）：90-93.

到"宫斗"的畸变——对历史剧的类型演变、内涵缺陷及审美变异的反思》[1]都是聚焦类型剧发展嬗变的专题研究。

改编研究也是一个重要的评论类型，改编创作，包括翻拍，总是会形成一定的叙事差异与不同的影像特色，在此基础上形成的比较分析可以成为改编评论的切入口。媒介转换与文化缝合为改编创作带来的变化则是评论文章的重要关切，具体方法与角度的选择需要考虑其与研究对象之间的适应性——应该说，这也是几乎所有文艺评论写作需要考量的问题。如老一辈电视剧创作者与剧评家的长文《从小说到电视剧——试论〈今夜有暴风雪〉的改编》[2]堪称较早研究改编创作的评论范例。文章认为作品对主人公裴晓云的塑造手法就像是拍摄"全息照片"一般丰富立体，而男主人公曹铁强则显得过于完美而有些遗憾。评论还对作品借助电视语言的复合性——声、光、色、形等综合运用来提高作品的艺术水平进行了细致专业的阐述，充分体现了兼具创作、理论、评论才情的老一辈电视工作者的艺术造诣与学养积累。这一点在《透视文化变迁的历史——漫谈四大古典名著的电视改编》[3]《从亚文化到主流文化的成功改编——以〈陈情令〉为例》[4]等评论中都有所体现。

3. 方法多样、分析思路丰富的电视评论类型

电视艺术评论的形式本体研究主要涉及影像叙事学分析，既包含建立在中国叙事学与西方现代叙事学基础上的叙事艺术分析，也兼顾以摄影机/摄像机为中心的视听形式考量与影像风格探究，这部分内容后面将在"电视评论写作及示例"部分加以具体说明。

而主题学文化学研究涵盖的方法与视角则既包含社会历史批评、意识形

---

[1] 戴清. 从"权谋"到"宫斗"的畸变：对历史剧的类型演变、内涵缺陷及审美变异的反思[J]. 中国电视，2019（6）：6–11.

[2] 蔡骧. 从小说到电视剧：试论《今夜有暴风雪》的改编[M]//高方正，晏唐，宋鲁曼，王占海. 电视剧艺术文论集. 北京：中国电影出版社，1988：151–175.

[3] 张宗伟. 透视文化变迁的历史：漫谈四大古典名著的电视改编[J]. 现代传播，1999（2）：83–86.

[4] 李胜利，李子佳. 从亚文化到主流文化的成功改编：以《陈情令》为例[J]. 山东社会科学，2020（10）：170–175.

态批评、母题研究、神话—原型批评等主题学批评方法，也包括精神分析批评（以及后精神分析批评）、女性主义、新历史主义、后殖民主义、时间影像分析、空间理论及文化地理学等各类文化研究方法，这些分析方法与角度为电视艺术作品的读解提供了丰富的阐释空间，也是电视艺术评论青睐与依靠的重要批评武库。如以社会历史批评这一经典却仍有着旺盛批评活力的分析方法来说，主题阐释与人物形象论评始终是电视剧评论的重要内容。如围绕1996年《苍天在上》的热播，多位评论家、学者以社会历史批评方法展开了各自的思考。如《反腐力作》一文对作品的人物形象的新意进行历史的、美学的分析，认为作品的人物"为新时期荧屏画廊里又增添了新的'熟识的陌生人'形象……内蕴着鲜明的时代特色和颇为深广的社会内涵……其性格的质的规定性和表象的复杂性得到了相当完美、统一的艺术表现"①。《又一出清官戏》的作者则道出自己和"周围的一些和我一样爱惜时间的朋友们"对这一部清官戏的"情有独钟"，原因在于这部"清官戏""不落俗套"，写出了清官处境与反腐的艰难。②再如《〈雍正王朝〉三昧》一文将文化批评融入对历史剧《雍正王朝》鞭辟入里的读解中，作者明确指出"从完美的皇帝形象中也感到了某种'假'味和'涩'味"，"用高科技的影视手段'颂皇恩'与'颂皇权'也要慎行"③。

借助理论方法阐释作品不能生搬硬套或削足适履，也不应把文本当作阐释理论的简单注脚。运用理论时需要充分考虑方法与文本的适应性，同时更要以文本为中心展开深入的开掘与学理提升，从而使评析更具说服力。女性主义方法在《当代女性题材电视剧创作中的"她者化"危机——以电视剧〈都挺好〉为例》④中的运用鲜明而适宜。文章认为"作品忽视了对女性出走

---

① 仲呈祥.反腐力作：写在电视连续剧《苍天在上》开播的时候［M］//陈汉元.优秀现实题材电视剧评论文集.北京：中国电影出版社，1997：3-5.
② 邵牧君.又一出清官戏［M］//陈汉元.优秀现实题材电视剧评论文集.北京：中国电影出版社，1997：30-33.
③ 张德祥.《雍正王朝》三昧［J］.中国电视.1999（4）：5.
④ 董军.当代女性题材电视剧创作中的"她者化"危机：以电视剧《都挺好》为例［J］.中国电视，2019（8）：41-45.

过程中男性身份的深层反思以及对现代女性自我身份的追问",从而"缺乏对女性精神层面的展示和对利益冲突背后社会、文化、制度的深层反思",论述很有说服力。再如《"灰姑娘"母题型韩国电视剧研究》①对韩剧中的母题原型及其当代的移步换形加以分析,文章由此延伸的思考指向韩国的现代化与保守性之间的冲突,体现出了论者精英立场的审美趣味与价值判断。

三大研究范式中,产业—传播研究的跨学科属性最为突出,既涉及电视艺术作品的运营规律与传受关系,又能够让电视艺术评论超越艺术自律性的分析囿限,兼及艺术他律的影响与形塑,从而更全面深入地探析电视艺术发展的经济根源与传播特性。在具体评析中,如对电视艺术作品进行媒介经济学的探讨,把握"注意力经济"的运作模式与规律,剖析电视艺术作品的公共性、文化性与商业性。同时这一研究路径还注重对媒介艺术的传播环境与大众接受规律进行分析,探寻大众粉丝文化、网上趣缘部落与网站平台用户等对媒介艺术产品的多重影响。

产业—传播研究方法与角度十分丰富,限于篇幅,不做展开。这里仅以《中国纪录片产业发展模式与生态系统考察——兼论央视纪录频道的产业化实践》一文为例简要说明这一分析思路。文章针对 2010 年以来中国纪录片产业发展规模小、市场化程度低等问题,以纪录片作品数据与实证研究为基础,从投资、需求、政策等维度对纪录片产业生态系统及其要素加以细致分析,并以央视纪录频道的产业化实践为例总结制作经验与发展前景。②文章结构层次分明、论证翔实,是一篇很有概括力的产业—传播评论文章。

三、电视艺术评论写作及示例

1. 评论步骤与要点

无论是个案评论还是进行各类专题评论,观看文本、熟悉了解评论对象

---

① 王玉新."灰姑娘"母题型韩国电视剧研究[J].中国电视,2006(8):45-47.
② 张国涛.中国纪录片产业发展模式与生态系统考察:兼论央视纪录频道的产业化实践[J].现代传播(中国传媒大学学报),2014,36(6):83-88,91.

都是第一位的，也是评论工作的第一步。在此，"观看"对评论者而言，不只是一般地"看到"，还是一种投入了评论者专业性"注意"的有意识审美行为，评论者由此进入一种审美状态的稳定性关注，调动起自身的审美体验与审美心理图式，触发着评论者对此作品以及其他相关作品的审美感兴，也因作品的艺术特质引发评论者对相关影像叙事理论、艺术理论的联想与思考。

与电影较短的叙事容量相比，观看电视剧、综艺节目、多集纪录片费时都较长，一方面需要评论者投入更多的时间，另一方面这种"持续性"与"间断性"（不可能一次观看完毕）观看的特点要求评论者必须保持持久稳定的专注与精力，以便于准确把握作品全貌与细部，而不是断章取义、支离破碎。

在此基础上，评论者对作品的精神蕴含与艺术特色加以分析把握，也是评论文章立题的关键步骤。它一方面建立在评论者感性的审美体验的基础上，另一方面也需要借助前文提及的多种批评方法与角度来增加分析阐释的深度与力度。在此，评论者对历史的认识深度，对时代社会、生活与人性的体察及思考都会直接、间接地反映在具体的评析之中。

一位电影电视理论评论家的评论文章《〈蹉跎岁月〉的突破在哪里》[1]就充分体现了这一特点。新时期电视剧恢复发展、重新起步后，推出了一批优秀单本剧、短篇、中篇电视剧，《蹉跎岁月》是其中的优秀代表作。围绕该剧引发的巨大反响，出自专业人士和读者的各类评论纷至沓来。这篇评论围绕作品的艺术"突破"立论，结构层次清晰，行文流畅、娓娓道来。文章分别从"在矛盾处理上的突破""在人物个性上的突破"以及"在心理深度上的突破"三部分层层递进，着重对"杜见春"这位打上了鲜明时代印记的上山下乡知识青年典型人物进行剖析，不难发现评论者对时代社会的深刻体察与知人论世的敏锐通透。

---

[1] 王云缦.《蹉跎岁月》的突破在哪里[J].电视文艺，1983（7）：22-25. 王云缦（1932—1991），老一辈著名电影电视理论评论家，早年就读于上海戏剧学院文学系，读书期间得到李健吾、熊佛西、卞之琳等名师指导，著有《王云缦荧屏艺术文集》，也是首部《电视艺术词典》的主编之一，一生笔耕勤奋，撰写了大量有影响的影视剧评论。

评论文章的结尾一般会对作品的思想性艺术性、成就品质进行判断与裁量，比如援引同时期相近的创作来进行横向比照，也可以依据类型创作史的代表作品进行纵向比较，还可以参照"门类艺术史"的更高标准来评价作品、为作品定位。这一把握有些明确直接，有些间接隐晦，但总是要对作品的思想价值与艺术价值做出恰如其分的判断与评价。在《〈蹉跎岁月〉的突破在哪里》一文中，作者在充分肯定其"突破"的审美价值的同时，也对该剧存在的不足进行了中肯批评，如作者认为邵玉蓉的死有"人为编织的痕迹"，男主人公柯碧舟的个别表演处理也有过于直白之弊。这些批评意见让评论更加全面、实事求是，体现出了作者良好的评论素养与平实文风。

2. 评论切入点的选取

在电视评论写作中，切入点即评论角度的选取很重要。评论角度，一般总是与评论者接受作品的审美心理图式及审美期待有关，反映的是评论者的"意向性"，即观看作品时评论主体被作品灼照与叩击之处，它是作品中人物命运、精神意蕴、叙事手法最能够激发评论人共情与激赏的亮点所在。切入点的确立，在具体的评论写作中，可能心有灵犀、妙手偶得，也可能会经历反复、迂回、调整及修正，最终曲径通幽、磨炼成题。论题角度的精妙奇巧，集中反映了评论者的审美体验与学养积淀，以及由此为基础的评论水平与概括能力。

钟惦棐先生在改革开放后也十分重视电视剧评论，指出"电影和电视剧要互相促进"[1]，并且在报刊上发表了多篇电视评论，单是为《走向远方》这部引起广泛反响的短篇电视剧就撰写了两篇文章，其中《艺术要勇于并善于为自己设置障碍——论〈走向远方〉作为电视艺术现象》[2]一文对评论角度的选取很有特色。文章充分肯定《走向远方》对新时期企业改革问题的生活发现与艺术提炼，细致评析了作品中的改革给各方人士带来的强大冲击波，深入

---

[1] 钟惦棐.电影和电视剧要互相促进［J］.文艺研究，1982（4）：11—12.
[2] 钟惦棐.艺术要勇于并善于为自己设置障碍：论《走向远方》作为电视艺术现象［N］.人民日报，1985—11—25（07）.

阐释了"杜建国之死"的时代悲剧蕴含，并指出"提出问题的作品并不比解决问题的作品次一等"。因为发现与提出问题本身，就是创作者勇于并善于为自己设置"障碍"，是兼具"修养与胆识"的创作者对话时代、回答时代之问的表现。评论还对主人公周梦远"走向远方"的象征意蕴及其优劣做出了言约旨远的分析与判断。钟惦棐先生围绕"障碍"展开的思考对当下的现实题材创作同样带有启发性，也触及艺术创作的一般规律。

3. 剧作艺术的叙事策略、导演艺术及视听语言分析等操作方法

前文提及电视评论可以围绕不同的创作环节展开，如剧作分析，可以切入的角度很多，如作品的精神内涵、叙事策略、人物形象塑造等都是评论的重点内容。叙事策略是一个大概念，叙事线索与结构（单线、多线，因果线性、珠串结构、单元结构等）、叙事时间（叙述顺序、停顿、延宕或重复等）、叙事空间（地域、环境、场景、内外景别等）、叙述者（人称/独白）、叙述视角（方位/视点）等都包含在内。在有限的评论篇幅内，对特定创作环节的评论，需要进一步聚焦一定的分析角度，否则就可能变成流水账，却缺乏重点。如有美国学者分析历史题材电视系列片中的"叙述者"可以作为电视作品中的一个"戏剧人物……成了观众兴趣的中心"、随着观众"对叙述者的移情作用不断增长，也就容易被说服，接受叙述者对历史事件的观点""造成最强烈的参与感"并"精确地展示从人物的视点所看到的东西"。[①]

导演艺术环节与视听影像研究一向是电视艺术评论的重要环节。导演是电视艺术创作的总指挥，需要从整体上掌控剧本的呈现方式与艺术风格。如第四代导演以长文《开拓人的内在深层世界》详尽阐述了《今夜有暴风雪》《走向远方》《女记者的画外音》三部获奖短篇剧的导演艺术，"驾驭题材的能力、气魄，显示了导演的修养和素质。导演术语上的'总体把握'，就是指对作品所反映的生活的时代的把握"[②]。导演艺术也体现在作品的构图、色彩、用

[①] 威廉·史蒂文森.电视叙述者[J].范迪，译.中国电视，1993（5）：58–59.
[②] 黄健中.开拓人的内在深层世界：评孙周、王宏、张光照三位青年导演和他们的作品[J].中外电视，1986（1）：142–144.

光、声音等具体创作环节上。

再如《构图与场面调度——赏析电视剧〈长征〉中的一场戏》[①]一文，论者以其扎实的创作实践与理论功力对优秀电视剧《长征》的画面构图与场面调度（人物与摄影机的方位）进行了细致具体的影像语言分析，并从审美心理学角度阐释构图形态与场面调度对戏剧冲突、细节展示、人物心理活动与性格特征以及意象营造、气氛烘托等多方面的艺术功能，评析精准深入，富于学理价值与评论美感。

---

① 王伟国.构图与场面调度：赏析电视剧《长征》中的一场戏［J］.电视研究，2002（7）：66-68.

第二十二章

新媒介艺术评论

新媒介艺术（也称新媒体艺术）是运用计算机技术生产、传播和呈现的艺术，兴起于20世纪中叶。新媒介艺术的兴起和蓬勃发展是当代重要的艺术事件，是新媒介革命的结果。在这场新媒介革命中，当代所有的艺术和文化都向着计算机介入的生产、分发和传播模式转变，涌现数字装置艺术、数字文学、电子游戏、数字影像、网络动漫、虚拟现实、元宇宙艺术、人工智能艺术等艺术新形态。

一、新媒介艺术评论的对象与特征

新媒介艺术的类型非常丰富。根据艺术符号的构成和特点，大致可以分为数字装置艺术、数字文学、电子游戏、网络音乐、网络剧、网络影视、人工智能艺术、虚拟仿真艺术等，具有数字化、多媒体性、互动性、事件化等特征。

1. 新媒介艺术评论的对象

新媒介艺术评论的对象主要包括数字装置艺术、数字文学和电子游戏等形态。

数字装置艺术是装置艺术和计算机技术融合的产物，这种艺术形态主要通过传感设备将各种材料进行选择、组合、改造，感知受众的身体运动和变化，并将其转变成数字数据，从而创造影像或声音的符号系统。数字装置艺术让观众沉浸在一个由多媒体构成的情境里。在此情境下，观众的手势、眼睛、面孔、动作甚至是呼吸都可以通过感应器和计算机使艺术"作品"出现变化，观众也有可能成为作者或作品的一部分。在数字装置艺术中，艺术品可以是展厅里悬挂的绘画作品或物品，是可识别其属性的物品构成和引发可控效果的艺术，也可以是由使观者沉浸其中的装置系统。数字装置艺术推动了艺术媒介向非固体、非物质化的转变，被评价为"气态的艺术"，代表着20世纪90年代以来艺术界的一种趋势：严肃的、结构性的、充满意义并向大众传播的艺术形态，开始向关乎气氛、体验与愉悦的艺术过渡。[1]

电子游戏是依托于计算机软硬件技术和设备开展的数字化活动。从游戏载体来看，电子游戏可以分为主机游戏（即电视游戏，包括掌机游戏和家用机游戏）、电脑游戏、手机游戏（移动游戏）三类，其中电脑游戏又可根据是否需要下载客户端分为客户端游戏（端游）、网页游戏（页游）等。从游戏属性来看，电子游戏可分为角色扮演游戏、第一人称射击游戏、即时战略游戏等类别。电子游戏是一种跨媒体的视听互动的超本文，几乎融合了所有的旧媒介形态和艺术形态（如文学、影视、音乐、美术、建筑等），吸引玩家在虚拟世界里构建、控制和发展虚拟的自我和角色，完成一系列任务。游戏是自由的、独立的、不确定的、受规则支配的、虚幻的活动，[2] 网络的虚拟性、交互性完美契合了游戏的以上属性。随着电子竞技（对抗性的电子游戏比赛）和游戏直播的普及，游戏将人机对抗转为了人际交流和竞争，也增强了游戏的吸引力。游戏经验和游戏性思维改变了当代艺术的生产、消费和流通，改变了人们对"现实"的理解，给人类社会带来了某种"认知革命"，也导致新媒介艺术在受众活动、消费动机、创作原理、文本特点、审美体验、想象力等方面出现了越来越明显的游戏化的趋势。数字文学（digital literature）是用

---

[1] 伊夫·米肖. 当代艺术的危机：乌托邦的终结 [M]. 王名南, 译. 北京：北京大学出版社, 2013: 218.

[2] Caillois, R. Man. Play and Games [M]. trans. Meyer Barash. Urbana, IL: University of Illinois Press, 2001: 9–10.

计算机创作、传播的供用户阅读或参与的文学形态。按照文本和计算机技术的关系，数字文学可以分为三类文本：第一类是印刷文学的数字化，如古典文学的纯文本文件或 PDF 格式的电子文本，其功能与普通的印刷文本无太大区别；第二类是原创文学的数字出版，这类文本不用或只是谨慎地使用超文本技术，大都按传统印刷文学惯例创作，数字形式主要用在文本的发布上；第三类是运用数字技术、只有在电脑和互联网上才能表现出特性的超文本文学、交互性诗歌、多媒体百科全书等。① 这三类数字文学在中西方有不同的发展，西方以第三类文本（如超文本、多媒体文学等）为代表，中国以第二类文本（如类型化的网络文学）为代表②。

此外，新媒介艺术还包括网络影视、网络音乐、网络动漫、数字录像艺术等，大多是指以互联网为传播载体、以新媒体设备为传播终端、以视频网站或 APP 平台为最初生产、传播路径的影视、音乐、动漫作品和视频作品。

2. 新媒介艺术的特征

新媒介艺术具有数字化、多媒体性、互动性和事件性等特征。

第一，数字化。新媒介艺术之所以新，最主要的原因是它运用了计算机这种媒体来记录、存储、创建和分发信息和符号，和计算机息息相关，正如艺术家们说的那样："艺术必须人工化，艺术家必须计算化。"③

电子计算机诞生于 1946 年。早期的计算机只用于军事竞赛，笨重而昂贵，只有少数工程师才有条件利用计算机从事艺术创作（如美国贝尔实验室的数学家、艺术家本·莱波斯基在 1952 年创作的示波图《电子抽象》）。从 20 世纪 80 年代开始，计算机进入了高速普及化发展时期，个人电脑出现，计算机也呈现出更为人性化的发展趋势。1983 年 1 月，《时代》杂志把"电脑"评为了上一年的"年度人物"，这也见证了"个人电脑"时代的来临。计算机

---

① 考斯基马.数字文学：从文本到超文本及其超越［M］.单小曦，陈后亮，聂春华，译.桂林：广西师范大学出版社，2011：24-27.
② 在中国，台湾地区网络文学状况有着不同特点，当另作分析，下同。
③ 黑阳.非物质/再物质：计算机艺术简史［M］.北京：文化艺术出版社，2020：211.

媒体革命不仅影响了传播的所有阶段，改变了信息的获取、操纵、存储和分发，还"影响了所有的媒体类型，包括文本、静态影像、运动影像、声音和空间建构"[①]。这也意味着计算机艺术进入全面发展时期。通过计算机，图形、影像、声音、形状、空间和文本都被数字化了，它们通过编程和算法运行被写入了输出设备。这样，艺术符号就变成了可以识别的数据，简化为1和0，变成了轻盈的比特（最小的信息量单位）。和计算机和网络出现之前的原子相比，"比特没有颜色、尺寸或重量，能以光速传播"[②]。如数字文学中的超文本就被界定为"互相关联的语言比特"。[③] 有学者给新媒体下的定义是："某种层面上看，新媒体就是经过数字化的旧媒体。"[④] 强调的也是新媒体的数字化特征。

数字化信息储存起来就形成了数据库，新媒介艺术中的文档、空间（导航空间、虚拟空间等）、游戏、装置、虚拟现实和人机交互界面，说到底都是数据库。"数据库像病毒一样，侵占了CD光盘、硬盘驱动器、服务器和网站。"[⑤] 也就是说，在计算机时代，数据库成为了艺术创新的中心。

第二，多媒体性。新媒介艺术的另一个突出特征是具有多媒体性，这一点和数字化密切相关。比特具有很强的可转换性，可以毫不费力地被重复使用、混合使用，合并文字、声音、图像和动态影像，数据被混合后就被称作"多媒体"。计算机支持多种媒介的协作和融合，能够使声音可视，也可以把图像转变成为声音，还可以使它们能够被轻而易举地拷贝下来，插入其他的表现方式中，这就模糊了艺术形态之间的区别。随着媒介技术的发展，交互的、可穿戴的、沉浸式的、虚拟现实的、增强现实的设备为新媒介艺术增添了更多的艺术表现形式，艺术领域出现了跨媒介、全媒介或超媒介的创作趋势。多媒体性使得新媒介艺术家在探索人类感知的多样性和深度方面有了更多的选择和可能性。

---

① 列夫·马诺维奇.新媒体的语言[M].车琳，译.贵阳：贵州人民出版社，2020：19.
② 尼古拉·尼葛洛庞帝.数字化生存[M].胡泳，范海燕，译.海口：海南出版社，1997：27.
③ 考斯基马.数字文学：从文本到超文本及其超越[M].单小曦，陈后亮，聂春华，译.桂林：广西师范大学出版社，2011：3.
④ 列夫·马诺维奇.新媒体的语言[M].车琳，译.贵阳：贵州人民出版社，2020：46.
⑤ 列夫·马诺维奇.新媒体的语言[M].车琳，译.贵阳：贵州人民出版社，2020：238.

第三，互动性。传统艺术一般遵循时间的线性逻辑，有着固定的呈现和接受顺序，作品也是以固态的、相对静止的形式存在。而新媒介艺术遵循的是非线性的空间逻辑，网络上流动的数据和信息是横向的叠加，是多态平行的关系，作品是动态的。新媒介用户通过连接、点击、访问等一系列解域，再结域的进程，选择自己的路径和元素读取文件，生成一个独一无二的作品，从而使新媒介艺术呈现出一种界面化的交互或互动方式。

新媒介艺术的互动性是多元的，艺术家和受众、受众和作品、作品和作品、艺术家和艺术家、艺术家和作品、作品和环境之间都可以出现互动。在网络接龙小说中，作者和读者的身份随时可以互换；电子游戏需要玩家和玩家、玩家和机器的密切互动才能进行，离开玩家的参与，游戏文本无法成形，也无法走向开放；数字装置艺术更是如此，传统的博物馆或美术馆中的展品往往是"不准触摸"或"不许拍照"，把观众与作品阻隔开来，而数字装置艺术却诚邀观众进行近距离的接触，甚至只有通过观众的触摸和参与才能生成艺术品。传统艺术也关注参与者的感知和体验，但观众的角色和活动往往是设定好的、可以预期的，而新媒介艺术的互动往往是不可预知的，交互效果有时会溢出艺术家的设想，观众面对的作品也是不完整的或未完成的、可改变的物品。因此，有学者认为："当杜尚设想的艺术作品取决于观众的概念尚在形成时，他并不知道，到世纪末的一些艺术作品（如互动电影）将完全取决于观众，不仅形成观众，还要让他们加入、赋予他们艺术内容。"[①] 这也说明与传统艺术相比，新媒介艺术的互动性更丰富，也更开放。

第四，事件性。新媒介艺术的出现是当代艺术的重要事件。"事件"（event）是当代哲学、政治学、历史学和文论中的一个常见术语，词源为拉丁词 ēvenīre，意思是"到来""出现"或"改变"，多指"历史上或社会上发生的不平常的大事情"，预示着不规则的变化和中断的时刻。事件具有断裂性、独异性、生成性、建构性。从事件的视角看，新媒介艺术的兴起属于社会事件，具有公共性、介入性，它是一种去中心化的协商性的形式；新媒介艺术

---

① 迈克尔·拉什. 新媒体艺术 [M]. 俞青, 译. 上海: 上海人民美术出版社, 2015: 183.

也属于媒体事件，具有非常规性和突发性，是景观化的，组织者、媒体和受众共同造就某种互动场景；新媒介艺术也属于美学事件，艺术作品不再是需要凝神观照的、无法改变的客体，而是未完成的、需要积极参与的活动，是流动的形式，动态化和进行时是其常见的状态。正如国际网络艺术（Net Art）评委会在申明中说的那样："任何所谓稳定的事物，已经完成的，终结的，不再生长的，不变的都不属于网络艺术。"①

对于传统艺术而言，新媒介文艺是"断裂"，是"意外"，是"震惊"，它动摇了艺术的基础结构，其创作主体、生产方式、传播、接受、影响力都发生了巨变，改变了整个艺术场域的面貌。同时新媒介艺术也是"逃逸"，是"外溢"，是"分叉"，是连续生成的过程，其言说行为具有复杂的互动性和不确定性。和传统艺术相比，新媒介艺术更像是动词，而不是名词。

新媒介艺术常常被人们称为媒介革命，正是因为它具有了事件性。这种事件性给新媒介艺术带来的审美变革既是媒介层面的，更是文化层面的，正如马诺维奇所说："计算机的逻辑极大影响了媒体的传统文化逻辑，换句话说，计算机层面会影响到文化层面。""会影响到新媒体的组织形式、新出现的类型，以及新媒体的内容。"这种影响就是文化的"跨码性"。②这里的"跨码性"正是对新媒介艺术的事件性特征的描述。

二、新媒介艺术评论的类型

新媒介艺术的种类繁多，评论类型林林总总，这里主要介绍数字装置艺术、数字文学、电子游戏的评论类型。

1. 数字装置艺术评论

数字装置艺术的评论至少有以下三种类型：其一，分析新媒介的技术革

---

① ［2020-05-03］. http://www.spaik.net/english/ArsPrix97.html.
② 列夫·马诺维奇. 新媒体的语言［M］. 车琳，译. 贵州：贵州人民出版社，2020：45.

新和审美变革之间的联系。比如，数字装置艺术经常利用网络媒介的资源，随机抓取其中的图像，将其串联起来并配置上背景音乐，"剪辑"成一部不会结束的"影像"。对此，评论者可以分析作品依赖的网站特征及其共享的资源特点，揭示艺术家抓取图像的手段和剪辑手法（如随机运用淡入、淡出、全景、跳跃剪辑等电影转换手法），配置的音乐来源，然后分析作品所选取图像的审美原则（基于计算机算法的断裂的、离散的美学原则，具有事件性），并将其与传统艺术内在一致的美学原则进行对比，最后总结出新媒介艺术的技术逻辑和审美创新。其二，分析受众的一种特殊审美体验：虚拟体验。数字装置艺术的观众/用户在观赏/使用作品的过程中，经常需要借助用以传输数据的头盔、手套等工具，在沉浸过程中，他们会感觉和接触到虚拟现实（virtual reality，VR）或虚拟实在，即"实际上而不是事实上为真实的事件或实体"，[①]虚拟现实既是想象中的世界，也是人们对现实世界的感受。人们使用各种物质或方式（宗教、做梦、药物、走神等）获得虚拟体验有着很悠久的历史，[②]数字装置艺术或元宇宙可能是当下比较切近的一种。在进行数字装置艺术的评论时，可以对此格外关注。比如在评论一些反战的装置作品时，可以通过描述用户的虚拟体验，进而思考战争与游戏的关系，可以着重分析参与者所扮演的角色、使用的装置/武器（如照相机）、虚拟现实（充满战争、炮火、伤痛、死亡和被破坏建筑的三维世界）、相机拍摄后世界的变化（色彩、阴影、声音）、参与者的心理感受（对战争的恐怖和创伤记忆）等。

2. 数字文学评论

数字文学评论可以根据数字文学的类型，分门别类地进行分析。对于那些应用了数字技术的文学创作、超文本文学、交互性诗歌，可以分析网络环境的链接潜能和开放性，分析数字文本结构上的多线性（超文本性）、文本形

[①] 迈克尔·海姆.从界面到网络空间：虚拟实在的形而上学[M].金吾伦，刘钢，译.上海：上海科技教育出版社，2000：111-112.

[②] 吉姆·布拉斯科维奇，杰米里·拜伦森.虚拟现实：从阿凡达到永生[M].辛江，译.北京：科学出版社，2015：14-15.

态上的动态性（赛博文本性）、阅读环节中读者/用户的参与性、创作/生产环节上的技术化和赛博格化等；对于那些在创作体例上与传统平面印刷文学没有太大区别的数字文学，比如中国的网络小说，可以分析其类型化的特征、读者与作者的互动、同人创作，以及网络文学与传统文学、通俗文学的异同，还可以在新媒介文艺的整体视野下研究数字文学和电子游戏、装置艺术、录像艺术、网络影视等艺术门类的关系，等等。

3. 电子游戏评论

电子游戏评论大致可以分为以下几种类型：其一是游戏的本体论研究。如游戏文本的美学研究（研究图像、特效、风格、音乐、音效、氛围、界面等）、叙事研究（研究角色设定、叙事功能、角色转变过程、符号系统等）、玩家研究（研究玩家身份、玩家类型、玩家沉浸体验等）、类型研究（冒险、战略、角色扮演、飞行、驾驶、模拟器、第一人称射击、休闲等）、技术研究（引擎、程序、设计、算法、脚本、硬件、人工智能、媒介环境、互动方式、控制模式、关卡设计、选项设计、作弊/修改/破解/漏洞等）；其二是游戏的文化研究、历史研究等，如研究媒体考古学、公共空间、身体、全球化、身份政治、角色政治、文化记忆、性别、阶级、种族、玩家商品化、数字劳动以及游戏玩工等；其三是游戏的教育学和伦理研究，如游戏暴力、网络成瘾、伦理期望等。[①]

三、新媒介艺术评论写作及示例

1. 数字与装置艺术评论案例：马诺维奇论《可读的城市》

本案例选自俄裔学者列夫·马诺维奇（Lev Manovich）的《新媒体的语

---

① 冯应谦.游戏研究的国际新趋势，何威.数字游戏批评理论与实践的八个维度［M］//何威，刘梦菲.游戏研究读本.上海：华东师范大学出版社，2020：3-14，48-60.

言》(2001)①。作者在该书中重点评论了邵志飞（Jeffery Shaw）的三部数字装置作品：《可读的城市》（*Legible City*，1988—1991）、《拓展的虚拟环境》系列（*Extended Virtual Environment*，1993—   ）以及《地点：用户手册》（*Place: A User's Manual*，1995）。

马诺维奇的分析重心是数字装置艺术的虚拟体验，其研究的最大特点是将虚拟体验与计算机空间的主要特征——可导航性——密切联系起来。马诺维奇发现：由于可导航空间既是叙述工具，又是探索工具；既可以呈现物理空间，也可以呈现抽象的信息空间，因此它的使用体现在新媒体的各个方面（如动画片中的三维飞行、运动模拟器等），被视为数据库交互界面的重要类型和文化形式。可导航空间正是新媒体存在的独有特性，新媒体的空间就是导航空间。

在马诺维奇看来，《可读的城市》等作品是一个以真实城市为基础的计算机可导航空间：一辆自行车放在三个巨大的投影屏幕中间，当观众上去骑车时，他便同时出现在曼哈顿、阿姆斯特丹和汉堡的城市中，汽车、街道、行人、商店、建筑、广告牌随脚踏车的运动而出现或流失。在这部作品里，通过计算机联动模拟自行车，让参与者骑自行车漫游"虚拟城市"，在三维空间获得虚拟旅行的体验。在《可读的城市》中，虚拟城市中的每个三维字母，都对应着现实城市中的一栋建筑，字母的大小、颜色和位置也根据对应的建筑物特征而得来，不过这个虚拟空间并没有完全模拟现实世界，而是通过三维字母建立起一个想象的城市，许多可导航空间都是随意选取参数的。通过这种映射，邵志飞"展现"（stage）了新媒体与整个计算机时代最基本问题之一，即虚拟与真实之间的关系。《可读的城市》既不是一个与真实的现实空间毫无关联的虚拟空间，也不是完全真实存在的构造（像许多商业化的虚拟世界和虚拟现实作品一样），它既精心保存了城市的真实记忆，又通过一种新的形式编码它的结构，因此是一个里程碑式的作品，呈现了一个象征性的、而非幻觉主义式的空间。②

---

① 列夫·马诺维奇.新媒体的语言[M].车琳，译.贵州：贵州人民出版社，2020：247-288.
② 列夫·马诺维奇.新媒体的语言[M].车琳，译.贵州：贵州人民出版社，2020：263-264.

马诺维奇在文化史的视野下提出了"导航的诗学"这一概念。他认为，装置艺术和《阿斯彭电影地图》《森林》等计算机空间建立起了一套独特的美学，即"导航的诗学"。在新媒体的语境中，许多装置作品都可以被看作密集的多媒体信息空间，将图片、视频、文本、图形和三维元素整合到同一个空间布局之中，赋予观众自主权，让观众决定"信息存取"的排序。同时，马诺维奇还回溯了"导航的诗学"的建构历史，他勾勒出三条历史发展轨迹：第一条是从欧洲的漫游者（如波德莱尔、本雅明等人的论述）到网上冲浪者（"数据花花公子"）的轨迹，第二条是从19世纪美国探险家（如马克·吐温的作品）到可导航虚拟空间的探索者（如威廉·吉布森的"数据牛仔"等）的轨迹，第三条是从巴黎漫游空间到可导航计算机空间（装置艺术等）的轨迹。在马诺维奇看来，与其他新媒体艺术家相比，邵志飞的作品更为系统地借鉴了空间建构与空间呈现的各种文化传统。在这些作品中，邵志飞使用了全景画、电影、视频和虚拟现实中的导航方法，既传统，又现代：从魔灯秀发展到20世纪的电影，从电影暗箱、立体视镜、供个人观看的活动电影放映机，发展到头戴式的虚拟现实显示器。

马诺维奇的这一研究思路和《新媒体的语言》全书脉络是一致的。马诺维奇认为：和其他关于新媒体研究（大多充满了对未来的猜测）不同的是，《新媒体的语言》是往回看，是"反其道而行之"，"更多地分析新媒体目前已经走过的发展之路"，作者"更愿意把文化历史看作一条穿过单一概念和审美空间的连续性轨迹"，强调新媒体和旧媒体之间的连续性、历史的重复和创新之间的相互作用。这种研究具有宏大的历史视野，很值得借鉴。

2. 数字文学评论案例：考斯基马论数字文学的用户功能

中国和西方的数字文学有很大的差异，西方的"数字文学"以超文本、多媒体文学、非网络化的数字文学形态为代表，而中国以商业化的网络类型小说为代表，不过中西方数字文学有一点是相似的：它们都具有新媒介文艺的交互性，用户/读者的参与性都很突出。本案例来自芬兰学者考斯基马《数字文学：从文本到超文本及其超越》（2001，以下简称《数字文学》）一书[1]，作者在该书中讨论了"赛博文本"（即具有功能性的数字文学）的用户功能。

考斯基马在《数字文学》中主要研究了数字文学中的超文本。他认为：数字文学最显著的特点是它的动态编程本性，数字文学作品不是固定的书本版式，它们可以根据读者的行为做出回应，可以随时间变化和演进，正是这种动态的时间性才构成对传统文学和文本观念的最严峻的挑战。数字文学的这种动态短暂本性甚至对某些读者来说也可能是种威胁，因为它似乎要模糊掉文学作品的一切现有形式，但一种新型写作最有趣的可能性也正在于此。[2]

在《数字文学》第二章《超文本史与赛博理论——从麦麦克斯存储器到遍历文学》的"赛博文本和遍历文学"部分，作者借鉴和改造了亚瑟斯等人的理论和概念，借助迈克尔·乔伊斯的《下午》、威廉·吉布森的《艾格内帕》、史都尔·摩斯洛坡的《里根图书馆》等作品，讨论了读者/用户在数字文学中的功能和作用。所谓"遍历文学"，是指用户/读者需要付出"非常规的努力"来阅读（游历）的文本。眼睛在字里行间移动以及翻书页都被视为"常规"的努力，而除此之外的则是"非常规"的努力（比如绞尽脑汁地解读、猜谜和"填坑"、抵抗式阅读等）。印刷文学和数字文学中都存在遍历文学，但因为具有实验性的超文本是赛博文本的基础和普遍形式，所以遍历文学显得特别常见。

为了描述遍历文学，考斯基马提出了两个概念：文本单元（textons）和脚本单元（scriptons）。文本单元是一个文本的"基本成分"，属于深层结构；而脚本单元则是文本单元的可能结合，属于读者见到的表层结构。考虑到文本单元和脚本单元运作的不同方式，以及读者参与文本的意义生产的所有方式，作者认为可能存在着如下7种阅读的文本类型：

---

[1] 考斯基马.数字文学：从文本到超文本及其超越[M].单小曦，陈后亮，聂春华，译.桂林：广西师范大学出版社，2011：47-57.

[2] 考斯基马.数字文学：从文本到超文本及其超越[M].单小曦，陈后亮，聂春华，译.桂林：广西师范大学出版社，2011：3.

①动态学：静态的（脚本单元保持不变），文本单元内的动态学（文本单元数量不变，脚本单元可变），文本单元的动态学（文本单元的数量和内容都可能变化）。

②可确定性：可确定的（对某个给定情境的相同反应往往带来相同的结果），不可确定的（反应的结果不可预知）。

③瞬时性：瞬时性的（用户时间的消逝导致脚本单元的出现），非瞬时性的（脚本单元只通过用户的行为才出现）。

④视角：个人的（需要用户在文本所描述的世界扮演一个重要角色），非个人的（读者不作为参与者进入文本的世界）。

⑤访问：随意的（读者在任何时间都可获得所有脚本单元），受控的（只有在符合一定条件下才可获得某些脚本单元）。

⑥链接：外显链接，有条件的链接，无链接。

⑦用户功能：探索性的，结构性的，解释性的，文本单元。

基于以上文本类型和读者参与文学意义的建构方式，《数字文学》探索了出了四种基本的用户功能，如下图：

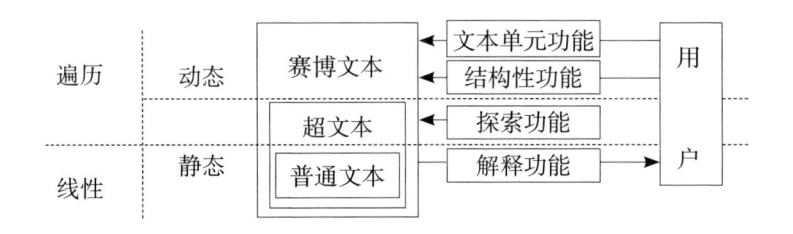

遍历	动态	赛博文本	← 文本单元功能 ← 结构性功能	用 户
		超文本	← 探索功能	
线性	静态	普通文本	→ 解释功能	

这四种功能中，解释是最基本的用户功能，所有的文本都需要解释。探索功能（或选择功能）指通过获得的文本材料选择路径（或者通过获得的文本单元建构脚本单元）。结构性功能指在个人文件中重组文本单元或它们之间的关系（链接）。文本单元功能是指积极参与文本写作（也包括编程）的可能性——写作附加的文本、改变以前就存在的文本或删除这个文本。在"交互性"这一术语的通行用法中，探索（或选择）功能是最流行的。

考斯基马的研究深入分析了数字文学的交互性，细化了用户功能的种类，对研究数字文学的超文本性和类型化的网络小说中作者与读者的互动（如贴吧中的读者粉丝活动、文学网站的"本章说"和"段评"设置）、粉丝的同人作品等都有积极的借鉴价值。

3. 电子游戏评论案例：东浩纪评御宅族文化与游戏性写实主义

本案例出自日本学者东浩纪（1971—　）的《游戏性写实主义的诞生——动物化的后现代2》（以下简称《游戏》）①。东浩纪在书中研究了日本的御宅族文化和新媒介艺术中无处不在的"游戏性"。

东浩纪的研究对象是年轻世代（御宅族）的娱乐小说（轻小说）和周边成长茁壮的电脑游戏（美少女游戏等）。轻小说是指添附上漫画或动画风格的插图、以高中生为主要读者的娱乐小说，最大特征是同样的世界观及写作风格横跨了不同类型的小说，也被称为"角色小说"。"美少女游戏"是指针对男性的冒险游戏或模拟游戏，游戏预设了一位玩家，以他与动漫风格插画的女性角色之间的恋情开花结果为目的。角色小说和美少女游戏是御宅族文化的不同变身，他在书中主要针对两部角色小说和三部电玩游戏作品进行了分析。

东浩纪采用了文化研究的研究方法，综合运用了传播学、社会学、叙事学和符号学的文本细读等方式，他将这种方法命名为"环境分析性的解读"。所谓"环境分析"，并非"解释"作家想说的、作家叙述的内容，而是将作品一度从作家的意图切割开后，再考虑作品与环境的交互作用，并进而分析让作家转变成将作品那样地来创作、那样地叙述之无意识的力学。依靠着这种"环境分析"方法，东浩纪将游戏和小说的主题分为两种：一种是故事本身所担负的，并且是以自然主义性的解读当作对象之主题，可以命名为"故事性的主题"；另一种是故事若使用与故事外部的现实关系来表现，并且是以环境分析性质的解读当作对象之主题，则命名为"结构性的主题"。这样一部作

---

① 东浩纪.游戏性写实主义的诞生：动物化的后现代2[M].黄锦容，译.台北：唐山出版社，2015：191–252.

品就出现了两个阅读的层次：一是故事性的主题，二是结构性的主题。比如《杀戮轮回》(*All You Need IS Kill*，2004)这部轻小说，如果按照传统的分析方式，《明日边缘》是一部时光旅行的科幻爱情小说，这就是故事性的主题，但是如果立足结构性的主题，用环境分析的方法"阅读"，就可以发现：在这个游戏世界里，只有男女主角才是有生命的玩家，其余人类皆是可被重启的游戏角色，因此二人实际具备了决定他人生死的权力。同时，小说的灵感实际上来自2000年的一个视频游戏，游戏中人物波折不断的经历和不断重启的循环时间，也使得"失败也是人生的寄托"这一主题时隐时现。

东浩纪发现，美少女游戏的玩法与阅读小说十分相近，其消费族群亦和轻小说读者群大幅重叠，玩家大部分的游戏时间既不是用在持枪射击，也不寻找宝物，而是面对着游戏画面阅读剧情。比如《暮蝉悲鸣时》系列游戏就需要花费超越100小时的超长游戏时间，但其剧情却是一条路通到底，从头到尾完全无分支发展，游戏系统亦没有为玩家准备任何剧情选项，但它仍普遍被理解而被视为一款电玩游戏，这是因为《暮蝉悲鸣时》是一款以游戏性世界观为基础设计出来的作品，它的各篇章虽然没有剧情选项，但其结构却被配置了故事般的剧情选项，读者/玩家可以体验复数的生命时间、剧情路线、故事结局等，比起纯粹的游戏，美少女游戏更像是拥有玩家视点的复数文本的轻小说，因此美少女游戏也被称为"小说游戏""音乐小说""视觉小说"。和美少女游戏被称为是"小说般的游戏"类似的是，角色小说也被称为"游戏般的小说"。

东浩纪阅读和解读了美少女游戏和角色小说，运用"环境分析"方法研究了孕育二者的环境和潜藏的结构性主题。在他看来，美少女游戏、轻小说和动漫作品都离开了纯文学自然主义的写生环境（即通过故事反映"透明"的现实），达成了奇妙的默契，共同生成一种"角色属性资料库"消费（即"数据库消费"）的人工环境，这种人工环境与现实环境平行且对等，被东浩纪合称为"想象力的双环境化"。在这种人工环境里，宏大叙事衰退，小叙事兴起，个体概念变得越发重要，现实认知多样化，多元文化主义伦理兴起，故事本身不再是读者/玩家追寻的主要对象，取而代之的是故事中的角色，读者/玩家消费的不是惊险而刺激的故事，而是性格突出的、可以超越故事文本的角色，作家/游戏设计者从叙事的主体移动到后设叙事（游戏性）的主体。基于这种角色的后设叙事性，另一种写实主义产生了，东浩纪将其命名为"游戏性的写实主义"或"漫画·动画性质的写实主义"，并认为其呈现的"文学的后现代"意涵，是理解御宅族文化的有效方式，也是美少女游戏和轻小说潜藏的结构性主题。东浩纪的这一观点表明：作为艺术的游戏反过来构成了支配现实生活的想象力环境，既改变了现实世界，又重塑了艺术世界。

东浩纪的"环境分析"方法和"游戏性写实主义"概念，对分析游戏和文学、日常体验和文学叙事、文艺表征与哲学意味之间的相互渗透和影响很有针对性，对研究中国网络文学中弥漫的游戏性、游戏经验和二次元文化也颇有启发意义。

编后记

记得那是2020年8月末9月初,参加完中国文艺评论家协会第二届理事会换届会不久,新任中国文艺评论家协会副主席兼秘书长、中国文联文艺评论中心主任的徐粤春先生,约我去他办公室聊聊新一届理事会工作。他就在那时跟我提出,能否由我牵头组织团队编写一部文艺评论概要(当时书名未定),用于新会员培训以及全国各省份文艺评论行业初学者研习。我当时没犹豫就应承下来了,因为感觉是自己参加中国评协六年来应尽的一份义务,加之时常看到许多青年朋友急切地希望了解文艺评论文章怎么上手,而此前还没有看到任何一部这类契合各文艺门类评论行业实际的入门书:关于文艺评论或文艺批评的著作或教材诚然都已出不少了,但真正按照中国文联所属各文艺家协会及文艺门类评论行业的具体需要去编写的书确实稀少。同时,为了集中精力承担好这项工作,我还冒昧地辞谢了中国文联当时一位在任领导拟交由我担任首席专家主持的一项国家社科基金重大委托课题。本书在编写过程中得到了中国文联董耀鹏副主席的关心和指导。徐粤春主任多次给予了支持和帮助。中国文联文艺评论中心杨晓雪副主任提出了修改意见。

但我那时并没有想到,这项工作居然会耗费三年多时光。从考虑编写思路、形成编写提纲和修改,到经中国文联领导批准列为中国文艺评论工程重大项目之一正式立项,再到进入编写环节,反复修改、讨论、统稿和定稿,这个过程同我过去主编和合著过的多种学术著作和教材都远为不同,颇费思量,协调和修改的任务更重。因为,这既不同于学术同人的集体合著,也不同于高校教材编撰,而是从中国文联所属中国文艺评论家协会的行业视点而编写的一部中国文艺评论行业初学者的入门向导。这种特殊的定位，要求我们既要从学术角度去思考文艺评论的基本原理，更要贴近当前中国文艺评论行业的评论实践和评论文章写作实际，特别是契合各文艺门类的文艺评论工作的具体要求，尽力形成一种综合。由此，我找到了这本书的一个基本的编写思路：上半部分论述当前中国文艺评论行业的普遍性原理，把当前从事文艺评论的主要方面都讲到；下半部分就各文艺门类的文艺评论实操程序做具体示范，不仅全面涵盖中国文联所属全国文艺家协会对应的文艺门类的评论，而且将文学评论纳入并且列为首章，体现"文艺"门类的完整性和"文"在其中的作用，还特别邀请各文艺门类评论行业的知名专家来现身说法。这就有了本书的上下编双层结构。我特别坚持下编存在的必要性和重要价值，因为相信它对全国各文艺行业的青年评论初习者会产生有益而又具体的入门向导作用，否则编写本书的必要性和重要价值会降低很多。好在有关领导采纳了此意见。

编写组的成员，主要来自由我担任主任、彭锋教授和李震教授分别担任副主任的中国文艺评论家协会理论专委会；部分成员是根据相关文艺门类评论章的编写需要而特地约请的，其中有徐粤春主任的推荐和安排，还有中国文艺评论家协会李树峰副主席和茅慧副主席的推荐。他们都是目前能恭请到的各文艺门类评论行业有影响的中青年评论家，能够在繁忙的研究和评论工作之中挤时间承接此项工作，令本人感动和感激。为完成本书预定计划，我和彭锋教授、李震教授和本专委会秘书长唐宏峰研究员做过多次反复沟通和商量。编写组其他成员在编写过程中也几经反复尝试和磨合。书稿正式修改和统稿有三次，小改次数就更多，凝聚了全体编写人员的心血。

彭锋教授和唐宏峰研究员还代我承接了本项目经费到北大落地的琐细的程序性工作。李震教授费心在西安承办了一次本书统稿会。参与审稿的专委会成员有：张颖（中国艺术研究院）、李修建（中国艺术研究院）、楚小庆（南京博物院）。参与第五章编写的还有王佳明博士。担任编写组联络员的是唐宏峰研究员，中国文艺评论中心同她对接联络的是《中国文艺评论》杂志编辑部陶璐副主任。

值此书稿完成之际，谨向以上各位领导和专家致以衷心的感谢！感谢中国文联出版社学术分社阴奕璇编辑的精心编校。

王一川

2023 年 9 月 25 日

记于北京师范大学文艺学研究中心